中國近・現代文學叢刊 9

插圖本
中國現代文學發展史

◎吳福輝

人間出版社

目 錄

自　序

　　我在自己的園地的一側，開了一塊生田，即寫下一部實驗性的插圖本中國現代文學史。今日終於可以把它呈現在讀者面前了。

　　對於我，這部書的完成，真可謂一波三折。先是上海、北京的兩家出版社找我計劃寫一種圖文關係密切的現代文學史。擬想的都不壞，心氣也不算低，但可惜敵不過嚴酷的現實，最後都因不是我的緣故而擱淺了。這一擱，彷彿就沒了消息。可世事正是禍兮福所倚，福兮禍所伏的，誰能料到這麼一拖，竟拖出一個文學史寫作即將發生變化的時代來了。試想此書假若早幾年寫出，或許它只是一種陳舊的文學史加插圖、加地圖的東西，一種非驢非馬、非舊非新、或形新而實舊的東西而已。而現在的此書，當然沒有什麼了不得的，正文之外的插圖、表格也不是有多麼重要，卻色色樣樣都歸結到一部含了新觀念的，說得大膽一些，是身上可能包孕著一點未來因素的文學史上面去了。

　　關於文學史觀念的正待變革，去年冬天我在上海大學講課期間曾經同青年教師們座談過，後來經他們整理錄音，講演辭題目訂作《中國現代文學研究的當今態勢》，收入我將要出版的論文集《多棱鏡下》中。我在那裡詳述了近年來五種有代表性的文學史新見：嚴家炎先生的「生態」說；范伯群先生的「雙翼」論；陳思和的「先鋒與常態」；楊義的「重繪文學地圖」；和我在《文藝爭鳴》提出的消解「主流型」文學史、倡導「合力型」文學史的粗淺認識。這些說法並非完全隔絕，實際上倒是可以相互補充、滲透的，其中已存有「多元共生」和「大文學史」等各個要點的共識。這是學術界同步達到某個文學史重寫階段的一個集中體現。風起於青萍之末，我們能夠覺察到這個變動終將來臨。

　　我個人的文學史觀念自然也是在這種互相激蕩的學術氛圍中，逐漸明朗的。我記得王瑤先生多次打過比方，說做學問大體有兩種方法：以一種觀點為主的，就如同一張唱片轉著圈子，以唱針為中心，發出一個主調；如果是敘述多種觀點，發散型的，就如同是織毛衣的前襟後襟，或織毛圍巾，便是一片一片。他說這兩種方法的前一種境地較高，但後者也屬需要，不應忽視。我們搞了這麼多年的文學史，不是用「革命」做唱針，就是拿「現代性」做唱針，難道還要繼續寫一本以「後現代」，或者「民族國家」為主

導貫串線索的文學史嗎？我認為從提出「二十世紀中國文學」這個概念始，我們就在做已有現代文學史的分解工作了，時至今日，仍沒有到可以整體歸納的時候。「分解」、「歸納」，是我使用得手的中國概念。當一本文學史被凝固成一個想像的完整結構時，它是被歸納的結果；而當文學史受到質疑而露出巨大的空隙，進一步呈現出駁雜多樣的狀態的時候，它是被分解了。我想起王瑤先生織毛線的比喻，覺得一本駁雜的文學史可能正是今天的格局所需要的。同樣的，關於文學史上革命性與現代性的糾纏問題，可以用「共生」、「轉折」、「積累」這樣一些概念來消除它們之間的對峙性關係。當中國的文學處於自身積累現代性的時刻，駁雜的引進是必然的；而革命正是用強力來快速推進文學現代化的歷史過程，於是便出現了多次的轉折。不斷積累並轉折的結果，讓文學史的面貌更加複雜多變，這樣我們就具有了多種的文學形態，基本的是左翼文學、通俗文學、京派文學、海派文學這四種。哪一種在哪一個階段都沒有獨霸天下，各自有各自的讀者群體，分屬於政治文學、商業文學、純文學這三種文學系統。系統之間也不隔著千山萬水，而是相互撞擊、轉化，如左翼政治文學要依賴上海的讀書市場，京派文學反對黨派文學但並不與社會人生隔絕（純文學不純），這是中國自有文學以來從沒有過的多元景觀，這也正是「現代」的文學狀態。哪種文學形態也沒有真正成為唯一主導的形態，直至今日還是如此。

我在尋找文學史多元闡釋的認識方式和書寫方式之中，度過了自己的摸索時期。這種摸索到今天也無終止。但是我接受了北京大學出版社的約稿合同，重起爐竈，這本文學史進入了操作的層面，如果沒有多少前人的成果可以仿製，我就只能去吸收今人的經驗，加以消化與發揮。比如我從嚴家炎先生的「文學生態」裡面想到文學史不能無視人的生態，不能不寫作家的心態以及與心態直接相關的文化物質環境。范伯群先生的「雙翼」論很有警醒作用，我雖然不同意讓通俗文學與先鋒文學平行地進入文學史，卻受到啟發，考慮如何將通俗文學整合進市民文學，而市民文學到海派浮出，就具有了先鋒、通俗的雙重性質，不那麼截然分明了。這也是陳思和把「先鋒」「常態」作為兩種互動的文學態勢提出的原因。我可以抓住文學史上典範的先鋒文學來解剖，也要將大眾化的常態線索緊緊把握住，把農民大眾文學和市民大眾文學擴大來書寫。而楊義的大文學版圖說，啟示我建立新的歷史敘述空間，把過去線性的視點轉化為立體的、開放的、網狀的文學圖景。在這些意義上，我想到我這部文學史可以加上「發展」兩字。

《插圖本中國現代文學發展史》的命名，是為了文學史名稱的不重覆，好區別，也是因為「文革」一結束我考現代文學研究生，因王瑤先生加考古代文學一張卷，那時我急來抱佛腳，僅有一個月的復習時間，所用就是1960年代未經「污染」過的劉大杰先生的舊版《中國文學發展史》。這是我心中存下的一份紀念。但更重要的是本書的「發展」內涵，在實際書寫時是充分地得到使用的。本書將一切與文學作品、作家發生關聯的現象，均置於歷史「變動」的長河之中。文學作品的發表、出版、傳播、接受、演變，

得到特別的關注。文學形成的人文環境比以往任何時候都受到重視。文學中心的變遷，作家的生存條件，他們的遷徙、流動，物質生活方式和寫作生活方式，也在一定的關節點得到盡情展開。社團、流派的敘述，與文學報刊、副刊、叢書等現代出版媒體的聯繫，緊密結合，更接近文學發生的原生態。經過文學批評而與讀者碰撞，經過翻譯而與世界文學搭橋，經過電影而與同時期藝術相互影響，現代文學的外延像一個個章魚的觸角伸展出去。而現代白話文學語的生成、演變，當然應該和經典作品的細讀吻合於一處。全書還特意設置了文學典型年，用編年體的大事記把讀者引入文學現場。當然，我明白真正的文學原生態本來是不存在的，典型年也好，大事也好，還不是筆者選擇的結果？但這種逼近文學發生、變化狀態的駁雜編年，雖僅是舉例而已，對盡力恢復遭歪曲的真實歷史，還是有它的獨特功用的。

在本史的「發展」意義表露無遺之後，我還要做幾點說明。「發展」的邊沿永遠是開放的，不斷拓展的，誰也無權將它封死。我要寫的是單卷的文學史，加上插圖，能夠施展的天地有限，而大文學史的容量已經被多方拓寬，這就要尋找典型，尋找關鍵點。我試圖在有意識地減弱作家作品的敘述，不可避免會在作家作品方面有所遺漏的前提下，反抓住典型作品做有血有肉的分析。這或許也是一種寫法。無意中對將來的現代文學史越寫越薄，也提供一種正反面的經驗。

文學史都是建築在本時代已有研究成果的基礎之上。嚴格地說，它不是一個人能輕易完成的。本書的資料，凡引用必注明出處，各種表格的匯集一般注明知識來源，全書所附的參考文獻較簡，它不是用來炫耀作者的博學，而是說明寫作中確切參考過的書籍，並表謝忱的。記得參與寫《中國現代文學三十年》一書時，筆者諸人對自己的資料功夫沒有十足的把握，曾經在京地請了幾位專家把關，但後來還是發現有不少的錯漏。現在只是以我一人之力，除大量引用外，加上本書的年表、表格、圖片、大事記的製作，想想其中可能出現的錯誤，真是誠惶誠恐，如履薄冰的。我期望得到專家與讀者的不吝指正。

插圖的工作雖與通俗文學照片資料的收集之難不同，但它的特點是少者太少，而多者過多。作家肖像、作品初版本、手稿等，本是最主要的插圖內容，但要做到精選也不易。比如作家頭像要與代表性作品的誕生共時，除照片外再另選擇漫畫像、自畫像、合像等，也就難一些。初版本外要選初刊雜誌，手跡要選典範作品，有時也會有難度。其他如作家故居和聚會所、作家手繪作品地圖和人物圖、發表的報刊及廣告、劇照海報等，總之要做到插圖的精、新、全，都不是件一蹴而就的事情。越到此書即將殺青的時候，剩餘的插圖結尾工作也越難，有的甚至到看校樣的時候還在尋覓。這裡要感謝我長期工作的中國現代文學館，它所提供的部分圖片，及我的幾位同事、學生所給予的援助，是使我銘感於心的。

感謝母校的出版社，尤其是高秀芹編輯對我的約稿，把此書終於救活，且逢了好

的天時地利。她尊重我的原稿，連插圖說明也由著我做個性化的改動，幾年如一日對我保持信心，耐性等待我將它一個一個字、一張一張圖地完成。最後還答應我儘量趕在2009 年年底，這個對我來說是個整日子來出版。還要感謝本書的責編朱競和丁超，他們的寬大尤其沒有邊際，容得我獨立自由地運用自己的筆來寫作。他們認真閱讀稿子和校樣，使得本書不至於有大錯。本書發稿時正值北大出版社恢復建社 30 周年華誕之慶，我覺得十分榮幸。

　　本書的目標不是企圖創立一種新型的文學史範式。它不過是未來的新型文學史出現之前的一個「熱身」，為將來的文學史先期地展開各種可能性作一預備。這也算是我的一個夢境的實現。近十年來，我的夢有增無減。有好夢也有壞夢。好夢裡，我似乎年輕了，有美的憧憬，有更大的寫作計劃，看得見更富裕、更公正的社會與更健康的青年一代在成長。壞夢中，我被強制性地趕回我的漂泊地，在那裡迷失道路，找不到父母的舊屋，跌傷了自己。可見我的文學夢一部分實現了，一部分破碎消失了，一部分重新產生了。而這部書是我的文學夢的一種實現，雖然它仍存在無數的遺憾。

　　畢竟對一個文學者來說，做夢，嚮往夢，是重要的。

　　　　　　　　　2009 年 11 月 12 日於京城又一次雪雨中，窗外雪樹玉立

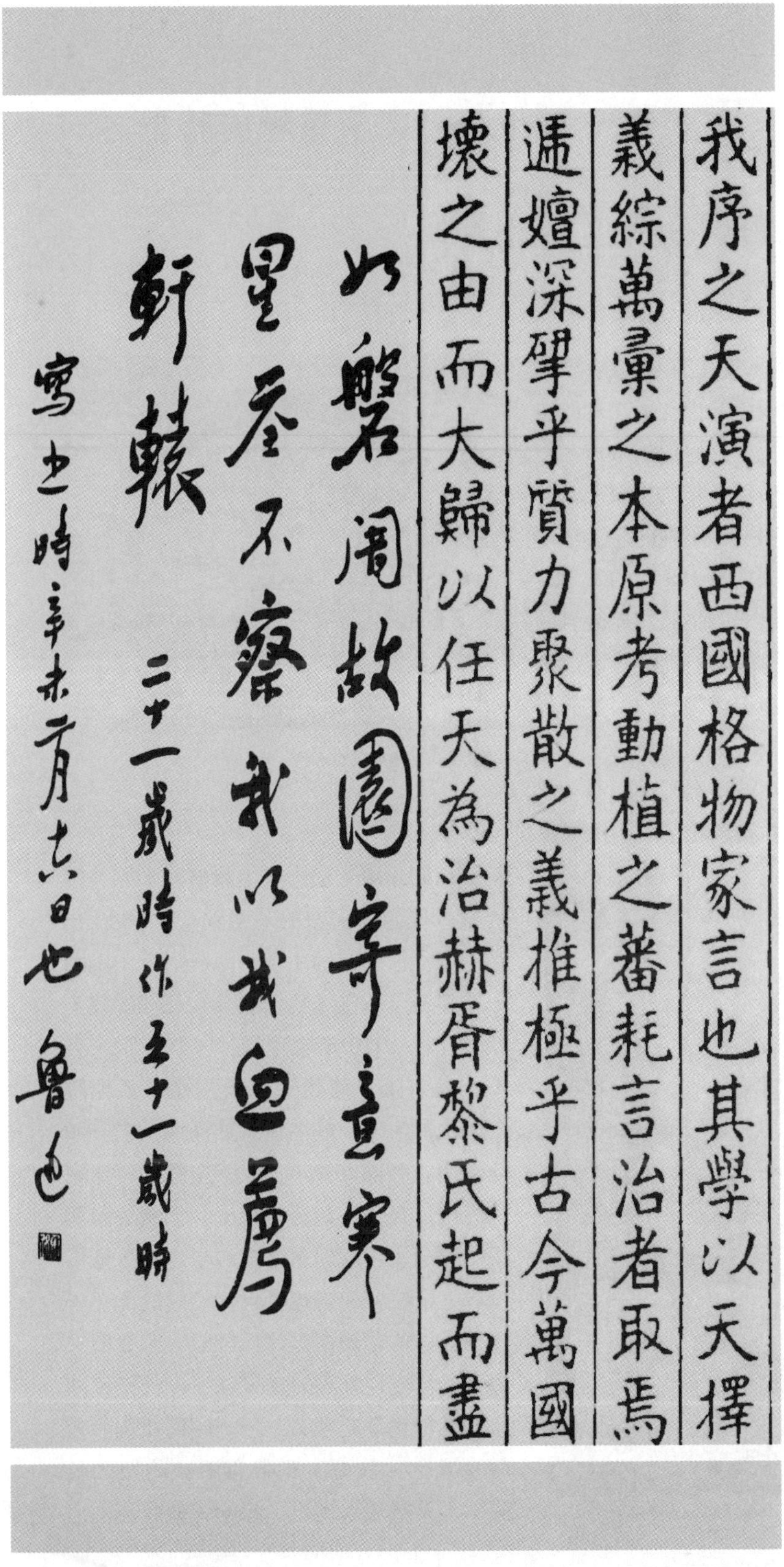

我序之天演者西國格物家言也其學以天擇

義綜萬彙之本原考動植之蕃耗言治者取焉

遞嬗深孽乎質力聚散之義椎極乎古今萬國

壞之由而大歸以任天為治赫胥黎氏起而盡

斬輪

如磐闇故園寄意寒

星荃不察我以我血薦

軒轅　二十一歲時作五十一歲時

寫出時辛未三月十一日也　魯迅

第一節　望平街—福州路：文學環境的轉型

選擇從上海望平街這條中國最早的報館街（相當於倫敦報業中心所在地的艦隊街）開始，來作現代文學史的敘述，是為了強調以後綿延一百多年的文學，當年已是處於一個與古典文學不同的時代環境裡了。這個環境除去經濟生產力的水平之外，對文學來說最重要的是思想界的急劇變動和物質文化條件的重新構成，而這兩方面都可集中體現在現代報刊出版業的興起上。

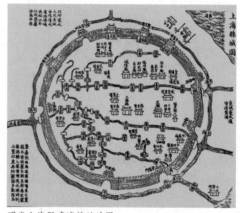

明代上海縣建城後的地圖

一個不應當陌生的地名：土山灣。但可能已在歷史記憶中被淡化了。土山灣是

報館書局林立的望平街（今福州路山東中路）

望平街的先驅。法國天主教傳教士乘著鴉片戰爭後西方國家的「勝利」，1847 年在上海徐家匯落地生根，圍繞附近土山灣一帶建造了教堂（現仍聳立在那裡的雙尖頂教堂是 1910 年增建的）、修道院、公學、藏書樓、博物院、天文臺、孤兒院等。「徐家匯」的名稱意味深遠。它一頭連著明末禮部尚書、加入天主教的科學家徐光啟。是他在羅馬傳教士利瑪竇的影響下，開啟了中國學習西方科學之路，逝後埋葬在這裡並使得後人世代聚居於此（宋氏三姐妹的母親便是徐氏後裔。宋慶齡父母與她自己現都葬於徐家匯。現代作家冰心的父母也葬此地）。另一頭則連著西方教會文化。教會文化帶有明顯的殖民色彩，但又具現代性質。起初，教會純為土

上海現代文明最初融會地的
徐家匯地區教堂山川鳥瞰。
已是城鄉兼有模樣

土山灣畫館是中國最早的西
洋美術傳授場所，許多近代
畫家出身于此，這是西洋畫
傳習所在上素描課

山灣孤兒院長大的孤兒就業方便而成立的工藝廠，包括其中的畫館與印刷所，日後誰也
沒有想到竟會成為中國現代繪畫和印刷出版業的濫觴。比如捨棄古代雕版印刷後採用的
外國石印技術，一般都認為是 1879 年由點石齋石印局最先開始的，但實際上，點石齋
是聘請了土山灣印刷所的邱子昂技師加以傳授才得到這門技術。土山灣傳入石印術的
時間要早三年，是 1876 年。而以後珂羅版技術的引入就更早了，比起商務印書館 1907
年方安裝珂羅版設備來，要差近三十年的樣子。

　　點石齋石印局的老闆，便是中國現代最早的中文報紙之一《申報》的開辦人安納
斯・美查（E.Major）。在民國前他將報產盤給了華人，使該報成為老牌的華資大報。
《申報》結束了傳教士辦宗教性質的中文報紙的歷史，在商業報紙的基礎上增添了文

晚清《申報》館的正面圖景　　　　　　1872 年 4 月 30 日創刊的《申報》

化、文學的因素，影響之大，以至於當時的市民都用《申報》來代替一切報紙，直呼作「申報紙」。《申報》1872 年創始的時候，館址在上海漢口路江西路交叉口上，1882年向西遷了兩條馬路便是漢口路山東路轉角的 309 號，正在望平街上。望平街（今山東中路北段，南北走向，全長按中國傳統計量不過五六十丈）又稱廟街、麥家圈，以它為中心形成周邊的一塊報社、書局集中的文化區域，當然是與緊鄰的寶善街（廣東路，即五馬路）、福州路（即四馬路，後來著名的文化街）在晚清的極度繁華相關。這些商業街是當年乘船經洋涇濱登陸進入上海洋場最近的地方，《海上花列傳》開頭小說裡的人物趙樸齋從外地來到上海學生意，先到的就是五馬路、四馬路所在的風化區。其時，現代印刷術的引進既已具備了條件，現代報紙在開啟民智、傳播新思想新知識方面的作用也為洋務運動和維新思潮激蕩下的人們所體會，望平街福州路一帶遂由現代印刷業的大幅度推進，以至報館林立，成了中國現代報刊的發祥之地。

初期《申報》所用之新式印刷機

因為年代較長，報館競爭激烈，旋起旋滅，加上遷徙頻繁等原因，要想描畫出一張靜止的清末望平街報館位置圖，是難乎其難了。我們不妨試著描述一下大概的情況。到民國前為止，這條街按目前的資料能排出的報館有二十多家。先說次要的如《天立報》、《民鐸

報》、《民強報》、《中華民報》、《太
平洋報》、《晶報》、《上海畫報》、
《亞西亞報》等。除比較重要的《申報》
之外還有《新聞報》，1893 年創辦，館
址原在此，後遷移至附近漢口路 274 號，
是唯一能與《申報》抗衡的大報。《時
務報》1896 年辦，在福州路，梁啟超主
筆，倡導變法，風靡全國。《蘇報》1896
年辦，初在福州路，後遷漢口路 20 號，
因章太炎、鄒容的革命文字遭迫害構成
「蘇報案」而出名。《時報》1904 年創
辦，館址在望平街 6 號，後遷至棋盤街
（河南中路），狄葆賢替它造了寶塔式的
館舍，許多老照片上都有它的怪模怪樣。
此報實為梁啟超親自策劃，它對新聞報導
做了大膽革新，又開闢「小說」「餘興」
諸欄目，形成最早的文學副刊，為一大特
色。胡適在《十七年的回顧》裡就談到

晚清上海望平街的《時報》館

望平街的南端（山東路福州路的轉角）能見後建的《時報》館寶塔式樓，異常觸目

望平街直到 1920 年代仍然每日清晨報販雲集批發報刊，一片繁忙景象

它如何「為中國日報界開闢一種帶文學興趣的『附張』」。「附張」後來就發展為報紙副刊。《時報》勢力日大，後與《申報》、《新聞報》在上海三足鼎立。此外的《神州日報》1907 年創辦，在望平街 161 號；與《神州日報》同為于右任辦的還有《民呼日報》（1909）和《民籲日報》（1909），館址都設在望平街 160 號。《時事報》1907 年出版，館址就在望平街，後改名為《時事新報》，也是著名的報紙。有一首《上海洋場竹枝詞》，單說這條報館街的興盛，道：「集中消息望平街，報館東西櫛比排。近有幾家營別業，遷從他處另懸牌。」按照市場規律，不是報館的要從這裡遷出去另謀生路，一些本不在望平街的報館卻千方百計地想要擠進來，最起碼開個發行所或營業部也是好的。這就看出這條文化街的厲害了。當年每天的凌晨，各路報販在望平街聚集，批發報紙，人氣是很旺的。尤其到了發生中外大事，人們翹首等看「號外」的那種日子，這裡更是人頭攢動，熱鬧非凡。

　　當然，現代中文報紙並不都在上海發生。如論先後，南洋一帶更是華文報的誕生地。舉其要者，1874 年香港出版的《循環日報》便是華人成功創辦的第一份大報，創辦人王韜因而被林語堂譽為「中國報業之父」。天津作為北方最大的商業城市，1897年出版有嚴復參與的《國聞報》，1902 年創刊了《大公報》。北京有 1904 年的《京話日報》。但是像上海望平街形成如此盛大的規模者，卻絕無僅有。這說明上海這個現代都市的迅速成長，以及作為全國報業中心對晚清文學現代萌芽期的環境形成，直接發生著巨大的影響。

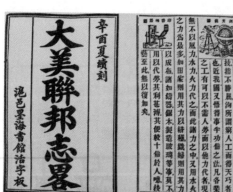

滬上墨海書館活字版印行的書籍《大美聯邦志略》

　　與報館同時受印刷業推動的是書局的聚集，也是望平街與福州路地區的一景（這裡的「書館」、「書局」概念主要是指出版機構，銷售書籍一般是書局的門市）。中國第一家現代意義的出版社是英國傳教士麥都思 1843 年在上海老城廂開設的墨海書館，兩年後遷入麥家圈。初印《聖經》等書，後來延聘王韜

等人翻譯西方文史、科學方面的書
籍。1857 年墨海書館創辦《六合叢
談》月刊，是國內最早的中文雜誌。
翻譯書館的出現對引進西方的思想學
術科學書籍，曾經起到不小的作用。
但它們最初都是官辦的，如北京的
京師同文館（1862），上海的廣方
言館（1863），而江南製造局翻譯
館 1868 年成立後次年合併於廣方言
館，力量便更顯雄厚，可見全國出版
中心仍屬上海。1876 年點石齋石印
局建立，僅僅是一部《康熙字典》，
在數月之內就印了十萬冊！這件事刺
激了中國人，鴻文書局（望平街）、
鴻寶齋石印書局（福州路）相繼開

早期商務印書館設在上海河南路的發行所，已具規模

張。印刷書刊的巨大利益，終於推動了民族資本的大型出版業在上海出現。1897 年，
華人夏瑞芳、夏粹芳、鮑咸恩集資在江西路德昌里開辦商務印書館，後在棋盤街設發
行所，依靠出版教科書大獲其利。進一步，又擁有了自己的印刷廠、編譯所，逐步發
展成為中國最大的出版企業。商務印書館重視出版報紙、雜誌，包括文學期刊。這時
期，先後就有《東方雜誌》、《婦女雜誌》、《教育雜誌》、《學生雜誌》、《少年雜
誌》、《小說月報》等多種刊物編輯出版。《東
方雜誌》1904 年創刊，斷斷續續到 1948 年停刊，
整整出了四十多年。它是綜合性刊物，晚清時期
就一直開有「小說」、「叢談」、「文苑」、
「雜纂」等文學類的欄目。《小說月報》就純是
文學刊物了，1910 年創辦，起初是鴛鴦蝴蝶派的
大本營，後來才轉向。現代出版與文學的關係，
一上來就顯得異常親密。此外，棋盤街、福州路
上還有許多書局都出版文學書刊，如歷史悠久的
掃葉山房（創於明代）是從蘇州遷來的；大同譯
書局（1897）以出版維新書籍聞名，單是鄒容的
《革命軍》一書便印了二十多版 110 萬冊；廣智
書局（1898）出版過《二十年目睹之怪現狀》、
《茶花女軼事》等書；群學社辦《月月小說》雜

上海四馬路上 1930 年代的商務印書館館
址，更是相貌堂堂

後來大大發展之商務印書
館鳥瞰圖

誌；廣益書局（1900）印通俗小說；群益書社（1907）出版了周氏兄弟譯的《域外小說集》和後來聲名遠揚的《新青年》雜誌。總之，到辛亥革命爆發之前，據統計福州路這條街上就已有 68 家書店出現，多半與文學相關。

　　從現代報紙書刊出版業在上海的猛烈發展看，一葉知秋，可以窺見晚清文學現代環境的轉換已見端倪。在外來文明強勢壓力下形成的中國現代都市，北京、上海是兩型。北京是保守的政治城市，官場腐朽，權力敏感，新舊消費生活混雜，是暴露性文學取之不竭的源泉。北京興辦新學堂並不晚，全國仿效，為文學準備了「人才」的條件。1905 年科舉廢止，新式教育培養的讀者、作者群體陸續走上歷史舞臺。而上海則在租界的推動下成為中國第一繁華的商業大都會，華洋雜居，中外通商，大興實業，引入西方文明腳步來得更快。上海的文化面貌和市民生活方式（比如每天早餐時看日報的習慣），發生了與內地相差懸殊的變化。現代印刷業推動了書報業，使其成本低廉，傳播速度快捷，讀者廣大，維新變法人士總是把辦報館、開學堂、倡新學互相聯在一起，就是這個道理。幾乎當時對文學思潮影響較大的先驅者，如嚴復、夏曾佑、王韜、黃遵憲、梁啟超等，都與新興的報刊發生關係。他們的理論和思想闡發，最早也是利用報刊宣傳鼓動出去的。將英國生物學家赫胥黎名著《進化論與倫理學》翻譯成《天演論》的嚴復（1854—1921），就辦了《國聞報》，並把《天演論》譯稿在《國聞匯編》上連載，後來才出單行本。這是讓國人振奮並換取眼光的劃時代的大事。我們只要看南京求

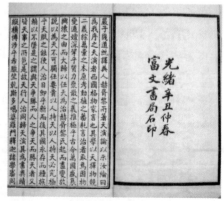

《天演論》光緒辛丑本第一頁

嚴復（前）和他的同僚

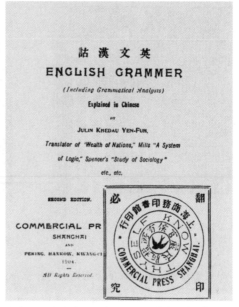

嚴復 1904 年在商務印書館出版的《英文漢詁》，右下為中國最早使用保護版權的「著作權印花」

學時代的魯迅回憶：「一有閒空，就照例地吃侉餅、花生米、辣椒，看《天演論》。」「哦！原來世界上竟還有一個赫胥黎坐在書房裡那麼想，而且想得那麼新鮮？一口氣讀下去，『物競』『天擇』也出來了，蘇格拉第、柏拉圖也出來了，斯多噶也出來了」，直讀到能部分背誦的程度，[①]便知此書對中國影響之巨、之深。嚴復、夏曾佑 1897 年發表在《國聞報》上的《本館附印說部緣起》一文，也是將西方進化論、人性論思想引入小說領域的重要文獻。至於梁啟超一反往日洋務派將文學與實學對立、視文學為誤國的錯誤觀點，將新思想和新文體合而為一，敏感地將文學也納入到報刊傳播系統中來，推出他著名的「詩界革命」、「文界革命」、「小說界革命」，就更是明顯的例子了。

　　報刊的大量出現讓文學從少數人的閱讀中解放出來，轉化為大眾的閱讀，促使文學改變了它歷來的書寫接受對象。稿酬制度的確立，還部分解放了作者，使他們擺脫掉對政治官場的依附性，靠著自己腦力勞動所得養家糊口，取得較多的獨立地位，讓現代職業作家階層的形成有了可能。現在能查到的最早稿酬資料，是《申報》1884 年 6 月數次登載的《請各處名手專畫新聞啟》一文。字數不長，全文抄錄如下：

　　　本齋印售畫報，月凡數次，業已盛行。惟外埠所有奇怪之事，除已登《申
　　報》者外，未能繪入圖者，復指不勝屈。故本齋特告海內畫家，如遇本處有可驚可
　　喜之事，以潔白紙，新鮮濃墨繪成畫幅，另紙書明事之原委。如果惟妙惟肖，足以

① 魯迅：《瑣記》，收《朝花夕拾》，《魯迅全集》第 2 卷，人民文學出版社 1981 年版，第 296 頁。

1884 年 6 月 4 日《申報》上登載的《請各處名手專畫新聞啟》為中國最早的公開的稿酬啟事

這是光緒九年（1883）《申報》版面之一 四號鉛字長行排，賽連紙單面印刷，刊載筆記、詩文、竹枝詞等，為後來報紙副刊之濫觴

> 列入畫報者，每幅酬筆資兩元。其原稿無論用與不用，概不退還，居住姓名亦須示
> 知。收到後當付收條一張，一俟印入畫報，即憑條取洋。如不入報，收條作為廢
> 紙，以免兩誤。諸君子諒不吝賜教也。

這是中國第一次附帶有償稿費的徵稿啟事。在一般情況下，稿酬定價在都市裡已有公議，不一定固定為這樣的書面形式。比如鴛鴦蝴蝶派的代表作家包天笑 1906 年（光緒三十二年）同時在上海《時報》和《小說林》做事，據他回憶：「這時上海的小說市價，普通是每千字二元為標準，這一級的小說，已不需修改的了。也有每千字一元的，甚至有每千字僅五角的，這些稿子大概要加以刪改。」「我的小說，後來漲價到每千字三元」，「其時林琴南先生已在商務印書館及其他出版社譯寫小說，商務送他每千字五元」。[1]這種公認的稿酬額度可以隨行就市，有一定的彈性，是報刊成為都市市民日常讀物之後逐漸形成的。它的出現，本身就構成文學現代環境的一個重要因素。由此形成中國現代最早的職業作家就要大展宏圖了。

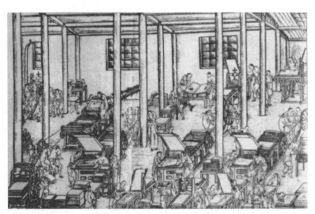

上海點石齋石印工廠內景圖，規模已然不小

---

① 包天笑：《釧影樓回憶錄‧在小說林》，香港：大華出版社 1971 年版，第 324—325 頁。

第二節　白話報及文學書面語變革

　　文學的載體是語言，語言的準備當然也是文學現代轉折的必備條件之一。到晚清為止，人們從事詩文寫作所使用的仍是與口語脫節的「文言」。而文言作為唯一漢語書面語的正宗地位，到這時才真正遭遇時代的挑戰。

　　文言危機的來臨，與整個社會環境息息相關。隨著西方文明從物質到精神、制度，從聲光化電到政治、法律到文學藝術的傳入，大量的新事物如火車、輪船、電燈、電報，再如養氣（氧氣）、群學（社會學）、巴力門（議會）所帶來的「新學語」的辭彙爆炸，已經擺在了國人面前。中國的白話小說古來就有，因一直處於文壇邊緣，還沒到牽一髮而動全身的地步（但快要到了）。由於詩歌在中國文學的獨尊位置，詩人總是最先感受到時代對語文的壓力。自 18 世紀初的龔自珍（1792—1841）到黃遵憲（1848—1905），詩意上強調個人和真情，詩言上已開始將代表新事物、新知識的辭彙寫入了。維新派詩人中提倡寫「新學之詩」的譚嗣同（1865—1898）、夏曾佑（1863—1924）諸人，在舊體詩裡面容納外來詞和儒、佛、耶三教經書的典故譯名，讀起來新鮮與詭異兼而有之。如譚嗣同的《金陵聽說法詩三首》之三：「而為上首普觀察，承佛威神說偈言。一任法田賣人子，獨從性海救靈魂。綱倫慘以喀私德，法會盛于巴力門。大地山河今領取，庵摩羅果掌中論。」（喀私德 Caste，人的等級制度；巴力門 Parliament，英國議院名）夏曾佑此類詩的代表作是：「冰期世界太清涼，洪水茫茫下土方。巴別塔前分種教，人天從此感參商。」後來梁啟超親為解釋，說「冰期、洪水，用地質學家言。巴別塔云云，用《舊約》閃、含、雅費分辟三洲事也。」（見《飲冰室詩話》）這類詩和詩的解釋今人讀起來不免會感吃力，但它們至少說明：一種使用了千年的詩體，如今面臨著被外來詞語脹破的危險。而外來詞語如大潮滾滾，裹挾而下，幾乎是無法阻擋的。如果你知道了，

譚嗣同半身像，十分英武

《清議報》第一期。此報曾發表梁啟超的《過渡時代論》

像「幹部」、「舞臺」、「進步」、「目的」、「代表」、「團體」、「組織」、「社會」、「影響」、「衝突」、「膨脹」這樣一些今天幾乎須臾不能離開的漢語辭彙，就是一百年前那場外來詞的湧入高潮中從日本辭彙中採取過來的話，那麼，對「新學之詩」的佶屈聱牙也自然會心平氣和，加以理解了。

在用得更經常的文章中，外來詞的侵入造成了文言句子的鬆動。這又要說及現代報刊的作用。當王韜、梁啟超等人執筆寫報章體文字的時候，他們面對的是市民讀報大眾，於是，「文言」通俗化的要求劈面而至。其結果，便是在運用「文言」書面語的時候，將單音的難字、澀詞減少，將正在社會上鋪開使用的新雙音辭彙大量增加。經過這樣一番調理，即便是文言的句式變化不大，文句也變得淺近好讀起來。我們看梁啟超戊戌失敗逃亡日本時期所寫的文言，就是這樣：

> 惟當過渡時代，則如鯤鵬圖南，九萬里而一息；江漢赴海，百千折以朝宗。大風泱泱，前途堂堂，生氣鬱蒼，雄心喬皇。其現在之勢力圈，矢貫七劄，氣吞萬牛，誰能禦之！其將來之目的地，黃金世界，荼錦生涯，誰能限之！故過渡時代者，實千古英雄豪傑之大舞臺也，多少民族由死而生、由剝而復、由奴而主、由瘠而肥所必由之路也。美哉過渡時代乎！①

這裡面的「過渡時代」、「目的」、「舞臺」、「民族」等等，都是剛剛吸納進來的外來詞彙。放入駢散相雜的文章之中，即便今日整段來讀也無大的阻礙。文言變化到這種程度，語體上已經為現代白話的長驅直入做好了「過渡」的準備。這是非常重要的準備，在後面專節談論梁啟超的時候還會說及。

與此同時，在 19 世紀的末期，國人辦報掀起高潮。其中殺出一股白話報的潮流，推波助瀾，為現代白話到「五四」時最終登上文學書面語的正宗位置，做了另一方面的準備。

《中國白話報》第一期目錄

---

① 轉引自夏曉虹：《覺世與傳世》，上海人民出版社 1991 年版，第 122 頁。

現在我們知道，自晚清到辛亥期間，各類白話報的總量相當多，大概在二百種以上。它們分布於全國，但重要者大部集中於上海。較重要的白話報，包括標明「俗話報」、「俚語報」者，不下四十餘種，有一半都是在上海福州路、望平街地區出版的。有趣的是內中如《寧波白話報》、《湖州白話報》、《安徽白話報》，報紙名稱已經劃清了地域的界線，但實際上也都是在上海出版的。這從一個方面也能印證上海不可動搖的現代出版中心的地位。北京的報紙中，白話報占了很大的分量。但如果將北京、上海兩地的白話報除去，比較所出版報紙的比例，北京就會大大落後了。這當然是因為所謂「白話」，即從清朝「官話」延續而來，是以北京話為基礎的，北京辦起來就格外地熱心。這些白話報，大部分從形式上更像是「刊」。在現代報刊史的初期，往往報紙、雜誌不分。白話報的情況也如是，需一份份地去仔細辨別。就現在能翻閱到的而論，開本為 32 開的居多，旬刊、半月刊、月刊者多於日刊。但如果就內容版式視之，幾乎都守著「演說」、「要聞」、「雜俎」三大板塊，已經具備了中國現代報紙「社論」、「新聞」、「副刊」這樣三大部分的雛形。白話報若與使用文言的大報相比，它們好像只是些小兵小卒在打打邊鼓，隨印隨散，所以，存留下來能讓今人閱讀到的是極少數（傳播和收藏情況有點類似「文化大革命」中的紅衛兵小報）。但正是這些小報小刊型的白話報，日日鼓吹，天天吶喊，在全國範圍內一時造成了轟轟烈烈的提升白話地位的空氣。

現在公認的最早白話報是 1876 年 3 月 30 日創刊的《民報》，它是由老牌的申報館用通俗語體出的另一份報紙。出版的第二天，上海《字林西報》曾刊登介紹文字，是這樣說的：「我們已看到申報館新出版的一種報紙的創刊號，名字叫做民報，賣五個小錢一份，它的特點是在用白話寫的，可以幫助讀者容易懂得它的內容。每一句的末尾都空

《再版中國白話報》第一期顯示了很受讀者歡迎

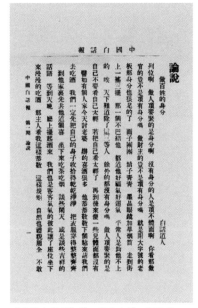

《中國白話報》第一期正文第一頁版面

《安徽俗話報》第一期目錄頁

《安徽俗話報》第一期封面。從文學館所藏為此報創刊號第三版來看，還是相當有讀者的

著一格，人名和地名的旁邊均以豎線號（——）和點線號（……）表明之，並且只售半個銅板一份，是使它可以達到申報所不能及於的階級，譬如匠人，工人，和很小的商店裡的店員等。它將每天刊行。」[1]我們通過這則介紹，可大體瞭解該報的白話文字傾向是與其明確的讀者定位相聯繫的。此外，1897 年 11 月在上海福州路出版的《演義白話報》也是較早的一種，從它創刊號所載《白話報小引》一文可見此類報紙的宗旨。它說：「中國人要想發憤立志，不吃人虧，必須講究外洋情形、天下大勢；要想講究外洋情形、天下大勢，必須看報；要想看報，必須從白話起頭，方才明明白白。」[2]所用確實是道地的白話。1898 年 5 月《無錫白話報》由裘廷梁、裘毓芳叔侄女兩人創辦。裘廷梁起草的《無錫白話報序》也登在第一期上，用語就相當文，是梁啟超體，也是易懂的。他聲稱：「謀國大計，要當盡天下之民而智之，使號為士者、農者、商者、工者，各竭其才，人自為戰，而後能與泰西諸雄國爭勝於無形耳。」「欲民智大啟，必自廣興學校始，不得已而求其次，必自閱報始。報安能人人而閱之，必自白話報始。」[3]同是 1904 年創刊的南北兩種白話報，蘇州《吳郡白話報》發刊詞說的是，本報要「把各種粗淺的道理學問，現在的時勢，慢慢的講給你們知道」。[4]北京的《京話日報》則聲稱：「本報為輸進文明，改良風俗，以開通社會多數人智識為宗旨。故通幅概用京話，以淺顯之筆，達樸實之理，紀緊要之事，務令雅俗共賞，婦稚咸宜。」[5]總之，白話報辦報的路數差不多都是如此。它們壓根不提要形成什麼比

① 轉引自《六十年前的白話報》，《上海研究資料續集》，上海通社編，上海書店 1984 年版，第 321 頁。
② 轉引自陳玉申《晚清報業史》，山東畫報出版社 2003 年版，第 109 頁。
③ 轉引自陳玉申《晚清報業史》，山東畫報出版社 2003 年版，第 110 頁。
④ 轉引自《中國近代期刊篇目彙錄》（第 3 冊）二卷中，上海圖書館編，上海人民出版社 1981 年版，第 1178 頁。
⑤ 轉引自陳玉申《晚清報業史》，山東畫報出版社 2003 年版，第 152 頁。

文言更好的能適應現代社會需要的書面語之類的理由。實際上，當初辦白話報的意思不外是：第一，和一切維新者的目的一樣，是為了振興國家、抵抗外侮而啟發民智。裘廷梁就寫過一篇《論白話為維新之本》，此是本意①；第二，因此要提倡一種通俗化的書面語言，就是口頭用語和書面用語要趨於接近的「白話」；第三，白話裡面所包含的「言文一致」的理想並不是人人都能感悟到的，大多的知識者認為白話只為人民大眾所用，能讀懂、聽懂就行。因而，那個階段的白話提倡者們多半手執兩套語言：為了讓民眾看懂而寫白話；而對於大眾以外的人仍然使用文言。一個有趣的例子，就是這個辦「開通民智」的《京話日報》的彭翼仲，他另外為「開通官智」辦了一份報紙叫《中華報》，用的就

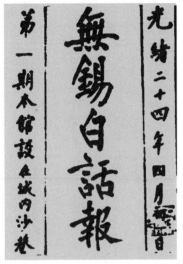

《無錫白話報》第一期，此報受後起白話報競相模仿

全部是文言了。白話報本起自民間，等到「咸與維新」時，慈禧也有條件地同意推行「君主立憲」時，官方也就猛辦起白話報來。這只要看看「預備立憲白話報」、「地方自治白話報」的名目，就可明白。後來政府也推行「國語」，教育部門抓國語教育，所以有人說，是「民間知識份子和官方合流」，「完成了這一從國文、文言向國語、白話的轉變」。②

要執行語文通俗化的原則，「白話」的名稱是現成的。它的資源首先是古代白話（古代白話以宋代話本小說、語錄體的筆記散文為代表），再吸取當今的民間口語。所以有的白話報就將方言、俗語、俚語，統統放到「白話」這一個筐子裡去。當然，絕大部分的白話報沒有將方言的成份搞過頭，只要使各省的讀者大體看得明白就行。這與晚清除有白話文運動之外，同時還存在一個漢字拼音化運動有關。

漢字拼音化起自海禁開後。當時，一部分中國的先進人們打開了眼界，知道外國富強首在教育。而經過方塊字與拼音文字的比較，又認識到中國教育普及難度之一便在於這個難學的漢字，因它是文字和語言分離的。於是，梁啟超、譚嗣同都有改革漢字之議。從 1892 年盧戇章提出《一目了然初階》，各種拼音化的方案接二連三地產生，它們的目的起初都是為了創造一種拼音漢字，來代替方塊漢字，以便於半文盲狀態的中國老百姓可以簡便地掌握。但是搞來搞去，彷彿是撼山易、撼圖畫一般的方塊漢字難上加難。用拼音方案造一新語的企圖並未達到，統一中國語音、建立全民共同語的目標卻被提了出來。1918 年，當時民國的教育部正式公佈了注音字母。不久，在拼音化運動內

---

① 裘廷梁：《論白話為維新之本》，《中國官音白話報》（5 期前稱《無錫白話報》）1898 年 8 月 27 日，第 19、20 期。
② 王風：《文學革命與國語運動之關係》，《中國現代文學研究叢刊》2001 年第 3 期。

繪圖評點《兒女英雄傳》書名正頁，
文康著

繪圖評點《兒女英雄傳》版權頁

部出現了「國語」一詞。這一個後來與「國語運動」直至「普通話運動」一直銜接的詞語，與「五四」文化革命胡適提出的「國語的文學」想聯繫的詞語，歷史證明是有很大的生命力的。在晚清當年，它構成了白話文運動內在的一股力量，即「言文一致」與「統一語音」不至發生悖論。所謂「言文一致」的「言」，不是指方言俗語的「言」，而是指「統一語音」的「言」。這也可以解釋，為什麼在全國風起雲湧的白話報紙運動中，並沒有讓可以起「割據」作用的方言，釀成泛濫成災、不可收拾的後果。

　　在這個時期，白話向文學創作的滲透日益增加，同時因書面語的演變究竟不是一朝一夕的事，文、白交雜便成為當時的常態。思想上雖已經是贊成維新，提倡新學了，為詩為文仍以文言為主，這是當年大部分士人知識者所採用的方式。白話報已經大量存在，可即便是白話作者面對白話文來，如周作人舉出的寫《女誡注釋》（《白話叢書》之一）序文的那個人，其行文的思路，起承轉合，「仍然是古文裡的格調，可見那時的白話，是作者用古文想出之後，又翻作白話寫出來的」。[1]這與「五四」後的白話究竟不同。所以，不論是經曾國藩扶植造成的桐城古文派的「中興」及其餘脈的綿延（從吳汝綸到林紓），還是同光體的詩人（以陳寅恪的父親陳三立為首）的潛在勢力，在那時的文壇表面上仍有相當的地位。當然已經是強弩之末了。

　　小說本來就有古代白話的傳統。光緒初年刊行的《兒女英雄傳》本名是《兒女英雄傳評話》，第一回第一句說：「《兒女英雄傳》的大意，都在『緣起首回』交代明白，不再重敘。這部書究竟傳的是些什麼事？一斑什麼人？出在那朝那代？列公壓靜，聽說書的慢慢道來。」[2]它使用通俗白話是順理順章的。後來的四大譴責小說，也大體是白話。《官場現形記》（1903年出版初編）第一回說：「話說陝西同州府朝邑縣，城南三十里地方，原有一個村莊。這莊內住的，只有趙、方二姓，並無他族。」[3]《二十年目睹之怪現

---

① 周作人：《中國新文學的源流》，長沙：嶽麓書社1989年版，第52頁。

② 見［清］文康著《兒女英雄傳》第一回「隱西山閉門課驥子　捷南宮垂老占龍頭」，天津：百花文藝出版社2003年版，第10頁。

③ 《官場現形記》第一回，人民文學出版社1957年版，第1頁。

狀》（1906 年開始有單行本）第一回開篇就說：
「上海地方，為商賈麇集之區，中外雜處，人煙
稠密，輪舶往來，百貨輪轉。加以蘇揚各地之煙
花，亦都圖上海富商大賈之多，一時買棹而來，
環聚於四馬路一帶，高張艷幟，炫異爭奇。」[①]都
十分易讀。但是直到很晚了，仍然有文言小說存
在。如比李伯元、吳趼人遲生近 20 年的，有「情
僧」、「詩僧」之稱的蘇曼殊（1884—1918），
他寫小說用的就仍是文言。影響很大的代表作
《斷鴻零雁記》，寫主人公聽到失散多年的母親
命其娶妻，但自己業已出家，心中凄苦，文字風
貌是這樣的：「余反復思維，不可自聊；又聞山
後凄風號林，余不覺惴惴其慄，因念佛言『身中
四大，各自有名，都無我者。』嗟乎！望吾慈

蘇曼殊著西裝像，是個翩翩少年

母，切勿驅兒作啞羊可耳！」[②]蘇曼殊的思想意識、文學觀念比起譴責小說的作者來，
不知要新多少，即以所引這一段來看，它運用第一人稱，表達「我」——一個被愛情
擊中的青年僧侶三郎，在自我、佛言、母意間激蕩，心理刻畫細緻入微，但用的是文

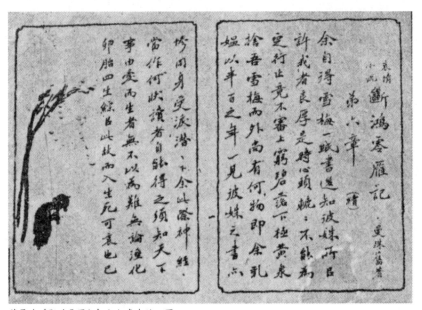

蘇曼殊《斷鴻零雁記》初版書中的一頁

① 《二十年目睹之怪現狀》第一回，人民文學出版社 1981 年版，第 1 頁。
② 蘇曼殊：《斷鴻零雁記》，《蘇曼殊小說集》，浙江人民出版社 1981 年版，第 29 頁。

孫中山為蘇曼殊題字，曾稱蘇氏為革命和尚。可見用文言寫小說的人，思想不一定腐朽

言。而後起的鴛鴦蝴蝶派的眾多小說雜誌，是大規模摻雜使用白話的作家群體，但較長時間裡在觀念、思想上可不如蘇曼殊。所以我們對這個過渡期的文言、白話的雜用，及與思想意識表達的關係，也要避免作機械的理解。再如報章體文字，雖然帶頭突破文言的藩籬，但另一方面，報章又是延續文言時間最長的地方，直到今天的港臺報紙，新聞評論裡面仍然不乏文言色彩。而且社會上這種認為使用文言是有學問標誌的心理，也遠未消除。倒是人們在寫給親友的信件時，往往會使用較平易的文字，無意中承認白話才是親密的書面語。市面上至今仍在流通的《曾國藩家書》就是這樣。曾國藩提筆寫信大概也不想作什麼桐城派古文，比如他說道：「吾見家中後輩體皆虛弱，讀書不甚長進，曾以養生六事勖兒輩：一曰飯後千步，一曰將睡洗腳，一曰胸無惱怒，一曰靜坐有常時，一曰習射有常時（射足以習威儀強筋骨，子弟宜多習），一曰黎明吃白飯一碗不沾點菜。」（1871 年作）倒也洗練好讀。在那個時代，文言、白話的二元使用態度本來就是到處存在的。

到了民初的中小學課本，由「國文」到出現「國語」一詞，說明文言的一統天下真正發生改變了。1920 年，教育部明令小學一二年級必須使用白話文語文教材。得到教育制度的支援，白話文運動的成果才算鞏固下來，並普及了。有意思的是，在 1912 年時，鴛鴦蝴蝶派文學的早期作家徐枕亞在上海《民權報》登載哀情的《玉梨魂》，仍受到極大的歡迎。徐的思想已是新進的了，男女戀情悲劇與「五四」愛情故事直接相通，但文字卻是駢散雜用的。這部文言章回小說，直到 1928 年還有書局在翻印。之後，才真正消退，不復有喜愛讀駢體小說的讀者了。大致推斷，20 世紀的 1930 年代，當是市民文言讀者終於退出文學舞臺的最後界線。

---

① 唐浩明評點《曾國藩家書》（下冊），「致澄弟沅弟 同治十年十月二十三日」，長沙：嶽麓書社 2002 年版，第 434 頁。

第三節　最早放眼世界的文人

《中國新報》第一年第一期插圖「中國與列強」被瓜分的示意圖，是眾多這種形勢危機圖之一

　　晚清新進的文人，一面感受著列強瓜分中國的危機，一面已開始將目光射向了世界。我們從當年各種報刊登載出來的瓜分中國的形勢圖中，可以感受到廣大民眾及先進知識份子急於自強的心情。同時，瞭解世界，從封閉的知識系統中突圍出來，也成為許多先驅者的共識。林則徐（1785—1850）是較早的一個，為了「制夷」「防夷」，他親自主持編譯了《四洲志》。與其年齡接近的魏源（1794—1857）、龔自珍，都曾與林則徐一起提倡過經世致用之學。魏源受林之託，根據《四洲志》和其他中外文獻編成《海國圖志》。魏源主張「師夷長技以制夷」，這個「師」字的提出可不易，是有千斤重量的。而龔自珍抨擊時世，振衰起敝，深具歷史預見，是開一代詩風的大家。這三人都注重關於世界和中國邊疆的人文歷史地理的研究。稍後的王韜、黃遵憲，由於機遇獨特，最早走出國門。這兩人與比他們略小的梁啟超等，便構成當時中國初步具有世界眼光的知識份子（作家）群體。

　　王韜（1828—1890）的經歷比較離奇。先是上書清政府獻剿太平天國軍之方略，未獲採納；後來回鄉探母病時向佔領蘇州的太平天國將領獻攻佔上海的計策，事情敗露

後遭朝廷緝捕，在英國人的幫助下於 1862 年逃亡香港。
此時他的政見顯然是功利的，只是投靠主子的一種手段
而已。但海外整整 22 年的流亡生活造就了他。此期間，
1867 年至 1870 年間他被聘去英國譯書，遊歷了歐洲各
國；1879 年遊日本，在那裡結識了黃遵憲。王韜早在國
內期間應英國傳教士麥都思（W.H.Medhurst）之請，於
1849 年進入上海墨海書館。麥都思本人便是辦第一份中
文刊物和在中國建第一個現代出版社之洋人，王韜則有
幸成為中國最早接觸現代出版業並參與翻譯事業的人。
十幾年的墨海書館工作，使他廣泛接觸了西方的自然科
學、人文知識，打開了眼界。逃到香港後，助英華書院

王韜像

院長理雅各（James Legge）將中國的四書五經譯為英文。後來也是隨理雅各來去英港
之間。1874 年王韜在理雅各離港歸國主持牛津大學漢學講席後，集資買下了英華書院
的印刷設備，遂創建第一個中國人自辦的中文大報《循環日報》。十幾年在報上發表政
論文字，與康、梁同聲呼應，成為有影響的「維新」人物。

　　王韜從一風流才子和封建士大夫，轉化為新式的報人、文學家、宣傳家，他的轉
型是非常有代表性的。他貫通古今中外，入仕不成，淪為民間意義的職業作家。他的政
論文字並非他先前的「上書」，已經不必忠於任何人，而是直接提供報紙發表，為社會
大眾所用的。所以，他的言論漸漸少了顧忌，介紹西方新事物、新思想也就不遺餘力。
他比梁啟超使用鬆動文言還早，不愧是新「報章體」文字的先行者。所著文言筆記小說
有《淞隱漫錄》、《遁窟讕言》、《淞濱瑣話》等。《淞隱漫錄》分篇在《點石齋畫

王韜《淞隱漫錄》「海外美人」
插圖為吳友如繪製

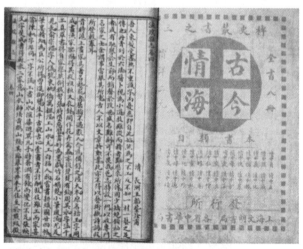
王韜著《瀛壖雜誌》所插書籍廣告（民國版）

報》（《申報》館發行）發表，由畫報的主筆吳友如為其做了插圖。寫小說的王韜，真
正顯示出海派文人的面目。這些故事，集社會新聞、民間傳說、遺聞佚事於一體，本
是為市民的消遣或抒發情感而作，與作者每日沈浮海上的狹邪生活相照應。在一定意
義上，王韜是開了以小說描摹現代都市風情的先河的。而且他還是較早寫作域外遊記的
人，有《漫遊隨錄》、《扶桑遊記》兩種傳世。

　　王韜出國本是被動，無意中比中國第一任駐倫敦公使郭嵩燾還要早七年。他在上
海開埠四年後 1847 年便遊覽過上海，加入墨海書館在滬一住便是 14 年。流亡香港前
後所住的時間也不短。但按他的遊記所寫，這樣一個略知天下事的中國人從法國南部一
登陸，感覺竟然是「眼界頓開，幾若別一世宙」。可見西洋文明不親見親聞是不行的。
他的馬賽印象如下：

> 　　越兩日，抵馬塞里，法國海口大市集也。至此始知海外閭閻之盛，屋宇之
> 華。格局堂皇，樓臺金碧，皆七八層。畫檻雕闌，疑在霄漢；齊雲落星，無足炫
> 耀。街衢寬廣，車流水，馬遊龍，往來如織。燈火密於星辰，無異焰摩天上。寓舍
> 供奉之奢，陳設之麗，殆所未有。出外已預備馬車，俱有定價，無多索也。偕夏文
> 環遊市廛一周，覺貨物殷闐，人民眾庶，商賈駢蕃，即在法國中亦可屈一指。[①]

文言的四字句限制了他對街市的具體描寫，但王韜進入歐洲的第一眼便能注意城市樓房
的層數、夜晚燈火的亮度、出租馬車的定價、市場百貨的齊全以及人口與商業人員的眾
多，已經相當難得了。他的旅歐遊記雖免不了
有驚鴻一瞥的獵奇式記述，但注意市政，熱中
於參觀各地博物院，關心男女交往與女子教育
的風氣。當時的王韜已關注城市的環境建設與
人的聯繫。他記倫敦的道路管理是：「街衢寬
廣有至六七丈者，兩旁砌以平石。街中或鋪木
柱，以便車轂往來，無轔轔隆隆之喧。每日清
晨，有水車灑掃沙塵，纖垢不留，雜汙務盡。
地中亦設長渠，以消污水。」自來水設施是：
「各家壁中咸有泉管，有塞以司啟閉，用時噴
流如注，不患不足。」記載煤氣如何進入每家
每戶照明：「每夕燈火，不專假燭；亦以鐵
筒貫於各家壁內，收取煤氣，由筒而管，吐達
於室。」[②]寫得非常仔細。他參觀倫敦博物院

19 世紀中葉的倫敦大學

---

① 王韜：《漫遊隨錄》，《漫遊隨錄‧扶桑遊記》，長沙：湖南人民出版社 1982 年版，第 80 頁。
② 王韜：《漫遊隨錄》，《漫遊隨錄‧扶桑遊記》，長沙：湖南人民出版社 1982 年版，第 103—104 頁。

康有為遊歷列國時收集的圖片之
一——義大利米蘭之大戲院（邊
款為康有為手跡）

康有為遊歷歐洲時收集的圖片之
二——義大利米蘭教堂，圖片字
跡亦為康有為手書

的圖書館，做了如下記述：

> 院中藏書最富，所有五大洲輿圖、古今歷代書籍，不下五十二萬部。其地堂
> 室相連，重閣疊架，自巔至址，節節庋書，錦帙牙籤，鱗次櫛比。各國皆按楎架分
> 列，不紊分毫。其司華書者為德格樂，能操華語，曾旅天津五年。其前為廣堂，排
> 列几椅，可坐數百人。几上筆墨俱備，四面環以鐵闌。男女觀書者，日有百數十
> 人，晨出暮歸，書任檢讀，惟不令攜去。[1]

總之，王韜的旅歐遊記反映出最早走出國門的近代知識份子所能達到的思想和眼界的水
平。王韜吸取西方文明確實沒有多少顧慮，除了他的關心女性常與尋花問柳相互混淆

---

[1] 王韜：《漫遊隨錄》，《漫遊隨錄·扶桑遊記》，長沙：湖南人民出版社 1982 年版，第 105 頁。

外，在中外文化交流的目標上，他的追求不卑不亢是很高的。

容閎青年時代像

和王韜一樣寫過域外遊記、日記或回憶錄的，還有容閎、郭嵩燾、薛福成、黎庶昌等人，他們無一例外都是中國最早的外交官員。其中容閎（1828—1912）出國更早。他1847年得到資助赴美讀書，後入耶魯大學，成為華人畢業於美國第一流大學的第一人。他被曾國藩收為幕僚，並任過駐美副使。他畢生做了兩件大事：第一，替江南製造局謀劃並在美國購置機器；第二，說動清廷終於從1872年開始由他主持選拔四批共120名幼童出洋留學。後面這件事雖遭頑固派破壞，在魯迅出生的1881年流產，學生中究竟出了修建京張鐵路的工程師詹天佑和民國政府國務總理唐紹儀等人。1909年他據此經歷，用英文寫成《西學東漸記》，1915年由惲鐵樵、徐鳳石譯為中文在商務印書館出版。書中記述19世紀中期美國的景象，和自己為讀耶魯差一點被迫接受當傳教士的約定條件，讀來相當感人。

郭嵩燾（1818—1891）的年齡在這批人裡最長，是與曾國藩換過帖的嶽麓書院同學，他喜直言，官場上不免結怨。首任駐英法公使已是1876至1879年的事。出使期間嚴復正在英國留學，40歲的差別沒有影響兩人成為忘年交。他作為洋務派，思想上稍稍超出洋務派。他是個運氣很壞的大使，為了雲南殺了英國使館的人員被慈禧太后哄著出使去賠禮道歉，人未出國門卻已挨了「賣國」的罵名。及至將五十天去倫敦途中的

由容閎參與選送的清國留美的第一批幼童其中有詹天佑等人

郭嵩燾銅板畫像

日記以《使西紀程》書名刻印，竟在朝野掀起了軒然大波。張愛玲的祖父張佩綸上疏要撤他的官，最後書被勒令毀版。所以，後兩年的旅歐日記無法續印，被埋沒了近一個世紀，直到1984年才據手稿用《倫敦與巴黎日記》的書名出版。[①]《使西紀程》的罪名是承認西方也有兩千年的文明，處處與我們的文明做比較。他的副使劉錫鴻背後認定他是「漢奸」，列數的三大罪狀真正是奇文，不妨抄在這裡：「一、遊甲敦炮臺披洋人衣。即令凍死，亦不當披。一、見巴西國主擅自起立，堂堂天朝，何至為小國主致敬？一、柏金宮殿聽音樂屢取閱音樂單，仿效洋人所為。」[②]而實際上郭嵩燾以58歲的年紀啟始（他在倫敦過了60壽辰），往來歐行八萬里，從日記看一路訪問，探討教案、船舶管理、不殺俘虜的公法、瞭解各國的宗教、監獄情況，甚至對各國國旗、水師旗、商船旗等詳加辨認，其為國家認識西方的態度非常認真。

　　而薛福成（1838—1894）的《出使英法義比四國日記》，和郭嵩燾一樣特別注意外國的監獄。其時，中國的牢獄無比黑暗，所以才會有薛福成面對巴黎牢獄寫下這樣的詞句：「工作之貲，悉歸本犯，不充公款，俾自購食物，甚有積貲者。」「地下窟室熾炭，以送暖而禦寒，雖屆冬令而巷中甚溫，此獄每冬炭費三萬佛郎。」都很意味深長。薛福成是曾國藩的年輕幕僚，與黎庶昌等合稱「曾門四子」。原來未出國前，薛對郭嵩燾「每歎羨西洋國政民風之美」，也覺「言之過當」，待1890年到1894年四年半間自己出任英法意比四國的公使看過之後，「始信侍郎之說，當於議院、學堂、監獄、醫院、街道征之」。（「侍郎」即指郭嵩燾）他記載巴黎街市也頗詳盡，特別是埃菲爾鐵塔，新造不久便去看過，用文學筆法寫它「每高一層，則下見川原廬舍人物車馬愈小一倍，俯視巴黎，全城在目，飄飄乎有凌虛禦風、遺世獨立之意」。隔了幾年再次登臨，給塔算了一筆帳，投資多少，參觀人多少，門票收入多少，股票獲利多少，算出西方國家何以能夠「致富不貲」的緣故。薛福成兼有商業與文學的兩種品性，日記裡寫巴黎油畫和蠟人的文字，就以文筆洗練生動而廣受稱道，後經常被選入教材。

　　另一位「曾門四子」的黎庶昌（1837—1897），1876年跟隨郭嵩燾出使英國。第二年開始，頻繁地調任於德、法、西班牙使館之間，直到1881年升任駐日本大使。這一段歐洲的經歷就有了《西洋雜誌》這本書。叫「雜誌」，是因此書不如上述外交家日

① 郭嵩燾：《倫敦與巴黎日記》，長沙：嶽麓書社1984年版。
② 劉錫鴻的彈劾文轉引自鍾叔河《論郭嵩燾》，收郭嵩燾《倫敦與巴黎日記》，長沙：嶽麓書社1984年版，第43頁。

記按時間的線性順序記敘，它打亂年代和國家，專意於歐洲的社會風習，按題歸類，將遊記、書簡、地理專文混編而成。黎庶昌觀察歐洲有自己獨特視點，如不著重記政治交往，而記各國禮儀習俗：如何接國書，如何著制服，如何閱兵，大至議院如何開會，小至如何訂婚約、開舞會等。「預賀生子」「生子女取證」所記西班牙皇后懷孕 5 個月按例接受大臣與外國官員朝賀，產子當日邀請大臣公使在產房外守候，待生後將嬰兒用銀盤托出當場驗證，都十分得趣。作者曾乘過氫氣球升空，寫下親歷。更其難得的是他對人文地理的專注熱愛。鑒於沙皇的擴張企圖，他提議到俄國西伯利亞一帶去作旅行考察。為此，下功夫翻譯彙集地理資料，寫成收進書中的《由北京出蒙古中路至俄都路程考略》、《由亞西亞俄境西路至伊犁等處路程考略》各文。這不是幾篇死的文獻，如對整個線路的簡明扼要記述，是這樣的：

> 自上海到天津用火輪船。自天津到通州用中國夾板船。通州到北京用驛車。北京到張家口（蒙古名加爾敢）用驛轎。張家口到恰克圖（英語名哈克達）騎駱駝。恰克圖到俄國火車路用俄國四輪馬車（名達郎達司）。[1]

過蒙古沙漠及雇傭車馬的注意事項也一一開列清楚：

> 過蒙古地方可以騎駱駝，亦可騎馬。騎馬須用蒙古馬鞍。當於七月內行走（西洋七月，中國之五月底六月初），其時有草，可以養餵牲口。若騎馬速行，一日一換，可以十二日經過沙漠。但行路如此，辛苦異常，因其路有八百買爾之遙，實中國之二千四百里。（一節）
>
> ……
>
> 從恰克圖往俄都，晝夜兼行。途中所需之物，恰克圖皆可購辦。最要者應買茶與白糖，並換銅錢，以為零星買物及賞馬夫之用。行路之先，須取一本國官路票，送與俄國公使蓋印。攜帶之物，以少為佳。物包不宜過大，恐駝馬有傷，便於取搭車上。（一節）[2]

黎庶昌《西洋雜誌》刻本。是書名，非刊物

這真是經過中國經世之學和外國實用之學兩邊影響而訓練出來的文

---

① 黎庶昌：《西洋雜誌》，長沙：嶽麓書社 1985 年版，第 549 頁。
② 黎庶昌：《西洋雜誌》，長沙：嶽麓書社 1985 年版，第 550 頁。

《歐遊雜錄》中關於機器人的記載

人，才能寫出如此的文章。

　　晚清一代寫出國遊記、日記的人可分為幾類。最早是跟著洋人當翻譯、秘書走出去的一批，如羅森、斌椿，寫域外所見，不免浮光掠影。後來才是上述的外交官員，帶考察性質。個別的例子，如徐建寅、李圭、錢單士厘，本不是官員，此三人眼裡的世界都有他們的特殊之處。

　　徐建寅（1845—1901）17歲跟隨父親徐壽在曾國藩的安慶軍械所任事，自造了中國第一艘輪船「黃鵠號」。接著父子倆又在江南製造局造了更多的兵船和大炮，研製火藥、硝酸。1879年當徐建寅在山東機器局被李鴻章看中，派往德國為北洋水師訂購鐵甲艦，並在歐洲各國考察時，他已是當時國中第一流的工程專家了。《歐遊雜錄》，就是兩年多時間在德、法、英各國參觀八十多處工廠、研究機構所留下的實錄。他的記載與其他外交官確乎不同。比如他也頻繁穿梭於巴黎、柏林之間，對街市無所記，到公共浴池去洗了次澡，卻會把浴池的長度、寬度，甚至下池的幾步臺階都分毫不錯地記下來，更不要說對那些西洋機器的外觀、構造、性能的一一記錄了。他是為中國而到歐洲學習的，因而才會在考察歐洲火藥廠時注意到中國引進的設備已經不差，為何產品不如外國的問題，說：「歷觀德國造藥各廠之器具，皆不及中國津、寧、濟、滬各局之精備。而所成之藥反良者，何也？則因試驗漲力、速率、重率各法，盡心竭力，有弊即改，隨時消息於無形，無他秘法也。」[1]這裡指出中外管理人員的優劣，已經越出一般技術改進的範圍。這正是他的工業調查的高明處，他注意到「人」。當然，他不會料到，就是這樣萬里跋涉、費盡心血購來的兩艘當時世界上最大最先進的兵艦「鎮遠號」、「定遠號」，到了甲午海戰黃海海面上，與噸位、裝甲、火力三者都比我們差的日本軍艦一相遇，竟會雙雙折戟沈沙。世界範圍的物與物的競爭，最後落到了人與人的競爭，分出了優劣。旅柏林期間，他還在蠟像院目睹了最新的科學奇跡 機器人，曾作過如下的報導：

　　院中新到蠟像一位，面目衣履與生人無異，能據案疾書。足有輪，可任意推置何處。揭其襟，則見胸膈間機輪甚繁，表裏洞然。開其機板，則蠟人一手按紙，一手握管橫書。試書數字於掌心，握拳叩之，則口不能言，而能以筆答，往往出人意表。[2]

① 徐建寅：《歐遊雜錄》，長沙：嶽麓書社1985年版，第701頁。
② 徐建寅：《歐遊雜錄》，長沙：嶽麓書社1985年版，第777頁。

李圭《環遊地球新錄》

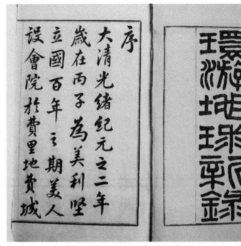

李圭《環遊地球新錄》一書及李鴻章所寫序文

對於一百多年前拖著辮子的中國人來說，這是太不可思議之事。

李圭（1842—1903）所寫《環遊地球新錄》，是他 1876 年以中國工商代表的身分赴美國費城參加世博會，環球旅行一周的記錄。李圭被曾任寧波海關稅務司的英國人好博遜（晚清許多省的稅務官員是外國人，而全國的總稅務司最高官員是英國人赫德）看中，作了他的文牘。十年後美國建國 100 周年，慶典活動包括這次博覽會，才有了此行。這部遊記先寫會上各館情況，重點是美國館和中國館；次記會後遊覽美歐各地；最後寫環球東行日記。展覽會上，他讚美美國名為「哥阿力司」的 1500 馬力大型蒸汽機，這在當時確系龐然大物。結合中國實際，李圭對會上農業機械加以特別的認識，

1876 年 5 月 10 日費城萬國博覽會的開幕式。圖中龐然大物機器即李圭所記之 1500 匹馬力「哥阿力司」（CORLISS）蒸汽機

還注意到鄰國日本訂購了 18 種農機的事實（大清國自然是不會訂的）。對畫館裡的裸體女畫，他給予相當開明的理解：「所繪士女，又以著衣冠者易，赤體者難。蓋赤體則皮肉筋骨、肥瘦隱顯，在在皆須著意，無絲毫藏拙處。雕刻石像、鑄造銅像亦然。此為繪畫鏤刻家精進工夫，非故作裸體以示不雅觀也。」[1]這比民國之後因劉海粟的藝專雇

---

① 李圭：《環遊地球新錄》，長沙：嶽麓書社 1985 年版，第 232 頁。

傭女體模特惹起的風波，時間要早得多，而看法卻合乎世界潮流。此外，他借著當時容閎的留學幼童課業在博覽會上展出，一百多名幼童率隊前來參觀並受到美國總統接見之機，寫了「書幼童觀會事」一節。特別說出：「見諸童多在會院遊覽，於千萬人中言動自如，無畏怯態。裝束若西人，而外罩短褂，仍近華式。見圭等甚親近，吐屬有外洋風派。幼小者與女師偕行，師指物與觀，頗能對答。親愛之情，幾同母子。」結論是「西學所造，正未可量」。①對外國教育的先進性一面表示心儀，這也屬不易的了。

　　李圭的遊美從中國出發，不斷地向東，再向東，整整繞地球走了一圈。這件事令他十分得意。所以《東行日記》在《申報》發表時，他署名便自稱「環遊地球客」。當時中國人中不相信「地形如球，環日而行，日不動而地動」說法的，「十常八九」。他自己本也是有疑慮的。現在親自走了一回，如他說的「使地形或方，日動而地不動，安能自上海東行，行盡而仍回上海，水陸共八萬二千三百五十一里，不向西行半步歟？蓋地形如球，本無分於東西也」。②這真是中國知識份子通過向外學習追求到真理的一個寫照。

錢單士厘（1856—1943）是外交官錢恂的夫人，錢玄同的嫂子。她因陪同和探視丈夫，先後到過日本、歐洲各地，而成為中國最早由閨房直接邁出國門的女性。她的《癸卯旅行記》寫 1903 年前後 80 天由海參崴經滿洲里經西伯利亞，乘火車到莫斯科、彼得堡的經歷。女性的筆致具體入微，更富文學味道。如寫車近貝加爾湖：

天明，漸漸從山缺樹隙望見水光，知為世界著名之第一大淡水湖所謂貝加爾湖者矣（中國舊籍或稱白海，元代或稱為菊海）。自過上烏的斯克，濃樹連山，風景秀麗，殆邁蜀道。而此夷彼險，但有怡悅，無有恐怖。因想蘇武牧羊之日（武牧羊於北海，海即貝加爾湖），雖卓節齧雪，困於苦寒，而亦夫婦父子，以永歲月，亦未始非一種幽景靜趣，有以養其天和也。③

錢單士厘的照片，人很樸素，可她是中國最早走出國門的女性

她不談愛國，倒說蘇武在這頤養天年也不壞，誠是女性立場。此書 1904 年在日本出

① 李圭：《環遊地球新錄》，長沙：嶽麓書社 1985 年版，第 298—299 頁。
② 李圭：《環遊地球新錄》，長沙：嶽麓書社 1985 年版，第 313 頁。
③ 錢單士厘：《癸卯旅行記》，長沙：嶽麓書社 1985 年版，第 734—735 頁。

宣統二年即 1910 年趙元任（第 2 名）、胡適（第 55 名）考取庚子賠款留美的名單經回憶寫出，是本節所談前輩的後繼者

版，有一定影響。她筆下沙皇統治下的俄國，專制、落後但也雄渾廣大。因她懂得日本歐美的情況，目光敏銳，處處燭照出俄國的毛病，特別是官員的顢頇、妄自尊大、無誠信，人們在高壓下工作無效率等。俄國在巴黎萬國博覽會上展出之西伯利亞鐵路，設備非常完美，備受稱讚。現在經作者實地行走一遍，發現管理上的漏洞比比皆是。綜觀她們夫婦的旅俄行車路線，由遊牧社會到農業社會到工業社會，竟連綿成歐亞大陸的歷史性的圖卷。這張冊頁由一位女性給予展現，也算得是奇觀了。

　　這種借最早走出國門而獲得胸襟與眼界，發而為「遊記」，可說是典型的文學現象。這些遊記都懷著一定的政治使命，並非遊山玩水地審美或娛樂，到稍遲的 20 世紀初，更有康有為的《義大利遊記》、《法蘭西遊記》（後合為《歐洲十一國遊記》），梁啟超的《新大陸遊記》，十分出名。以詩文談世界而成就最高者，自然非黃遵憲莫屬。關於黃遵憲，我們將把他放到下一節作為梁啟超「新文體」運動的主要成員來談。單是黃遵憲前的一、二代文人走向世界的足跡，如將錢單士厘夫婦的旅俄行車路線，王韜、郭嵩燾的旅英航海路線，容閎的旅美航海路線，薛福成、徐建寅的旅歐陸海路線，李圭的環球陸海路線等統畫出一張地圖來，所涉的世界地域不可謂不大。這批人原是洋務派，出國後沐浴在歐風美雨之中，程度不同地知道了西方的科學和民主，便懂得一點現代的市政、法律、人道、教育、科技、政體，有了向維新派過渡的趨勢。這批人忠於君王和反對孫中山革命，是免不掉的，但在那個時候，他們到底已經是最通達的一代文人了。這些人是胡適們的前輩。

第四節　由政治而文學的「新文體」運動

　　中國現代文學最終確立的標誌是「五四」新文化運動。現在談梁啟超的「新文體」運動，是為了突出晚清對文學現代性的準備。這段文學史如要提出一個傑出的人物，卻並不一定是個純粹的文學家，從言語到各類文體改良，條條線索都歸向的，便首推這位既穿西裝（穿得可早）、又著馬褂的近代革新者梁啟超（1873—1929）了。他生得較遲，生時龔自珍已去世 32 年，他比黃遵憲小 25 歲，比嚴復小近 20 歲。他自述出生時說得好：「余生同治癸酉正月二十六日，實太平天國亡於金陵後十年，清大學士曾國藩卒後一年，普法戰爭後三年，而義大利建國羅馬之歲也。」[1]那種世界眼光和胸襟，真還有點咄咄逼人。

　　提到「改良」、「革新」，其實當年用的都是「革命」這個詞。梁啟超起先追隨他的老師康有為協助倒楣的光緒皇帝變法維新，後來主張立憲，再後來也贊成了共和，任過民國的司法總長、幣制局總裁、財政總長這樣一些並不算小的官職。但終究明白了自己最適宜的角色是辦報、著文、治學。他提出「文界革命」、「詩界革命」、「小說界革命」，都透出政治和文學的雙重氣味。儘管梁啟超在散文、詩歌、小說、戲曲四方面都有成就，但他的文學關注點主要不在創作，而在於他對各種過渡性文學運動的大力發動與闡釋上面。

青年時代穿西裝之梁啟超，上題字為「一枝（支）筆強於十萬兵」

47 歲初度時的中年梁啟超像

梁啟超晚年著馬褂像

① 梁啟超：《三十自述》，《梁啟超選集》，上海人民出版社 1984 年版，第 375 頁。

梁啟超的「文界革命」抓住了文言鬆動的歷史時機。他在倡導、闡發的同時，創立了一種最有影響的文體。當然還是文言的，但已不同於舊日的文言。這文體有過多種各樣的稱呼：因有別於著述，是專門發表在報刊上的，故被稱作「報章體」；1896 年梁被聘為上海《時務報》總撰述，時人因而稱他所寫文章為「時務文」；戊戌變法失敗流亡日本，1902 年編《新民叢報》，便被叫作「新民體」。總稱為「新文體」。這種文體的特點從文章角度梁啟超本人做過歸納，恐怕沒有人能比他自己歸納得更好了。他說：

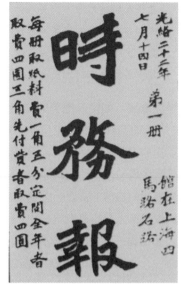

1896 年梁啟超、汪康年等於上海創辦《時務報》（旬刊）銷行萬餘，對推動維新運動影響極大。此為創刊號

> 啟超夙不喜桐城派古文，幼年為文，學晚漢魏晉，頗尚矜煉；至是自解放，務為平易暢達，時雜以俚語韻語及外國語法，縱筆所至不檢束，學者競效之，號新文體。老輩則痛恨，詆為野狐。然其文條理明晰，筆鋒常帶情感，對於讀者，別有一種魔力焉。[1]

這裡說的就是一種淺近的文言文。夾雜俗語、韻語、外國語（外來詞彙和外來表達方式），言文一致，用來論說時，富有邏輯性，充沛淋漓，下筆動輒千言、萬言，幾乎不能控制。這種文體最適合於輸入新辭彙、新概念，作思想啟蒙，宣傳鼓動，對讀者造成觀念和情感上的巨大衝擊。我們不妨拿他的重要作品《少年中國說》（1900）舉例，來感受一下他的鮮明作風。該文開頭：

> 日本人之稱我中國也，一則曰老大帝國，再則曰老大帝國。是語也，蓋襲譯歐西人之言也。嗚呼！我中國其果老大矣乎？梁啟超曰：惡是何言，是何言，吾心目中有一少年中國在！[2]

開宗明義提出問題，暢達明晰，政論文字的感情色彩濃烈。接下來的一段，即論「欲言國之老少，請先言人之老少」，通篇拿「人」來比喻「國」：

> ……老年人常厭事，少年人常喜事。惟厭事也，故常覺一切事無可為者；惟好事也，故常覺一切事無不可為者。老年人如夕照，少年人如朝陽；老年人如瘠牛，少年人如乳虎；老年人如僧，少年人如俠；老年人如字典，少年人如戲文；

---

① 梁啟超：《清代學術概論》，《清代學術概論‧儒家哲學》，天津古籍出版社 2003 年版，第 77 頁。
② 梁啟超：《少年中國說》，《梁啟超選集》，上海人民出版社 1984 年版，第 122 頁。

老年人如鴉片煙，少年人如潑蘭地酒；老年人如別行星之隕石，少年人如大洋海之珊瑚島；老年人如埃及沙漠之金字塔，少年人如西伯利亞之鐵路；老年人如秋後之柳，少年人如春前之草；老年人如死海之瀦為澤，少年人如長江之初發源。此老年與少年性格不同之大略也。梁啟超曰：人固有之，國亦宜然。①

洋洋灑灑，如後浪推著前浪。比喻通俗明白，且含有深意。可以從總體上領略，也可一一仔細玩味。其中引用外國事物的辭彙，今日看去似乎平常，要想到這是在一百多年前寫的文字，裡面所用「潑蘭地酒」（白蘭地酒）、「行星」、「隕石」、「埃及」、「金字塔」、「西伯利亞」、「鐵路」等等，你真能感受到梁啟超行文時所具的吸取世界事物的熱情。當然，這種文字也有鋪陳過甚、蕪雜欠精練、不利於深入說理等局限，這也是後人很容易看出來的。但是當年為了這種文體，他與《天演論》的譯者嚴復（引入進化論，影響了魯迅和一代人的思想）曾有過論爭。嚴復不同意文界需要什麼「革命」，強調自己的譯筆不是給「市井鄉僻之不學」看的，而「正以待多讀中國古書之人」。②梁啟超直截了當批評他「文筆太務淵雅，刻意摹仿先秦文體」，並指出著文目的應是「播文明思想於國民也，非為藏山不朽之名譽也」。③道出梁啟超把大眾讀者的接受看作是文章真正歸宿的新觀念來。

當然，時代的偏愛是倒向梁啟超一邊的。許多出生於 19 世紀末而在「五四」成名的人物，提到自己思想文字的形成總離不開梁啟超當年一紙風行的新文體。胡適便說：「梁先生的文章，明白曉暢之中，帶著濃摯的熱情，使讀的人不能不跟著他走，不能不跟著他想。」④郭沫若在回憶梁啟超的影響時竟說：「二十年前的青少年……無論是贊成或反對，可以說沒有一個沒有受過他的思想或文字的洗禮的。」⑤據毛澤東與美國記者斯諾談話，說起他在湖南第一師範學校讀書時因持的是梁啟超文體而受國文教員批評的事：「他揶揄我的文章，並斥為新聞記者式的作品。他看不起我的模範梁啟超，以為他只是半通。」⑥我們可以由此具體知道「新文體」與「五四」文體實在是一脈相承的。文言到了梁啟超的手中，本已經是強弩之末，但他又將它徹底通俗化了，吹入了寫作者的主體氣息。從他提出「文界革命」開始，所堅持的就是兩點，一是改革文章是為傳播文明思想，是為「新民」。梁啟超的「新民」自然和魯迅在 1908 年間寫的《文化偏至論》裡提出的「立人」不同，但不能說完全沒有關係。二是打破古今中外一切已成文體的界限，針對舊文言「言文分離」的要害進行改造。曾說：「言文合，則言增而文與之俱增，一新名物、新意境出，而即有一新文字以應之，新新相引，而日進焉。言文

---

① 梁啟超：《少年中國說》，《梁啟超選集》，上海人民出版社 1984 年版，第 122—123 頁。
② 見《與梁啟超書》（2），《嚴復集》第 3 冊，第 516—517 頁。
③ 見《新民叢報》創刊號梁啟超評嚴復所譯之《原富》。
④ 見胡適：《四十自述》，亞東圖書館 1941 年版，第 100 頁。
⑤ 郭沫若：《少年時代》，海燕書店 1947 年版，第 126 頁。
⑥ ［美］斯諾錄，汪衡譯：《毛澤東自傳》，解放軍文藝出版社 2001 年版，第 26—27 頁。

分，則言日增而文不增，或受其新者而不能解，或解矣而不能達，故雖有方新之機，亦不得不窒」。[1]他的為破除思想窒息而達到「言文合」的文體目標，顯然和晚清白話文運動的總體精神及十幾年後的那場「五四」白話文運動，都是相通的。所不同者，有改良文言和放棄文言的區別。梁啟超的「新文體」時代還是「改良」的時代，是向現代白話過渡的時代。

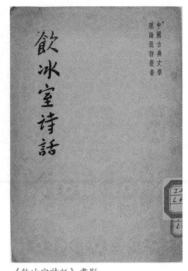

《飲冰室詩話》書影

真正屬於文學運動範疇的，是「詩界革命」和「小說界革命」。梁啟超正式提出「詩界革命」，是在 1899 年的《夏威夷遊記》一文中。在這以前，他與譚嗣同、夏曾佑共同有過「新學詩」的階段。在辦《清議報》時他開闢了文學欄目「詩文辭隨錄」，把黃遵憲的詩歌一批批地作為典範發表出來，加以評論、褒揚。後來在《新民叢報》設「詩界潮音集」欄目和發表《飲冰室詩話》，在《新小說》雜誌設「雜歌謠」欄目，都是他鼓吹詩歌革新的組成部分。這時的梁啟超已經反省「新學詩」單純堆積新名詞的弊病，他說：「過渡時代，必有革命。然革命者，當革其精神，非革其形式。吾黨近好言詩界革命。雖然，若以堆積滿紙新名詞為革命，是又滿洲政府變法維新之類也。能以舊風格含新意境，斯可以舉革命之實矣。」[2]所以，他提出「新語句」和「新意境」作為「詩界革命」的雙重標準，甚至更看重「新意境」。他自己的風格是「以文入詩」，也提倡過通俗體的歌謠詩。到晚年還以白話入詩，偶爾寫過白話詞令。

黃遵憲（1848—1905）結交梁啟超的時候已是晚年，但兩人的思想基礎是均具有世界目光和改革決心。黃的自傳體組詩《己亥雜詩》第一首便道：「我是東西南北人，平生自號風波民。百年過半洲遊四，留得家園五十春。」在告別日本友人的詩中稱：「昔日同舟多敵國，而今四海總比鄰。更行二萬三千里，等是東西南北人。」（《奉命為美國三富蘭西士果總領事留別日本諸君子》第五首）這個喜歡自稱為「東西南北人」的詩人，有十三四年在國外的經歷：1877—1882 年出使日本任參贊；1882—1885 年間調舊金山任總領事，返國探親後未回，閉門著 40 卷本 50 餘萬字的《日本國志》，是以維新思想為背景編撰的日本文獻，到了戊戌年光緒皇帝急來抱佛腳指名要讀的就是此書；1890—1891 年隨薛福成出使歐洲；1891—1894 年又奉調新加坡任總領事職；戊戌變法前，他有使德、使日本的兩次任命，都因故流產。就是這樣，他的出國經歷之長、

① 梁啟超：《新民說》第十一節《論進步》，《梁啟超選集》，上海人民出版社 1984 年版，第 236 頁。
② 梁啟超：《飲冰室詩話》，人民文學出版社 1959 年版，第 51 頁。

人境廬詩草

之豐富，在晚清文人中是獨一無二的。此經歷決定他會有《日本雜事詩》200 首，會有他的代表詩集《人境廬詩草》近七百首裡三分之一的海外詩篇，如《八月十五夜太平洋舟中望月作歌》、《新加坡雜詩》、《倫敦大霧行》、《埃及國古柱》、《罷美國留學感賦》、《番客篇》等。而更為重要的是奠定了他所有詩文創作的風格根底，那種開闊的史識，博大銳利的眼界，由世界看中國的新思想、新知識、新意境。一方面，他覺得天下宇宙之大，找到了中國和自己的位置。出了國門才知道山外有山，天外有天，如《感事（三首）》中悟到：「芒芒九有古禹域，南北東西盡戎狄。豈知七萬餘里大九洲，竟有二千年來諸大國。」赴美渡太平洋，使他的胸懷一下子打開不少，他在《海行雜感》中說：「九點煙微三島小，人間世要縱婆娑。」「九點」是九州中國，「三島」是指日本，都小了。更說：「星星世界遍諸天，不計三千與大千。倘亦乘槎中有客，回頭望我地球圓。」地球也不大了。具有這種懷抱的詩家，晚清能有幾人？另一方面，寫國中任何事、任何物，都能由小及大，由此及彼，不斤斤計較於一點。他海外詩之外的感時憂國的詩作，是被許多人稱為「史詩」的。他生在第一次鴉片戰爭之後，卒於辛亥革命之前，中經琉球遭日本吞併、中法戰爭、中日甲午戰爭、戊戌政變、庚子事變等事件，在他的詩裡都得到表現，有的甚至是用組詩形式來表現的。直接的，如《琉球歌》、《馮將軍歌》、《七月二十一日八國聯軍入犯京師》，也有間接的像《五月十三夜江行望月》的句子：「灑淚填東海，而今月一圓，江流仍此水，世界竟何年。」一月一水，聯想起的還是中日海戰難雪的恥辱。《上黃鶴樓》句：「磯頭黃鵠日東流，又此闌干又此秋。」因過去來此登樓，正逢潰棄臺灣的消息傳來。《上岳陽樓》句：「當心忽壓秦頭日，畫地難分禹跡州。」是登著登著，想起近日所見西人勢力範圍圖竟將長江、湖南劃入英吉利屬內，不免恨恨。這都是黃遵憲情深意遠所致。

他的海外詩又被臺灣詩人丘逢甲呼為「新世界詩」，認為他是詩歌世界之哥倫布一般的人物。此命名更能體現黃遵憲這些詩人為中國開一認識世界新大陸境界的特色。《日本雜事詩自序》便道出他寫這些詩的目的，是為矯正中國士大夫階層「聞見狹陋，於外事向不措意」的偏見。這些「新世界詩」都是以 19 世紀末一個中國先進知識份子的眼光來打量世界的。這種「中國眼光」第一是顯出外國事物的新異處，如《今別離（四首）》寫輪船電報照相時差四種新鮮事物，別人也寫，黃遵憲卻能把現代文明帶來

黃遵憲梅州人境廬故居

的速率與古老的離情別緒相對照：「古亦有山川，古亦有車舟，車舟載離別，行止猶自由。今日舟與車，並力生離愁。」「送者未及返，君在天盡頭，望影倏不見，煙波杳悠悠」。詩的意境便高遠得多。第二，抒悲憤。因喪權辱國的事情太難於承受，不寫《悲平壤》、《哀旅順》、《哭威海》、《逐客篇》，何以平靜？第三，為我所用。寫日本明治維新後帶來的氣象，教育方面連寫數首，表達學習的急切。《東溝行》寫甲午海戰我們失敗，教訓是：「人言船堅不如疾，有器無人終委敵」，思想超出了洋務派。第四，理想高遠。《登巴黎鐵塔》的「一覽小天下，五洲如在掌。既登絕頂高，更作凌風想」，果然提出欲駕氣球自由飛翔的科學理想。《己亥雜詩》第49首詠出使途中海上看日出：「赫赫紅輪上大空，搖天海綠化為虹。從今要約黃人捧，此是扶桑東海東。」此是政治理想。梁啟超盛讚的《錫蘭島臥佛》是「空前之奇構」，其中包含了一部「印度史」、「佛教史」、「宗教政治關係說」、「地球宗教論」，設想特別深邃。

關於黃遵憲與比他小二十多歲的梁啟超的友誼，是政治、文學的多方面的結合。黃遵憲做完外交官歸來，本是應張之洞之召回國任洋務重任的，不料初次見面黃在上司面前昂首高聲說話，一副海外習慣，引起張的不滿，從此閒置多年，給結交梁啟超留下了空隙。1898年在上海初識梁啟超。黃與其他人出資辦《時務報》，延聘梁啟超任主筆。黃在湖南代任按察使、助陳寶箴於湖南行新政期間，請梁啟超來湘主持時務學堂。變法失敗，梁啟超流亡日本，黃遵憲在上海被軟禁，日本友人的解救行動遭他拒絕，後被革職遣鄉閒居，在與梁隔絕兩年後才恢復通信。黃對梁啟超的「新文體」評價極高，說：「《清議報》勝《時務報》遠矣。今之《新民叢報》又勝《清議報》百倍矣。驚心動魄，一字千金。人人筆下所無，卻為人人意中所有，雖鐵石人亦應感動。從古至

今，文字之力之大，無過於此者矣。」[1]梁啟超提出「詩界革命」，是中國古典詩歌向現代詩歌轉型的重要革新運動，黃遵憲正是被梁啟超作為「詩界革命」一面旗幟高舉起來的。黃遵憲寫詩的志向是「欲棄去古人之糟粕，而不為古人所束縛」，寫盡「古人未有之物，未闢之境」，「詩之外有事，詩之中有人」，「不名一格，不專一體，要不失乎為我之詩」。早期提出「我手寫吾口，古豈能拘牽」，晚年做過詩歌通俗化的努力，

梁啟超《新小說》創刊號

《新小說》第二號，此刊為梁啟超推動「小說界革命」的槓桿

編寫過《出軍歌》（八首）、《幼稚園上學歌》（十首）、《小學校學生相和歌》（十九首），學寫民歌如《五禽言》（五首）、《山歌》（六首）等。[2]這些詩歌精神正與「詩界革命」的目標相合。所以，梁啟超在自己辦的報刊上不斷發表、推崇黃遵憲的詩，說：「要之公度之詩，獨闢境界，卓然自立於二十世紀詩界中」。「往見黃公度《出軍歌》四章，讀之狂喜……其精神之雄壯活潑沈渾深遠不必論，即文藻亦二千年所未有也，詩界革命之能事至斯而極矣。」黃遵憲的詩文成就是在他首先成為一個初步具有世界眼光的人之後，才成立的。也是這樣與梁啟超一拍即合。

至於「小說界革命」，梁啟超可說是全面介入，無論是提出口號，還是編輯、創作、翻譯與理論論述，每一方面他都是全力參與的。他辦的《新小說》於 1902 年發刊於東京，是中國有史以來第一種專刊小說的雜誌。晚清四大小說雜誌，《新小說》開了先河。但是我們不要忘記，梁啟超創辦報刊的動機只為了改良政治，開啟民智，小說只是工具，自然沒有「為藝術而藝術」的思想。他提倡的是政治小說。他翻譯日本小說，選擇了並非文學史的精品《佳人奇遇》，譯後寫《政治小說〈佳人奇遇〉序》，後改名《譯印政治小說序》，倒是他的重要論文。其中說：「彼美、英、德、法、奧、意、日本各國政界之日進，則政治小說為功最高焉。英名士某君曰：『小說為國民之魂』。」[3]把小說的政治作用提得極高。《新小說》創刊號上所載《論小說與群治之關係》一文，

① 黃遵憲：《致梁啟超書（九通）·一》，《黃遵憲集》下卷，天津人民出版社 2003 年版，第 490 頁。
② 見《黃遵憲集》上卷，天津人民出版社 2003 年版。
③ 梁啟超：《譯印政治小說序》，1898 年《清議報》第一冊。

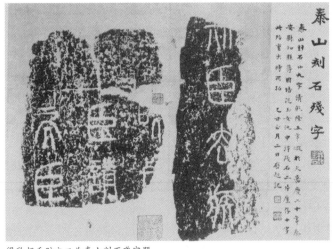

梁啟超手跡之二為泰山刻石殘字題　　　　　　　　　　　　　　　梁啟超手跡之一

更為有名，開頭結尾的論述是很多人熟知的：

> 欲新一國之民，不可不先新一國之小說。故欲新道德，必新小說；欲新宗教，
> 必新小說；欲新政治，必新小說；欲新風俗，必新小說；欲新學藝，必新小說；乃
> 至欲新人心、欲新人格，必新小說。何以故？小說有不可思議之力支配人道故。
> 故今日欲改良群治，必自小說界革命始；欲新民，必自新小說始。[①]

這樣誇大小說的作用，如果不是為了說明「小說為文學之最上乘」[②]的觀點，本來是有
流弊的。有人甚至認為，後來盛行的讓文學無條件服務於政治的理論，梁啟超是始作俑
者。這個說法未免誇大。因為「文以載道」的傳統在中國已經存在了幾千年了，不是梁
啟超一個人的事情。梁啟超從政治家的角度看文藝，將文藝看成政治的工具，是有偏頗
的。但強調小說對國民精神的塑造作用，並沒有錯。加上我們歷來給予小說的地位十分
低下，僅近似通俗講史一類，無法與詩文並列，現在經梁啟超大力提升，把它放在「上
乘」的顯赫位置上，這在當日倒是虧他才能說到、做到。平心而論，20 世紀以至一直
延續到今日的小說為各類文學體式之首的局面，與他此時的振臂一呼，不能說沒有關
係。

梁啟超還身體力行寫了小說。《新小說》創刊號中登載了他自寫的唯一一部政治
小說《新中國未來記》。據說他辦刊的動機，就是為了方便發表這篇東西。小說「起筆
於義和團事變，敘至今後五十年止」，並未完工，僅得五回，寫上海於 1962 年慶祝維
新 50 年開博覽會，追述幾十年前維新黨黃克強、李去病歐遊回來聯絡國內志士仁人，

---

① 梁啟超：《論小說與群治之關係》，《二十世紀中國小說理論資料》第一卷，北京大學出版社 1997 年版，第 50 頁、
　　第 53—54 頁。
② 梁啟超：《論小說與群治之關係》，《二十世紀中國小說理論資料》第一卷，北京大學出版社 1997 年版，第 51 頁。

並發生爭論等情事。此離全文設計的第一個情節「南方有一省獨立，舉國豪傑同心協助之，建設共和立憲完全之政府」還差得很遠。[①]小說集中表現政治改良派的新思想、新意境，用的是舊的章回體，採取的是將演說詞、新聞報導、章程、論文與幻想虛構混雜記敘的方式，亦新亦舊，可說是梁啟超心目中「新小說」的典型標本。梁啟超不是不知道即便按中國「說部」的寫法，這也是個異類。他在小說連載了兩三回後曾說，這小說「似說部非說部，似稗（稗）史非稗（稗）史，似論著非論著，不知成何種文體，自顧良自失笑」。但他仍執意按此種寫法寫下去，因為如在小說中「發表政見，商榷國計，則其體自不能不與尋常說部稍殊」。[②]三不像的「政治小說」，就是這樣有意識地被構想出來的。也正因為他不按照文學的規律來搞文學，《新小說》的政治小說難以為繼，最後的地盤都讓給了吳趼人、周桂笙等市民小說家了。

在以後百年形成的文學史中我們可以發現，利用對舊體式的改造，加入新的意境、新的知識、新的形象的做法，曾反覆出現，屢試不爽。這便是梁啟超說過的「以舊風格含新意境」的話。後來者，如生命力長久的「鴛鴦蝴蝶派」是如此，到了初期的抗戰文學「舊瓶裝新酒」仍然是如此。另一方面，由「五四」新文學所開創的局面卻正好相反，是徹底地重起爐竈！所以，梁啟超無論為「五四」的白話文和小說詩歌做了多少準備，他的文學革命的「改良」實質無法回避，是不能與「五四」文學同等評價的。

梁啟超最後從政治舞臺退身下來，在中國公學、南開大學、清華大學任教，從事學術研究。這張與王國維等人的合影，是他們同時作為清華大學研究院導師時拍的。這個導師他做了八、九年，很合他的意。梁啟超舊學根基深厚，又能從西方吸取部分

1925 年清華大學研究院導師王國維（左三）、梁啟超（左五）等合影。此研究院的學術權威性後來竟很難超出

① 《新小說》報社：《中國唯一之文學報〈新小說〉》，《二十世紀中國小說理論資料》第一卷，北京大學出版社1997年版，第61頁。
② 梁啟超：《〈新中國未來記〉緒言》，《二十世紀中國小說理論資料》第一卷，北京大學出版社1997年版，第55頁。

1925 年前後，梁啟超與三女梁思莊與林徽因
遊長城。林的西洋氣質明顯

科學的精神和方法，他的《清代學術概論》、《中國近三百年學術史》、《中國歷史研究法》等都是體大精深之作，也富有一定的批判性。有人指出，學者梁啟超在文學研究上能突破政治家梁啟超早期單純要求小說充任改良社會工具的認識，開始看重文學的情感價值和藝術價值。[①]作為一個過渡時代的思想文化界大人物，這很能切中他因時而變、不背歷史潮流而動的特性。他一生勤奮，留下四十卷本的《飲冰室合集》。最後導致他逝世的病是被「協和」醫生誤診了。其重病在身時，還向人表示：「戰士死於沙場，學者死於講座。」[②]他是古建築學

1924 年的梁啟超與當時訪華的印度詩哲泰戈爾

家梁思成的父親，是建築學家兼文學家林徽因的公公，所以留下了好多張他們家人在一起的珍貴照片。這點因緣也算是他與現代文學割不斷的聯繫吧！

① 見夏曉虹著：《覺世與傳世──梁啟超的文學道路》，第二章「從『文學救國』到『情感中心』」，上海人民出版社 1991 年版。
② 見丁文江：《梁任公先生年譜長編初稿下》，臺北世界書局 1972 年版，第 780 頁。

第五節　文學大事 1903 年版圖（積累的時代）

　　1903 年的文學大事相當集中，呈現出中國現代文學準備期的鮮明特色。經過了甲午、戊戌、庚子的種種變故，清朝業已百孔千瘡，大廈將傾。思想文化上的控制比過去任何時候都要鬆弛無力。救亡反清思潮與文學運動相互鼓蕩，文學家們紛紛以上海和日本為舞臺閃現出他們的身姿。梁啟超雖在政治上處於保守、進步的矛盾之中，卻仍保持著他精神上與文學上的突出地位。而鄒容、陳天華等寫出的宣傳鼓動作品，在海內外所發出的巨大聲威已不可小視。魯迅還處在他的讀書醞釀時期，不過也有了自己獨特的聲音。現代報刊的出版與傳播，在這一年峰巒疊起，更有起色。像改良派、革命派的報紙，留學生的刊物，都對文學起著推波助瀾的作用。晚清白話報紙紛紛面世，小說期刊日益增多，著名的四大社會譴責小說，幾乎都是在這一年粉墨登場的。很顯然，革命民主文學的高漲和晚清小說的現代轉型，是 1903 年文學的兩大焦點。而整個晚清時期對文學現代性的積累，既有文體改革的精英潮流，也有傳統市民文學利用現代手段加以革新的動向，到後來，便有了話劇、翻譯直接面對世界文學引入的趨勢。

　　晚清的文學中心首先是在上海。上海這個新興商業都會的崛起，現代出版業的急劇進步，加上租界帶來一定的言論庇護，於是，造成報刊印刷品的繁榮和第一代職業作家、現代市民讀者群體的紛紛出現。望平街作為現代中國報館街還沒有正式形成之前，四馬路的惠福里一帶、廣東路寶安里小花園左右，已經集中了全國重要的各家報社。

魯迅學醫的仙台醫學專門學校當年的正門

文學大事記 1903 年版圖

時間	大事記
1 月 29 日	東京留學生會館舉行新年（舊曆）團拜，到者一千餘人。青年周樹人（魯迅）在場。留學生鄒容、馬君武等發表演說痛斥清廷腐敗賣國
	其時，魯迅在弘文學院普通科江南班學習，同校學生中還有許壽裳、陳天華、黃興諸人
1 月 29 日	《湖北學生界》在東京創刊，第 6 期後改名《漢聲》。湖北留日學生劉成禺等辦。為同類留日學生刊物之最早者
1 月	陳匪石譯法國都德小說《最後一課》，載《湖南教育雜誌》
2 月 17 日	《浙江潮》（月刊）在東京創刊，浙江留日學生孫江東、蔣百里主編，5 期起由許壽裳接編
2 月 20 日	梁啟超從日本橫濱出發，開始北美洲（加拿大、美國）之行。後寫有《新大陸遊記》
3 月	馬相伯於上海徐家匯舊天文臺址創辦震旦學院
3 月	章太炎任教於上海愛國學社
3 月	魯迅在江南班第一個剪去辮子，並拍攝斷髮照片寄贈國內親友。後，又在斷髮照片上題「靈台無計逃神矢」一詩，贈許壽裳
春	王國維在通州師範學校任教習，主講哲學、心理、倫理諸課，潛心研讀康德、叔本華
4 月 8 日	嚴復《斯密亞丹傳》，發表於《鷺江報》第 27 冊
4 月 8 日	胡彬夏等在東京成立共愛會，此為中國最早爭取男女平權的婦女團體
4 月 26 日	《廣益叢報》（旬刊）在重慶創刊
4 月 27 日	《江蘇》（月刊）在東京創刊。為江蘇同鄉會秦毓鎏等辦
4 月 27 日	天津中西學堂改為北洋大學
4 月 29 日	日本中國學生集會，抗議沙俄覬覦東三省。鄒容、陳天華、蘇曼殊等均參加留日學生組織之「拒俄義勇隊」
4 月	李伯元《官場現形記》開始在《世界繁華報》連載。至 1905 年 12 月載畢
5 月 6 日	中國之新民（梁啟超）小說《新羅馬傳奇》，由《廣益叢報》第 3 號開始連載，至 1905 年（第 64 號）載畢
5 月 27 日	《繡像小說》（半月刊）於上海創刊，李伯元辦。1906 年停刊
5 月 27 日	李伯元《文明小史》自《繡像小說》創刊號開始連載，至 1905 年第 56 期載畢
9 月 5 日	人境廬主人（黃遵憲）詩《逐客篇》，發表於《新民叢報》第 37 號
9 月 11 日	章太炎詩《獄中贈鄒容》、《獄中聞沈禹希見殺》、《獄中聞湘人某被捕有感》，發表於《浙江潮》第 7 期
9 月 21 日	劉鶚《老殘遊記》1 回至 13 回，在《繡像小說》第 9 期至第 18 期連載
9 月	孫玉聲《海上繁華夢》，上海笑林報館出版初集、二集
10 月 5 日	吳趼人《二十年目睹之怪現狀》，自《新小說》第 8 號開始連載，至 1906 年第 24 號
10 月 5 日	吳趼人《痛史》自《新小說》第 8 號開始連載，至 1906 年第 24 號
10 月 8 日	蘇曼殊、陳獨秀合譯《慘社會》（即雨果《悲慘世界》），載《國民日報》
10 月 10 日	魯迅《說鈤》、《中國地質略論》發表於《浙江潮》第 8 期
10 月	魯迅譯法國凡爾納的科學幻想小說《月界旅行》，由東京進化書社出版
秋冬間	陳天華所著《猛回頭》（彈詞）、《警世鐘》（說唱散文）在東京相繼出版
11 月 7 日	北京譯學館開館
11 月	金松岑《孽海花》第 1、2 回在《江蘇》第 8 期發表。後第 7 回起由曾樸續寫
11 月	林紓與人合譯的《莎士比亞故事集》出版
11 月	魯迅經許壽裳等介紹加入「浙學會」，為反清「光復會」前身
11 月	《寧波白話報》（旬刊），於上海創刊，由上海寧波同鄉會發行
11 月	《覺民》（月刊）在松江創辦，高旭主編
12 月 8 日	魯迅譯法國凡爾納科學幻想小說《地底旅行》第 1、2 回，連載於《浙江潮》第 10 期至第 12 期
12 月 15 日	《俄事警聞》在上海由蔡元培等組織的對俄同志會創辦，王小徐主編
12 月 19 日	《中國白話報》（半月刊，後改旬刊）在上海創刊，林獬主編
12 月 19 日	《蘇報案記事》（《癸卯大獄記》）出版
12 月	柳亞子參加中國教育會，到上海愛國學社讀書並開始參與革命宣傳活動，在《江蘇》發表《鄭成功傳》、《中國立憲問題》、《臺灣三百年史》等文
12 月	《新白話報》（月刊）在東京創辦，由上海普益書局總發行
本年	黃遵憲隱居廣東嘉應故里「人境廬」，離他逝世僅距一年多
本年	林紓在任北京金台書院、五城學堂教習的同時，兼京師大學堂譯書局筆述
本年	冷血（陳景韓）譯《偵探談》第 1、2 冊，時中書局出版
本年	達文社譯英國莎士比亞《海外奇談》，由達文社出版。此書為蘭姆《莎士比亞故事集》之最早中譯本
本年	戢翼翬譯俄國普希金《俄國情史》，由開明書店出版
年末	蘇曼殊在廣東惠州出家

蔡元培晚清時辦的報紙《俄事警聞》第一期將中國民族危機布於世界。見本年大事記 12 月 15 日條

一般估計，晚清約 1902—1904 年之間，僅上海一地所編、印、發的白話報刊，與全國各地相比幾近一半對一半。消閒性、娛樂性的「小報」自 1897 年李伯元創辦《遊戲報》成功以來，到這時，也有了十幾種，全部在上海出版。這些小報是登載文藝作品的主力之一。下文將要論及的晚清四大小說期刊，《新小說》是在日本，《繡像小說》、《月月小說》、《小說林》便都創刊於上海。此外的小說雜誌如《新新小說》、《新世界小說社報》、《小說七日報》、《小說時報》、《十日小說》、《小說月報》等，無一不是在上海出版而向全國發行的。其時，中國文人集聚上海，絕大部分的身分是報人、出版家、小說家。上述大事記所涉及的人物，除個別情況外，其餘也都在

上海和日本活動（嚴復在義和團事件後避居滬上前後達七年）。而日本的東京和東京附近的橫濱，則是晚清至民國前另一個中國文學的集結點。那個年代，日本的中國留學生猛增，1903 年已經多達數千人；1906 年竟到一萬人。戊戌變法失敗後，政治流亡者的大量東移，也將進步文化人的佈局無形中重新加以調整。所以在日本從事文藝活動的中國人，一般都帶著「革命」的傾向。像平江不肖生（向愷然）的小說《留東外史》所寫萬餘在日的華人裡面，號稱公費、自費留學，並不經商，卻一天到晚講嫖經談食譜的浪子闊少雖有，卻是與文學無干的。東京日本政府與清政府的曖昧關係即便存在，但究竟是國外。在那裡，鄒容、陳獨秀和一些人公然敢把清國留日學生監督姚文甫的辮子剪去，並懸掛在留學生會館示眾，從中就可聞到一絲「天高皇帝遠」的消息。據稍晚些赴日的周作人說：「留日學生分省刊行雜誌，鼓吹改革，乃是老早就有了的事，兩湖江浙出的最早」。①我們只要看梁啟超在橫濱主編的《清議報》、《新民叢報》、《新小說》在國內的影響，也便知道這一中心的強勢。周作人回憶自己與魯迅的求學時代，曾一再提起受益於《新小說》，說魯迅在日本最初「還沒有強調文學的重要作用。大約只是讀了梁任公的『新小說』，和他的所作的『論小說與群治的關係』，所受的一點影響罷了」；「我在南京的時候所受到的文學的影響，也就只是梁任公的『新小說』裡所載的那些」。②後者所謂的「南京的時候」是指在江南水師學堂就學期間，竟也能在國內一期一期地翻閱橫濱出版的《新小說》，可見日本這個中心的輻射力量之大。而東京、

① 周作人：《知堂回想錄》，「八一 河南——新生甲編」，香港三育圖書公司 1980 年版，第 217 頁。
② 周作人：《知堂回想錄》，「七三 籌備雜誌」，香港三育圖書公司 1980 年版，第 195—197 頁。

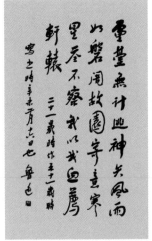

日本讀書時期 1904 年魯迅弘文學院畢
業照

魯迅所寫《自題小像》詩手末句
已是他展露青年抱負的名言

　　橫濱與上海聲氣相通十分緊密，許多留日學生的刊物都是在上海編好後拿到日本去印
刷，然後再運回上海發售的。那時從上海去日本也不必簽證，打一張船票就越洋了，兩
國往來方便，無意中更增加了兩個文學中心同時產生、同時存在的可能性。

　　不論是上海、東京，對文學的現代轉變來說，最至關緊要的便是一種思想文化環
境。1903 年處於文學中心的中國文人能夠體驗得到的，便是從民間到報刊所形成的那
種斥責官場腐敗的風氣。包天笑談到過一件逸聞，是他領著編輯《二十世紀大舞臺》的
朋友陳佩忍（去病）在上海訪問北京來的名伶汪笑儂，卻意外地沒有達到訪問的目的：
「佩忍本想和他談談戲劇改良的事，但他轉而講及北京的政治，痛罵官場，連那些王
公大臣都罵上了。」[1]這種離開北京到了上海就敢「罵官」的空氣，是時代造成的。而
報刊和小說這兩者，正是促成清廷「禮崩樂壞」的催化劑。《蘇報》案就是上海報刊
敢同慈禧太后作對的一個事例。《蘇報》原是一張旅日華僑辦的報紙，南社的陳範接辦
後，在 1903 年 5 月到 7 月期間，依靠蔡元培的中國教育會和留日回國的革命派學生的
力量，利用了章士釗、章太炎、張繼的筆，推動支持學潮，發表《釋仇滿》、《敬告守
舊諸君》、《論中國當道者皆革命黨》等激進文章，鼓吹推翻「那拉氏」「滿洲人」的
「中央革命」。大力推薦鄒容《革命軍》，成了一根導火線，因此報連續發表鄒容的自
序及章太炎的序文，終於引起清廷的反撲。而產生大量「罵官」小說的背景，我們只要
看魯迅闡釋「譴責小說」產生的原因，就能明白一二。魯迅說：

　　　戊戌變政既不成，越二年即庚子歲而有義和團之變，群乃知政府不足與圖

---

① 包天笑：《釧影樓回憶錄》「春柳社及其他」一節，香港大華出版社 1971 年版，第 399 頁。

創刊於1896年（光緒二十二年）的《蘇報》。初由胡璋（鐵梅）主辦，1898年歸陳範（夢坡）接盤，先後由愛國學社社員汪文溥（蘭泉）、章士釗（行嚴）等擔任主筆。1903年因刊登《讀〈革命軍〉》、《介紹〈革命軍〉》等文字被控，章炳麟（太炎）、鄒容（慰丹）入獄，鄒死於獄中。史稱蘇報案

> 治，頓有掊擊之意矣。其在小說，則揭發伏藏，顯其弊惡，而于時政，嚴加糾彈，
> 或更擴充，並及風俗。①

這個「掊擊之意」，這個「揭發」、「糾彈」之意，便可用來解讀這時期暴露文學發生的大趨勢和作者、讀者共存的揭發政府的社會普遍心理。如果再加上一種革命的憤怒與理想，也適於用來理解鄒容的《革命軍》、陳天華的《猛回頭》這樣振臂作獅子吼的作品產生的根源。

　　《革命軍》是鼓動性很強的文藝宣傳品，論述反清革命的道理透徹、簡捷，如披荊斬棘般痛快淋漓。全書分七章，有「革命之原因」、「革命必先去奴隸之根性」、「革命獨立之大義」等名目。如說什麼是「革命」：

鄒容著《革命軍》封面

> 　　革命者，天演之公例也。革命者，世界之公理也。革命者，爭存爭亡過渡時代之要義也。革命者，順乎天而應乎人者也。革命者，去腐朽而存良善者也。革命者，由野蠻而進文明者也。革命者，除奴隸而為主人者也。

① 魯迅：《中國小說史略》，《魯迅全集》第9卷，人民文學出版社1981年版，第282頁。

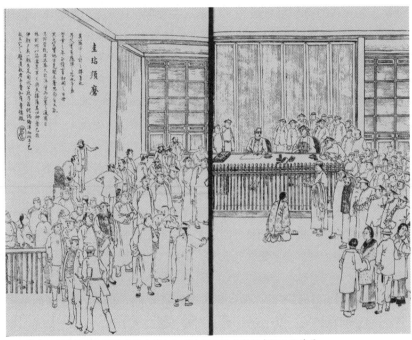

點石齋畫報所繪滬地租界的會審公廨如何在中國土地上審判中國人的情景

一種正義的憤懣貫穿其間。因此魯迅說過：「倘說影響，則別的千言萬語，大概都抵不過淺近直截的『革命軍馬前卒鄒容』所做的《革命軍》。」[①]道出了它的特色。鄒容被無理判刑二年，1905年病死獄中。陳天華為抗議日本政府公佈的「取締清韓留日學生規則」，也是這一年在日本海灣蹈海自殺，以警示國人。他生前1903年寫的《猛回頭》、《警世鐘》也具有這種喚醒民眾的通俗宣傳性質，整篇的情緒是激昂、噴發的。

　　在注意到感情激越的革命者型作家、暴露社會意識強烈的市民型小說家之後，我們還要特別提到在一個新舊大變動的時代，正處於進退失據，內心充滿矛盾的那些文化人物。他們的地位有大有小，思想異常複雜，但都夠典型。如果連他們都呈現出文化的過渡狀態，其餘的人物就可勿論了。而瞭解他們的文學生命形態，正是通向這個世紀之交現代文學積累年代的重要門徑。他們是林紓（琴南）、章太炎（炳麟）、蘇曼殊、王國維。

投海以警醒國人的陳天華烈士

---

① 魯迅：《雜憶》，《魯迅全集》第1卷，人民文學出版社1981年版，第221頁。

　　從年齡上看，1903 年時林紓最長，51 歲。在那個年代，這已屬老年。但他高壽，活到 72 歲。這時候林紓在福州、杭州、北京先後教書，中舉後屢屢參加禮部試皆不中，而古文已經做得相當出色。他與人合譯外國文學，印行了《巴黎茶花女遺事》、《黑奴籲天錄》、《伊索寓言》，都一紙風行。他生平最大的文學工作之一，所謂「林譯小說」的翻譯高潮正在形成中。他公開出版的第一部著作是《閩中新樂府》。胡適作為「五四」的代表人物，與他「對壘」多年之後，曾評價這本書說：「林先生的新樂府不但可以表示他的文學觀念的變遷，而且可以使我們知道：五六年前的反動領袖在三十年前也曾做過社會改革的事業。我們這一輩的少年人只認得守舊的林琴南，而不知道當日的維新黨林琴南。只聽得林琴南老年反對白話文學，而不知道林琴南壯年時曾做很通俗的白話詩。」[1] 胡適這段話對於後人全面認識前輩的「落後」，是很有代表性的。每個人的思想發展都有它的關口，對林紓來說，從維新到改良還可以，辛亥革命他就過不去了。他說要以清舉人終其身，是決心充當「遺民」的意思。後來終於成了抵制新文化運動的代表人物。

　　章太炎的情況本與林紓不同。他從變法維新到參加同盟會，是反清的堅定分子。日本期間曾短時間教過魯迅、周作人、錢玄同的《說文解字》。作為一個著名學者兼革命家，影響很大。後來如魯迅所說「卻退居於寧靜的學者，用自己所手造的和別人所幫造的牆，和時代隔絕了」[2]。1903 年是蘇報案發生這年，他正是全國注目的新聞人物，34 歲。發表《駁康有為論革命書》直斥皇帝為「載湉小丑，未辨菽麥」。他支持革命文學作品《革命軍》也不遺餘力。蘇報案三年後刑滿出獄，他被孫中山迎到日本任《民

穿和服的章太炎，正是有為之時

章太炎晚年漸入頹唐

---

① 胡適：《林琴南先生的白話詩》，初載 1924 年 12 月《晨報副刊六周年紀念增刊》。
② 魯迅：《關於太炎先生二三事》，《魯迅全集》第 6 卷，人民文學出版社 1981 年版，第 545 頁。

報》主編，與梁啟超的《新民叢報》直接對壘，進行是「革命」還是「改良」的大辯論時，氣勢如虹。民國後宋教仁被刺，他決意討袁世凱。在北京把袁世凱送他的大勳章當扇墜，以表示高度蔑視。還親到總統府門口大罵袁世凱的包藏禍心。後遭袁軟禁卻堅不受收買，直到袁死後才獲釋。到這個時候為止，章太炎的革命性還是沒得說的。但他終於過不去「五四」這個關口，後來不主張新文化運動，提倡尊孔讀經，漸入頹唐。晚年轉向佛學，多次欲落髮為僧。原來是拉革命車子的一把好手，卻變成拉歷史倒車的頑主。這類典型相當普遍，章太炎算是走到了極端。

蘇曼殊出家後像

蘇曼殊這年才 19 歲，在日本參加反清革命團體，後是南社的重要詩人，與章太炎、陳獨秀等都是朋友，並較早從事文學翻譯。在政治思想和行動上他一直是激進的，曾經有在香港單人刺殺保皇的康有為的計劃。他的矛盾屬於文化思想方面，正好體現在他從 1903 年開始寫作的 6 篇文言小說上。他的個人苦悶在於因中日混血私生子的隱秘出身而遭受的歧視，在於革命、情愛、禪佛三者的死命糾纏。自傳體小說《斷鴻零雁記》等就表現了這種糾葛：小說主人公無法排解塵世帶來的苦痛，只能皈依佛門，追求佛境以求超脫。這樣，昂揚的革命時代，新舊交替的過渡人物，迷惘難拔的悲劇身世，便造成了孫中山稱蘇曼殊為「革命和尚」的特殊身分。這也是一類文人的典型：同情革命而最後疏離激烈的文化運動。我們還可以聯繫到同時期的李叔同（弘一法師），或稍後的李叔同的學生豐子愷居士，都具備相似的經歷和情懷。他們的浪漫性情並不張揚，具有內斂式的才華，精通藝術的多個門類，在文學上本來是可以有更大作為的。

王國維像。一副學者面孔

王國維這年 26 歲，只比魯迅大 4 歲，是位純粹的學者，文學研究事業剛剛開始。他不能真正從晚清邁入新的世紀，卻最後自沈於頤和園昆明湖，是留給後人最大的文化謎團。要說從閱讀西方的哲學原作入手，用西方進化的觀念、美學的觀念重新考察中國以往的文學，調整傳統的文學批評體系，

特別是拿來全面解釋古典小說、詩詞、戲曲等，
他是當時中國的第一人。1903 年他還在研究康
德、叔本華，要到次年才寫作《紅樓夢評論》。
他的文學思想、學術思想代表了那個時期中國湧
向世界的一個波峰，彷彿一個人的一條腿業已跨
進了現代之門。但是，他的政治思想的保守性，
文化上的遲暮與失落，好像是另一條腿永遠留在
了辛亥年之前，留在了「五四」之前。王國維是
清華國學研究院四大導師之一，另三人為梁啟
超、陳寅恪、趙元任。王國維逝後留下的遺囑，
第一句話是「五十之年，只欠一死，經此事變，
義無再辱」。按陳寅恪解讀他的死因，在《王觀
堂先生挽詞並序》中說：「凡一種文化值衰落之
時，為此文化所化之人，必感苦痛，其表現此文

王國維著《宋元戲曲史》

化之程度愈宏，則其所受之苦痛亦愈甚。」王國維是以身殉了新舊文化交接的時代了。
他與前述的林紓、章太炎、蘇曼殊每人的情況雖不盡相同，有一點是一樣的，那就是都
作為「世紀末至世紀初」的充滿矛盾的文人，留在了歷史的門檻內。中國文學的現代轉
型，從這些文學家的處境觀察，便是這樣於艱難路途中顛簸不止。

浙江海寧的王國維故居

清華園內的王國維（靜安）先生紀念碑

第六節　商業都會興起中的現代市民小說

　　《新小說》和「小說界革命」等所取得的創作實績，其實是不大的。它們的文學作用，主要在於掀起了一種風氣：將小說由傳統的文學邊緣移向中心位置，使文學讀者由少數文人經過報刊傳播而迅速擴展到廣大市民。於是，晚清小說與現代城市同步成長。原來的故事只是發生在傳統城市如揚州、蘇州等地，後來逐漸向上海這個新興的商業都會轉移。商業促進了出版和文化消費市場，專門的小說期刊開始在都市出現，一大批職業小說家也形成了。這些，在中國文學歷史上都是從來沒有過的新鮮事物。

　　以晚清「才子佳人」文學的變種──表現妓院、妓女、狎客的市民狹邪小說為例，它們在敘述男女主人公一波三折的接觸史的同時，自然也透露出社會的消息。《品花寶鑒》（陳森著）寫狎伶和男同性戀題材，是最早用狹邪人物作主幹寫成的長篇。《花月痕》（魏秀仁）係作者自況，以主人公與妓女交接後的「窮」、「達」兩途來影射世間。如果從敘述者對待妓家的態度上考察，按魯迅的說法便有「溢美」、「溢惡」、「近真」三種方式（見《中國小說的歷史的變遷》）。《青樓夢》（俞達著）把

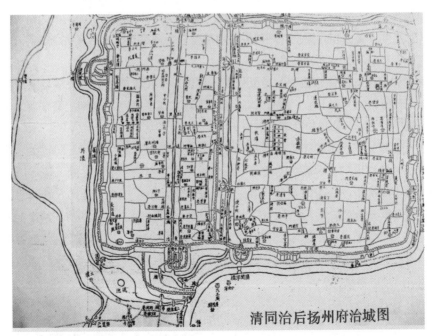

清同治后扬州府治城图

清同治後揚州府治城圖儼然是個繁華大城市

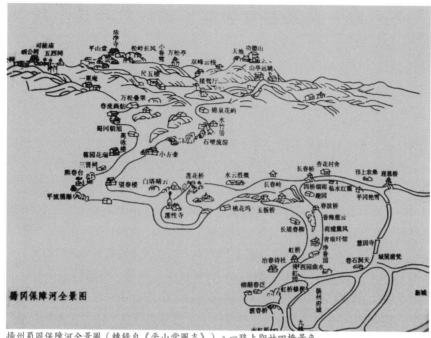

揚州蜀岡保障河全景圖（轉錄自《平山堂圖志》）。一路上即廿四橋景色

妓女美化，讓三十六個妓女如青春淑女一般愛護著一個多才多情的男子，便是第一種。這是男性主義的理想產物。《九尾龜》（張春帆著）裡面的妓女卻都是坑騙客人的壞種，而嫖客一律是流氓無賴，兩者互相爭鬥，等於是揭發「黑幕」，是第二類。《風月夢》（邗上蒙人著）和《海上花列傳》（韓邦慶著）為第三種，對妓女嫖客兩方，則是有好說好，有壞說壞，近於寫實。

　　而從與城市的關係來觀察，《風月夢》寫揚州；《青樓夢》的故事發生在蘇州；《海上花列傳》的「海上」，還有《海上塵天影》（鄒弢著）、《海上繁華夢》（孫玉聲著）的「海上」，都是指晚清急劇變化中的上海。

　　《風月夢》述說常熟陸書赴揚州買妾，與當地袁猷等結拜，四人同妓女月香、雙林、鳳林、桂林、巧雲等發生的故事。所寫揚州當在嘉慶、道光之間，儼然仍是中國繁華大城市的樣子。小說開頭寫陸書從姑母家「南河下」出來，經過「鈔關門」（南門）、「常鎮道衙署」、「埂子大街」、「小東門外四岔路口」，問清了路後走入「大儒坊」、「南柳巷」，來到「北柳巷」的袁猷家。這些地名，可從揚州古代地圖上很容易地指認。單是鈔關門內的商業景象，便見（用駢體的適合抒情的句子來敘述景物，在「五四」前是很常見的）：

　　……旅店燈籠，招往來之過客；鋪面招牌，攬輕商之市賈。進城人出城人呵氣成雲；背負漢肩擔漢揮汗如雨。街市上蘭花擔牛脯擔香風堪愛；路途間尿糞擔惡

水擔臭味難聞。蔬菜擔魚蝦擔爭先搶後；井水擔河水擔逐隊成群。七橫八豎，擔夫
之挑柴擁擁；六抬三跟，鹽商之飛轎紛紛。[①]

　　傳統城市的熱鬧往往集中在傳統節日期間。書中寫陸書為了討月香的好，端陽雇大船出
「虹橋」，看龍船、觀鬥標，自己船上也撩標（撩下活鴨由人下水搶奪）。而岸上景象
則是：「兩岸遊人男男女女，有攙著男孩，有肩著女孩，那些村莊婦女，頭上帶著菖
蒲、海艾、石榴花、蕎麥吊掛。打的黑蠟，搽的鉛粉，在那河岸上躧著一雙紅布滾紅葉
拔俏五彩花新青布鞋子亂跑，呼嫂喚姑，推姐拉妹，又被太陽曬的黑汗直流。還有些醉
漢吃得酒氣熏熏，在那些婦女叢中亂擠亂碰。各種小本生意人趁市買賣，熱鬧非常。」
[②]這「小金山至蓮花橋一帶」，是揚州城外西北部著名的「十里湖光橋廿四」的中心段
落。而用鄉下人來襯托城市，也是古老的筆法。

　　《青樓夢》寫蘇州才子金挹香與三十六妓相狎及日後風流雲散的故事。作者美化
這些風雅才子才女，把封建社會所能想像的好事：「遊花國，護美人，采芹香，掇巍
科，任政事，報親恩，全友誼，敦琴瑟，撫子女」，全都集於一身。書中有關蘇州風
物，遊虎丘，過閶門，寫來都極熟稔、細緻。如元宵佳節金挹香等逛街，「步月賞燈，
沿街觀玩，士女雲集，都裝束得十分華麗，望之如花山然。四人信步而行，早到了玄妙
觀前。見各家店鋪俱懸異樣名燈，別具精致，能教龍馬生輝，亦使群芳生色；又見流星

蘇州（原吳縣）1913 年街市地圖

花炮，不絕街前。至洙泗巷口，見遊人無
數」。[③]呈現出蘇州的節日景象。與《風
月夢》的揚州相較，豐富性與層次性都略
差，但它們的共同點是所寫城市繁華皆傳
統的繁華，城鄉之間沒有嚴格的界線，而
且到了清朝晚期因上海開埠對外通商後
迅速崛起，在這個現代都會的陰影下，
傳統城市無可挽回地都露出了沒落的情
味。《風月夢》裡，遊覽揚州北岡時眾人
說起十數年前「這一帶地方有鬥姥宮，汪
園，小虹園，夕陽紅半樓，拳石洞，天西
園，曲水，虹橋修禊許多景致，如今亭台
拆盡，成為荒塚」[④]，在場的人都不免傷
感。《青樓夢》的蘇州也業已受了「太平

① 邗上蒙人：《風月夢》，第三回，北京師範大學出版社 1992 年版，第 14 頁。
② 邗上蒙人：《風月夢》，第十三回，北京師範大學出版社 1992 年版，第 94 頁。
③ 慕真山人（俞達）：《青樓夢》，第九回，長沙：嶽麓書社 1988 年版，第 59 頁。
④ 邗上蒙人：《風月夢》，第五回，北京師範大學出版社 1992 年版，第 31 頁。

天國」的戰爭創傷，顯出夕陽式的餘輝來。

　　而受到魯迅、胡適、茅盾、張愛玲眾人好評的狹邪小說經典之作《海上花列傳》所寫的上海，卻是一座充滿誘惑、罪惡的蓬勃的城市。《海上花列傳》以趙樸齋兄妹先後進入上海而遭沈淪為線索，展開各色妓女的不同命運，刻畫出十里洋場上各種身分嫖客的不同形象。《海上花列傳》裡的上海豐富多彩，它已經不需要用節日的城市生活來炫耀，日常的都會生活場景便成了主要的鏡頭。其中最顯眼的是關於西洋事物進入上海的描寫，如一品香吃西餐、逛張園安塏第、看跑馬之類。寫救火的文字也是特別觸目的：

　　　　一語未了，忽聽得半空中喤喤喤一陣鐘聲。小紅先聽到，即說：「阿是撞亂鐘？」蓮生聽了，忙推開一扇玻璃窗，望下喊道：「撞亂鐘哉！」……只見轉彎角上有個外國巡捕，帶領多人整理皮帶，通長銜接做一條，橫放在地上，開了自來水管，將皮帶一端套上龍頭，並沒有一些水聲，卻不知不覺皮帶早漲胖起來，繃得緊緊的。於是順著皮帶而行，將近五馬路，被巡捕擋住。蓮生打兩句外國話，才放過去。那火看去還離著好些，但耳朵邊已拉拉雜雜爆得怪響，倒像放幾千萬炮仗一般，頭上火星亂打下來。……門首許多人齊聲說：「好哉！好哉！」小雲也來看了，說道：「藥水龍來哉，打仔下去哉。」果然那火舌頭低了些，漸漸看不見了，連黑煙也淡將下去。[1]

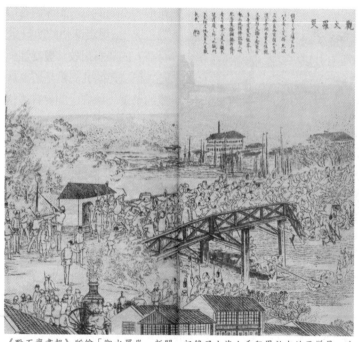

《點石齋畫報》所繪「觀火罹災」新聞，記錄了上海人看租界救火的西洋景。造成橋塌人落卻仍興致勃勃

---

[1] 韓邦慶：《海上花列傳》，人民文學出版社1982年版，第84—86頁。

這段文字寫的是當年的新生事物——上海最初引進西方機械救火的情景。所用是皮管通上自來水射滅火焰的辦法，不是一盆盆一桶桶地去潑水救火。「藥水龍」的「藥水」是指摻入了滅火劑的消防用水，已經相當先進。水龍注水後「漲胖」一節，寫得分外細緻，暗襯了當時在一旁的上海人看得盡興、入迷的心情。《點石齋畫報》（光緒十年即 1884 年於上海創辦的時事石印畫刊，為吳友如等畫）甲一第 6 幅「觀火罹災」，所畫的新聞便是洋人在上海用救火車水龍滅火，華人擁塞在河邊木橋上觀看，以至擠塌橋欄，觀者紛紛落水的形狀。觀看救火居然類同於街頭欣賞演出一般，此畫可以做個證明。如果以為晚清小說寫救火僅僅是為了炫耀剛剛輸入的新式機器和科技發明什麼的，那也就未免小看作者了。《海上花列傳》裡陳小雲針對蓮生怕大火燒到自己公館的心理，曾勸他道：「慢點走末哉。耐有保險來哚，怕啥嗄？」[1]可見當時的上海富人已經在保火險，懂得用這種西方的社會保障辦法來維護私有財產了。《海上花列傳》在寫實的人物刻畫、都市的中西文化交雜描寫、長篇結構的布局等方面，都達到了很高的成就。

　　差不多在稍後的時間，譴責小說登上了文學舞臺，成為晚清小說的高峰。在出版形式上，狹邪小說多半還是木版刻印，譴責小說無一例外已是先在報刊上連載，然後機器印刷出單行本了（《海上花列傳》因產生的時間在同類狹邪小說中遲些，1892 年開始已經是在作者自編的《海上奇書》刊載）。這是現代報刊小說登載方式之始，大概以 19 世紀 90 年代為分界。登載譴責小說的，主要就是「晚清四大小說期刊」。除梁啟超的《新小說》（1902）外，有李伯元的《繡像小說》（1903 年創刊）、吳趼人的《月月小說》（1906 年創刊）和黃摩西的《小說林》（1907 年創刊）。《新小說》從第八號起，發表吳趼人譴責小說的代表作《二十年目睹之怪現狀》，用人物「九死一生」為視角對官僚才子及社會醜惡進行無情暴露。同時連載的還有他的《痛史》、《九命奇冤》。李伯元的《官場現形記》雖然刊於早期的小報《繁華報》上，但他另外的幾部重要作品如《文明小史》、《活地獄》都是長期連載於《繡像小說》上的。劉鶚《老殘遊記》的一部分也自《繡像小說》第 9 期開始連載至第 18 期。這本小說以江湖醫生老殘展開對北方社會的敘述，其

《繡像小說》1903 年第一期

---

① 韓邦慶：《海上花列傳》，人民文學出版社 1982 年版，第 85 頁。

《月月小說》第九號雜誌封面　　　　　《小說林》第二期封面

中黃河打冰、白妞說書諸片斷歷來被認為屬寫實筆法之上乘，凸起有雕鏤感。至於曾樸的《孽海花》，以金雯青（洪鈞）與傅彩雲（賽金花）的故事作情節線，廣泛描寫當時的社會生活，從21回起便部分載於《小說林》。吳趼人的另一長篇《劫餘灰》，用「苦情小說」的名目連載在自己主編的《月月小說》上。《劫餘灰》、《恨海》都是吳趼人的作品，在譴責之中摻進了「情」字，開啟了民國前後鴛鴦蝴蝶派小說的言情一脈。此是後話。

「四大譴責小說」裡，關於早期上海半中半西生活方式的描寫，如逛外灘，看跑馬，吃大餐，打彈子，林林總總就有不少。有意思的是《二十年目睹之怪現狀》中也同《海上花列傳》一樣，有關於上海地方上救火的記述：

　　一言未了，忽聽得門外人聲嘈雜，大嚷大亂起來，大眾吃了一驚。停聲一聽，彷彿聽說是火，於是連忙同到外面去看，只見胡同口一股濃煙，沖天而起。金子安道：「不好！真是走了水也！」……看著那股濃煙，一會工夫，烘的一聲，通紅起來，火星飛滿一天；那人聲更加嘈雜，又聽得警鐘亂響。不多一會，救火的到了，四五條水管望著火頭射去；幸而是夜沒有風，火勢不大，不久便救熄了。[1]

這一段描寫甚至在句式上都與《海上花列傳》相似。而且《二十年目睹之怪現狀》插入救火中上海巡捕不許搶救東西的細節，書中人物也討論到了保險問題：

　　我道：「火燭起來，巡捕不許搬東西，這也未免過甚。」子安道：「他這個例，是一則怕搶火的，二則怕搬的人多，礙著救火。說來雖在理上，然而據我看

① 吳趼人：《二十年目睹之怪現狀》，人民文學出版社1981年版，第532頁。

晚清時在上海學習租界成立的新型救火隊，但人仍拖著辮子

　　來，只怕是保險行也有一大半主意。」我道：「這又為何？」子安道：「要不准你
　　們搬東西，才逼得著你們家家保險啊。」①

由「不許搬東西」的上海火場規矩，引出一個新生的現代都市在建立市民行為標準時所
具有的兩面性質：一方面是通過維持救火秩序表現城市規則的權威性，一方面暗藏了城
市商業無孔不入的機制，以及由此帶來的不公平性，欺騙性。現代文明的每一進步，幾
乎都意味著往昔文明的升降起伏和重新調整，一部分文明喪失了，一部分文明建立了。
譴責小說顯示了這種進程在中國開始萌發時期的真實的場景（是不自覺的顯示）。

　　其時，譴責小說中關於上海街市的敘述，比過去任何一部中國小說都來得細緻入
微。因為上海的外灘與馬路，確實有了中國任何城市都沒有的景色。後來的鴛蝴作家包
天笑九歲第一次從蘇州到上海，乘車到外灘看外國輪船，「見到那些大火輪船，比了房
子還要高好幾倍，真是驚人。馬車在什麼大馬路（南京路）四馬路（福州路）繁華之
區，兜了一個大圈子，這便是坐馬車一個節目」②。他所記憶的，同晚清小說所寫絲毫
不差。如《孽海花》記主人公金雯青和友人逛外灘就是這樣：

　　　　出門上了馬車。那馬夫抖勒韁繩，但見那匹阿剌伯黃色駿馬四蹄翻盞，如飛
　　的望黃浦灘而去。沿著黃浦灘北直行，真個六轡在手，一塵不驚。但見黃浦內波平
　　如鏡，帆檣林立。猛抬頭，見著戈登銅像，矗立江表；再行過去，迎面一個石塔，
　　曉得是紀念碑。二人正談論，那車忽然停住。二人下車，入圍門，果然亭台清曠花

---

① 吳趼人：《二十年目睹之怪現狀》，人民文學出版社 1981 年版，第 532—533 頁。
② 包天笑：《釧影樓回憶錄》，香港大華出版社 1971 年版，第 31 頁。

木珍奇。二人坐在一個亭子上，看著出入的短衣硬領、細腰長裙、團扇輕衫、靚妝炫服的中西士女。……俄見夕陽西頹，林木掩映，二人徐步出門，招呼馬車，仍沿黃浦灘進大馬路，向四馬路兜個圈子，但見兩旁房屋尚在建造。正欲走麥家圈，過寶善街，忽見雯青的家丁拿著一張請客票頭，招呼道：「薛大人請老爺即在一品香第八號大餐。」[①]

這個在上海兜風的路線是與童年包天笑所走完全一致的。在馬車上也見到黃浦江的船隻，不過不是洋輪。戈登是幫助李鴻章鎮壓太平軍的英國將軍，於外灘立了像。石塔紀念碑也是紀念外國人的。這些殖民主義的痕跡後來都不存在了。進入的公園即外灘公園。這公園曾經不准「華人」和「狗」進入，極大地傷害了中國人的感情，那是以後的事情。金雯青是「戊辰會試」中的狀元，西曆 1868 年，正是外灘公園開園的年份。書中二人昂然入內，並無阻擋，園中又不乏往來的「中西士女」，所記不誤。因最初開放時，華人本可以自由出入，並無禁忌。後來才發生從「衛生」角度引發蔑視華人事件。出園門走大馬路到四馬路，這兩條有名的馬路皆東西方向，要經過一段南北的路連接，那就是鼎鼎大名的「麥家圈」又稱「望平街」（山東路）。「兩旁房屋尚在建造」，反映了當時南京路作為商業街還落後於福州路的現實。一品香是上海吃西餐最有名的飯店，位於四馬路。而一路上所能看到的，也是想要看的，多半是東方的「西洋景」。

　　上海在遭遇「現代」時，主流階級、主流文化的尷尬處境可以從譴責小說中聞見

晚清上海四馬路的繁華景象。可以看到青蓮閣茶館的高大建築和周圍景象已是十分氣派

① 曾樸：《孽海花》，上海古籍出版社 1980 年版，第 10—11 頁。

一二。《官場現形記》裡有一段絕妙文字，寫一個藩台到上海外國銀行查帳：

　　未曾到銀行門口，投帖的已經老早的孿著名片想由前門闖進去，上了臺階，就挺著嗓子喊「接帖」。幸虧沒有被外國人碰見，撞見一個細崽，連忙揮手叫他出去，又指引他叫他走後門到後頭去。等到投帖的下了臺階，藩台也下了馬車了。投帖的上前稟明原由。藩台心上很不高興，自想：「我是客，我來拜他，怎麼叫我走後門？」原來這匯豐銀行做中國人的賣買，甚麼取洋錢，兌匯票，帳房、櫃檯統通都設在後面；所以那細崽指引他到後邊去。當下藩台無奈，只得跟了投帖的號房走到後面。大眾見他戴著大紅頂子，都以為詫異：說他倘然是來兌銀子的，用不著穿衣帽；如果是拜買辦的，很可以穿便衣，也用不著如此恭敬。

　　……正在走投無路的時候，忽見裡面走出一個中國人來，也不曉得是行裡的什麼人。藩台便親自上前向他詢問，自稱是江南藩司，奉了制台大人的差使，要找外國人說一句話，看一筆帳。那人聽說他是藩台，便把兩隻眼拿他上下估量了一番，回報了一聲：「外國人忙著，在樓上；你要找他，他也沒工夫會你的。」此時翻譯跟在後頭，便說：「不看洋人，先會會你們買辦先生也好。」那人道：「買辦也忙著哩。你有什麼事情？」藩台道：「有個姓余的道台在你們貴行裡存了一筆銀子，我要查查看到底是有沒有。」那人道：「我們這裏沒有甚麼姓余的道台，不曉得。我要到街上有事情去，你問別人罷。」揚長的竟出後門去了。

　　……正想著，忽聽翻譯說道：「啊唷，已經十二點半鐘了！」藩台道：「十二點半鐘便怎樣？」翻譯道：「一到十二點半，他們就要走了。」藩台道：

上世紀初的上海外灘，可見新的外國銀行、總會正在興起

晚清時上海市民各色人等在街上好奇地觀看從西洋傳入的照片

「很好，我們就在這裡候他。他總得出來的；等他們出來的時候，我們趕上去問他們一聲，不就結了嗎。」正說著，只見許多人一哄而出，紛紛都向後門出去，也不分出那個是買辦，那個是帳房，那個是跑街，那個是跑樓。一干人出去之後，卻並不見一個外國人。你道為何？原來外國人都是從前門走的，所以藩台等了半天還是白等。直等到大眾去淨之後，靜悄悄的鴉雀無聲。①

一個中國的省級官員在上海一家英國銀行裡，起先還想講官派，耍威風，卻落了個丟臉現眼的下場。實際上，藩台始終弄不明白外國銀行裡人與人的關係，是已經和他衙門裡的上下級關係迥然不同的。除了隨身帶的號房和翻譯不得不聽他的，這裡的其他人不會對你低聲下氣。所以他的受窘，很大一部分是因為他缺乏世界的知識。上海的現代氣象雖然已經相當「新」了，或許還可據此誇大晚清上海在殖民化過程中同時獲得的現代性，但譴責小說暴露給我們的是負責管理中國的官員，竟然如此顢頇、冬烘。在這樣一些人的治理之下，絕不會領著中國擠進世界強國之林，只能領著中國買了歐洲最先進的兵艦，卻實實在在走向了北洋水師的全軍覆滅。上海官場如此，全國更是如此，晚清小說保留下的這些真實細節是很具認識價值和文學價值的。

① 李伯元：《官場現形記》，人民文學出版社 1979 年版，第 557—559 頁。

第七節　新舊交替的南社精英

　　南社的重要不一定全在它的詩歌。雖然它的詩歌創作在辛亥之前是承繼了「詩界革命」，具有推翻封建滿清的政治衝擊力的一種文學，取得過很大的名聲。南社的重要還在於它的社團規模巨大和歷時長久，為從來所沒有。在於它幾乎接納、囊括了當時的一切進步人士，參與了越出文學的多方面的活動。在於它不避都市現代文化崛起後對文學的衝擊，反是迎上前去，積極嘗試包括出版、新聞、教育在內的各種建設。滿清王朝崩潰後，它又迅速衰落、分裂，顯示了現代中國職業知識份子和作家的形成、演變的過程，以及新舊交替的複雜性質。

　　南社的名稱暗示了它反抗「北廷」的思想傾向。它醞釀於 1903 年，以後經過志趣相投者的頻繁交往，大約十九名來自上海、南京、吳江、金山的青年詩人於 1909年 11 月 13 日（宣統元年己酉十月初一）在蘇州虎丘明末烈士張國維（東陽）的祠堂雅集，由陳去病、高旭、柳亞子等正式發起而成立的。虎丘還是明末復社在崇禎五年（1632）召開過數千人的大會，很易激發民族主義想像的地方。南社第一批社員中大

1909 年南社第一次雅集，柳亞子（前坐左起第三人）與陳巢南（去病）、黃濱虹、諸貞壯等在蘇州虎丘張東陽祠前合影

中年柳亞子

辛亥革命前後的柳亞子，南社創始人之一

部分是同盟會會員，反清色彩之強烈不言而喻。柳亞子（1887—1958）那年 22 歲，血氣方剛，後來成了南社的「靈魂」，是它始終一貫的組織者和領導者。南社的文學活動方式基本是傳統的：一是舉辦集會，無非是喝酒吟詩，切磋文藝，討論條例。本來規定每年春秋兩次，但很難如期執行，十幾年中進行過 18 次雅集，已屬不易了。二是出版發表社員詩文的同人書刊，這便是總共 22 集的《南社叢刻》。前後參加南社的有一千多人，人員鬆散龐雜，詩人中除三位創始人外還有馬君武、寧調元、蘇曼殊、高燮、黃摩西、黃節等，宣傳家有于右任、邵元沖、葉楚傖、戴季陶、邵力子等，學問家有吳

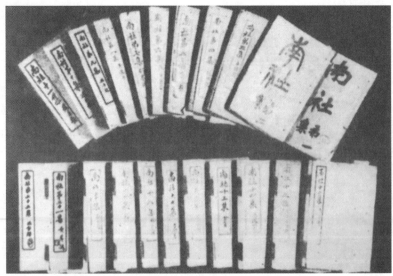

《南社叢刻》書影

梅、黃侃、馬敘倫等，政治家有黃興、宋教仁、汪精衛、陳其美、鄒魯等。按 1911 年
1 月的《南社社友通信錄》統計，社員僅 193 人，就是說絕大部分的人是在民國後加入
的。反清的目標消失後，南社在反復辟、「反袁」的旗幟下還具備一個時期的內聚力。
1912 年刊行的《南社通訊錄》上的社員有 321 人，1913 年刊行的《南社姓氏錄》裡的
社員是 403 人，1916 年的《重訂南社姓氏錄》為 825 人。袁世凱死後至新文化運動漸
漸興起，成員駁雜的南社便出現分化。到柳亞子後來追寫《南社紀略》，其中所附的
《南社社員姓氏錄》記錄的社員總數達到 1170 人之眾，但已十分混雜。南社還有一些
週邊組織，比如魯迅在 1911 年春夏間就曾參加其紹興的分支機構「越社」，應發起人
宋紫佩之請還曾編過《越社叢刊》第一集，參與創辦《越鐸日報》。不過魯迅與南社的
關係不即不離，他並不喜歡南社的名士作風。

對於這樣一個龐大的文人群體，仔細考察它們的地理分布是很有意味的事情。我
們可以很容易地來統計南社社員的籍貫遍及中國 19 個省區的狀況，一個是分布之廣，
突破了古來中國因地緣隔絕文人往來的厚障壁。這本身便與現代上海的出現有關。包天
笑說過，南社「各省人都有」，「因為它的基地在上海」，很多是「僑寓上海的人」和
「常常往來於上海的人」。[1]也與東京成為中國各省留學生和避難人員的主要集聚地不
無關係，南社許多人都是在日本活動過的。這就從另一方面得到晚清文學中心是在上
海、東京兩地的印證。另一點是人員的相對集中給人留下深刻印象。江蘇（含上海）、
浙江、廣東、湖南、安徽、福建、四川 7 個文學大省的南社社員人數眾多，達 1053
人，是其他 12 個省人數的 10 倍有餘。這種情況固然有發起人所在省份便於串連的原
因，但人才的不平衡性是中國南北經濟、文化的不平衡造成的，並不是一朝一夕之事。

如果把宋明以來到清代、到民國新文學勃興為止的文人
（作家）流動，好好地梳理一下，把南社的人才格局放
置其中，就不難發現前後薪火傳承的必然性。南社社員
集中於從江浙到四川的長江流域和嶺南文化區域內，與
後來新文學出現魯迅、茅盾（浙江籍）和巴金、郭沫若
（四川籍），並不是沒有聯繫。這不禁使人想起北京時
期的魯迅為了有人攻擊他屬於某籍某系而發的妙文《我
的「籍」和「系」》來了。撇開當時論戰雙方的具體情
境不談，北大國文「系」裡浙江「籍」人才疊出，倒是
不爭的事實。而上個世紀 30 年代的左翼、京派、海派、
市民文學家中浙江文人居多，恐怕也是中國現代都市文
學偏於纖弱的一個原因吧。它不像現代鄉土文學，既有

南社另一創始人陳去病

---

[1] 包天笑：《釧影樓回憶錄》，香港大華出版社 1971 年版，第 353 頁。

江浙湖湘派的精細雕鏤，又有東北作家群的原始闊大。南社詩文的泣血吟歌，充滿憂國憂民的時代悲戚感，也留下了南人的印跡。

　　南社詩歌用文學來開發民智，為資產階級革命大力鼓吹，是直接承續了「詩界革命」的。但社中人的思想，從開始的反異族統治、繼承明末「幾（社）復（社）風流」，到反對復辟，贊成共和，比起梁啟超的「改良派」主張就進步了。但也就到此為止。南社多歷史抒情詩，辛亥前借憑弔宋明遺烈岳飛、夏完淳、張煌言、史可法、鄭成功等，抒發現實中體驗到的激憤和悲情。表現得沈鬱有力的，如黃節的《嶽墳》：「中原十載拜祠堂，不及西湖山更蒼。大漢天聲垂斷絕，萬方兵氣此潛藏。雙墳晚蟀鳴烏石，一市秋茶說岳王。獨有匹夫憑弔去，從來忠憤使人傷。」辛亥巨變，一時激起南社詩人狂喜，如高旭唱道：「酒後狂歌聲激楚，樓頭高會氣豪雄。」（《海上喜遇太一即贈》）辛亥後，許多倒退的現象促使詩人失望、惶惑，陳去病有「事有難言唯縱酒，身無可托獨含愁」的感傷句子（《秋感》）。柳亞子早年以「亞洲的盧梭」自命，更名「人權」，字「亞盧」，少年人的才氣、豪氣集於一身。《放歌》便是這樣一首政治宣言式的五言詩，長四百言。1905 年作《哭威丹烈士》二首，其中有「白虹貫日英雄死，如此河山失霸才。不唱鐃歌唱薤露，胡兒歌舞漢兒哀」的詩句。而 1907 年的《弔鑒湖秋女士》四首，其中的「已拼俠骨成孤注，贏得英名震萬方。碧血摧殘酬祖國，怒潮嗚咽怨錢塘」，更是悼念之情飽滿，且激昂奔放。柳亞子在南社代表宗唐詩的流派，主張詩要風華典麗。他還尊辛棄疾詞，為此改名棄疾，這樣詩風就將典麗與放達結合了起來。南社內部的唐宋詩爭論由來已久，第一次虎丘大會時推崇唐音的柳亞子便和傾向江西詩派的蔡守等發生爭議，柳亞子口吃，越著急越說不出來，氣得大哭一場。柳亞子的詩尊唐，確是九曲回轉，氣勢不凡的。如反對袁世凱稱帝的著名詩篇《孤憤》，頗能代表他的風格：

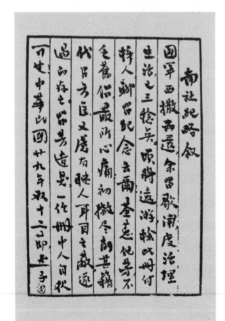

柳亞子手跡

> 孤憤真防決地維，忍抬醒眼看群屍？
> 美新已見揚雄頌，勸進還傳阮籍詞。
> 豈有沐猴能作帝？居然腐鼠亦乘時。
> 宵來忽作亡秦夢，北伐聲中起誓師。[1]

　　這個社團除了以詩會友，激發「革命」情緒，另一個最大的特點是許多社員都是報人。他們起初是為宣傳革命，需要掌握輿論工具，

---

① 《柳亞子詩詞選》，北京：人民出版社 1959 年版，第 35 頁。

而相繼辦刊辦報的。風雲際會，趕上了現代中國報刊初興之時，歷史給他們提供了舞臺，只等他們大顯身手。據有學者指出，南社參與辦報刊的人數有 128 人，涉及報刊達 40 餘種[①]。這肯定是一個保守的數位。而且所謂「辦報」，概念上究竟是指主編、主筆、社長、創辦人才算，還是也包括編輯、重要作者在內呢？假如是後者，那會增添更多的人。加之許多報刊前後主持者的變動頻繁，那真是難於統計準確。我試著根據幾種資料畫出一個南社社員所辦報刊圖表來，所涉的報刊已達 70 種左右。比如《蘇報》，原是一張格調低下的普通報紙，創辦兩年後 1898 年由南社骨幹份子陳範（蛻庵）接辦，汪文溥、柳亞子任社論作者。此報又與南社人活躍其間的中國教育會、愛國學社聲氣相通，支持學潮，公開發表反清言論，面目為之一變。到 1903 年，《蘇報》聘章炳麟（太炎）和蔡元培為撰稿人，推行鄒容風靡一時的《革命軍》及章炳麟駁斥康有為、鼓吹革命的文字，清政府勾結上海租界工部局逮捕章炳麟，鄒容自動投案，兩人被關進西牢，《蘇報》館遭封。這就是近代史上有名的「蘇報案」。圖表還顯示出《江蘇》等 12 種在日本東京創辦的留學生報刊，它們有的名為東京出版，其實是在上海編輯，卻送東京印刷，然後發行到國內外的。從中可以看出南社社友原先在日本留學界的活躍狀況。至於陝西籍社員于右任創辦《神州日報》和被簡稱為「豎三民」，即報頭都是豎寫帶「民」字的三張相關聯的報紙的經歷，幾乎就是晚清時代知識份子向清廷爭取民族獨立、言論獨立的縮影。據載，《民呼日報》為民請命，揭發陝甘總督三年隱匿災情不報造成陝甘地區「人相食」的慘劇，遭到藉故報復，于右任被租界當局關押，出刊不到百日的報紙即被停止發行。一個多月後，于右任再辦《民籲日報》。「呼」變作「籲」後來有了各種詮釋：一是說兩個眼睛（兩個點）叫人挖掉了。一是「籲」字在未作「籲」的簡體前，主要作「長籲短歎」的「籲」字，解成人民連大聲疾「呼」都不可得，於是只能「籲」了。這時，日本加緊吞併「滿蒙」，首相伊藤博文在哈爾濱被朝鮮志士安重根刺殺，人人覺得解氣，但上海所有的報紙懾於日本的威壓，均不做聲，唯《民籲日報》敢於登載評論，並大力報導。於是出版 48 天後又遭封殺。待等幾個月後再出《民立報》時，銷量很快達到兩萬份，成為上海最受歡迎的報紙。這是南社辦報史上令人驕傲的一頁。在這樣一種風氣的帶動下，南社同人所辦的報紙越來越多，以至於有一次柳亞子當眾放言道：請看今日之域中，竟是南社之天下！

南社社員京報著名報人邵飄萍 1926 年遭奉系軍閥槍殺

京報館大門，彷彿要防衛自己

此外，南社社員通過辦報等新型的職業，也為自己演變成為新一代的職業知識份子開闢了廣闊的前景。清朝政府被迫宣佈廢除科舉制度是在 1905 年，幾年後成為南社社員的文人，本來就有好多是厭惡功名的，現在他們更放下過去搖擺不定的心思，完全擺脫科舉入仕之途，集聚上海，紛紛依靠辦報刊、辦書局、辦學校、辦實業或獨立結社、結黨，來充任編輯、記者、教員、投稿人、投資人、政治家等角色，依靠新的謀生手段存活。雖然在這當中仍會受制於一些新的社會經濟關係的束縛，但比較起過去，他們的人格獨立地位還是大大增進了，他們的思想言論還是取得了某種程度的開放。因為報刊主要依託的是市場，是市民大眾，只要看于右任辦報的成功如何反過來加強他獨立發言的力量，為他後來的從政鋪平道路，就可以感受到南社人辦報的多方面的意義。這樣，從南社不斷產生第一流的報人就毫不為奇了。他們中除了于右任外，還有葉楚傖、邵力子、林白水（獬）、邵飄萍、成舍我等。邵飄萍和林白水在 1926 年先後因堅持新聞報導自由，而遭奉系軍閥的殺害，因兩人就難僅距三個多月，時人悼詞中便有「青萍白水百日逢」的沈痛之句。

南社社員中還包含了不少日後被稱為「鴛鴦蝴蝶派」的作家，與這個文學社團除

1928 年於北京下斜街全浙會館為邵飄萍、林白水兩被害報人舉行追悼會

1912 年南社北京雅集，參加者有黃克強（興）、陳英士、葉楚傖、陳陶遺等人

政治性之外同時具備很強的市場敏感性有關。辦報的經歷讓這些文人瞭解城市市民的讀書需求、欣賞趣味，當小說很快在現代報刊中顯出它的特殊位置後，他們在新舊文學交替的時代選擇了將章回小說向下延伸的寫作策略，於民國後形成了此派文學的鼎盛期。南社的鴛蝴作家中，較早加入的有包天笑，社號為 104 號；周瘦鵑是 508 號；周桂笙是 965 號。其他著名的還有徐枕亞、王西神、王鈍根、范煙橋、葉楚傖、趙苕狂等人。這些鴛鴦蝴蝶派的中堅作家，同時也是辦現代報刊或編報紙文學副刊的行家裡手，是這方面的先行者。

　　南社的解體一直延續到 1923 年《南社叢刻》出了最後一集之後。表面上起源於內部的紛爭，實際上是身處新舊文學、新舊文化交替的時代，卻不能攜其大部分人員經變革而跟上腳步，所以只能被淘汰出局。南社從反對帝制的徹底性看是「革命」的，如從「五四」角度觀察就始終是守著舊文學的立場了。柳亞子與朱鴛雛發生唐宋詩的爭論，禍及贊同朱的觀點的成舍我。柳亞子連舊派中的不同詩論都無法容忍，家長式地把朱、成兩人開除出社，引發社內的大激蕩。後柳深自歉疚，但已來不及了。南社有批孔的猛將吳虞，有留學歐美轉型的新知識份子，但大量的文人還一直生活在舊式圈子裡，與新文化運動相抵觸。發起人之一的高旭，辛亥後反袁還比較堅決，卻助曹錕賄選，當上了「豬仔議員」，弄得聲名狼藉。南社中這樣的「豬仔議員」居然多達十幾人。有的社員又倒退回去捧「同光體」的詩人，引起社內進一步的分裂。以後，柳亞子等為了挽救頹勢，曾發動建立「新南社」，發宣言，頒條例，掙扎過一番，卻已難以為繼了。

南社辦報刊圖

南社辦報刊人	所辦報刊名稱	時間	地點
陳範（夢坡）	蘇報	1898年接辦	上海
鄧秋枚、黃節	政藝通報	1902年	上海
陳去病	江蘇	1903年	東京
劉成禺	湖北學生界	1903年	東京
黃興	遊學譯編	1903年	東京
林獬（白水）	中國白話報	1903年	上海
陳去病、蘇曼殊	國民日日報	1903年	上海
高旭	覺民	1903年	松江
林獬、劉師培	警鐘日報（原為俄事警聞）	1904年	上海
陳去病	二十世紀大舞臺	1904年	上海
包天笑、邵飄萍	時報	1904年	上海
高旭、陳去病	醒獅	1905年	東京
黃節、鄧秋枚	國粹學報	1905年	上海
汪精衛	民報	1905年	東京
柳亞子	自治報（後改名《復報》）	1906年	東京
李根源、呂志伊	雲南	1906年	東京
陳家鼎、寧調元	洞庭波	1906年	東京
雷鐵崖	鵑聲	1906年	東京
包天笑	《時報》新聞與副刊	1906年	上海
傅專	競業旬報	1906年	上海
景定成、景耀月	晉乘	1907年	東京
于右任	神州日報	1907年	上海
趙世鈺	夏聲	1908年	東京
呂志伊	光華日報	1908年	仰光
汪精衛、雷鐵崖	光華日報		檳榔嶼
于右任	民呼日報	1909年	上海
于右任、景耀月	民籲日報	1909年	上海
寧調元	帝國日報	1909年	北京
雷鐵崖	越報	1909年	上海
包天笑	小說時報	1909年	上海
于右任	民立報	1910年	上海
陳去病、柳亞子	南社叢刻	1910年	上海
王蘊章（西神）	小說月報	1910年	上海
陳其美、雷鐵崖	民聲叢報	1910年	上海
陳其美、陳去病	中國公報	1910年	上海
李叔同、戴季陶	天鐸報	1910年	上海
李季直	克復學報	1911年	上海
唐群英（女）	留日女學會雜誌	1911年	東京

續表

南社辦報刊人	所辦報刊名稱	時間	地點
景定成、田桐	國風日報	1911 年	北京
田桐、景定成	國光新聞	1911 年	北京
邵飄萍	漢民日報	1911 年	杭州
周瘦鵑、王鈍根	申報《自由談》	1911 年	上海
景定成、景耀月	晉陽白話報		太原
盧諤生、沈厚慈	群報		廣州
謝英伯	時事畫報		廣州
謝英伯	東方報		廣州
謝英伯	討袁報		廣州
徐郎西	生活日報		
陳去病、宋紫佩	越社叢刊	1912 年	紹興
葉楚傖、姚雨平	太平洋報	1912 年	上海
鄧家彥	中華民報	1912 年	上海
戴季陶	民權報	1912 年	上海
汪旭初	大共和日報	1912 年	上海
邵元沖、陳泉卿	民國新聞	1912 年	上海
宋教仁	亞東新報		
仇亮	民主報		
傳尃	長沙日報		長沙
徐枕亞	小說叢報	1914 年	上海
王鈍根、周瘦鵑	禮拜六	1914 年	上海
姚鵷雛	七襄	1914 年	上海
包天笑	小說大觀	1915 年	上海
邵力子、葉楚傖	民國日報	1916 年	上海
姚鵷雛	春聲	1916 年	上海
包天笑	小說畫報	1917 年	上海
邵飄萍	京報	1918 年	北京
周瘦鵑	《申報》副刊《春秋》		上海
徐枕亞	小說季報	1918 年	上海
周瘦鵑、趙苕狂	遊戲世界	1921 年	上海
周瘦鵑	半月	1921 年	上海
包天笑	星期	1922 年	上海
周瘦鵑	紫蘭花片	1922 年	上海
范煙橋	星	1922 年	蘇州
王鈍根	心聲	1922 年	上海
范煙橋	星光	1923 年	上海
周瘦鵑	紫羅蘭	1925 年	上海

（資料來源：《南社研究》，孫之梅著，人民文學出版社）

「南社」長沙雅集 1916 年合影

　　「五四」現代文化運動成了鑒別的一把嚴厲的尺子，也像快速行進的列車在急轉彎時總要甩下些人來。這種嚴厲性今天雖然可以再認識，卻終歸是歷史的事實。

第八節　蘇揚至上海：鴛鴦蝴蝶派文學

　　鴛鴦蝴蝶派文學最初發生於晚清與民國交接時期，發生的地點在上海，但是它早期的成員多半原籍為蘇州、揚州或附近江南地區而又長時間遷居到上海生活的文人。如果要列出一張鴛蝴作家們的籍貫、定居地和代表作故事發生城市的地圖來，就完全能證實這一點：徐枕亞（枕霞閣主）是常熟人，他的鴛鴦蝴蝶派的開山之作《玉梨魂》寫的是無錫的故事；吳雙熱也出身常熟，其《孽冤鏡》寫的是蘇州，捎帶著常熟；李定夷原籍常州，《霣玉怨》的人事主要發生在上海和蘇州；李涵秋（沁香閣主）是揚州人，百萬字篇幅的《廣陵潮》寫盡揚州城 30 年間的史實變故；畢倚虹（婆婆生）原籍是南京附近的儀征，自幼隨父在杭州長大，他的《人間地獄》寫的是上海妓院；朱瘦菊（海上說夢人）從小生長在上海，《歇浦潮》寫的也是上海的黑幕秘事；周瘦鵑（紫羅蘭主人）為吳縣籍，等於是蘇州人，生於上海，他開初主要是翻譯，如《歐美名家短篇小說叢刻》三卷本，曾受魯迅讚賞以通俗教育研究會名義報請教育部給予獎勵；包天笑（天笑生、釧影樓主）也是吳縣籍，他的長篇小說《上海春秋》、《補過》都是寫他熟悉的滬地的。這個時候的上海，引領文化消費的五馬路（廣東路）、四馬路（福州路）一帶，已經走出了狹邪小說的「小蘇州」時期。具有顯著現代特點的市民社會在上海形成，蘇州正逐漸演變為「小上海」，以至於上海妓女必操蘇白的年代（如《海上花列傳》裡所寫）已如明日黃花。蘇州、揚州成了上海對剛剛流逝的古典城市的記憶。從蘇州、揚州移栽過來的鴛鴦蝴蝶派在上海紮根，又以極大的優勢一時期佔據了上海的市民讀書市場。這是理解「鴛蝴」的關節點：江南文化的柔和、精緻適宜於言情表達，當它與上海近代文化的商業性、消費性、現代性和市民的日常俗世意識一旦相遇時，便造就了鴛鴦蝴蝶派文學的品質。

　　「鴛鴦蝴蝶派」的稱呼，原見於《花月痕》、《九尾龜》、《霣玉怨》各書，用所謂「卅六鴛鴦同命鳥，一雙蝴蝶可憐蟲」這樣一

徐枕亞《玉梨魂》1915 年版本

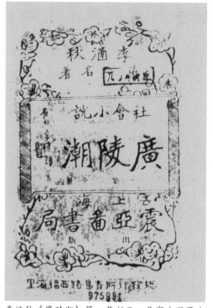

李涵秋《廣陵潮》第一集封面。是寫中國歷史
悠久的商業大城市揚州的

周瘦鵑像

句詩來形容才子佳人之間的卿卿我我行狀。較早取「鴛鴦蝴蝶」來命名這類鴛啼蝶飛
的言情文學派別的，是「五四」前夜的新文學作家們，如周作人 1918 年將此類小說叫
做「鴛鴦蝴蝶體」[①]，錢玄同直稱為「鴛鴦蝴蝶派的小說」[②]。以後就被普遍接受了。
但派中的作家多半表示不服或不加理睬，因這派的作品後來在社會上被簡單地與「誨
淫」、「濫情」劃了等號，造成許多鴛鴦蝴蝶派文人的逆反心理。如果當時定名為「舊
派市民文學」，相信就會好接受得多。

　　不過，當初這一派走上清末文學舞臺的時候，也很難說是「舊」，甚至應當說是
有某種程度的「新」的。鴛鴦蝴蝶派不寫鄉土，它寫的是沒落中仍有金粉氣息並開始受
到衝擊的傳統城市和日新月異的現代大都會。蘇州、揚州故事和上海故事這時候交替存
在。它是真正現代第一期的都市文學。它的作品都發表在現代的大眾媒介上面，大報、
小報和雜誌，而且多半是鴛蝴作家自己編輯的新型報刊。最有意思的是這批文人並不頑
固，傳統的價值觀念已經開始從他們身上解體，雖然新的觀念對他們說來也是陌生的，
但不妨礙他們去盡力理解。《廣陵潮》起初在漢口《公論新報》逐日連載的時候，原先
的名字叫《過渡鏡》，這是一個很有趣的題目。可見鴛鴦蝴蝶派文人懂得自己身處的時
代是個新舊過渡的時代，自己是這個過渡時代的過渡人。

① 見周作人：《日本近三十年小說之發達》，收入《新文學建設理論集》。
② 見宋雲彬、錢玄同：《「黑幕」書》，載 1919 年 1 月《新青年》6 卷 1 號。

包天笑主編的《小說畫報》——1917 年 6
月號

包天笑像

　　吃著花酒，編報、發新聞，同時為幾家報刊寫連載小說，忙時在拼大樣的印刷間裡倚馬可待地草寫急就章，這就是鴛鴦蝴蝶派作家的生活方式和工作常態。連那個「革命和尚」蘇曼殊也不能免。所以有人認為，蘇曼殊的小說是鴛鴦蝴蝶派哀情小說的源頭，不是完全沒有道理（陳獨秀又說蘇曼殊「足為新文學之始基」，也是值得文學史家注意的一句話[①]）。下面這段《人間地獄》裏的描寫，實在是作者畢倚虹的自我寫照，書中柯蓮蓀的原型即畢倚虹，蘇玄曼的原型即蘇曼殊，蘇曼殊真的給剛入花叢的畢倚虹介紹過一個上海三馬路的雛妓樂第，此為書中妓女秋波的原型：

　　　　棲梧蓮蓀聽了玄曼的話一齊往外邊瞧，果然見一個十三四歲窈窕流麗的女郎，臉上含著笑容帶一半矜持一半嬌羞的樣子走了進來。一雙晶瑩如露如電的眼波向四座一射，盈盈地向玄曼身旁一坐，叫了一聲蘇老。玄曼笑道：「你怎麼又叫我蘇老了呢？」秋波忙淺笑道：「我又忘記脫哉，和……尚。」玄曼也笑著答應了一聲。……說著指指隔座的柯蓮蓀道：「秋波你瞧瞧，像柯三少這樣漂亮的人白相起來一肚皮的念頭要轉不清爽呢，不能像我們做和尚的這般規矩了。」秋波聽蘇玄曼這一說忙對柯蓮蓀仔細一瞧，這時候柯蓮蓀也正目不轉睛的餐那秋波的秀色。四目相對忽地一碰，柯蓮蓀頓時覺得秋波光豔逼人不敢平視。秋波也覺得蓮蓀豐神瀟灑剛儁獨標。這一瞧事小不知不覺粉靨微紅，輕輕的拍了蘇玄曼肩上一下道：「你自家做和尚還要管到別人家的閒事，你怎麼曉得人家肚皮裡轉念頭。」蘇玄曼忙道：「咦，奇怪極了，你與柯三少沒有一些瓜葛，我說他他並沒開口，怎麼你倒這樣的

①　見柳無忌編：《曼殊大師紀念集》，正風出版社 1944 年版，第 427 頁。

四馬路吃花酒，是晚清上海消費場上最多見的社交方式，竹枝詞云：「長三書寓大排場，銀水煙筒八寶鑲。結納王孫多闊綽，擺台花酒十三洋。」

幫著他派我的不是。」蓮蓀插嘴道：「這叫做不平則鳴。」[1]

這裡既能看到鴛蝴作家寫男女情事的行文風格，也能略略領會那時文人吃花酒的情景。蘇州揚州鄰近的江南城鎮，因為物質生活和文化生活自宋至有清一代的發達，酒店、茶店、戲院、書場的消費是有大眾基礎的。富人的消費要高級得多，平民只是檔次低下而已，但不是不消費。此為江南的文化傳統。現在上海崛起，更大規模的上海市民階層的文化需求轟然而至。市民們要說閒話，要看閒書，要獲得在公共社交場所越來越多的談資，小說曾經被抬得過高的啟發民智、服務於維新變法的作用一旦受挫而跌落，上海四馬路上改造過的傳統茶館「青蓮閣」和在吃大餐風尚中興起的「一品香」西餐館，就引領起新舊混雜的文化潮流來了。鴛鴦蝴蝶派的文人得風氣之先，一面在風月場上尋花問柳，與市井下層三教九流相稔熟，一面則公開捨棄經世致國、文以載道的文學大道理，將文學的消費、遊戲目的，樹起旗幟打了出來。這可以拿後來鼎鼎大名的鴛鴦蝴蝶派刊物、在辛亥革命前後各出齊 100 期的《禮拜六》為代表。它的編者兼小說家的王鈍根在《〈禮拜六〉出版贅言》中，用對答的口氣振振有辭地說：

---

[1] 畢倚虹：《人間地獄》第 20 回，包天笑續，北京：燕山出版社 1994 年版，第 192—193 頁。

《禮拜六》百期封面

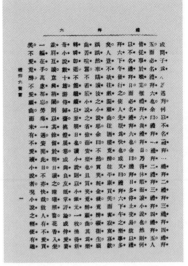

《禮拜六》創刊號上王鈍根的出版贅言

或又曰：「禮拜六下午之樂事多矣，人豈不欲往戲園顧曲，往酒樓覓醉，往平康買笑，而寧寂寞寡歡，踽踽然來購讀汝之小說耶？」余曰：「不然！買笑耗金錢，覓醉礙衛生，顧曲苦喧囂，不若讀小說之省儉而安樂也。且買笑、覓醉、顧曲，其為樂轉瞬即逝，不能繼續以至明日也。讀小說則以小銀元一枚，換得新奇小說數十篇，遊倦歸齋，挑燈展卷，或與良友抵掌評論，或伴愛妻並肩互讀，意興稍闌，則以其餘留於明日讀之。晴曦照窗，花香入座，一編在手，萬慮都忘，勞瘁一周，安閒此日，不亦快哉！故人有不愛買笑，不愛覓醉，不愛顧曲，而未有不愛讀小說者。況小說之輕便有趣如《禮拜六》者乎？」[1]

《禮拜六》編者王鈍根夫婦合影

「一編在手，萬慮都忘，勞瘁一周，安閒此日，不亦快哉！」真是毫不諱言地推出此派小說的娛樂消遣作用！ 從這宣言中，還能看出鴛蝶作家對報刊與文學結緣的自覺認

---

[1] 鈍根：《〈禮拜六〉出版贅言》，收入《二十世紀中國小說理論資料》第一卷，北京大學出版社 1997 年版，第 484 頁。鈍根即王鈍根。

最早的鴛鴦蝴蝶派刊物《民權素》創刊號　　包天笑主辦的小說雜誌《小說大觀》創辦於
1915 年的上海

識。「省儉而安樂」、「輕便有趣」，可以不怕打斷地持續進行，均指出讀「禮拜六
小說」比其他各項娛樂的更佳妙之處。而這一好處，顯然是經報刊為仲介才帶來的。
清末民初有許多特殊的條件，造成依託於報刊的鴛鴦蝴蝶派小說的盛行。據有人回
憶：「在那時候，舉辦一種刊物，非常容易，一、不須登記；二、紙張價廉；三、郵
遞便利，全國暢通；四、徵稿不難，酬報菲薄。真可以說是出版界之黃金時代。」[①]鴛
蝴報刊小說所達到的傳播普及面，非常廣泛。專門的小說刊物就有：陳景韓和包天笑
之《小說時報》（1909）、王蘊章、惲鐵樵之前期《小說月報》（1910）、劉鐵冷、
蔣箸超之《民權素》（1914）、徐枕亞、吳雙熱之《小說叢報》（1914）、高劍華之
《眉語》（1914）、王鈍根、周瘦鵑之《禮拜六》（1914）、李定夷之《小說新報》
（1915）、包天笑之《小說大觀》（1915）、包天笑之《小說畫報》（1917）、徐枕
亞之《小說季報》（1918）等。這裡面的許多刊物都是當年赫赫有名的文學大本營，
聚集了眾多的知名小說家，總計達三十多種。都市小報也是在這段時間發生的，如數量
巨大的上海小報，由譴責小說家創辦在前，鴛蝴小說家緊隨其後。公認的最早小報是李
伯元的《游戲報》及《世界繁華報》，後來有孫玉聲的《采風報》和《笑林報》、徐枕
亞的《小說日報》、周瘦鵑的《先施樂園日報》，到「五四」前夕由余大雄、包天笑開
始創辦早期著名的小報《晶報》等，那上面的文字基本是鴛鴦蝴蝶派的天下。只是小
報隨出隨散，後人難以一睹它的真面目罷了。不過，對於當時的市民讀者，它是點心

① 秋翁（平襟亞）：《三十年前之期刊》。

一樣容易消化的文化讀物。而大報由於地位顯著，發行久遠，它們的文化影響就不容漠視了。在那上面，鴛蝴派的力量也夠得上，如三種重要的大報副刊，《申報》「自由談」20 年時間都在王鈍根、吳覺迷、陳蝶仙、陳冷血（景韓）、周瘦鵑的手中。嚴獨鶴辦《新聞報》「快活林」，包天笑編《時報》的「餘興」，流傳甚廣。從鴛蝴掌握的報刊，可以見得它們讀者的廣大。報刊傳播了鴛鴦蝴蝶派小說，而此類小說為了迎合報刊讀者的文化審美需要，必然在故事的道德含義、敘述的一波三折和市民趣味方面作出種種的調整。

李伯元 1897 年 6 月首創的小報《游戲報》第 12 號

這時期的鴛蝴小說主要有言情、社會、偵探三類。偵探小說在清末民初處於譯述英國的「福爾摩斯探案」的階段，程小青的「霍桑探案」系列最早的一篇作品也要到 1919 年才問世。這種小說與舊公案的區別是明顯的。比如公案小說宣揚封建型號的迷信報應，偵探小說是科學取證，接受的「現代依據」確鑿無疑。至於相對成熟的中國式的偵探故事、偵探形象，與武俠小說中像樣的俠客故事、俠客形象一樣，都要等到 20 年代的中期才會出現。所以，談到此時的鴛蝴，主要就是言情和社會小說。言情以《玉梨魂》、《孽冤鏡》、《霣玉怨》為代表，社會小說以《廣陵潮》、《歇浦潮》、《人間地獄》和平江不肖生的《留東外史》為代表。兩者上承清末狹邪與譴責暴露，並加以拓寬和改造。

徐枕亞的《玉梨魂》開創了悲情的先例。1912 年開始在上海的《民權報》連載（《民權素》是它的副刊，後獨立出來），名聲大噪，單行本便印了幾十萬冊，當時是天文數字。故事寫蘇州才子何夢霞在無錫教書，與寓所主人的兒媳、新寡的白梨影相愛，卻礙於社會和自身禮法觀念的重重束縛，釀成雙雙身死的悲劇。書中不乏陳舊的道德訓誡，正是所謂「發乎情止乎禮」扼殺了這一對男女的愛情。但整個故事是站在同情青年男子和寡婦發生纏綿悱惻感情一面的，它有限的自由意識，對愛情價值的極力推崇，都表示出鴛蝴小說的現代進步因素與滯後性並存。其他的鴛蝴言情體小說後來都繼承這一脈下來，同時也成了一種模式。此外比較特別的，是《玉梨魂》用四六駢體寫成，對於當時的文人讀者來說是投其所好的（新式學校教育養成的第一代市民讀者這時還未成氣候、還未成規模），但並不難讀，因用典少，比較流暢。如白梨影自述心情的

與《遊戲報》同年稍晚由高太癡辦的《消閒報》第一號

句子：「今也獨守空幃，自悲自弔，對鏡而眉不開峰，撫枕而夢無來路。畫眉窗下，鸚鵡無言；照影池邊，鴛鴦欺我。此中滋味，大是難堪。」[①] 符合當年鬆動文言的潮流，讀來也算流利。更重要的是《玉梨魂》的本事蘊涵了作者自身的感情體驗與生活經歷，有現代意義。徐枕亞有與何夢霞幾乎相似的遭遇，他與自己學生的寡母通過詩信傳遞而發生戀情，但最後聽從此女的計議，與其小姑結婚。婚後夫妻感情不錯，卻因徐母虐待兒媳，被迫離婚，再秘密同居。這樣，徐妻終因心情抑鬱去世，徐曾作悼亡妻的《泣珠詞》（其妻名蔡蕊珠）100 首來做紀念。誰料《玉梨魂》及這些悼亡詞後來感動了清末最後一個狀元劉春霖的女兒劉沅穎。劉沅穎不顧父親的反對，堅持要嫁給比自己大十幾歲的徐枕亞，這成了《玉梨魂》的後續故事。另一個專寫悲情鴛蝴小說的作者周瘦鵑，青年時代與上海務本女校一學生相戀，但因女孩父母嫌貧愛富遭到拆散。這一段傷心史過後成了周瘦鵑一生創作的潛在動因。他為紀念戀人周吟萍，把她的英文名字 violet 即「紫羅蘭」，用在他所編刊物和所作小說的名字上。由此可以看出，鴛蝴言情小說中之佼佼者，並非完全是無病呻吟的。以紀實為基礎，融入個人的感情體驗，是這些言情故事能被寫出，寫出之後能夠動人的原因之一。當然，這不能掩蓋僅為讀者市場需要而生產的許許多多言情類的瑣屑、媚俗之作。

社會小說的代表作是兩本帶「潮」字的書：李涵秋的《廣陵潮》和朱瘦菊的《歇浦潮》。在社會覆蓋面相當寬廣的集錦式巨幅章回小說中，《廣陵潮》是結構人物不那麼鬆散的一種。它以揚州為背景，以雲麟、淑儀、紅珠三人的愛情婚姻糾葛為線索，從英軍佔領鎮江寫起，到揭發民國政體的各色黑幕，人物包括貪官污吏、儒林敗類、市井無賴，其中的資產階級革命黨人富玉鸞是被刻畫得較有血肉的。主人公身上也有作者「自敘傳」的色彩在內，將個人身世、城市滄桑及歷史遺聞逸事結合得還算緊密。如第 57 回一節寫辛亥革命正劇中的鬧劇，一個叫網狗子（外號黃天霸）的流氓如何收復揚州，十分生動：

　　這一天剛是九月十七日，天色尚未曛黑，便有人傳說鎮江的革命黨，已派有

① 徐枕亞：《玉梨魂》「第五章　芳訊」，上海大眾書局 1948 年版，第 24 頁。原文無標點。

《半月》1911 年 12 月 20 日創刊

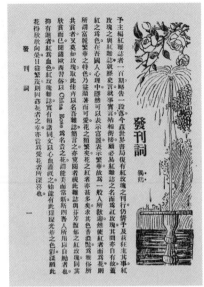

《紅玫瑰》發刊詞

人來光復揚州。一犬吠影，百犬吠聲。那些二十五區的區長，便號召了各區人丁，排列在市口，恭候革命黨大駕降臨，……

　　正自無聊，猛從大路上有幾個人飛也似地跑得來，手裡的幾盞燈籠你碰我，我碰你，碰得滴溜溜轉。嘴裡大聲嚷著：「歡迎啊！歡迎啊！革命軍打南門城外進了城了！」這句話不打緊，將那些區裡的人員，弄得又驚又喜，還怕這話不確。大家圍攏著這幾個人問個明白。這幾個人喘著說道：「說謊就是你養的。我們親眼看見那些軍隊，每人袖子上面，裹著一個白布條兒，有一個首領，身上纏的都是白綢子，滔滔地直向城裏來了。」眾人這才相信，頓時滿城都傳遍了。果然有一隊步兵，肩上荷著洋槍，號衣上也辨不清楚是什麼字樣，但是那個白布條兒，纏得卻十分整齊。當先有一位好漢，身材短小，雄赳赳地口裡大喊著：「我乃革命大都督是也！今天獨自得了這一座揚州城，便死了也值得！」

　　……便在這一霎時間，無論鋪戶以及居民，不約而同的，將門頭上一律都掛了白布，便是沒有錢買白布，也拿著三個銅錢買一張白紙，貼在門頭上，算是革命黨成功。完全將一座揚州城，倏地光復了。[1]

這不禁讓人想起阿Ｑ說的，深夜從趙舉人家中抬出箱子、器具、秀才娘子寧式大床的革命黨「白盔白甲的人」來了。[2]

① 李涵秋：《廣陵潮》上中下冊，第 57 回「黃天霸只手陷揚州　孟海華一心攻浦口」，天津：百花文藝出版社 1986 年版，第 762—763 頁。
② 魯迅：《阿 Q 正傳》，《魯迅全集》第 1 卷，人民文學出版社 1981 年版，第 521 頁。

鄭正秋改編《玉梨魂》為有聲電影，1924 年在上海首映，此為劇照

　　鴛蝴小說的出版數量非常之大，至今沒有一個明確的數位。有研究者以單年統計，指出僅 1912 年鴛蝴小說發表在上海 162 家刊物上的，就達 445 種之多。[1]如不論單年而計算總量，「據不完全統計，僅長篇言情小說和社會小說即為 949 部，武俠、偵探小說 818 部，如果把該派作者所寫的歷史、宮闈、滑稽小說，及由民間傳說改編的作品全都計算在內，總數當在兩千部以上」。這還不包括散見於眾多報刊上的短篇小說。而鴛蝴派的貢獻之一，就在以人們熟知的章回長篇小說體式，迎合市民大眾的閱讀口味，又以大家不熟悉的、摻合了外國小說手法的短篇小說製造新的閱讀習慣，為「五四」文學無意中作了些準備。這種準備還有一個方面，即較好的鴛蝴長短篇因為通俗、有故事，有影響，天然富有兒女情調，還較早被改編成初期話劇和戲曲。《玉梨魂》不僅有上海民興社改編的話劇，後來還有明星公司鄭正秋改編的電影上演。《孽冤鏡》也由上海民鳴社在 1916 年改編演出過。包天笑的短篇《一縷麻》，甚至被改成京劇、越劇等多樣劇種。鴛蝴作家活躍在戲劇舞臺上，如後來寫滑稽小說出名的徐卓呆（半梅），本是留日學生，他和包天笑、陳冷血、周瘦鵑等都是編譯劇本的好手，對現代文學都發生過推動作用。鴛蝴文學的過渡性質曾一度被誤解成終結性質，實際上這個過渡時間相當漫長，一直伸向 1940 年代市民文學的繁盛，當然它自身已經跟著現代文學的腳步做了許多的改變。真正的現代性質的文學隨了話劇引進、白話翻譯的大量出現和文學啟蒙運動促成觀念的徹底變革，即將降臨了。

---

① 見《二十世紀中國文學大典（1897—1929）》，上海教育出版社 1994 年版，第 246 頁。

第二章 『五四』啟蒙

第九節　話劇傳入後最初的劇場演出

　　現代話劇是真正外來的文藝體式，它同時從兩個方位傳入中國。1907 年，在日本東京和上海這兩個文學中心，先後由中國人演出了《黑奴籲天錄》。這個原是美國斯托夫人寫的黑人故事《湯姆叔叔的小屋》，移植時所採用的是同一的林紓譯本的名字。兩次演出的改編本，卻出自兩個人之手。這宣示了中國早期話劇的誕生：一種與「新文學」產生方式相關的發生學。

　　第一個演《黑奴籲天錄》的，是留日學生組成的春柳社。春柳社來自於東京美術學校學西洋畫的三位中國留學生曾孝谷、李叔同（後來的弘一法師）、黃二難的發動。1906 年年底，他們看了日本新派劇受到了刺激（日本新派劇受的是歐洲浪漫派戲劇的影響。這種輾轉影響的例子，在中國現代文學整個發展歷程中也一直存在著），便組織了春柳社文藝研究會。社中分美術、文學、音樂、戲劇四部。次年 2 月，戲劇部在剛剛落成的東京駿河台中華基督教青年會會館，為了給國內徐淮水災籌集賑款，演出了法國

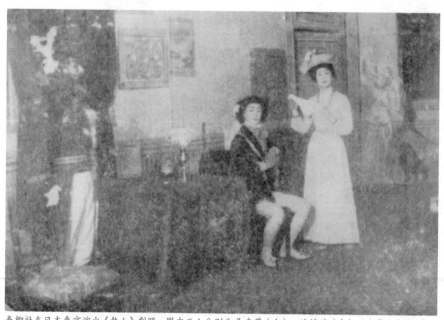

春柳社在日本東京演出《熱血》劇照。圖中三人分別為吳我尊（左）、陸鏡若（中）、歐陽予倩（右），後者男扮女裝真還惟妙惟肖

小仲馬《茶花女》的選幕。一幕是阿芒（亞
猛）的父親杜法爾為勸說瑪格麗特離開自己
的兒子而造訪茶花女，一幕是茶花女臨終。
曾孝谷飾杜法爾，李叔同飾瑪格麗特。女角
由男人扮演，是話劇最初不可能由女性參與
的一個歷史痕跡。為了演茶花女，李叔同剃
去了特別蓄留的美術式的鬍子，自備了漂亮
的女裝，且餓了幾頓飯好顯示自己細細的腰
身。《茶花女》的演出引起轟動，不僅是中
國留學生，連日本著名的新派演員藤澤淺二
郎、劇作家兼劇評家松居松葉都跑到後臺來
當場祝賀。松居後來還著文盛讚李叔同的表
演。這樣，進一步就有了該年 6 月春柳社同
人在東京大劇場本鄉座公演《黑奴籲天錄》
的盛大一幕了。春柳社的《黑奴籲天錄》五
幕劇由曾孝谷改編，內容呼應了當時日益高
漲的民族革命的氣氛。據回憶，「這個戲有
完整的劇本，對話都是固定的」，「整個戲
全部用的是口語對話，沒有朗誦，沒有加
唱，還沒有獨白、旁白，當時採取的是純粹

春柳社骨幹演出《茶花女》著女裝之李叔同與曾孝
谷攝於 1907 年日本

春柳社 1907 年 2 月在日本演出《茶花女》選幕劇照

李叔同 1907 年扮演《茶花女》中的瑪格麗特，為腰細而曾餓肚　　　　青年時代李叔同像

的話劇形式」。[①]這個「純粹」兩字十分重要，因為它標誌了中國話劇歷史一開始就存在的「春柳派」傳統，便是寧可犧牲一部分商業利益，也要儘量堅持住經日本傳入的西方話劇本來面目。而不是像後來的早期中國話劇又被稱作「文明新戲」、「文明戲」那樣，大部分的派別都退回到與傳統戲曲盡力靠攏的演出方式上去（當然有爭取市民觀眾的充足理由）。

　　《黑奴籲天錄》的劇本可惜已經失傳，在日本早稻田大學戲劇博物館裡，藏有該劇當年演出的說明書，上印題詞說：

　　　　演藝之事，關係于文明至巨，故本社創辦伊始，特設專部，研究新舊戲曲，冀為吾國藝界改良之先導。春間雖于青年會扮演助善，頗辱同人喝彩。嗣復承海內外士夫，交相贊助，本社值此事機，不敢放棄。茲定于六月初一、初二日借本鄉座舉行丁未演藝大會，准于每日午後一時開演《黑奴籲天錄》五幕。所有內容之概論及各幕扮裝人名，特列左方。大雅君子，幸垂教焉。

節目單（加上佈景）是李叔同設計的，使我們今天可以清楚地知道該劇每幕的標題、情節大要和角色的分配。因該劇場面宏大，演員眾多，曾孝谷、李叔同、莊雲石、吳我尊、歐陽予倩、謝抗白、李濤痕等差不多都要同時扮演兩個以上的角色才成。到開演那

---

① 歐陽予倩：《回憶春柳》，《歐陽予倩全集》第 6 卷，上海文藝出版社 1990 年版，第 150 頁。

1907年6月1日春柳社在日本東京本鄉座演出《黑奴籲天錄》的海報可以感受其盛大氣勢

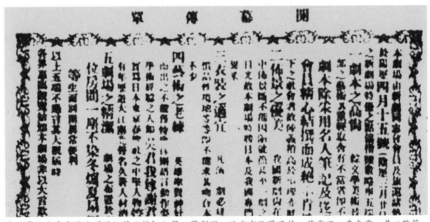

中國學生在東京演出《黑奴籲天錄》之第二幕劇照，演者有歐陽予倩、莊雲石、李息霜、黃二難等，
女妝皆男扮

天，本鄉座的1500個位置座無虛席。「樓座站滿了人，甚至無立錐之地」[1]；「二日
的演出雖預定來客三千人，但實際上超過三千，甚至走廊裡也站得人山人海」[2]。演出
不時被掌聲和歡呼聲所打斷。日本和國內的報刊做了廣泛的報導，給予好評。日本記者

---

[1] 見日本《報知新聞》第10833號（明治40年6月3日）。轉引自黃愛華《中國早期話劇與日本》，長沙：嶽麓書社
2001年版，第61頁。
[2] 這是日本著名戲評家在日本《都新聞》第6923號（明治40年6月3日）上著文說的。轉引自黃愛華《中國早期話劇
與日本》，長沙：嶽麓書社2001年版，第62頁。

竟不惜說其演出水準「與我國業餘演劇不可同日而語，而且，與高田、藤澤、伊井、河合等新派劇的演出相比不僅非常具有值得觀看的價值，其氣勢也遠遠地超過了他們」。[①]這不免有些誇大。據有關記載，僅此劇三個月來在東京龍濤館的排練期間，就得到日本新派劇名演員藤澤淺二郎的臨場指導 20 餘次。至於能將本鄉座這樣的大劇場低價租給一個名不見經傳的中國留學生業餘劇團，如沒有藤澤淺二郎的無私相助，也無法想像。總之，能達到如此的演出效果，作為中國話劇的第一頁已經是相當可觀的了。

　　僅僅幾個月之後，王鐘聲組織的春陽社，在上海租界的蘭心大戲院也演出了《黑奴籲天錄》。編劇是許嘯天。春陽社演此劇是否受春柳社的影響，雖然缺乏直接的證據，但王鐘聲留學過德、日，他是瞭解西方戲劇的；春柳社的演出在國內各大報紙都有報導，其時正受馬相伯、沈仲禮的聘用在上海辦起中國第一所戲劇學校（名為通鑒學校）的王鐘聲，自然不會不知道。而這次的《黑奴籲天錄》，就是通鑒學校三個月的教學成績。據親眼見過現場演出的徐半梅（即寫滑稽小說的徐卓呆）回憶，「戲是分幕的。與京戲班中所演一場一場連續不已的新戲，完全不同」，「臺上是用佈景的」，「而且蘭心的燈光，配置得極好，當然能使台下人驚歎不止」。有趣的是，這些學生演員大部分剛剛經過短期的訓練，還不能完整理解話劇是怎麼一回事。演黑奴者不肯將臉塗黑，滿台都是「白皮膚黑奴」，把一齣「黑奴籲天錄」生生演成了「白奴籲天

1907 年 9 月春陽社在上海演出《黑奴籲天錄》後全體社員的合影

---

① 見日本《東京每日新聞》第 11482 號（明治 40 年 6 月 2 日）。轉引自黃愛華《中國早期話劇與日本》，長沙：嶽麓書社 2001 年版，第 62 頁。

新民社演出《黑籍冤魂》第二十場劇照。可看作是春柳、春陽《黑奴籲天錄》的餘脈

錄」。又多少有點京戲的底子，於是表演起來「仍與皮簧新戲無異，而且也用鑼鼓，也唱皮簧，各人登場，甚至用引子或上場白或數板等等花樣，最滑稽的，是也有人揚鞭登場」。[1]我們現在無從找到「文明戲」名稱最初的出處，假如把它作為一切「早期話劇」的統稱，至少應分清「純話劇」與「非純話劇」兩大流脈。但在實際情況上，並不是那麼容易分清的。春陽社是比較接近春柳社的，它的首次演出況且如此就勿論其他了。後來，自稱加入過「春柳」的任天知參加了「春陽」，與王鐘聲合作排了《迦茵小傳》[2]，才初步擺脫了戲曲的糾纏。徐半梅也看過《迦茵小傳》，認為算是「把話劇的輪廓做像了」[3]。

但是，春陽社這樣一種中西合璧的演出形態，是淵源有自的。追溯起來，外國話劇在中國本土的出現，要遠比 1907 年為早。隨著西方勢力在中國通商口岸的登陸，1850 年上海英租界便成立了外國僑民第一個業餘劇團。他們把一個位於今北京路、廣東路口的貨棧倉庫改造成了簡陋的劇院，座位是沒有靠背的，初叫「新劇院」，後改稱「帝國劇院」。從該年 12 月 12 日開始，陸續上演了《以鑽攻鑽》、《梁上君子》、《合法繼承》、《愛情、法律和藥品》、《樓梯下的高等生活》等西洋劇目。1866 年，上海西人的「浪子劇社」和「好漢劇社」合併，組成「愛美劇社」，簡稱 ADC 劇

① 徐半梅：《話劇創始期回憶錄》，第 19 頁。
② 這也是採自林紓翻譯的小說名字。林紓譯的是英國哈葛德的著名小說，這裡再改編為話劇。
③ 徐半梅：《話劇創始期回憶錄》，第 24 頁。

這是兩次遭焚換址第三次建成的蘭心戲院。外國僑民在此演話劇向我們輸入了這種文藝形式

團。此劇社發起蓋了上海第一座現代劇場，那就是蘭心大戲院。「蘭心」又稱「蘭佃姆」，在圓明園路，為木結構建築。1867年「蘭心」舉行首次公演。1871年戲院為大火焚毀。1874年在靠近英國領事館處建造了另一座「蘭心」，座位分上下兩層，戲臺寬敞，即春陽社借演《黑奴籲天錄》的地方（到1929年，蘭心大戲院以規銀175000兩的價格賣給了中國人。同年12月，「愛美劇社」在法租界蒲石路、邁而西愛路建造混凝土結構的第三個「蘭心」，保留至今）。當年的蘭心大戲院屬於外僑俱樂部性質，一般的中國人是進不去的，但也有少數人如徐半梅、鄭正秋、包天笑等混入，第一次在那裡見識了真正的西方話劇。而日本僑民在上海虹口也曾建過一個名為「東京席」的小劇場，二百多座席，專演新派劇的，徐半梅也常去光顧。這都是在中國人眼皮底下的演出，等於天天在告訴我們話劇是什麼樣子。最初華人的實踐，是上海各教會學校中國學生的演劇活動。現在能查到最早的，是1898年聖約翰書院關於「己亥冬十一月」「節取西哲之嘉言懿行，出之粉墨」的記載。[1]其他如南洋公學、徐匯公學等，都有類似的演出。演出多取西方劇目，兼有練習外語的性質。值得一提的是1899年的耶誕節，聖約翰書院學生自編自演的《官場醜史》，它開創了在外來話劇中納入中國現實生活的先例。早期的話劇藝術家汪優遊，就是在讀中學時看了《官場醜史》後，開始組織校園演出而走上話劇道路的。

與這些模仿式演劇活動同時存在而影響更大的，是它們觸發了上海舊戲劇的改良，即海派京戲的登臺。海派京戲是京戲的上海化，即部分的時髦化、西化。時事新戲、時裝戲都曾流行在19世紀下半葉的上海灘。1893年在天仙茶園開演的連本《鐵公雞》，就取材於剛結束的太平天國事件。12本燈彩清裝戲連台上演，武打真刀真槍，極大地吸引了市民觀眾。戲劇家汪笑儂是這時期戲曲改良的代表人物，他編新劇、創新聲、變京劇百年以來的妝飾，竟讓演員穿了時裝和西服上臺（海派京劇是現代京劇的先聲）。1904年他還出資創辦中國第一種戲劇雜誌《二十世紀大舞臺》，由陳去病、柳亞子執編。汪笑儂這種改良新戲在上海擁有大量的市民擁護者，春陽社初演話劇帶出來

---

① 轉引自朱雙雲《新劇史·春秋》，新劇小說社1914年版。

的京劇色彩就與此有關。等到春柳社的留日學生歸國演劇，繼續進行剛剛開始的話劇移植事業，所遭遇的文化環境裡面，就含了改良戲曲對它的強大包圍與滲透。

1908 年，以演時裝京劇聞名的夏月珊、夏月潤兄弟和潘月樵，在上海南市十六鋪老太平碼頭，造了「新舞臺」（後又改在老城內的九畝地重建）。「新舞臺」是中國傳統舞臺改革之始。它改三面有柱的舞臺為現代鏡框式舞臺，還造了轉臺，到日本請來技師和木匠搭製佈景，使用燈光，有兩千個座位，相當壯觀。他們排了《黑籍冤魂》、《新茶花女》、《波蘭亡國慘》這樣一些時裝京戲，中州韻外加蘇白，「新戲雖然用鑼鼓，卻不注重在唱而在白話」。[1]還開始實行售票看戲的新制，廢除劇場內泡茶、嗑瓜子、扔手巾把等陳規。「新舞臺」後來成了舊戲新演、新劇舊演的重鎮。這個「新」字是意味深長的。

辛亥革命前夜，春柳社人員回國，倡導文明新戲的團體借著特殊的社會氛圍紛紛成立。當時上海這種文明戲劇團最多，有進化團、新劇同志會、上海演劇聯合會、社會教育團等二十來個；北京有牖民社，蘇州有蘇州新劇行進社，蕪湖有迪智群新劇團等。其中，天津南開學校由校長張伯苓指導，開校園話劇之風，在北方和全國產生影響。張伯苓的胞弟張彭春 1910 年赴美留學時兼學了戲劇編導，後成為南開話劇運動的骨幹，使得北方的早期話劇具備歐美直接輸入渠道的特點。這時的春柳派已由陸鏡若、歐陽予倩為核心，兩人在日本後期以「申酉會」名義合作演出過《電術奇談》、《熱淚》。陸鏡若回到上海，與春陽社合作，以「文藝新劇場」的名義在張園演出《猛回頭》、《社會鐘》；辛亥後與歐陽予倩、吳我尊、馬絳士（人稱「春柳四友」）組織「新劇同志會」，在張園演出《家庭恩怨記》、《不如歸》等。也跑外碼頭，如在上海演出就掛「春柳劇場」的牌子。春柳派除《家庭恩怨記》有完整的劇本外，大部也用「幕表」做演出依據，但它的「幕表」比較細緻，分幕、每幕概要、重要對話等都有詳述。它分幕少，不用「幕外戲」，不加講演口號，不亂添滑稽和雜技表演。它的嚴肅和比較純正

春柳社四友——左起：歐陽予倩、吳我尊、馬絳士、陸鏡若。陸艱苦支持「春柳劇場」到死為止

① 歐陽予倩：《自我演戲以來》，中國戲劇出版社 1959 年版，第 67 頁。

的演劇風格，使得早期中國話劇維持了轉借西方話劇表演樣式的基本水準。

　　1910 年，任天知在上海成立進化團，是中國第一個職業新劇團體，團員有汪優遊、陳鏡花、陳大悲等。演出《共和萬歲》、《黃鶴樓》、《東亞風雲》成功後，在劇場門前打出「天知派新劇」的大旗，風靡一時。利用政治鼓動戲的優勢，是天知派戲維持商業演出的策略。一旦政治形勢變化了，便難以為繼。這派戲分幕多，演出特點是劇中人物可以離開劇情即興講演，也在人物上下場和緊要處加鑼鼓、加唱。這些化妝講演大談革命，慷慨激昂，能得到意外的掌聲。演員角色按此分別叫做「言論派老生」、「言論派小生」、「言論派正旦」等。這又退回到舊戲按類型分派角色的特點。歐陽予倩一次與任天知同台配戲，汪優遊、查天影飾打岔的滑稽角色，一再打斷戲中講戀愛的任天知的發布言論，惹得任天知跳將起來，掄著文明棍對歐陽予倩說出現編的臺詞，道：「姑娘，你們家的狗怎麼那樣多？我非先打了狗再和你說話不可！」[1]「言論」和「滑稽」角色都可以任意破壞劇情，竟達到如此的地步。

　　春柳社和新起的各種文明新戲的團體，統統沒有單獨的場地。這是話劇還沒有獨立的一個標誌。「文藝新劇場」自己並沒有劇場，只是個名義而已。在一個時期內，新舞臺或模仿新舞臺的京戲劇場如歌舞台、大舞臺、笑舞臺，便成了文明新戲依託的所在。曾經有的劇場允許在晚場時將文明戲排在前面，用京戲壓軸，但很快因文明戲隨意拖長時間而引起京戲界的不滿。這種混用劇場的辦法，既顯示舊戲向新派的靠攏，也造成早期話劇向改良戲劇的妥協。如《血淚碑》、《殺子報》等劇目原封不動地從戲曲搬到話劇來上演，而《拿破侖豔史》、《犧牲》等話劇譯本也被改為時裝京劇。許多文明新戲開始向京戲回歸，走下坡路。話劇史上所謂「甲寅中興」的代表鄭正秋，在演家庭戲的時候就提倡過「新劇加唱」，以此來挽救文明戲的票房。這算是好的，至少不像有的文明戲劇社，在靠出賣色相、耍蛇等來招攬上海市民觀眾那麼墮落。

　　這時候，地處南京路靠近外灘的謀得利劇場，漸漸有了成為早期話劇專業劇院的趨勢。上海的娛樂場本來都集中在福州路（四馬路）、福建路（石路）、漢口路一帶，謀得利劇場設在北京路謀得利唱片公司倉庫的樓上，

1914 年春柳劇場的海報，在上海謀得利劇場開幕上演的劇目為《不如歸》、《飛艇緣》、《家庭恩怨記》

① 歐陽予倩：《自我演戲以來》，中國戲劇出版社 1959 年版，第 66 頁。

上海晚清老牌的京劇場這時候夾雜「汪笑儂」的改良海派京劇，與文明戲互相滲透

只五六百個座位，開始很少有人知曉，一下雨就鬧鬼，可見其冷清。1914 年，陸鏡若率「新劇同志會」的人從外地回到上海，掛出「春柳劇場」的招牌，4 月 15 日便在謀得利劇場開幕演出。據登載於《申報》上的《春柳劇場開幕宣言》自稱，春柳從日本演出至今「十年來同人之心志悉萃於文藝未嘗稍介意於世俗之名利故也」。[1] 在開幕傳單中，仍堅持「劇本之高尚」、「布景之優美」、「衣裝之適宜」、「藝術之老練」、「劇場之精潔」等原則，「不肯摭拾毫無價值之彈詞小說，以圖取悅中人以下之社會者」。[2] 這是春柳社同人的理想，但實際上理想的堅守與演出的困窘已經成了鮮明的對照。開幕演出雖然還有慕名的觀眾前來捧場，但反應是這戲太嚴肅，程度頗高，曲高和寡。市場逼使他們改換劇目，上演了由通俗小說改編的《天雨花》、《鳳雙飛》之類的戲。在一年時間裡，春柳劇場竟三天兩日地換了近一百個劇目。他們想上演《娜拉》、《莎樂美》、《復活》這樣的劇目簡直成了夢想。他們沒有薪水，幾十人擠住在元昌里的鋪板床上，吃四塊錢一月的包飯，全靠陸鏡若負債經營。有一天雨夜演出《茶花女》，台下竟只來了三名看客。[3] 待這一切的支撐者陸鏡若突然病逝，後期春柳派也就失去支柱而作鳥獸散了。

鄭正秋的新民社 1913 年也假謀得利劇場演出《惡家庭》。原先只準備了兩本，意外受到歡迎後便連著編演了十餘本，後形成「家庭戲」的熱潮。但最後也走向沒落。鄭正秋在笑舞臺堅持演出失敗後，退

鄭正秋：文明戲時期掀起「家庭劇」熱潮後成為無聲電影先驅「明星」公司創始人之一

① 見《春柳劇場開幕宣言》，載 1914 年 4 月 17 日《申報‧自由談》。
② 見《春柳劇場開幕傳單》，轉引自黃愛華《中國早期話劇與日本》，第 206 頁。
③ 歐陽予倩：《自我演戲以來》，中國戲劇出版社 1959 年版，第 48 頁。

鄭正秋（在船尾右一人）編導《春水情波》時與主演蝴蝶等在拍外景途中

出劇壇，發表了《鄭正秋脫離新劇的告白》，不服氣地聲稱：「但看窮兇極惡的強盜戲，不合情理的胡鬧戲，大團圓的彈詞戲，賣行頭賣佈景的連台戲，比兩年前盛行起來了，叫我怎麼再忍得下去！」[1]他無力挽救文明戲的衰落，又弄不清話劇進入中國都市，必須在培養觀眾和妥協觀眾兩方面顯示耐心，要有中國觀眾能夠接受的劇本這些道理，於是，只好發出感歎和悲鳴。可見話劇獨立站穩的時間尚未到來。同時我們也可以注意到，北方的話劇發展更要落後於南方。這是因晚清北方政治的高壓及舊劇勢力的強大。春陽社的王鐘聲帶了在上海演過的劇目赴京津，便立即遭禁。到 1911 年王鐘聲更因參與推翻滿清的活動，在天津遇刺身亡。另有 1912 年在北京成立的牖民社的社長，因演劇於次年被捕。這樣一種惡劣的文化環境，自然招致北方話劇的不發達。所以，在 1912 年 6 月，魯迅與他的教育部社會教育司同事齊宗頤，一同赴天津考察新劇，在 11 日看過廣和樓演出的時事新劇《江北水災記》後，在日記裡做了記載，並寫下「勇可嘉而識與技均不足」的評語。[2]這是可以預計的情況：文明戲無從振興的尾聲，將迎來「五四」後現代話劇的新的一幕。

① 轉引自朱雙雲《初期職業話劇史料》，重慶獨立出版社 1942 年版。
② 見《魯迅全集》第 14 卷，「壬子日記」1912 年 6 月 11 日，人民文學出版社 1981 年版，第 5 頁。

第十節　搭建通向世界文學之橋

　　中國有翻譯，應自漢唐譯佛經始。佛經中存在的文學因素，曾對中國古典文學發生過不小的影響。但佛經引進本身原來並不是為了文學。待到晚清，發生了大規模的外國文學譯介活動，雖是與國門被帝國主義列強的炮艦轟開有關，也是富國強兵、維新變法的一個組成部分，同啟蒙思潮密不可分。而且幅度深廣，突破性大，從思想到文體、語言，都深深地切入到中國現代文學的「創新」進程中去。

　　這期間的翻譯作為倡導文明、喚醒民眾、溝通世界的一種手段，最初譯介的都是國外的科技、經濟、軍事等所謂「格致」書籍。機構上，1860 年奏請朝廷建立「同文館」，內部先後設了英文、法文、俄文、東文四個館。後併入京師大學堂改稱為「譯學館」。上海方面，1863 年李鴻章建「廣方言館」，後來的留美幼童、著名工程師詹天佑便是這個館的學生。1866 年福建設「船政學堂」，嚴復就是從這個學校畢業後赴英國學海軍的高材生。到 1867 年，上海江南製造局又設立了翻譯館。漸漸的，這些機構也組織翻譯政治、哲學、歷史的書籍，最後才有了文學的譯介。我們看魯迅最初的文學翻譯活動也留下這種痕跡，翻譯的小說沿著科學、歷史、純文學這三條路子走下來，科學小說有《月界旅行》、《地底旅行》，歷史小說有《斯巴達之魂》，然後才是與周作人合譯的《域外小說集》。翻譯在那個年代之盛，已經是後人很難想像的了。據阿英在《晚清戲曲小說目》中的統計，從光緒元年到辛亥革命大約四十年間出版的翻譯小說，竟達六百多部，與同時期創作小說相比，占總數的三分之二。徐念慈發表的《丁未年小說界發行書目調查表》指出，僅1907 年一年的翻譯小說便達 80 種。[①]

京師大學堂原同文館（譯學館）大門

----

① 覺我（徐念慈）：《丁未年小說界發行書目調查表》，載 1908 年 2 月《小說林》第 9 期。80 種譯作，計英國 32 種，美國 22 種，法國 9 種，日本 8 種，俄國 2 種，其他國別 7 種。

1868 年由曾國藩奏請開辦的江南製造局翻譯館，已擁有氣度不凡的著名學者徐壽、華衡芳、徐建寅（右起）

又有人糾正為 126 種。[①]這些數字都未必精確，尤其是並沒有包括當時發達的小說雜誌每月刊行的數量巨大的譯作。

　　先期的翻譯家是梁啟超、嚴復等人。梁啟超的功勞在於最早倡導翻譯，並身體力行。1896 年在他主編的《時務報》上發表《論譯書》一文；1898 年在戊戌逃亡後創辦《清議報》，發表《譯印政治小說序》和自己譯的政治小說日本柴四郎的《佳人奇遇》、日本矢野龍溪的《經國美談》；到 1902 年他創刊《新小說》時，譯了《世界末日記》，而且大力在《新小說》上刊載翻譯小說。梁啟超利用他的盛名引進外國政治小說，來為創作中國的政治小說作借鑒（自己寫了沒有完成的《新中國未來記》），傳達出譯介工作的真諦，對後繼者的啟示是深遠的。嚴復是《天演論》的譯者，這本選譯自英國人赫胥黎《進化與倫理》的書，出版於 1897 年，可能當初誰也無法料到它從思想理論上會對現代中國文學發生如此巨大的影響。嚴復的另一作用是在確立翻譯理論方面。與出版《天演論》同年，他在《國聞報》與夏曾佑聯名發表《本館附印說部緣起》，其中倡言：「且聞歐、美、東瀛，其開化之時，往往得小說之助。是以不憚辛

---

① 見陳平原《二十世紀中國小說史（第一卷）》，表 3《清末民初各國小說譯作統計》，北京大學出版社 1997 年版，第 50 頁。

魯迅所譯法國凡爾納科學幻想小說
《月界旅行》封面上印有「科學小說」
字樣

嚴復所譯《天演論》光緒辛丑年的版本

勤，廣為采輯，附紙分送。或譯諸大瀛之外，或扶其孤本之微。」[1]從翻譯文學和開發民智的關係上奠定了翻譯外國小說目的性的基礎。嚴復最具名望的，是提出了「信達雅」的翻譯標準。他的《〈天演論〉譯例言》一文開門見山便說：「譯事三難：信、達、雅。」[2]這三個字日後成為人們反覆討論的話題。雖然理解的差異一直存在，但大體上，「信」指對原作的忠實程度，「達」指暢達地表達原作的內容，「雅」是指用雅麗規範的文辭來追求更「信」和更「達」的目標。對「信達雅」的不斷研討，推進了一百多年來中國人翻譯工作的水平。

　　但真正擁有廣大讀者的文學翻譯，還是「林譯小說」。這是今人會比較難以理解的現象。在文言已經在梁啟超的手中變得鬆動、靈活的時代，作為古文家的林紓，本人不懂外文，卻用文言翻譯出一百部以上的外國小說，造成的影響，以至許多日後的大作家在回憶自己通向世界文學的道路時，都不約而同地述說青少年時代讀林紓翻譯小說的深刻印象。周作人說他和魯迅在日本的時期，「我們對於林譯小說有那麼熱心，只要他印出一部，來到東京，便一定跑到神田的中國書林，去把它買來，看過之後魯迅還拿到訂書店去，改裝硬紙板封面，背脊用的是青灰洋布。」[3]郭沫若說：「林琴南譯的小說在當時是很流行的。那也是我最嗜好的一種讀物。我最初讀的是哈葛德的《迦茵小

① 幾道（嚴復）、別士（夏曾佑）：《本館附印說部緣起》，載《國聞報》光緒廿三年（1897）10 月 16 日－11 月 18 日。陳平原、夏曉虹編《二十世紀中國小說理論資料》第 1 卷，北京大學出版社 1997 年版，第 27 頁。
② 嚴復：《〈天演論〉譯例言》，《嚴復集》第 5 卷，中華書局 1986 年版。
③ 周作人：《魯迅的青年時代·魯迅與清末文壇》。

林紓像

傳》。」「這怕是我讀過的西洋小說的第一種。」[1]葉聖陶 14 歲起便讀了林譯小說，六十多年過去他還記著，「借得林譯《十字軍英雄記》，開始看之。此時為余首次接觸之翻譯小說」。[2]而比以上幾位晚生了十幾年的錢鍾書，還把「林譯小說」引導幾代人（從 19 世紀 80 年代出生的魯迅到 20 世紀 10 年代生的錢鍾書整整三十年間）第一次接觸外國語文和世界的史實，說得更加生動：「我自己就是讀了他的翻譯而增加學習外國語文的興趣的。商務印書館發行的那兩小箱《林譯小說叢書》是我十一二歲時的大發現，帶領我進了一個新天地、一個在《水滸》、《西遊記》、《聊齋志異》以外另闢的世界。」[3]這些話都能證明林紓翻譯對當時中國人瞭解世界所能達到的深廣度。

　　林譯小說的第一本為《茶花女遺事》。那是 1897 年林紓的妻子去世，為了排遣憂思，他接受了懂法語的朋友王壽昌的建議，與之合譯法國作家小仲馬的這篇小說。小說的情調與當時林紓的心境正好相合。方法是王壽昌口譯，由不會外語的林紓用文言筆錄。小說於 1899 年出版，一紙風行，極受歡迎。從此林紓與分別習英文、法文的魏易、陳家麟、曾宗鞏、李世中等合作，一部一部地譯了下去。據說快的時候，四個小時

林譯小說《茶花女遺事》等五種

---

① 郭沫若：《少年時代》。哈葛德今譯哈格德。
② 見商金林撰著《葉聖陶年譜長編》第 1 卷。人民教育出版社 2004 年版，第 29 頁。
③ 錢鍾書：《林紓的翻譯》。《舊文四篇》，上海古籍出版社 1979 年版，第 66 頁。

可譯六千字，在二十多年的時間裡總計譯了 180 多種。其中有 40 多種為世界名作，如斯托夫人的《湯姆叔叔的小屋》（譯名為《黑奴籲天錄》）、《伊索寓言》、笛福《魯濱遜飄流記》、司各特《艾凡赫》（譯名為《撒克遜劫後英雄略》）、斯威夫特《格列佛遊記》（譯名為《海外軒渠錄》）、狄更斯《老古玩店》（譯名為《孝女耐兒傳》）、狄更斯《大衛‧科波菲爾》（譯名為《塊肉餘生述》），及莎士比亞、塞萬提斯、雨果、托爾斯泰、大仲馬、歐文、柯南道爾等大作家的作品。其他外國二三流作家的作品占了四分之三，在晚清的背景下也可理解，畢竟那時對世界文學的瞭解才剛剛開始，還比較粗略。如英國哈格德（舊譯哈葛德）的通俗作品林紓與他的合作者選擇得相當多，在二流作家中還算是有特色的。1905 年林紓譯了哈格德《迦茵小傳》的全文，這同 1901 年楊紫麟、包天笑發表於《勵學譯編》的節譯不一樣，曾引起守舊者金松岑、寅半生等的非議。原來前譯者假說沒有得到全書，有意將迦茵未婚私孕一節隱去了，這正合了一些人的意。[①]晚清是一個「意譯」的時代，隨意刪改外國原作是不足怪的。而林紓在譯介這部小說時反而尊重原作，不避原小說人物的道德隱私，也是很有意思的事件。

林紓譯《撒克遜劫後英雄略》書影

　　當然，林紓的翻譯，加上魯迅等人最初的翻譯，開始並未背於當時的「意譯」風氣。直到周氏兄弟介紹俄國、北歐、波蘭等被壓迫民族的小說，1909 年在東京出版《域外小說集》，這才開始認真實行「直譯」，而與「意譯」分道揚鑣。在起初那個翻譯的時代，漏譯、增譯、誤譯以至譯者急不可耐地跳入譯文去議論一番，或將敘述的人稱任意改換，都是司空見慣的做法。如林紓就將《黑奴籲天

周氏兄弟譯的《域外小說集》版本

---

① 魯迅在《上海文藝之一瞥》一文，把事情說成是「先譯的」故意隱瞞上冊中「迦因生了一個私生子」的情節，其實有誤。見樂梅健《通俗文學之王包天笑傳》，臺北業強出版社 1996 年版，第 46 頁。

林紓譯莎士比亞故事集《吟邊燕語》書影

錄》裡面的宗教部分盡情刪除。再如他譯《滑稽外史》（今譯《尼古拉斯‧尼克爾貝》），還替狄更斯添油加醋，加工改造，把時裝店女領班聽見顧客說她是「老嫗」，因嫉妒年輕貌美女孩子而作哭訴，譯成了讓人噴飯的順口溜：

> 始笑而終哭，哭聲似帶謳歌。曰：「嗟乎！吾來十五年，樓中咸謂我如名花之鮮妍」──歌時，頓其左足，曰：「嗟夫天！」又頓其右足，曰：「嗟夫天！十五年中未被人輕賤。竟有騷狐奔我前，辱我令我肝腸顫！」[1]

這又構成了林紓翻譯的特點。所以胡適說「古文裡很有滑稽的風味，林紓居然用古文譯了歐文與疊更司的作品」。[2]鄭振鐸引茅盾私下裡說的話，讚美林紓「撒克遜劫後英雄略除了幾個小錯處外，頗能保有原文的情調」。[3]而根據錢鍾書的研究，在用語上，林紓翻譯使用的並不是他寫作散文或到了「五四」拼命反對白話時所持的「古文」。「林紓沒有用『古文』譯小說，而且也不可能用『古文』譯小說」。[4]這一發現的意義，是將晚清翻譯文字與「五四」白話之間建立起新的聯繫，甚至文言的譯語也有與「五四」白話不相對峙的一面。錢鍾書分析林紓的翻譯文體時，說：

> 林紓譯書所用的文體是他心目中認為較通俗、較隨便、富於彈性的文言。它雖然保留若干「古文」成分，但比「古文」自由得多；在辭彙和句法上，規矩不嚴密，收容量很寬大。因此，「古文」裡絕不容許的文言「雋語」、「佻巧語」像「梁上君子」、「五朵雲」、「土饅頭」、「夜度娘」等形形色色地出現了。口語像「小寶貝」、「爸爸」、「天殺之伯林伯」等也經常摻進去了。流行的外來新名詞──林紓自己所謂「一見之字裡行間便覺不韻」的「東人新名詞」──像「普通」、「程度」、「熱度」、「幸福」、「社會」、「個人」、「團體」、「腦筋」、「腦球」、「腦氣」、「反動之力」、「夢境甜蜜」、「活潑之精神」等應有盡有了。還沾染當時的譯音習氣，「馬丹」、「密司脫」、「安琪兒」、「苦力」、「俱樂部」之類不用說，甚至毫不必要地來一個「列底（尊閨門之稱也）」，或者「此所謂『德武忙』耳（猶華言為朋友盡力也）」。意想不到的是，

---

① 轉引自錢鍾書：《林紓的翻譯》。《舊文四篇》，上海古籍出版社 1979 年版，第 68 頁。

② 胡適：《林琴南先生的白話詩》。

③ 鄭振鐸：《林琴南先生》，載 1924 年 11 月《小說月報》第 15 卷第 11 期。

④ 錢鍾書：《林紓的翻譯》。《舊文四篇》，上海古籍出版社 1979 年版，第 83 頁。

譯文裡包含很大的「歐化」成分。[1]

這段錢鍾書的論述，擇取林紓譯文的字詞都一一注明來源，文中還多有舉例，無可辯駁地證明林氏翻譯用的文言有意無意吸收了「佻巧語」、「口語」、「外來語」，是一種帶有「歐化」成分的鬆動文言。林譯小說有那麼廣大的讀者，流風所及，與其他人合力造成後來「五四」白話向「歐化」一路走去的傾向，這大概連林紓本人也始料不及吧。

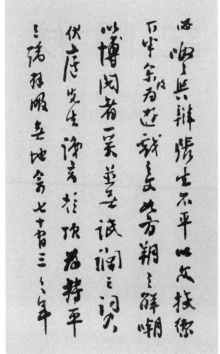

林紓手跡

　　更徹底地既介紹了世界文學，輸入新風，又為「五四」白話作了準備的，是晚清白話翻譯文學。較早的白話譯者有蘇曼殊、周桂笙等。這兩人的過渡性質都一目了然。蘇曼殊是民國前後重要的文言小說家，卻於1903 年用白話翻譯了雨果的《悲慘世界》，以《慘社會》的題目發表在《國民日報》上。第二年出版單行本時加署了陳由己（即陳獨秀）的名字，成了合譯。《慘社會》也是意譯，裡面多出一個懂得中國文化的法國俠客叫男德的，說出下面經常被引的驚世駭俗的批判孔子的話來：

　　　　那支那國孔子的奴隸教訓，只有那班支那賤種奉作金科玉律，難道我們法蘭西貴重的國民也要聽他那些狗屁嗎？

蘇曼殊還借另一人之口，在譯文裡抨擊中國的舊文化說：

　　　　哎，我從前也曾聽人講過，東方亞洲有個地方，叫做支那的，那支那的風俗，極其野蠻，人人花費許多銀錢，焚化許多香紙，去崇拜那些泥塑木雕的菩薩。更有可笑的事，他們女子，將那天生的一雙好腳，用白布包裹起來，尖促促的好像豬蹄子一樣，連路都不能走了。你說可笑不可笑呢！[2]

從這些活潑的文字中，我們可以一窺當年翻譯小說運用白話的水準。周桂笙是早期鴛鴦蝴蝶派翻譯家裡主要採用文言的有影響的譯者。鴛鴦蝴蝶派是創作流派，又是最早的翻

① 錢鍾書：《林紓的翻譯》。《舊文四篇》，上海古籍出版社 1979 年版，第 83—84 頁。
② 以上兩段引文，均轉引自王宏志《重釋「信達雅」：二十世紀的中國翻譯研究》，上海東方出版中心 1999 年版，第 157 頁。《慘社會》是譯文初刊時所用的名字。

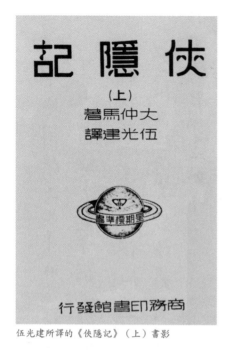

伍光建所譯的《俠隱記》（上）書影

譯流派，其中的許多小說家兩棲寫作，同時翻譯，橫跨了文言翻譯與白話翻譯兩個時期。周桂笙通曉英法文，做過《月月小說》雜誌的譯文編輯。他早於林紓從事翻譯，以譯「福爾摩斯偵探案」聞名。據說「偵探小說」一詞就是他首先提出的。1903年他有一部白話譯作《毒蛇圈》，在《新小說》第8號上發表，也向來為人所看重。

「意譯」時代真正開了白話翻譯先河的，是伍光建。他1907年出版的《俠隱記》名氣很大，譯的是大仲馬的代表作《三個火槍手》。直至「五四」時代，此譯作還受到《新青年》同人的讚譽，並引用他「簡潔明快」的白話來嚴厲批評林紓。茅盾到了1934年，還滿懷興趣地對照原文來評述伍光建的白話譯文。茅盾舉了伍光建的《俠隱記》第一章《客店失書》的文字：

　　話說一千六百二十五年四月間，有一日，法國蒙城地方，忽然非常鼓噪，婦女們往大街上跑，小孩子在門口叫喊，男子披了甲，拿了槍，趕到彌羅店來……

據茅盾的對照，伍光建是將原文的「四月裡的第一個星期日」，譯成「四月間，有一日」；在「法國蒙城」之下故意脫落「《玫瑰故事》著者的生長地」一句；在「忽然非常鼓噪」之下，又故意脫落「好像耶穌教徒攻了進來把這地方變成了羅歇第二」一句。而且，「婦女們往大街上跑」和「小孩子在門口叫喊」兩句本不是平行的，原文是個複合句：「婦女們不顧她們的孩子在門口哭叫，飛也似往大街上跑」等等。可見在晚清白話翻譯中，已經存了削減、變化歐化句法的良苦用心，這是不害原意而比較聰明的譯法。由於晚清「意譯」風氣的影響，自然也有不恰當的削減例子，茅盾都從好的、差的方面為伍光建一一指了出來。[1]

鴛鴦蝴蝶派的初期白話翻譯是有成績的，其要者還有陳冷血譯的莫泊桑短篇《義勇軍》，還可一直舉到周瘦鵑受魯迅褒獎的《歐美名家短篇小說叢刊》（1—3卷）裡包括47位作家的50篇作品所譯的篇什。魯迅在教育部視事期間發現後，認為是「空谷足音」。他與周作人合擬了《評語》，稱道這部翻譯的長處，「其中意、西、瑞典、

① 均見茅盾：《伍譯的〈俠隱記〉和〈浮華世界〉》，《茅盾全集》第20卷，人民文學出版社1990年版，第26—27頁。

荷蘭、塞爾維亞，在中國皆屬創見，所選亦多佳作」，而且禁不住高度讚譽為「昏夜之微光，雞群之鳴鶴」。[1]但周瘦鵑在很長的時間裡都不知道自己得獎是誰促成的，直到魯迅逝世很久之後。這也算是一段佳話。

---

[1] 轉引自《魯迅年譜（增訂本）》第一卷，人民文學出版社 2000 年版，第 367 頁。

林譯小說涉及世界文學圖

林譯名	今譯名	作者名今譯	作者國籍	口譯者	出版時間	出版單位	備註
巴黎茶花女遺事	茶花女	小仲馬	法國	王壽昌	1899 年	畏廬藏版	
黑奴籲天錄	湯姆叔叔的小屋	斯托夫人	美國	魏易	1901 年	武林魏氏藏版	
伊索寓言	伊索寓言	伊索	希臘	嚴培南等	1903 年	商務印書館	
英國詩人吟邊燕語	莎士比亞故事集	蘭姆姐弟	英國	魏易	1904 年	商務印書館	誤為莎士比亞著
迦茵小傳	迦茵小傳	哈格德	英國	魏易	1905 年	商務印書館	
撒克遜劫後英雄略	艾凡赫	司各特	英國	魏易	1905 年	商務印書館	
魯濱遜飄流記	魯濱遜飄流記	笛福	英國	曾宗鞏	1905 年	商務印書館	
海外軒渠錄	格列佛遊記	斯威夫特	英國	曾宗鞏	1906 年	商務印書館	版權注董易口譯
紅礁畫槳錄	比阿特麗絲	哈格德	英國	魏易	1906 年	商務印書館	
魯濱遜飄流續記	魯濱遜飄流記	笛福	英國	曾宗鞏	1906 年	商務印書館	
拊掌錄	見聞雜記	華盛頓・歐文	美國	魏易	1907 年	商務印書館	
十字軍英雄記	十字軍英雄記	司各特	英國	魏易	1907 年	商務印書館	
神樞鬼藏錄	馬丁・海威特記事	莫利森	英國	魏易	1907 年	商務印書館	
金風鐵雨錄	邁卡・克拉克	柯南道爾	英國	曾宗鞏	1907 年	商務印書館	版權注董易口譯
大食故宮餘載	阿爾罕伯拉	華盛頓・歐文	美國	魏易	1907 年	商務印書館	
旅行述異	旅客談	華盛頓・歐文	美國	魏易	1907 年	商務印書館	
滑稽外史	尼古拉斯・尼克爾貝	狄更斯	英國	魏易	1907 年	商務印書館	
劍底鴛鴦	未婚妻	司各特	英國	魏易	1907 年	商務印書館	
孝女耐兒傳	老古玩店	狄更斯	英國	魏易	1907 年	商務印書館	
塊肉餘生述（前編）（後編）	大衛・科波菲爾	狄更斯	英國	魏易	1908 年	商務印書館	
歇洛克奇案開場	血字的研究	柯南道爾	英國	魏易	1908 年	商務印書館	
鷙刺客傳	伯納克舅舅	柯南道爾	英國	魏易	1908 年	商務印書館	
恨綺愁羅記	逃亡者	柯南道爾	英國	魏易	1908 年	商務印書館	
賊史	奧列佛爾	狄更斯	英國	魏易	1908 年	商務印書館	
新天方夜譚	新天方夜譚	史蒂文生及夫人	英國	曾宗鞏	1908 年	商務印書館	
電影樓臺	拉弗爾斯・霍行實	柯南道爾	英國	魏易	1908 年	商務印書館	
鍾乳骷髏	所羅門王的寶藏	哈格德	英國	曾宗鞏	1908 年	商務印書館	
蛇女士傳	城外	柯南道爾	英國	魏易	1908 年	商務印書館	
不如歸	不如歸	德富蘆花	日本	魏易	1908 年	商務印書館	
玉樓花劫	紅屋騎士	大仲馬	法國	李世中	1908 年	商務印書館	
冰雪因緣	董貝父子	狄更斯	英國	魏易	1909 年	商務印書館	
玉樓花劫（後編）	紅屋騎士	大仲馬	法國	李世中	1909 年	商務印書館	
璣司刺虎記	傑絲	哈格德	英國	陳家麟	1909 年	商務印書館	
黑太子南征錄	黑太子南征錄	柯南道爾	英國	魏易	1909 年	商務印書館	
雙雄較劍錄	美麗的瑪格麗特	哈格德	英國	陳家麟	1910 年 7 月始	《小說月報》	1915 年出書
三千年豔屍記	她	哈格德	英國	曾宗鞏	1910 年	商務印書館	
古鬼遺金記	貝妮達	哈格德	英國	陳家麟	1912 年	廣益書局	
離恨天	保爾和薇吉妮	聖比埃爾	法國	王慶驥	1913 年	商務印書館	

續表

林譯名	今譯名	作者名今譯	作者國籍	口譯者	出版時間	出版單位	備註
羅刹因果錄	二老者論等短篇小說8篇	托爾斯泰	俄國	陳家麟	1914年7月始	《東方雜誌》	1915年出書
哀吹錄	再會等短篇小說4篇	巴爾扎克	法國	陳家麟	1914年10月始	《小說月報》	1915年出書
蟹蓮郡主傳	攝政王的女兒	大仲馬	法國	王慶通	1915年	商務印書館	
魚海淚波	冰島漁夫	彼爾·洛蒂	法國	王慶通	1915年	商務印書館	
魚雁抉微	波斯人信劄	孟德斯鳩	法國	王慶驥	1915年後	《東方雜誌》	1917年載畢
鷹梯小豪傑	鷹巢中的鴿子	夏洛蒂	英國	陳家麟	1916年1月始	《小說海》	本年出書
雷差得紀	理查二世	莎士比亞	英國	陳家麟	1916年1月	《小說月報》	
亨利第四紀	亨利四世	莎士比亞	英國	陳家麟	1916年2月	《小說月報》	
亨利第六遺事	亨利六世	莎士比亞	英國	陳家麟	1916年	商務印書館	
香鈎情眼	安東妮	小仲馬	法國	王慶通	1916年	商務印書館	
凱徹遺事	裘利斯·愷撒	莎士比亞	英國	陳家麟	1916年5月始	《小說月報》	
血華鴛鴦枕	克列孟梭的事業	小仲馬	法國	王慶通	1916年8月始	《小說月報》	
難談、三少年遇死神	喬叟故事集2篇	查理·克拉克	英國	陳家麟	1916年12月	《小說月報》	
格雷西達	喬叟故事集1篇	查理·克拉克	英國	陳家麟	1917年2月	《小說月報》	
林妖	喬叟故事集1篇	查理·克拉克	英國	陳家麟	1917年3月	《小說月報》	
天女離魂記	鬼王	哈格德	英國	陳家麟	1917年	商務印書館	
煙火馬	煙火馬	哈格德	英國	陳家麟	1917年	商務印書館	
社會聲影錄	一個地主的早晨等2篇	托爾斯泰	俄國	陳家麟	1917年	商務印書館	
路西恩	琉森	托爾斯泰	俄國	陳家麟	1917年5月	《小說月報》	
死口能歌、公主遇難	喬叟故事集2篇	查理·克拉克	英國	陳家麟	1917年6月	《小說月報》	
魂靈附體	喬叟故事集1篇	查理·克拉克	英國	陳家麟	1917年7月	《小說月報》	
人鬼關頭	伊凡·伊里奇之死	托爾斯泰	俄國	陳家麟	1917年7月始	《小說月報》	
決鬥得妻	喬叟故事集1篇	查理·克拉克	英國	陳家麟	1917年10月	《小說月報》	
恨縷情絲	克萊采奏鳴曲等2篇	托爾斯泰	俄國	陳家麟	1918年1月始	《小說月報》	1919年出書
鸚鵡綠（前編）（續編）	四女和一鸚鵡的奇遇	小仲馬	法國	王慶通	1918年	商務印書館	
鸚鵡綠（第三編）	四女和一鸚鵡的奇遇	小仲馬	法國	王慶通	1918年	商務印書館	
現身說法	幼年·少年·青年	托爾斯泰	俄國	陳家麟	1918年	商務印書館	
鐵匣頭顱（前編）（續編）	女巫的頭	哈格德	英國	陳家麟	1919年	商務印書館	
戎馬書生	林伍德的騎士	夏洛蒂	英國	陳家麟	1919年10月始	《東方雜誌》	1920年出書
豪士述獵	梅娃的復仇	哈格德	英國	陳家麟	1919年11月始	《小說月報》	
伊羅埋心記	銀盒	小仲馬	法國	王慶通	1920年1月始	《小說月報》	
球房紀事	一個檯球房記分員的筆記	托爾斯泰	俄國	陳家麟	1920年3月始	《小說月報》	
樂師雅路白戕遺事	阿爾拜特	托爾斯泰	俄國	陳家麟	1920年4月	《小說月報》	
高加索之囚	高加索的俘虜	托爾斯泰	俄國	陳家麟	1920年5月	《小說月報》	
炸鬼記	示巴女王的戒指	哈格德	英國	陳家麟	1921年	商務印書館	
洞冥記	冥府旅行記	菲爾丁	英國	陳家麟	1921年	商務印書館	
雙雄義死錄	九三年	雨果	法國	毛文鍾	1921年	商務印書館	
沙利沙女王小記	神秘島	伯明翰	英國	毛文鍾	1921年	商務印書館	
梅孽	群鬼	易卜生	挪威	毛文鍾	1921年	商務印書館	
魔俠傳	堂吉訶德	塞萬提斯	西班牙	陳家麟	1922年	商務印書館	

（主要資料來源：《林紓研究資料》，薛綏之、張俊才編，福建人民出版社）

第十一節　海內外對文學革命的醞釀

從 1917 年胡適、陳獨秀在《新青年》上先後發表《文學改良芻議》和《文學革命論》，到 1918 年《新青年》在兩期上分別發表了魯迅的白話小說《狂人日記》及胡適、沈尹默、劉半農的白話新詩，再到 1919 年爆發「五四運動」並更大地掀起「新文化運動」，這些，向來被看作是新文學起始的標誌性事件。但「五四文學革命」不是空穴來風。往遠一點追尋，它的準備都在晚清：文言的解體有梁啟超「平易暢達，時雜以俚語、韻語及外國語法，縱筆所至不檢束」[①]的「新文體」出現；白話的提倡有國語運動，有二百多種白話報紙創刊與風行；小說地位的提高得力於梁啟倡導「新小說」和包括《新小說》在內的四大小說雜誌；詩歌、散文是中國文學轉型中最難的文體，也有了「詩界革命」、「文界革命」，有了黃遵憲的「我手寫吾口」等提倡在前，有了話劇的傳入；再加上鬆動文言與晚清白話的翻譯文字的廣為流行。而直接的推動力，是海內外迎接中國文學新世紀的人們所作的各種醞釀。這裡有留日的學生魯迅、錢玄同、周作人、郭沫若、郁達夫、成仿吾等，有留美的學生胡適、梅光迪等，也有國內的蔡元培、陳獨秀一干人。

1903 年 23 歲日本東京讀書時期魯迅斷髮照片

很明顯，中國的留學生因為在國外首先接觸了世界現代文明的潮流，他們能成為新思想文化的先鋒是不足怪的。從時間上看，官派留美雖然早於留日，不過 1872 年開始連續派出去的四批留美學生都是幼童，且半途而廢了。等到清廷允許用庚款選派第一批留美學生 47 人，轉眼已到了 1909 年。胡適、趙元任、竺可楨等是屬於 1910 年的第二批 70 人之中的。到了 1924 年，留美學生總人數才達到 689 人。而留日官費生首派 13 人則是在 1896 年。魯迅赴日是 1902 年，比胡適赴美早了 8 年。那時日本的中國學生已有千餘名，三四年後達到萬名以上，而 1906 年、1907 年甚至一年就超過萬人。待胡適從上海起程赴美，魯迅

[①] 語見梁啟超：《清代學術概論》。本書第 4 節有更長的引語。

已於早一年返國了。

　　留日人數既如此之多，品類自然複雜。除了跑去享樂胡蕩的公子哥兒，還有兩類：一類是專門搞政治、幹革命，匯聚推翻滿清力量的義士們；一類是想學些現代的知識，以達富國強兵目標的學人們。這兩者有時也不好區分，比如本是學習的人才，可在那種特殊的空氣下往往也學不下去便成了革命的好手。像魯迅這樣的愛國青年，本來因聽說日本明治維新後的振起是從學習西方醫學開始的，所以為救治像自己父親一樣被庸醫所誤的病人，為救治弱國和弱國的子民，到了戰時好充當軍醫，才去學醫。在日時期的生活，與一般留學生差不多，「除學習日文，準備進專門的學校之外，就赴會館，跑書店，往集會，聽講演」。[①]所謂「集會」、「講演」是指參與章太炎、孫中山、秋瑾、陶成章一些革命家和激進青年的活動。僅魯迅讀書期間前後捲入的重要政治事件就有：舉行「支那亡國二百四十二年紀念會」，拒俄運動，浙江革命志士組織「光復會」，保皇的《新民叢報》與革命的《民報》大論戰，為反抗日本文部省頒布《取締清國留學生規則》掀起總罷課風潮，陳天華憤而蹈海自殺，徐錫麟、秋瑾在華被殺害等等。到他在仙台醫專第二學年的細菌課上看到日俄戰爭的時事幻燈片裡中國探子被處決，看到被殺者的麻木神情和圍觀的中國人的麻木神情，受到強烈的刺激，懂得了如果國人的思想不覺悟，便是體格再強壯，也只配作示眾的材料或愚昧的看客。這才促成他的棄醫從文。魯迅的遭遇絕非個別，留日學生最初出國學習科學的動機和轉而從事文學的起因，大體如此。比如 1914 年赴日留學的郭沫若，畢業後也是改醫從文。1913 年赴日的郁達夫起先學醫後改法科，最終在東京帝國大學讀的是經濟學。張資平（1913

一中國人被當作俄國偵探遭日軍砍首，遠處立者有觀看的民眾，1905 年攝於中國東北開原城外。此照片可助讀者想像當年魯迅所見

① 魯迅：《因太炎先生而想起的二三事》，《魯迅全集》第 6 卷，人民文學出版社 1981 年版，第 558 頁。

日俄戰爭的幻燈片。魯迅幻燈事件的真確性今有外國學者提出質疑，理由是找不著魯迅所見那張片子。但這是魯迅的述，並非空穴來風

年赴日）和成仿吾（1910年赴日）都是帝大的學生，一讀地質，一讀造兵科。以上四人正是「五四」後創造社的四元老，每一個都是學非所用，轉而從事文學。因當時的風氣本來是學科學、幹實業，是瞧不起文科的，如郭沫若回憶：「稍有志趣的人，誰都想學些實際的學問來把國家強盛起來，因而對於文學有一種普遍的厭棄。」[1]正因為這樣，一旦轉向，就真正是義無返顧了。

由於是從工科、醫科轉的，起初的文字活動，像魯迅便是寫科學文章《中國地質略論》、《科學史教篇》，譯述歷史小說《斯巴達之魂》、科學小說《月界旅行》、《地底旅行》，發表文藝論文《摩羅詩力說》、《文化偏至論》，籌辦文藝雜誌《新生》（後流產），出版與周作人合譯的《域外小說集》等。這些，多是間接地接受（魯迅是看日文、德文）西方的科學、文藝、哲學思想之後的產物，與後來的留歐美學生涉及文科都是直接閱讀原作、甚至直接在原作者的門下受業不同。但是魯迅經日本這一窗口所窺探到、理解到的現代思想已十分了得，如在前期重要的理論文章《文化偏至論》中提出「掊物質而張靈明，任個人而排眾數」，「首在立人，人立而後凡事舉；若其道術，乃必尊個性而張精神」，「個性張，沙聚之邦，由是轉為人國。人國既建，乃始雄厲無前，屹然獨見於天下」。[2]這些話便是現在讀來，現實的文化意義仍未消失，還是那麼激勵人心！

留日學生為推翻清朝、結束封建帝制做了思想和人才兩方面的準備，辛亥之後又接著為新文化、新文學的開闢做了準備。由於日本思想界的左傾，受俄國十月革命成功的影響，社會科學的左翼勢力強大，留日學生程度不同地容易由歷史進化論者轉變為革命論者，激進的、實踐性的人材層出不窮。與留學歐美的學生往往是徹底地學習一種現代學問，回國後從事專門的學術，成為著名的學者教授始終保持紳士身分，或以一門專業而進入官場成為技術官吏不同的是，好多留日學生並不以是否拿到學位為重。陳

① 郭沫若：《學生時代‧創造十年》，《郭沫若全集》文學編第12卷，人民文學出版社1992年版，第65頁。
② 魯迅：《文化偏至論》，《魯迅全集》第1卷，人民文學出版社1981年版，第46、57、56頁。

獨秀從 1901 年始曾四次赴日，並沒有把高等師範學校的書讀下來。他幹他的思想宣傳工作。說他是留日學生不假，但更多的是一個在國內編輯《國民日日報》，主辦《安徽俗話報》，一心組織「愛國社」、「岳王會」等團體，直接參加討袁鬥爭的革命家。討袁失敗後，陳獨秀流亡日本幫助章士釗辦《甲寅》雜誌，借機發表他在創辦《青年雜誌》（《新青年》前身）之前最能表現他政治文化抱負的激烈言論。他一絲一毫也沒有想去好好完成他那未竟學業的打算。陳獨秀的留日情況十分典型。

晚清進士，曾點翰林的張元濟像，環球旅行前 1910 年攝。他是現代中國教育、出版的領頭人

國內的知識份子醞釀新文化、新文學的中堅人物，是由幾代人構成的。梁啟超、章太炎、王國維的思想都是新舊過渡，不能夠直達「五四」的彼岸。張元濟以進士翰林出身最早投身現代出版界，成為商務印書館的元老之一。他當然也是個過渡人物，維新派立憲思想決定了他的腳步不會走得太遠，但歷史讓他成為機器印刷書籍時代的最早代表人物，由他建立起的現代出版業與現代文學存在著割不斷的關係。當然，與張元濟聯手編輯「商務」的小學教科書、先於他擔當第一任「商務」編譯所所長的蔡元培，在思想上則大大跨進了一步。蔡元培也是進士翰林出身，但他創辦中國教育會、愛國學社，組織光復會，參加同盟會，擁護共和，終於使他做了清廷的「叛徒」。1907 年 39 歲赴德留學時已是社會知名人士，與青年留學生不同。蔡元培在國外逐漸形成了現代的教育思想、美學思想的體系，這是他對民國回來出任教育總長所作的準備。

1920 年蔡元培任北京大學校長期間的留影，其開創的「相容並包」的辦學方針至今令人神往

蔡元培青年時代像

1917 年蔡元培被當時總統黎元洪任命為北京大學校長此為任命狀

他在臨時政府教育部聘任魯迅等人，並帶至北京。到 1917 年發起成立國語研究會任會長，該會發表的《徵求會員書》中明確提出「國民學校之教科書，必改用白話文體」。[①]這與胡適發難掀起的白話運動幾乎是同時產生的。所以黎錦熙說，那一年「『文學革命』與『國語統一』遂呈雙潮合一之觀」。[②]蔡元培在任北京大學校長期間，有力地支持了受胎中的新文化運動。他聘請比自己小 12 歲的「兔子」陳獨秀擔任北大文科學長；陳獨秀又聘請比自己小 12 歲的「兔子」胡適回國擔任青年教授。三代人通力合作，這才掀起了《新青年》與以北京大學為核心的新文化運動大潮。至於年輕一代的葉聖陶、沈雁冰，他兩人與瞿秋白、鄭振鐸、朱自清、聞一多等都生於 19 世紀末，只是葉、沈由於家境較差入世稍早，「五四」前已經與商務印書館發生工作關係。其他的人「五四」期間則正在新式學校接受教育，如瞿秋白在北京俄文專修館是學生領袖之一，鄭振鐸在北京鐵路管理學校是該校學生代表，朱自清在北京大學正處在學生運動的漩渦中心，聞一多在清華學校（清華大學前身）被選為清華學生代表出席全國學生聯合會。他們全部程度不等地捲入了這場愛國學生潮流，是在「五四」推動下走上文學之路的。

　　而瞿秋白學俄文後便去了蘇聯，聞一多讀留美預備學校則去了美國，儘管「五四」時沸騰的是一樣的熱血，日後所走的道路就不同了。留學歐美的學生與留日學生只要稍稍加以對照，就可發現他們的區別。大量的留日學生當中，原來學文科的便極少，轉過來從事文學的人其絕對總量（更不要說按出國總數的比例來測算了）竟也不比歐美的多，這是不核對事實幾乎想像不到的。而留歐美的學生似乎生活、政治兩方面的壓力都輕（赴蘇聯莫斯科為政治革命讀書的除外。因為讀的都是東方大學、中山大學的短期班，往往弄不清所讀科系），愛好文科的便能直奔自己的文科專業，回國後大部

① 見 1917 年 3 月 9 日、3 月 13 日《中華新報》。
② 黎錦熙：《國語運動史綱》第 2 卷，商務印書館 1935 年版。

分還都在大學教書、寫作，專注於輸入西方的學術文化與思想，從事文科的反倒多些。胡適正是這一翼的重頭人物。在事後追寫的《逼上梁山》中，胡適詳細描述了他們這群留美學生是如何為國內這場白話文學運動做思想理論方面的準備的。儘管其中不免有自誇的成分，儘管一場歷史影響深遠的文化震動遠不是幾個青年學子的幾次討論就能掀起，但作為觸發點還是有其意義的。其實胡適自己就透露出當時文學革命的各種發生條件都已具備，只是欠一根火柴的點燃罷了。據胡適說，1915 年他在美國，每次接到駐華盛頓清華學生監督處秘書鍾文鼇發來的月費，支票之中必夾雜該人私自放入的小傳單，內容五花八門，有「不滿二十五歲不娶妻」，「廢除漢字，取用字母」，「多種樹，種樹有益」等等。

胡適在 1914 年

> 有一天，我又接到了他的一張傳單，說中國應該改用字母拼音，說欲求教育普及，非有字母不可。我一時動了氣，就寫了一封短信去罵他。信上的大意是說：「你們這種不通漢文的人，不配談改良中國文字的問題。你要談這個問題，必須先費幾年工夫，把漢文弄通了，那時你才有資格談漢字是不是應該廢除。」[1]

胡適立即對這回信的舉動表示了「懊悔」，並據說以此為契機才開始發奮研究中國文字、文學的改革問題。因為「我既然說鍾先生不夠資格討論此事，我們夠資格的人就應該用點心思才力去研究這個問題」。[2]這件事反照出當年留美人士中那種從學術理念上反省中國具體問題的大氣候，以至於連一位辦事人員也受到風氣的影響，會發出如此的傳單。可見文字和文學的改革實是水到渠成的事情，胡適只是集大成而已。另一方面也可看到連胡適這樣性格老成的留美學生，都這樣心高氣傲，對普通人持如此居高臨下的姿態，無怪後來與留日出身的文學家會互相隔膜，魯迅總是看不慣他們的紳士氣了。

　　之後，胡適學習生活中增加了研討的內容。先是在美國東部的中國學生會裡成立了一個「文學與科學研究部」。這年第一次開年會時，他與趙元任便決定以「中國文字的問題」為主題進行研討。趙元任的題目是《吾國文字能否採用字母制，及其進行方法》，胡適在準備《如何可使吾國文言易於教授》這一題時，發現文言文就像希臘、拉丁文一樣已是「死文字」或「半死之文字」，而當日的英、法文和「吾國之白話」卻是

① 胡適：《逼上梁山——文學革命的開始》，《胡適自傳》，合肥：黃山書社 1986 年版，第 104—105 頁。
② 同上書，第 105 頁。

胡適像

「活文字」或稱「日用語言之文字」。這是胡適將文言和白話的優劣作一比較後對文言生懷疑的開始，內中包含了明顯的歷史進化論的觀念，讓人一想到在歐美天天使用的文字都是吸取了各國口語才最終變作現代形態的（淘汰了拉丁文），便聯想到中國也應吸取白話而在語文上現代化。他還根據外國文提出了使用「文字符號」的問題①。同年，胡適發表《論句讀及文字符號》一文，提出了十種標點符號，可以看作是中國現代標點的起始。

　　進一步，胡適將自己認為古文已是「半死之文字」的看法，拿到康乃爾大學所在的「綺色佳」（lthaca）地區留學生群體中去討論。1915 年夏日，參與的人有任叔永、梅光迪、楊杏佛、唐鉞等，從文字一直討論到文學，不料遇到激烈的爭辯。其中胡適的摯友梅光迪尤其激動，堅決反對把古文看「死」。在以後的遊湖、送別、書信往來和詩詞唱和的大約一年多時間裡，討論延續，留學生交換意見之密簡直不可想像，用胡適的話來形容是「一日一郵片，三日一長函」。②到 9 月，梅光迪前往哈佛大學，胡適寫了首長詩送他，彷彿是對這場討論的小結：

　　　　梅生梅生毋自鄙！神州文學久枯餒，百年未有健者起。新潮之來不可止，文學革命其時矣！吾輩勢不容坐視。且復號召二三子，革命軍前杖馬箠，鞭笞驅除一車鬼，再拜迎入新世紀！以此報國未云菲：縮地戡天差可儗。梅生梅生毋自鄙！③

這是胡適第一次有記錄地提出「文學革命」概念的起始。因為 420 字的詩裏用了 11 個外國字的譯音，這本來是從譚嗣同到「詩界革命」黃遵憲的老套路，但任叔永拿來開胡適的玩笑，在送胡適前往哥倫比亞大學的時候，把這些外國字連綴起來成一首遊戲詩給他：

　　　　牛敦愛孫，培根客爾文，
　　　　索虜與霍桑，「煙士披裏純」。
　　　　鞭笞一車鬼，為君生瓊英。
　　　　文學今革命，作歌送胡生。④

胡適知是善意挖苦，意思是加些外國字的舊詩也叫「革命」嗎？但自己並不把「文學革

① 胡適：《逼上梁山——文學革命的開始》，《胡適自傳》，合肥：黃山書社 1986 年版，第 106 頁。
② 同上書，第 126 頁。
③ 同上書，第 108 頁。
④ 同上書，第 108 頁。

命」當作玩笑，便在去紐約的火車上用任叔永的原韻寫了首和詩，莊重地回答留在綺色佳的朋友們：

> 詩國革命何自始？要須作詩如作文。
> 琢鏤粉飾喪元氣，貌似未必詩之純。
> 小人行文頗大膽，諸公一一皆人英。
> 願共僇力莫相笑，我輩不作儒腐生。[1]

梅光迪不是簡單地反對白話。在辯論中，他接受了胡適關於宋元白話文學具有價值的觀點，也贊同今天的小說詞曲可採白話，但他堅決認為作詩不能用白話。他在給胡適的信中說：

胡適手稿

> 足下謂詩國革命始於「作詩如作文」，迪頗不以為然。詩文截然兩途。詩之文字（Poetic diction）與文之文字（Prose diction）自有詩文以來，（無論中西，）已分道而馳。足下為詩界革命家，改良「詩之文字」則可。若僅移「文之文字」於詩，即謂之革命，則不可也。[2]

胡適的意思不是單純倡導以「文之文字」入詩，據此，他在回信中開始系統提出避免中國文學「有文而無質」的辦法，從「三事」（第一須言之有物，第二須講文法，第三，當用「文之文字」時，不可避之），[3]到「八事」（見 1916 年 8 月 19 日致朱經農信）。反覆的駁難讓胡適加深了對「文學革命」內涵的認識，終於使他找到了文學革命的突破口：文字方面須抓住語言工具這一環，提綱挈領。「一部中國文學史只是一部文字形式（工具）新陳代謝的歷史」，「文學的生命全靠能用一個時代的活工具來表現一個時代的情感與思想。工具僵化了，必須另換新的、活的，這就是文學革命」。[4]文學方面他懂得了要抓住「詩歌」這一環節，必須嘗試寫作白話詩。這時，離他幾個月後寫給陳獨秀的信和文章的觀點，已經越來越接近了。海外的留學生和國內的革命家，在文化領域裡選擇了「激進」的道路（如非激進，連在留學生中都突不破），正聯起手來揭開中國現代文學壯闊的一幕。

---

① 胡適：《逼上梁山——文學革命的開始》，《胡適自傳》，合肥：黃山書社 1986 年版，第 109 頁。
② 同上書，第 110 頁。
③ 同上書，第 110 頁。
④ 同上書，第 111 頁。

「五四」前後留學日本作家（至 1929 年）

姓名	留學城市	開始年代	學科	返國年代
蘇曼殊	橫濱 / 東京	1898	預科	1903 年返
魯迅	東京 / 仙台	1902	醫科	1909 年返
陳獨秀	東京	1902/1913	陸軍科 / 英語	1908/1915
歐陽予倩	東京	1902		1910 年返
沈尹默	日本	1905		1906 年返
夏丏尊	東京	1905	預科	1907 年返
李叔同	東京	1905	美術繪畫	1910 年返
吳虞	日本	1905		1910 年返
錢玄同	東京	1906	文學	1910 年返
周作人	東京	1906	文科	1911 年返
成仿吾	東京	1910	造兵科	1921 年返
羅黑芷	慶應大學	1911 前	文科	1911 年返
徐祖正	日本	1911		1922 年返
李大釗	東京	1913	政治	1916 年返
劉大白	日本	1913		1915 年返
李六如	日本	1913	政治經濟	1918 年返
郭沫若	東京 / 福岡	1913	醫科	1923 年返
張資平	東京 / 熊本	1913	理科地質	1922 年返
郁達夫	東京	1913	醫科 / 經濟學	1922 年返
李初梨	東京	1915		1927 年返
田漢	東京	1916	英文系	1922 年返
鄭伯奇	東京 / 京都	1917		1926 年返
白薇	東京	1917	理科 / 歷史	1925 年返
陶晶孫	福岡	1906 在日	1919 讀醫科	1927 年返
陳大悲	日本	1918		1919 年返
章克標	東京	1918	數學科	1925 年返
張聞天	日本 / 美國	1920	哲學	1924 年返
謝六逸	東京	1920	文科	1924 年返
穆木天	京都 / 東京	1920	文科	1926 年返
錢歌川	日本	1920		1926 年返
夏衍	東京 / 福岡	1920	電氣工學科	1927 年返
沈啟予	東京 / 京都	1920	文學	1927 年返
豐子愷	東京	1921	美術繪畫	1922 年返
劉吶鷗	東京	少時在日	文科	1925 年返
馮乃超	京都 / 東京	生於日本	哲學 / 美學	1927 年返
楊騷	東京	1921	師範	1924 年返
滕固	日本	1924 年前		1924 年返
楊逵	東京	1924	文學	1927 年返台
孫俍工	東京	1924	德國文學	1928 年返
劉大傑	東京	1926	歐洲文學	1930 年返
倪貽德	東京	1927	繪畫	1928 年返
周揚	東京	1928		1930 年返
任鈞	日本	1928		1932 年返
胡風	東京	1929	英文科	1933 年遭驅逐
樓適夷	日本	1929	俄羅斯文學	1931 年返
蔡儀	東京 / 福岡	1929		1937 年返
高長虹	日本 / 歐洲	1929		1937 年返

「五四」前後留學歐美作家（至 1929 年）

姓名	留學城市	開始年代	學科	返國年代
蔡元培	德國	1907	哲學	1912 年返
李青崖	比利時	1907	工科	1912 年返
胡適	美國	1910	農轉哲學	1917 年返
梅光迪	美國	1911	文學批評	1920 年返
陳西瀅	英國	1912	中學至博士	1922 年返
胡先驌	美國	1913/1923	植物學	1916/1925
宋春舫	瑞士	1914		1916 年返
丁西林	英國	1914	物理學數學	1920 年返
陳衡哲	美國	1914	歷史文學	1920 年返
袁昌英	英國	1916	英國文學	1921 年返
洪深	美國	1916	戲劇文學	1922 年返
吳宓	美國	1917	文學批評	1921 年返
徐志摩	美國/英國	1918	歷史政治	1922 年返
林語堂	美國/德國	1919	文學語言學	1923 年返
李金髮	法國	1919	美術雕塑	1925 年返
李劼人	法國	1919	文學	1924 年返
曹靖華	蘇聯莫斯科	1920	東方大學	1921 年返
蕭三	法國/蘇聯	1920	東方大學	1924 年返
汪敬熙	美國	1920		1924 年返
楊振聲	美國	1920		1924 年返
宗白華	法國/德國	1920	哲學美學	1925 年返
王獨清	法國	1920		1925 年返
羅家倫	美/英/德/法	1920		1925 年返
劉半農	英國/法國	1920	語音學文學	1925 年返
傅斯年	英國/德國	1920	心理學哲學	1926 年返
康白情	美國	1920		1926 年返
蔣光慈	蘇聯莫斯科	1921	勞動大學	1924 年返
蘇雪林	法國	1921	文學藝術	1925 年返
聞一多	美國	1922	繪畫藝術	1925 年返
林如稷	法國	1922	法科文科	1930 年返
許地山	美國/英國	1923	宗教哲學	1926 年返
方令孺	美國	1923		1929 年返
余上沅	美國	1923	戲劇	1925 年返
邵洵美	英國/法國	1923	英國文學	1927 年返
梁實秋	美國	1923	文學批評	1926 年返
顧一樵	美國	1923	電機工程	1929 年返
冰心	美國	1923	文學	1926 年返
林徽因	美國	1924	美術設計	1928 年返
熊佛西	美國	1924	戲劇文學	1926 年返
梁宗岱	瑞士/法國等	1924	語言文學	1931 年返
老舍	英國	1924	教語言	1930 年返
聶紺弩	蘇聯莫斯科	1925	中山大學	1927 年返
孫大雨	美國	1925	英國文學	1929 年返
朱光潛	英國/法國	1925	文學哲學	1933 年返
高士其	美國	1925	細菌學	1930 年返
李伯釗	蘇聯莫斯科	1926	中山大學	1931 年返
林同濟	美國	1926	國際關係等	1934 年返
朱湘	美國	1927	文學	1929 年返
王力	法國	1927	文學	1932 年返
黎烈文	法國	1927	文學	1932 年返
傅雷	法國	1927	藝術批評	1931 年返
陳學昭	法國	1927	文學	1934 年返
陳銓	美國/德國	1928	哲學文學	1934 年返
艾青	法國	1929	繪畫	1932 年返
羅念生	美國/希臘	1929	語言文學	1934 年返
羅淑	法國	1929	語言教育	1933 年返

（資料來源：《留學背景與中國現代文學》，鄭春著，山東教育出版社）

第十二節　「新青年—北大」激進派發難與守成派抗衡

　　「五四」之前，新文化運動即已借「文學革命」之勢發生。這是個重大的轉捩點。它所依賴的表面上只是一刊、一校，其實有深層的社會和歷史支持。這一刊就是後來鼎鼎大名的《新青年》雜誌，這一校即是作為新文化大本營的北京大學。時間是1917年，地點是當時的北洋軍閥政府所在地，牽一髮而動全身的政治中心北京。

　　1917年1月1日《新青年》第2卷第5號發表了胡適的《文學改良芻議》。當時的胡適還在紐約哥倫比亞大學撰寫哲學博士論文。接著下一期，發表陳獨秀的《文學革命論》。在這之前，《新青年》已經披露了陳獨秀與胡適1916年的越洋通信，傳出了民國以來最強烈的文化改革氣息。

　　在「通信」與「芻議」中，胡適提出了有名的「八不主義」。信中說「今日欲言文學革命，須從八事入手」，後來他調整了「八事」的順序和個別的字句，改用了「文學改良」這一溫和詞語，其實意思仍然是「革命」。其「八事」為：

「五四」時的學生遊行隊伍在北京街頭

胡適發表於 1917 年 1 月《新青年》2 卷 5 號的
《文學改良芻議》一文

一曰須言之有物。

二曰不摹仿古人。

三曰須講求文法。

四曰不作無病之呻吟。

五曰務去爛調套語。

六曰不用典。

七曰不講對仗。

八曰不避俗字俗語。①

陳獨秀不愧是老革命家，他接著提出的「三大主義」，並不是在學理上有多深邃，卻更鮮明：

文學革命之氣運，醞釀已非一日，其首舉義旗之急先鋒，則為吾友胡適。余甘冒全國學究之敵，高張「文學革命軍」大旗，以為吾友之聲援。旗上大書特書吾革命軍三大主義：曰推倒雕琢的、阿諛的貴族文學，建設平易的、抒情的國民文學；曰推倒陳腐的、鋪張的古典文學，建設新鮮的、立誠的寫實文學；曰推倒迂晦的、艱澀的山林文學，建設明瞭的、通俗的社會文學。

胡適的八條差不多都涉及思想感情與文字的問題，最後提出「以今世歷史進化的眼光觀之，則白話文學之為中國文學之正宗，又為將來文學必用之利器」②。這個白話代替文言成為「正宗」的思想，日後成了一面旗幟！陳獨秀則從中國古典文學中找出所謂「十八妖魔」，相對立的找出歐洲文學的正面榜樣，說「吾國文學界豪傑之士，有自負為中國之虞哥、左喇、桂特、郝卜特曼、狄鏗士、王爾德者乎？有不顧迂儒之毀譽，明目張膽以與十八妖魔宣戰者乎？予願拖四十二生的大炮，為之前驅」。③說得氣壯山河。

這些文字在《新青年》一發表，如一石激浪，迅速引起全國青年知識者的熱烈響應，並正式揭開

陳獨秀發表於 1917 年 2 月《新青年》2 卷
6 號的《文學革命論》

① 胡適：《文學改良芻議》，載 1917 年 1 月 1 日《新青年》2 卷 5 號。
② 同上。
③ 陳獨秀：《文學革命論》，載 1917 年 2 月 1 日《新青年》2 卷 6 號。

《青年雜誌》（《新青年》前身）第一卷第一號

了「新文化運動」和「文學革命」的序幕。

《新青年》一個雜誌能擔當此大任，絕非偶然。《新青年》是由陳獨秀獨力創辦的，經他的朋友亞東圖書館老闆汪孟鄒介紹給群益書社的陳子沛、陳子壽兄弟，於 1915 年在上海出版。初名《青年雜誌》，自任主編。這是陳獨秀流亡上海、東京期間多年來嚮往要辦的刊物，以政治思想為主，輔之以學術文藝，實行他對國人啟蒙宣傳的宏大理想。第 1 卷第 1 號至 6 號的封面上框內，都畫有一長列黑衣青年坐著聽講，上書法文「LA JEUNESSE」（即「青年」），右邊豎排刊物名稱，中間的顯著地位按期印有美國實業家卡內基等六人的頭像，其吸取西方文明包括法國的革命思想和美國的創造精神，向青年一代啟蒙的意圖十分顯。此刊開初依靠的是陳獨秀在日本從事反袁世凱活動時參與編輯《甲寅》雜誌的作者們，發表的文章已經涉及青年、教育、國家、婦女、近代文明、科學、人權、東西方民族性和現代歐洲文藝諸敏感題目，排印上已經對文言採用分段與標點的方式，刊物算是很新的了，但因還沒有找到改革文化、改革文學的突破口，每期只印一千多冊，影響還不大。時機的到來，先是出滿六期後自第 2 卷起改刊名為《新青年》。這本是一偶然事件引發的：群益書社收到上海基督教青年會的抗議信，指責《青年雜誌》同他們辦的《上海青年》名字類似。陳子壽提出索性改名為《新青年》，陳獨秀同意，並在 2 卷 1 號改名的第一期上乘勢寫了一篇就叫《新青年》的文章，發揮一番「青年何為而云新青年乎？以別夫舊青年也」的道理。從 2 卷 2 號開始，陳獨秀和胡適的通信登場。至 1916 年年底，剛剛回國即將出任北京大學校長的蔡元培正在物色從文科入手改造北大的人才，湯爾和推薦了陳獨秀。恰巧 11 月陳獨秀與汪孟鄒為「亞東」、「群益」兩書局的合併到北京來籌股，住在前門外的一家旅館裡。蔡元培在 12 月 26 日親自跑到旅館去見陳獨秀，兩人一拍即合，當場說定聘陳擔當北京大學文科學長。關於《新青年》，也是蔡元培一句話：「把雜誌帶到學校裡來辦好了。」說此話的時候，1917 年 1 月 1 日即出爐的胡適《文學改良芻議》一文已經排印完畢。此時蔡元培 50 歲，陳獨秀 38 歲，胡適才 26 歲，可能誰也料想不到，這三人使北京大學和《新青年》聯手，將會演出何等樣的壯劇來！

劃時代的事件就出在《新青年》與北京大學文科歷史性的紐結上面。北京大學如從它的前身京師大學堂於戊戌變法的 1898 年開辦算起，這時正近 20 個年頭。京師大

早期的京師大學堂至北京大學時期馬神廟四公主府舊址校門

蔡元培（一排左五）、魯迅（二排左五）在 1917 年京師圖書館開館時合影，這是教育部分
配給魯迅的本職工作

蔡元培為《新青年》「勞動節紀念號」
題詞：「勞工神聖」

學堂為中國引進西式教育所辦的最早大學，百日維新失敗，一切新政均遭取締，唯有這所學校得以倖存。八國聯軍洗劫北京時停辦，1902年恢復。頑固派雖總想將它依舊演變為只管讀經的書院，但據當年的學生介紹，校中「現代科學」的課程尚能「占最大成分」，並能回憶起張之洞查學時聽日本籍教員講心理學的故事來。[①]1912年改名北京大學，嚴復為首任校長。起初文科相對保守，教員有馬其昶、林紓、姚永概、姚永樸等，儼然是桐城派的天下。後來，章太炎的弟子馬裕藻、沈兼士、錢玄同、黃侃陸續進入，在蔡元培任校長前，內部已經發生了新舊衝突。蔡元培開啟了北京大學的新時代。他吸收德國和歐洲的教育思想，力主「思想自由」、「學術平等」、「相容並包」的辦學方針，大刀闊斧進行改革。他聘陳獨秀為文科學長，大膽起用青年才俊，胡適、劉半農、周作人、吳梅、陳寅恪等都是在1917年當年進入北大的。「相容並包」既可允許舊派辜鴻銘、劉師培存在，更重要的是提攜了新派，保護了新派。陳獨秀將《新青年》編輯部遷至北京之後，胡適和陳獨秀的一系列的文章發表了，《新青年》的影響直線上升，每期竟印到一萬六千份。刊物雖仍署陳獨秀主編，但實際上北京大學的文科教員胡適、錢玄同、沈尹默、李大釗、周作人、劉半農、魯迅、吳虞等都逐漸參與編輯、討論。到1918年更明確改為北大六教授陳獨秀、錢玄同、高一涵、胡適、李大釗、沈尹默的輪流編輯制度。國立北京大學與《新青年》緊密結合在一起，使新銳大學教授的思想、學識、修養與社會革命家的理想、勇氣得以互補。這時，《新青年》終於成為一份聲名遠揚的、以北大教授為核心而不用外稿、不付稿酬，卻是真正面向全國的宣揚新文化的同人刊物。

提倡並實行白話，是在晚清以來的翻譯、創作中已經醞釀發生的事情。有人還把章太炎早年在東京用白話講演學術的文字，

《新青年》北京時期編輯部所在地之一：沙灘，北大紅樓文科學長辦公室，此為當年紅樓大門

---

① 鄧樹文：《北京大學最早期的回憶》。《北大老照片》，北京：中國對外經濟貿易出版社1998年版，第2頁。

看作是現代白話文發展的另一淵源，也不無道理。① 蔡元培則說：「但那時候作白話文的緣故，是專為通俗易解，可以普及常識，並非取文言而代之。主張以白話代文言，而高揭文學革命的旗幟，這是從《新青年》時代開始的。」② 還可補充的一條，《新青年》是將語體變革與思想啟蒙並行處理，是思想革命與文學革命並舉的。這樣，《新青年》上那些激烈反抗舊禮教、舊教育、舊倫理，批判孔教和偶像崇拜和文化專制主義，討論家庭制度、歐戰風雲、女子貞操、羅素哲學、勞工神聖、科學方法的文字，就與國語進化、橫行書寫、新詩作法、戲劇改良、世界語的提倡等結合在一起，努力輸入的西方人道主義、進化

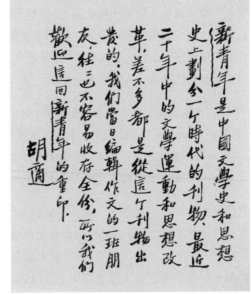

胡適 1936 年為重印《新青年》題詞

論及社會主義理論學說，便極大地激動著廣大青年讀者的心了。到 1918 年《新青年》發表胡適的《建設的文學革命論》，更將白話文運動提高至創造新文學的崇高地位，作為一種文學工具，由促成「國語的文學」，進而建立起「文學的國語」了。

　　《新青年》和北大的嶄新崛起，必然引發新舊之爭。當年，雖然反對的潮流隨時感受得到，如魯迅形容的「記得當時的《新青年》是正在四面受敵之中」③，但最初的表現是先驅者的寂寞。如《新青年》從 1918 年 1、2 月的 4 卷 1、2 號起，全刊終於採用白話文，卻一時無人表示贊同，也無人表示反對。於是《新青年》上演了一幕假戲，由錢玄同化名「王敬軒」寫了一篇集社會上各種反對新文學和白話運動的謬論於一身的假託信件，再讓劉半農嚴詞逐一駁斥。這就是史稱為「雙簧信」的事件。④ 到 1919 年，隨著白話運動的深入和站穩腳跟，真正的對抗方才出現。「林譯小說」的作者林紓（琴南）以古文家及衛道士的角度，先在《新申報》上發表影射小說《荊生》，寫三個書生田其美（暗指陳獨秀，陳田同姓）、金心異（與錢玄同成對）、狄莫（自美國回來的胡適）在北京陶然亭飲酒，發所謂覆孔孟、滅古文的高論，突然一聲巨響，破壁越出一個偉丈夫即荊生，對三人大加撻伐，把反對新文化的心思盡情發洩出來。⑤ 不久林紓

① 見陳平原：《觸摸歷史與進入五四》第四章：「學問該如何表述——以《章太炎的白話文》為中心」。北京大學出版社 2005 年版。
② 《蔡元培全集》第 6 卷，北京：中華書局 1988 年版，第 574—575 頁。
③ 魯迅：《〈熱風〉題記》，《魯迅全集》第 1 卷，人民文學出版社 1981 年版，第 291 頁。
④ 見王敬軒、半農：《文學革命之反響》，載 1918 年 3 月 15 日《新青年》4 卷 3 號。
⑤ 林紓：《荊生》，連載於 1919 年 2 月 17 日至 3 月 20 日《新申報》。

又在《公言報》發表《致蔡鶴卿太史書》，公開攻擊北大新派人物是在蔡元培的保護傘下，「盡反常軌，侈為不經之談」。①蔡元培著《答林琴南書》反駁，也以公開信的方式表達自己「循思想自由原則，取相容並包主義」的開放立場。②同時，陳獨秀面對社會上的種種污蔑攻訐，在《新青年》6卷1號上發表《本志罪案之答辯書》，義正詞嚴地公佈新文化運動同人們的宣言說：

> 追本溯源，本志同人本來無罪，只因為擁護那德莫克拉西（Democracy）和賽因斯（Science）兩位先生，才犯了這幾條滔天的大罪。要擁護那德先生，便不能不反對孔教、禮法、貞節、舊倫理、舊政治；要擁護那賽先生，便不得不反對舊藝術、舊宗教；要擁護德先生又要擁護賽先生，便不得不反對國粹與舊文學。③

我們從這篇文章的言辭上，就能感覺到先行者們所受的巨大壓力和他們義無返顧的態度。《新青年》的激進姿態也只有在此大環境下，在中國「搬動一個桌子也要流血」的前提下才好理解。其中錢玄同的言論，尤其激烈。就因他是國學大師章太炎的門生，誰也無法說他不懂古文，遂造成他支持白話文的力度更大。錢玄同在給胡適的信中，提出「桐城謬種」「選學妖孽」的口號，可與陳獨秀的「十八妖魔」相比，傳播久遠。④他還稱：「從青年良好讀物上面著想，實在可以說，中國小說沒有一部好的，沒有一部應該讀的。」⑤在之後寫給陳獨秀的信中，他談「中國今後之文字問題」，甚至提出：

「欲廢孔學，不可不先廢漢文」。「我再大膽宣言道：欲使中國不亡，欲使中國民族為二十世紀文明之民族，必以廢孔學、滅道教為根本之解決；而廢記載孔門學說及道教妖言之漢文，尤為根本解決之根本解決」。⑥這些話確實驚世駭俗，連新文學陣營內部對「廢滅漢文」也持不同意見。但究其實，目的全在摧垮舊世界和舊文化，而廢除漢字則是從進化的觀點看到將來「拼音文字」、「世界語」的前景而已，聽起來可怕，並不十足可怕。我們今日使用漢字橫寫，錢玄同便是發起人之一。發明「她」「牠」（它）字的，是在《新青年》時期打過幾次硬仗的劉半農。這些批判家的建設作用我們今日不應全盤忘記。

在北大當文科學長時的陳獨秀

---

① 林紓：《致蔡鶴卿太史書》，載1919年3月18日《公言報》。
② 蔡元培：《答林琴南書》，載1919年4月1日《公言報》。
③ 陳獨秀：《本志罪案之答辯書》，載1919年1月15日《新青年》6卷1號。
④ 錢玄同1917年7月2日致胡適信，見1917年8月1日《新青年》3卷6號「通信」欄。
⑤ 見胡適、錢玄同：《論小說及白話韻文》，錢致胡的信。1918年1月15日《新青年》4卷1號「通信」欄。
⑥ 見錢玄同：《中國今後之文字問題》，錢致陳的信。1918年4月15日《新青年》4卷4號「通信」欄。

胡適北大時代像

錢玄同像，推進魯迅參與「新青年」集團
者

　　當然，由《新青年》開創的新文學，就更具拓荒建設性質了。創作實績，就其困難和重要程度看，首先是詩歌。因它是舊文學的正宗，白話新詩必須以此突破。《新青年》從 2 卷 6 號登載胡適 8 首白話詩，開始了新詩創建的艱難路程。不像白話詩的成就那樣不盡如人意，一上來就顯得起點很高的是白話短篇小說。魯迅 1918 年 5 月在《新青年》發表了《狂人日記》，振聾發聵，從此一發而不可收，又有了《孔乙己》、《藥》、《風波》、《故鄉》的相繼出現，奠定了現代小說的基石。至於《新青年》中的「隨感錄」和政論、書信，作者都是雜誌同人，所論及的問題與新文化運動關注的對象緊密相關，李大釗的《今》，劉半農的《「作揖主義」》，魯迅的《我之節烈觀》等的筆墨正開啟了現代隨筆雜文的新天地。魯迅加入《新青年》集團稍遲，據他回憶那個到紹興會館來不斷催他為《新青年》寫稿的老朋友錢玄同（也用林紓授予的「金心異」名），曾與他反覆討論過關於「鐵屋子」的問題。中國如一個「絕無窗戶而萬難破毀的」鐵屋子，寫點文字驚醒了幾個人，來受這「無可挽救的臨終的苦楚」，是否必要呢？但對方回答：「然而幾個人既然起來，你不能說決沒有毀壞這鐵屋子的希望。」[1]

　　這就是《新青年》的人們當年的思想情景。他們是中國的「普羅米修士」。除創作外，理論上從討論白話詩和戲劇的改良、倡導短篇小說，到提出「人的文學」的命題[2]。翻譯上，從周作人譯俄國、波蘭、丹麥的小說童話，到出版「易卜生專號」，羅家倫、胡適等譯出易卜生的代表作《娜拉》和《國民之敵》等等，都是在做著借現代文明之火來點燃鐵屋子的莊嚴工作。

---

[1] 魯迅：《〈喊〉自序》，《魯迅全集》第 1 卷，人民文學出版社 1981 年版，第 419 頁。
[2] 周作人：《人的文學》，載 1918 年 12 月 15 日《新青年》5 卷 6 號。

「五四」時期北京大學又一著名刊物《新潮》

《新青年》就是一把火。它引出了《新潮》、《曙光》、《新社會》等一系列先進的青年刊物。它廣為傳播，影響日增。當時留學日本的郭沫若和他的文學朋友在醞釀成立創造社前後曾經談起國內的刊物，也注意到「啟蒙」性質的《新青年》。多少年後，巴金的小說《家》寫高覺新兄弟三人在成都如饑似渴地閱讀《新青年》、《每周評論》，「這些刊物裡面一個一個字像火星一樣地點燃了他們弟兄的熱情。那些新奇的議論和熱烈的文句帶著一種不可抗拒的力量壓倒了他們三個人，使他們並不經過長期的思索就信服了。」[1]四川因這種先進思想轉播而變得並不偏僻。而不同的力量，如今天被稱為文化保守主義的刊物《學衡》，發表了一系列批評新文化運動的文章，其矛頭針對的也是《新青年》。這是又一股潮流，其主要人物正是當年在美國與胡適辯論的同學。

《新青年》代表了文化的激進思潮，而《學衡》則代表了現代式樣的文化守成。《學衡》是後發的，1922 年 1 月當「五四」的高潮已然過去的時候，才創刊於南京。刊物卻在上海印行。《學衡》的發起人和核心作者梅光迪、吳宓、胡先驌等，都是昔日留美學生，當今的南京東南大學的教授們。胡先驌學的是森林植物學，研究生物，執文只是客串。梅光迪、吳宓都是美國白璧德（I.Babbitt）的學生。他們標舉《學衡》的宗旨「論究學術，闡求真理，昌明國粹，融化新知」，其出發點是新人文主義的學理基礎和南社國粹派的文化觀念。如用來倡導比較文學，批評「五四」文學過分的浪漫主義，都有相當的辯駁作用。但他們把歷史選擇的「新文化運動」作為自己的主攻目標，第一期梅光迪的《評提倡新文化者》，第一二期胡先驌的《評〈嘗試集〉》，第四期吳宓的《論新文化運動》，一時以保護傳統的面目出現，猛烈批評「文學革命」，就把自己放在了《新青年》派的對立面了。胡適、魯迅、周作人、沈雁冰都曾做過小小的反擊（魯迅

現被稱為文化保守主義的文人圍繞《學衡》形成，這是 1922 年 1 月該刊的創刊號

---

[1] 巴金：《家》，人民文學出版社 1978 年版，第 40 頁。

陳獨秀 1919 年 6 月 11 日在北京天橋城南遊藝園和新世界遊樂場所散發的傳單《北京市民宣言》竟用兩種文本

的名文為《估〈學衡〉》），然後就不予理睬。後來連胡先驌都認為「《學衡》缺點太多，且成為抱殘守缺，為新式講國學者所不喜」。①從創刊到 1926 年中華書局提出不再續辦（實際一直維持到 1933 年停刊），五年的平均印數每期僅幾百份，它的社會影響越來越弱，說明文化守成主義在理論上得不到知識界的回應。

　　1919 年 6 月陳獨秀因在北京城南「新世界」散發《北京市民宣言》的傳單被捕。這之前，舊勢力借了陳獨秀的「私德不檢」問題，放出流言，逼迫北大撤去他文科學長的職位。陳獨秀以請長假的名義，便離開了北大。一個多月後「五四」運動爆發，當天陳獨秀、胡適都不在現場，在現場的學生領袖正是「新潮社」的傅斯年、羅家倫他們。陳、胡只是「五四」的精神領袖。陳獨秀被關了三個月保釋，化裝逃出北京到上海，接近了李達、陳望道等人，思想急劇地轉向馬克思主義。從 8 卷 1 號起，《新青年》應陳獨秀的要求又移到上海編輯，逐漸由思想文化同人刊物轉變為政治刊物，變為上海共產主義小組的機關刊物了。當《新青年》的政治色彩加濃後，這個團體內部的分歧與分裂也就不可避免地到來：是維持同人刊物性質，還是轉為黨派刊物，是注重刊物的文化學術性，還是進行政治運作？胡適敏感地作出反應。1921 年 1 月他給《新青年》編委寫信，希望刊物能仍然「注重學術思想」，並提出或者另辦一個學術文藝的雜誌，或者將編輯部遷回北京，刊物不再談政治的辦法。陳獨秀不同意遷回。魯迅主張與其隱忍遷就的合作，不如還是分裂的好。還沒等到討論確定，分裂已是勢在必行，而上海法租界當局卻伸出了查禁《新青年》的手。火種並未滅，但一個時代的火炬止熄了。

後期的《新青年》季刊

① 《吳宓日記》Ⅲ，北京：三聯書店 1998 年版，第 437 頁。

第十三節　文學大事1921年版圖（啟蒙的時代）

　　選定1921年來作為展露當年文學生態的典型年份，理由是充足的。這是繼「五四」文學革命發動和鋪開之後，真正顯示新文學的實績、顯示白話文學站穩腳跟的重要一年。年表裡所列的文學現象比起1903年來，不僅是條數增加，分量也大大加重了。而「五四」文學的啟蒙特徵這時也已顯露無遺。它選擇激進的文化方式來銜接世界和傳統，在思想上真正以現代文明，向封建道德禮教、守舊的家族制度、專權的政治制度宣戰，它發現勞工、婦女、兒童，發現「人」的平等獨立自由的價值，提倡個性解放、思想解放。在文學上提倡「人的文學」、「平民文學」和「白話文學」，在以後的日子裡都是有舉足輕重的作用的。

　　倡導「人的文學」的兩大新文學社團：文學研究會和創造社，都在此年成立，並且帶動起更多的新文學社團雨後春筍般地出現。中國文學呈現出前所未有的「社團運

鄭振鐸（左二）「五四」時代與高夢旦（左一）、胡適（右二）在一起

青年時代的鄭振鐸（在上海），正是在北
京剛剛組織成立文學研究會之後，雖坐著
也能感覺他身材較高

作」的狀態。在文學研究會、創造社之前，新青
年社和新潮社已經具有準文學社團的性質，彷彿作
了預演，都是先有刊物，然後聚集起氣味相投的同
人的。《新青年》、《新潮》的文化立場延續了下
來，在此時轉化為有個性的文學群體的產生。

　　文學研究會在北京成立，刊物先後在上海編
輯。其中最活躍的人物如鄭振鐸，在籌備和成立期
間還是交通部北京鐵路管理專科學校的學生，畢業
後到上海西站見習，不久接編《時事新報》的「學
燈」，與商務印書館的沈雁冰（茅盾）一起在這個
社團內特別活躍。這時文學研究會的活動重心實際
已移到了上海。從北京到上海，這是一條通行的文
學路線。文學研究會剛在北京萌發時，就知道要尋
求出版刊物。正好商務印書館的經理張元濟、編輯
主任高夢旦 1920 年 11 月初來北京，和鄭振鐸見面
後鄭就提出了這個要求。「商務」雖沒有立即答應另出一種在北京編的新雜誌，卻表示
可以通過改組《小說月報》來接納新文學。於是，鄭振鐸他們就轉而決定先把文學組
織搞起來。此年 11 月 29 日借北京大學圖書館主任室開會，「議決積極的籌備文學會
的發起，並推鄭振鐸君起草會章。至於
《小說月報》，則以個人名義，答應為
他們任撰著之事，並以他為文學雜誌的
代用者」。12 月 4 日和 30 日兩次在北京

文學研究會讀書會簡章和第一次會務報告，載 1921
年 2 月《小說月報》12 卷 2 號

文學研究會的成員俞平伯致朱自清明信片，正是兩人
泛秦淮河後寫同題散文的時期

文學大事記 1921 年版圖

時間	大事記
1 月 1 日	鴛鴦蝴蝶派雜誌《新聲》創刊於上海。施濟群、陸澹安編輯，後延續為《紅》、《紅玫瑰》等
1 月 4 日	文學研究會於北京中央公園來今雨軒召開成立會，到會者有鄭振鐸等 21 人
1 月 6 日	陳大悲劇本《幽蘭女士》發表於《晨報》
1 月 10 日	沈雁冰（茅盾）主編全面革新後的《小說月報》第 12 卷 1 號問世。同期，並發表《〈小說月報〉改革宣言》
1 月 10 日	沈雁冰（茅盾）理論《文學與人的關係及中國古來對於文學者身分的誤認》發表於《小說月報》第 12 卷 1 號
1 月 10 日	許地山小說《命命鳥》發表於《小說月報》第 12 卷 1 號
1 月 10 日	耿濟之譯 [俄] 郭克里《瘋人日記》（小說）發表於《小說月報》第 12 卷 1 號
1 月 12 日	魯迅開始應北京高等師範學校（即後北京師範大學）之聘任兼任講師，講授中國小說史。任聘至 1925 年
2 月 1 日	郭沫若詩《太陽禮贊》發表於《時事新報》副刊《學燈》
2 月 10 日	葉紹鈞（葉聖陶）小說《低能兒》發表於《小說月報》第 12 卷 2 號
2 月 10 日	郎損（茅盾）理論《新文學研究者的責任與努力》發表於《小說月報》第 12 卷 2 號
2 月 10 日	鄭振鐸譯 [俄] 高爾基《木筏之上》（小說）發表於《小說月報》第 12 卷 2 號
2 月 14 日	郭沫若詩《我是個偶像崇拜者》發表於《時事新報》副刊《學燈》
2 月 15 日	郭沫若詩劇《女神之再生》發表於上海《民鐸》2 卷 5 號
3 月 5 日	葉紹鈞（葉聖陶）理論《文藝談》發表於《晨報副刊》，計 40 則，至本年 6 月 25 日載完
3 月 19 日	鴛鴦蝴蝶派雜誌《禮拜六》周刊復刊，周瘦鵑主編。辛亥革命前已出版 100 期，現開始出版第二個 100 期
4 月 1 日	郭沫若戲劇《湘累》發表於《學藝》2 卷 10 期
4 月 1 日	瘦鵑（周瘦鵑）譯 [法] 杜德《小間諜》（小說）發表於《東方雜誌》第 18 卷 7 號
4 月 10 日	冰心小說《超人》發表於《小說月報》第 12 卷 4 號
4 月 10 日	落華生（許地山）小說《商人婦》發表於《小說月報》第 12 卷 4 號
4 月 10 日	郎損（茅盾）理論《春季創作壇漫評》發表於《小說月報》第 12 卷 4 號
4 月 24 日	郭沫若詩《海舟中望日出》《黃浦江口》《上海印象》發表於《時事新報》副刊《學燈》
4 月	陳大悲《愛美的戲劇》發表於《晨報》
4 月	鄭振鐸譯 [俄] 柴霍甫《海鷗》（劇本），上海商務印書館版
5 月 1 日	文學研究會主辦的《文學旬刊》創刊於上海。後改名《文學》、《文學周報》
5 月 1 日	魯迅小說《故鄉》載《新青年》9 卷 1 號
5 月 10 日	落華生（許地山）小說《換巢鸞鳳》發表於《小說月報》第 12 卷 5 號
5 月 31 日	《戲劇》月刊創辦於上海。由民眾戲劇社編輯，共出 6 期
5 月	鄭振鐸約郭沫若於上海半淞園與茅盾等聚會，並邀郭參加文學研究會，被郭婉辭拒絕
5 月	林紓、陳家麟譯 [英] 哈葛德《炸鬼記》（小說），上海商務印書館版
5 月	民眾戲劇社成立於上海，發起人為汪優遊（仲賢）、柯一岑、沈雁冰、陳大悲等
5 月	《消閒月刊》創刊於蘇州，趙眠雲、鄭逸梅編輯
6 月 1 日	蘇熊瑞等《新劇底討論》發表於《新青年》第 9 卷 2 號
6 月 8 日	子嚴（周作人）《美文》發表於《晨報》
6 月 10 日	王統照小說《春雨之夜》發表於《小說月報》第 12 卷第 6 號
6 月 10 日	俞長源譯 [美] 歐亨利《美髮與耶誕節的禮物》（小說）發表於《東方雜誌》第 18 卷 11 號
6 月 10 日	真常譯 [法] 毛里哀《慳吝人》（劇本）發表於《小說月報》第 12 卷 6–9、11 號
6 月 15 日	田漢譯 [英] 莎士比亞《哈孟雷特》（劇本）發表於《少年中國》第 2 卷 12 期
6 月 20 日	西諦（鄭振鐸）理論《文學的使命》發表於《文學旬刊》5 期
6 月 25 日	《遊戲世界》月刊於上海創刊，周瘦鵑、趙苕狂主編
6 月 30 日	鄭振鐸理論《血和淚的文學》發表於《文學旬刊》6 期
6 月	郭沫若回日本，與郁達夫、張資平等商議成立創造社
6 月	鄭振鐸任《時事新報》副刊《學燈》主編
7 月 7 日	郁達夫小說《銀灰色的死》發表於《時事新報》副刊《學燈》
7 月 10 日	廬隱小說《紅玫瑰》發表於《小說月報》第 12 卷 7 號
7 月 10 日	葉紹鈞（聖陶）劇本《懇親會》發表於《小說月報》第 12 卷 7 號
7 月 10 日	郎損（茅盾）理論《社會背景與創作》發表於《小說月報》第 12 卷 7 號

續表

時間	大事記
7 月 10 日	沈雁冰（茅盾）理論《創作的前途》發表於《小說月報》第 12 卷 7 號
7 月 10 日	魯迅譯 [俄] 阿爾志跋綏夫《工人惠略夫》（小說）發表於《小說月報》第 12 卷 7–9、11、12 號
7 月初旬	由留日學生組成的創造社於日本成立，主要成員有郭沫若、郁達夫等，決定創辦《創造》季刊
7 月	郭沫若、錢君胥譯 [德] 施篤謨《茵夢湖》（小說），上海泰東圖書局版
7 月	朱光潛在香港大學就讀
8 月 1 日	周作人譯《雜譯日本詩三十首》發表於《新青年》第 9 卷 4 號
8 月 5 日	郭沫若詩集《女神》，上海泰東圖書局版
8 月 10 日	廬隱小說《兩個小學生》發表於《小說月報》第 12 卷 8 號
8 月 10 日	朱自清詩《旅路》《人間》發表於《小說月報》第 12 卷 8 號
8 月 10 日	郎損（茅盾）理論《評四五六月的創作》發表於《小說月報》第 12 卷 8 號
8 月 10 日	宋春舫譯 [俄] 契訶夫《那個可憐的辦事員是怎樣死去的》（小說）發表於《東方雜誌》第 18 卷 15 號
8 月 21 日	鄭伯奇理論《批評郭沫若的處女詩集〈女神〉》發表於《時事新報》副刊《學燈》
8 月 26 日	郭沫若詩《〈女神〉序詩》發表於《時事新報》副刊《學燈》
秋	朱自清任教於上海吳淞中國公學，並結識葉聖陶
9 月 6 日	鴛鴦蝴蝶派雜誌《半月》半月刊創刊於上海，周瘦鵑主編，袁寒雲主撰
9 月 10 日	王思玷小說《風雨之下》發表於《小說月報》第 12 卷 9 號
9 月 30 日	蒲伯英理論《我主張要提倡職業的戲劇》發表於《戲劇》第 1 卷 5 號
9 月	上海泰東書局等開始出版“創造社叢書”
9 月	《小說月報》第 12 卷號外出版“俄國文學研究”專號
9 月	《文藝雜誌》月刊創刊於北京，狄杏南編輯
9 月	瞿秋白到莫斯科東方勞動者共產主義大學中國班任教
10 月 1 日	郁達夫理論《〈茵夢湖〉的序引》發表於《文學旬刊》15 期
10 月 10 日	《小說月報》第 12 卷 10 號出版“被損害民族的文學”專號
10 月 10 日	《雙聲》雙月刊創刊於香港，黃昆侖、黃天石編輯
10 月 12 日	北京《晨報》原第 7 版定名為《晨報副刊》獨立發行
10 月 15 日	郁達夫短篇小說集《沈淪》，上海泰東圖書局版
10 月 25 日	林紓、毛文鍾譯 [法] 預勾《雙雄義死錄》（小說），上海商務印書館版
10 月 27 日	《天演論》譯者嚴復逝世
10 月 30 日	汪仲賢戲劇《好兒子》發表於《戲劇》第 1 卷 6 號
10 月	《小說新潮》月刊創刊於上海，陳鐵生主編
10 月	《滑稽新報》月刊在上海創刊，平襟亞主編
11 月 1 日	朱自清詩《小草》發表於《新潮》第 3 卷 1 號
11 月 20 日	清華文學社成立
11 月	上海商務印書館開始出版“世界文學叢書”
11 月	北京實驗劇社成立，由北京學生業餘劇團聯合後組織，李健吾等主持
12 月 4 日	巴人（魯迅）小說《阿 Q 正傳》開始在北京《晨報副刊》上連載，至 1922 年 2 月 12 日載畢
12 月 10 日	丐尊（夏丏尊）譯 [日] 國木田獨步《女難》（小說）發表於《小說月報》第 12 卷 12 號
12 月	耿濟之、瞿秋白譯 [俄] 托爾斯泰《托爾斯泰短篇小說集》，上海商務印書館版
12 月	《胡適文存》第一集，上海亞東圖書館版
本年	俞平伯詩集《冬夜》，上海亞東圖書館版
本年	汪敬熙小說集《雪夜》，上海泰東圖書局版
本年	沈穎譯 [俄] 屠格涅夫《前夜》（小說），上海商務印書館版
本年	耿式之譯 [俄] 柴霍夫《萬尼亞叔父》（劇本），上海商務印書館版
本年	耿濟之譯 [俄] 阿史特洛夫斯基《雷雨》（劇本），上海商務印書館版
本年	上海戲劇協社成立，黃炎培等發起，早期社員有汪優遊、應雲衛，後歐陽予倩、洪深等加入
本年	世界書局改組為股份公司，初出版武俠、言情、偵探，後轉出版教科書、國學著作等
本年	梁啟超《清代學術概論》出版

文學研究會1921年1月成立於北京。在來今雨軒的全體合影，此原照為中國現代文學館收藏

萬寶蓋耿濟之家中集會，通過了會章，推周作人起草宣言書，確定周作人、朱希祖、耿濟之、鄭振鐸、瞿世英、王統照、沈雁冰、蔣百里、葉紹鈞、郭紹虞、孫伏園、許地山12人為發起人，通過了最早的一批會員，以及召開成立大會的各種事項。

　　現在能看到的這張文學研究會同人於1921年1月4日，在北京中央公園來今雨軒門前所照的到會者全體合影，是一件珍貴的文學資料。當天到會者21人，這裡僅有20人，所缺1人是誰？到現在尚未查清。發起過程周到嚴密，其中容納年紀較大的名流，無非是為求得社會上的支持，行事方式可稱「少年老成」。發起人裡未出席者是沈雁冰、周作人、葉紹鈞、郭紹虞，發起人之外的出席者有黃英（廬隱）、郭夢良夫婦。廬隱、冰心後來是文學研究會的骨幹作家，是中國第一代的現代女性作家。當天的會由鄭振鐸報告發起經過，討論並表決會章，以無記名投票方式選舉鄭振鐸為書記幹事，耿濟之為會計幹事。攝影後討論了讀書會、募集基金、出版叢書等問題。宣言、會章在成立前後即在《晨報》、《民國日報》副刊「覺悟」、《新青年》、《小說月報》四處揭載，是公開的。[①]會章裡最重要的一句話是：「本會以研究介紹世界文學整理中國舊文學創造新文學為宗旨。」[②]後來執行出來的「啟蒙」特徵，是非常重視文學的社會使

① 分別登載的時間，按順序是：1920年12月13日《晨報》、1920年12月19日《民國日報》「覺悟」、1921年1月10日《小說月報》12卷1號和1921年1月的《新青年》。
② 《文學研究會簡章》，載1921年1月10日《小說月報》12卷1號。

命，關注社會下層人的不平等生活地位和不平聲音。魯迅的文學思想當時與文學研究會比較接近。他沒有加入此團體是因北洋政府有「文官法」，明令官員不得參加社團，而魯迅當時在教育部任僉事，為公務人員，遂受到約束。但宣言在周作人起草過程中據說是經魯迅看過的。所宣佈的文學研究會緣起共三條，其第三條最值得玩味：

> 三，是建立著作工會的基礎。將文藝當作高興時的遊戲或失意時的消遣的時候，現在已經過去了。我們相信文學是一種工作，而且又是於人生很切要的一種工作；治文學的人也當以這事為他終身的事業，正同勞農一樣。所以我們發起本會，希望不但成為普通的一個文學會，還是著作同業的聯合的基本，謀文學工作的發達與鞏固：這雖然是將來的事，但也是我們的一個重要的希望。

這一段內容，足夠我們今日來理解「五四」這一歷史性文學時期的性質、觀念以及現代文學社團與古代文人雅集的根本區別。文學研究會主張的文藝思想後來被概括成「為人生」，它反對遊戲的消遣的文學觀，認為文學工作和工人、農民的工作一樣，是平等的。周作人後來提出「人的文學」、「平民文學」，鄭振鐸提出「血和淚的文學」，都是循著這一思路的。文學研究會創作與翻譯並重，創作方面有人生小說、問題小說、鄉土小說，有小詩，有散文，創辦了《文學旬刊》和《詩》月刊，在翻譯方面特別著力介紹蘇俄文學和北歐、東歐的弱小民族的文學，理論批評方面是建樹寫實為主的文學，同時介紹世界的自然主義、現實主義、象徵主義，批判「鴛鴦蝴蝶派」和「學衡派」，與創造社展開論爭等等，也是這一文藝思路的延續。這樣，便逐漸顯示出文學研究會的「流派」特徵。至於「建立著作工會」一說，是它以共同的文學觀念作基礎，試圖團結眾多職業文學家，保護寫作者的利益，進行工會式的一種現代組織運作。這也是很值得注意的一點。

創造社是唯一能夠與文學研究會競爭的新文學社團。它的發動雖也是從尋找辦刊的途徑開始，但此外的情形即有很大的區別，那就是充滿了個人的行為和浪漫的氣質。據創造社發起當事人的回憶（不免含有與文學研究會爭勝的因素），1918 年夏郭沫若與張資平在日本福岡會面提出要辦純文學刊物，便是所謂的「受胎期」了。之後，這幾個日本留學生散散漫漫，延宕至 1920 年在東京帝國大學的學生宿舍討論時，田漢自告奮勇承擔與國內聯繫出版的任務，卻不成功，便沒了消息。直到 1921 年 4 月郭沫若回國，在上海與成仿吾同泰東圖書局老闆趙南公談妥，答應創刊一種雜誌，於是，郭沫若 6 月回轉日本，在京都見了鄭伯

郭沫若日本留學時期著日本學生制服的照片，很有神采

創造社「元老」郭沫若（中立者）、郁達夫（坐者）於日本時期合影

奇、穆木天，到東京在「東大」郁達夫的第二改盛館「六鋪土席」的小房間裡，加上張資平、田漢，才討論了如何共同出版刊物和叢書的問題，就算成立了。沒有儀式，也沒有章程宣言。郭沫若後來說：

> 就在那天下午，在達夫的房間裡聚談了一次，大家的意思也都贊成用「創造」的名目，暫出季刊，將來能力充足時再用別的形式。出版的時期愈早愈好，創刊號的材料，就在暑假期中準備起來。這個會議或者可以說是創造社的正式成立，時候是一九二一年七月初旬，日期是那一天我不記得了。[①]

這個社團的成員清一色是未完成學業的留日學生。創造社的青春色彩是鮮明的，組成社團的行事方式也是少年氣盛，辦事散漫經常受阻。《創造》季刊的創刊號預告要待這年 9 月才登報，再拖到 1922 年 3 月 15 日才出版。但是這個新文學群體創作力旺盛，天才型的人物多，作品質量高，也是不爭的事實。他們的個性解放的反叛心理，自我情緒的爆發噴瀉，部分「為藝術而藝術」的思想，所開創的自我小說與詩歌，更呼應了「五四」狂飆突進的精神。是時代，造成了文學研究會的創作也染有不少浪漫的成分，但總體上是趨向批判寫實，與創造社的區別十分明顯。兩個社團所開闢的都是現代文學的啟蒙源流，這實在是 1921 年最典型的文學事件。

由此，新的文學社團不斷出現，風起雲湧。1921 年當年成立的就有上海民眾戲劇社、上海戲劇協社，杭州的晨光文學社等，背景都來於各校園的青年師生。到 1923 年，全國已有四十多個社團。到 1925 年止就更多。每個社團都會辦一個或多個刊物，總數約在一百個以上。這些社團的文學家已經迥異於 1903 年時期那批過渡式的文人了。從知識結構來說，舊學、新學都有根底。尤其應注意他們是維新運動所辦新式學堂出來的最早一批學生，持著一股打破常規、開創新時代的勇氣，瞭解世界大勢，富有創造白話文學的實踐精神。這是一些堅定走文學新路的人。從地域分布看，如果以文學研究會的作家群體的籍貫稍做分析，再與南社作一對比，是很有意味的。文學研究

---

① 郭沫若：《學生時代‧創造十年》，《郭沫若全集》文學編第 12 卷，人民文學出版社 1992 年版，第 119 頁。

《創造》季刊創刊號的再版本，與第一版並
不完全相同，可見受青年讀者歡迎

創造社的刊物，1922 年出版的《創造》季刊
創刊號第一版封面

創造社刊物之一《創造月刊》

文學研究會成員朱自清（右四）、葉聖陶（左二）1921年被杭州晨光文學社聘請為顧問後合影，右一、二為汪靜之、曹誠英

會「它的會員經過正式登記的只有一百七十二位」。[①]其中經查具有入會號數的是 102人[②]。在 102 人中，浙江籍的屬首位達 36 人，占總數的 35%；然後是江蘇籍 24 人，占 23%；接下來分別是湖南籍 8 人，福建籍 6 人，江西籍 5 人，廣東籍 5 人，四川籍 3人，山東籍 3 人等。這種情況儘管要受社團核心發起人的親緣、地緣關係的影響，但大致能看出百年來中國文學人才的分布。南社成立於江南，它前後 1170 多名社員中江蘇籍為 437 人，占總數的 37%；浙江籍為 226 人，占 19%；其餘的省籍居多的是廣東、湖南、安徽、福建、四川等。可以看出，文學研究會雖在北方成立，文學人才的分省狀況與南社並無多大的區別。這體現出一種文化積累的歷史承傳特性，明、清兩朝以來江南和長江流域的文脈直接影響了現代文學家的構成。因那個時代交通不便，人們遷居仍少，絕大部分的人都出生在自己的籍貫地。對於一個作家來說，故鄉即意味著他的兒時記憶庫存，他的靈感所在，他全部寫作的最初出發地。但現代作家究竟與古代文人不同了，他們正處於一個初始的現代流動進程中，通過求學、就職的種種途徑正向城市聚集，鄉村出身而通過求學匯集到都市的人才也顯著增多。現代文學社團在城市的形成，

① 趙景深：《文壇憶舊・現代作家生年籍貫秘錄》，《文壇憶舊》，上海北新書局 1948 版，第 203 頁。
② 見蘇興良：《文學研究會會員考錄》，收入《文學研究會資料（上）》，河南人民出版社 1985 年版，第 15—17 頁。

社團對報刊書籍出版的依賴，就給文學家的全國性的出現提供了絕好的土壤條件。

本年，原來在辛亥革命後停刊的《禮拜六》又復刊了，接著出現的鴛鴦蝴蝶派刊物中比較重要者，就有《遊戲世界》、《半月》等。我們從 1921 年眾多的文學大事中可以看出，這些過渡型的文學家即便在新文學陣營的全力批評下，也不十分寂寞。他們的遊戲文學、休閒文學仍然有廣大的市民支持，有相當的市場基礎。而新文學是靠激進青年學生支持的，卻代表了時代的潮流。這年《小說月報》的改革便極具意義，最能說明新舊文學的交替狀況。《小說月報》本屬商務印書館的老牌雜誌，1910 年創刊，由老資格的王蘊章、惲鐵樵兩位先後執編，長期以來是發表鴛鴦蝴蝶派作品的地方。雖然它也在發生現代性的變化，

茅盾 1921 年主編《小說月報》期間在家中書房，如此年輕便擔當重任

但較緩慢。時代這時開起了快車，《小說月報》的銷數開始直線下降，到第 11 卷第 10 號的時候已經只印二千冊了。原來的編輯於是辭職，時勢迫使商務印書館高層不得不做出改組的決策，便選定館內的新秀沈雁冰來出任編輯，不久正式接手。沈雁冰當年才 25 歲，憑著一股豪氣，放棄了前任買下夠用一年的舊稿子，只用兩個星期的時間便約好新稿發排。他向正在北京的王劍三（統照）求援，由王介紹給鄭振鐸，鄭寫信表示願意供給稿子，並邀沈雁冰參加擬議中的文學研究會。這正是風雲際會，《小說月報》本是老牌雜誌，久負其名，現在竟由無名的沈雁冰一手加以徹底改造。加上機緣湊巧，成了文學研究會的代用刊物。革新後的《小說月報》第 12 卷第 1 期便印了五千冊，立即銷完。全國各地的「商務」分店紛紛打電報要求下期多印，於是印了七千，到年末已印至一萬冊。沈雁冰成功了，新文學成功了。

這一年，魯迅的《阿 Q 正傳》面世。此作以深刻批判國民劣根性的方式，來指出中國的「積弱」主要在於精神，改造勢必也要從此入手。郭沫若的《女神》出版，用一種個性解放了的人的全新精神，來迎接國家的新生。而郁達夫出版的《沈淪》，因男女性描寫的出格，雖遭到保守的遺老遺少的拼命攻擊，卻得到新文學陣營無論是文學研究會的周作人、還有創造社同人的郭沫若等的大力維護，指出它表現的新生代青年的苦悶，以及對青年心靈和肉體的雙重體驗，是很有時代價值的。新文學的啟蒙意義，使得近代以來的中國文學在表現「人」的方面達到了從來沒有過的深廣度。所顯示的白話文學的真正創造性，也是空前的，有雄厚說服力的。

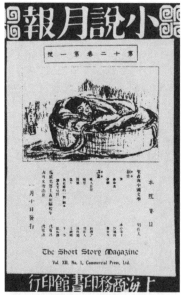

由青年茅盾著手改革1921年1月以全新
面貌出現的《小說月報》12卷1號

商務印書館《小說月報》第一期屬於鴛鴦
蝴蝶派編輯時期，可與茅盾接編後的那一
期作比較

這樣，魯迅、沈雁冰、郭沫若、郁達夫這些中
國現代文學最具代表性的大家，都露出了他們的不
凡身影。魯迅1881年生於浙江紹興。他在南京的
礦路學堂和水師學堂受到新式學校的最初教育，留
學日本時期的仙台學醫、東京習文，使他真正接觸
了世界的文明。他參與《新青年》和北大發起的新
文化運動和文學革命後，寫出了現代文學真正意義
上的第一篇白話短篇小說《狂人日記》和隨感錄等
雜文。與「五四」民主、科學、反封建的精神相呼
應，使得他的影響日益擴大。這一年，20世紀魯迅
所作的中國最偉大的小說《阿Q正傳》開始在《晨
報副刊》上連載。魯迅在發表《阿Q正傳》之後，
成為現代文學的一個象徵。

茅盾這個筆名則要到《幻滅》出版才開始使
用，這年他還只是沈雁冰。沈雁冰為人所知，如上
所述，是因他獨立革新了《小說月報》，並成為文
學研究會在北京之外的唯一發起人和文藝理論家。
沈雁冰1896年出生在浙江桐鄉烏鎮，那是吳越交界
的故地，又屬正在崛起的大上海的邊際。沈雁冰讀
的自然是新式學校，先是湖州中學，後在嘉興中學
迎來辛亥革命。他因反抗學監專制而被除名，進杭
州安定中學直至畢業。然後入北京大學預科讀了三
年，由於家境困難，遂經親友介紹任職於中國首屈
一指的現代出版機構商務印書館。這時的沈雁冰當
的是編輯、同時翻譯、寫文章。這一年，他隨著編
刊隨寫評論，不久發表了《新文學研究者的責任與
努力》、《自然主義與中國現代小說》等理論文。
他已經經李漢俊介紹秘密參加了上海共產主義小
組。擺在他面前的，有政治和文學兩條道路可供選
擇，但他文學生涯的重大起步是在1921年開頭的。

郭沫若于日本留學時經宗白華之力，開始在
上海的《時事新報》副刊「學燈」上發表最初的詩
歌作品，受人注目。他1892年生，四川樂山沙灣
人。少年時代正值科舉廢止，便到有大佛的樂山讀

高等小學。升入嘉定府中學後，因反對學監而遭
斥退，又進成都的分設中學、成都府中學讀至畢
業。「五四」運動前夕與惠特曼的《草葉集》
相遇，使在日本留學讀書的郭沫若迎來他詩創
作的噴發期。據他後來回憶：「在一九一九年與
一九二○年之交的幾個月間，我幾乎每天都在詩
的陶醉裡。每每有詩的發作襲來就好像生了熱病
一樣，使我作寒作冷，使我提起筆來戰顫著有時
候寫不成字。」[1]這樣，寫成了《鳳凰涅槃》，
寫成了《天狗》、《爐中煤》、《地球，我的母
親！》。這些詩具有與「五四」時代相匹配的宏
大氣魄，是白話自由詩體最初的成功結晶。1921
年 8 月 5 日作為創造社叢書的第一本，郭沫若的
劃時代的詩集《女神》由上海泰東圖書局出版。
如果說胡適的《嘗試集》只是新詩的開風氣之
作，《女神》的出版才是「五四」新詩真正的火
山爆發！

郭沫若《女神》初版，此書對新詩發生劃時代的意義，郭噴發型的早期詩作盡收於此

　　1921 年作為現代文學產生巨人、巨作的一年，而被記入史冊。

① 郭沫若：《學生時代‧創造十年》，《郭沫若全集》文學編第 12 卷，人民文學出版社 1992 年版，第 68 頁。

文學研究會會員號數、姓名、籍貫表

號數	姓名	籍貫	號數	姓名	籍貫
1	朱希祖	浙江海鹽	5	郭紹虞	江蘇吳縣
2	蔣百里	浙江海寧	6	葉紹鈞	江蘇吳縣
3	周作人	浙江紹興	11	耿濟之	江蘇上海
7	孫伏園	浙江紹興	12	瞿世英	江蘇武進
9	沈雁冰	浙江桐鄉	25	耿式之	江蘇上海
21	陳大悲	浙江杭縣	38	耿勉之	江蘇上海
27	唐性天	浙江鎮海	39	沈 穎	江蘇吳興
28	金兆梓	浙江金華	49	劉延陵	江蘇泰興
29	傅東華	浙江金華	50	滕 固	江蘇寶山
36	劉廷芳	浙江永嘉	51	顧頡剛	江蘇吳縣
45	沈澤民	浙江桐鄉	52	潘家洵	江蘇吳縣
48	胡愈之	浙江上虞	59	朱自清	江蘇江都
53	俞平伯	浙江德清	60	劉半農	江蘇江陰
55	夏丏尊	浙江上虞	69	馬國英	江蘇
64	周予同	浙江瑞安	76	王伯祥	江蘇吳縣
65	周建人	浙江紹興	83	張崇南	江蘇嘉定
70	樂嗣炳	浙江鎮海	87	顧一樵	江蘇無錫
78	陳望道	浙江義烏	100	吳秋白	江蘇吳縣
79	劉大白	浙江紹興	105	嚴敦易	江蘇東台
80	王任叔	浙江奉化	108	蘇兆龍	江蘇鹽城
93	徐志摩	浙江海寧	110	桂澄華	江蘇吳縣
96	樊仲雲	浙江嵊縣	141	蘇兆驤	江蘇鹽城
103	孫仲久	浙江紹興	144	徐蔚南	江蘇吳江
106	徐調孚	浙江平湖	148	陸侃如	江蘇海門
107	諸東郊	浙江餘縣			
121	陳 逸	浙江嵊縣			
122	王魯彥	浙江鎮海			
124	潘垂統	浙江餘姚			
125	豐子愷	浙江崇德			
127	章錫琛	浙江紹興			
128	胡仲持	浙江上虞			
129	許 傑	浙江天臺			
130	王以仁	浙江天臺			
134	顧仲彝	浙江嘉興			
155	吳文祺	浙江海寧			
168	朱應鵬	浙江杭縣			

續表

號數	姓名	籍貫	號數	姓名	籍貫
20	易君左	湖南漢壽	81	趙景深	四川宜賓
68	黎錦暉	湖南湘潭	137	金滿城	四川峨嵋
82	李青崖	湖南湘陰	169	賀昌群	四川馬邊
102	孫俍工	湖南邵陽	8	王統照	山東諸城
139	歐陽予倩	湖南瀏陽	136	隋玉薇	山東
142	謝小虞	湖南湘鄉	172	俞劍華	山東曆城
147	黎烈文	湖南湘潭	56	徐玉諾	河南魯山
170	彭家煌	湖南湘陰	112	曹靖華	河南盧氏
4	鄭振鐸	福建長樂	90	朱 湘	安徽太湖
10	盧 隱	福建閩侯	140	汪仲賢	安徽婺源
13	冰 心	福建閩侯	104	王守聰	河北天津
74	余祥森	福建閩侯	167	舒慶春	河北北京
91	高君箴	福建長樂	24	謝六逸	貴州貴陽
131	王世穎	福建閩侯	162	蹇先艾	貴州遵義
30	柯一岑	江西萬載	160	陳小航	雲南鳳慶
71	熊佛西	江西豐城	62	徐夢麟	雲南昆明
72	鄧演存	江西南城	163	李健吾	山西安邑
150	游國恩	江西臨川	153	許地山	臺灣台南
156	羅黑芷	江西武寧			
57	嚴既澄	廣東四會			
86	侯 曜	廣東番禺			
88	湯澄波	廣東花縣			
92	梁宗岱	廣東新會			
149	李金髮	廣東梅縣			

（資料依據《文學研究會資料》，賈植芳等編，河南人民出版社版）

第十四節 京滬報刊書局形成的文學空間

從 1921 年的文學大事中，可以清楚看到圍繞報刊形成社團、流派已是文學現代性的一個標誌。文學研究會和創造社在發起過程中，主要都是在尋找自己編輯出版物的可能性。如果不能獨立出版，那就設法找取合作的書局。在編輯出版時盡力保持自己文學觀念、風格、方法的個性，並以此爭取讀者。作家們已經懂得依靠現代媒介傳播文學，幅度廣大，速度迅捷，這直接影響到文學「生產」的本身。無論是職業的或非職業的現代作家，在謀取稻粱勢必增加對書刊發行依賴性的同時，另外一面是在文學理想和讀書市場之間盡力找到一定的平衡。

文學期刊與商務印書館共同參與「五四」文學形成的歷史，是商業性出版發行和文學革新相結合的一例。商務《小說月報》原來辦了十年，由沈雁冰全面革新後，鄭振鐸、葉紹鈞（聖陶）相繼接編，成了「五四」作家發表創作的主要陣地之一。魯迅之外，活躍在其中的許地山、冰心、葉聖陶、朱自清都是文學研究會的骨幹。沈雁冰1927 年以茅盾筆名發表《幻滅》，登上小說家地位，也在此刊。到了比茅盾年青些的老舍發表《老張的哲學》（1926）、丁玲發表《夢珂》（1927）、巴金發表《滅亡》

商務印書館的東方圖書館（涵芬樓）1932 年遭日軍炮火全部焚毀，真可痛惜

茅盾最早的三部小說《幻滅》
《動搖》《追求》初刊《小
說月報》雖已較遲，仍能透
出商務辦刊的威力。這裡是
三書單行本

（1929），都是從《小說月報》正式走上文壇的。鄭振鐸在上海創辦真正屬於文學研
究會的機關刊物《文學旬刊》（後改名《文學周報》），起初附在《時事新報》上，後
來成長壯大，脫離報紙，由開明書店出刊。這是一種理論性為主的刊物，它批判鴛鴦蝴
蝶派，與創造社論戰，都進行得有聲有色。文學研究會重視文學批評，藉以樹立流派的
旗幟，後來成了現代文學的一個傳統。除了刊物，還與商務印書館合作出版文學研究會
叢書，分創作和翻譯兩部分，先後共計 125 種，從 1921 年一直出到 1937 年，是現代
中國時間最早、規模最大的一套叢書。後來的文學流派都採用這種「叢書」形式，推動
並集中體現自己的成果。同時，也利用報紙的廣告來宣傳文學，如葉聖陶、劉延陵編的

文學研究會叢書之一的葉紹鈞（聖陶）
著《火災》封面

《詩》月刊，創刊前在《時事新報》登了《〈詩〉底
出版底預告》，是用詩寫的：

　　舊詩的骸骨已被人扛著向張著口的墳墓去了，
　　產生了三年的新詩還未曾能向人說話呢。
　　但是有指導人們的潛力的，誰能如這個可愛的
嬰兒呀？
　　奉著安慰人生的使命的，誰又能如這個嬰兒的
美麗呀？
　　我們擬造了這個名為《詩》的小樂園做他的歌
舞養育之場，
　　疼他愛他的人們快盡你們的力來捐些糖食花果
呀！①

---

① 《〈詩〉底出版底預告》，載 1921 年 10 月 18 日《時事新報》副刊《學燈》。

這個刊物在中華書局出版。中華書局的創辦人陸費逵，以及開明書店的創辦人章錫琛，都是商務印書館出身的。文學研究會始終依託大出版社，讀者為知識界和學生界中人，這就增加了它的穩定感。年齡上，這個社團的活躍份子雖也還年輕，發起人裡的周作人、朱希祖、蔣百里、會員中的劉大白、陳大悲、李青崖、夏丏尊，可都已是中年人。不少是在社會上有身分，在大學、報紙等處佔據一定地位者。僅副刊一項，鄭振鐸編《學燈》，孫伏園編《晨報副鐫》，柯一岑編《時事新報》和另一副刊《青光》，都是文學研究會作家施展身手之地。其中數《晨報》辦副刊的資格最老。《晨報》本是研究系的報紙，是保守的。它在 1919 年因主持者蒲伯英接受新思想，將原來專寫風花雪月的第 7 版文藝附張徹底革新，傾向了新文化運動。1920 年孫伏園接編，在魯迅的支持下改為單張，發表魯迅的作品，登載「五四」問題小說，登載周作人的「自己的園地」、冰心的「寄小讀者」及陳大悲提倡非職業化「愛美劇」的文章，都在此刊。1923 年至 1925 年它還附了王統照在北方編的《文學旬刊》，與上海的同名刊物遙相呼應。1924 年 10 月，孫伏園因抗議《晨報》代理總編劉勉己臨時抽去魯迅的詩作《我的失戀》，憤而辭職，隨後去《京報》開創副刊新局面。這樣，《京報副刊》仍然是文學研究會作家的發表園地。1925 年有「青年必讀書十部」和「青年愛讀書十部」的兩大徵求，都是該副刊發起的。魯迅回答「青年必讀書十部」的應徵答卷，發表順序為第 10 人，一部書也不開，倒說了「我以為要少——或者竟不——看中國書，多看外國書」，「中國書中雖有勸人入世的話，也多是僵屍的樂觀；外國書即使是頹唐和厭世的，但卻是活人的頹唐和厭世」如此驚世駭俗的話！[1]以上「五四」時期的期刊、副刊，幾乎被文學研究會作家所覆蓋。怪不得等到創造作家躋身文壇的時節，卻發現文學

文學研究會叢書之一的冰心著《繁星》

文學研究會作家朱自清著《踪跡》

---

[1] 魯迅：《青年必讀書》，《魯迅全集》第 3 卷，人民文學出版社 1981 年版，第 12 頁。

另一種創造社刊物《創造週報》第一號

研究會業已佔據了文壇要津。如果不是現代的文化環境，創造社可能就會一籌莫展，但時代給了「五四」作家特殊的條件，現代出版業、報刊業具有了巨大的開闢文學空間的能力，創造社很快也就找到了自己的位置。

創造社的作者和讀者多半是叛逆的現代青年（學生之外，還有都市中有點文化的店員、工人等），這本身就增加了它在社會闖蕩期間的危險係數。先于鄭振鐸編《學燈》的宗白華，是最初發現郭沫若詩才的人。《死的誘惑》、《抱和兒浴博多灣中》這些最早的詩，和《鳳凰涅槃》、《爐中煤》等更重要的作品，都首先發表在《學燈》上。但創造社也是必須要有自己刊物的，泰東圖書局的加入給了它挺身站起來的歷史契機。以後與創造社發生關係的多為中小型出版社，這為它平添了動蕩不穩的因素。以發表創作為主的《創造》季刊（1922）、理論批評和創作並重的《創造週報》（1923）前後誕生，混合了浪漫與唯美兩種品質的創造社風格，以更新潮的姿態顯出與眾不同。1923年7月，上海《中華新報》的主筆張季鸞看中了創造社的價值，主動要求每日出一版他們的副刊，於是《創造日》面世。後來我們可以見到，創造社的任何刊物都不長久：政府當局對它的叛逆性質頭疼，經常下封殺禁令；不能忍受出版書商的從中取利，使創造社人總有遭「盤剝」之感而起反抗；還有內部的種種矛盾。到了1924年，泰東圖書局出版偏於理論批評的《洪水》周刊，只一期，第二年便改為半月刊移到光華書局去，最後又移到自己成立的「創造社出版部」，就可見其動蕩的情形。《洪水》的中期預示著創造社的轉換方向。以後的《創造月刊》（1926）、《文化批判》（1928）正式揭起了「革命文學」的大旗。這個文學派別在由日本回國的更年輕一代人（被稱為「後期創造社小夥計」的李初梨、彭康、馮乃超等）的影響下，急劇地由提倡先鋒文藝、純文藝，而轉向革命文藝。同時派生出《A.11》、《幻洲》、《流沙》這樣一些週邊的小刊物，形成了創造社多樣龐雜的報刊出版全圖。它也長期編輯「叢書」，也是多樣龐雜。僅

創造社1927年4月出版的郭沫若詩集《瓶》的封面只有畫並無字

創造社後來的刊物《洪水》第一期

「創造社叢書」一種就分泰東圖書局出版的 14 種，光華書局的 5 種，創造社出版部的 47 種，總計也達 66 種之多。至於其他名目的叢書，如「辛夷小叢書」、「落葉叢書」、「明日小叢書」、「社會科學叢書」、「世界名著選」等，包含創作和翻譯、文藝和社會科學，不一而足，總數並不少。最值得一提的是「創造社出版部」的成立，它企圖繞開出版商走使作者與讀者直接聯手的道路，其中的成敗得失，是一份相當有意思的作家辦書店的記錄。我們看魯迅後來也自辦出版發行，規模小、獨立、肯做事，就要穩健得多了。

鄭伯奇談創造社與「泰東」的關係，說「就是泰東書局老闆對沫若、達夫、仿吾三人的超經濟剝削」。①這說得刻薄了一點。比較具體客觀的回憶是這樣：

> 創造社雖有泰東書局做他們的出版後臺，可是泰東書局卻經營的非常不合理，老闆趙南公糊塗，經理人換了好幾個都是揩油聖手⋯⋯泰東書局出版創造社舊著作，名氣做得很大，錢亦賺的不少，實在書店方面卻是越做越空，作家方面的報酬便根本談不到，郭、成、郁等人到了上海，在「北京同興樓」喝酒吃飯可以掛帳，臨走旅費可以有著，但是談到稿費版稅的話便無法兌現，只好用言語支吾過去了。文學研究會靠商務印書館生活的人很多，語絲社靠北新書局生活的人也不少，可是創造社靠泰東書局生活的人便一個也沒有，連一點小小的貼補也沒有⋯⋯創造社靠不到泰東書局的生活，卻也不受泰東書局的拘束，甚至反過來還可以批評批評書店方面的人，寫作的態度比較自由，言論的膽量也大了。②

創造社後期刊物之一《幻洲》創刊號，此刊已在上海寶山路三德里 A 字 11 號的出版部發行

這情形自然與創造社人的才子氣也有關。在魯迅直接扶植下生長的語絲社、莽原社、未名社便不同。他們只辦一個刊物即《語絲》周刊（1924）、《莽原》周刊（1925）、《未名》半月刊（1926），都

① 鄭伯奇：《憶創造社》，轉引自《創造社資料（下）》，饒鴻競等編，福建人民出版社 1985 年版，第 863 頁。
② 周毓英：《記後期創造社》，轉引自《創造社資料（下）》，饒鴻競等編，福建人民出版社 1985 年版，第 792 頁。

上海七浦路（發行所）北新書局全體同人前排第八九人為書局老闆李小峰和李志雲

上海時期的北新書局李小峰（右一）與其兄李志雲

是魯迅與青年人合作的產物。人數少，有魯迅作絕對核心。《語絲》刊名的由來頗別致。據回憶，孫伏園等在北京東安市場的開成豆食店集會，議定出一刊，印費由魯迅和到場的七人分擔。命名久決不下，顧頡剛便從隨身帶去的 平伯編文學研究會同人的出版物《我們的七月》中，任意打開，用指頭點下去，點到張維祺《小詩》第一首中「語絲」二字，便公議確定了。這很像魯迅給「語絲」雜感隨筆風格下的評語：「任意而談，無所顧忌」。不久《語絲》在位於北京翠花胡同的北新書局出版，因為「北新」老闆李小峰便是發起的七人之一，自跑印刷廠，自去校對，自疊紙張，成了後來與魯迅有關的刊物的共同出版方式。到《莽原》的後身《未名》出版，魯迅決心讓刊物脫離北新書局，這裡已經孕育了上海時期魯迅經常採取的自己擬一個出版社的名義，由青年作家自己跑腿的出書辦法。魯迅為了「北新」不按規矩付給他《吶喊》《彷徨》的版稅，曾經毫不含糊地與之打過官司。但後來仍然將《兩地書》給了上海時期的北新書局。魯迅開了與書店既合作又不受它欺負的先例，他對保障作家權益從來沒有含糊過，而魯迅派的散文與翻譯的作風也被這些刊物傳播得十分久遠。

其他受到魯迅注視的文學派別，還有淺草社（延續至沈鐘社）、彌灑社、狂飆社等，都有自己編輯的獨立園地。《淺草》季刊 1923 年在泰東圖書局出版，自發起人林如稷留學法國以後，就名存實亡了。到 1925 年，原來的成員陳煒謨、陳翔鶴、馮至聚集北京，在北海商議恢復出刊的事，借用德國作家霍普特曼名著《沈鐘》的鑄鐘人鍥而不捨的故事，再來命名自己這個青年團體。先後出版的《沈鐘》周刊和半月刊，魯迅都把它們介紹給北新書局印行，請自己喜歡的先鋒畫家陶元慶為之設計封面，並推薦值得翻譯的外國作品，表現出特別的關心。該社生存了九年，「是中國的最堅韌，最誠實，掙扎得最久的團體」。魯迅又評價他們的總體風格是：「向外，在攝取異域的

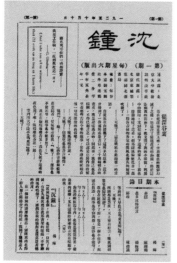

最初的《沈鐘》周刊 1925 年 10 月 10
日第一期，非常質樸

營養，向內，在挖掘自己的魂靈，」「將真和美歌唱
給寂寞的人們」。[1]同樣具有「為藝術而藝術」傾向
的團體有上海的「彌灑社」。1923 年出的《彌灑》
月刊上有胡山源作的《宣言》（《彌灑臨凡曲》），
唱的是「我們乃是藝文之神；/我們不知自己何自而
生，/也不知何為而生」。[2]從莽原社分離出來的狂飆
社，1926 年使《狂飆》周刊由上海光華書局復活。
一度追隨過魯迅的青年作家高長虹，在其中發出尼采
式的「超人」警句，作出個人對社會的宣洩和搏擊。
「狂飆叢書」也是泰東圖書局印的。這些，都加重了
「五四」文學空間中超現實的越軌、反抗的成分。當
年的商業出版機構都能對先鋒文學給予一定的後援，
是值得思考的經驗。

　　而 1923 年開始在北京活動的「新月」，是由不
同於上述流派的一群留學歐美的「紳士」組成的。他們的活動採取聚餐會與俱樂部方
式，有演劇、觀劇的濃厚興趣，文人之外還有銀行家、政治家、社會名流參加，主要人
物是梁啟超、胡適、徐志摩、林徽音（因）等。這是後來新月社的雛形。這時他們的雜
誌《現代評論》（1924）涉及時政，為綜合型周刊，在文學方面加進了陳西瀅、聞一
多等人。陳西瀅（陳源）就因主持撰寫其中的「閒
話」欄目，和魯迅爭議聞名。該刊址在北京吉祥胡
同，所以又被人稱為「吉祥胡同派」。印過「現代
社文藝叢書」，如楊振聲的長篇《玉君》、丁西林
的獨幕喜劇《一隻馬蜂》和《志摩的詩》，都在其
內。到 1925 年至 1926 年徐志摩執掌《晨報副刊》
期間，徐增辟了《詩鐫》、《劇刊》等欄目，推動
了新詩與國劇運動。這些屬於「五四」文學一翼的
活動，都為後來的「新月派」鋪墊了聲名。在「五
卅」運動、「三·一八」慘案等政治事件相繼發生
前後，大體上「新月」與其他「五四」文學派別，
還能保持同樣的步伐。不過，隨著新文化運動的不
斷分化，「新月」一部分文人同魯迅等的論爭日益
加劇，作為中國帶有民主性質的自由主義文學重要

《沈鐘》封面由魯迅推薦陶元慶設計，雖
很簡，卻是現代風格

[1] 魯迅：《〈中國新文學大系〉·小說二集序》，《魯迅全集》第 6 卷，人民文學出版社 1981 年版，第 242 頁。
[2] 轉引自魯迅：《〈中國新文學大系〉·小說二集序》，《魯迅全集》第 6 卷，人民文學出版社 1981 年版，第 241 頁。

原松坡圖書館大門（即石虎胡同 7 號），這是早期「新月」活動的地方

《獨立評論》也是早期新月諸人傾向政治批評者聚集的刊物

流派的特徵，也分外顯著。「新月」是以尊重每一個成員的思想意志，散漫而特立獨行自詡的。他們有一個相當傲視別人的比方，說虎豹都是獨來獨往，只有狗狼才成群結隊。到 1927 年「五四」的尾聲期，隨著「革命文學」的聲浪此起彼伏，左翼文學力量的逐漸集結。其時，新月文人也恢復活動，以上海新月書店的建立和《新月》月刊創辦為標誌，有了「新月派」的正式登場。

另外不容忽視的，是與「五四」文學直接發生摩擦的那些作家群。比如鴛鴦蝴蝶派與舊市民文學承接，從晚清以來一向控制讀書市場，突然遭遇「五四」之後，大量喪失了青年學生讀者，便採取掌握通俗文

新月書籍：凌叔華《花之寺》1928 年初版的封面，充滿女性氣味

學、掌握廣大市民讀者的策略，仍然得到了生存的空間。《小說月報》被文學研究會作家接編後，原來的鴛蝴派依靠商務印書館內部的勢力，另辦了《小說世界》周刊（1923）。《禮拜六》雜誌本創辦於 1914 年，因文學意識已比「鴛蝴」進步，有人提出民國以後該通俗文學派別應改稱為「鴛蝴─禮拜六派」，以示與晚清時期的區分，可見《禮拜六》的重要。此刊在 1916 年本已停刊，到「五四」後的 1922 年又捲土重來，復刊了。這兩件史實都能表明，鴛蝴─禮拜六派在新的文學時代並不因文學研究會、創造社作家的一頓批判，便銷聲匿跡。它只是被擠出主流，走向邊緣化而已。如果單舉 1921 年以後繼續創刊的鴛蝴─禮拜六派文學刊物，除上述兩刊外，便還有：《遊戲世界》月刊（1921）、《半月》半月刊（1921）、《快活》旬刊（1922）、《星

《禮拜六》一百零一期封面。這是「五四」
後復刊的，又出了一百期，表現出在市民
階層仍有的生命力

期》周刊（1922）、《紅雜誌》周刊（1922）、
《偵探世界》半月刊（1923）、《紅玫瑰》周刊
（1924）、《紫羅蘭》半月刊（1925）、《良友畫
報》早期（1926）等。這還不包括那些種類繁雜的
鴛蝴—禮拜六派小報。這一流派實際上幾乎貫穿了
現代文學發展的始終。

其他與「五四」不同調的作家，如1919年劉
師培、黃侃等國學名流辦的《國故》月刊，就從北
京大學中文系內部，顯示了對立面。尤其是1922
年以胡適的留學生同學梅光迪及其他美國留學生
吳宓、胡先驌等南京東南大學教授組成的「學衡
派」，所創辦的《學衡》月刊，是本節所述唯一不
在京滬編輯，卻還是在上海出版（中華書店）的雜
誌。《學衡》雖然時斷時續，出到1933年才停刊，
它的某些言論或許今天看來有對先鋒文化的制衡作
用，但當時怕已經是歷史阻礙性大於其他了。1927
年吳宓須每期貼一百元錢，中華書局才勉強同意在次年續印《學衡》，引得吳宓在日記
裡歎息「中國近今新派學者，不特獲盛名，且享巨金。如周樹人《吶喊》一書，稿費得
萬元以上。而張資平、郁達夫等，亦月致不貲。所作小說，每千字二十餘元」。①可見
《學衡》已被人們遺忘，而讀者多在魯迅、郭沫若、郁達夫、周作人，甚至通俗作家一
邊了。

就這樣，「五四」文學通過報刊出版顯出多層次的空間，表現出現代文學一起始
便繁複而扶搖多姿的局面。

---

① 見《吳宓日記》IV，北京：三聯書店1998年版，第17頁。

「五四」主要文學社團表

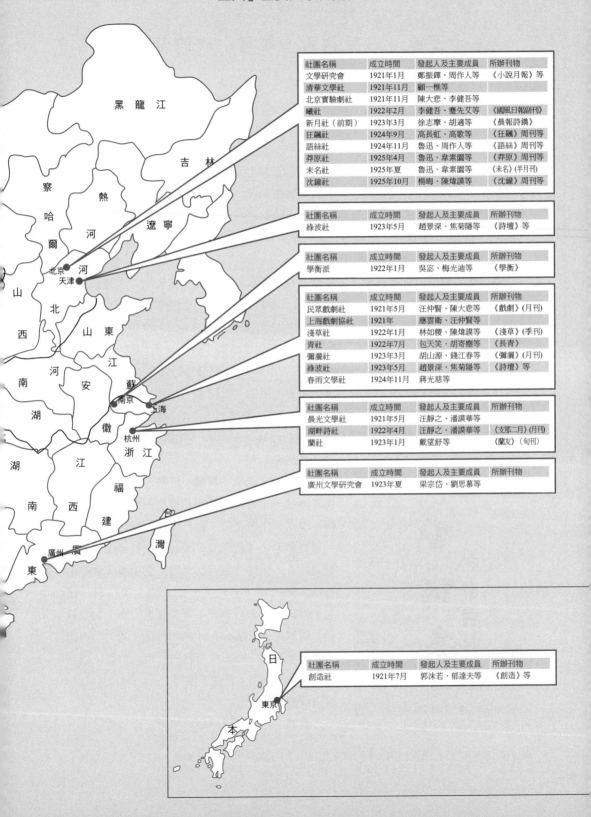

黑龍江

吉林

察哈爾 熱河 遼寧

河北

北京 河
天津

山西 山東

江蘇

河南 安徽 南京 上海

湖北 杭州

浙江

湖南 江西 福建

廣州 廣
東

台灣

日
本

東京

社團名稱	成立時間	發起人及主要成員	所辦刊物
文學研究會	1921年1月	鄭振鐸、周作人等	《小說月報》等
清華文學社	1921年11月	顧一樵等	
北京實驗劇社	1921年11月	陳大悲、李健吾等	
曦社	1922年2月	李健吾、雍先艾等	《國風日報副刊》
新月社（前期）	1923年3月	徐志摩、胡適等	《晨報詩鐫》
狂飆社	1924年9月	高長虹、高歌等	《狂飆》周刊等
語絲社	1924年11月	魯迅、周作人等	《語絲》周刊等
莽原社	1925年4月	魯迅、韋素園等	《莽原》周刊等
未名社	1925年夏	魯迅、韋素園等	《未名》(半月刊)
沈鐘社	1925年10月	楊晦、陳煒謨等	《沈鐘》周刊等

社團名稱	成立時間	發起人及主要成員	所辦刊物
綠波社	1923年5月	趙景深、焦菊隱等	《詩壇》等

社團名稱	成立時間	發起人及主要成員	所辦刊物
學衡派	1922年1月	吳宓、梅光迪等	《學衡》

社團名稱	成立時間	發起人及主要成員	所辦刊物
民眾戲劇社	1921年5月	汪仲賢、陳大悲等	《戲劇》(月刊)
上海戲劇協社	1921年	應雲衛、汪仲賢等	
淺草社	1922年1月	林如稷、陳煒謨等	《淺草》(季刊)
青社	1922年7月	包天笑、胡寄塵等	《長青》
彌灑社	1923年3月	胡山源、錢江春等	《彌灑》(月刊)
綠波社	1923年5月	趙景深、焦菊隱等	《詩壇》等
春雨文學社	1924年11月	蔣光慈等	

社團名稱	成立時間	發起人及主要成員	所辦刊物
晨光文學社	1921年5月	汪靜之、潘謨華等	
湖畔詩社	1922年4月	汪靜之、潘謨華等	《支那二月》(月刊)
蘭社	1923年1月	戴望舒等	《蘭友》(旬刊)

社團名稱	成立時間	發起人及主要成員	所辦刊物
廣州文學研究會	1923年夏	梁宗岱、劉思慕等	

社團名稱	成立時間	發起人及主要成員	所辦刊物
創造社	1921年7月	郭沫若、郁達夫等	《創造》等

第十五節　白話新詩、短篇小說的帶頭突破

　　「文學革命」的大旗高揚後，雖然小說在 20 世紀中國文學牢牢升上了第一位，但新文學顯示實績卻是白話新詩先登上歷史舞臺的。《新青年》在 2 卷 5 號（1917 年 1月）發表了胡適的《文學改良芻議》，下一期即 2 卷 6 號（1917 年 2 月）便有胡適的《白話詩（八首）》問世。而魯迅在《新青年》發表小說《狂人日記》已是 4 卷 5 號了（1918 年 5 月），要差一年多的時間呢。

　　為什麼新詩的試驗早些呢？當年胡適在美國和同學討論，他提出：「詩國革命何自始？要須作詩如作文」。梅光迪堅持：「文章體裁不同，小說、詞曲固可用白話，詩文則不可。」[1]原來梅光迪本意並不是一般地反對白話，他認為詩的文字是特殊的，挪用文章的文字來寫詩已經不對了，更何況用白話呢？所謂「詩之文字」與「文之文字」的觀點看似不無道理，如拿當時的語境來說，卻是用舊文學最成熟的詩歌絕不能採用白話來作最後抵擋的盾牌了。空說無用，胡適就開始「攻堅」，一個人專心做起白話詩來。他不怕別人說他沒有脫盡「舊詩」和「文言」的窠臼，不怕說他的新詩是放大的小腳。胡適也有自知之明，到 1920 年要出版自己寫的中國第一本白話詩集時，他將它命為《嘗試集》。

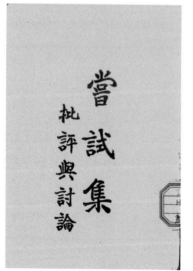

胡適著《嘗試集》初版，是新詩的開路先鋒

　　「嘗試」便是「實驗」的意思。中國有千年的作詩傳統，有唐詩宋詞元曲這樣很難逾越的文學高峰，現在要作白話詩，自然要先行試作。當年圍繞《新青年》、《新潮》等激進刊物被發動起來寫白話詩的人，胡適外還有沈尹默、劉半農、俞平伯、周作人、唐俟（魯迅）、劉大白、康白情、汪靜之、傅斯年、朱自清等，連陳獨秀、李大釗都執筆過。這其中的大部分人，都如魯迅自述：「只因為那時詩壇寂寞，所以打打邊鼓，湊寫熱鬧；待到稱為詩人的一出現，就洗手不作了。」[2]他們只為新詩盡鳴鑼開道的責任。

　　最初的白話詩當然顯得稚嫩。像《嘗試集》裡

---

① 胡適、梅觀莊（光迪）語均見胡適《我為什麼要做白話詩？（〈嘗試集〉自序）》，載 1919 年 5 月《新青年》6 卷 5 號。
② 魯迅：《〈集外集〉序言》，《魯迅全集》第 7 卷，人民文學出版社 1981 年版，第 4 頁。

胡適的《嘗試集》增訂四版（附《去國集》）

「五四」時期的劉半農也是最初的白話詩人

大家比較熟悉的那首《鴿子》：「雲淡天高，／好一片晚秋天氣！／有一群鴿子，／在空中遊戲。／看他們三三兩兩，／回環來往，／夷猶如意，──／忽地裏，翻身映日，／白羽襯青天，／鮮明無比！」①雖然淺顯，有「詞」的痕跡，但確實是按照自己提倡的「充分採用白話的字、白話的文法和白話的自然音節」和「詩的散文化」②的精神在寫的，而且能感到一股「五四」清新的、青春的氣息。《鴿子》托物寄興，比較簡單，到寫《一顆遭劫的星》、《樂觀》、《威權》等，就算得是胡適較好的運用象徵的詩了。《威權》裡的一節：「威權坐在山頂，／指揮一班鐵索鎖著的奴隸替他開礦。／他說：『你們誰敢不盡力做工？／我要把你們怎麼樣就怎麼樣！』／／奴隸們做了一萬年的苦工，／頭頸上的鐵索漸漸地磨斷了。／他們說：『等到鐵索斷時，我們要造反了！』」③這裡多舉點胡適的詩，一方面是要糾正過去文學史對胡適新詩太過貶低的缺陷，此外為了提請注意胡適詩歌的思想，在引進平等、民主的意識上是相當著力的。

　　另一類屬於寫實、白描的詩，表露對「勞工」同情的，在「五四」時期很為流行。胡適的《人力車夫》，劉半農的《相隔一層紙》、《學徒苦》，周作人的《兩個掃雪的人》、劉大白的《賣布謠》等都是。《相隔一層紙》頗有名：「屋子裏攏著爐火，／老爺吩咐開窗買水果，／說『天氣不冷火太熱，／別任他烤壞了我』。／屋子外躺著一個叫花子，／咬緊了牙齒對著北風喊『要死』！／可憐屋外與屋裏，／相隔只有一層薄紙！」④（「薄紙」是指窗紙。北京那時一般富家窗戶用玻璃還是很少的）這種寫實，

① 胡適：《鴿子》，《胡適詩存（增補本）》，人民文學出版社 1993 年版，第 175 頁。
② 胡適：《我為什麼要做白話詩？（〈嘗試集〉自序）》，載 1919 年 5 月《新青年》6 卷 5 號。
③ 胡適：《威權》，《胡適詩存（增補本）》，人民文學出版社 1993 年版，第 200 頁。
④ 劉半農：《相隔一層紙》，《新詩選》（第一冊），上海教育出版社 1979 年版，第 109 頁。

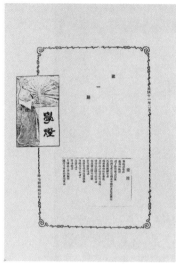

郭沫若最初詩歌發表在《學燈》上

和前面提到的抒情，對後來新詩都發生了影響。

接著出現了郭沫若（1892—1978）。郭沫若是創造社的領袖人物，在日本留學期間，由於時代的推動，受世界文明的洗禮，加之他本人的天才因素，使他出現了創作的爆發期。他是在課堂上不可遏止地寫下那些噴湧而出的詩句的。這便成就了一個詩人郭沫若。

他1921年出版的《女神》，翻開了中國新詩史上激情浪漫的一頁。《女神》的詩，第一，以催發中國的新生最為耀眼。《鳳凰涅槃》詛咒舊世界，而經過痛苦的火煉之後，「鳳凰」更生了，宇宙更生了：「我們光明呀！／我們光明呀！／一切的一，光明呀！／一的一切，光明呀！／光明便是你，光明便是我！／光明便是『他』，光明便是火！／火便是你！／火便是我！／火便是『他』！／火便是火！／翱翔！翱翔！／歡唱！歡唱！」[1]反覆的詠歎，推動著歡慶中國於「涅槃」中死而復生的高揚的情緒。而《爐中煤──眷念祖國的情緒》一詩，將抒情主人公自比為「爐中煤」，將祖國比作女郎，說「我為我心愛的人兒／燃到了這般模樣！」[2]第二，顯示了「五四」覺醒的中國人擁抱世界文明的開放姿態。《晨安》所要催醒的、所要禮贊的，不僅有揚子江、黃河、萬里長城，也有「晨安！恒河呀！恒河裏面流瀉著的靈光呀！」「晨安！華盛頓的墓呀！林肯的墓呀！惠特曼的墓呀！／啊啊！惠特曼呀！惠特曼呀！太平洋一樣的惠特曼呀！」[3]惠特曼的特意強調，是《女神》寫

《女神》的初版本（中）及其他版本

① 郭沫若：《鳳凰涅槃》，《郭沫若全集》文學編第1卷，為附錄的《女神》初版本，人民文學出版社1982年版，第46頁。
② 郭沫若：《爐中煤──眷念祖國的情緒》，《郭沫若全集》文學編第1卷，人民文學出版社1982年版，第58頁。
③ 郭沫若：《晨安》，《郭沫若全集》文學編第1卷，人民文學出版社1982年版，第65頁。

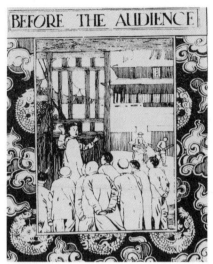

聞一多 1921 年為《清華年刊》所畫插圖「在聽
眾面前」，描寫學生在天安門講演。他是個畫
家，到美國留學學的也是美術

聞一多第一本詩集《紅燭》，1923 年 9
月泰東書局版

作受美國詩人惠特曼《草葉集》的恩惠尤多的緣故。《地球，我的母親》、《立在地球邊上放號》都是郭沫若的名篇，單看共同的「地球」立意，就足以體現那種「世界人」的胸懷。第三，把革新者的叛逆和勇氣，提高到前所未有的讚頌程度。《匪徒頌》歌頌一切「政治革命」、「社會革命」、「宗教革命」的所謂「匪徒」，從列寧、馬丁路德、哥白尼、達爾文一直說到盧梭。《天狗》中的「天狗」形象，正是這樣一個造反者的化身，「我是一條天狗呀！／我把月來吞了，／我把日來吞了」，「我便是我呀！／我的我要爆了！」[1]郭沫若的「五四」詩，詩意澎湃，想像力豐富，表達出一種雄奇的美和力度。他的詩句揮灑自如，把舊詩的格律完全打破。借鑒外國的經驗，創造了新詩的自由詩體。郭沫若表現出與晚清改革派詩人完全不同的現代詩性！

　　另一個對中國詩歌起轉折作用的詩派是「新月」，代表作家是聞一多和徐志摩。他們的出現稍晚於郭沫若，創作高峰已是「五四」落潮期。「新月」的來自西歐浪漫主義的文學背景使得個人的夢幻、愛情、神秘、美感的內容大大增加，到後來甚至帶了少許現代主義的成分。

　　聞一多（1899—1946）是清華早期的學生，曾積極參加過「五四」運動。留美起初學的是美術，剛回國時經徐志摩介紹做的是北平藝術專科學校的教務長。當時到過他寓所的朋友發現他竟把四牆刷成黑色，鑲以金邊，可見他的美術趣味。所以他才會在後來提出詩的目標，是達到三美：音樂美、繪畫美、建築美。他的詩收在《死水》、《紅燭》等集裡。在美國看到華人的處境，思念祖國，所寫《憶菊》富有我們民族文化固有

① 郭沫若：《天狗》，《郭沫若全集》文學編第 1 卷，人民文學出版社 1982 年版，第 54—55 頁。

的綿長情調。《洗衣歌》就有不平之氣了。回國後滿眼的落後、破敗，便喊出「那不是你，那不是我的心愛！／我追問青天，逼迫八面的風，／我問，（拳頭擂著大地的赤胸）」[1]。他預示了中國只有改革才會復興：「有一句話說出就是禍，／有一句話能點著火。／別看五千年沒有說破，／你猜得透火山的緘默？／說不定是突然著了魔，／突然青天裏一個霹靂／爆一聲：／『咱們的中國！』」[2]聞一多後來成為現代型的學者，40年代參與民主運動遭暗殺。他的詩寫得精緻，講究格律，卻不僵硬。

徐志摩（1897—1931）是新月派詩歌壇主。他在北京大學畢業後，曾留美、留英，自認只有英國的「康橋」（今譯劍橋）給了他真正的教育：「我的眼是康橋教我睜的，我的求知欲是康橋給我撥動的，我的自我的意識是康橋給我胚胎的。」[3]（《吸煙與文化》）徐志摩表現自我情感的詩，質地輕柔明朗，即便苦悶迷茫也不玄虛，可用《「我不知道風是在哪一個方向吹」》為代表：「我不知道風／是在哪一個方向吹——／我是在夢中，／在夢的輕波裏依洄。／／我不知道風／是在哪一個方向吹——／我是在夢中，／她的溫存，我的迷醉。」[4]受了西方自由主義思想的浸染，徐志摩這位紳士也有表現他人道主義的作品，如《叫化活該》、《先生，先生》、《「這年頭活著不易」》、《廬山石工歌》等。不過，以他流麗、細膩的文字，豐美的想像，總是以寫離別詩、情詩為勝。《再別康橋》是他最負盛名的詩，文字也最有徐志摩飄逸的磁性：

徐志摩送給胡適的照片

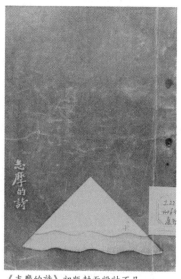

《志摩的詩》初版封面設計不凡

---

① 聞一多：《發現》，《聞一多全集》第3卷，北京：三聯書店1982年版，第188頁。
② 聞一多：《一句話》，《聞一多全集》第3卷，北京：三聯書店1982年版，第189頁。
③ 徐志摩：《吸煙與文化〈牛津〉》，轉引自《徐志摩自傳》，南京：江蘇文藝出版社1997年版，第34頁。
④ 徐志摩：《「我不知道風是在哪一個方向吹」》，《徐志摩詩全編》，杭州：浙江文藝出版社1990年版，第204頁。

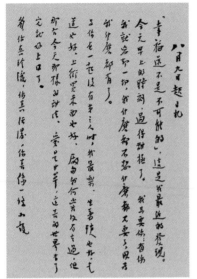

徐志摩《愛眉小劄》手稿一頁　　　　　　《北晨學園》的哀悼志摩專號

「輕輕的我走了，／正如我輕輕的來；／我輕輕的招手，／作別西天的雲彩。」①全詩低回反覆，意境優美，在明白暢曉的語式中情感得到了充分表現。他情詩中短小又膾炙人口的有《偶然》、《我來到揚子江邊買一把蓮蓬》、《沙揚娜拉》等。情詩裡趣味差一些的，其實就是寫得更私人化一些而已，如《兩地相思》，如《別擰我，疼》，後者題目好像有點色情，其實是談不到的。徐志摩的詩成集的有《志摩的詩》、《翡冷翠的一夜》、《猛虎集》、《雲遊》四種。

　　新月派是在郭沫若惠特曼式自由詩之後出現的詩派，它的一大貢獻是在新詩初步立住腳後，在浪漫主義詩的內部主張「理智節制情感」的原則，反對直抒胸臆，重新提出建立格律的問題。朱自清便稱新月為「西洋律體詩派」。「新月」寫出一些精煉集中、句法整齊、音節調和的詩，後被稱為「豆腐乾」體。雖然對此有不同看法，但總體上符合中國語文的特點。徐志摩 1931 年搭乘郵政飛機從南京去北平，在山東濟南附近的開山，因霧觸山，機毀人亡。徐志摩是人緣很好的新月派的核心，隨著他的早逝，此派就像水銀瀉地般散漫無歸了。新詩第一期突破，到此劃一段落：白話詩站住了腳，自由體、新格律體先後出現。

　　差不多緊跟著新詩，白話現代小說便自「短篇」入手，以更大的聲勢登上文壇。

　　當時占壓倒地位的小說是晚清至民國時期的鴛鴦蝴蝶派章回體。這種小說的內部，已經發生現代性的變動，比如描寫都市平民了，也有一點人道主義關懷了，也用白話了，甚至也寫短篇了。但在體式上，基本仍是文言的章回小說，在敘述和描寫上相當陳舊。按照胡適的說法：「中國今日的文人大概不懂『短篇小說』是什麼東西。現在的報紙雜誌

---

① 徐志摩：《再別康橋》，《徐志摩詩全編》，杭州：浙江文藝出版社 1990 年版，第 317 頁。

裡面，凡是筆記雜纂，不成長篇的小說，都可叫做『短篇小說』。所以，現在那些『某生，某處人，幼負異才，……一日，遊某園，遇一女郎，睨之，天人也……』一派的爛調小說，居然都稱為『短篇小說』！」[①]這裡所謂以「某生」開頭的小說，可簡稱為「某生體」，今天的人們已經不大熟悉，因大家生來所讀的已是與外國小說整合過的現代小說了。如果去讀明代的話本短篇比如《玉堂春落難逢夫》、《十五貫戲言成巧禍》，那都是從主人公的姓名、籍貫、身分一一說起的。而且每篇都這麼說，成了我們民族講故事和聽故事的一個古老習慣。沈雁冰1922年批評當時民國小說雖用了白話，「略採西洋小說的布局法而全用中國舊章回體小說的敘述法與描寫法」。其中也批評這種「記帳式」記述的老套子：「書中描寫一個人物第一次登場，必用數十字乃至數百字寫零用帳似的細細地把那個人物的面貌，身材，服裝，舉止，一一登記出來」[②]。這就是新文學家的普遍看法，也是他們下決心通過改造短篇小說作為突破口來改造中國小說的出發點。

　　能夠代表這種「五四」型轉折的小說家，是魯迅、郁達夫、葉聖陶、許地山幾位。魯迅（1881－1936）是真正現代意義的短篇小說《狂人日記》的作者。他的《阿Q正傳》塑造了不朽的中國國民性（劣根性方面）典型。他帶領建立了「五四」「鄉土小說」譜系，自己寫有膾炙人口的《孔乙己》、《故鄉》、《風波》各篇。實際上魯迅在所有的「五四」小說家中，是試驗現代短篇小說體式最多、最具有創生能力的。僅是三本薄薄的小說集《吶喊》、《彷徨》、《故事新編》，就包含日記體（《狂人日記》），小說前加序（《狂人日記》、《阿Q正傳》），場面小說（《示眾》），潛在心理小說（《肥皂》），弗羅依德小說（《補天》），詩體小說（《傷逝》），散文

魯迅短篇小說集《吶喊》初版本，
1923年8月北京新潮社

清末時期的犯人站籠示眾。我們注意
跟著魯迅小說《示眾》的目光去看，
真能發現犯人背後的麻木者

① 胡適：《論短篇小說》，載1918年5月《新青年》4卷5號。兩處省略號為原文所有。
② 茅盾：《自然主義與中國現代小說》，《茅盾全集》第18卷，人民文學出版社1989年版，第229、226頁。

體小說（《鴨的喜劇》），戲劇體小說（《起死》）等等。有趣的是《吶喊》初版所收的篇目較雜，而十幾年後蕭紅在香港和聶紺弩談可以有「各式各樣的小說」的時候，她舉魯迅所寫的「各式各樣」，正是《頭髮的故事》、《鴨的喜劇》這些雜牌小說。[1]魯迅是多種多樣現代小說的總源頭。

郁達夫的短篇小說集《沈淪》，出版時間早於魯迅的《吶喊》

　　郁達夫（1896—1945）則是自敘傳浪漫小說的開創者。讀郁達夫，最主要的就是《沈淪》（是集子的名字，也是其中最重要的一篇小說的名字），寫中國留日學生在異國他鄉的苦悶與憂鬱病，作為弱國子民受盡的歧視，還有青春期特有的性的煩惱，政治、經濟和生理的多重壓迫糾纏在一起，表現真切。因為有自己的體驗作底，作品人物也有作者的影子，故稱自敘體。後來的小說繼續著這種零餘者的故事，有的人物在《蔦蘿行》、《青煙》裡仍稱「我」，有的如《南遷》裡叫「伊人」，《茫茫夜》、《懷鄉病者》裡叫「于質夫」。郁達夫小說描寫的性苦悶和靈肉衝突，有的比較直露，曾引起一般假道學家的攻擊。周作人的反批評最為重要，他駁斥所謂「不道德的文學」的觀點，認為《沈淪》與晚清的《留東外史》不同，後者的「猥褻」內容「顯然是附屬的，沒有重要的意義，而且態度也是不誠實的」，但「《沈淪》是一件藝術的作品」[2]。這最能說明「五四」的現代性轉折，是有別於晚清長久的現代性積累，有劃時代的意義。郁達夫所受思想影響有複雜一面，傳統情懷、自由主義、社會主義都有。傳統文人的狷介、放蕩不羈與自身的結合便創造出《採石磯》裡的古代詩人黃仲則；同情勞工，才有《薄奠》（寫人力車夫）、《春風沈醉的晚上》（寫女工）。他後來成熟的作品，當數《過去》、《遲桂花》兩篇，真率、誠摯是郁達夫才子外衣下的內核，魯迅能始終欣賞他而不欣賞其他創造社的作家，原因便在於此。

　　葉聖陶（1894—1988）代表了文學研究會的寫實風格。文學研究會如葉聖陶這樣起步的寫實小說家確實不少，起初寫「愛」和「美」，稍稍虛飄，和「五四」初期的時代性相關。後來沈靜下來，各自抱住熟悉的生活來錘煉故事。葉聖陶熟悉江南城鎮中的市民階層，《飯》、《校長》等描寫揭示小知識者的卑微生活，筆調穩重，寓苦痛於平實。葉聖陶過去不為人注意的是他的現實諷刺和風俗諷刺的兩相結合，《某城紀事》和《某鎮紀事》寫「革命投機者」進入某城某鎮所出的怪像，十分生動。由於他的諷刺本色，以後才有寓言作品《稻草人》等的寫作。葉聖陶原本在鴛鴦蝴蝶派的市民文學刊物投稿，進入

---

① 聶紺弩：《〈蕭紅選集〉序》，《蕭紅選集》，人民文學出版社 1981 年版，第 3 頁。
② 周作人：《〈沈淪〉》，《自己的園地》，長沙：嶽麓書社 1987 年版，第 62 頁。

「五四」文學圈子後通過描寫市民的自私、委瑣，樹立起新文學批判市民社會的長久傳統。

許地山（1893—1941）也是文學研究會的作家，但他寫的是浪漫象徵小說。這一類的文學研究會小說家的氣質和葉聖陶不同，以主觀敘事為主。許地山是福建漳州人，生於臺灣，後回到大陸。他從小生活在佛教、基督教的宗教環境裡，所以小說富有異國情調，有宗教的感情體驗和哲理思考。他描寫的男女故事，入筆多半是現實性的，出筆卻已達到超現實的境界。《命命鳥》寫青年男女的叛逆，最後歸向人生徹悟而投湖殉情。《綴網勞蛛》的小說名字就包含一種人生觀和倫理觀的宗教命題，女主人公對待世事、對待苦難的態度，有忍讓，也有執著。後期的《春桃》寫一個撿破爛的女人勇敢地面對戰爭中失散的殘疾丈夫和後來相愛的男人，這女人的精神也有著無形的宗教思想在起著作用。許地山並非狂熱的宗教徒，卻一生研究宗教教義。他的傳奇小說在「五四」是獨異的，正說明這個文學時期從一發生就有多姿多元的特點。

短篇小說家的突破性實踐，和在小說理論上胡適、周作人、沈雁冰諸人的輸入是並行不悖的。這在「五四」大致有兩個渠道：一是美國派的小說理論，以翻譯哈佛大學使用過的流行教科書《小說法程》（Clayton Hamilton 著，譯為哈密爾頓，或哈米頓）為代表。胡適的《論短篇小說》有的便採自這本書的觀點。郁達夫的《小說論》雖直接參考日本木村毅的《小說研究十六講》，但書後所列參考書裡也有這一本。吳宓在東南大學講的小說理論，張資平、瞿世英、孫俍工等的小說理論，都受到它的影響。中國作家間接得到啟蒙，吸取了「人物、情節、環境」小說三元素的原理，明白了小說不能光是講故事，而應該塑造人物，這才開始自覺地寫起新的小說來。小說理論的另一個源頭來自法國，特別是莫泊桑、左拉的小說觀中要「給讀者提供人類生活的一個片段」等看法，經沈雁冰等文學研究會人的宣揚、傳播，而發生作用。「五四」作家理解短篇小說的特質是寫「事實中最精彩的一段或一方面」。拿傳統的短篇、現代的短篇與素材的關係相比較來看：傳統小說是縱向地切入，是「縱剖面」，「須從頭看到尾，才可看見全部」；而現代短篇小說如同一棵大樹樹身的「橫截面」，「橫面截開一段，若截在要緊的所在，便可把這個『橫截面』代表這一人，或這一國，或這一個社會」。胡適在說這些話的時候，特意舉了都德的《最後一課》，指出這即用一個小學的最後一堂法文課作「橫截面」，來寫普法戰爭法國失敗割地給普魯士這樣的大事。[1]沈雁冰也說：「短篇小說的宗旨在截取一段人生來描寫，而人生的全體因之以見。」[2]如果學會欣賞「橫截面」的現代短篇，就不會發生魯迅兄弟翻譯的《域外小說集》無人購讀的問題了。讀慣了「縱剖面」小說的中國人，起初是讀不慣「才開頭，卻已完了」的現代故事的。但是既然有「五四」小說家的帶頭試驗，讀小說的新習慣遲早便會養成。現代短篇小說的建立，對整個現代文學的形成就是這樣實實在在。

---

① 均見胡適：《論短篇小說》，載 1918 年 5 月《新青年》4 卷 5 號。
② 茅盾：《自然主義與中國現代小說》，《茅盾全集》第 18 卷，人民文學出版社 1989 年版，第 230 頁。

第十六節　《阿Q正傳》的傳播接受史

作為「五四」時期產生的文學高峰，魯迅的代表作《阿Q正傳》當之無愧。到了20世紀末，在中國各種「百年文學」的大眾或專家投票活動中，它毫無例外地被評選為第一名。這部偉大的小說被世人接受的過程，無疑是讀者參與經典形成的最生動的一段歷史。

《阿Q正傳》中文版本的產生、流傳，並不複雜。初刊始於1921年12月4日的《晨報副鐫》，那是應魯迅在紹興初級師範學堂教書時的學生孫伏園（接替李大釗任此副刊主編）的約請而寫的。用的是「巴人」的筆名。據魯迅後來回憶，是「取『下里巴人』，並不高雅的意思」[①]，是專為新開設的「開心話」專欄用的。採的是報紙連載小說的方式，邊寫邊登，這在魯迅也屬少有。起初，作者和編者誰也沒有想到日後會怎樣，但很快的阿Q這個普通農民形象由一般的

北京《晨報副鐫》1921年12月4日開始刊發《阿Q正傳》，最初置於「開心話」欄

可笑變了味道，孫伏園也看出作品並不是普通使人開心的那一類，到第二章就移至「新文藝」專欄去了。這樣每周或隔周登載，直至第二年的2月12日這個流浪漢阿Q稀里糊塗在大堂畫了圓，被「革命黨」的把總槍斃掉，完成了全書的「大團圓」。《阿Q正傳》的人物、結構、敘述語氣，部分是與它最初的出版方式有關的。1923年魯迅的小說集《吶喊》出版，《阿Q正傳》便收入。後來《吶喊》的各種版本也從來沒有將此篇抽調過。到1938年在「孤島」上海以復社名義編輯出版第一種《魯迅全集》，及以後的各式魯迅全集、著作集、作品集，從來都收入。《阿Q正傳》是個兩萬多字的中篇，很難單獨出單行本（後來有加上插圖和注音的本子）。但就在它連載未完的時節，已經刺激起讀書界的興趣，並對社會發生影響。魯迅自己就注意到《現代評論》上高一涵的一篇《閒話》所引出的故事：

---

① 魯迅：《〈阿Q正傳〉的成因》，《魯迅全集》第3卷，人民文學出版社1981年版，第378頁。

我記得當《阿Q正傳》一段一段陸續發表的時候，有許多人都栗栗危懼，恐怕以後要罵到他的頭上。並且有一位朋友，當我面說，昨日《阿Q正傳》上某一段彷彿就是罵他自己。因此，便猜疑《阿Q正傳》是某人作的，何以呢？因為只有某人知道他這一段私事。……等到他打聽出來《阿Q正傳》的作者名姓的時候，他才知道他和作者素不相識，因此，才恍然自悟，又逢人聲明說不是罵他。①

這種「此地無銀三百兩」式的小官僚反應，是《阿Q正傳》最初接受史的重要一筆。那是中國人讀小說如讀史的「對號入座」習慣的作祟，也是「阿Q」形象最早顯示衝擊力的實例。後來的《阿Q正傳》的傳播，等於便是「阿Q」典型的接受史了。

在1920年代，也就是「阿Q」形象剛剛走出紙面，魯迅的同時代作家們迅速感到了他的價值和分量。茅盾是最敏感的一位，在《晨報》僅僅連載四章的時候，他就與讀者在自己執編的《小說月報》通信欄裡討論了。讀者們覺得「作者一支筆真正鋒芒得很，但是又似是太鋒芒了，稍傷真實」。茅盾卻看得遠，說：「我讀這篇小說的時候，

《小說月報》1922年2月10日的13卷2號，刊登雁冰和讀者譚國棠討論《阿Q正傳》的通信。茅盾可看作評價《阿Q正傳》的第一人

總覺得阿Q這人很是面熟，是呵，他是中國人品性的結晶呀！」②茅盾看出阿Q形象是對中國人的某種概括。後來他寫《讀〈吶喊〉》、《魯迅論》，進一步提出「阿Q是『乏』的中國人的結晶」，阿Q的「精神勝利的法寶」③是許多人都有的；提出了「阿Q相」這一重要概念，並進一步引申：「覺得『阿Q相』未必全然是中國民族所特具。似乎這也是人類的普遍弱點的一種。」④雖然分析得還很簡單，卻無形中把以後幾十年對這個中國現代文學分量最重的人物典型理解的各種困惑要點，預示了出來。胡適在小說發表的當年，把魯迅作為白話文學中「短篇小說也漸漸的成立了」的一個標誌性作家來稱讚（後來的人漸漸將它看成是中篇小說），並說「從四年前的《狂人日記》到最近的《阿Q正傳》，雖然不多，差不多沒有不好的」。⑤其時許多人不知道「魯迅」和「巴

① 涵廬（高一涵）：《閒話》，載1926年《現代評論》4卷89期。魯迅曾大段引入《〈阿Q正傳〉的成因》一文中。
② 譚國棠、雁冰（茅盾）：《通信》，載1922年2月《小說月報》13卷2號。
③ 方璧（茅盾）：《魯迅論》，載1927年11月《小說月報》18卷11號。
④ 雁冰（茅盾）：《讀〈吶喊〉》，載1923年10月8日《時事新報》副刊《學燈》。
⑤ 胡適：《五十年來之中國文學》，載1922年3月《申報五十周年紀念冊》。

人」是一個人，周作人則以作者熟識者的身分揭示《阿Q正傳》的本源，包括其「諷刺」和「冷嘲」的屬性，認為是「理智的文學裡的一支，是古典的寫實作品」，「實在是理想主義的一種姿態」；道出對它來源的初步分析，「以俄國的果戈里與波蘭的顯克微支最為顯著，日本是夏目漱石、森歐外兩人的著作也留下不少的影響」；認為阿Q這人物「卻是一個民族的類型」；並指出原型是故鄉「一個縮小的真的可愛的阿貴」，當時健在。[①]便連魯迅的論敵，像「女師大事件」中雙方交惡的陳西瀅，在《新文學運動以來的十部著作》一文裡也公正地說：「阿Q不僅是一個type（典型——筆者注），而且是一個活潑潑的人。他是與李逵，魯智深，劉姥姥同樣生動，同樣有趣的人物，將來大約會同樣的不朽的。」[②]這些真正懂得文學、有歷史感的同輩，都給予阿Q的典型意義以很高的地位。

到了1925年至1926年間，對於《阿Q正傳》的各種評價不但沒有消沈下去，倒因有了迅速的世界反響而更熱烈了。據曹靖華回憶，是他介紹俄國青年王希禮（Б.А.Васипьев）閱讀了《阿Q正傳》，引起他想要急切翻譯的興趣。然後在「初稿譯完時，為了詳實，把所有疑難都列舉出來。寫了一封信給魯迅，信內附了王希禮的一頁信」。[③]我們今天還可讀到王希禮在翻譯時期用中文致曹靖華的信，提出讓魯迅為俄國讀者寫序，提供傳略、照片等要求。[④]這就是魯迅的《俄文譯本〈阿Q正傳〉序及著者自敘傳略》的由來。

於是，作者開始參與到對自己作品的闡釋潮流之中來了。最重要的，是說明了他寫阿Q的基本目的：「要畫出這樣沈默的國民的魂靈來」，並表述了他寫「我的眼裡所經過的中國的人生」時，並未得到世人理解的沈重心情。他描述說：

> 我的小說出版之後，首先收到的是一個青年批評家的譴責；後來，也有以為是病的，也有以為滑稽的，也有以為諷刺的；或者還以為冷嘲，至於使我自己也要疑心自己的心裡真藏著可怕的冰塊。[⑤]

這即魯迅的「孤寂」。據考證，這裡讓魯迅不認

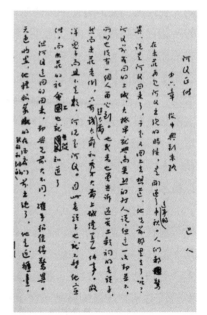

《阿Q正傳》手稿一頁

① 仲密（周作人）：《阿Q正傳》，載1922年3月19日《晨報副鐫》。
② 陳西瀅：《新文學運動以來的十部著作（上）》，收入《西瀅閒話》，上海新月書店1928年版，第339頁。
③ 曹靖華：《好似春燕第一隻》，《花》，北京：作家出版社1964年版，第135頁。
④ 王希禮1925年4月17日致曹靖華的中文信，載同年6月16日《京報副刊》。
⑤ 魯迅：《俄文譯本〈阿Q正傳〉序及著者自敘傳略》，《魯迅全集》第7卷，人民文學出版社1981年版，第82頁。

《阿 Q 正傳》譯本扉頁插圖

英漢對照《阿 Q 正傳》

同的阿 Q 批評者，分別是成仿吾、張定璜、馮文炳、周作人等（周氏兄弟這時已經反目）。後來錢杏邨硬說「阿 Q 的時代是已經死去了，《阿 Q 正傳》的技巧也已死去了」，大意是魯迅只代表晚清到辛亥的時代，阿 Q 這個農民連「五四時代」都不能代表，更何況「五卅運動」以後？[1]關於阿 Q 的生命力，在「左」傾革命份子看來是很短的，這已經為後來的歷史證明是個錯誤。這些人其實只關心他們的所謂「革命」，對中國的農民、土地、歷史真正太隔膜了。魯迅當然寄希望於「別樣」讀者的理解，他在給王希禮寫的俄文譯本序言裡（要到 1929 年才出版）便表達了出來。到 1926 年，魯迅在《〈阿 Q 正傳〉的成因》一文的結尾處又寫明，他看到了法文、英文的譯本。法文是登載在 1925 年的《歐羅巴》雜誌上的。譯者敬隱漁就近把譯稿送給法國大作家羅曼·羅蘭閱讀，受到稱讚，獲了這樣的兩句評價：「這是充滿諷刺的一種寫實的藝術」，「阿 Q 的苦臉永遠的留在記憶中的」。[2]這評價自然不低。日本的譯本略遲，但以後卻是重譯得最多的，說明這個東鄰國度的人民對阿 Q 的關注程度。

　　而國內讀者對《阿 Q 正傳》的注意，開始向大眾轉移。改編《阿 Q 正傳》從此開始。現在能查到的最早的話劇改編本，是 1929 年陳夢韶寫的六幕劇。還有袁牧之 1934 年在編《中華日報》的副刊《戲》周刊時，陸續發表了自己作的同名《阿 Q 正傳》劇本。這些話劇幕次較多，都與原小說情節接近，改動較少。但魯迅生前已經發現改編者對阿 Q 形象認識的癥結所在。還有紛紛給阿 Q 畫像的，成了許多青年美術家一試身手之地。魯迅提倡木刻運動，青年木刻家有的就從製作魯迅作品的插圖起步。魯迅收藏有陳鐵耕刻的十幅關於《阿 Q 正傳》的木刻，曾寄給袁牧之的《戲》周刊使用，這是記錄在案的。青年時期的劉峴也是這樣的一位木刻家，他刻《吶喊》，還打算刻《子

① 錢杏邨（阿英）：《死去了的阿 Q 時代》，載 1928 年 3 月《太陽月刊》3 月號。
② 柏生：《羅曼·羅蘭評魯迅》，載 1926 年 3 月 2 日《京報副刊》。引有羅曼·羅蘭原文。

劉峴刻阿Q行刑圖

夜》。他當初刻《阿Q正傳》的野心很大，一上手就想刻200幅，「意思是把文字譯作圖畫，使不識字的人也可以知道這阿Q是怎麼的一個」。[1]左翼大眾化的目的是很明確的。劉峴後來大大收縮了計劃，1935年他由未名木刻社出版的《〈阿Q正傳〉插圖》僅20幅，在「後記」中他透露出他的問題，是和話劇改編的癥結完全一致的。原來魯迅看完他刻的前兩幅後，便在信中告他：「阿Q相不好，趙太爺可如此。」本來劉峴最早刻《吶喊》時，魯迅已經告誡過他：「阿Q的像，在我的心目中流氓氣還要少一點，在我們那裡有這麼凶相的人物，就可以吃閑飯，不必給人家做工了。趙太爺可如此。」[2]兩次都把阿Q和趙太爺加以對照，說清楚了兩者的根本區別，但當時年輕的劉峴沒有領會到。後來魯迅給《戲》周刊編輯的信裡說了那段著名的話，表露了他自己對阿Q異常精闢的闡釋：

> 在這周刊上，看了幾個阿Q像，我覺得都太特別，有點古里古怪。我的意見，以為阿Q該是三十歲左右，樣子平平常常，有農民式的質樸，愚蠢，但也很沾了些遊手之徒的狡猾。在上海，從洋車夫和小車夫裏面，恐怕可以找出他的影子來的，不過沒有流氓樣，也不像瘋三樣。只要在頭上戴上一頂瓜皮小帽，就失去了阿Q，我記得我給他戴的是氈帽。[3]

這個把阿Q畫成戴瓜皮帽者的，是葉靈鳳。而如此接近魯迅的，如劉峴這樣的青年藝術家，初時也會把阿Q刻成有凶相和有流氓相的人。可見把握阿Q的不易。實際上，1930年代的讀者已經普遍接受了這個國民性的典型，認識到這個甚至包含人類普遍弱點的農民對我們有什麼意義。在民族劣根性方面，大家都同意「奴性」是阿Q的核心。比如蘇雪林曾寫長文歷數「《阿Q正傳》所影射的中國民族劣根性」的細部，計有：「卑怯」、「精神勝利法」、「善於投機」、「誇大狂與自尊癖性」、「色情狂」、「薩滿教式的衛道精神」、「多忌諱」、「狡猾」、「愚蠢」、「貪小利」、「富倖得心」、「喜歡湊熱鬧」、「糊塗昏瞶」、「麻木不仁」等等。[4]但人們普遍忽略了阿Q是個以打工為生的流浪漢，是沾了痞性的貧苦農民，卻還不是流氓。這個時

---

① 劉峴：《〈阿Q正傳〉插圖後記》，收《〈阿Q正傳〉插圖》，上海未名木刻社1935年版。
② 以上均見劉峴《〈阿Q正傳〉插圖後記》一文。
③ 魯迅：《寄〈戲〉周刊編者信》，《魯迅全集》第6卷，人民文學出版社1981年版，第150頁。
④ 蘇雪林：《〈阿Q正傳〉及魯迅創作的藝術》，載1934年11月5日《國聞周報》11卷44期。

蔣兆和國畫畫阿 Q

瞿秋白畫阿 Q 漫畫

期讀者對阿 Q 的理解主流是易於掌握普遍性，卻對人物身上農民個性的尺度吃不準，對作者給予人物的同情、憐憫的一面也缺乏認識。所以魯迅生前一再地表示：「《阿 Q 正傳》，實無改編劇本及電影的要素，因為一上演台，將只剩了滑稽。」[①]魯迅是因為社會公眾的集體誤讀，才不得不自己出來說話，企圖收到一定的矯正作用。他對他的人物被社會接受的前景，充滿了預見。

魯迅逝世之後，在引進的「典型論」指導下，阿 Q 的典型性和個別性一直成為討論的中心問題。1930 年代後期和 1940 年代對他的持續紀念，越來越高的評價，也使得《阿 Q 正傳》得到某種普及，如何進一步闡發這個典型，在藝術文化界成為人們的關注點。我們看蔣兆和（1938）畫的阿 Q 像很瘦，無任何可笑的地方，偏重於引導人們去理解這個農民無奈的內質。瞿秋白有一幅遺留下來的阿 Q 像，發表在他與魯迅都去世之後（1939）：瘦至排骨的軀體和碩大的手，突出了他受壓迫的勞動者的身分，但這個骷髏樣的阿 Q 看起來還是有些古怪。同樣是漫畫，豐子愷所畫的（1939）最與魯迅的本意接近：帶補丁、捆腰的服飾說明阿 Q 不幹活便不得食的地位；癩痢頭和厚嘴唇，背著手而露斥罵的神情，是賴，也是反抗；而真實的眼神卻洩出他內心深處的不滿和恐懼。這個畫「阿 Q 遺像」的豐子愷是比較懂得浙地農民的外觀和心理的。以後 40 年代的劉建庵、郭士奇、丁聰的畫阿 Q，都和豐子愷一樣是多幅的連環插畫，各有其長短處：劉、郭還是偏於「痞」，只丁聰的阿 Q 帶著不平、膽怯、自吹、憂鬱的複雜相（1946）。到了魯迅逝世一周年，一個改編《阿 Q 正傳》的良好機會，在國外曾有 1937 年美國劇作家改編此作在紐約演出的報導；在國內，許幸之和田漢兩位打開了阿 Q 本

① 魯迅 1930 年 10 月 13 日致王喬南信，《魯迅全集》第 12 卷，人民文學出版社 1981 年版，第 26 頁。

豐子愷作阿 Q 遺像最得魯迅的本意

丁聰畫阿 Q 畫傳掌握住阿 Q 的複雜性

事的框框，將早期魯迅小說中的人物多數組織進統一的場景，各自改編的同名話劇在當年都有反響，包括好評和壞評。通過批評，可以發現時人對阿 Q 的認識已經超越了初期，且已經吸收了魯迅本人的意見。比如有人指出，「許幸之寫阿 Q 只是為了寫貪財圖利的革命，這和他表現阿 Q 的其他部分一樣，只不過使阿 Q 成了一個單純的笑柄，胡鬧的傢伙。阿 Q 貪財圖利固然不能否認，但他也知道滿門抄斬的利害，使他堅決地贊成革命的，是因為百里聞名的舉人老爺也害怕革命，而且未莊的一群鳥男女的慌張神情使他快意」。這麼來談阿 Q 與革命的關係，就是今天看來也是相當全面的了。而批評田漢劇本的「最大的缺點」的，是說「他忘記了寫阿 Q 槍斃時旁觀者的人們，這在原著中是有極大價值的部分，原著者從來就沒有忘記人類殘酷」[1]，也是將魯迅多半讀懂了的人的一種見解。

　　1950 年代，魯迅進入專業化研究的階段。在阿 Q 形象上展開了以馮雪峰為代表的「思想性典型」（見他的《論〈阿 Q 正傳〉》），以何其芳為代表的「共名」說（見他《論阿 Q》一文，認為阿 Q 是一切精神勝利法的「共名」）和以李希凡為代表的「階級典型和歷史典型」（見他的《典型新論質疑》等），這三者的爭論。爭論並無結果。但李希凡的觀點當時是佔據意識形態的主流的，同意或不甚同意者，便造成了對阿 Q 的偏於人性論的理解和偏於階級論的認識這樣兩個基本方面。學術界平時對馮雪峰、何其芳的看法或許多抱同情的態度，但一到政治風潮掀起，人人不能自保，「左」總比「右」好的時候，便是馮、何本人都檢討不及，更遑論其他了。受到這種風氣的影響，看 50 年代中期到 60 年代畫家們所畫的阿 Q 像，一個有趣的現象是：明明魯迅寫著阿 Q 是「瘦伶仃的」、「又瘦又乏已經不下於小 D」，而且以往畫的阿 Q 也都是瘦的，

---

[1] 均見歐陽凡海：《評兩個〈阿 Q 正傳〉的劇本》，載 1937 年 8 月《文學》9 卷 2 號。

但顧炳鑫、程十髮畫的阿 Q 居然是比較的
健壯了！看他們畫走在路上或集市上的阿
Q 樣子，都成了正常的青年農民，年齡變
小了，體格比較結實了，如果把說明文字
去掉，很難再能識別出是舊時代的阿 Q。
這是因把阿 Q 理解為一個單純貧苦農民的
通行想法，從「階級論」的角度將他看成
是農民階級的代表，盡力從其身上挖掘出
農民的革命熱情，在那個年代大大抬頭所
造成的果實。

最近二十年來，從「現代」的立場來
理解阿 Q，便更進了一步。有從系統論的
方法來分析阿 Q 形象的（如林興宅：《論
阿 Q 性格系統》），有從魯迅與現代主義
的關係來闡釋阿 Q 的（如閻真：《理解
阿 Q：在現實主義界柱之外》），有試圖
從世界文學的宏觀視野提出阿 Q 是「精神
典型」的（如張夢陽：《阿 Q 與世界文學
中的精神典型問題》。當然都想和過去的

程十髮繪《阿 Q 正傳》插圖把阿 Q 畫得健壯了。畫筆
雖有特色，但未能逃出時代的束縛

《阿 Q 正傳》，編劇陳白塵，導演于村、
文興宇，中央實驗話劇院 1981 年 8 月
30 日首演劇照。雷恪生飾演阿 Q

西南聯大戲劇研究社 1940 年在昆明演出《阿 Q 正
傳》的劇照

裘沙、王偉君畫的阿Q最為深刻

趙延年刻阿Q側頭像

彥涵刻阿Q行刑途中

「思想典型」劃清界限，卻不容易）等等。海外研究這時也被攝入人們的視野，這主要從兩個方面補充了中國大陸幾十年解釋阿Q之不足：第一，涉及魯迅寫連載小說時因前後目的、心情和寫法的不同，所造成的缺欠，如由開始的「插科打諢」到最後「悲劇性的收場」，「對於格調上的不連貫，他並沒有費事去修正」（夏志清的觀點，見他的《中國現代小說史》）；第二，是從傳統和現代的關係上來分析《阿Q正傳》的敘述技巧。到1981年魯迅誕生100周年之際，電影、話劇、芭蕾舞劇、現代舞劇的阿Q紛紛走出來，把這個人物演繹得無比複雜。這些年來，美術家們更以全新的狀態投入阿Q闡釋的潮流，顯得很有生氣。試看這幅彥涵的阿Q行刑圖，它特別注意到刻畫人物的眼睛，這眼睛是心靈的窗戶，把阿Q剎那間的空虛、恐懼、靈魂出竅的神情統統表現出來。阿Q看到周圍的人們（雖然沒有畫周圍的看客，卻能讓人感覺到存在）流露出狼一般「又凶又怯，閃閃的像兩顆鬼火」的光，自己「彷彿微塵似的迸散了」。這是直逼靈魂的畫法，為自來的阿Q畫像所無。趙延年的阿Q側頭像，是一個睥視的、精神勝利的，但也是茫然的臉，配以拖下的長辮，是魯迅所設的那個英文字母「Q」的暗喻。裘沙、王偉君所畫阿Q，真是形神兼備。從外形看，辛亥時代的市井流浪農夫的模樣逼肖，鉛筆素描很能傳達出特有的壓抑的時代氣氛，表露出廓大的內在筆致。他們也畫了阿Q大團圓前突然「永遠記得那狼眼睛」的情景，阿Q張大了他那在鐵屋子裡行將滅頂的恐懼的雙眼，透視出他的真實靈魂！

這就是至今仍沒有結束的《阿Q正傳》百年接受史的一個縮寫。

《阿Q正傳》主要中外版本和改編本插圖本

版本	作者、改編者、譯者	出版時間	出版單位
《阿Q正傳》初刊	巴人（魯迅）	1921年12月至1922年2月	北京晨報副鎸
《阿Q正傳》初版	魯迅	1923年8月	北京新潮社《吶喊》
法文《阿Q正傳》	敬隱漁節譯	1926年5月	巴黎里埃德爾書局《歐羅巴》雜誌
《阿Q正傳》	魯迅	1926年10月	北京北新書局《吶喊》
英文《阿Q正傳》	梁社乾譯	1926年初版	上海商務印書館
俄文《阿Q正傳》	王希禮譯	1929年	列寧格勒激浪出版社
俄文《阿Q正傳》	科金譯	1929年	莫斯科青年近衛軍出版社《當代中國中短篇小說集》
阿Q劇本（六幕話劇）	陳夢韶編劇	1931年10月	上海華通書局
日文《阿Q正傳》	林守仁（山上正義）譯	1931年10月	東京四六書院
日文《阿Q正傳》	井上紅梅譯	1932年11月	東京改造社《魯迅全集》全一卷
《阿Q正傳》話劇	袁梅（袁牧之）改編	1934年	上海《戲周刊》
日文《阿Q正傳》	佐藤春夫、增田涉譯	1935年	東京岩波書店「岩波文庫」；《魯迅全集》
英文《阿Q正傳》	王際真譯	1935年	紐約《今日中國》月刊2卷2期至4期
《阿Q正傳》插圖	劉峴畫	1935年	未名木刻社，計木刻20幅
《阿Q正傳》（六幕話劇）	許幸之編劇	1937年4月至5月	《光明》2卷10期至12期（上海光明書局1939年版）
《阿Q正傳》（五幕話劇）	田漢編劇	1937年5月至6月	《戲劇時代》1卷1期至2期（漢口時代出版社1937年版）
捷克文《阿Q正傳》	普實克譯	1937年	布拉格人民文化出版社《吶喊》
《阿Q正傳》收全集	魯迅先生紀念委員會編	1938年8月	上海復社（魯迅全集出版社）
日文《阿Q正傳》話劇劇本	田漢編劇，林守義（山上正義）譯	1938年11月	東京《改造》
俄文《阿Q正傳》	羅多夫、蕭三、什普林欽審校	1938年	莫斯科蘇聯科學院東方文化研究所
阿Q漫畫像	史鐵兒（瞿秋白）畫	1939年	上海《現代》1939年第7期
漫畫《阿Q正傳》	豐子愷畫	1939年	上海開明書店，計漫畫53幅
中英文《阿Q正傳》	魯迅	1941年1月	香港時輪出版社
越南文《阿Q正傳》	鄧台梅譯	1943年	越南《清毅》
阿Q的造像	劉建庵畫	1943年	桂林遠方書店，計木刻50幅
俄文《阿Q正傳》	羅果夫譯	1945年	莫斯科國家文學出版社《魯迅全集》
阿Q畫傳	郭士奇畫	1946年	青島愛光社，計漫畫30幅
《阿Q正傳》插畫	丁聰畫	1946年	上海出版公司，計版畫24幅
俄文《阿Q正傳》（丁聰畫）	羅果夫譯	1947年	莫斯科時代出版社
《阿Q正傳》七幕滇戲	孟晉編劇	1949年	昆明雲南省教育廳實驗劇場出版
日文《阿Q正傳》	竹內好譯	1953年5月	東京筑摩書房《魯迅作品選》全三卷
法文《阿Q正傳》	保羅·加瑪底譯	1953年	巴黎法國聯合出版公司
德文《阿Q正傳》	赫爾塔·南、理查德·容格譯	1954年	萊比錫保羅·利斯特出版社
俄文《阿Q正傳》	艾德林編譯	1955年	莫斯科國家兒童出版社《阿Q及其他小說》
《阿Q正傳》滑稽戲	南薇編劇，張樂平造型設計	1956年	上海大公滑稽劇團，楊華生飾阿Q
阿Q的大團圓話劇	佐臨編劇	1956年	上海電影製片廠演員劇團，項堃飾阿Q
《阿Q正傳》電影劇本	許炎、徐遲編劇	1958年	上海長城畫報社
《阿Q正傳》插圖	顧炳鑫畫	1959年	上海人民美術出版社，計版畫8幅
《阿Q正傳》四幕滑稽戲	陸群執筆，張樂平造型設計	1961年	上海大公滑稽劇團，楊華生飾阿Q
日文《阿Q正傳》	增田涉譯	1962年	角川書庫
《阿Q正傳》一〇八圖	程十髮畫	1963年	上海人民美術出版社，計版畫108幅
日文《阿Q正傳》三幕話劇	霜川遠志編劇	1969年	早川書房《悲劇喜劇》第8期
日文《阿Q正傳》	丸山升譯	1975年11月	東京新日本出版社《新日本文庫》
法文《阿Q正傳》話劇	讓·儒爾德衣編劇	1975年	巴黎第七大學
《阿Q正傳》插圖	范曾畫	1977年	北京榮寶齋《魯迅小說插圖集》，收范曾5幅
《阿Q正傳》八場劇	潘文德、王雲根編劇	1979年	紹興紹劇團
《阿Q正傳》	趙延年畫	1980年	上海人民美術出版社，計木刻58幅
《阿Q正傳》	魯迅	1981年	臺北四季出版事業，荼陵主編
咸亨酒店話劇	梅阡編劇	1981年	北京人民藝術劇院，朱旭飾阿Q
《阿Q正傳》電影劇本	陳白塵編劇	1981年	北京中國電影出版社，嚴順開飾阿Q
《阿Q正傳》七幕話劇	陳白塵編劇	1981年	北京中國戲劇出版社
《阿Q正傳》七幕滑稽戲	穆尼、陸群編劇，張樂平造型設計	1981年	上海人民滑稽劇團，楊華生飾阿Q
阿Q現代舞劇	重慶歌舞團創作組編劇	1981年	重慶市歌舞團，畢涪生飾阿Q
阿Q芭蕾舞劇	錢世錦編劇	1981年	上海芭蕾舞團，林建偉飾阿Q
《阿Q正傳》二百圖	裘沙、王偉君畫	1981年	北京人民美術出版社，計鉛筆素描203幅

（資料來源之一：《阿Q70年》）彭小苓、韓藹麗編選，北京十月文藝出版社）

第十七節　「語絲」「閒話」和文學白話體

　　就像人們對無所不在的「空氣」往往會忽視一樣，文學史往往只注意現代散文本身是如何完成其從古代形態轉型的，而對它是各種文體的基礎，卻漠然置之。實際上，百年散文的流變與文學白話的變遷歷史緊密相連。

　　「五四」老作家非常看重此點，他們差不多都是從這兩個方面來回溯、評述的。胡適便說：「白話散文很進步了。長篇議論文的進步，那是顯而易見的，可以不論。這幾年來，散文方面最可注意的發展乃是周作人等提倡的『小品散文』。這一類的小品，用平淡的談話，包藏著深刻的意味；有時很像笨拙，其實卻是滑稽。這一類的作品的成功，就可徹底打破那『美文不能用白話』的迷信了。」[1]同是《新青年》中人，後來在思想上與胡適分道揚鑣的魯迅，在 1933 年這樣說：「到『五四』運動的時候，才又來了一個展開，散文小品的成功，幾乎在小說戲曲和詩歌之上。這之中，自然含著掙扎和戰鬥，但因為常常取法於英國的隨筆（Essay），所以也帶一點幽默和雍容；寫法也有漂亮和縝密的，這是為了對於舊文學的示威，在表示舊文學之自以為特長者，白話文學也並非做不到。」[2]這段評語內涵非常豐富，我們後面還會提到它。這裡要注意的是魯迅對「五四」散文的總體評價更高，而結尾幾乎連語氣都與胡適差不多，挑明了散文成功和白話成功的一致性。

　　魯迅說的「掙扎和戰鬥」，是《新青年》全體的用語態度和文字風格。這以「隨感錄」為代表。《新青年》從創刊時期的《青年雜誌》開始，就有「通信」欄目，討論各種社會問題，逐漸尖銳起來，「五四」的重要人物後來都在這裡登場，文學、語文成為其中的話題。到 1918 年的《新青年》4 卷 4 號，又衍生出「隨感錄」欄，專門進行思想文化批評，炮火更為猛烈。「隨感錄」是個集體創作專案，每個作者雖單獨署名，卻基本不署原名，大排行，一般無題目。魯迅用「俟」、

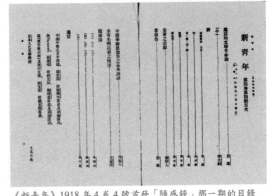

《新青年》1918 年 4 卷 4 號首發「隨感錄」那一期的目錄

① 胡適：《五十年來中國之文學》，收《五十年來中國之文學》，臺北：遠流出版公司 1986 年版，第 149—150 頁。
② 魯迅：《小品文的危機》，《魯迅全集》第 4 卷，人民文學出版社 1981 年版，第 576 頁。

李大釗青年時代已經有很濃的美髯

「唐俟」、「魯迅」的筆名（「魯迅」此名當時還是陌生的）所發「隨感錄」共計二十七則。從大排行的第二十五起，也是插花似地排進去，到寫第五十六、五十七時，才用了《來了》、《現在的屠殺者》這種題目。這在《熱風》集目錄裡可以看得很是清楚。「隨感錄」的作者都是最早採用白話寫作的人，不過那個語體是從梁啟超的「新民體」繼承下來的，不免文白相雜，卻傳達出現代的思想、現代的感情。這是現代白話運用的過渡期，如用朱自清的說法，清末以後在新派手裡形成的白話書面文字，多半是「舊小說，文言，語錄體夾雜在一塊兒」的。[1]到《新青年》時代，胡適的文言色彩最少，錢玄同大概也是盡力掃除文言，其他人多少不等，我們可以稱他們是「五四」的第一代白話語體家。如李大釗的《青春》、《今》，陳獨秀的《偶像破壞論》、《下品的無政府黨》，錢玄同的《隨感錄四十四》，劉半農的《作揖主義》是其中的力作。現舉李大釗（1889—1927）的《今》為例，可以同時窺見他和陳獨秀的文字風味：

> 憶獨秀先生曾于《一九一六年》文中說過：青年欲達民族更新的希望，「必自殺其一九一五年之青年，而自重其一九一六年之青年」。我嘗推廣其意，也說過人生唯一的蘄向，青年唯一的責任，在「從現在青春之我，撲殺過去青春之我，禪讓明日青春之我」。「不僅以今日青春之我，追殺今日白首之我，並宜以今日青春之我，豫殺來日白首之我」。[2]

魯迅《墳》的封面顯示了沈鬱風格

這風格和魯迅的風格，都屬白話中的文白搭配純熟。比如魯迅批評中國人抹殺「現在」，也是上述李大釗推崇「今」的意思，對偶的句子用活躍的白話寫出，比李大釗、陳獨秀的文言味要淡了：

> 做了人類想成仙；生在地上要上天；明明是現代人，吸著現在的空氣，卻偏要勒派朽腐的名教，僵死的語言，侮蔑盡現在，這都是「現在的屠殺者」。殺了「現在」，也便殺了「將來」。——將

① 朱自清：《論白話（讀〈南北極〉與〈小彼得〉的感想）》，《朱自清全集》第1卷，南京：江蘇教育出版社1988年版，第267頁。

② 李大釗：《今》，載1918年4月《新青年》4卷4號。

來是子孫的時代。①

再看魯迅與「隨感錄」同時期寫的《我們現在怎樣做父親》，文言句式融化得也是很好：

《野草》初版本。這是魯迅用生命寫成的散文詩，如從散文角度可見他的奇崛一面

> 例便如我中國，漢有舉孝，唐有孝悌力田科，清末也還有孝廉方正，都能換到官做。父恩諭之於先，皇恩施之於後，然而割股的人物，究屬寥寥。足可證明中國的舊學說舊手段，實在從古以來，並無良效，無非使壞人增長些虛偽，好人無端的多受些人我都無利益的苦痛罷了。②

《新青年》分化後，《語絲》以魯迅為首登上文壇，一邊堅持「掙扎和戰鬥」的風格，但另一邊所謂「帶一點幽默和雍容」，也正在《語絲》的成長中擴大。《語絲》創辦於 1924 年，主要人物有魯迅、周作人、劉半農、錢玄同、孫伏園、川島、林語堂等，散文多雜感、時評、小品、散文詩形式。「語絲」的重要作者周作人（1885—1967），與其兄一起打過幾場大仗，但漸漸發生了更符合他個人的變化。周氏兄弟在 1925 年的「女師大事件」、1926 年「三一八慘案」的當兒，大體上還取一致的步調，但像魯迅《記念劉和珍君》、《死地》那樣寓偉大深邃精神於沈鬱、激憤的文字，卻是據此寫了《關於三月十八日的死者》、《新中國的女子》的周作人，所不能望其項背的。雖然周作人在文中用挽聯所抒發的憤怒，如「赤化赤化，有些學界名流和新聞記者還在那裡誣陷。白死白死，所謂革命政府與帝國

1926 年「三一八」慘案當日，請願群眾在北京段祺瑞執政府門前與衛隊對峙，不久即開槍了，魯迅由此發表了激烈的散文

---

① 魯迅：《五十七　現在的屠殺者》，《魯迅全集》第 1 卷，北京人民文學出版社 1981 年版，第 350 頁。
② 魯迅：《我們現在怎樣做父親》，《魯迅全集》第 1 卷，人民文學出版社 1981 年版，第 137 頁。

《語絲》4卷1期封面。圍繞魯迅形成了「語絲派」散文

主義原是一樣東西」，也不可謂不激烈，但是兩兄弟的文字感情色彩顯然迥異。而且，凡這種現實鬥爭的內容，周作人寫不出名篇。到1926年前後，如《故鄉的野菜》、《吃茶》、《苦雨》、《烏篷船》等這種純屬於周作人的代表性作品，就開始問世了。

　　林語堂（1895—1976）本也是「語絲」中人。翻開他的《翦拂集》，「掙扎和戰鬥」的精神也不減於別人，可讀《悼劉和珍楊德群女士》、《閒話與謠言》等文。他雖與魯迅在要不要對章士釗執行「費厄潑賴」、打不打「落水狗」的問題上有了微妙的分歧，但總體上還是與魯迅相呼應的。「三一八慘案」發生後，他畫了一幅《魯迅先生打叭兒狗圖》，在《打狗釋疑》、《討狗檄文》、《泛論赤化與喪家之狗》等文中表示自己信服了「凡是狗必先打落水裡又從而打之」的話。但有趣的是《翦拂集》裡的林語堂找不到自己的個性，那裡沒有出色的文字，讀不到有神采的語句。我們可以將周作人、林語堂看作是從「掙扎和戰鬥」的「語絲」文字陣營中分離出來的「幽默和雍容」派的大將。這兩人後來在文字風格上，與本來不相謀的《現代評論》的文字合流了。1930年創刊的《駱駝草》，可看成是魯迅南下和《語絲》在上海終結之後，周作人、廢名、梁遇春完成了獨立於《語絲》的文風，而走向「閒話體」時代的標誌。林語堂於1932年在上海創辦了《論語》，後來還辦了《人間世》、《宇宙風》，這也是他獨立從事「幽默和雍容」文字的開始。

　　據朱自清的意見，周作人是「五四」第二代白話的代表人物。從他的翻譯說到他的散文：「周作人先生的『直譯』，實在創造了一種新白話，也可以說新文體。」「寫作方面周先生的新白話可大大地流行，所謂『歐化』的白話文的便是。這是在中文裡參進西文的語法；在相當的限度內，確能一新語言的面目」。[①]這種歐化的白話，雖然缺點明顯但成

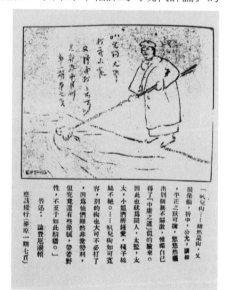

林語堂畫《魯迅先生打叭兒狗圖》，收《翦拂集》，北新書局1928年版。可證一個時期兩人尚有共同語言

① 朱自清：《論白話（讀〈南北極〉與〈小彼得〉的感想）》，《朱自清全集》第1卷，南京：江蘇教育出版社1988年版，第267—268頁。

了大氣候，是後來被歷史選擇的中國現代書面語（需用「口語」不斷調和它、改善它，那是另外一個問題）。它的風格初時比較平實，流利，沒有文言雜糅的味道，也不像後來那麼澀。如《北京的茶食》：

> 我們於日用必需的東西以外，必須還有一點無用的遊戲與享樂，生活才覺得有意思。我們看夕陽，看秋河，看花，聽雨，聞香，喝不求解渴的酒，吃不求飽的點心，都是生活上必要的——雖然是無用的裝點，而且是愈精練愈好。可憐現在的中國生活，卻是極端地乾燥粗鄙，別的不說，我在北京彷徨了十年，終未曾吃到好點心。

《人間世》刊物所載苦雨齋周作人像

如從餓肚子的人看去，吃不求飽的點心彷彿算是「有閒階級」的心理，其實在江南一帶還算是比較普遍的市民情緒。所以我們讀《吃茶》（初收《雨天的書》時名《喝茶》）的文字，它們在周作人的手裡，已稍稍歸向了中國的傳統思路和文風。因而也不要把歐化白話，誇張得好似不食人間煙火似的，實際一開始就在那裡中國化了：

> 喝茶當於瓦屋紙窗下，清泉綠茶，用素雅的陶瓷茶具，同二三人共飲，得半日之閒，可抵十年的塵夢。喝茶之後，再去繼續修各人的勝業，無論為名為利，都無不可，但偶然的片刻優遊乃正亦斷不可少。

周作人著《自己的園地》

說到這種白話與「閒話體」的結合，周作人是有貢獻的。

「閒話」一詞，中國古已有之，後被拿來指稱一種文體，即英國式的絮語散文。這種隨筆體在歐洲可謂是散文的正宗，爐邊聊天，拉扯閒散，正是它淳樸雋永的格調所在。如被公認為絮語小品創始人的英國作家斯梯爾和艾迪生，就創辦了名聲極大的單張小品期刊《閒談者》、《旁觀者》，而《閒談者》也有翻譯成《閒話報》的。「五四」時期引入的這一路英國隨筆，和明代的筆記小品匯合後，蔚為大觀。當時許多報刊開出了「閒話」的欄目，一時頗為流行。其中，《現代評論》周刊的「閒話」比較有名，它的主要作者陳西瀅（1896—1970），出版的集子即題為《西瀅閒話》，是新月書店的暢銷書。但也因陳西瀅與魯迅論戰，弄得「閒話體」的名聲不清不白了。在一個時期

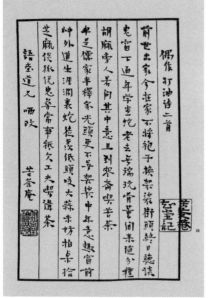

載於林語堂《人間世》的周作人有名的自壽詩手跡。曾引起許多人的批評

裡，「小擺設」的散文在「匕首投槍」的散文面前是要自慚形穢的。不過今天平心靜氣地看去，「閒話」、「閒談」便成了這樣一種「雍容」的文體：題材不論，林語堂後來所說的從「宇宙之大」到「蒼蠅之微」，是無所不包的；寫法不論，文化掌故、名人逸聞，序跋書評，語錄警句，皆無所不能。「閒話」與前面提到的戰鬥性、批判性強的文化思想雜文，拉開了距離。兩者不是完全不能相通，比如都可進行文明批評、社會批評，卻有區分，最明顯的一個為「諷刺」，一個為「幽默」。魯迅的雜文和周作人的小品，後來便成了這兩類最有成就的現代散文的代表。

而「閒話」散文與現代白話的關係，在陳西瀅、徐志摩、梁遇春的手裡便顯得越發緊密。朱自清最關心現代中國語文的發展，他就頗稱讚道：「陳西瀅先生的《閒話》平淡而冷靜，論事明澈，有點像報章文字。他的思想細密，所以顯得文字也好。他的近於口語的程度和適之先生的差不多。」「國語體（即胡適之，陳西瀅諸先生的文體）是我們白話文的基調。」①這評價足夠我們注意。陳西瀅的閒話散文，有歐化的成分，但讀來覺得綿密、從容，流暢明達如行雲流水。他把個人的紳士性格帶入文字中，以說自己的話為準，時發妙論，嫻熟地運用他特有的快語、反語、雋語、幽默語。如：

　　一個人有的洋錢多，不能就算是藝術家，雖然偶然有些藝術家很有些洋錢。一個人把金子造成了一個像，鈔票粘成了一幅畫，並不能因為它們是金子造的，鈔票粘的緣故，就算是藝術品，雖然至少金子可以造成有極大藝術上價值的東西。謝天謝地，這種話居然還有人相信，就是最極端的唯物主義學者，例如新在中國的德國大學教授雪德勒博士恐怕也未必會反對。

　　但是，也就危險得很了。你不看見美國電影公司出品的廣告嗎？它們第一句話離不了「這是多少塊洋錢的出品」，它們的末一句話，還是離不了「多少塊洋錢的出品」。十萬！二十萬！五十萬！百萬！是不是說，洋錢花的愈多，影片的價值愈大？洋錢等於藝術，至少在電影界，美國的電影界是承認的了。②

① 朱自清：《論白話（讀〈南北極〉與〈小彼得〉的感想）》，《朱自清全集》第1卷，南京：江蘇教育出版社1988年版，第268—269頁。
② 陳西瀅：《洋錢與藝術》，《西瀅閒話》，上海新月書店1928年版，第59—60頁。

是歐化的句子，讀來卻明白如話，所議的內容即便今天看來也是現實感極強的。徐志摩的文字在「新月派」內部也屬暢達、華美，感情過剩的那一種，但清爽是沒有問題的。《我所知道的康橋》是他的名篇，寫康橋只寫「康河」，寫河岸之春，寫河上蕩舟，寫騎車野遊看夕陽的樂趣，與康橋的自由精神合而為一。「這早起是看炊煙的時辰：朝霧漸漸的升起，揭開了這灰蒼蒼的天幕（最好是微霞後的光景），遠近的炊煙，成絲的，成縷的，成卷的，輕快的，遲重的，濃灰的，淡青的，慘白的，在靜定的朝氣裏漸漸的上騰，漸漸的不見，彷彿是朝來人們的祈禱，參差的翳入了天聽。」[①] 把康橋的春晨的寧靜自由，盡興地流瀉出來。

《西瀅閒話》書影。由胡適題的封面，為新月書店重要出品

梁遇春（1906—1932）創作生命雖短，他的閒話小品既是議論性美文，又是歐化白話運用到明白如水的體現。他散文的議題，來自他的人生，喜歡說別人沒說過的話，喜歡做反題。比如別人談「人生觀」，他就寫《人死觀》；別人尊師尤尊教授，他就寫一篇批評性的《論智識販賣所的夥計》；別人責備睡懶覺，他卻偏偏讚美睡懶覺，特意寫了《「春朝」一刻值千金》，如此等等。他確實不做大題目，寫過一篇《救火夫》實心實意地宣揚過消防隊員的精神，算是他生平所寫最莊重的文字了。而大部分的議題均來自身邊讀書，寫時浸透他的個性：一個內省的、誠實的冥想型的人。看他的文章像扯不斷的思緒，散佈開來，不在任何一處逗留過久，文字是從容、灑脫的，議論風生的，不是熱辣的譏刺，而是一副無惡意的幽默面孔。比如：

梁遇春生前 1930 年出版的唯一一本散文集《春醪集》，已顯示才華，早逝後其友人替他出了《淚與笑》

你若使感到生活的沈悶，那麼請你多睡半點鐘（最好是一點鐘），你起來一定覺得許多要幹的事情沒有時間做了，那麼是非忙不可——「忙」是進到快樂宮的金鑰，尤其那自己找來的忙碌。忙是人們體力發洩最好的法子，亞里士多德不是說過人的快樂是生於能力變成效率的暢適。我常常在辦公時間五分鐘以前起床，那時候洗臉拭牙進早餐，都要用最快的速度完成，全變做最浪漫的舉動，當牙膏

---

① 徐志摩：《我所知道的康橋》，《巴黎的鱗爪》，上海新月書店 1931 年 3 版，第 61—62 頁。

朱自清散文代表作《背影》集

四濺，臉水橫飛，一手拿著頭梳，對著鏡子，一面吃麵包時節，誰會說人生是沒有趣味呢？[1]

「五四」分流之後，凡疏遠了當時社會主義運動的脈絡，與英美派自由主義思想接近的作家，閒話的風格就越濃。但其中原先激烈過的正也不少。「語絲」是明顯的例子。而造成現代白話越發乾淨、流利者，是一種合力。朱自清在 1928 年寫的《論現代中國的小品散文》一文中說的：「就散文論散文，這三四年的發展確是絢爛極了：有種種的樣式，種種的流派，表現著、批評著、解釋著人生的各面，遞流曼衍，日新月異；有中國名士風，有外國紳士風，有隱士，有叛徒，在思想上是如此。或描寫，或諷刺，或委曲，或縝密，或勁健，或綺麗，或洗練，或流動，或含蓄，在表現上是如此。」他們對現代白話的豐富多樣，都是起到作用的。朱自清自己就既有綺麗的《槳聲燈影裡的秦淮河》、《荷塘月色》，又有以洗練、質樸聞世的《背影》。《背影》寫父親在車站月臺爬上爬下替兒子買橘子，句子何等簡易明白：

> 我看見他戴著黑布小帽，穿著黑布大馬褂，深青布棉袍，蹣跚地走到鐵道邊，慢慢探身下去，尚不大難。可是他穿過鐵道，要爬上那邊月臺，就不容易了。他用兩手攀著上面，兩腳再向上縮；他肥胖的身子向左微傾，顯出努力的樣子。這時我看見他的背影，我的淚很快地流下來了。[2]

《荷塘月色》就完全是另一副筆墨：

> 曲曲折折的荷塘上面，彌望的是田田的葉子。葉子出水很高，像亭亭的舞女的裙。層層的葉子中間，零星地點綴著些白花，有嫋娜地開著的，有羞澀地打著朵兒的；正如一粒粒的明珠，又如碧天裏的星星，又如剛出浴的美人。微風過處，……葉子與花也有一絲的顫動，像閃電般，霎時傳過荷塘的那邊去了。[3]

但不管洗練或綺麗是怎樣統一於朱自清，戰鬥或雍容如何統一於前後林語堂，統一於「五四」的散文，有一個更高的「精神」在白話文中普遍出現，那就是在古代文學中較少的，帶有現代特徵的一種品質：作者在文字內外所表達的看待人生、世界的（無論是社會大事件和個人瑣碎生活）蓬勃自由個性！

① 梁遇春：《「春朝」一刻值千金》，《春醪集》，上海北新書局 1930 年版，233 頁。
② 朱自清：《背影》，《朱自清全集》第 1 卷，南京：江蘇教育出版社 1988 年版，第 48 頁。
③ 朱自清：《荷塘月色》，《朱自清全集》第 1 卷，南京：江蘇教育出版社 1988 年版，第 70—71 頁。

有「我」存在的個性化的文字及其思維，是現代文學白話體的精魂。這一精魂與文體的結合，其來源起初人們都是從外來影響上尋找的。這並沒有錯。能夠反抗古已有之的用專制政治、制度、禮教、思想所形成的巨大「鐵屋子」效應的，是跟隨洋槍洋炮、「奇技淫巧」一塊進來的、更是主動向西方「拿來」的人類先進文明。胡適、魯迅、朱自清都談過「英國隨筆」對「『五四』散文」的作用。不僅產生了專寫閒話絮語一類的作家，而且誰能道出能說這樣話的人（下指魯迅），「他們不單是破壞，而且是掃除，是大呼猛進，將礙腳的舊軌道不論整條或碎片，一掃而空」（《再論雷峰塔的倒掉》）；「這人肉的筵宴現在還排著，有許多人還想一直排下去」（《燈下漫筆》）；「早就應該有

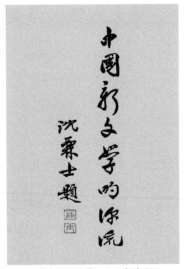

周作人《中國新文學的源流》書影

一片嶄新的文場，早就應該有幾個兇猛的闖將」（《論睜了眼看》），是沒有個性、血性的？周作人後來提出「明末的新文學運動」的概念，指出白話文學、白話語也有中國古代的淵源：「胡適之的『八不主義』，也即是復活了明末公安派的『獨抒性靈，不拘格套』和『信腕信口，皆成律度』的主張」。[1]此話一出，新文學界的人大不以為然，今天我們接受起來就毫不困難了。而且周作人並沒有否定外國影響而主張全盤復古的意思。在同一文裡，他還清楚無誤地說過：「假如從現代胡適之先生的主張裡面減去他所受到的西洋的影響，科學，哲學，文學以及思想各方面的，那便是公安派的思想和主張了。」[2]可見沒有在胡適「所受到的西洋的影響」面前閉上眼睛。循著這個路子去瞭解現代散文的發端，我們把文學和文字就能夠完全扣緊，作為一體來考量、來思索了。

① 周作人：《中國新文學的源流》，長沙：嶽麓書社 1989 年版，第 54 頁。
② 周作人：《中國新文學的源流》，長沙：嶽麓書社 1989 年版，第 22 頁。

第十八節　早期鄉土文學對農民與地域的發現

　　轉型後的現代文學，湧現出的第一個較為成功的潮流是鄉土文學潮流。大批文人以如此嚴重的規模直面中國落後的鄉村，是帶有鮮明的「五四」標誌，最含「『五四』性」的。這是因為晚清小說雖已經邁出趨向現代的步伐，但它基本承襲傳統，只寫城市和市民，並不寫鄉村和農民（涉及鄉村和農村的時候，多半屬於市鎮人事的延伸，而不是主體）。中國的小說、戲曲本來產生於民間，繁榮於城市，真正是市民階層的文化消費品。民國前後的小說仍保持了此種形態，沒有大的改變，只是到了「五四」，在發現婦女、發現兒童的同時，文學才發現了農民。

　　這種發現，和歷來詩文中的「傷農」、「憫農」不同。那是士大夫階層對農民的憐憫，而「五四」的作者是在「勞工神聖」、「平民文學」的旗幟之下，至少在出發點上是試圖在現代文明的民主範疇內，和農民保持人與人平等的關係，來關注農民的命運，關注他們的貧困、蒙昧、痛苦，寄予期望的。儘管無論從經濟地位到精神世界，現代中國知識份子還是處於一種優勢位置，但他們觀察、審視農村農民的立場態度，是和晚清文人，和鴛鴦蝴蝶派文人截然不同了。只要想一想魯迅《故鄉》裡的「我」，是怎樣在幼時的夥伴閏土叫出一聲「老爺」的時候，「打了一個寒噤」，深感「我們之間已經隔了一層可悲的厚障壁了」。「我」又是如何地反省，一方面希望下一輩的宏生與閏土兒子水生「他們不再像我，又大家隔膜起來」；一方面苛刻地責問自己：「閏土要香爐和燭臺的時候，我還暗地裡笑他，以為他總是崇拜偶像，什麼時候都不忘卻。現在我所謂希望，不也是我自己手製的偶像麼」？[1]這是「五四」鄉土文學所能達到的人文精神的高度，為過去的中國文學所從來沒有達到過的。

　　如此「發現農民」的作者，是一些鄉村出身，但寫作時早已遠離故鄉而寓居於城市的人。

《故鄉》插圖（范曾畫），迅哥感覺到與農民閏土之間有了厚障壁

---

① 魯迅：《故鄉》，《魯迅全集》第 1 卷，人民文學出版社 1981 年版，第 482—485 頁。

具體來講就是寓居於北京和上海，如魯迅、王魯彥、許欽文、臺靜農、蹇先艾、廢名當時在北京，許傑、彭家煌曾寄居於上海這樣一批知識者。他們經過種種城市文明的陶冶、訓練之後，依靠回憶，反觀「生我養我」的農村，而寫出表現農民的作品。所以這是現代意義的「鄉土漂泊者」了，他們的回憶農村，是一種反抗式的記憶，包括了完全不認同於傳統的現實性，對農民、農村的「哀其不幸，怒其不爭」的憂憤，那種失「根」的顧盼、流連等等，都滲透著社會批評和文化批評的精神。而且因反映中國鄉土的廣大（這些文人借助於現代交通，已經可以在大致一兩個星期的時間裡完成從寄寓地到家鄉的旅程，

魯迅《故鄉》譯本插圖，迅哥船上在思考也是鄉土文學家在思考

眼界已經大大開闊），加上鄉土實際存在的南北東西的文化差異、不平衡性，便造成了現代文學始終存在的奇異的地域色彩、地域走向。

　　表現浙東的鄉土小說。這是圍繞魯迅（未名社、莽原社和文學研究會的部分青年成員）形成的。最初的起點並不高，帶有「問題小說」的概念意識，寫農村免不掉「展覽」苦難，彷彿一個人、一件事就集天下血淚於一身了。但是有魯迅這個主帥存在，《故鄉》、《風波》、《阿Ｑ正傳》等篇均遠離泛泛之作，以現代國民為準繩，在催促農民人格重建的大視野下，不惜用重筆來描寫醜陋，來挖掘淳樸中的極度愚昧。「阿Ｑ精神」的批判，自然是其中的高峰。魯迅另一條鄉土表達的線路，是對被「放逐」的知識者回歸的深刻解剖，如《孤獨者》、《在酒樓上》等篇。他們對農民是能感同身受的，但面對一天天衰敗的鄉村，他們對自己的熱血反抗，對自己理想翅膀的受挫，起了懷疑，有了負疚，增添頹唐。此中，婚姻黑暗大網籠罩下被損害被侮辱的女性命運，又是浙東作家的關注點，如魯迅《祝福》裡的寡婦剋夫、王魯彥《菊英出嫁》的冥婚、許傑的《賭徒吉順》的典妻，都有程度不同的反映。浙江本是東南沿海相對富庶的鄉村地區，離開近代猛烈發展的商業大埠上海較近，受到輻射而最易感受現代腳步，便成為我們過去相對忽視的一個特色。我們看王魯彥（1902—1944）所寫的寧波鎮海鄉村面貌，被叫作「王家橋」、「趙家橋」、「陳四橋」、「傅家鎮」的地方，比魯迅筆下的「未莊」、「魯鎮」更突出的兩點是，第一，鄉鎮擁有許多店鋪，村人做許多生意。「趙家橋人向來是做生意的多，做官的還不常見」[1]。《許是不至於罷》寫王家橋的財主王阿虞，在離家「一杯熱茶時辰就可走到」的小礁頭街市開店，那裡的商業竟有這樣的規模：

---

[1]　王魯彥：《最後的勝利》，《黃金》，上海新生命書店 1929 年版，第 198 頁。

王魯彥的鄉土小說集《黃金》的封面，他的小說最早涉及農村受都市牽動的主題

他現在在小碶頭開了幾爿店：一爿米店，一爿木行，一爿磚瓦店，一個磚瓦廠。除了這自己開的幾爿店外，小碶頭的幾爿大店，如可富綢緞店，開成南貨店，新時昌醬油店都有他的股份。——新開張的仁生堂藥店，文記紙號，一定也有他的股份！這爿店年年賺錢，去年更好，聽說賺了二萬，——有些人說是五萬！他店裏的夥計都有六十元以上的花紅，沒有一個不眉笑目舞，一個姓陳的學徒，也分到五十元！今年許多大老闆紛紛向王阿虞薦人，上等的職司插不進，都要薦學徒給他。[①]

這鄉鎮商業的興盛，少年人爭當學徒不說，單看商家股份方式的普遍實行也是內地農村無法比肩的。第二，是鄉鎮上外出打工謀生的人增多。四面圍山的陳四橋村如史伯伯的兒子，就出門在外面城市做事而負擔全家的生活（《黃金》）。本德婆婆和兒媳在鄉村過活，而家中主要勞力兒子阿芝叔則在外面輪船上當茶房掙錢寄回來（《屋頂下》）。於是，王魯彥鄉土故事的出格之處就不是以渲染「閉塞」「滯後」著稱：他寫外出者留下的家庭由於無錢寄回而遭受的鄉村歧視，黃金真的成為此地農民衡量人的關係的主要價值標準；而兒媳按照外出丈夫的囑咐操持家務，孝敬長輩，卻與勤儉一生的婆婆屢生矛盾。他不僅寫農民的迅速貧困化，還寫財主們轉瞬間的破產、日益加劇的內鬥（《自立》、《最後的勝利》）。最突出的是新的意識、新的觀念正侵襲著這東南一隅，使得鄉村從經濟到觀念都發生了現代意義的解體。比如《自立》裡，太公的九十九畝田和大屋西邊的軒子是被同一祖父的堂兄弟搞掉的，而方式是因「牆腳」放出的尺寸問題而到鎮海城裡去打官司，結果是兄弟相爭，縣官得利。小說在寫太公的後人議論這場官司的時候，插入了讓人意料不到的觀點，說「兄弟背棄亦即是求『自立』之

王魯彥的另一小說集《屋頂下》

---

① 王魯彥：《許是不至於罷》，《柚子》，上海北新書局1926年版，第75頁。

道」，「兄弟相爭並不算壞事，……這正與現今你們學校裡所講『不競爭不進化』一樣，不如此，人類或許要倒退呢」。[1]這是一種市民的看法，是市民思想對鄉土的滲透。

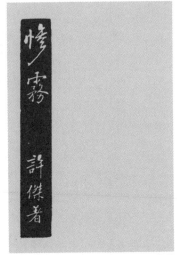

許傑小說集《慘霧》的書影，並不僅僅寫鄉土的閉塞

這種情況在浙江天臺出身的許傑（1901—1993）的小說裡也出現了。按理，天臺處於浙東的山區，所以他的《慘霧》寫鄉民為爭地界而起的殘酷械鬥，那情景是閉塞到令人窒息的。但許傑另有《臺下的喜劇》，就不是這樣，而寫得有生氣，透視出鄉村業已降臨現代文明的風風雨雨。一個男女事件，穿插在楓溪村農民唱大戲的過程之中。嫁到附近馬莊的本村已婚女性金紗，與唱戲「小生」的戀情兩次被抓，卻並不畏懼，村民毒打兩人時反是「盡命的蓋在小生身上」加以抵擋。眾多看戲的人對金紗有各種議論，比臺上的戲演得還要熱鬧，是一齣「反應多樣的不同的人生實劇」。其中潑辣的松哥嫂對這椿上世紀初鄉村「婚外情」的看法，居然十分大膽：

> 「就是雙雙捉住又何妨呢？難道不是人嗎？若是我，我就直說，請你們坐坐，我又不關你們事，何必你們來呢？——這也是說得出口的，——我說得好：現在是民國了，講自由，偷得來情人也是本領，——被人們捉住也沒有什麼。——也無所謂貞節不貞節，只要他兩人不會三心兩意，不會再偷七個八個就好了……」[2]

這顯示了浙東農村生活本身已發生的微妙變化。這裡的鄉鎮顯然率先在部分城市化、商業化的衝擊下，產生了外出打工、經商謀生、傾軋爭鬥、男女畸情等人事，連及人生價值觀的變動，而浙東鄉土作家先一步就感受到了，經過作品表現出他們敏感、焦灼和富有生氣的特徵。

再來看黔皖一帶的鄉土小說。這是比浙東遠為貧困的地域，但作品的地方色彩更為顯著。蹇先艾（1906—1994）是貴州人，敘述冷靜而內斂。《水葬》一篇表面寫黔地野蠻習俗，卻是落腳在被施行水葬的小偷和河邊作壁上觀的農民雙雙的麻木不仁上面。將這樣的國民精神示眾，以引起療救的注意，是深受魯迅影響的。臺靜農（1903—1990）是安徽人，有俄國作家「安德列夫式的陰冷」。他的短篇集子《地之子》裡的《紅燈》、《天二哥》、《燭焰》、《拜堂》等，把皖地鄉間濃黑的社會畫面

① 王魯彥：《自立》，《柚子》，上海北新書局 1926 年版，第 72 頁。破折號、省略號為原文所有。
② 許傑：《臺下的喜劇》，《慘霧》，上海：商務印書館 1926 年版，第 202 頁。

寒先艾的小說集《朝霧》

方成 1986 年所繪寒先艾老人的漫畫

和民間風俗結合，在鬼節放河燈、沖喜、二婚娶嫂子夜拜堂、賣妻典妻的風習描寫中，表達出弱小鄉民的底層生活方式。這些風俗的名目其實全國各地都有，只是形式各異。浙東王魯彥也寫過冥婚，細述女方的嫁妝和送嫁行列，十分地道，而且是倒寫，寫到最後才知道新娘是已逝的人（《菊英的出嫁》）。許傑也寫過典妻制，吉順在賭場輸淨，無奈之下在契約裡承認規定時段內所生子女都為典主所有，同樣淒慘（《賭徒吉順》）。不過臺靜農的風習描寫，文字上更有表現情致。如《拜堂》裡寫弟弟和寡嫂拜天地，給天地、祖宗、活著的爹（脾氣不好，推說已經睡了，於是「給他老人家磕一個堆著罷」）、陰間的媽，都一一磕完，很是順利，突然：

臺靜農著《地之子》書影。集子各篇的風俗場面，有穿透社會的力量

「哈有……給陰間的哥哥也磕一個。」

忽而汪大嫂的眼淚撲的落下地了，全身是顫動和抽搐；汪二也木然地站著，顏色變得可怕。全室中情調，頓成了陰森慘澹。雙燭的光輝，竟黯了下去，大家都張皇失措了。

風俗場面頓時力透紙背。這是荒僻地域描寫的魅力，風格是凝重的。

還有表現湘鄂地區的鄉土小說。湖南湖北是長江中游，在上個世紀初是既富庶又荒僻的地方，古代屬於楚地，由這塊土地養育的鄉土作家富有想像力。廢名（1901—1967）用馮文炳本名出版的小說集《竹林的故事》，以他家鄉淳樸的人物為藍本，形象和文字

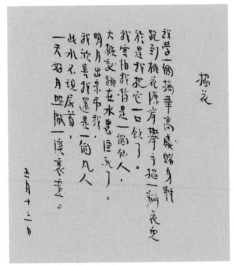

廢名的詩稿《掐花》手跡

廢名一襲白衫 1930 年代在北京

都極明麗清新。他出生在湖北黃梅，家鄉的山山水水似乎早就注入他的心田，仁慈勤勞還要被流言擊傷的洗衣婦（《浣衣母》）、種菜獵漁之家出身的文靜少女三姑娘（《竹林的故事》）、以唱木頭戲為生而喜愛門前柳樹的老藝人（《河上柳》），構成他最初的鄉土地方風情。這些小說都有一種沖淡的、寧靜致遠的味道，是有詩性的。自《桃園》、《棗》之後，尤其是到長篇《橋》（也可看作是一則則的短篇）、《莫須有先生傳》出來，他的小說就不易讀了，清晰轉成艱澀。一面是敘述加進了外國式的多視點和中國式的散視點；一面是「禪」的切入，故事性日差，而哲理暗示性加強。總之他離不開奇幻，而早期的廢名是開啟了在鄉土中寫出自然人生，講究文體的抒情一脈的。

　　湖南的彭家煌（1898—1933），卻是喜劇敘事和風土描寫的高手。他是洞庭湖畔湘陰人，重要的小說都發生在一個叫做「谿鎮」的地方。他能嫻熟寫出可笑的鄉間人物，使用充滿嘲弄趣味的方言土語，悲劇型的農村故事在他手中變得活潑、幽默，具有了極強的諷刺意味。《活鬼》、《陳四爹的牛》、《慫恿》等，多刻畫湖南鄉村土豪劣紳的顢頇可笑。「活鬼」不是真的鬧鬼，是因鄉村娶大媳婦的積習，二十歲的女子守著十三四歲的丈夫過日子，便造成這個擁有五六百畝田的地主家的兒媳、孫媳房子裡，整天上演捉鬼的活劇。《慫恿》是彭家煌的代表作，一個刁滑的地主牛七，「慫恿」賣豬吃虧的族人政屏去報復有錢勢的裕豐店主馮老闆，富人鬥法，旁人倒楣，末了是一

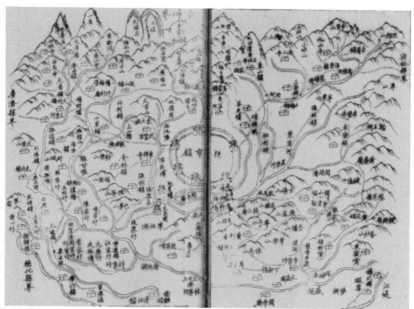

《黃梅縣誌》縣全境圖。廢名一生敘事都離不開故鄉，圖中東北方的土橋鋪、龍錫橋、五祖寺各處在小說中都是實名

場「賠了夫人又折兵」的鬧劇：政屏老婆二娘子假上吊，「死」在隔壁馮老闆的大哥家裡，差點弄假成真，平白叫人家「通氣」受辱，令人哭笑不得。牛七和禧寶這兩個鄉村人物寫得活靈活現。牛七是狡詐刁橫的地頭蛇，看他罵前來調解的名叫日年的人：

> 「哼，他來了怎麼樣，日年，我還不清楚，裕豐隔房的窮孫子。他伯伯打流，偷人家的傢伙，當眾丟過醜。全屋都是跛腳瞎眼的，娘偷和尚還說不定，讀了這些年載的書，還是個桐油罐，破夜壺，貓屁不通的紅漆臭馬桶！這沒出息的雜種，我料他跳起腳雅屙不出三尺高的屎。……」①

（注意這是對話中方言土語的運用，罵人的為鄉村男性）禧寶是馮老闆店倌，一個奸猾的生意人，這段寫他買豬、看豬時的情景，是敘述語使用於鄉土文字的實例：

> 買豬，禧寶是老手，政屏自然弄不過他。譬如人家一注牛頭對馬尾的生意，有他在中間謅謅，沒得不服服帖帖成功的。好比一樓豬，他只在樓邊吼幾聲，揮幾鞭，那些貨就從他那豬腰子眼睛裡刻定了身價：大肚皮的那隻分量多少；白頸根的油頭如何；黑尾巴的吃路太差；那怕那些貨餵過隔夜糧，又磅過斤兩，雅逃不過他的神謀聖算。他人和氣倒還在次，唯一他那嘴啊，隨便放句什麼屁，都像麻辣子雞樣塞在人家口裡，又厲害，又討人喜歡。②

① 彭家煌：《慫恿‧喜訊》，人民文學出版社1984年版，第46頁。
② 彭家煌：《慫恿‧喜訊》，人民文學出版社1984年版，第32頁。

彭家煌著《慫恿》1927年初版本封面，其
鄉土喜劇性特別強烈

許欽文《故鄉》封面，被稱為「大紅袍」
者為陶元慶所繪

綜括以上三個地區的鄉土作品，大部寫實，抒情為次。不過，「五四」時期的寫
實手法實際並未完全規範，世界的現實主義進入中國，還處於同中國固有的寫實傳統融
和當中。浪漫筆調的不經意的竄出，是常有的事。鄉土的敘述模式，主要採用回憶也
與傳統的詩歌情調有關。另一位同是浙東出身的許欽文，便寫有回憶型的《父親的花
園》，當時名氣很大。他的作品多為散文式，作為寫實小說的刻鏤人物、鋪寫場面的能
力，現在看來平常，就因情緒上很能代表鄉土作家失落家園後的共同心境。

我們知道，「五四」的作家已經具備了現代人的心靈。經他們之手奠基的鄉土文
學此後有了更加遠大的發展空間，但這最初一步仍是重要的。從「發現農民」的角度
看，「五四」將農民與平民、農民性與國民性、農民性與民族性置於一個平面來觀察，
將挖掘農民身上的精神奴役的創傷，當作國民性、民族性改造的重要一環來對待，這
為後起的鄉土文學直至「七月派」路翎小說開闢了道路。其中也有圖式化的可能，比
如有了《阿Q正傳》之後，又出現了《阿長賊骨頭》（王魯彥）、《賭徒吉順》（許
傑）、《鼻涕阿二》（許欽文）等同一類型的作品，未能脫去模仿的痕跡。談到這時
期鄉土文學「發現地域」的成績，我們已經見到了浙東、安徽、貴州、湖北、湖南瑰
麗多樣的地方色彩的小說。「地域」本來也是可以帶來文學的狹隘、保守性質的，而
「五四」作家在描繪「地方性」的特徵時卻更多賦予了相當自覺的開放色彩。這「開
放」，實際就是這批知識份子的眼光。他們看到了美麗家園的衰敗和醜陋，與世界的
（尤其是弱小民族國家）的風土小說持相近的立場。除了創作，也有理論討論。比如周
作人就說過：「我輕蔑那些傳統的愛國的假文學，然而對於鄉土藝術很是看重：我相信

強烈的地方趣味也正是『世界的』文學的一個重大成分。」[①]此話說於 1923 年。十一年後，魯迅重復了這個意思，他說：「現在的文學也一樣，有地方色彩的，倒容易成為世界的，即為別國所注意。」[②]把鄉土的地方性和世界性聯成一氣來思考、來表現，這正是「五四」文學不同於以往中國文學的恢弘、可愛之處。

① 周作人：《〈舊夢〉序》，《自己的園地》，長沙：嶽麓書社 1987 年版，第 117 頁。

② 魯迅：《1934 年 4 月 19 日致陳煙橋》，《魯迅全集》第 12 卷，人民文學出版社 1981 年版，第 391 頁。

第十九節　市民大眾的生活慰藉

　　前述《小說月報》的改革和《禮拜六》雜誌的復刊，都是「五四」以後新生文學和既有文學交替的典型事件。不過這種「交替」，並不是簡單的一個吃掉一個，也含著「逐漸改良」的舊市民文學一方的堅持。就是說鴛鴦蝴蝶—禮拜六派雖經新文學陣營的猛烈攻擊，尤其是文學研究會作家鄭振鐸、沈雁冰（茅盾）、周作人等的著力批評，卻並未退出歷史舞臺。因為它們還有讀者。《小說月報》變成新文學陣地後，便有市民讀者反映讀不懂他們的作品。這些讀者當年不在少數，單從都市的市民階層來說，恐怕還占了多數。所以這「堅持」的過程絕非短期，「交替」也就長久存在。如1926年《良友》畫報剛創刊的時候，廣東老闆伍聯德除親自編輯外，請來的主編是鼎鼎大名的周瘦鵑。周瘦鵑為鴛鴦蝴蝶派主將之一，他編的刊物不含糊，自然會有格調嫵媚的畫頁和長篇連載的言情體小說等。但等到第二年的13期，突然換成20多歲剛從廣州培英中學高中畢業的梁得所接編。後來的事實證明，梁得所是《良友》的有功之臣，由他執行的大刀闊斧的改革，大幅增加時事照片、現代都市照片，推介世界科技異聞，刊登新感覺派穆時英、新市民作家予且的作品、增添中外繪畫和藝術攝影作品等，鴛蝴氣息為之一掃，《良友》便成了中國最早銷行世界（特別是南洋一帶）的一份現代市民畫報。此外還可舉《申報》著名副刊《自由談》的例子。《自由談》是幾十年的老牌副刊，1911年就創辦了的，歷來是鴛鴦蝴蝶派的大本營之一。這只要一看先後主編的名單，王鈍根、吳覺迷、姚鵷雛、陳蝶仙、陳冷血、周瘦鵑就明白了。也是到了周瘦鵑這一任上，遲至1932年12月1日，此刊交到了從國外回來的黎烈文手中。由於魯迅、瞿秋白、茅盾的全力支持黎烈文，把它變成了著名的新文學營壘。但這只能說明時代的趨勢，在

《良友》歷任主編（從右到左）：伍聯德（1—4期）、周瘦鵑（5—12期）、梁得所（13—79期）、馬國亮（80期之後）

於 1926 年創刊的《良友》畫報第一期，
封面為影星蝴蝶

「五四」面前顯得陳舊的市民文學並沒有一擊即潰。就像《小說月報》轉變成新文學刊物越兩年，商務印書館又讓鴛鴦蝴蝶派辦了個《小說世界》的刊物；《申報》在《自由談》主編易手的下一月，便讓周瘦鵑在同一報紙另編《春秋》副刊。出版商心裡明鏡一般，在新一代的市民文學沒有出現以前，舊有的市民小說還有讀者，可以用它來維持新老文學間的讀書市場平衡的。

市民大眾為什麼仍需要鴛鴦蝴蝶派文學呢？這是個饒有趣味的問題。鴛蝴作家何海鳴為了推動他們一派進行商業性短篇小說寫作，曾經論述過小說欲達「出賣」之目的，便先要「將小說的價值抬高，教國人知道這是一種重要的文學，人生都應該有這種東西來安慰。到那時發生重大的需要，小說的賣價自然也會高起來了」。[1]夏志清在談及鴛鴦蝴蝶派小說的價值時也曾提到：「可以提供一些寶貴的社會性的資料。那就是：民國時期的中國讀者喜歡做的究竟是哪幾種白日夢？」[2]這裏「白日夢」的說法，同前述「安慰」二字，便都涉及市民作家的創作真諦。他們不僅僅是寫書得錢，他們也是要提供市民的日常閱讀，在閱讀的休憩中寄託他們對現代的平穩、小康生活的嚮往。假如不平穩，則更要依靠文學來發揮它除暴安良的想像，靠誇大良臣忠僕的善的力量來慰藉自己，來獲得心靈的安穩。這種人在市民中屬於大多數。正是他們構成了鴛鴦蝴蝶派文學的讀者基礎。

我們把「五四」之後到張恨水發表《春明外史》之前，作為一個現代市民文學的階段，來看它們對市民社會、市民自己的認識，眼光集中到它們對上海、北京這兩個最具代表性的中國現代都市市民生活的返照，是很有意味的。

1932 年 11 月 5 日《申報‧自由談》改版前的鴛蝴風味

《申報‧自由談》宣告改版的《幕前致辭》

---

① 何海鳴：《求幸福齋主人賣小說的話》，載 1922 年 1 月《半月》1 卷 10 號。
② 夏志清：《中國現代小說史》，第 1 章「文學革命」。譯者劉紹銘，上海：復旦大學出版社 2005 年版，第 19—20 頁。

延續著孫玉聲（海上漱石生）《海上繁華夢》的傳統，一邊寫著滬上發生的人事，一邊用萬花筒一般的鏡頭專注地攝入上海都市的繁華場景，已成為這時期上海市民小說的特色。這一類裡比較有影響的，如朱瘦菊（海上說夢人）1916 年開始在《新申報》連載的《歇浦潮》，5 年載畢，1921 年出版單行本；畢倚虹（婆婆生，1892—1926）從 1922 年起到 1924 年在《申報‧自由談》上連載《人間地獄》前 60 回，35 歲早逝，後 20 回由他的好友包天笑續完；江紅蕉 1922—1923 年連載於《星期》的《交易所現形記》；包天笑 1924 年到 1926 年在報紙連載的《上海春秋》，到 1927 年大東書局出版 80 回全書（1924 年當年就出過第一集）；平襟亞（網珠生）1927 年由新

朱瘦菊（海上說夢人）的《歇浦潮》

春書社出版的《人海潮》等。這些作品談起上海來，多半有替上海作傳的味道。一個城市能如「入傳」一般進入一部及多部小說的，從來少有。晚清的《海上花列傳》也好，《孽海花》也好，故事無論是全部發生在上海或者部分發生在上海，上海都僅是一個「背景」。而上述小說雖有一定的故事連綴性，卻往往離開情節，去鋪敘上海衣食住行玩、揭發坑蒙拐騙詐的種種情色，借機發表出對這個花花世界的感想。這些感想通常是回答一個問題：現代都市是什麼？上海是什麼？

包天笑（1876—1973）在說明《上海春秋》的寫作意圖時，就是圍繞著此點展開的。他說：

> 都市者，文明之淵而罪惡之藪也。覘一國之文化者必於都市，而種種窮奇檮杌變幻魖魖之事，亦惟潛伏橫行於都市。上海為吾國第一都市，愚僑寓上海者將及二十年，得略識上海各社會之情狀，隨手掇拾，編輯成一小說，曰《上海春秋》，排日登諸報章。積之既久，卷帙遂富。友人勸印行單行本，乃為之分章編目，重新出書。第一集印既成，為贅數言於此。蓋此書之旨趣，不過描寫近十年來中國都市社會之狀況，而以中國最大市場之上海為其代表而已，別無重大之意義也。[1]

把「吾國第一都市」、「中國最大市場」作為描寫對象，試圖表現它代表的文化，更要揭示它的黑暗，這就是包天笑說出來的寫作要旨。但實際上，都市是「文明之淵」表現得並不夠，都市為「罪惡之藪」卻表現得淋漓盡致。而且明明知道上海的罪惡罄竹難書，可近代以來上海周邊的人們卻紛至遝來，到此闖蕩、淘金不知疲倦，不怕失敗。所以這些小說差不多都用了「鄉下人進城遭遇」的體式來開頭。這種敘述體，更早是《海

---

[1] 包天笑：《上海春秋》「贅言」，上海古籍出版社 1991 年版，第 3 頁。

青年時代的包天笑

包天笑的《釧影樓回憶錄》，保存
了晚清的民國的上海市民日常生活
資料異常豐富，後又有續編

上花列傳》開創的。《海上花》第一回「趙樸齋鹹瓜街訪舅」，趙樸齋兄妹先後自鄉下
進入上海，與妓院發生關係，是小說起始的線索。《上海春秋》也是用來自蘇州蕩口鄉
下的一位姑娘來上海當妓女開頭的（小說單行本加了回目，第一回目有「成羅衣貧女始
投身」的句子）。《人間地獄》的開頭寫一名「阿美」的女子由杭州來滬，想要闖蕩
出頭。而《人海潮》的前 10 回寫的就是蘇州鄉下，自 11 回起才寫蘇州人如何進入上
海，跌入人潮。這種「流浪者」、「漂泊者」的敘述線索，一方面是寫實，人們知道上
海的形成是蘇北、蘇南、浙北直至廣東的移民向這個大都會集聚，跑來討生活的結果；
另一方面，這是集錦式瀏覽上海的最方便的敘述形式。

　　鄉人或周邊市鎮人進城後（對於某些上海市民，凡不是上海人者都一律稱為「鄉
下人」），他們看到的上海側重它的罪惡、兇險，這是農業社會人們對現代大都市的第
一印象、總的印象。便是今日的農民工進入城市，許多人仍會帶上對都會仇恨的這一視
角。所以上海罪惡的面面觀，是這些小說統一的格調，而且並不自今日始，晚清就是這
樣了。都市的成功者全在於「冒險」，比如《歇浦潮》裡的主要人物錢如海便靠賣假藥
起家，後開保險公司，幹的都是不保險的事業。《交易所現形記》自然寫盡那些買空賣
空的投機家們。《人海潮》、《上海春秋》裡充滿著商界、花界、書業界、藝林界的各
色黑幕。都市的不成功者、失敗者，便是上當受騙，便是沈淪。做生意借款固然充斥著
大小騙局，就是消費娛樂，像吃喝、嫖妓、賭博、交際，也是一步一個陷阱。妓院裡偶
而也會遇到真情，如《人間地獄》所表達的對妓女的讚美與同情，畢竟太難得了。大部
分寫的都是欺騙。租界裡的欺騙最文明，也最男盜女娼，如《歇浦潮》寫的租界律師的
法律界內幕真是觸目驚心，而一齣都會文明戲的要端，便是文明戲的演員既被人欺騙，

上海初期的城邊移民。大量移民的
湧入討生活，給這個城市帶來特殊
的文化環境

同時又欺騙別人。淪喪，是用令人眼花繚亂的敘述方式來展現的，這也是農業社會的人
們初入工商社會後經常持有的一種普遍心理，是與物質文明同時帶來的後果，讓市民又
愛又恨。下面這段議論，是《歇浦潮》敘述書中少爺小姐在上海新舞臺觀文明戲，在劇
場隨意結識後，所發揮出來的對當時自由社交戀愛的看法，很能代表市民小說家經常的
口風和倫理觀：

> 　　列位要知我國自西學昌明以來，男女中間的界域早為自由二字破除得乾乾淨
> 淨。古來女子見了男子便有什麼羞答答不肯把頭抬的惡習，其實同是一個人，又不
> 是麻面癩痢頭怕被男人恥笑，有何可羞？自經改革以來已無此種惡習，男人既可飽
> 看女子，女子亦可暢閱男人，未始非一件快事。然而這就是說的普通男女，講到一
> 班學界中人，文明灌輸既多，自由進化自然愈速，往往有素不相識的男女，一鞠躬
> 之後便可高談闊論，也不顧什麼大庭廣眾之中，眾目昭彰之地，甚至一年半載之後
> 居然結下一個小小文明果子。這也是物極必反，文明極了，略略含些野蠻性質，正
> 所謂物理循環，天然的妙用。[1]

「又愛又恨」的味道不是十足嗎？所以如說市民作家反對現代文明，「反對」兩字固然
言重，但與新文學家的既讚揚「娜拉出走」，又討論「娜拉走後怎樣」的思想是有距離
的，也是事實。這是典型的市民意識。在這種意識的作用下，在市民小說中可以寄託怎
樣的「白日夢」也就足可想像：保險股票賭錢幫人打官司都可發財，但需穩妥；看戲嫖
妓戀女人儘管快活，卻不能受害。事情做出去都有「物極必反」的可能，讀小說求安慰
則無妨。市民的社會小說、言情小說是在上海生存、學會愛恨的市民生活教科書！趨利

---

① 海上說夢人（朱瘦菊）：《歇浦潮》上冊，上海古籍出版社 1991 年版，第 187 頁。

20 世紀初的上海游泳場已經開放到男女同泳，但服飾上連男士也穿上裝，以至於分不清男女

民國後大城市男女社交公開，其中跳舞為經常的方式

避害就是它們的社會功用。

　　而對於後世的讀者來說，這些描寫窮盡上海民國初年人生惡相的小說，餘下了民俗史、社會史的「活化石」效應。人們廣泛引用夏濟安在美國一家五金電料行裡偶然發現一批舊小說，其讀後的感想便是如此。他「看了《歇浦潮》，認為『美不勝收』；又看包天笑的《上海春秋》，更是佩服得五體投地。可惜包著只看到 60 回，以後不知那裡借得到。很想寫篇文章，討論那些上海小說。」[1]這就是前述夏志清所下的鴛鴦蝴蝶派小說「可以提供一些寶貴的社會性的資料」的斷語，是很真確的說法。

　　這些市民小說又是民國初期文人的自我體驗，融解在他們的日常生活狀態之中。差不多的市民作家都把在上海觀察所得，與自己的生活打成一片來寫的。平襟亞出身貧寒，由賣文為生，發展成為上海赫赫有名的出版家。他寫《人海潮》，對滬地書報業、文壇、藝林自然爛熟於心。畢倚虹少年時就由其父為他買得官職，後遵父意混跡政界，吃過父債的官司，掛過律師的牌子，與煙花女子感情糾纏深厚，因此他寫《人間地獄》當然見聞廣博。其他朱瘦菊、包天笑等生平莫不如此。所以與市民階層相通的「上海洋場才子」的視域，是此類小說的基點。以至像《人間地獄》這般寫法，全是拿相識的文人和妓女的關係做全書的中心情節線，並不需要如《孽海花》那樣去詳加考索，便知書中柯蓮蓀即畢倚虹，姚嘯秋即包天笑，和尚玄曼上人即蘇曼殊，華雅鳳即葉小鳳（葉楚傖），趙棲梧即姚鵷雛等等。內中寫柯蓮蓀經了玄曼上人叫堂唱而結識清倌人秋波，寫玄曼上人之死，就幾乎是實錄。民國時期的名士身影融進上海洋場之間，成就了這一批市民作品。而另一部分的「實錄」，是依仗這類小說的「本埠新聞」式的寫法。許多市民小說家都兼報人，做過外勤記者，在報紙發達的上海灘跑過新聞。據包天笑回憶，他有幸得吳趼人（沃堯）親自傳授的小說作法，他說：「我在月月小說社，認識了吳沃堯，他寫《二十年目睹之怪現狀》，我曾請教過他。（他給我看一本簿子，其中貼

滿了報紙所載的新聞故事，也有筆錄友朋所說的，他說這都是材料，把它貫串起來就成了。）」[1]而寫《上海春秋》的時候，包天笑就去挖掘編《時報》本埠新聞所積累的材料，以實事連綴的方式寫小說。這種新聞小說的虛構性稀薄，而史料性厚實，文學價值一部分要依仗歷史價值來支撐，這一點是直接繼承中國小說的史傳系統的了。

民國初年剛剪掉辮子的上海市民仍然熱中於在租界吃西餐

好像是被表現上海的民國市民小說壓住了，表現北京的此類作品一直少有出色者。大約要等張恨水面世，到《春明外史》和《金粉世家》都出來，由一個南人來把北地的大城埠寫好了，這才可說有了足以比美的表現北京的現代市民文學。現在能舉出的小說，有 1921 年初版的葉小鳳的《如此京華》；還有這時期連載於《半月》達兩年的何海鳴的《十丈京塵》。張恨水（1895—1967）真正引起世人注意，是在《春明外史》之後。《春明外史》是從 1924 年起在北京的《世界晚報》副刊「夜光」上連載的，直到 1929 年載畢。我們姑且將它看作「五四」市民小說向 30 年代深入的一個標誌性作品。與表現上海這一現代崛起的商業都會不同的是，這些小說在回答北京是怎樣一座現代都市的時候，好似唱不出高調來。北京在這些小說中，是個政治勾心鬥角之地，是一個有著光榮的過去，而目前正在沒落著、糜爛著、腐敗著，架子卻依然不倒的城市。《如此京華》以方大將軍（暗示袁世凱）的公館為主線，寫北京整個兒是座官吏販賣場。《十丈京塵》把失意政客和妓女的感情作為線索，串連起南官北上後的政界浮沈。這幾種都是正面表現官場的，不像《春明外史》是以人物的感情線為主，側寫北京的政局。總之，官場即是北京，北京便是官場。在張恨水和新文學的老舍未登場前，市民北京小說看不到胡同平民的斑斕生活。連窯子也是官場，甚至還是高等官場（所謂「國務院簽押房」），這最能說明什麼是北京了。《如此京華》就用下人的眼光來譏刺妓院的帳簿，非常簡潔生動：

> 開首第一條便是某王爺的堂差，接著某總長哩，某督辦哩，都是些了不得的闊人，不覺一遍遍盡出神的看著。想瞧不出這一間斗大屋子，倒有這國務院的簽名

---

① 包天笑：《釧影樓回憶錄‧編輯雜誌之始》，香港：大華出版社 1971 年版，第 357 頁。

十丈京塵

第一回 罵棍子風語連篇 表功勞搪瘟編体

來吟福齋主

有一天北京城裏刮上很大的風直刮得天空中嗚一叫喊地上塵土飛揚來比前門城樓子還要高不消半刻工夫頓將整個的北京城滿捲入飛沙障裏成了一個黃色世界還說是遠辱的北方便人眼望不出去記是飛起一陣京塵土吧...的燕地土宜中波潮衡學的服飾過了一陣京塵土把...潘土左京中...很嚴...隔新著誰中看...在面三足的...不見誰的...光景...黃三色的影子在那裏嬌嬌亂竄也是模糊點淡印很而且風沙刺眼也絕對不許人...眼偷

何海鳴《十丈京塵》的手稿很講究，請注意是該小說的專用稿紙

簿呢。[1]

　　書中一名妓女反駁別人說她不懂「國家大事」的話，講出妓院如何轉眼間能夠翻成官場的趣語，更是活靈活現：

　　　「算了罷，那一個替國家辦事的人，不借窯子做過簽押房來？前天那位什麼秘書長，在我那裡請著客，來的說都是內閣大臣外閣大臣的，聽他們一個菜還沒有上，把什麼內務總長外務總長的事議妥了。我後來因鞋帶兒鬆了，請那位秘書長縛一縛，倒整鬧了半點鐘還縛不好，可見你們那些國家大事，說得體面些罷了，那裏比得上我們縛一根鞋帶兒的煩難。」[2]

這是市民對官場的嘲笑，也透著對窯子如同官場的那份炫耀，純是市民意識。小說的筆力，如前述上海市民小說一樣也是放在揭醜上，也處處為了展示混跡於北京的某些上層人物空手套白狼式的冒險性、欺詐性。如《十丈京塵》裡靠賭博起家走上終南捷徑的郝筱澤；還有靠每星期來往於京津鐵路之間，在頭等車廂結交闊人而官運亨通的貢濟川（綽號禮拜六）；靠詐騙、蒙世而照樣能上竄下跳的全豹卿等。京滬所不同的地方，是城市文化根底和現代進程的差異，是城市地域的差異。而這些描寫北京的市民小說喜歡穿插掌故，充滿回憶過去的白日夢境，閃動著滿清至民國交替時期的特殊色彩。

　　武俠似乎不表現都市，其實所謂武俠世界即是市井，而市井為城市的基地。這是一個奇特的所在，黑白力量渾濁不明，老實平頭百姓與惡霸流痞兼有，上層鬥爭和下層反抗欺壓並行，而正義之「俠」尋求人間公平，緩和市民不平之氣，建構起半幻半真的江湖亞社會。民國以後的武俠小說處於新的建設時期。所謂「南向北趙」：「向」是指寫出《江湖奇俠傳》的平江不肖生（向愷然，1890—1957），此作 1923 年開始在《紅》雜誌上連載，部分章回由趙苕狂補續，1925 年開始由世界書局出版單行本，到1929 年出齊 11 冊。「趙」是指發表了《奇俠精忠全傳》的趙煥亭，這部小說從 1923年至 1927 年間陸續由益新書社出齊 8 冊，計 135 萬字。《奇俠精忠全傳》雖然卷帙浩大，但沒有突破清代公案俠義小說的窠臼，書中楊氏兄弟等俠士盡忠盡孝，平苗平教，

① 轉引自范伯群主編《中國近現代通俗文學史》上冊，江蘇：教育出版社 2000 年版，第 365 頁。
② 轉引自范伯群主編《中國近現代通俗文學史》上冊，江蘇：教育出版社 2000 年版，第 366—367 頁。

武俠小說大家平江不肖生（向愷
然）像

平江不肖生的代表作《江湖奇俠傳》初
版封面。此作奠定了他民國武俠開創者
的地位

甘心為朝廷名臣大吏所統馭。而《江湖奇俠傳》以湖南平江、瀏陽農民爭奪界地引起械
鬥為線索，帶出昆侖派、崆峒派兩派劍俠的爭雄。其中的武俠，由舞動刀劍棍拳的武
師，已經演變為吞吐劍光、上天入地的神魔，想像更加豐富，利用民俗和民間傳說很富
有生氣，俠客也不再為清官們作忠僕和捕快。這樣，《江湖奇俠傳》擺脫公案小說的框
架，開創了俠客的獨立地位，使得平江不肖生成為民國武俠小說的奠基人。後來的還珠
樓主、金庸都承認他的這個貢獻。同樣是脫離公案小說舊體式的，還有姚哀民於 1926
年到 1928 年《紅玫瑰》上連載的連環武俠小說，總稱《南北十大奇俠傳》者。以江湖
為虛，會黨為實，開創了江湖會黨小說的先例，描寫會黨富於民間的氣息。武俠小說的
敘述模式是不平則鬥，正必壓邪，冤冤相報，無有窮期。但在廣大市民經常處於不平和
怨氣無處宣洩的情況下，武俠的閱讀使得人痛快淋漓，心理上得到極大的撫慰，所以持
久地受到大眾讀者的歡迎。

　　現在是單等張恨水面世。到廣大市民階層有了新式學堂培養出來的新型讀者，
「五四」文學愛好群體中有了調和新市民文學和海派文學的「下海」者，到那時，新的
現代市民文學的時代就來臨了。

第四五期合刊

新月

第一卷 第一號

上海新月書店發行
民國十七年六月再版

文學雜誌

創刊號

商務印書館發行

現代

1932

現代書局印行

第三章

多元共生

第二十節　南下之路：文學中心的回歸

　　1926 年 8 月，魯迅啟程南下，這是一個訊號：北方的「新文化陣營」業已分裂，北京作為「五四」文學革命的策源地而一度成為全國文學中心的地位，快要失去了。

　　在魯迅前後離開北京的文人正多。究其原因，一則是因段祺瑞北洋政府加強了高壓統治，文網愈密，自由日少。「三‧一八」慘案發生與劉和珍等犧牲後，當時有一張文化教育界 50 多人的通緝黑名單在報紙上揭示出來，魯迅、林語堂（玉堂）都在其列。魯迅為此曾趨城內莽原社、山本醫院、德國醫院和法國醫院多處避難，連生命都沒有了保障。一則是南方的北伐戰火已經燃起，吸引了大批的進步文學家投奔而去。比如這年的 3 月，創造社人郭沫若、郁達夫、成仿吾、鄭伯奇、王獨清、穆木天即傾巢奔赴廣州。7 月郭沫若投筆從戎，加入北伐戰爭，作了國民革命軍的總政治部副主任。郁達夫沒有那麼高的從軍熱情，他年底由穗回滬，可能覺得上海更是文學家用武之地。而魯迅的走，絕不是一個人的問題。通緝名單傳出，林語堂先一步離京，受聘到廈門大學任文學院院長。這才約了魯迅也去教書。《京報》被封，編京報副刊的魯迅學生孫伏園也去了廈門。所以魯迅到達廈大的那天，林語堂、孫伏園等人已經在那裡等候，並迎到生物學院樓上去暫住。這是語絲社同人南下的開始，後統向上海聚集了。如要領會當年魯迅的離京曾使北方文壇露出多大的空白，這可用兩位日後重要的左翼青年作家來舉例子。一位是張天翼，1926 年夏正是他由南方考入北京大學預科的時候。可心中的領路

劉和珍（後數二排右二）和她的北京女師大同學們。這位年僅 22 歲的英語系學生是校學生自治會主席，她在「三‧一八」慘案中犧牲，引出魯迅的一篇名文

1926 年 9 月初魯迅到廈門後，即寄此「廈門大學全景」明信片給已到廣州的許廣平，並在明信片上說明所住生物樓位置

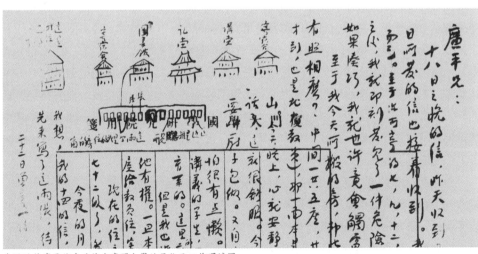

魯迅致許廣平信中手繪在廈門大學的居住及工作環境圖

人魯迅走了，他便覺得「在北大也學不到想要學的東西」。[①]一年後便退學回了杭州。張天翼並未放棄對魯迅的嚮往，1928 年年末便給上海的魯迅寫信討教。現在能查到他們通信的最早確切時間，是 1929 年 1 月 24 日，那天的魯迅日記裡有覆信的記載。無獨有偶，另一位沙汀也是 1926 年夏天從成都省立第一師範學校畢業的。他千里跋涉跑到北京求學，可惜考期已過。本還想在北京大學旁聽的，知道魯迅業已不在，十月便黯然回川了。到了 1930 年，沙汀便端坐在上海中華藝術大學的教室裏聆聽魯迅的講演了。這是兩個不久就與魯迅建立文學親緣關係的熱血青年。我們可以想像，如果魯迅仍然在京，是會吸引多少這樣的青年人到他的周圍的。

在廣州中山大學，魯迅經歷了「四‧一二」政變的震蕩。1927 年 10 月，他毅然決定離穗，同許廣平一起乘船來到上海，從此再也沒有離開過。同年，《語絲》雜誌接著南下。12 月，四卷一期的《語絲》便改在上海出版。當時的情況據魯迅回憶說：

> 《語絲》在北京雖然逃過了段祺瑞及其吧兒狗們的撕裂，但終究被「張大元帥」所禁止了，發行的北新書局，且同時遭了封禁，其時是一九二七年。
>
> 這一年，小峰有一回到我的上海的寓居，提議《語絲》就要在上海印行，且囑我擔任做編輯。以關係而論，我是不應該推托的。於是擔任了。[②]

「小峰」即李小峰，為《語絲》成員，又是北新書局的老闆。所謂「關係」，就是這個書局與「五四」新文學的關係，也包括與魯迅的關係。五四新文學的中心雖在北京，可大部分的新文學書籍卻都是在上海出版的，像文學研究會作家的書在商務印書館出版，創造社的書在泰東書局出版等等。如果說還有一個著名的書局是在北京就近出版新文學作品的話，那便是「北新」。這只需看魯迅的《吶喊》、《彷徨》、《熱風》、《三閑集》、《偽自由書》、《華蓋集》、《華蓋集續編》、《而已集》，冰心的《寄小讀者》，蔣光慈的《衝出雲圍的月亮》等都是北新書局的出品，就能掂出這個不大不小的文藝書局的分量了。李小峰早就看出上海必將回歸晚清文學中心的位置，提前開辦了滬地的北新書局分店，出版「駱駝叢書」，創辦《北新》雜誌，著實忙了一陣。現在索性把總店適時地遷往上海（最初在寶山路寶山里，後至福州路山東路口的豫豐泰酒菜館樓下），完成了「北新」的南下里程。

魯迅所以離開廈大，其中的一個原因是感到「現代評論」派的人正在向這個學校集中。這從一個方面也反映了北京新文學陣營的全面解體過程。《現代評論》派和後來的《新月》派，是有著血緣關係的。大部的成員由留學歐美的教授組成，核心人物即胡適、徐志摩、陳西瀅（陳源）這幾個人。1924 年在北京創刊的《現代評論》周刊，前 138 期在北京大學出版部印刷。早期「新月」同人在北京石虎胡同 7 號松坡圖書館的活

① 張天翼：《作家自述》，載《中國現代文學研究叢刊》1980 年第 2 輯。
② 魯迅：《我和〈語絲〉的始終》，收入《魯迅全集》第 4 卷，人民文學出版社 1981 年版，第 169 頁。

動，更像是個聚餐會、戲劇俱樂部或是文藝沙龍。到了這時，這些人也紛紛南下了。先是正當北伐節節勝利之際回國的胡適，在日本觀望了月餘，確定不下應該在哪裡落腳。朋友們紛紛勸胡適不去北京，他的學生顧頡剛的勸阻最為賣力。最終胡適回到上海，1927 年接受光華大學教授之聘，1928 年任中國公學的校長，在上海固定了下來。到 1927 年 7 月，《現代評論》周刊遷址上海，開始出版從 139 期到 209 期的最後七十期。而真正意義上的「新月」派，也是這時在上海形成的：

「三一八」慘案以及接著的北伐戰爭爆發後，新月社員有的南下，有的出洋，北京的活動暫時停止。1927 年胡適一到上海，新月社新老骨幹徐志摩、余上沅、梁實秋、饒孟侃、潘光旦、聞一多、丁西林等都十分高興，於是又重新圍簇在胡適周圍，復興組織，重放「新月」的光輝。他們先後成立新月書店，推胡適為董事長，又辦起《新月》月刊、《詩刊》季刊……①

《新月》創刊號。標誌了「新月派」的完全確立

1927 年春成立的新月書店，1928 年 3 月創刊的《新月》，標誌了「新月派」在上海結社的完成。這派作家以後成了少數能與上海的左翼文學競爭的力量。

文學研究會作家的活動中心早就轉移至上海。他們在 1927 年後，不是像創造社作家那樣基本轉為左翼（創造社後來與左翼似乎不同路的郁達夫、葉靈鳳，起先也曾參加「左聯」。但郁因拒絕參加「飛行集會」、葉因給屬於「民族主義文藝」背景的刊物寫了稿子，而都被除名了），而是分化為左翼和民主派兩個部分。左翼以茅盾為代表，民主派的文人主要便是「立達」和「開明」作家群。活動的中心都在上海。只有周作人留在北京，成了京派的開創者（以支持創辦《駱駝草》為標誌）。「立達」、「開明」派是文學研究會的延續。這裡的葉聖陶、夏丏尊、豐子愷、朱自清、鄭振鐸、匡互生、王伯祥、劉薰宇等，此時既不自「五四」倒退，又不準備走激進的道路，經過浙江上虞白馬湖的春暉中學時期，再經歷了上海的「立達中學」、「立達學園」時期，最後匯入「開明書店」的基本編輯隊伍之中，終於在上海形成有特色的一個作家群體。1930年，葉聖陶辭去商務印書館的職務，加入「開明」編譯所，從此，這批作家的創作成就更為世人矚目。他們以散文寫作為主，兼顧中小學和全社會的語文教育，將文學、教育、學術三者緊密結合，建立起「開明」派質樸平實、誠摯坦率、認真負責、儒雅雋永的「風度」來。這在上海崇尚金錢的浮誇環境中，顯得格外醒目。

① 胡明：《胡適傳論》下卷，人民文學出版社 1996 年版，第 668 頁。

為新月派做小結：陳夢家編的《新月詩選》

1935 年新月詩人陳夢家與趙蘿蕤攝於燕京大學西門內

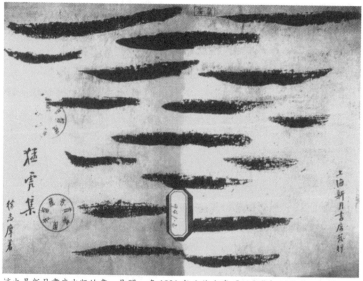

這也是新月書店出版的書，是聞一多 1931 年為徐志摩《猛虎集》所做封面設計

從「語絲」分化出來的林語堂，1932 年在上海創辦了《論語》，後來又辦了風格相似的《人間世》、《宇宙風》等有名的雜誌，打出崇尚「性靈」、「自我」、「閒適」的「幽默文學」旗幟，與北方的周作人遙相呼應。這與左翼自然相異，卻還是「民主派」，而且有推崇市民文化的性質。其圍繞的作家有編輯部的陶亢德，與日後創作成績不凡的徐訏，其他如邵洵美、李青崖、章克標等，與「海派」作家群是互有重疊的。我們看林語堂從廈門、廣州到上海，一直緊緊伴著魯迅。《論語》出版後，魯迅還應邀寫了《「論語一年」》一文，雖然還保持著老朋友的關係，卻在文藝和政治的問題上有了明顯的分歧。但是「幽默」作為新文學面對「都市世俗」的又一種消費性的應對（並非完全拋棄「啟蒙」），依靠市民讀書市場，取得了一個相當的空間。

開明書店出版過眾多進步書刊如茅盾著《春蠶》——1933 年 5 月開明初版本

　　走革命道路的作家在向上海聚攏。其時，全世界迎來「紅色三十年代」，社會主義思想在中國知識份子中進一步傳播，「四·一二」政變後大批轉入地下的左翼文人比任何時候都更集中地逃亡到上海租界。後期創造社增加了來自日本和從革命戰線退下來的生力軍，從 1926 年郭沫若發表《革命與文學》，到 1928 年成仿吾發表《從文學革命到革命文學》，提出了「革命文學」的口號。同樣持此口號的，還有 1928 年由蔣光慈、錢杏邨、孟超等人組成的太陽社，和人員比較接近的我們社等。在有關的討

魯迅、許廣平 1927 年 10 月到達上海後所拍的第一張與親友的照片，周建人（前排左一）之外便是林語堂（後中）與孫伏園（後右一）兄弟

魯迅這張身著許廣平所織毛衣的照片最有一種在上海的定居感

《太陽月刊》創刊號

論中，後期創造社與太陽社受當時思潮影響，提出了超出中國實際的無產階級文學建設任務，企圖跨越「五四」而導致輕視「五四」，把魯迅、茅盾當作落伍者來進行批判。而魯迅在這一過程中，注意觀察和思考中國的歷史和現實，學習世界革命的經驗和理論，翻譯蘇聯早期文藝理論著作，在傾向「左翼」過程中形成了自己獨特的思想和雜文創作方式。這些都依託了上海一地文化思想交流活躍、便利的環境，為 1930 年的停止爭論，形成「左翼作家」的各派聯合，作好了準備。

同時，鴛鴦蝴蝶─禮拜六派在新文學的壓力下，明確走上了市民通俗文學的路途。他們的報刊、出版的基地原本就在上海，這時就更專心於自己的商業性文學「生產」了。張恨水的出現打破了此派只能在上海經營的傳統。張恨水本是安徽籍的南人，起初也在南方辦報，但他的成名是源於在北京當報人，並連續在北京的《世界晚報》、《世界日報》發表了長篇章回體小說《春明外史》和《金粉世家》之後。有意思的是張恨水真正走向全國，是 1930 年在上海的《新聞報》上連載《啼笑因緣》。著名報人和鴛蝴作家嚴獨鶴是其中的牽線人。接著，上海明星影片公司邀請《啼笑因緣》的約稿人嚴獨鶴加以改編，由蝴蝶、鄭小秋主演，1932 年推出同名電影，引起全國性的轟動。後來又多次改編成電影、戲劇，在市民階層影響深遠。上海讓張恨水家喻戶曉，並一直深入至內地各城市。

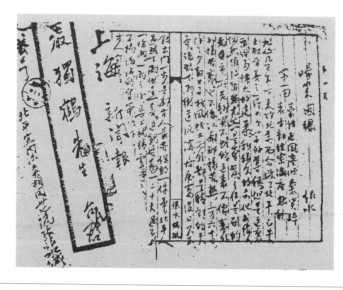

張恨水《啼笑因緣》的手稿和寄嚴獨鶴用的信封，後來就在《新聞報》的「快活林」副刊陸續披露在市民階層造成轟動

上海之所以能夠重新成為文學中心，造成作家們新的流動和集結，絕非偶然。就以之後蓬勃興起的左翼文學來說，它就必須立足於上海，而不能產生在任何別的地方。1927年國民政府確立，之後定南京為首都，改北京為北平，北京的政治中心地位失去了。國民黨政府推行「三民主義文學」和「民族主義文藝運動」，活動於南京鄰近的上海的「左翼文學」卻天馬行空，依仗報刊書局的商業利益和租界保護言論自由的特殊地位，頂住國民黨文藝政策的壓力，照樣生長。當時上海出版業活躍，與「普羅文學」這一新的都市時尚結為一體，是非常奇特的現象。如現代書局，為上海地區很具活力的中小型文藝書局之一，由洪雪帆、張靜盧、盧芳三駕馬車負責經營，擁有施蟄存、葉靈鳳等一流編輯人才，無左翼立場，卻連續冒險出版三種左翼讀物：先是1928年的《大眾文藝》，它後來是「左聯」機關刊物之一；然後是1929年的《新流月報》，是在另一書店出的太陽社刊物《太陽月刊》被禁後，作為接替而出版的；《新流月報》只出四期不得不改頭換面，

蔣光慈主編的刊物《拓荒者》，現代書局出版。原為太陽社刊物，從1930年5月4、5期合刊起成為「左聯」機關刊物，發行後即遭查禁

1930年接出《拓荒者》；同年3月「左聯」成立，《拓荒者》自第3期始也作為其機關刊物出現，到4、5期合刊時，再遭政府封殺。我們看魯迅給友人的信，在介紹可讀的刊物時，就曾提到「現代書局」所出的幾種左翼期刊：

> 至於國內文藝雜誌，則實尚無較可觀覽者。近來頗流行無產文學，出版物不立此為旗幟，世間便以為落伍，而作者殊寥寥。銷行頗多者，為《拓荒者》，《現代小說》，《大眾文藝》，《萌芽》等，但禁止殆將不遠。[1]

而在《拓荒者》被禁事件中，現代書局也被封查。當局提出的開禁條件，居然是安排一個指派的編輯部主任和強制出版官方支持的兩種「民族

現代書局接受出版的《前鋒月刊》（1930年10月創刊號）是「民族主義文藝」的營壘

---

[1] 魯迅：《1930年5月3日致李秉中》，收入《魯迅全集》第12卷，人民文學出版社1981年版，第15頁。

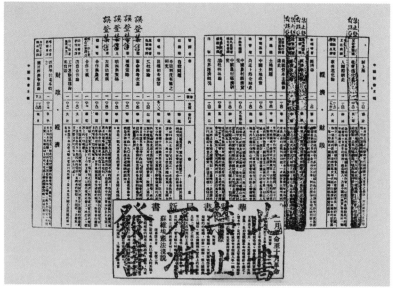

禁書——國民黨政府當局禁止進步書刊出版發行的一例

主義文藝」刊物《前鋒月刊》和《現代文學評論》。[1]書局被迫接受了，但並不妨礙它我行我素，繼續出版左翼文藝書籍。魯迅在自己的文章裡曾經記載下 1934 年 3 月 14 日《大美晚報》的一則新聞，披露國民黨上海市黨部查禁 25 家書店 149 種書籍的一個名單，僅現代書局出版過的禁書就有 27 種之多。其中著名的左翼作家作品便包括魯迅譯的《果樹園》、郭沫若的《創造十年》、《中國古代社會研究》、丁玲的《夜會》、龔冰廬的《炭礦夫》、胡也頻的《詩稿》、蔣光慈的《野祭》、《麗莎的哀怨》、洪靈菲的《流亡》、《歸家》（非左翼卻相當激進的有巴金的《萌芽》）等。[2]有了上海商業性書局這樣以市場為軸心的要錢不要命的幹法，才有左翼如此堅持革命文學要書不要命的勃勃生氣。「左翼」得到市場的保護，它也尋求市場的保護，成了我們理解這時「左翼文學」必須在上海開展的要素之一。

　　總之，上海作為文學中心，此時能夠起到的作用大約有四：第一，具有發達的出版印刷業，繁盛的書報業，足夠提供各派作家賣稿求生（或求革命）的物質條件。已經形成的暢銷書機制（魯迅、郭沫若、蔣光慈的書都極其暢銷），客觀上保護了叛逆性的文學。第二，讀書市場的調節作用，有利於青年作家初登文壇的平等競爭。那時，差不多老舍、曹禺、丁玲都是一旦在著名的文學刊物上發表了有影響的作品，一夜便成名的。而四川出身的巴金、艾蕪、沙汀假若不出夔門來到上海，東北作家蕭紅、蕭軍、端木蕻良如不進關內來到黃浦江畔，怕也不會那樣快就讓廣大讀者熟悉他（她）們的。第

① 見張靜廬《在出版界二十年》，上海雜誌公司 1938 年版。具體細節待考，大致事件是不差的。
② 見魯迅《且介亭雜文二集·後記》，《魯迅全集》第 6 卷，人民文學出版社 1981 年版，第 452—454 頁。

三，處在中西現代文化的交匯點上，像外國先鋒文學的譯介和話劇、電影、西洋畫、木刻的引入在上海如此繁榮，為現代作家獲得現代素質取得良好的機會。第四，租界文化不僅加強了作家們的民族情結，也保護了各種各樣文學發展的可能性。這樣，在國民黨一黨專制的文化統治下，才有可能以上海為依託，產生和傳播互相對峙的黨派文學和非黨派的文學，產生和傳播左翼文學、海派文學、京派文學、鴛鴦蝴蝶派市民通俗文學，形成這樣多元共生的文學局面。新文學在經歷了它的爆發時期之後，這才進入它的規範及再創造、深化而變異的多樣發展時期。

第二十一節　左翼的風行、深化和紛爭

　　1930 年 3 月 2 日，「左翼作家聯盟」（「左聯」）在其時的文學中心上海成立。這標誌了從 1928 年到 1929 年為時兩年的後期創造社、太陽社與魯迅、茅盾（還牽涉到批評郁達夫、葉聖陶等人）所進行的「革命文學論爭」終於告一段落。左翼文學隊伍以新的面貌，為向國民黨的文化統制發起鬥爭而集結了。同時，「左聯」所開創的左翼文學，在某種意義上也意味著「啟蒙文學」的變形。

　　「左聯」籌備小組共 12 人：魯迅、鄭伯奇、沈端先（夏衍）、錢杏邨、馮乃超、彭康、陽翰笙、蔣光慈、戴平萬、洪靈菲、柔石、馮雪峰，其中只魯迅和創造社的鄭伯奇不是共產黨員。[①]停止論爭和籌組「左聯」本身，是共產黨中央直接干預的結果。推魯迅為「盟主」自然是眾望所歸，其他發起人代表了各個方面，夏衍因並未捲入之前的爭論而被指定為具體的組織者。籌備組在北四川路「公啡咖啡館」的樓上開過多次會。徵求魯迅意見時，他堅決反對給他「委員長」或「書記長」的名義，並曾提出「郁達夫應當參加，他是一個很好的作家」的意見。那天在中華藝術大學召開成立大會，三人主席團有魯迅、錢杏邨和夏衍。會議是在秘密情況下舉行的，約有四、五十人參加，通過

上海中華藝術大學是 1930 年 3 月「左翼作家聯盟」成立大會的原址

---

① 見夏衍《懶尋舊夢錄》，北京：三聯書店 1985 年版，第 149 頁。

了左聯綱領和行動綱領要點，選舉了魯迅等七人為執行委員。魯迅在會上做了著名的講話。這個講話幾天後由馮雪峰根據回憶寫成草稿，經魯迅改定，用《對於左翼作家聯盟的意見》的題目公開發表出來。

現在來讀魯迅的這個講話，可以看出許多的問題。比如他講了左翼的團結，卻強調「聯合戰線是以有共同目的為必要條件的」。[1]所謂「共同目的」，自然包括反抗國民黨政府、信仰文學的階級性和所持的工農大眾的立場。後來，「左聯」和魯迅都堅決地批判歐美紳士風的新月派和有著國民黨背景的「民族主義文藝運動」，便顯示出這種一致性。不過魯迅別有深意且反覆講述的重心，卻是一番關於「『左翼』作家是很容易成為『右翼』作家」的道理，他說：「倘若不和實際的社會鬥爭接觸，單關在玻璃窗內做文章，研究問題，那是無論怎樣的激烈，『左』，都是容易辦到的；然而一碰到實際，便即刻要撞碎了。關在房子裡，最容易高談徹底的主義，然而也最容易『右傾』。」「倘不明白革命的實際情形，也容易變成『右翼』。」[2]這些話自然都是有所指的。後來無數的事實證明，魯迅針對左翼「知識階級」的毛病痛下針砭，絕不是無的放矢。

按照茅盾的觀點，「左聯」從 1930 年成立到 1936 年自動解散，可分為兩個時期：

> 從「左聯」成立到一九三一年十一月是「左聯」的前期，也是它從左傾錯誤路線影響下逐漸擺脫出來的階段；從一九三一年十一月起是「左聯」的成熟期，它已基本上擺脫了「左」的桎梏，開始了蓬勃發展、四面出擊的階段。[3]

許多當事人並不完全同意茅盾的觀點。比如有人認為「左」的影響是始終存在的，也

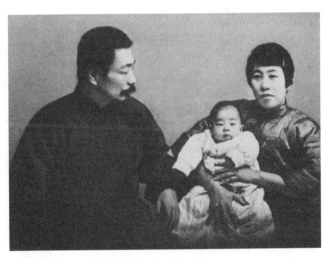

魯迅 1930 年海嬰百日時全家照。
魯迅不再擔任公職而自由撰稿的
「上海十年」，已經開始

---

① 魯迅：《對於左翼作家聯盟的意見》，《魯迅全集》第 4 卷，人民文學出版社 1981 年版第 237 頁。
② 魯迅：《對於左翼作家聯盟的意見》，《魯迅全集》第 4 卷，人民文學出版社 1981 年版第 233 頁。
③ 茅盾：《「左聯」前期》，《茅盾全集》第 34 卷，人民文學出版社 1997 年版，第 476 頁。

不一定採用 1931 年 11 月的分期線，但大都同意「左聯」有前後期的說法。茅盾的分期，其根據在瞿秋白。瞿秋白受王明路線的排擠離開共產黨中央的領導位置後，曾有兩年時間參與「左聯」的工作。他與魯迅的友誼，造成了魯迅的思想和「左聯」比較諧調的一段寶貴時間。其時，「左聯」執委會通過了在瞿秋白指導下，由馮雪峰起草的一個決議《中國無產階級革命文學的新任務》，茅盾認為這是糾正了「左聯」起初的偏於政治、偏於非法鬥爭，受「左傾」支配產生的一系列弊病的。如把作家參加飛行集會、貼「武裝保衛蘇聯」的傳單等工作看得很重，要不然就是讓許多左翼作家到上海的各工廠去開展「工人通信員運動」或「辦工人夜校」；如把作家的組織辦得像個政黨，卻不重視創作；即便管創作，管的也是題材，將題材分成重大和不重大，分成是直接寫工農鬥爭生活還是寫小資產階級身邊瑣事，並不斷地批評後者（「題材決定論」後來成了革命文藝理論內在的一個痼疾）。所以，青年沙汀、艾蕪在向魯迅寫信請教的時候，問的就是題材問題。兩人均苦惱於不熟悉「現時代大潮流」衝擊圈子內的材料，卻不能寫圈子外的熟悉生活[①]。當然，由於「左聯」聚集的是一些有抱負、富犧牲精神的熱血青年，即使是在前期，為「主義」而寫作的獻身理想，也不時迸出火花。1931 年 1 月五位左翼青年作家在上海東方旅社開會遭捕，2 月被秘密槍殺於龍華，便是其中著名的事件。讀過魯迅《為了忘卻的記念》的，都不會忘卻那個有深度近視的、不相信人會騙人會

瞿秋白與楊之華的合照，留蘇的革命者並不妨礙他們的洋派外表

瞿秋白在中共黨內核心中退下後，曾短期參與左翼文化領導工作並與魯迅結下友誼。這是魯迅贈瞿秋白的條幅

① 見《關於小說題材的通信（並 Y 及 T 來信）》，《魯迅全集》第 4 卷，人民文學出版社 1981 年版。Y 指楊子青即沙汀，T 指湯道耕即艾蕪。

賣友吮血、無論是從舊道德或新道德都能夠承擔起自己使命來的柔石。另外四位「左聯」成員是李偉森、胡也頻、殷夫、馮鏗，史稱「左聯五烈士」。

　　「左聯」後期便較注意開展合法鬥爭，更重視創作了。它通過編輯左翼文學刊物、出版文學作品和開展文學批評，來進行文學活動。短短幾年裡，「左聯」及其週邊組織出版的刊物種類不少，前期的《萌芽》、《拓荒者》、《巴爾底山》、《前哨》，只登載旗幟鮮明的清一色左派文章，往往是刊物剛剛誕生即被查封；由前期伸向後期的《文藝新聞》、《北斗》維持的時間較長，就把作家隊伍擴大，並不局限於左翼；後來的《十字街頭》、《文學月

左翼五烈士被捕的地點：上海東方旅社

報》都注意到鬥爭的策略。北平的「北方左聯」還辦過《文學雜誌》（王志之等編）、《文藝月報》（張磬石等編）。更多的左翼作家在各種中間色彩的刊物報紙上發表作品，《現代》、《文學》、《論語》和北方的《文學季刊》、《大公報・文藝》上，都有左翼作家活躍的身影。魯迅最後的日子，在上海所寫的並不限於一時一勢鬥爭的需要，而擁有巨大歷史概括力的雜文，都產生在這個時候。1933 年茅盾出版《子夜》，這可說是顯示「左聯」時期重大創作成果的一部長篇小說。出版後三個月內重版四次，印了二萬三千冊。「左聯」為如此的成績在一個小學校裡秘密開過慶功會。社會上，連向來不讀新文學作品的少奶奶、小姐、舞女，都來爭看《子夜》了。[1]

　　談到左翼文學的影響，當時是多方面的。它對國民黨的「三民主義文藝」和「民族主義文藝運動」構成壓力，因為那裡雖然有政府作為後臺的支持，無奈少有讀者，又無吸引、匯集最優秀文學人才的力量。左翼與「自由主義」的新月派圍繞「文學的階級性」進行論戰，得到都市激進文學青年的擁護。部分海派作家是從初期的左翼狀態中脫身出來的，比如施蟄存早期加入過共青團，普羅文學興起那陣子他也追隨著寫過《追》、《阿秀》這樣的普羅小說。等他寫出心理分析作品如《在巴黎大戲院》、《魔道》的時候，就立即受到樓適夷、錢杏邨的批評。[2]「新感覺派」核心作家穆時英在發

[1] 見茅盾《〈子夜〉寫作的前前後後》，《茅盾全集》第 34 卷，人民文學出版社 1997 年版，第 516 頁。
[2] 樓適夷的《施蟄存的新感覺主義——讀了〈在巴黎大戲院〉與〈魔道〉之後》，載 1931 年 10 月 26 日《文藝新聞》第 33 期。錢杏邨的《一九三一年文壇之回顧》一文也談到施蟄存的新作代表了「沒落」的新感覺主義，載 1932 年《北斗》2 卷 1 期。

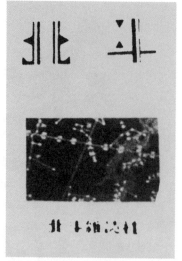

丁玲主編的左聯著名文學雜誌《北斗》。
已能將發表夠質量的左翼作品放在第一位

左翼文學刊物之一的《巴爾底山》

《集納批判》（月刊）是中國左翼新聞記
者聯盟機關刊物，由原來在《文藝新聞》
副刊的《集納》擴充，創刊於 1934 年 1 月
7 日，出版 4 期被禁

表《南北極》時，作品中工人大眾的語彙和簡潔明快、節奏感強烈的敘述形式，也曾受到左翼陣營的稱讚：《北斗》在創刊號上發表評論，此刊 2 卷 1 期錢杏邨的《一九三一年文壇之回顧》裡還專門提到此篇；《文藝新聞》在 1932 年 43 號上也有評價。可當他寫出新感覺派風格的《被當作消遣品的男子》後，就遭到瞿秋白等人的嚴詞批評。《現代出版界》1932 年 7 月第 2 期刊出舒月的文章，用了《社會渣滓堆的流氓無產者與穆時英君的創作》的標題。有意思的是穆時英在此情況下，仍然用仿左翼和新感覺這兩付筆墨寫作，如發表仿左翼的《偷麵包的麵包師》、《斷了條胳膊的人》、《油布》，並在 1933 年出版《南北極》增訂本時照樣把這三篇補收了進去。從當時穆時英寫的序跋中，可以聞到左翼的批評造成他心靈動蕩不定的氣息。至於北方的京派與左翼的互動，可以從 1933 年後那場「京（派）海（派）論爭」中感覺得到。因為左翼也處在上海的商業環境下，左翼也有時髦寫作的流行色，好像批評海派的鋒芒也會順便觸及左翼似的。而原來的京

派文人陣容被左翼穿透的情況就更明顯，蕭乾的自由主義曾經變得不那麼純粹，何其芳到抗戰時期則轉變為「左派」，國統區「貫徹」毛澤東的《在延安文藝座談會上的講話》時，竟是何其芳領導老「左聯」的作家來學習了。這也是左翼和其他文學流派你中有我、我中有你的事例。

「左翼文學」在上海的流行，可一直追溯到開初提倡「革命文學」的 1920 年代中後期。「左聯」成立前，以蔣光慈為代表的「革命加戀愛」作品，是各家書局的熱門書。「革命加戀愛」並不僅僅含左翼時尚寫作的一面，也有真實反映大革命後一代青年迷惘、追求的一面。到它變作一種公式化、概念化的模式，當然就走向了衰退。我們今天反倒重視這些小說所具有的表現一代青年知識份子順歷史潮流力圖融入集體，經受「個性毀滅」過程的精神價值。而完全地反「個人主義」，和五四思想傳統發生的背離，也構成左翼文學內在的矛盾性。上面提到「左翼文學」戰勝「民族主義文學「的依據，表現之一就在文學人才往哪裡流動這方面。在魯迅帶領下匯集的青年作家如丁玲、張天翼、沙汀、艾蕪、吳組緗、蕭紅、端木蕻良、蕭軍、葉紫諸人，他們進入左翼行列的時間先後不等，但或多或少都經歷過「左翼文學」的幼稚期或說摸索期，經歷了「革命加戀愛」、「普羅文學」、「新寫實主義」（引進日本藏原惟人的理論）、「唯物辯證法的創作方法」（引進蘇聯「拉普」的理論[①]）、「新的小說」（按馮雪峰的定義主

蔣光慈主編的太陽社刊物，1930 年 1 月
10 日創刊的《拓荒者》由現代書局出版
後為左聯刊物

蔣光赤（光慈）著《哀中國》

---

① 蘇聯「拉普」，是 1925 年至 1932 年期間在蘇聯一度存在的所謂無產階級文學團體。它受聯共（布）中央領導，捲入當時蘇聯社會的政治經濟大變動的漩渦，中發生「轉向」，後終於解散。內部先後有「崗位派」、「文學陣線派」、「左翼反對派」等派別鬥爭。中國左翼文學受「拉普」影響很深，包括始終把文學看作是傳達思想的手段和提倡文學為當前政治服務的觀念，以及積極探討文學創作方法等方面。「崗位派」的觀點曾反映到 1928 年「革命文學論爭」中；瞿秋白、馮雪峰、周揚等都曾譯介過「拉普」的理論，對於批評「革命的浪漫蒂克」，提倡新的「現實主義創作方法」起過重要的作用。

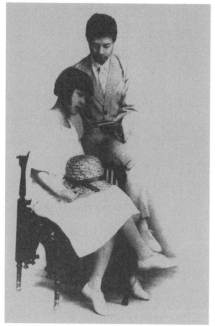

丁玲與胡也頻 1926 年在北京

要是指採用巨大題材、描寫大眾群像、從浪漫蒂克到新寫實主義等特徵）、「社會主義的現實主義」（引進蘇聯「拉普」解散後的理論）這些理論倡導和創作實踐的過程，而逐漸地成熟起來的。

　　丁玲（1904—1986）是有才華的女性作家。她引人注目地經歷過「左聯」各時期的主流寫作，都有代表性小說產生。當然，她的作品光芒又不是政治教條所能完全掩蓋的。《韋護》是「革命加戀愛」流行期的典型作品，以瞿秋白和王劍虹（丁玲的同學和密友）的愛情為原型，曾風行一時。《水》便是被據以提出「新的小說」概念的作品，用少有的筆力，刻鏤出當年十六省水災席捲下艱苦的、反叛的、覺醒的農民群體。而《夜會》是深入上海工廠區後描寫工人的小說，是「革命現實主義」的成績。不過最能突現丁玲創作個性的是《莎菲女士的日記》，此篇在《小說月報》發表的當時便引起青年讀者廣泛的注意。女性作家描寫女性，用從來沒有過的大膽、細膩的心理刻畫，來表現大革命後在政治上處於幻滅邊緣，陷落在彷徨與叛逆、靈與肉的極度

1923 年丁玲與母親在湖南常德。其時，丁玲是「猶抱琵琶」的文學青年，她大概沒想到將來會寫長篇《母親》

「良友」1933 年為丁玲《母親》一書所做的廣告，頭
像是蔡元培之女蔡威廉 1929 年所繪。在良友北四川
路門市當日發售，作者捕前簽好的收藏本一搶而空

1933 年丁玲被捕後左翼製作的木刻像。
署紉君作

矛盾中的知識女性。她們保持了五四「個性解放」的獨立人格，在頹廢、失意、沈浸於
聲色享受和近似玩弄男性感情的方式中，顯示出自己的反抗性。這反抗不免帶著病態，
卻仍是反抗。「莎菲」的形象因此永久，從中可以讀出作者生活鬥爭的個人體驗。丁玲
把這種感情體驗深深融入虛構的作品，組成細節，組成敘述，便成了她的特色。而提
供不同歷史時代的「現代女性」的形象，抒發從女性命運角度感悟到的時代情緒，有追
求，有發現，有衝突，便成為她長時間的創作傾向。這時期她還寫有長篇《母親》，以
作者母親為原型，表現辛亥革命期間剛剛放開小腳的叛逆女性所走過的坎坷道路。她本
有計劃大規模描寫辛亥革命前後的中國社會和人物，可惜沒能完成。

　　張天翼和沙汀是左聯的諷刺作家。張天翼（1906—1985）原籍湖南，卻出身於江
南城市，諳熟中下層市民社會的情景而展開批判。早期的小說《二十一個》因描寫實際
的大眾生活和靈活運用口語，被認為是打破「革命加戀愛」模式的標誌性作品。但真正
體現他的風格的是《包氏父子》、《笑》、《脊背與奶子》等。在這些小說中，他諷刺
了小官僚、小公務員、小知識者、小市民等的虛偽庸俗。《包氏父子》是其中的力作。
此篇描寫門房老包為擺脫低賤窮困的社會地位，將一切希望寄託在不成器的、一心仿
效少爺作派的兒子小包身上。這是令人發笑的悲劇：父子兩代各自用自己不體面的方
式「往上爬」。小包能夠爬進的只能是依人籬下的位置；老包不等渺小的盼望實現，

張天翼 1933 年的自畫像

張天翼著《鬼土日記》給人間畫鬼臉，想像豐富詭譎

張天翼 1934 年於南京

後期左翼雜誌《現實文學》封面為張天翼手跡。後來魯迅喪儀上的許多字都是他寫的

卻連自身在家的生存空間都已提前預支，被兒子粉碎了。作品同情地嘲笑市民階層「望子成龍」的卑俗心理和自甘被奴役的現象，用喜劇的語言、節奏來敘述一個啼笑皆非的故事，譏諷也是持久有力的。張天翼還寫有諷刺性的中長篇《鬼土日記》、《清明時節》等。《大林和小林》是不可多得的左翼童話，表達兩兄弟各走上富人窮人的不同道路，嘲弄式的奇想豐富且曲折多姿。這位小說家到了抗戰爆發，更有諷刺市民官僚的傑作出現。沙汀（1904—1992）是在四川北部荒僻地區生長的，因特殊的家庭背景和生活閱歷，熟悉鄉鎮基層政權的橫暴和顢頇。他是出色的鄉土諷刺作家。初期的作品偏於暴露，《鄉約》、《兇手》、《獸道》、《在祠堂裏》這些作品，所敘述的哥哥被逼槍殺做逃兵的弟弟，婆婆要求當兵的饒過懷孕的兒媳寧肯替代被糟蹋，軍閥連長將叛逆的女人活活釘入棺材，這樣一些野蠻行徑的故事，就日日發生在兵荒馬亂的鄉鎮，有一種奇特的驚心動魄的掙獰。作者寫時偏偏故意安排在慘烈的無可訴告的環境裡，不動聲色的冷峻語調恰到好處。到發表《代理縣長》、《龔老法團》之後，作者調侃鄉鎮實權人物的性格小說正式登場。這類吃賑款、鬧傾軋的題材，刻畫流氓氣、市儈味濃厚的各色「爛官僚份子」，使用喜劇性十足的話語，正是沙汀的特長。後有更精彩的描摹鄉土黑暗王國的諷刺短篇、長篇面世，在抗戰文學中佔有一席重要位置。「左聯」青年作家這方面的實績，顯示了左翼文學對魯迅諷刺藝術的創造性的承繼和發揚。

再看左翼鄉土文學對「五四」鄉土文學的整體超越，就更加突出。30 年代的鄉土已經不是僅供憑弔、僅供尋找溫暖的家園，而是充滿人世間的不平，是舊的沒落、新的

沙汀與左聯盟員合影。後排左起：艾蕪、沙汀、楊騷；前排左起：白薇、杜談、王夢野，是一群年青人

崛起的生死場。在這方面，左翼湧現出艾蕪、沙汀、吳組緗、蕭紅、端木蕻良、葉紫等一批青年才俊。他們的成就表現出「五四」鄉土寫實小說在這時期是如何被規範的，在規範後又是如何深化的。本來，「五四」文學整體呈現多樣，內中也有一股始終存在的浪漫情調，後者曾受到梁實秋從新古典主義角度進行的批評，梁早在 1926 年就發表過《現代中國文學之浪漫的趨勢》一文。[①]「左聯」則不斷輸入馬列主義文藝理論，推行各種新的「現實主義」，以及清算初期的「革命浪漫蒂克」傾向。這都有助於這一時期「寫實」文學的迅速增長。前面提到的左翼青年作家的成就，基本上是循著「五四」寫實小說的道路前行的。「左聯」從一開始就注意對「無產階級文藝理論」的譯介，初期的介紹很多含有庸俗社會學的成分，使得左翼的現實主義文學走過一段彎路。到 1932 年後，瞿秋白根據蘇聯剛發現的文獻，翻譯了恩格斯關於巴爾扎克、易卜生的兩封書信，翻譯了列寧論托爾斯泰的兩篇文章，[②]才使左翼作家真正讀到了馬克思列寧主義創始人論文藝的原作。經過左翼陣營關於「現實主義」問題的長久討論與實踐，包括瞿秋白、馮雪峰肯定的魯迅、茅盾的「最清醒的現實主義」、「革命的現實主義」，胡風和周揚在「典型」問題上的論爭，較後的「社會主義現實主義」的引進和提倡，這樣，左翼現實主義文學對五四現實主義文學，便有了如下幾個方面的發展和規範：第一，對於社會現實的反映要不加粉飾，要客觀地揭示其矛盾性，並從歷史發展的前景上來表現。《子夜》對 1930 年代買辦資本主義和民族資本主義的鬥爭，就被認為是對現實的革命性反映。這裡包含細節的真實。第二，人物是文學表現的中心。能不能刻畫出「典型」是文學的最高目標。《子夜》的吳蓀甫、《莎菲女士的日記》的莎菲、《包氏父子》的

《萌芽》1930 年 1 卷 1 期所載光華書局「科學的藝術論叢書」廣告，共 14 種，譯者有魯迅、馮雪峰、夏衍、蘇汶、馮乃超、林伯修等

---

① 梁實秋的《現代中國文學之浪漫的趨勢》一文，1926 年發表在《晨報副鐫》。

② 瞿秋白譯《恩格斯論巴爾扎克——給哈克納斯女士的信》、《恩格斯論易卜生的信——給愛倫斯德》、《列甫·托爾斯泰像一面俄國革命的鏡子》、《L.N. 托爾斯泰和他的時代》，收《瞿秋白文集（文學編）》第 4 卷，人民文學出版社 1986 年版。

老包，沙汀筆下的鄉鎮官僚，艾蕪的邊地人物，都特別注重典型性格的表現。第三，環境描寫的典型化。蕭紅的東北呼蘭縣的城鎮環境，端木蕻良的科爾沁旗草原環境，吳組緗的安徽山區環境，葉紫的湖南洞庭湖流域的鄉村環境，都是產生典型性格的個性化的背景。環境描寫被認為是人物描寫的有機組成部分。這樣，「五四」以來在中國古代白話文學和法國、俄國文學的雙重作用下形成的現實主義文學，到 30 年代就演變成這種關注人物和環境關係的、講究細節的左翼寫實文學。而從非左翼的文學家的眼光看去，這類構成大勢的左翼文學對他們造成了壓力，施蟄存站在邊緣的海派立場上就稱它們為「正格」。[1]

「正格」的現實主義文學，在左翼洶湧的潮流中仍然要受到各種非現實主義文學的側面衝擊。並且它自身在深化過程裡面也會發生有益的變異。據聶紺弩回憶，蕭紅與他隨意談話時就說過：

> 有一種小說學，小說有一定的寫法，一定要具備某幾種東西，一定寫得像巴爾扎克或契訶甫的作品那樣。我不相信這一套，有各式各樣的作者，有各式各樣的小說。若說一定要怎樣才算小說，魯迅的小說有些就不是小說，如《頭髮的故事》、《一件小事》、《鴨的喜劇》等等。[2]

這即是左翼內部從文學形式角度尋求變異的原動力。實際上蕭紅（1911—1942）這時的作品，無論是長篇《生死場》、短篇《牛車上》，都能打破以人物故事為中心

二蕭送給魯迅的第一張照片，其裝束
為當年哈爾濱流行色

哈爾濱商市街 25 號，蕭紅、蕭軍的住地大門

---

[1] 施蟄存：《小說中的對話》，載 1937 年 4 月 16 日《宇宙風》第 39 期。
[2] 聶紺弩：《蕭紅選集·序》，《蕭紅選集》，人民文學出版社 1981 年版，第 2—3 頁。

蕭紅著《生死場》初版封面

的固定寫法。她的別樣的小說，讓北中國農村血染的黑土地、人民像動物般生死滅絕的風俗畫撲面而來，社會沈滯所帶來的文化時空的某種凝固，加上敘述筆法自由出入於現時和回憶、現時和夢幻之間，便創造出一種與其民族窒息狀態的表達一致的，介於小說、散文和詩之間的新型文學樣式。蕭紅只活了31歲，她後期的作品更是無比出色，從來都不是純現實主義的。其他如艾蕪（1904—1992），是沙汀讀師範的同班同學。他以自己真實的經四川、雲南，越境至緬甸、馬來西亞、新加坡的步行流浪生活，寫成《南行記》各篇。其中的《山峽中》、《茅草地》、《我詛咒你那麼一笑》等，描寫各樣流民如煙販子、滑竿夫、偷馬賊、流浪漢的命運，於寫實之內充溢著傳奇的浪漫主義色調。吳組緗（1908—1994）既有接近茅盾風格的鄉土社會體作品，又摻進了非寫實的成分。客觀寫實的手法在他的名篇《一千八百擔》裡，表現為單用「白描」的對話，就能將發生在宋家宗祠內各房十幾個人物之間爭奪家族財產的各種嘴臉，勾畫得惟妙惟肖。但像《樊家鋪》寫農婦殺害放高利貸的母親，是在一種變態的情景裡發生的。《菉竹山房》的守寡終身的老婦偷窺新婚侄女的故事，所渲染的陰森詭譎氣氛，也超出了一般的寫實。吳組緗是一個從安徽農村破產的現實入手，直寫到人與人關係的內在變動的作家，極富創造性。至於同是東北作家的端木蕻良，還有蕭軍，都能將粗獷雄渾的東北大地，與個人的充沛氣質接為一體。蕭軍（1907—1988）《八月的鄉村》的描寫是質樸的，前後貫穿的調子卻高亢激越。尤其是端木蕻良（1912—1996）的成名作《鷺鷥湖的憂鬱》，寫農婦以自己的身體為引誘代價栓住看青的人們，把一股悲憤之情深藏在夜色如畫的抒情筆法裡面。《遙遠的風砂》等都寫得氣勢不凡。他的長篇小說《科爾沁旗草原》寫作很早，發表已在抗戰時期，等於是一首宏大的敘事詩。這些小說家的寫實都不純粹，是左聯中後期左翼作家進入個性化寫作的最好說明。

以上的左翼作家如「二蕭」（魯迅身邊的蕭紅、蕭軍），其實並未加入「左聯」。這本身就透露出左翼內部存在裂痕的一面。檢點一下「左聯」的歷史，從準備期的「革命文學論爭」，到末尾「兩個口號論爭」，種種紛爭似乎一直沒有停止過。魯迅和周揚（1933年起一直任「左聯」黨團書記，是實際的領導人）的矛盾是左翼的「獨立派」與「主流權力派」的分歧。後者表面上把魯迅稱作「旗手」，其實是看成黨外的「同路人」的。這種宗派主義、關門主義確乎存在。就在「左聯」為適應反法西斯和抗日統一戰線新形勢的需要而自動解散之前，造成周揚的「國防文學」，和魯迅的「民族

吳組緗 1933 年青年時的像

端木蕻良是南開、清華的學生，為左翼
青年作家學歷較高者

革命戰爭的大眾文學」兩個口號的先後提出，便是明顯一例。不過在派別的背後，重要的是掩蓋著左翼文藝思想理論在成長過程中的差異。簡單一點說，在文學和政治的關係上，魯迅因有世界文學藝術的參照，強調文學有獨立性，不能作政治的絕對附庸，始終對左傾機械論和庸俗社會學保持警惕，這是分歧之一。「左聯」的刊物《文學月報》批判「自由人」胡秋原的時候，登載芸生的詩《漢奸的供狀》，裡面竟有「當心，你的腦袋一下就要變做剖開的西瓜」之類的句子，魯迅看了便嚴肅地指出「辱罵和恐嚇決不是戰鬥」！[1]分歧之二是作家世界觀與創作的關係。雖然魯迅從五四時期就說自己的創作是「聽將令」的，是「遵命文學」，但他反對把作家思想立場和創作直接劃等號，他尊崇文藝家的創作自由。為此，在整個 30 年代用雜文向國民黨文化專制統治發起不懈抗爭，而在自己文藝組織內部的人與人之間，對過分的隸屬甚至是奴役的關係也十分敏感。這些分歧都貫穿了對待「五四」啟蒙傳統的不同評價，並不單單是中國左翼文學一家的孤立的問題。它牽涉到在世界範圍內對馬克思列寧主義文藝理論的認識史，一直綿延下來，到魯迅逝世，到延安解放區，到胡風事件發生，到一系列左派發動的文藝批判運動前前後後，因而給後人留下深長的正反面的啟示。

---

[1] 見魯迅《辱罵和恐嚇決不是戰鬥》，《魯迅全集》第 4 卷，人民文學出版社 1981 年版。

左聯時期左翼刊物一覽

刊名	刊期	主編及編輯	創刊時間和地點	出版期數	終刊時間及原因	出版機構
萌芽(新地)	月刊	魯迅主編、馮雪峰	1930年1月1日	1卷6期	1930年6月1日被查禁	光華書局
拓荒者	月刊	蔣光慈主編	1930年1月10日	5期	1930年5月1日被查禁	現代書局
藝術	月刊	沈端先（夏衍）	1930年3月16日	1期	創刊即被查禁	北新書局
文藝講座	不定期刊	馮乃超主編	1930年4月10日	1冊	創刊即被查禁	神州國光社
巴爾底山	旬刊	魯迅、李一氓等	1930年4月11日	1卷5號	1930年5月21日被查禁	巴爾底山社
沙侖	月刊	沈端先（夏衍）主編	1930年6月16日	1期	出版一期即終刊	北新書局
世界文化	月刊	世界文化月刊社編	1930年9月10日	1期	創刊即被查禁	世界文化月刊社
文學生活	月刊	姚蓬子主編	1931年3月1日	1期	出版一期即終刊	聯華書店
文藝新聞	周刊	袁殊主編	1931年3月16日	75期	1932年6月20日被查禁	文藝新聞社
前哨（文學導報）	半月刊	魯迅、馮雪峰等	1931年夏	1卷8期	1931年11月15日	湖風書局
北斗	月刊	丁玲主編、姚蓬子等	1931年9月20日	2卷8期	1932年7月29日被查禁	湖風書局
十字街頭	半月刊、旬刊	魯迅主編、馮雪峰	1931年12月11日	3期	1932年1月5日被查禁	「左聯」創辦
文學月報	月刊	姚蓬子、周起應（周揚）	1932年6月10日	6期	1932年12月15日被查禁	光華書局
文化月報	月刊	陳樂夫	1932年11月15日	1期	創刊即被查禁	文化月報社
無名文藝	旬刊	葉紫主編	1933年2月5日	僅見2期	1933年2月15日改刊	無名文藝社
新詩歌	旬刊、月刊	穆木天、任鈞、楊騷等	1933年2月11日	2卷11期	1934年12月1日	中國詩歌會
藝術新聞	周刊	夏蘆江	1933年2月17日	4期	1933年3月11日	藝術新聞社
文學雜誌	月刊	王志之、谷萬川、潘訓等	1933年4月15日（北平）	1卷4期	1933年7月31日	西北書局
文藝月報	月刊	張磬石、陳北鷗主編	1933年6月1日（北平）	1卷3期	1933年11月1日被查禁	立達書局
無名文藝	月刊	葉紫、陳企霞主編	1933年6月1日	1期	改刊後出版一期即終刊	北新書局
文藝	月刊	周文、劉丹	1933年10月15日	1卷3期	1933年12月15日被查禁	華通書局
新詩歌	月刊	王亞平等	1934年春（北平）	4期	1934年夏	河北中國詩歌會
春光	月刊	莊啟東、陳君冶	1934年3月1日	1卷3期	1934年5月1日被查禁	春光書店
當代文學	月刊	王餘杞	1934年7月1日（天津）	1卷5期	1934年11月1日	天津書店
新語林	半月刊	徐懋庸、莊啟東主編	1934年7月5日	6期	1934年9月被查禁	光華書局
東流	月刊	林煥平、陳達人主編	1934年8月1日（東京）	14期	1936年11月15日	東流文藝月刊社
譯文？	月刊	魯迅主編、黃源	1934年9月16日	28期	1937年6月16日	譯文社
文學新地	月刊	文學新地社	1934年9月25日	1期	創刊即被查禁	文學新地社
新小說	月刊	鄭君平（鄭伯奇）	1935年2月15日	6期	1935年7月1日	良友圖書公司
文學新輯	（不明）	文學新輯社	1935年2月20日	1輯	創刊即被查禁	文學新輯社
雜文（質文）	月刊	杜宣、邢桐華主編	1935年5月15日（東京）	8期	1936年11月10日	質文社
海燕	月刊	聶紺弩、胡風、蕭軍等	1936年1月20日	2期	1936年2月20日	海燕文藝社
夜鶯	月刊	方之中主編	1936年3月5日	4期	1936年6月15日	夜鶯社
文學叢報	月刊	王元亨、馬子華主編	1936年4月1日	5期	1936年8月1日	文學叢報社
令丁	月刊	令丁月刊文藝社主編	1936年4月1日（北平）	1卷2期	1936年5月15日被查禁	令丁月刊文藝社
文學界	月刊	戴平萬、楊騷、沙汀等	1936年6月1日	4期	1936年11月被查禁	光華書局
現實文學	月刊	尹庚、白曙	1936年7月1日	2期	1936年8月2日被查禁	現實文學社
小說家	月刊	歐陽山主編	1936年10月15日	2期	1936年12月1日	小說家月刊社

注：全表左翼刊物出版地除標明外，餘皆在上海出版。
參考書為：《中國現代文學期刊目錄彙編》，唐沅等編，天津人民出版社版。
　　　　　《左聯詞典》姚辛編著，光明日報出版社。

第二十二節　時代色彩鮮明的長篇小說

　　1930 年代既然是「五四」文學的規範和豐富時期，經過一段醞釀，作為現代文學成熟標誌的長篇小說就越來越浮現出來了。大體上，20 年代的中期便開始露頭，在張資平、王統照、盧隱、楊振聲等相對幼嫩的較長篇幅小說陸續發表之後，20 年代後期出現佳作，發展到 30 年代中期逐漸成型。如果以單行本初版的時間為序，1929 年有葉聖陶的《倪煥之》；1930 年有茅盾的《蝕》（《幻滅》、《動搖》、《追求》三部曲），張恨水的《啼笑因緣》；1931 年空缺（《家》是該年連載的，但如果說連載的話《幻滅》是 1927 年，甚至比 1928 年 1 月開始連載的《倪煥之》還要早些）；1932 年有廢名的《橋》；1933 年有茅盾的《子夜》，巴金的《家》，老舍的《離婚》；1934 年有沈從文的《邊城》；1935 年有李劼人的《死水微瀾》，蕭軍的《八月的鄉村》，蕭紅的《生死場》，張恨水的《金粉世家》；1936 年有李劼人的《暴風雨前》（這年老舍的《駱駝祥子》開始在《宇宙風》連載，這必須提一下。它的單行本出版因戰爭的緣故雖然直拖到 1939 年去了，但作為長篇現象應屬於戰前）；1937 年有周文的《在白森鎮》，李劼人的《大波》（上中下冊），蕭軍的《第三代》。《第三代》僅是未來長篇的一部分，後被打斷，蕭軍在延安的鄉間也未能全部完成。戰爭破壞文化的力量從這裡也能顯見，但長篇發展又有它自身的生命過程，在 30 年代中期產生眾多優秀長篇的脈絡是清晰的。

　　這時的長篇可以粗分為寫實的和詩化的兩大類。詩化的長篇將在下面談京派的時候論及，這裡著重說的是在 30 年代左翼文學帶動下創作的一批時代性極強的現實主義長篇小說。鄉土文學在「五四」的推動下到了 30 年代仍是重要成就之一，它和時代文學形成了縱橫交叉的關係。就是說一部分鄉土作品如廢名、沈從文小說的引人入勝之處並不在時代性上，而一部分像蕭紅的《生死

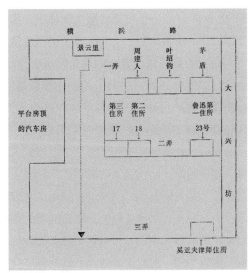

1927 年上海景雲里魯迅、茅盾等居住位置圖。兩人一度前後門，茅盾在這裡以地下狀態寫了《幻滅》等（材料來自魯博《魯迅年譜（增訂本）》第 3 卷）

魯迅1927年下半年住進上海景雲里2弄底的23號。
許廣平後來著文說「景雲深處是吾家」

景雲里弄堂口現貌。1927年茅盾、魯迅等都曾住在此
處

場》，除了鄉土生活場景的逼真、豐富外，歷史背景所給人的印象到後半部分並不淺
顯，但因局限於鄉間，視野總嫌小些。正是經過了葉聖陶《倪煥之》的準備（由家庭學
校寫到主人公倪煥之投入社會，投入五卅運動和大革命），待等用「茅盾」的筆名發表
的《幻滅》一旦登上文學舞臺，一種令人耳目一新的視域廣闊的時代小說就出現了。而
且從以後的事實來看，它的影響力是相當深遠的。

　　時代的長篇是從豐富的現實鬥爭生活經驗出發，結合對社會歷史的闡釋動機而發
生的。茅盾（1896—1981）的創作經歷最富有這方面的代表性。他在大革命國共分裂
後潛回上海，所住虹口景雲里家的後門，正對了魯迅兩個月後來住的房舍的前門。不
久是魯迅讓二弟建人陪著去看望茅盾，就因茅盾當時處在地下狀態，出入不便。十個
月的蟄居，使這個「五四」著名的編輯家、評論家有時間「反芻」剛剛經歷過的歷史一
幕。據他回憶，北伐武漢時期相熟的幾個「時代女性」的人物活躍在他腦際。一天在秘
密參加了某次聚會後，雨中走在路上，身旁的某位「時代女性」突然激發出他的創作情
緒。所以現在再來讀《蝕》三部曲描寫的圍繞幾個女性對「革命」由理想化的追求到幻
想破滅的故事，表現一代青年知識者的時代心理，其宏偉構思和歷史氣質與後來的《子
夜》儘管相通，但北伐軍隊政治部裡職業女性的活躍形象、男女交往場景、左派內部的
複雜性，以及武漢三鎮北伐誓師的實錄場面，其生活感和歷史感兼有的特點卻為後來所
少見。《蝕》的寫作有情感發洩的性質。而《子夜》就不是這樣，它有明確的理性寫作

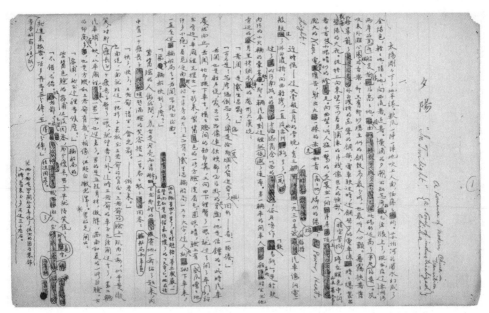

《子夜》初名《夕陽》手稿的第一頁，字跡纖細秀美如女性。現藏現代文學館

動機。據茅盾回憶，是起於 1930 年夏秋之交知識界那場關於中國社會性質的大論戰。他本人同意中國已淪為半封建半殖民地的觀點，而為了反對已進入資本主義這一說，才想用文學來說明帝國主義是根本不會允許中國民族資本主義單獨立足的道理。不過茅盾不僅有分析社會生活的這把解剖刀，同時掌握著大量的社會生活材料。他的親戚故舊中有眾多的資本家、商人，特別是助他在北京上學和在商務印書館就業，曾任過北洋政府公債司司長、現在是銀行家的表叔盧學溥，更是他長期觀察、瞭解的人物。這即是後來《子夜》主人公吳蓀甫的原型。到 1930 年秋，茅盾因眼病遵醫囑不得讀書寫作，他就利用這個機會在盧表叔的公館客廳裡廣泛接觸商界人氏，還親自到上海交易所去體驗那個投機場面的騷動氣息（寫過專門的散文），這樣才在 1931 年到 1932 年的一年多時間裡寫下了這部自己的代表作。

　　《子夜》的時代性寫作表現在：第一，這不僅是民族資本家吳蓀甫的故事，而且是經吳蓀甫所聯繫起來的整個社會 1930 年代的當代史實，作者竟能同步加以表現。這種重大題材的選擇，廣角度的全景視野，即時的反映力，為以往小說所從未達到過。1930 年代上海這個特別的經濟、政治、文化環境所能發生的階級、階層、人物之間的複雜糾葛，圍繞著民族資本家和買辦資本家（趙伯韜）對峙和妥協的關係，大的民族資本家之間（吳及其至親杜竹齋）又聯合又分裂的關係，大資本家和中小資本家（開絲廠的朱吟秋、織綢廠的陳君宜、火柴廠的周仲偉等）又聯合又吞併的關係，資本家對工人剝削、鎮壓又收買、分化的關係，還有資本家與下屬（屠維岳、莫干丞）、與朋友之

《子夜》初版本（精裝）從當
時看相當考究

間打進去或拉出來的關係，與親友愛與不愛的關係，與家鄉地主、高利貸主、農民的關
係，甚至通過罷工與反罷工造成的與地下黨工作和共產黨內路線鬥爭的間接關係等等。
這樣組成的社會巨大網路，是人物生活其中而形成性格、命運，演繹出人間歷史的大舞
臺。茅盾自己解釋過：「我以為那些『歷史事件』須得裝在十萬字以上的長篇裡這才能
夠抒寫個淋漓透徹。」[1]宏大的事件與宏大的結構正相呼應。第二，重建悲劇性的英雄
人物形象。「五四」文學曾經樹立的描寫平民、小人物的寫法，在一個新的意義上被顛
覆了，重新與中國歷史英雄演義的文學傳統相銜接，借鑒19世紀法國、俄國「大河小
說」的觀念手法，而突出描寫了吳蓀甫這個民族資本家的全部複雜性質。圍繞吳蓀甫這
個30年代工業王國的「英雄」，作者同情與批判兼有，借著他處於小說中各錯綜複雜
衝突的核心位置，表現他精明、殘酷和色厲內荏的悲劇人格和最終的敗局。在精神上，
吳蓀甫是現代西方資產階級的兄弟，與他的父輩迥異（所以小說開頭就寫其父一到上
海，封建僵屍立即風化），為中國工業社會中堅份子。他有發展民族工業的雄心壯志，
有現代企業的管理知識和才能，個性頑強，處事果斷，是鐵腕人物。他身上又依附著封
建性的魔鬼，從他與上下級、家庭妻子和農民的關聯中經常能顯露出「暴君」的孤立。
他生不逢時，在金戈鐵馬的重重逼迫之下左衝右突，最後經不住主要是買辦經濟、帝國
主義經濟的打壓，敗下陣來。與吳蓀甫相匹配的，如次要人物屠維岳這個工頭，在與上
司、同級工賊和工人的多重矛盾中，也突現他的強硬而多智的性格。這和同期京派作品
的寫非英雄人物和清淡的牧歌式風俗描寫的分別，已十分明顯。第三，講究敘述氣勢和
雕刻般的立體畫描寫技法。小說寫現代都市的氣氛場面，十分強烈。工廠罷工和交易所
買進賣出，遊行和飛行集會，突出風雲變化。像操縱金融和玩弄女人都很在行的趙伯

---

① 茅盾：《我的回顧》，《茅盾全集》第19卷，人民文學出版社1991年版，第408頁。

茅盾《虹》的初版本和手稿。
也是出色的時代小說

韜，被吳蓀甫吃掉的中小資本家朱吟秋，從鄉鎮跑來上海想刺探股市情報投機卻「賠了女兒又折兵」的財主馮雲卿，穿插其中的徐曼麗等現代都市女性，也都寫得一筆不漏。第四，便是這種時代小說探究社會矛盾根源和發展前景的不懈精神。為此，它們總如葉聖陶談熟知的茅盾時所說的：「我有這麼個印象，他寫《子夜》是兼具文藝家寫作品與科學家寫論文的精神的。」[1]其長短處可能都在這裡。

　　茅盾的時代性寫作，貫穿了他一生的創作道路。到 1940 年代則有在桂林寫出的《霜葉紅似二月花》，由江南縣城一角展示中國近代社會風雨飄搖中早期民族資本家、沒落貴族、改良地主（錢良材）等各階級動盪的歷史，以及圍繞他們的家庭生活。其中的女性形象張婉卿已預示中國舊式上層婦女中的優秀者，將要面臨的蛻變成為未來「現代女性」的可能。茅盾的小說由於設計過於宏大，往往不能全部實現，所以他有許多未完作品。《霜葉紅似二月花》原計劃要從辛亥革命後一直寫到 1927 年（正與《蝕》的起始時間相接），但中途停筆。早期的《虹》，寫女主人公梅行素走出家門所處的時代，是從「五四」時的四川到「五卅」的上海，現在的細心讀者當會發現結尾的草率。其實作者在《跋》裡已經承認：「當時頗不自量棉薄，欲為中國近十年之壯劇，留一印痕。八月中因移居擱筆，爾後人事倥傯，遂不能復續。」1948 年寫的長篇《鍛煉》，現在我們看到的只是第一部，時代是從上海「8.13」事變到上海陷落。實際預計是寫五部，後面各部要自保衛大武漢一直寫到抗戰「慘勝」和李公樸、聞一多被暗殺（見此書作者《小序》），但並沒有如願寫出。茅盾就是這樣一個長篇小說家，他以歷史代言人的敘述立場和身分，處理時代性、政治性強烈的題材，巨大的歷史性構思與生活細節的精雕細刻互相結合，善於刻畫「時代女性」和民族資本家這兩大形象系列，有「社會剖

---

[1]　葉聖陶：《略談雁冰兄的文學工作》，《葉聖陶散文》，成都：四川人民出版社 1983 年版，第 495—496 頁。

1922 年的李劼人身上還有留法學生的氣質　　　　李劼人著《死水微瀾》—1936 年初版本

析」小說所帶來的歷史和美學的特色，也有「本質化」思維對藝術本身的戕害。但無論如何，茅盾的時代歷史小說對中國長篇文體的發展和革命現實主義的影響都非常深遠。茅盾的現實主義寫作創造性地運用了「典型環境下的典型人物」的方法，注意向世界文學學習，本身還不是完全封閉的。但在以後獨尊現實主義的文藝政策之下，也漸漸顯露了自足的局限。

　　並非左翼作家，卻直接以法國「大河小說」為師寫出四川編年史的，是李劼人（1891—1962）。他最重要的小說是三部曲《死水微瀾》、《暴風雨前》、《大波》，在 1937 年抗戰前就由中華書局出齊。每一部各有自己的故事，各有自己的主人公，但有些人物前後貫穿，主題是一致的。《死水微瀾》寫得最好，用成都附近天回鎮作背景，以袍哥羅歪嘴和蔡大嫂的關係為主要線索，展開從甲午 1894 年到辛丑 1901 年間，中國內地因帝國主義和官府勢力插手造成的教民與袍哥兩大力量的殊死搏鬥。羅歪嘴和蔡大嫂的「愛情」按照封建道德衡量是越軌的，但卻得到同情與讚美般的敘述。蔡大嫂形象尤其動人，更具江湖的野性。這是個出身貧賤，對生活充滿欲望，敢作敢當、敢愛敢恨的女性。她在當地袍哥失敗後，為救情人、丈夫而毅然自己做主改嫁大糧戶，表現出蔑視貞操，不守成法，又不願回到過去生活的那種勇氣。《暴風雨前》寫1901 年到 1909 年間成都的維新氣象。以郝又三這個半官半紳的家庭為線索，組織起尤鐵民等留日維新志士的活動及郝又三與平民女子伍大嫂的關係等情節。《大波》反映辛亥革命前夕的四川保路運動。用成都黃瀾生的家庭和與此相關的人物，串聯起保路同志會成立、反抗清廷把鐵路收歸國有而遭鎮壓等一系列歷史事件，也穿插了楚子材與其表嬸黃太太的男女情事。作者比茅盾年紀還大 5 歲，熟悉四川，是真正的「成都通」，對

這個城市及其周邊地區市鎮的形成、街道沿革、商鋪茶館布局，市民生活方式，無不了然於胸。因而他的小說不僅時代感強，舉凡場景氣氛、人物關係、服飾打扮、家居庭院的描寫，都與地域文化絲絲入扣。全書寫川西壩鄉鎮趕集、成都東大街正月看燈、二月趕青羊宮、婚葬禮儀、下蓮池平民生活、四川全省學堂運動會等各種世態情景，色彩濃厚。這是時代史、社會史與風俗史的高度結合，與茅盾相通，又盡顯作者自己的特色。另一點是在小說結構和敘述上，雖然都有時代長篇的宏大性，茅盾面對歷史巨幹注意橫向的截取，而李劼人在縱向性上更強，筆致更冷靜、更客觀。同是善於刻畫時代女性，兩人筆法都比較客觀，但茅盾仍會不經意地流露感情，不像李劼人隱藏得深。李劼人自留法回來，活動偏於四川一隅，後來的《大波》間接性的講述過多，情節開展拖遝，沒有越寫越好，非常可惜。對李劼人的評價長期比較落寞，而郭沫若對同鄉的「大河小說」抱有好感，據說曾經在數天內讀得如癡如醉，算是一個知音。

時代小說系列當中還有一類家族小說。這種文體實際含有「歷史」、「社會」的因素，不過它們都是從一個或幾個「家族」的故事入手的，以小見大，展開幾代人的複雜命運。而大家庭的崩潰往往是時代激變的縮影，老一輩的沒落常常是子孫一代、青年一代走向新生的開始。中國原本是個封建的家族社會，這就造成家族長篇小說的特別發達。在 1930 年代影響巨大的巴金的《家》，還有端木蕻良的《科爾沁旗草原》，到 1940 年代有《四世同堂》、《京華煙雲》、《財主底兒女們》等，都是由左翼或非左翼作家不絕如縷地寫出的。

巴金（1904—2005）的《家》，以及同在「激流三部曲」名義之下但寫得稍遜的《春》、《秋》，是連續性的長卷，很負盛名。《家》以巴金自己家的原型來寫，當

《家》的原型巴金成都老家大門，1950 年代後仍存，現在看不到了

巴金 1927 年的肖像。於文質彬彬中含著剛毅英挺

巴金早期影響青年讀者的作品《愛情的三部曲》，這是良友版特大本

1929 年巴金與大哥（覺新原型）在上海合照，但不久在《家》未出版前，大哥黯然自盡

時的作者是信仰無政府主義的熱血青年。從 1931 年到 1932 年，當《家》在上海《時報》連載的時候，覺新的原型即巴金的大哥在成都服毒自盡。報紙連載《家》整整一年，起初並沒有引起轟動。甚至中間因反響沒有預期那麼大，報紙方面差一點就要將它「腰斬」。只是因巴金提出了不再取稿費的解決辦法，才算全部刊完。誰料第二年開明書店出版單行本後，即在社會上迅速傳播開來，表現出單行本的青年讀者對象，與報紙連載小說的市民讀者對象的迥異。這兩類讀者對現代文學的不同推動力，在這件事情上表現鮮明。《家》以成都高家幾代人的故事為線索，從「五四」前敘述起。這已是封建大家庭的強弩之末，四老爺、五老爺作為敗家子每天都在拆著這個家族的物質的和精神的屋宇，但高老太爺以舊禮教治家，仍掌握著至高的權力。長房長孫覺新是寫得最成功的人物，他已受到新思潮的影響，但他的家庭地位和受封建倫理的損害使得他處處委曲求全，性格軟弱。他先是犧牲與錢家表妹（梅表姐）的感情，犧牲大學深造的機會，履行了舊式婚姻；後妻子瑞玨生產，卻被長輩以會沖了祖父的「血光之災」的名義趕到城外，造成瑞玨之死。弟弟和自己的種種經歷終於使得覺新有所變化，他開始支持弟弟的叛逆行動，產生「我們這個家需要一個叛徒」的想法。覺慧是這個家庭最早的覺醒者，他積極參加學生運動，與丫鬟鳴鳳相愛，鳴鳳卻被高老太爺賜給別人作妾因而跳湖自殺，讓他徹底認識了這個家的罪惡。覺慧在幫助二哥覺民抗婚成功之後，自己也勇敢地走出家門，遠赴異地。這種「五四」新一代掙脫封建束縛走向社會，自己掌握自己的命運的故事，是如此地激勵了一代代的青年。「走出家」成了叛逆、覺醒、追求的代名

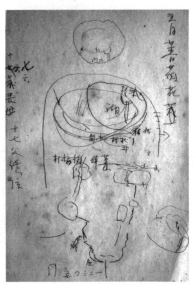

開明第四版《家》空白頁上，巴金手繪的
「家」平面圖是留作自己進一步修改之用
的

《家》的開明書店第四版上有巴金贈書題
款。他很重視自己作品的歷次修訂

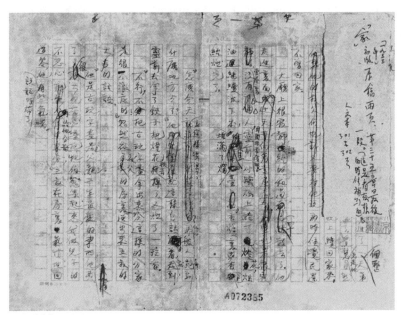

巴金《家》的手稿

《家》之插圖——新年家宴

《家》的外文譯本封面

詞，以至走向社會主義、走向延安的革命者也會懷揣一冊《家》而走上萬里征途。巴金的時代小說堅持「五四」的啟蒙精神，與茅盾、李劼人並不完全相同。作品人物反叛社會，所依據的是人道主義、民主自由思想，更加注重「個人」的價值。他敘事的主觀傾向一直很大，情緒化的描寫，理想的燃燒，其青春氣息更適宜青年的閱讀。巴金讓時代小說擁有了廣大的讀者，擴大了時代性寫作的社會影響。中國現代讀者的社會敏感性還是不弱的，滿足於文學的娛樂和消遣目的的，只是一部分市民。《家》幾乎成了一代一代激進青年走上社會的必讀書，成了 20 世紀新文學印數最多的現代文學名著。

　　從文學史的角度來看，1930 年代產生的時代性長篇小說，鋪下了中國現代長篇製作的基石。

第二十三節　時代性和個性化寫作的相繼高揚

　　時代性寫作之能夠在 1930 年代高揚，是與那個鬥爭年代和特殊的讀者構成有關的。上節所述巴金《家》初在上海《時報》連載差一點遭遇「腰斬」的事情，歷來的傳記作者提出的解釋不外兩條。第一，因東北發生「九・一八」事變，國難新聞大大增加，報紙版面緊張所致。第二，編者抱怨這部小說寫得太長了。這兩條理由，其實一條也站不住。要說局勢緊張，《家》恢復連載的時間是 1932 年 1 月 26 日，兩天後在家門口便發生了「一・二八」戰事，當時上海市民的民族情緒高漲，反而絲毫未影響《家》的連載。如舉別人的例子，上海《新聞報》在 1931 年 9 月到 1933 年 3 月 26 日期間曾連載張恨水並不出名的小說《太平花》，篇幅與《家》相等都是 30 萬字，時間正值從「九・一八」到「一・二八」的全過程，並沒有產生停載問題。那麼真實的原因只有一條，《家》連載本的報紙讀者是滿足於天天看幾百字通俗作品、一看看幾年的市民，《家》沒有他們需要的趣味，故受到冷遇。而後來印成單行本之所以立即暢銷，是因「書」的讀者轉換成另一批人，《家》高亢的時代風格最終得到了時代青年讀者的欣賞和呼應！巴金並非左翼作家，可見當年的時代青年讀者群體也不一定都是左翼，是更寬泛的。不妨稱作「激進型的都市讀者」。他們有一定的文學口味，並非簡單地只是

上海街上隨處可見的活動書攤，總有人光顧。這是市民大眾讀者的文化消費場所

五卅運動時上海市民在街上觀
看反帝的招貼宣傳畫，這包含
著市民政治性的一面

花錢來買政治教條讀的。讀者對於作家既是擁戴者，也是制約者。時代性寫作的陷阱，是容易政治化、概念化，靠了讀者的制約，靠了 1930 年代一批優秀的時代作家個性化創作的出現，在不斷的克服中才顯示了新文學前行的足跡。

魯迅在評價「左翼五烈士」之一的詩人白莽（即殷夫）時，曾道出他對時代性詩歌的充滿詩意的看法：

這是東方的微光，是林中的響箭，是冬末的萌芽，是進軍的第一步，是對於前驅者的愛的大纛，也是對於摧殘者的憎的豐碑。一切所謂圓熟簡練，靜穆幽遠之作，都無須來作比方，因為這詩屬於別一世界。①

這裡的詩指的就是 1930 年代除新月派、象徵派以外的抒時代之情的革命詩歌。革命詩歌成長有它自己的道路，在 1932 年「左聯」領導的「中國詩歌會」成立之前，有蔣光慈作為詩人（也是小說家）開創的「無產階級詩歌」的先聲。《新夢》是他的代表詩集，繼承早期白話詩的「平民」傳統，但一反「五四」詩歌的主觀性和個人性，主張詩人要投入群眾之中，消融自我，歌頌政治理想。如《莫斯科吟》便高歌：「十月革命，又如通天火柱一般，／後面燃燒著過去的殘物，／前面照耀著將來的新途徑。」或在《自題小像》裡聲稱：「從那群眾的波濤裏，才能湧現出一個真我」。這些詩往往將時代和個人對立，就在這對立中顯示新的感情和新的思想。

中國詩歌會的主要詩人有殷夫、蒲風等。此會辦有《新詩歌》等刊物，大力提倡現實主義詩作，直接反映時代風雲和工農鬥爭。殷夫（1909—1931）的政治抒情詩高昂、激越、富有鼓動性，如《一九二九年的五月一日》、《血字》等。《血字》寫道：

① 魯迅：《白莽作〈孩兒塔〉序》，《魯迅全集》第 6 卷，人民文學出版社 1981 年版，第 494 頁。

上海街頭的遊行隊伍經
過的熱烈場面

「『五卅』喲！／立起來，在南京路走！／把你血的光芒射到天的盡頭，／把你剛強的姿態投映到黃浦江口，／把你的洪鐘般的預言震動宇宙！」[①]詩風剛強，敘事和議論的因素都很強烈。殷夫本是富家出身，哥哥是國民黨的高級官員，所以他投身革命是有一個痛苦過程的，曾寫過《別了，哥哥！》這樣的詩，副題「算作是向一個『階級』的告別詞吧」，可見一斑。在處理個人和階級的關係時，他的這類時代詩歌經常會在宏大的場面中插入自己，但這個自己已不是「小我」，而是經過戰鬥洗禮的「大我」。這使他詩歌的抒情主體，經常轉為群體的「我們」。像這首《一九二九年的五月一日》，描寫詩人在「五一遊行」的群眾行列裡，個人融進了集體，意識到自己是個能掌握歷史命運的新生階級的代表：

> 我突入人群，高呼：
> 「我們……我們……我們……」
> 白的紅的五彩紙片，
> 在晨曦中翻飛像隊鴿群。
> 呵，響應，響應，響應，
> 滿街上是我們的呼聲！
> 我融入於一個聲音的洪流，
> 我們是偉大的一個心靈。
> 滿街都是工人，同志，我們，
> 滿街都是粗暴的呼聲，
> 滿街都是喜悅的笑，叫，

① 殷夫：《血字》，《殷夫詩文選集》，人民文學出版社1954年版。

蒲風著

「茫茫夜」詩集出版

蒲風。茫茫夜 四月廿日出版

實價四角

春光書店發行

茫茫集。全集有詩廿五篇，以農村生活為中心題材，誠不愧稱為農村前奏曲。集首有陳子展先生森堡先生的序，集中還掃有新波先生的木刻阿畫，及魏猛克先生代畫的像。全書用厚瑞典紙精印，形式非常美觀，而定價不外大洋四角。劉誌書業已於四月廿號出版。

蒲風集五年來在海內外發表過的詩歌，經詩人楊騷再三精選，而成茫

1934 年 5 月 1 日《春光》1 卷 3 期所載蒲風詩集《茫茫夜》由春光書店該年四月出版的廣告

夜的沈寂掃蕩淨盡。[1]

遊行可以入詩，連開秘密會議作決議也可入詩。《議決》裡寫道：「在幽暗的油燈光中，／我們是無窮的多——合著影，／我們共同地呼吸著臭氣，／我們共同地享有一顆大的心。」[2]當被賦予群體色彩的個人可以無限擴張的時候，這就似郭沫若詩中那個「五四」式的抒情主人公，取得了某種一致。中國詩歌會另一個重要詩人蒲風，寫有《茫茫夜》、《六月流火》這些描寫農民鬥爭的詩篇，也十分壯闊。《茫茫夜》裡參加「窮人軍」的青年農民和母親用風來傳話：「為什麼我們勞苦了整日整年／要飽受饑寒，凌辱，打罵？／為什麼他們整年飽吃尋樂，／我們卻要永遠屈服他？」[3]語句粗重剛強。這個詩派還提出「歌謠化」的目標，並加以實施。結果雖不理想，但這是詩歌大眾化在「紅色三十年代」一貫的主張。在後來的抗戰初期及 1940 年代解放區的詩歌運動中，直到郭小川的政治抒情詩，都能得到某種體現。

時代詩歌所能發出的聲音不弱，而且有從左翼向外擴展的趨勢。最能證明此點的，如早期受新月派影響很大的臧克家（1905—2004），第一個詩集《烙印》出版時，由聞一多作序。他後來逐漸左傾，成了最能面向農民苦難、最能表現中國鄉村的詩人之一。他的名作《老馬》確實寫得好：「總得叫大車裝個夠，／它橫豎不說一句話，／背上的壓力往肉裏扣，／它把頭沈重的垂下！／／這刻不知道下刻的命，／它有淚只往心裏嚥，／眼裏飄來一道鞭影，／它抬起頭望望前面。」[4]這是負重的老馬，也是當時中國農民的寫照。它繼承了傳統詩歌中的「詠物」詩的傳統，卻賦以時代的感情和詩句，雕刻一樣有力度地給予表現，在粗獷中現出細膩。這是臧克家

臧克家詩集《烙印》的初版本。內在的激越情緒與沈靜的裝幀設計形成反差

---

① 殷夫：《一九二九年的五月一日》，《殷夫選集》，上海開明書店 1951 年版。
② 殷夫：《議決》，《殷夫詩文選集》，人民文學出版社 1954 年版。
③ 蒲風：《茫茫夜》，國際編譯館 1934 年版。
④ 臧克家：《老馬》，《烙印》，上海開明書店 1934 年版。

詩質的個性所在。

　　真正在時代詩歌創作中保持和發揮出個人獨創性的民族詩人，是艾青（1910—1996）。艾青在 1933 年以一首在監獄裡寫成的《大堰河——我的保姆》，震驚了當時的詩壇。「大堰河」是一個勞動婦女，是地主的兒子艾青真實生活中的保姆。其詩深情地唱道：「我是地主的兒子，/ 也是吃了大堰河的奶而長大了的 / 大堰河的兒子。// 大堰河以養育我而養育她的家，/ 而我，是吃了你的奶而被養育了的，/ 大堰河啊，我的保姆。」[1]這裡也包含革命詩人願意改變原先純知識者立場的潛在思想。艾青本來在國內和法國學畫，詩的外來影響主要是歐洲象徵派、印象派的（均屬於現代派），也閱讀過俄羅斯 19 世紀現實主義大師的

1929 年艾青在巴黎

精品。他被譽為「吹蘆笛的詩人」，吹的是「歐羅巴」的蘆笛。這就不難理解，為什麼他積極參與革命活動，後奔赴延安，在成為傑出詩人的同時，較少有狹隘寫實派易犯的概念化的毛病，而能把世界現代詩歌的豐富營養，與自己同中國農民、土地的血肉聯繫，與自己個人的才華結合起來。

　　艾青的時代抒情詩是激越的，藝術成就很高。《雪落在中國的土地上》是他寫土地的名詩，詩中將自己的命運和普通趕馬車的「農夫」、「蓬髮垢面的少婦」、「年老的母親」聯繫在一起，傾訴「中國的苦痛與災難 / 像這雪夜一樣廣闊而又漫長呀」。[2]《我愛這土地》全詩是這樣的：

> 假使我是一隻鳥，
> 我也應該用嘶啞的喉嚨歌唱：
> 這被暴風雨所打擊著的土地，
> 這永遠洶湧著我們的悲憤的河流，
> 這無止息地吹刮著的激怒的風，
> 和那來自林間的無比溫柔的黎明……
> ——然後我死了，
> 連羽毛也腐爛在土地裏面。
> 為什麼我的眼裏常含淚水？

---

① 艾青：《大堰河——我的保姆》，《大堰河》，上海文化生活出版社 1939 年版。
② 艾青：《雪落在中國的土地上》，《北方》，上海文化生活出版社 1942 年版。

艾青（右二）1930 年與友人在巴黎學畫

　　　　因為我對這土地愛得深沈……①

　　土地和人民融洽無間，並無驚人的語詞，嵌在這短詩裡卻發出動人的感染力量。對於艾青，他不必有意將「我」和「我們」分得如此清楚。《黎明的通知》發出的是「我」的一個「光明」、「溫暖」的資訊：「借你正直人的嘴 / 請帶去我的消息 // 通知眼睛被渴望所灼痛的人類 / 和遠方的沈浸在苦難裏的城市和村莊」，「請他們準備歡迎，請所有的人準備歡迎 / 當雄雞最後一次鳴叫的時候我就到來」，「趁這夜已快完了，請告訴他們 / 說他們所等待的就要來了」。②這是任何作過噩夢的善良人們都會有的期待，而詩人的情緒一氣呵成，把對農民及土地的依戀，盡情流露。艾青的詩《太陽》、《向太陽》是對光明的不歇追求，用「太陽「凝結成象徵的意象，捕捉感覺，提煉成一定的思想感情。這是他在現實主義之外向重視主觀感覺、印象的西方現代派藝術學習的地方。《吹號者》寫軍隊裡最常見的

艾青著《黎明的通知》

---

① 艾青：《我愛這土地》，《北方》，上海文化生活出版社 1942 年版。
② 艾青：《黎明的通知》，桂林文化供應社 1943 年版。

現實，作者用「起身號」、「出發號」、「衝鋒號」貫穿，當吹號兵被子彈擊中，作者抓住號兵犧牲前的一刹那，把感覺印象凝結成這樣的詩句：「在那號角滑溜的銅皮上，/映出了死者的血／和他的慘白的面容；/也映出了永遠奔跑不完的／帶著射擊前進的人群，/和嘶鳴的馬匹，/和隆隆的車輛……/而太陽，太陽／使那號角射出閃閃的光芒……/」（兩個省略號均為原有）[1]像電影手法，又比電影多了語言的魅力。艾青在他成長為革命詩人的過程裡，並未把藝術視野縮小，而是將時代意義與寫實、象徵的個性化寫作高度融和。他給自由體詩增加了優秀作品，為詩歌的散文化提供了理論和實踐。他成了 20 世紀最有創作個性的中國時代詩人。

與詩歌情況近似的，話劇在進入 1930 年代後，也被捲入了時代性的寫作大潮。如果簡單地回顧一下自「五四」時期《新青年》引進「易卜生」的劇本和主義，胡適寫《終身大事》，全社會關注「娜拉」這女性的社會命運以來，話劇在中國走過的道路是相當崎嶇的。包括對舊戲的批判；吸收文明戲過於商業化、職業化的教訓而進行的一段「愛美劇」（即業餘的、非商業性的戲劇）的實踐；並在演出中，逐步確立起在中國學習西洋話劇的基本方向。當然，這之間在如何處理傳統戲劇和西洋話劇的關係上，始終存在著矛盾。新文學首創者們對這一問題的看法也莫衷一是。1924 年，受過歐美系統戲劇教育的洪深（1894—1955），執導了根據王爾德作品改編的《少奶奶的扇子》，改文明戲的「明星制」為「導演制」，為話劇在中國成為正規的「劇場戲劇」起了促進作用。1928 年，洪深又將 drama 譯為「話劇」，從此話劇的名稱才真正定型。這時，田漢（1898—1968）以一個劇作家和話劇組織家、教育家的多重身分，登上劇壇。他

1930 年在上海的田漢

田漢著《咖啡店之一夜》是他早期的浪漫劇作代表

---

[1] 艾青：《吹號者》，《他死在第二次》，上海雜誌公司 1946 年版。

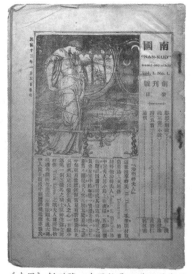

《南國》創刊號。南國社是田漢的早期話
劇事業

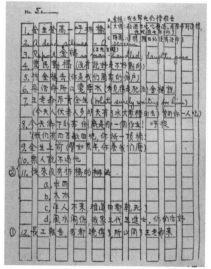

洪深《五奎橋》劇本大綱

的經歷正代表了一種傾向：從個人化的話劇創作，轉變為時代性的寫作。田漢早期劇作
《咖啡店之一夜》、《蘇州夜話》，充滿唯美的、浪漫的氣息。《名優之死》寫正直藝
人的遭遇，社會性較強，也貫穿了感傷情緒，並不闊大。他領導的南國社，和其他左傾
的劇社辛酉社、摩登社、上海藝術劇社等後來終於聯合成「左翼戲劇家聯盟」。他受
南國社內部更年輕一代的觸動，1930 年在《南國月刊》上發表《我們的自己批判》一
文，表示轉向「無產階級戲劇」。此時寫出的《洪水》、《顧正紅之死》、《亂鐘》、
《暴風雨中的七個女性》等劇，就有了直接取材社會鬥爭、描寫時代英雄的傾向，但劇
作不免粗糙。這種變化不僅表現在田漢身上，像並非左翼的洪深也寫出他的代表劇作
《農村三部曲》（包括《五奎橋》、《香稻米》、《青龍潭》三個以農村為題材的話

劇），其中的《五奎橋》，通
過圍繞「橋」所發生的農民與
地主的尖銳矛盾，接觸到了當
時的農村現實。等到提倡「國
防戲劇」時出現的集體創作的
《走私》（洪深執筆）、《漢
奸的子孫》（尤兢執筆），時
代風雲便席捲了話劇舞臺。曾
在美國學習戲劇並非左翼的熊
佛西（1900─1965），在 1932
年到 1935 年間，受時代影響於

在農村露天劇場演出的《過渡》第一幕劇照。注意臺階上的演員和
下面農民觀眾很難區分

河北正定縣進行「農民戲劇實驗」。具有示範意義的熊佛西《過渡》一劇在農村廣場的演出，是在此前此後全國大眾話劇運動中的突出事件。抗戰後在大後方廣泛傳播的街頭劇代表作《放下你的鞭子》，實際上在東北「九・一八」淪陷之後就先期創作出來了，不過是在 1937 年後更擴大了影響而已。這些時代性話劇寫作所留下的傳世之作不是太多，宣傳鼓動的作用被過分強調，趕形勢的急

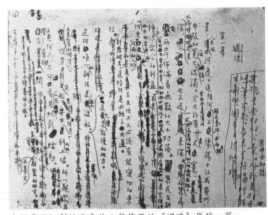

定縣農民話劇的代表作：熊佛西的《過渡》原稿一頁

就章往往在缺乏藝術磨礪的時間，但它們自有提高的路徑。如田漢 1935 年寫的《回春之曲》，把救亡的主題與女主人公梅娘的愛情線索充分結合，就在時代性和作家個人已有的戲劇抒情、浪漫傳奇特質之間，較好地找到了結合點。不過說到底，時代劇不像時代小說、時代詩歌那麼成功。《回春之曲》的劇本只能歸入「革命加戀愛」的模式。這個劇多半是依靠梅娘所唱的那首主題歌，才得以長久流傳的。

而魯迅「上海」十年的後期雜文創作，正是個性化時代寫作的偉大代表。魯迅從「五四」的「隨感錄」時代到後來的「語絲」年代，已經開闢出他的雜文兩面作戰的犀利筆風：與北洋軍閥政府橫暴統治的正面交鋒，對五四陣營、革命文學陣營內部的剖析，再加上時時的解剖自己。1930 年代，魯迅雜文的時代性面目更加鮮明。他的雜文深入到中國現代生活的各個方面，作出政治的、思想的、文化的、人生的、審美的深刻回應，總結那時代我們民族生活的歷史經驗與現實命運。他有意識地要在雜文中留下時代的面影，可見他對自己雜文一貫的「編年體」的編輯方式。從 1927 年之後編成的《三閒集》，到 1936 年的《且介亭雜文末編》共九個集子，加上《集外集》、《集外集拾遺》這兩集也是從 1903 年一直「補遺」到 1936 年，同樣是嚴格按照年代排列的。魯迅的雜文往往從時代新聞出發，來抨擊當權者的專制高壓手段或解剖中國人脊梁的彎直（《中國人失掉自信力了嗎》、《略論中國人的臉》），分析、諷刺現代市民的西崽相、媚俗相（《吃白相飯》、《題未定草》、《阿金》）和知識者的奴化性格（《二丑藝術》、《隔膜》）。有一種如《九一八》此文的「新聞集成」辦法，通篇將「九・一八」兩周年之際，中央社、日聯社、路透社、大美晚報、大晚報、生活周刊所發 8 則新聞文章所披露的國恥紀念日這天警士加緊巡邏、防止民眾集會遊行的報導，一一羅列在案。[①]在序跋這種看似無戰鬥性的文體裡，採用大量「錄以備存」當年報紙材料的辦法，發揮出強大的用事實來批判社會的功用。如《偽自由書》的後記長達兩萬

① 魯迅：《九一八》，《南腔北調集》，《魯迅全集》第 4 卷，人民文學出版社 1981 年版，第 578—581 頁。

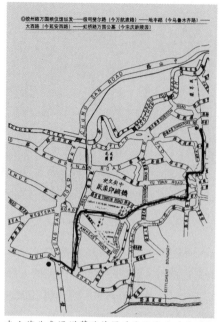

在上海為魯迅送葬路線圖（見孔海珠《痛別魯迅》）。在那以前只有孫中山的葬禮能有如此的民眾動員力量

魯迅先生殯儀隊伍在 1936 年 10 月 22 日當天行進當中（前面橫幅為張天翼手寫）

字，創魯迅自寫序跋以來未有之記錄，其中抄引了 24 則有出處、有題目、有作者名字的攻擊《申報》「自由談」魯迅文字的文字，來揭露某些文人的嘴臉。[①]《准風月談》的後記也是有名的，抄錄大約 18 篇當年文壇圍剿的實錄文章，《且介亭雜文二集》的後記抄錄國民政府文化圍剿的禁書名單，都不著一字，盡顯嚴酷現實的真相。這些「剪報」、「貼報」是用人民立場留下的社會史、文化史、文學史、心史的資料，實際就是未來的「歷史」。

　　雜文這種文體古已有之，卻在魯迅手中得到綜合性的創造發展，成了一種包容量和表現力都十分宏大的散文文體。在魯迅的時代就有唐弢、聶紺弩等一批青年繼承，到現在為止雖有許多作家在繼續使用，但沒有人能超過他。魯迅的雜文，極富個性：第一，具有魯迅印記的論辯氣質和戰鬥風格。所以儘管他用無數的筆名漏過文網發表，明眼的讀者還是能一眼識別出他來。他的批判鋒芒犀利，抓住論敵的要害往往致敵以死命；隨意地捎上一筆也讓對方不舒服。所謂「生存的小品文，必須是匕首，是投槍，能和讀者一同殺出一條生存的血路的東西」。（《小品文的危機》）有人指出他的行文的「刻毒」，而魯迅坦言他只有「公敵」，而無「私敵」。第二，排撻時政，解析國民心理，與中國深厚、沈重的文化積累相遇。魯迅把中國的正史讀得反轉，讀出字裡行間

① 魯迅：《偽自由書・後記》，《魯迅全集》第 5 卷，人民文學出版社 1981 年版，第 152—186 頁。

魯迅逝世當日他的書桌照片（此照由孔另境收藏）

魯迅在上海最初的萬國公墓墓地，後才有墓碑，後遷葬至虹口公園即今之魯迅公園（此照為孔另境收藏）

夾縫裡的意思來；又能把野史讀透，讀出被正史掩蓋、扭曲的歷史真相來。《隨便翻翻》正是說讀野史是醫治受騙的途徑。《買〈小學大全〉記》、《病後雜談》等借史論世，將野史中清代文字獄、明末酷刑的種種記錄下來，激發想像，拒絕遺忘。把歷史批判和現實批判互相映照、打通，是魯迅觀察世界的望遠鏡和顯微鏡。第三，對典型的攝取。在《准風月談》後記中，魯迅曾經回答關於印行《偽自由書》「完全是為了一條尾巴——《後記》」的批評，而說：「這其實是誤解的。我的雜文，所寫的常是一鼻，一嘴，一毛，但合起來，已幾乎是或一形象的全體，不加什麼原也過得去的了。但畫上一條尾巴，卻見得更加完全。」[①]他還說：「我的壞處，是在論時事不留面子，貶錮弊常取類型，而後者尤與時宜不合。蓋寫類型者，於壞處，恰如病理學上的圖，假如是瘡疽，則這圖便是一切某瘡某疽的標本，或和某甲的瘡有些相像，或和某乙的疽有點相同。」[②]這段話說得很清楚，即批判的只是甲和乙的瘡疽，而並不一定就是甲乙。這提示了閱讀魯迅雜文的基本方法，雖然他的每篇雜文都是從一時、一人、一事出發的，但「合起來」是一個時代的「全體」；雖然寫的是邵洵美、章克標、梁實秋等，「合起來」是指某種文化的類型，都是取一點而擴大看，並非全面概括此事、此人。排斥中醫其實是批評中國文化非科學的神秘與玄虛。諷刺梅蘭芳是批評中國士大夫文化如何將他從俗文化中提出而套上玻璃罩的。這是離開了魯迅那個具體時代的後人在閱讀時應該注意的。

　　魯迅雜文的時代幅度廣大，是「百科全書」式的。諸如這十年間國民政府的文化專制，左翼的興起，各種文學潮流的交替，共產黨內「左」的路線，上海為代表的商業社會和洋場社會，以及社會上五花八門的欺人和自欺的現象，他都從針砭時弊切入，深入到文化思想領域的方方面面，集中於各色各樣的權力者、幫兇者、知識者、弱者的精神奴役的病象，深挖其歷史根子，表現出魯迅韌的戰鬥精神和歷史批判、文明批判的巨大身影。這中間，他與同時代的周作人散文和《論語》的林語堂散文的對峙，發展起以他為代表的「對於有害的事物，立刻給以反響或抗爭，是感應的神經，是攻守的手足」（《且介亭雜文》序言）的文藝性、戰鬥性雜文來。在魯迅身後，關於要不要繼承魯迅雜文的遺產，還是不是「魯迅雜文的時代」的爭論，一直沒有休止過。而一代代與魯迅心靈相通的先進的人們，是能夠理解這種由具體時空通向永恒的文學的。1936 年 10 月魯迅在上海逝世，這年他剛 55 周歲，成千上萬的青年學生和市民群眾自動到殯儀館瞻仰他的遺容和參加出殯。時代性的寫作在魯迅這裡與他的天才結合，達到了巔峰。

---

① 魯迅：《准風月談・後記》，《魯迅全集》第 5 卷，人民文學出版社 1981 年版，第 382—413 頁。其中的引文見 382—383 頁。
② 魯迅：《偽自由書・前記》，《魯迅全集》第 5 卷，人民文學出版社 1981 年版，第 4 頁。

第二十四節　京派純文學的風韻流脈

　　1933 年 10 月，在沈從文、楊振聲從青島大學回到北平，開始接手執編天津《大公報》「文藝」副刊不久，沈從文在自己主編的副刊上發了一篇扯動上海某些文人神經末梢的文章，題為《文學者的態度》。沈從文批評的是一種不嚴肅的「態度」，卻引來蘇汶（杜衡）發表在《現代》上的《文人在上海》一文。於是，掀起一場跨年度的關於京派、海派的爭論。涉及面之廣，連本來與京、海派無關的魯迅、曹聚仁等人都捲入進去。魯迅在 1934 年 2 月發表了《「京派」與「海派」》，似乎意猶未盡，越一年，又發表《「京派」和「海派」》，提出後來被人一再引用的「『京派』是官的幫閒，『海派』則是商的幫忙」的觀點。爭論的當事人本來對「京派」、「海派」各有所指，內涵並不統一，所涉文人陣營也不一致。魯迅心目中的京派，落實到「五四」分化後的「北京學界」，說的是「『功成，名遂，身退』者有之『身穩』者有之，『身升』者更有之」①，暗示了「新月」、「獨立評論」的人。而沈從文在談到海派文人種種表現時，舉出的一例是：「感情主義的左傾，勇如獅子，一看情形不對時，即刻自首投降，且指認栽害友人，邀功倖利，也就是所謂海派」②，似乎把左翼之一部分也帶了進去。這場論爭的一個長久的「副產品」，就是把本來流傳於社會上的「京派」、「海派」的概念坐實，傳播久遠，並與現實的文壇狀況充分地聯繫起來。

　　用「近官」來論及京派，是著眼於政治文化和地域文化的大特徵的，不必去一一對證。如果縮小到今日文學史上的「京派」，這是借用。大體指的是文學中心南移後繼續留在北平或北方的，原來從文學研究會、語絲社、新月社的營壘裡分

1934 年春，沈從文、張兆和新婚後不久，在北京達園合影，這正是沈從文編輯《大公報》文藝副刊時期

---

① 魯迅：《「京派」與「海派」》，《魯迅全集》第 5 卷，人民文學出版社 1981 年版，第 432 頁。
② 沈從文：《論「海派」》，《沈從文文集》第 12 卷，廣州：花城出版社 1984 年版，第 159 頁。

京派沙龍之一：林徽因的太太客廳，位於北平北總布胡同 3 號。洋氣中含有中國味道

化出來的自由主義知識份子。這些文人大部分在北大、清華、燕京等大學任教，加上後起的他們的學生，由學院派中幾代有師承關係的作家構成。除了沒有正式結社，沒有打出一面文人團體的旗幟，文學流派的徵象是分明的。京派有穩定的作家隊伍，活動在一定的文人圈子裡，如當時北平兩個出名的文藝沙龍：一是東城北總布胡同 3 號林徽因居所，人稱「太太的客廳」，那裡有最新的文藝情況的交流、隨機的睿智的評論談吐和美麗女主人的精緻西式茶點；一是位於後門橋慈慧殿 3 號的朱光潛、梁宗岱的住處，是年輕文人定期聚會、朗誦、討論之所，被稱為「讀詩會」。他們又形成了集中投稿的園地或自辦的文學刊物，如《駱駝草》、《水星》、《大公報》「文藝」副刊、《學文》、《文學雜誌》等。於是被人呼為「北方作家」、「大公報作家」，而最簡便上口的叫法便是「京派」。當然重要的，是京派有大體相近的文學觀念：在不割斷與社會人生的緊密聯繫的同時，疏離左翼、右翼的黨派文學和政治文學；在不完全割斷與讀書市場關聯的情況下，主張儘量發揮作家個人的獨創性、探索性，反對一味屈服於讀者興趣的商業文學和市場文學。京派在 1930 年代產生的意義，正是在此突現。

京派作家的陣容，老一代的有周作人、楊振聲、葉公超等，周作人在《駱駝草》這個早期京派刊物創辦前後，經過與俞平伯、廢名建立的渠道而作用於京派，在文藝理論上為京派奠基。後期對京派起到理論影響的是朱光潛。楊振聲為「五四」資深作家，後來創作日少，但長期從事大學文學教育，在京派內部發揮不小的組織

朱光潛青年時代

作用。沈從文因為本身創作的成就,加之編輯《大公報》「文藝」副刊使其成為京派文學的重鎮,在京派內部漸漸成為新的核心。京派的隊伍越發壯大,小說家有沈從文、凌叔華、楊振聲、廢名、蘆焚、林徽因、蕭乾;散文家有周作人、沈從文、廢名、何其芳、梁遇春、李廣田、蘆焚、蕭乾;詩人有馮至、卞之琳、林庚、何其芳、林徽因、孫大雨、孫毓棠、梁宗岱、廢名;戲劇家李健吾;理論批評家劉西渭(李健吾)、梁宗岱、李長之、常風、朱光潛等,真是人才濟濟。此派以 1930 年創刊《駱駝草》為興起之時,中經 1933 年沈從文執編天津《大公報》「文藝」副刊,到 1937 年抗戰發生前夕朱光潛執掌《文學雜誌》,為成熟期。戰爭打斷了京派文學極佳的發展勢頭。

朱光潛在慈慧殿住所前,這裡也是京派的一個沙龍:讀詩會

　　京派作為一種與左翼、海派並峙的文學潮流,有獨立的精神。它堅持從「五四」文化流傳下來的關注人生的、個性解脫束縛的、自由的文學傳統,在文學的時代性、政治性方面與左翼分清了界限。優秀的左翼作家並非與個性化創作無緣,但在內部劃一的強調時代、階級大於個人的觀念之下,勢必要降低、削弱文學的個人獨特性。京派不僅不追求大眾的時代主題,且認為文學是非功利的,只與表現人生和人性有關,卻不是純為人生和人性「服務」的。早在 1922 年,「人生派」的周作人已經表現出與其他文學研究會的成員不同的地方。他在《自己的園地》中,考辨「為藝術的藝術」是「將人生附屬於藝術」;而「『為人生的藝術』以藝術附屬於人生,將藝術當作改造生活的工具而非終極,也何嘗不把藝術與人生分離呢?」這種藝術的終極論,而反對藝術的工具論,就含了純文學的主張了。所以接下來他說出他對「人生的藝術」的獨特理解,便相當於是京派後來一致遵行的文學的總體說明了:

沈從文所編的《大公報》文藝副刊,這是對《日出》的討論版面

　　藝術是獨立的,卻又原來是人性的,

朱光潛主編的《文學雜誌》創刊號。是比較遲出的京派刊物。在北京編，在上海「商務」出版。封面圖案為林徽因所選

所以既不必使他隔離人生，又不必使他服侍人生，只任他成為渾然的人生的藝術便好了。「為藝術」派以個人為藝術的工匠，「為人生」派以藝術為人生的僕役；現在卻以個人為主人，表現情思而成藝術，即為其生活之一部，初不為福利他人而作，而他人接觸這藝術，得到一種共鳴與感興，使其精神生活充實而豐富，又即以為實生活的基本；這是人生的藝術的要點，有獨立的藝術美與無形的功利。[1]

之後京派各人申明的文學理念，都不出其左右。如朱光潛編《文學雜誌》，便公開主張：「看重文藝與文化思想的密切關聯，並不一定走到『文以載道』的窄路」。反對「拿文藝做工具去宣傳某一種道德的、宗教的或政治的信條」。同時也反對「為文藝而文藝」的「不健全的文藝觀」。[2]大聲宣稱文學「是一個國家民族的完整生命的表現」。[3]這與周作人的看法，正是遙相呼應。因此京派有「純詩」、「純散文」等「純文學」的文體追求。何其芳在他寫作「畫夢錄」的那個時期，會說出「我追求著純粹的柔和，純粹的美麗」[4]那樣的話來。1930年代的社會對抗不斷，有時刺激他們這種文藝觀念，使得他們不能不從學院的教室和「太太的客廳」的窗內，不時伸向窗外，但保持這樣的純文學的理想，願意從事一種真誠的、人性的、美的文學，確實是京派有別於其他文學流派的特殊之點。

　　這樣，京派小說雖然主要成就並不在於解說北京（平），反是表現中國的鄉土，表現中國偏僻的、原生態的邊地生活樣式，但這個鄉土小說在繼承「五四」鄉土之後，與左翼的鄉土就真是不同了。沈從文、廢名、蘆焚、汪曾祺四人的鄉土的詩體小說、文化小說，達到了現代文學的一個高點。

　　廢名（1901—1967）是《駱駝草》的骨幹作家，創作較早。他是周作人的北京大學學生，後由周作人

京派刊物之一：1934年10月創刊的《水星》

---

① 周作人：《自己的園地》，長沙：嶽麓書社1987年版，第6-7頁。

② 朱光潛：《我對於本刊的希望》，載1937年5月《文學雜誌》創刊號。

③ 朱光潛：《復刊卷頭語》，載1947年6月《文學雜誌》2卷1期。

④ 何其芳：《〈還鄉雜記〉代序》，《何其芳文集》第4卷，人民文學出版社，1984年版。

舉薦留校教書，幾乎出版的每一本書都由這個老師題序。而沈從文在談起自己鄉土敘述體的時候，認為廢名那些用「馮文炳」本名發表的描寫其湖北黃梅故鄉的農家事和小人物的小說，使其深受啟發。這指的就是收入《竹林的故事》集子的作品，抒寫的勞動民眾不是階級中人，是自然之人；人物活動其中的環境寧靜淒清，含了田園牧歌氣味。如勤勞、仁慈和哀傷的洗衣婦（《浣衣母》），打魚賣菜為生的美少女三姑娘（《竹林的故事》），唱木頭戲並愛門前柳樹的老爹（《河上柳》），相依為命的桃園父女（《桃園》），都是與化外的鄉土親密無間，融進恬淡的風光，堅韌的生命帶一絲絲苦痛和莊嚴相的。這個廢名已離開寫實的鄉土，從抒情的鄉土進入詩意的鄉土了。

廢名 1930 年代像

1930 年代後，廢名用十年時間「磨」一部長篇，名《橋》。實際到頭來僅完成第一卷的上下篇和第二卷的個別章節。這是一部完全屬於廢名自己的作品，沒有多少故事，也不著力刻畫性格，小說不像小說，散文不像散文。寫的是他從小熟稔的縣城小南門外鄉間的情景。城關內的小林的私塾生活，和城外史家莊琴子兩小無猜的悠悠歲月（上篇），等小林在外讀書回轉，未婚妻琴子之外又多了個表妹細竹，三人一起玩耍（下篇）。情節的項鏈如同撒落在地的珍珠，呈晶瑩透亮而無歸的顆顆珠玉狀。讀後能留下強烈印象者，是那吉光片羽般的場景：經過枯燥讀書後的逃學的快活，童男童女習字、玩燈影、覷鬼火的趣味，少女們河下浣衣、樹下梳頭、觀落日、觀夜花的情景，送牛定親、節日送路燈的民俗。一幅幅詩一樣的畫面，場景中含了難以索解的隱喻、象徵與禪意。廢名正是神情內斂，「筆下放肆」（卞之琳語）。他確曾經研佛、讀經、坐功、打禪，到當時形同農村的北平海澱去過隱逸生活。他與北大的同事兼同鄉熊十力論佛，辯得不可開交，竟扭打糾結，一時傳為佳話。因為是用詩的意義、散文的句子來寫小說，在煉字、設喻、創立意象、留空白造成意念情緒的躍動上面，分外大膽。正如作者所言，是用唐人寫絕句的思路，來苦心經營小說的。長篇《莫須有先生傳》和抗戰

京派刊物：1930 年 5 月 20 日創刊的《駱駝草》。是早期京派的聚集地

廢名長篇《橋》1932 年 6 月初版本封面

廢名著《桃園》是他的短篇小說集子

後寫的《莫須有先生坐飛機以後》都有作者自傳做依據，應該是一本大書的部分章節。「莫須有先生」是夫子自道，是中國的堂・吉訶德在他的祖國田園鄉間放蕩不羈的遊走及可笑的遭逢。與《橋》顯然不同的是，「莫須有先生系列」增添了自省、諷刺和荒誕。這些風俗性的暗刺，同情的嘲弄，都是一筆兩面，針對鄉民，也針對知識者的。喜劇的趣味則更增加了「莫須有先生」這個人物的揭示性意義。從文學民族化角度看，廢名體現了不懈的探索精神，同時帶來他晦澀、難解、奇崛的一面。

1922 年離開湘西去北京前，這是於湖南保靖時的青年沈從文

　　沈從文（1902—1988）是京派的代表性作家。他的出生地湖南鳳凰是個偏遠而美麗如畫的縣鎮，他身上有苗族、土家族和漢族的混合血統。他僅讀過小學，卻把湘西這塊土地、沅水這條大江（他專門有個題目是談自己的創作和水的關係的）和生活其中的人民，當作一本大書來讀得爛熟。受了「五四」思想的波及，1922 年他隻身來到北京，投學無門，在極度貧困中自習寫作。當時的情景可見郁達夫到他「窄而霉」小屋去探他後寫出的《給一位文學青年的公開狀》這篇名文。逐漸地，他展露出才華，在得到「新月」中人的提攜後，步入了文壇。

　　沈從文的作品能引起人們注意，首先來自他的湘西色彩。或許有人把對化外世界的獵奇心理，視作沈從文擁有讀者的主要原因，實際情形自然要複

沈從文的家鄉湘西鳳凰縣，由黃永玉畫出就格外傳神

雜得多。他用自己的全部文字創造出一個文學的「湘西世界」，依仗的是他實生活的豐富經驗，文學的天賦，藝術化的情緒記憶和把握生活細節的能力。而由故鄉的農民、兵士、水手、店夥、船工、娼妓所構成的人物光影，以及特異的「生命形式」，是他取之不盡、用之不竭的源泉。初時他還不能認識自己，《鴨子》、《蜜柑》、《雨後及其他》、《神巫之愛》等集，「湘西」主題雖已浮現，文學的腳步還嫌雜亂，文字也不夠純淨。等到1930年後，《石子船》、《龍朱》、《虎雛》、《月下小景》、《八駿圖》、《新與舊》、《從文小說習作選》等集，尤其是小說和散文的代表作《邊城》、《湘行散記》的相繼出版，奠定了他作為現代優秀作家的地位。他表現湘西，在淳樸的生活氛圍中透出下層人物的悲辛和生存的頑強：《柏子》寫水手與吊腳樓相好妓女帶有蠻性的戀情，性愛的無所顧忌與每月冒險搶灘用生命相搏換取金錢的不易，對照

沈從文故鄉舊時鳳凰城北門

1982年5月沈從文重回故鄉後攝於鳳凰城北門外。照片的景致可與舊時的北門相參比

沈從文代表作《邊城》1934 年 10 月
初版

出深處的哀婉。《蕭蕭》述說一個童養媳的故事，她遭人誘姦卻因得子沒有成為家族處罰的犧牲品。結尾的一筆意味深長，她的私生子又要娶進大齡的媳婦了，而大小「蕭蕭」的命運就這樣「無意識」地一代代地承續下去。《丈夫》又比較地進了一步，在描寫邊地農民對待妻子做船妓的習以為常中，插進了丈夫的一次探船過程中激起的混合了原始男性主義的人性覺醒，丈夫的痛楚是無言的，也是深沈的。等到《邊城》發表，這一類敘述湘西風情、人物，屬於另一種「幾乎無事的悲劇」的作品，可說達到了高峰。《邊城》寫擺渡老人和其孫女翠翠的樸素生活，在翠翠與當地船總兩個兒子的不幸故事中又套入翠翠母親往昔的愛的傷痛。和作者其他小說裡的少女形象如《三三》裡的三三，《長河》裡的夭夭一樣，翠翠的溫柔、姣美、恬靜，古老自足生活的環境下埋藏極深的愛的種子，二老為翠翠夜晚唱歌歌聲直入姑娘夢中的境界，突出了湘西的人情之美、自然之美。地域蠻荒，但人心向善、信仰簡單執著，地方民族性格的搏動生生不已。汪曾祺說：「《邊城》是一個溫暖的作品，但是後面隱伏著作者的很深的悲劇感。」「《邊城》的生活是真實的，同時又是理想化了的，這是一種理想化的現實。」[1]這便與左翼的鄉土作品拉開了距離。翠翠等的自然的、自在的生命是悲哀與生機同在的。沈從文的文學是生命的文學。

　　對文化差異的敏感，是沈從文寫作的一個特別的著眼點。他自覺與城裡人和城裡文化保持間距。1934 年，沈從文新婚不久得到母親病重的消息，便從北平趕回離開 11 年的家鄉沅水流域。用 25 天走路，用 3 天住家看母親，是親情之旅，更是文化之旅。他一路記下文化反差中的見聞、回憶、感受，給新婚的妻子寫了 34 封長信，於是就有了《湘行散記》。路上，他在瀘溪遇到髮辮上紮了白線的絨線鋪小翠，想起她逝去的母親翠翠，人生在這種停滯般、循環般的命運中回蕩，這和外面都市的生活多麼不同，這才有了把剛開頭的《邊城》接寫下去的動力，

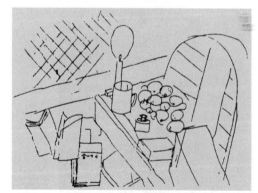

沈從文繪——我的船艙一角。這是他 1934 年返湘西的水路上所畫

① 汪曾祺：《又讀〈邊城〉》，《汪曾祺文集》文論卷，南京江蘇文藝出版社 1993 年版，第 100 頁。

沈從文主要散文集《湘行散記》

又一本重要的沈從文作品《從文自
傳》，文字優美有生活氣息

才有了女主人公的名字。在這種反差中，沈從文建立起只屬於他的湘西敘述總體。在總體一側還有諷刺性的（反抒情的）城市敘述，如《紳士的太太》的上層男女的虛假，《八駿圖》的高等教授們的文化閹寺性，《煥乎先生》鄉下文學青年在大都會的生命消耗。這反差包括城與鄉、現代與傳統、現代腳步來得急促或沈緩的地區、漢文化中心和少數民族邊緣的地區等等。他以一個湘西「鄉下人」闖入現代大都市後具有的一種知識者的新身分，對中國現代生活持一種歷史文化的消解態度，從城鄉對峙的整體結構出發來批評現代文明進入中國後帶來的種種複雜情狀，帶來的「常」與「變」。由此，他提出了民族和民族文化「重造」的莊嚴目標。雖然這個目標加在純文學的身上不免過重，但究竟是提出了，而且反映出中國現代純文學家的無法徹底，及他們的特色。

沈從文歷來被稱為「文體家」。在一個時期內，這個稱呼甚至帶有貶義，現在我們可以正面地對待它。在小說體式上，他排除了廢名式的晦澀和自賞，使得現代的詩體鄉土小說生氣勃勃，有濃厚的文化積澱、指向。這種小說重視敘述的感覺和情緒，或者說總是將直覺印入物象、人象，注意敘述主體的確立、純情人物的設置、營造氣氛和人事描述的統一，使得敘述靈動而富生氣。它並不十分在意人物性格和故事情節的刻意安排，而把「造境」作為敘事作品很高的目標。這種詩體小說注重開頭的文化環境的鋪敘。為了在大學教習作課，也是他的才氣所致，沈從文可以將幾篇小說的開頭寫出來，同時進行比較。有的是從描寫碼頭河街開始，有的是介紹當地的人文歷史，有的是大段地用對話，也可以全不用對話。一支水一樣流動的筆，用來描摹、講述、比喻、暗示、議論，活潑地開拓出敘事中的情念、意象和文化內涵，製造出現實和夢幻結合的意境。他的文字也逐漸擺脫某種拗曲，在口語基礎上吸收文言字句的特長，崇尚自然、澄

沈從文自繪湘西桃源簡家溪吊腳樓圖景。他描述說：這裡可惜寫不出聲音，多好聽的聲音！
這時有搖櫓人唱歌聲音，有水聲，有吊腳樓人語聲

澈、明淨，但也注重煉句煉字，說那是一種「體操」：「一種使情感『凝聚成為淵潭，
平鋪成為湖泊』的體操。一種『扭曲文字試驗它的韌性，重捶文字試驗它的硬性』的體
操。」[1]這種文字可以抒情，也可以諷刺，能寫神話傳說，也能寫佛經故事，散文化的
素樸，融入了詩的質地，和對人間的大的溫暖和悲憫。沈從文的鄉土抒情體對後世有深
遠的影響。

師陀（蘆焚）青年時代像

　　蘆焚（1910—1988）到 1940 年代改用另一筆名師
陀，兩名並稱於世。用王長簡本名寫出的短篇小說集
《穀》，1937 年曾獲京派色彩較濃的《大公報》文藝獎
金。加上他描寫河南家鄉的其他重要作品《里門拾記》
等，與廢名、沈從文相同處是不回避自己的鄉土文化背
景和全力營造自己文學的鄉土抒情意象；不同的是他獨
具的一種「中原」氣質，廢城、棄園、荒土、老宅，對
中國式衰敗的景象進行「知識者還鄉」的回溯和抒情。
他的風俗諷刺性也更強，如《百順街》寫一條奇幻的中
國鄉鎮市街，嘲弄這裏的掌權者的飛揚跋扈和百姓的愚
昧服從，情調是十分荒誕的。也有寓言意味，而象徵性
描寫也一直是蘆焚的擅長，《過嶺記》是人生的長途跋

① 沈從文：《情緒的體操》，《沈從文文集》第 11 卷，廣州花城出版社 1984 年版，第 327 頁。

涉，很有代表性。我們將在後面講到他的 1940 年代，他提供了更出色的系列短篇集《果園城記》、中篇小說《無望村的館主》和眾多的散文，就在京派的詩體鄉土文學成就裡面，加重了自己的地位。

　　1935 年的秋天，剛從燕京大學畢業進入《大公報》的蕭乾（1910—1999），開始協助沈從文編「文藝」副刊，後又參與滬版《大公報》和副刊的籌備、編輯。作為京派後起的青年作家他充滿活力，除任編輯、記者外，短篇《籬下集》、《栗子》裡的早期小說，透露出他城市下層出身給他帶來的有別於他人的地方。從《印子車的命運》、《鄧山東》可見他對都市裡的窮富差別的敏感性。少年時代的卑下生活為他打下的烙印，包括京派普遍具有的平民意識和他喜愛的文學「兒童視角」。《皈依》、《曇》、《參商》批判宗教的色調，是

蕭乾 1935 年由燕京大學畢業便進入《大公報》作記者編輯，這種頭髮直立的像很符合他的性格

他特有的。蕭乾詩的京派氣質，尤其表現在他的愛情小說裡。《蠶》將蠶的生命過程與一對情侶的感情波折連貫成一氣，那種創造性的構思，據說在「太太的客廳」裡曾得到贊許。《夢之谷》是自傳性的長篇，愛情的悲劇是用詩意文體來表達的。蕭乾後來的成就，在他於二戰歐洲所寫的報告特寫上，贊許了蕭乾的林徽因（1904—1955），創作不多，但詩文小說戲劇無一不涉，無一不精，文學的底子是詩。她的小說《模影零篇》裡的《鐘綠》寫絕世美人，《吉公》寫封建家庭接受新知但地位低下的機械愛好

少女林徽因 1920 年與父親林長民在倫敦的合影，那年她 16 歲

林徽因有多方面的才華，這是她的詩稿手跡

者，《文珍》寫逃跑的婢女，悲感的人事寫來都美。《九十九度中》寫酷暑下北平胡同裡的人生百態。平民意識在上層家庭出身的作家筆下同樣顯現，是京派共同之所在。《九十九度中》的敘事是人生萬花筒似的一段段橫切的，被劉西渭認為是受英國現代小說的影響，「沒有組織，卻有組織；沒有條理，卻有條理；沒有故事，卻有故事，而且那樣多的故事」，敘事中包含了「把人生看做一根合抱不來的木料」的道理，是「最富有現代性」的。[1]實際上，京派吸取世界先鋒文學營養的力度很大，就如我們以後會講到的 1940 年代沈從文的《燭虛》時代。後起的應當在西南聯大作家群中詳述的京派汪曾祺與現代主義的關係，也都比較明顯。

相對於小說，京派詩歌的現代形態便是外顯的。「漢園三詩人」中的卞之琳（另外是何其芳、李廣田），還有廢名、林庚、林徽因等，初時與「新月」派的浪漫主義格律詩都有千絲萬縷的聯繫，但最後同圍繞《現代》雜誌的戴望舒等南北呼應，突破了「自我抒情」，形成了現代派詩的新格局。中國現代派詩歌，1920 年代由李金髮開始實踐，到 1936 年戴望舒在上海創辦《新詩》月刊，聯合了卞之琳、孫大雨、梁宗岱、馮至共編，造成當時中國現代詩派的大匯合。在京派詩人中，卞之琳（1910—2000）富於創造才能。他把法國象徵派的詩融進了中國詩的審美趣味中，大約從 1935 年到抗戰之前，如《魚目集》、《十年詩草》裡

1930 年代初卞之琳在北京大學

① 劉西渭：《〈九十九度中〉——林徽因女士作》，《李健吾創作評論選集》，人民文學出版社 1984 年版，第 454 頁。

的作品，一批用意象連綴、滲入知性來表達現代人複雜詩思的哲理詩，就逐漸顯露了。有趣的是，對《魚目集》裡的《圓寶盒》，由於詩的意象密度、跨度的增大，連京派內部的理解也很不一致，以至劉西渭曾與作者展開反覆的討論。[1] 這是因為詩的感性與理性的互動，意象的繁複，與時空雜糅對換交錯，造成卞詩的險峻生澀，人們的理解容易多義。但這也正是現代詩預設的境界，讓人在細讀中感受闡釋的美感。《魚化石》作為愛情詩，是頗奇特的：

1939 年在山西隨軍時的卞之琳

　　　　我要有你的懷抱的形狀，
　　　　我往往溶化於水的線條。
　　　　你真像鏡子一樣的愛我呢。
　　　　你我都遠了乃有了魚化石。

此詩的副題叫「一條魚或一個女人說」，發話體的「我」不確定，受話體的「你」也就隨著變化，可以有多解。但「魚化石」是此詩關於愛情主題的基本設喻，是相愛如抱，

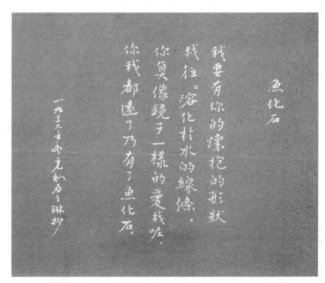

張充和（沈從文夫人張兆和之妹）書卞之琳詩

---

[1] 見劉西渭《〈魚目集〉》以及「附錄」：《關於〈魚目集〉》（卞之琳）、《答〈魚目集〉作者》、《關於「你」》（卞之琳）。均收入劉西渭《咀華集》，上海文化生活出版社 1936 年版。

是相溶於水，是互為鏡子，接連三句都很感性、易懂。只是說到魚石遠離（本已融為一體）反形成魚化石，就費解了。這裡包含一個意念的跳躍：人因分離了才懂得融合的貴重，標誌了魚化石正是愛情生生不息的信物。其他卞之琳這時期的重要作品如名氣很大的《斷章》，「你站在橋上看風景，/ 看風景的人在樓上看你」，道出世界萬物的「相對」關係，如螳螂在前、黃雀在後一環套一環。《距離的組織》用劃破時空的句子表現二度的距離感，「想獨上高樓讀一遍《羅馬衰亡史》，/ 忽有羅馬滅亡星出現在報上」，共十句。作者初時給三句做了注釋，後來加注到七句，可見解讀的不易。這類詩並非行雲流水，反是蘊藉意深，被認為是卞之琳創格詩篇的主流，與同期明白如話的時代詩歌差別甚大。作者在抗戰之初，曾與何其芳等人一起跋涉至延安，但他隨後又回到大後方進行教學和創作，並對 1940 年代的九葉詩派發生影響。

　　廢名的詩作不多，但難解、深邃，正與卞之琳一部分的詩相通。《理髮店》吟誦：「理髮店的胰子沫 / 同宇宙不相干，/ 又好似魚相忘於江湖。」將胰子沫之俗與宇宙之雄相比，把小的遊魚與大的江湖相比，都是由一連串世間互不理解的事物構成的詩意。《妝台》裡的「鏡子」喻象，同卞之琳《魚化石》的「鏡子」正相輝映，但卞包含的是西方相對論的知性，廢名的意念卻是東方哲理，是禪趣，他的鏡子是空的。《街頭》寫身處都市喧嘩，心如老衲，詩的意象組合造成的是頓悟：「行到街頭乃有汽車馳過，/ 乃有郵筒寂寞。」怪不得廢名談中國詩的歷史，既稱元稹、白居易為好懂的一派，又稱溫庭筠、李商隱為難懂一派，他對後者不僅不提出非議，反判斷溫、李的詩「似乎有我們今日新詩的趨勢」。[①] 說的就是京派中的意象抒情詩所響往的境地。

林庚青年時代

林庚詩集《北平情歌》

① 廢名：《談新詩・新詩應該是自由詩》，《馮文炳選集》，人民文學出版社 1985 年版，第 436 頁。

　　我們可以看到，京派詩在形式上的探索是很先鋒的。出身清華的林庚（1910—2006）最初也是致力突破「新月」，《春野與窗》是他的自由詩時代。1935年後的詩，大部收入《北平情歌》、《冬眠曲及其他》，則大幅度地回歸到新的格律（強調漢語的節奏）與現代生活節奏的呼應。如他的七言詩已不是古代的七言三頓，而是七言二頓的：「雨絲兒落在山下／山前的路被泥埋／西北風明日吹起／路人呢回不回來」（《雨絲》，本無標點）而《秋深》也不用標點，是十五言三頓的節奏：「北平的秋來故園的夢寐輕輕像帳紗／邊城的寂寞漸少了朋友遠留下風沙／月做古城上情人之夢吧夜半形聲裏／吹不起鄉愁吹不盡旅思吹遍了人家」。這和他後來提倡「九言五四體」（前五字後四字，即九言二頓）有著直接的關係。林庚在詩體上和其他京派詩人一樣講究，追求「純詩」境界，但不主張艱澀。另一清華詩人孫毓棠是歷史學家，客串文學，詩風也是從「新月」轉為現代派詩的。1937年因發表長達763行的歷史敘事詩《寶馬》（以漢武帝奪取西域血汗馬而發動的戰爭為題材，卻加上士兵和百姓對戰事的現代理解），而得到同年發布的《大公報》文藝獎金。

　　而京派的散文，是與「五四」時的典雅和諧的「冰心體」（以《寄小讀者》為代表），與平實而精緻的現代白話作家朱自清的體式（以《背影》、《荷塘月色》為代表），相承接而發展的。我們從沈從文的《湘行散記》、《湘西》、《從文自傳》，廢名的那些小說與散文可以互置的文字，蘆焚的《黃花苔》、《江湖集》，完全可以體會到貫穿其中的一脈美文詩情。而何其芳（1912—1977）於京派時期寫出的《畫夢錄》，是這種如夢如畫的詩體散文的極致，好像此前此後都很難再產生了。這也是緣於「純文學」的追求。《畫夢錄》各篇不是把抒情置於說理、記敘之中，而是力圖給抒情一個獨立的不依傍的位置，將青春期的感懷、壓抑和無處奔突的熱情，轉化成白日夢般的一系列象徵性的表達：《墓》、《哀歌》、《弦》，都是凋殘華麗的夢境；《黃昏》是一塊塊色彩的相互配合；《雨前》比較易讀，北方的雨前物象和南方故鄉的雨前物象，如一曲二重唱，想像中的雨點滴穿了期盼到憔悴的夢。《畫夢錄》整體是一種華美雕飾的心態表露（有時會覺得用力過度），有朦朧的審美效應，文中留下的空白有待讀者創造性閱讀來加填補。何其芳去延安後轉變為左翼，《畫夢錄》的寫作也如晨夢一去不復返了。李廣田（1906—1968）是「漢園三詩人」中的散文家，因始終不離他的山東北方鄉土氣質，《畫廊集》、《銀狐集》裡的篇什就清朗平實得多。特別是《雀蓑集》裡的《山

何其芳的《畫夢錄》初版

英年早逝的梁遇春

水》，以平原之子來懷念無山無水的家鄉，傾訴鄉愁。平民的意識，溫婉的人情，抒情的文字，處處都顯出京派的意味。

還應提到的，是前述作為少年天才的梁遇春。他26歲便患猩紅熱早逝，卻是中國「閒話風」散文的代表作家之一。他的文字初看全是英國隨筆格調，其實深得古典小品精髓。他的好友廢名就曾說他寫的「是我們新文學當中的六朝文」，「將有一樹好花開」。[①]他繼承「語絲」的「文明批評」，從生活本身入題，讀書、做夢、流浪、哭與笑、生與死，批評時加入自己的人生體驗、知識的聯想和生命的感悟，談笑自如。梁生前只出版過一本散文集《春醪集》，逝後朋友們給他出了《淚與笑》，另有英國小品的翻譯多種傳世。他行文的時候，一副何妨笑談真理的架勢，想像力豐贍，襟懷坦白。他的幽默文字是一種溫柔無惡意的筆墨，講究虛擬，裝成癡人、失戀者甚至自己的影子，利用各種「觀察點」來審視芸芸眾生。這種議論性的美文，充滿溫愛、風趣、同情、悲憫，是周作人「閒話」散文的一個旁支。可惜天不假年，沒讓他有充分發揮才情的空間。

抗戰軍興，京派風捲雲散。但不久，它的元氣又漸漸聚集於西南聯大，沈從文、馮至、卞之琳等仍寫作不輟，帶動並培養了後起之秀的小說家汪曾祺、詩人穆旦等。1947年6月朱光潛再次披掛出陣，《文學雜誌》復刊，這個刊物的流派特色比前更加鮮明，可看作是京派的餘緒和延長了。

---

① 廢名：《〈淚與笑〉序》，《馮文炳選集》，人民文學出版社1985年版，第327頁。

第二十五節　海派面對現代都市的新感覺

「京海派論爭」在 1933 年至 1934 年間的發生，絕非偶然。京派文學和海派文學各自背靠著中國的兩大城市，它們與城市的文化聯繫突破了南北地域的限制，來得更加廣大。北京其時與之血脈相關的主要不是「都市中國」，而是「鄉村中國」。京派建立起來的文學世界，多半也是以鄉土想像為主的。而海派植根的土壤，是當年最具「資本」與「殖民」兩重性的、佔據了中國現代都市發展船頭的上海。

上海經過晚清、民國初年和 1920 年代，當進入 1930 年代之後，出現了前所未有的氣象。自清道光二十三年西曆 1843 年上海開埠，有了租界，進入現代化城市的序列後，如以金融街「外灘」為這個城市的縮影，大致就經過了三個時期。第一期在 1850 年代，十幾家英、法銀行在此剛剛立腳，雜在不高的洋房之中的中國衙門江海北關的轅門，老遠的還能瞧見。這是帝國主義向我傾銷鴉片、國門被迫打開的時代。到第二期 1890 年代始，英、法之外加上德、日、俄的銀行大樓先後在這裡矗立，外國對華貿易擴大，銀錢滾滾，樓層增高，即便是 1897 年洋務派盛宣懷的第一家商辦中國通商銀行在此創建，那蓋起的也不是中式房子而是洋樓了。這時候，上海的繁華街市是租界裡的四馬路（福州路），消費方式中西混雜，華人吃大菜（西餐）、去彈子房（打檯球）還不是大宗，「青蓮閣」式的茶樓書場（已初賣西式點心和放映無聲電影片子了），加上周圍的餐館戲園、書寓堂子簇擁著，正是從晚清小說《海上花列傳》、《孽海花》到鴛鴦蝴蝶派所寫生活的場景。到第三期 1920 年代起，外灘又一輪的拆建工程開始了：

這張圖所示的便是上海開埠後第一期的外灘：中國式的江海北關夾在洋房之中分外顯眼

上海外灘金融街第
二期的樣子

1923 年匯豐銀行大樓建成，1928 年南京路口的沙遜大廈建成，1934 年外灘最北部蘇州
河岸的現代主義風格的百老匯大廈拔地而起，而外灘唯一由中國建築師設計的中國銀行
大樓，要到 1936 年才能夠屹立，這就凝固成今日我們所見的老外灘「風景線」了。與
此同時，公共租界的大馬路（南京路）和法租界的霞飛路，作為中國現代商業、文化娛
樂業街市的聲名鵲起，當年世界一流的百貨大樓、跑馬廳、電影院、舞場、飯店紛紛開
張。它們的輻射力量達到上海的每一條馬路、弄堂，改變了市民的日常生活和觀念。到
1930 年代的中期，一個依靠移植卻仍有著中國文化根系的現代最大都會，在東部長江
入海口轉型完成。海派文學、左翼文學，從表達上海的角度來看，不早不遲便在此時發
生。

　　晚清以來表現上海這個城市的文學，歷來說的都是上海的罪惡，道的是它的畸
形。縱然是述說物質文明進步，也透著奇技淫巧的西洋景的意思。創造社的作家在

外灘 1930 年代已定型，與上
一張完全是一個角度但已見
新江海關、沙遜大廈和百老
匯大樓

1920 年代後期，是首開從階級的角度、富人窮人的角度，來對上海進行現代性敘述的先河的。後來是以茅盾為首的左翼文學，氣勢磅礡地表現政治、經濟角鬥場的上海。如《子夜》第一章開頭寫吳老太爺從鄉下一入上海，風燭殘年的封建僵屍便在目迷五色、叫人心驚肉跳的資本主義上海面前風化了，這是現代寓言。到《子夜》第九章從洋裝知識青年的視角，看五卅示威運動前的南京路，如臨大敵的氣氛傳達出階級對峙中的非商業性市景。而十一章經過劉玉英的視角來寫變化莫測的上海交易所，又是另一番天地：「交易所裡比小菜場還要嘈雜些。幾層的人，窒息的汗臭」。「臺上拍板的，和拿著電話筒的，全漲紅了臉，揚著手，張開嘴巴大叫；可是他們的聲音一點也聽不清。七八十號經紀人的一百多助手以及數不清的投機者，造成了雷一樣的數目字的囂聲，不論誰的耳朵都失了作用」。[1]這就完全是市場如戰場的商業上海了。《子夜》經過各種側面，提供一個對立的現代感的上海形象。雖然《子夜》的重心不在工人，而是民族資本家，但按照茅盾在小說《虹》裡所說的：「真正的上海的血脈是在小沙渡，楊樹浦，爛泥渡，閘北這些地方的蜂窩樣的矮房子裡跳躍」！[2]茅盾的「左翼」立場是清楚的。再看「左翼五烈士」之一的殷夫的詩《上海禮贊》，就把這種姿態斬截般傳達出來了：「上海，我夢見你的屍身，／攤在黃浦江邊，／在龍華塔畔，／這上面，攢動著白蛆千萬根，／你沒有發一聲悲苦或疑問的呻吟。」[3]異常鮮明生動。但這左翼的都市表現，最終仍落實到「罪惡」兩字。等到上海能從單純「罪惡都市」的圍困中擺脫出來，那就因為有了海派文學。

　　我們來看海派是如何寫上海的街市人流的：

　　　　羊毛的圍巾，兩條，裹著處女的酥胸迫近來了。劉海的疏陰下，碧青的眸子把未放的感情藏匿著。獨身者，攜著手杖當做妻子，摩著肩過去。鼻子和鬍子移進煙斗來了。披著青衣的郵筒在路旁，開著口，現出饑餓的神色。[4]

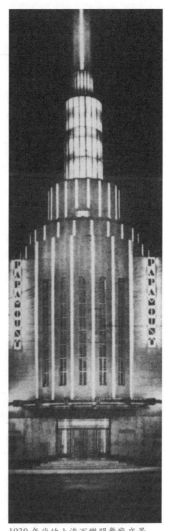

1930 年代的上海百樂門舞廳夜景

---

① 茅盾：《子夜》，《茅盾全集》第 3 卷，人民文學出版社 1984 年版，第 317 頁。
② 茅盾：《虹》，《茅盾全集》第 2 卷，人民文學出版社 1984 年版，第 253 頁。
③ 殷夫：《血字‧上海禮贊》，《殷夫詩文選集》，人民文學出版社 1954 年版。
④ 劉吶鷗：《流》，《都市風景線》，上海水沫書店 1930 年版，第 45 頁。

寫上海的舞廳：

> 蔚藍的黃昏籠罩著全場。一隻 saxophone 正伸長了脖子，張著大嘴，嗚嗚地沖著他們嚷。當中那片光滑的地板上，飄動的裙子，飄動的袍角，精緻的鞋跟，鞋跟，鞋跟，鞋跟，鞋跟。蓬鬆的頭髮和男子的臉。男子的襯衫的白領和女子的笑臉。伸著的胳膊，翡翠墜子拖到肩上。整齊的圓桌子的隊伍，椅子卻是零亂的。暗角上站著白衣侍者。酒味，香水味，英腿蛋的氣味，煙味……①

這是前所未有的寫法。所據的視點已經不是僅僅暴露都市的「黑暗」、「罪行」，而是基於對都市的「現代感」。寫這種文體的是一群文人，而非一個社團，也不單單是以居住上海、表現上海為主要地域特徵的。他們不是左翼政治文學，不是京派純文學，而是符合 1930 年代上海白領市民階層新的審美趣味的市場文學。海派就是從新文學營壘裡面，在現代都市條件下產生的一批擁有現代感覺的作者。

何謂「現代」？施蟄存在編輯《現代》雜誌回答讀者什麼是「現代詩」的時候，曾試著做回答，現在看來還是不無道理。他說：

> 《現代》中的詩是詩，而且是純然的現代的詩。它們是現代人在現代生活中所感受的現代的情緒，用現代的辭藻排列成的現代的詩形。
>
> 所謂現代生活，這裡面包含著各式各樣的獨特的形態：匯集著大船舶的港灣，轟響著噪音的工場，深入地下的礦坑，奏著 Jazz 樂的舞場，摩天樓的百貨店，飛機的空中戰，廣大的競馬場……甚至連自然景物也與前代的不同了。這種生活所給予我們的詩人的感情，難道會與上代詩人們從他們的生活中所得到的感情相同的嗎？②

施蟄存主編的《現代》創刊號。被認為是顯示海派獨立並具有包容開放特點的標誌性雜誌

我們可以將這段話看作是海派文藝觀的自述。當然還可以補充幾點：第一，這機械文明的現代生活和感情，是最先被上海坐寫字間的白領階層領會到了，然後輻射到一般市民中去，成為「摩登」。所以海派的第一讀者群體是都市的時髦青年。他們的文化性格，他們的都市消費方式，他們的對西方文明的傾倒，決定了海派的品位。第二，因為摩登時髦而流行，就使得這種文學的先鋒性（一部分來自

---

① 穆時英：《上海的狐步舞》，《公墓》，上海現代書局 1933 年版，第 201—202 頁。省略號是原有的。
② 施蟄存：《又關於本刊中的詩》，載 1933 年 11 月 1 日《現代》4 卷 1 期。

世界現代主義）在上海也有了一定的大眾市場。先鋒和
大眾兩面都能追求讀書市場效應，這成了海派獨有的特
徵。後來的「穆時英風」，就與市民消閒相關了。第
三，流行同時帶來低俗化。所以海派一開始就具備兩面
性。從左翼和京派看來，就強調它庸俗化、商品化的一
面。沈從文說穆時英「近於邪僻」，「所長在創新句，
新腔，新境，短處在做作」，「作品近於傳奇（作品以
都市男女為主題，可說是海上傳奇）。適宜於寫畫報上
作品，寫裝飾雜誌作品，寫婦女、電影、遊戲刊物作
品。『都市』成就了作者，同時也就限制了作者」。[①]
這番話，沈從文是從「鄉村中國」立言的。左翼從政治
立言，自然更加嚴厲。但他們都不否認海派能夠表現

早期海派的刊物之一：《無軌列車》

「都市」。在海派之前，都市只是都市人物故事發生的環境，到了海派手中才第一次把
現代都會作為單獨的想像主體，作為完全獨立的審美對象。

海派的前導是從「五四「的創造社和其他唯美派中分離出來的。它是新文學的一
個支流。創造社早期就存在著革命浪漫與為藝術而藝術的成分，到 1930 年代便裂變出
提倡「革命文學」並加入左翼的一部分，餘下張資平、葉靈鳳（葉一度參加「左聯」，
後遭開除。海派從「新興文學」的一面，與「左翼」並非完全隔絕）曲折地領頭走入
市民大眾文學的路途。海派有自視很高的誇張自己的作風，穆時英就多次讓小說中的
人物述說喜愛的讀物和作家，把自己和寫作同伴都囊括
進去。在《上海的季節夢》裡，他寫徐祖霖回憶「在課
堂上偷看《苔莉》的日子」。劉吶鷗在 1927 年的私人
日記裡也記下自己不喜歡《小說月報》的文學研究會傾
向，而喜歡《創造月刊》裡的「張資平的《苔莉》、郁
達夫的《過去》等」。稱張資平能將「中國的社會──
尤其是中國人的性欲描寫得很暢快」。[②]這就無意中
透露了張資平與後來的「新感覺派」的關係。張資平
（1893─1959）作為創造社的元老，現代第一部長篇
小說《沖積期化石》的作者，被李長之評價「是開始用
流利的國語寫新小說的人」。[③]《苔莉》正是張資平代
表性作品之一。之後，他進入了一年出版數部都市通俗

張資平的《苔莉》，此後張便「下海」了

---

① 沈從文：《論穆時英》，《沈從文文集》第 11 卷，廣州：花城出版社 1984 年版，第 203─204 頁。
② 《劉吶鷗全集──日記集》，康來新、許秦蓁合編，彭小妍、黃英哲編譯，台南縣文化局 2001 年版，第 424、316 頁。
③ 李長之：《張資平戀愛小說的考察》，載《清華周刊》41 卷 3 號。

張資平的《上帝的兒女們》的封面　　張資平小說《上帝的兒女們》的扉頁

長篇的時期，開辦樂群書店，專出版自己的暢銷書，以至有人說他是開設了「小說工廠」。他進入通俗創作後，所擅長的是將男女情欲、性欲的故事與都市的故事結合，較好的長篇有《最後的幸福》、《長途》、《上帝的兒女們》等。由於越來越為市場寫作，小說在三角、多角戀愛的模式中互相重復，性心理描寫也流於變態的惡俗展示，因而受到魯迅、沈從文的批評。通過張資平可以瞭解海派的商業性寫作能夠跌落到怎樣的程度。

　　葉靈鳳（1905—1975）是後期創造社的成員，有繪畫、寫作、藏書、製作並收藏藏書票、編輯刊物、兼任美編等多樣的才藝。在小說方面，他最早從事的是感傷、奇幻的浪漫體，由《女媧氏之遺孽》，到《鳩綠媚》、《落雁》。他也是中國較早嘗試

葉靈鳳自製的藏書票

寫弗洛伊德心理分析作品的人，如《姊嫁之夜》、《摩伽的試探》。1932 年後，他追隨新潮，改變文風，突入現代派，寫了《紫丁香》、《第七號女性》、《憂鬱解剖學》等，這是他的「新感覺」時期。以至於戴望舒在巴黎讀到他在《現代》雜誌上發表的這些新作後，十分欣喜，寫信告訴他「尤其愛《第七號女性》這篇」。[1]我們從這篇頗受稱道的《第七號女性》表現都市現代女郎及其描寫的手法上，可以清楚辨認葉靈鳳和穆時英的關聯。《第七號女性》的都市男性，為公共汽車邂逅的女性編號，寫入隨身的記事簿。穆時英《上海的季節夢》裡的男性人物許仕介也有記載「第九號」、「第

① 見戴望舒 1933 年 3 月 5 日致葉靈鳳信，《現代作家書簡》，孔另境編，廣州：花城出版社 1982 年版。

十一號」、「第十二號」女性，並評定級別「A+」「A」「A-」的備忘錄，簡直如出一轍。稍後，葉靈鳳又大轉彎似的在報紙上發表連載性的市民大眾小說。約兩年時間裡，寫出了三部上海的悲情故事《時代姑娘》、《未完的懺悔錄》、《永久的女性》。有朋友勸他不要在這種通俗作品中浪費自己的才能，葉靈鳳每次出版單行本時都不忘作答，說明自己的「企圖」只是「想將一般的讀者由通俗小說中引誘到新文藝園地來」。[1]還說「以便吸引一般剛從舊小說轉向新文藝的讀者」，是為了那些「與純正的文藝作品隔絕了的廣大新聞紙讀者」。[2]這些說法再典型不過地顯示了海派當年的讀者觀。其一，海派為讀者而寫。讀者是他們寫作的出發點和生命線，這便與純文學作者的「為自己而寫」截然不同。其二，並不認為新文藝可以同通

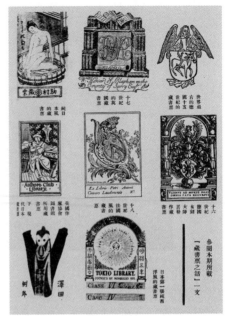

葉靈鳳收藏的世界各國藏書票，並在 1933 年 12 月《現代》4 卷 2 期上加以介紹

俗作品絕緣，並且就是要通過自己把「純正」文藝輸入進通俗文藝裡去。葉靈鳳這三部市民大眾小說，就並非是簡單地重復晚清以來的章回體，而是把浪漫小說、新感覺小說的東西統統融入了。其三，透露了 1930 年代上海市民讀者的轉型狀態。既有「剛從舊小說轉向新文藝的讀者」，還有不少「與純正的文藝作品隔絕了的廣大新聞紙讀者」，這是可爭取的。葉靈鳳的策略，是三管齊下，浪漫派、現代派和通俗派他三者俱全。我們從 1940 年代的海派發展路徑，更可以見到葉靈鳳的先見之明。

這個時候還是「新感覺派」得風氣的年代。引進日本「新感覺派」的先鋒是劉呐鷗（1905—1940），是個日文比中文還好的臺灣人。他 1926 年在上海進震旦大學特別班跟隨著名的樊國棟神父（PereTostan）學法文，同班的有戴望舒。下一年，戴望舒的朋友施蟄存、杜衡也進入特別班。這就是後來這批人會在劉呐鷗租的虹口江灣路公園坊三層的洋房裡聚居，開始弄文學、辦刊物、開書店，形成一個作家群的原因。劉呐鷗熟悉日本新興文藝的情況，所謂「新興文藝」包括十月革命後的蘇聯文學和歐洲的現代主義文學。他譯了日本「新感覺派」小說集《色情文化》（穆時英小說裡的人物經常手持此書），而日本新感覺派學習的是歐洲的表現主義、未來主義、超現實主義及意識流文學，將其匯合而出新。劉呐鷗不僅介紹，又帶頭在自己辦的《無軌列車》上發表最初的

① 葉靈鳳：《時代姑娘·自題》，《時代姑娘》，上海四社出版部 1933 年版。
② 葉靈鳳：《未完的懺悔錄·前記》，《未完的懺悔錄》，上海今代書店 1936 年版。

新感覺派作家的先導劉吶鷗

劉吶鷗的《都市風景線》，這書名幾
乎成了現代都市文學的代名詞

中國新感覺派小說，造成了以後幾年此派的聲勢。

　　劉吶鷗的小說只有薄薄的一本題為《都市風景線》，到了 2000 年代，這句做書名
的話居然在中國的都市廣泛流行。《都市風景線》各篇都是上海男女的故事，卻定下了
新感覺派文學關於現代都會敘述的基調：速率和機械對人的壓抑，及過於爛熟的文化消
費帶來的心靈戰慄與肉的沈醉。《風景》寫在火車上偶然相遇的男女，一旦來到鄉下，
就把衣服都視若文明的累贅了：

　　　　不但這衣服是機械似的，就是我們住的家屋也變成機械了。直線和角度構成
　　的一切的建築和器具，裝電線，通水管，暖氣管，瓦斯管，屋上又要方棚，人們不
　　是住在機械的中央嗎？[1]

而用摩登女郎來作為現代都市的中心意象，一個符號，日後也變作此派小說的鮮明印
記。這「女郎」已從舊派言情小說的哀怨、專一的環境走出，進入都會的公共空間，成
為大眾情人。《遊戲》寫遊弋於兩個男人之間，能夠「愉快地相愛，愉快地分別」的
「鰻魚式的女子」，帶有男性色情目光印記的女性身體是這樣被描寫的：「這不是近代
的產物是什麼？他想起她在街上行走時的全身的運動和腰段以下的敏捷的動作。她那高
聳起來的胸脯，那柔滑的鰻魚式的下節」。這種女子以後在穆時英那裡，更有極富才情
的表現。

　　穆時英（1912—1940）在施蟄存的《現代》雜誌成名，被稱是「新感覺派聖
手」。他顯示了 1930 年代海派文學的技巧和意義。在他剛發表了後來收進《南北極》

---

[1] 劉吶鷗：《風景》，《都市風景線》，上海水沫書店 1930 年版，第 31 頁。

穆時英的《公墓》　　　　　　穆時英第一本小說集子《南北極》

集子的那些描寫粗暴反抗的工人短篇時，他被當作是新的「普羅」作家。實際上他是同時寫作了描寫都市白領生活的「新感覺」作品的。欲望——發洩——破壞，構成了這兩種題材的統一結構。而當他真正深入都市的肌理，在《公墓》、《白金的女體塑像》集子裡，他便發現了都市物象的現代性質和都市主體從身體到精神的全部審美感覺。比如《上海的狐步舞》是他表現都市空間最好的文字：

> 上了白漆的街樹的腿，電杆木的腿，一切靜物的腿……revue 似地，把擦滿了粉的大腿交叉地伸出來的姑娘們……白漆的腿的行列。沿著那條靜悄的大路，從住宅的窗裡，都會的眼珠子似地，透過了窗紗，偷溜了出來淡紅的，紫的，綠的，處處的燈光。[1]

這是建築在汽車輪子上的都市，有它特殊的光、色、影、味。組成綺麗意象的街的「腿」，窗內的「燈」，電影鏡頭般地搖過，速度、節奏、動感，時空交錯疊加，處處表現都市流線型的質地，表現物質的繁華，性的爛熟，金錢的誘惑，夜的靜謐，釋放的疲倦，天堂和地獄的多重性。其深不可測，盡在其中。這正是穆時英所理解的上海。而將主體的感覺印入到都市的客體描寫中去，以達到各種感覺的複合、昇華，正是他一支筆能達到的佳妙絕境。如寫月下黃浦江：「從浦東到浦西，在江面上，月光直照幾里遠，把大月亮拖在船尾上，一隻小舢板在月光上駛過來了，搖船的生著銀髮。」[2]如寫霓虹燈（年紅燈）：「『大晚夜報！』賣報的孩子張著藍嘴，嘴裡有藍的牙齒和藍的舌尖兒，他對面的那只藍年紅燈的高跟兒鞋鞋尖正沖著他的嘴。//『大晚夜報！』忽然他又有了紅嘴，從嘴裡伸出舌尖兒來，對面的那只大酒瓶裡倒出葡萄酒來了。」都市幻

---

[1] 穆時英：《上海的狐步舞》，《公墓》，上海現代書局 1933 年版，第 197 頁。省略號是原有的。
[2] 穆時英：《夜》，《公墓》，上海現代書局 1933 年版，第 177 頁。

穆時英與仇佩佩結婚照，仇為一舞女，早已化入穆的小說中。據說穆可在舞場即興寫小說，這婚姻也具文學象徵性質

覺充分地融化在光色之中，他創造了「新感覺」的敘述語言和敘述方式。

而對於都市開放女性的充分表達，穆時英是行家裡手。《Craven「A」》裡讀某交際花的身體「地圖」，是用色情的男性眼光將女性「物化」了。《白金的女體塑像》的某夫人，是一具冷性的裸體：「一個沒有羞慚，沒有道德觀念，也沒有人類的欲望似的，無機的人體塑像。金屬性的，流線感的，視線在那軀體的線條上面一滑就滑了過去似的。」[1]但就是這因性過度而造成的無欲望的女體，反激起謝醫師的欲望。這裡已透出現代人的疲倦的性質。穆時英越過劉吶鷗的一般的「魔女」寫法，提供出被生活「壓扁」的女性形象。如《黑牡丹》裡最後逃到鄉下別墅的舞娘，她的舞姿：「在藍色的燈下，那雙纖細的黑緞高跟兒鞋，跟著音符飄動著，那麼夢幻地，像是天邊的一道彩虹下邊飛著的烏鴉似地。」她的自述：「我是在奢侈裡生活著的，脫離了爵士樂，狐步舞，混合酒，秋季的流行色，八汽缸的跑車，埃及煙……我便成了沒有靈魂的人。」結論是：「生活瑣碎到像螞蟻。// 一隻隻的螞蟻號碼 3 似的排列著。// 有啊！有啊！// 有 333333333333……沒結沒完的四面八方地向我爬來，趕不開，跑不掉的。」[2]穆時英通過這些，表述了他對現代都市生活、都市人的理解。不能說有多麼深刻，也確乎接觸到部分的實質。

「新感覺」是很有形式感的一種寫作，從京派看來曾給出形式壓倒內容的評語，沈從文便說穆時英落到底處是空虛的。可空虛便是現代、後現代都市生活的一面。穆時英創新的敘述形式與都市的節奏強烈呼應。他用長短的語句（長的延綿如拉不斷的絲線，短的急促如馬上要折斷的氣息）、精巧的分段、活用的標點（尤其是括弧和省略號）、變換視角、複沓及複沓的變式等，調動起各種奇異的手段，來烘托一個動感有活力的、一出生也就同時腐化變質的都市。人類增進物質文明的過程需付出的精神代價，是被他部分地表現了。

施蟄存（1905—2003）也是有追求先鋒藝術感覺的作家。他是現代心理分析小說的開創者之一，從弗洛伊德主義出發，他未必借鑒多少日本新感覺派的經驗，就直接寫出意識流動的《梅雨之夕》、《在巴黎大戲院》這樣的作品。《梅雨之夕》寫雨中男

① 穆時英：《白金的女體塑像》，《穆時英全集》，北京：十月文藝出版社 2008 年版，第 10 頁。
② 穆時英：《黑牡丹》，《公墓》，上海現代書局 1933 年版，第 216、218、233 頁。省略號是原有的。

性對邂逅女性的種種幻覺與聯想。《在巴黎大戲院》通篇是一個已婚男子借了電影院的黑暗而對身邊女伴的性想像和性釋放。聞手帕一節，仔細寫出男子感受女人的香水和汗的混合香味，汗的鹹味，甚至痰和鼻涕的腥辣味，竟發生了舌尖麻顫、好似擁抱女性裸體的感覺。後來，在《善女人行品》這個集子裡，他更有對都市女性的內在心理的剖析：以《獅子座流星》抒寫年輕夫人的盼孕心思，似格外地流動；以《春陽》寫犧牲自己青春的富婆嬋阿姨如何受春天都市氣息感染而發生的一次春情萌動，為最有深意。在《小珍集》裡有《鷗》一篇，寫上海的銀行初級職員小陸整日枯坐在櫃檯的窗內，懷念著鄉下海灘的鷗鳥和初戀的女孩。枯燥的記帳，苦苦的想念，使他眼前竟出現這樣的想像：

施蟄存 1934 年在上海照

　　平靜的陽光，忽然顫動了一下，小陸有一個經驗，這是窗外正有一個人走過。倘若是黝暗的顫動，這人是穿深色衣服的，倘若是明亮的，這人一定是穿著淡色的。

　　但使小陸吃驚的是現在那平鋪在帳簿上的陽光忽然呈著異樣的明亮，連續地顫動起來了。他禁不住抬起頭來，他看見在窗外有四五個一隊的修道女的白帽子正在行過，倘若把他窗上塗著黑漆的一部分比之為深藍的海水，那麼這一隊白帽子就宛然是振翅飛翔著的鷗鳥了。[①]

戴望舒赴法留學，施蟄存（左一）、穆時英（左二）和杜衡（右一）送上達特安郵船，在甲板留影

① 施蟄存：《鷗》，《霧·鷗·流星》，人民文學出版社 1991 年版，第 175—176 頁。

施蟄存 1936 年在杭州照

　　施蟄存不像穆時英，被都市外在的、炫耀的光色所傾倒，他更看重都市內部的心理意識結構。並且，由於他與上海四周的松江、蘇州、杭州有著割不斷的聯繫，他的這些故事往往帶著江南縣鎮進入大都會這樣一個城鄉兼有的結構。這就使得他能稍稍避開穆時英、劉吶鷗的表現都市雖然傳神，終不免浮光掠影的弊病（後來的張愛玲深入到上海舊式家庭，真實性加強了）。

　　這種探討愛戀心理、性欲心理的意向，原本在施蟄存開創的歷史心理分析小說中得到過發揮。《鳩摩羅什》表現後秦高僧身上，宗教戒律和人性的交錯、迷亂。《將軍底頭》經了在戰場上索頭的花驚定將軍，寫種族、法紀與性饑渴的糾纏。《石秀》借水滸英雄石秀助義兄楊雄殺潘巧雲、海和尚的故事，挖掘石秀隱蔽的性虐待心理。這些歷史小說是對歷史的改寫、重寫，因其運用現代的觀念從古代人的內在生命來解讀人性，而受時人的注目。除了將心理分析運用於歷史題材，施蟄存還有多方面的小說形態的試驗，如潛意識與魔幻結合的，有《魔道》、《夜叉》，隱秘心理和偵探結合的有《凶宅》，與民間傳說的現代改寫相關的有《黃心大師》等，其追求先鋒性的努力始終不斷。

施蟄存的《梅雨之夕》

施蟄存的歷史小說集《將軍底頭》也以心理分析著稱

上海巴黎大戲院，施蟄存用此娛樂場為原型寫了先鋒小說

　　此派其他的後起之秀有黑嬰，寫《回力線》、《一○○○尺卡通》、《咖啡座的憂鬱》、《女性嫌惡症患者》等作品。另一位禾金，只看他《副型愛鬱症》、《造形動力學》、《蝶蝶樣》這些小說的題目，就能意識到他與「新感覺」的關聯。不過都沒能超出穆時英所達到的水平。

　　「新感覺派」標誌了1930年代的都市和都市文學的勃興。同時也是現代派文學自「五四」傳入中國後，最完整的一次本土複製與再創造。在激進的都市感覺和現代女性兩方面，海派和左翼有相通之處，只是左翼將這些感覺整合進以「革命話語」為主導的現代想像中罷了。在最近發現的穆時英佚文裡面，人們找到名為《中國行進》又稱《中國1931》的四個已發表的長篇片斷，加上可以確證也屬這部小說殘篇的《上海的狐步舞》，合在一起，可以看出其中上海棉紡、航船民族資本家們利用工潮反擊日本經濟入侵的商業策略，知識者和民族資產階級的聯手，工人的有組織的行動，農民抗租的義舉等基本線索，足可與茅盾《子夜》的恢宏結構相互對照。海派從「摩登寫作」入手，竟出現對中國都市如此「大規模綜合」的文學意圖，這倒是始料未及的。

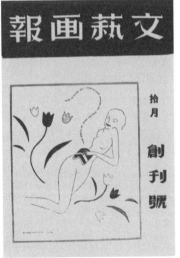

葉靈鳳、穆時英合編於1934年10月10日創刊的《文藝畫報》，其封面的現代派風格十分顯著

與海派有關的文學刊物

刊物名稱	刊期	創刊時間	終刊時間	主編或主要編輯	備註
瓔珞	旬刊	1925 年春	1925 年春	施蟄存、戴望舒、杜衡	僅出四期
良友	畫報月刊、半月刊	1926 年 2 月 1 日	1945 年 10 月 1 日	伍聯德、周瘦鵑、梁得所、馬國亮等	香港續出
真美善	半月刊、月刊等	1927 年	1931 年	曾樸、曾虛白父子	
文學工場	（不詳）	1928 年春	創刊號未出即夭折	施蟄存、戴望舒、杜衡、馮雪峰	光華書局打出清樣
現代小說	月刊	1928 年 1 月 1 日	1930 年 3 月 1 日	葉靈鳳、潘漢年	
無軌列車	半月刊	1928 年 9 月 1 日	1928 年 12 月 1 日	劉吶鷗	被封
樂群	半月刊、月刊	1928 年 10 月 1 日	1930 年 3 月 1 日	張資平、陳勺水、周毓英等	
熔爐	月刊	1928 年 12 月 1 日	1928 年 12 月 1 日	徐霞村	僅出一期
金屋月刊	月刊	1929 年 1 月 1 日	1930 年 9 月 1 日	邵洵美、章克標	
新文藝	月刊	1929 年 9 月 1 日	1930 年 4 月 1 日	劉吶鷗、施蟄存、戴望舒	被封
新時代	月刊	1931 年 8 月 1 日	1934 年 2 月停刊	曾今可	1937 年復刊出四期
絜茜	月刊	1932 年 1 月 1 日	1932 年 9 月 1 日	張資平、丁丁	
現代	月刊	1932 年 5 月 1 日	1935 年 5 月 1 日	施蟄存、杜衡、汪馥泉	
文藝茶話	月刊	1932 年 8 月 1 日	1934 年 5 月 1 日	章衣萍、徐仲年、華林、孫福熙	
文藝春秋	月刊	1933 年 7 月 1 日	1934 年 6 月 1 日	章衣萍、徐則驤	
詩篇	月刊	1933 年 11 月 1 日	1934 年 2 月 1 日	邵洵美	綠社刊物
小說	月刊、半月刊	1934 年 5 月 1 日	1935 年 3 月 1 日	梁得所、包可華、麗尼、黃苗子	
文藝畫報	文字為主	1934 年	1935 年	葉靈鳳、穆時英	
文藝風景	月刊	1934 年 6 月 1 日	1934 年 7 月 1 日	施蟄存	
文飯小品	月刊	1935 年 2 月 1 日	1935 年 7 月 1 日	康嗣群編輯、施蟄存為發行人	
六藝	月刊	1936 年 2 月 1 日	1936 年 4 月 1 日	高明、姚蘇鳳、葉靈鳳、穆時英、劉吶鷗	
雜誌	半月刊	1938 年 5 月 10 日	1945 年 8 月 10 日	呂懷成、吳誠之	
小說月報	月刊	1940 年 10 月 1 日	1944 年 11 月 25 日	顧冷觀	
萬象	月刊	1941 年 7 月 1 日	1945 年 7 月 1 日	陳蝶衣、柯靈	
大眾	月刊	1942 年 11 月 1 日	1945 年 7 月	錢須彌	
春秋	月刊、半月刊	1943 年 8 月 1 日	1949 年 3 月 25 日	陳蝶衣、文宗山	
天地	月刊	1943 年 10 月 1 日	1945 年 6 月 1 日	蘇青（馮和儀）	

第二十六節　兩種市民社會的文學視野

　　海派對現代都會上海的「新感覺」，在中國文學中是前所未有的事件。過去的文學從表現開封、揚州、蘇州一路下來，城市是傳統的，小說是章回體的。等到晚清小說、鴛鴦蝴蝶派小說登臺，用來講述北京似乎還有餘勇，用來講述上海中西合璧的時代就已經左支右絀了。等到 1920 年代末至 1930 年代，終於發生了新文學面對日趨現代化的上海進行的嶄新敘事。這實際是同時的，新文學內部對現代進程稍慢半拍、一拍的北京的敘事，也有了它的代言人，就是老舍。

　　現代中國都市存在京滬兩型，內含兩種市民社會。一是由西方急劇地、被迫移植過來，並在移植中經了本土文化的調整而發生變異者。一是從古代市民社會直接演化下來，穩重地、儘量保持民族自尊而接受現代文化者。北京、上海的市民社會和文化，雖在一個大文化圈內，具有同樣的世俗性、物質性、商業性，但因處於現代化的不同階段而呈現出很大的不平衡狀態。市民日常生活的外部面貌，內在品格性情，也就有了一定的區分。

　　1934 年，在山東濟南一邊教書一邊寫作的老舍，分外強烈地感到自己應當寫出大作品了（他 1926 年便在《小說月報》連載了第一個長篇《老張的哲學》），只是缺少時間。他與上海的刊物、出版業有長久的合作關係，這年的 6 月末他做了一個大膽的決定，自動辭去齊魯大學的教職，8 月一個人跑到上海，用十多天的時間考察自己能不能在那裡做一個職業寫家。最後他灰心喪氣地回來，覺得上海不適合他。之後他接受了國立山東大學的聘書，移家青島留在了北方，不久，他最重要的一部分作品《月牙兒》、《斷魂槍》、《駱駝祥子》便相繼誕生了。老舍並沒有把他對上海的全部感覺講出來，他事後借著談成都與北京的相似之處，曾說過：「我不喜上海，因為我抓不住它的性格，說不清它到底是怎麼一回事。」① 相信很多人都會有老舍一樣的感覺，弄不清上海這個沒有經過傳統都市長期浸染、熏陶而突發形成的國際大都市，它的物質文明究竟是腐朽還是先進，市民的生活趣味是雅還是俗，「摩登」「時尚」的文化該讓人欽羨還是困惑？但輪到北京，就不是那麼難於理解了。它在 15 世紀以後（清康熙年間）已經是世界上最大的城市，直到 1800 年才被倫敦在人口、城市規模和經濟產值上全面超過。因為位置處於扼守北中國的當口，原是個政治軍事城市，又做了幾朝的國都，有皇家氣象，大氣。又因落後較遲，連市民的架子都放不下。它在辛亥之後遭遇改朝換代，

---

① 老舍：《可愛的成都》，《老舍文集》第 14 卷，人民文學出版社 1989 年版，第 232 頁。

北京前門舊時景象，甕城規模現今已被破壞

1928年改名北平之後淪為「廢都」，失了政治中心的地位，成了文物之邦。沈從文1923年初到北京看到的是個歷史瓦礫堆，清朝官帽的翎管過去賣800兩銀子，現在僅賣4元錢。清朝和北洋政府的兩批被歷史淘汰下來的官僚及其家屬留了下來，南京政府撤滿人旗署後失去經濟憑靠的大量旗民流落下來，於是老派市民便擁塞在這個城市中。到了後來，普通市民的生活水平遠低於上海，物價卻是便宜，且生活從容。北京市民生活節奏之緩慢，新老混雜，一如大街上汽車、電車、人力車、驢車、駱駝和羊群同時行走的情景。但北京仍擁有國內最好的大學，及傳統底蘊深厚的文化接受群體。它能夠吸引中國的知識精英在這裡聚集，成了一個獨特的文化城市。這樣的一個市民社會適宜於尋覓、回顧昨天的歷史，適宜於大度地、漸進地走向明天。

北平東四牌樓街道，各色交通工具電車、人力車、架子車、自行車並用，只差沒有駱駝

20世紀20年代，熟悉北京的青年老舍，在英國時經常光顧讀書寫作的倫敦東方學院圖書館，這使他如何調整「時差」

老舍（1899—1966）正是出生在這樣的北京城裏。他是滿族正紅旗人，跟著大部分衰敗的滿人生活在古城西北角的平民區域。從小就熟悉大雜院的貧苦市民，熟悉市井的風俗、民間的說唱和古典戲曲，害怕激進政治而對一切革命保持距離。1924年偶然得到引薦赴倫敦教書，才接觸世界文學（包括讀到擅寫倫敦貧民區的狄更斯作品），開始了他以北京市民社會為表現對象的創作里程。老舍新文學家的姿態異常明確，從提筆的那一天起，灰色的市民社會就全方位地進入他幽默嬉笑的世態諷刺視域。其中老派市民寫得最多最為出色，像《二馬》裡的老馬先生，《離婚》的張大哥，稍晚的《四世同堂》的祁老人，因循，善良，要臉，熱心，蒙昧，知足，萎縮，中庸，怯懦，堅守隨遇而安的生活哲學，正是這些人的文化性格。《牛天賜傳》裡的牛天賜是個棄嬰，沒有瓜葛地來到世上，卻在牛姓商紳的頹敗市民家庭中長成個未出窩已老的廢物，一個「竹筒兒」，空的。《離婚》的衙門職員張大哥一生只做兩件事：做媒人和反對離婚。只要能湊合的就湊合（一心做媒），凡是能敷衍下去的就千方百計讓你敷衍下去（不讓離婚）。所以書中說「生命只是妥協、敷衍，和理想完全相反的鬼混」，便是老舍批判老市民社會的小說主題。

當然，他的老市民社會在灰色基調之中也有亮色。他自認不擅長寫女性和兩性題材，恐怕和他自小所受市民道德觀念的影響有關，但他不是沒有寫出三類老派市民女性的命運：第一，處於社會底層受盡侮辱、損害的婦女，如《柳家大院》被逼上吊的王家小媳婦，《駱駝祥子》裡淪為下等妓女而自盡的小福子，《月牙兒》兩代娼妓裡的母親等。經過這類女性，老舍面對人間不平抒發憤懣，表現出他深厚的憐憫心和人道主義。

1931 年寒假後老舍返回濟南，臨行送給胡絜青的第一張照片

1923 年 5 月青年老舍贈北京師範學校同班好友關實之的半身照。從上面題字可窺其日後的書法業已定型

第二，既受命運壓迫，又欺弄壓迫別人的婦女，如《駱駝祥子》的虎妞，《柳屯的》中信教的娘們兒「柳屯的」。老舍在寫她們的時候展露出他對人性弱點的深刻諷刺。第三，是他心目中的理想女性，那是《離婚》中的秀真、馬少奶奶，是以《四世同堂》中韻梅為代表的傳統女性。在她們身上，老舍發現了忍耐，發現了深明大義，發現了中國的女性美。這種對老市民社會重「義」的讚美，同樣可見男性人物：《趙子曰》中欲救

老舍著《離婚》初版書影

天壇的李景純，《離婚》殺小趙救秀真的丁二爺，《牛天賜傳》裡幫助一籌莫展的牛天賜的虎爺，《四世同堂》有俠氣的詩人錢默吟等等。老舍對他們在總體生活態度上，可能仍持批判態度，卻肯定他們正義的道德操守。對傳統市民摻和了深沈熱愛和同情的那種批判精神，是老舍獨特的寫作立場。這種立場也抽象在他那部象徵小說《貓城記》裡。《貓城記》在形象方面並不完全成功，卻傾注了作者對自己老大國家現代命運的深沈觀察和憂思。

　　老舍也寫北京的新派市民，並顯示出特殊之點。如果說對於老派市民的灰色部分他是用幽默諷刺來批評的話，這批評還是滿有熱度的；而對於新派，他只用漫畫筆法，用冷嘲。這是一些視「新」

高榮生作《貓城記》插圖

為時尚，往往丟了「新」的真諦卻撿了「新」的皮毛的膚淺青年、知識青年。如《犧牲》裡的洋派留學生哈佛毛博士，說他「像個半生不熟的什麼東西」，「不完全像中國人，也不完全像外國人。他好像是沒有根」。還有《新韓穆烈德》裡的左派學生，那個心中想著「解放」果店老闆父親的莊戶和夥計的大學三年級生即「新韓穆烈德」（哈姆雷特），腦中雖閃過三等車「偶爾坐一次總有些普羅神味」的念頭，最終卻仍用老爸的錢坐了二等車廂。他在獲取「新」的好處的同時，心安理得地享受著「舊」的餘蔭。老舍在這裡採取了與眾不同的眼光，認為這種盲目政治投機型、工商實利型的青年市民更不足取。這有時可能是片面的，但也不無深刻地道出了中國現代市民文化面臨的尷尬局面。這大概是北京緩慢進入現代進程後普遍發生的現象，「新舊的東西都混合在一處，老的不肯丟掉，新的也漸次被容納。這點調和的精神彷彿顯出一點民族的弱點」（《選民》）。當問題上升到民族文化的現代性改造的時候，它實際從另一個角度指出了舊思想、舊文化頑固腐蝕新東西，「鑽進鐵扇公主肚子」的能量。這像空氣一樣存在的無名殺人團的巨大扼殺力量，還不夠使人驚醒嗎？

到了老舍的代表性作品《駱駝祥子》、《我這一輩子》等面世，人力車夫也好，下等警察也好，城市貧民悲劇在北京社會每日以喜劇的形式上演，就越來越成為他關注的中心。《駱駝祥子》的祥子由鄉間來到城市，是個年輕、勤勉，有力氣，一心想靠自己的勞力買輛車子來過平穩生活的人。他的目標是低微的，對於普通市民來說也是莊重的，但他無論如何掙扎，都是失敗，以至於整個精神遭到毀滅。如果像這樣漂亮的車夫都落到如此淒慘的下場，那生活還有什麼指望呢？小說中，社會環境對祥子的重重迫害，經過車廠老闆、兵匪、偵探的各種形式的劫奪，尤其是虎妞既是他的親人，又是參與迫害他的一份子，表現得十分

丁聰繪《駱駝祥子》插圖：「因為平日沒拿她當過女人看待，驟然看到這紅唇，心中忽然感到點不好意思。」

孫之儼所繪《駱駝祥子》插圖：
「自己的車，自己的生活，都在
自己手裡，高等車夫」

充足。虎妞既設下性的陷阱，又用假孕騙局把祥子拉入婚姻。雖然她給他買了車子，也有愛他的成分，但兩人的生活理想不同，一定程度上，虎妞是在用自己的享樂目標日日腐蝕著祥子，腐蝕著祥子單靠勞力來獲取平穩生活的幻想。而《駱駝祥子》所以不是舊的說部，就在於按照老舍當時的眼光，他也看到了祥子本身也是腐蝕自己的原力之一。祥子起初的死命掙錢，不合群、自私、脆弱，正是他一步步深陷的動因，加上社會的合力，到末尾他已墮落成懶惰、麻木、騙錢、搗壞、嫖賭、出賣人的人，變成行屍走肉了。我們看小說開頭的祥子：

> 一個臉上身上都帶出天真淘氣的樣子的大人。看著那高等的車夫，他計劃著怎樣殺進他的腰去，好更顯出他的鐵扇面似的胸，與直硬的背；扭頭看看自己的肩，多麼寬，多麼威嚴！殺好了腰，再穿上肥腿的白褲，褲腳用雞腸子帶兒繫住，露出那對「出號」的大腳！是的，他無疑的可以成為最出色的車夫……[1]

就是這樣一個「彷彿就是在地獄裡也能作個好鬼似的」祥子，到小說結尾卻是：

> 體面的，要強的，好夢想的，利己的，個人的，健壯的，偉大的，祥子，不知陪著人家送了多少回殯；不知道何時何地會埋起他自己來，埋起這墮落的，自私的，不幸的，社會病胎裡的產兒，個人主義的末路鬼！[2]

---

[1] 老舍：《駱駝祥子》（插圖本），人民文學出版社 2004 年版，第 6 頁。
[2] 老舍：《駱駝祥子》（插圖本），人民文學出版社 2004 年版，第 361 頁。

這樣，祥子由一個「鄉村中國」樸素的、只圖乾乾淨淨掙口飯吃的進城農民，轉化為一個苟且的、自暴自棄的小市民（究竟還不是《上任》裡寫的那類流氓型小市民）。其中包含的驚心動魄的過程，使得作者領會到幽默的不能亂用。《駱駝祥子》比起以往作品顯著降低了嘲弄的成分，加強了悲劇的色彩。在文字上也充分吸收北京口語的利索、活潑、喜劇化的長處，增加了白話的本土（非歐化）純淨度，發揮出現代書面語言高超的表現力。

《良友畫報》76 期所載老舍訪問該社後的立影

總之，老舍經過對各色北京市民人物的刻畫，寫出傳統社會的衰敗，唱出他「國民性批判」的哀歌。晚清以來，中國作家的國民性（民族劣根性）焦慮，是由落後挨打遭殖民的民族危機感而起的。魯迅側重於鞭撻「奴性」的思想啟蒙，而老舍側重文化和人性的批判。老舍一方面執著地對北京市民社會醜陋的生活方式和習性，包括民族的因循守舊、人身依附、世故「吃人」這些文化現象進行剖析；另一方面深深懂得他摯愛的北京「它污濁，它美麗，它衰老，它活潑，它雜亂，它安閒，它可愛」[①]，兩者是同在的。他的優秀短篇《老字型大小》、《斷魂槍》中的人物在「新」必然代替「舊」的大潮中，自尊地保持住獨立的人格，是老派市民的佼佼者。小說並不迴避他們的衰頹，也不提倡為舊事物殉葬。「老字型大小」的經營方式終究敵不過整日大減價的新商店，不傳「五虎斷魂槍」的拳師沙子龍擋不住鏢局行當的沒落，卻都守住了做人的根本。這無疑於暗示我們這個老大民族在社會急劇現代轉型的條件下，應如何自處，以免一旦面對開放的世界便失了自己的靈魂。老舍後來的創作道路還很長，這是他在表達生他養他的北京市民社會時，始終堅持的精神。

幾乎同時，不是從新文學入手，而是從俗文學的角度來表現北京市民社會的，是張恨水（1895—1967）。老舍最初的作品《老張的哲學》、《趙子曰》寫北京，是在 1926 年至 1928 年間。張恨水稍早，1924 年在報紙上就開始連載《春明外史》，到 1927 年連載《金粉世家》，1930 年連載並出版《啼笑因緣》。三部長篇寫的都是北京。作者是安徽人，對北京的人事、語言都是來京後才熟悉的，寫來自然沒有老舍地道。但因長期擔任新聞記者，有採訪之便，直接間接的見聞更加全面，反倒能從市民社會的下層一直寫達上層。而老舍是從來不寫北京社會上層生活的。在張恨水一生寫作

① 老舍：《駱駝祥子》（插圖本），人民文學出版社 2004 年版，第 351 頁。

報上所載張恨水青年時代的像

110 部長篇以上的產量中，這三部小說都算得是上乘之作。《春明外史》的結構還有舊小說一事一節的痕跡，依仗作為新聞記者的主人公楊杏園穿針引線，自是方便。「春明」是北京的別號，這部新聞型譴責小說的鋒芒是指向當時北京上層的北洋官僚和軍閥的。其他兩部都是典型的言情體，章回結構已由男女主角的婚戀故事貫穿，如《金粉世家》裡的平民女性冷清秋和豪門子弟金燕西，《啼笑因緣》裡天橋唱大鼓書的女藝人沈鳳喜和富家公子樊家樹。抨擊的對象是鐘鳴鼎食的門戶和強凶霸道的軍閥。作者是從下層市民的立場來看待上層醜惡的。正義或非正義，是市民評價事物的根本標準，在這裡可以發現與老舍的相似之處。巧取豪奪的社會勢力一般在小說裡得以暴露，不過容易寫得簡單。《金粉世家》高明的地方，是作者著力渲染的總理金家，竟是相當開明。比如總理金銓就是民國要人中很開通的人士，他能答應兒子娶家道早經衰落的女子為妻，在婚禮上還說出這樣一番話來：

　　我對於兒女的婚姻，向來不加干涉，不過多少給他們考量考量。冷女士原是書香人家，而且自己也很肯讀書，照實際說起來，燕西是高攀了。不過在表面上看起來，我現時在作官，好像階級上有些分別。也在差不多講體面的人家，或者一方面認為齊大非偶，一方面要講門第，是不容易結為秦晉之好的。然而這種情形，我是認為不對的。所以我對於燕西夫婦能看破階級這一點，是相當贊同的，我不敢說是抱平等主義，不過借此減少一點富貴人家名聲。我希望真正的富貴人家，把我這個主張採納著用一用。[1]

沒有按醜化的方式描寫官僚形象，是難得的通俗小說筆法。但是金燕西最後與冷清秋還是因為「齊大非偶」的階級原因離散了，關鍵是金家的環境造成金燕西的紈絝子弟性質。而且這個「紈絝」不是個別的。金銓的大兒子在外靠老子混差事，包戲子，納小妾，花天酒地，也是一個。所以金銓說出是「中國大家庭制度」造成紈絝習氣的話來。這是對整個社會的現代性反省，要比一般暴露軍閥之類深些。

① 張恨水：《金粉世家》，《張恨水選集》第 2 卷，合肥：安徽文藝出版社 1985 年版，第 574 頁。

　　對於市民下層，張恨水有不同的態度。像冷清秋，作者給予最高的讚美，因她有教養、守道德，藐視金錢。金燕西的紈袴性發作後，她一心餵養孩子，自閉學佛，後在一場大火中攜兒出走，安於隱居，貧困度日。冷清秋是符合市民理想的女性。而《啼笑因緣》裡的沈鳳喜，卻是在軍閥的威勢和金錢面前屈服，走的是受壓迫者自我毀滅的道路。《啼笑因緣》在上海《新聞報》連載引起轟動，為了滿足市民讀者的要求，報紙提出增加武俠成分，於是將屬於市民下層的關氏父女安排成俠客，最後在西山誘殺劉將軍。這就代表了正義的力量。這種描寫，也能從老舍那裡找到呼應。

張恨水《啼笑因緣》初版封面

　　最令人發生興味的，是張恨水在《春明外史》中對民國初年北京社會湧現的新事物的批評。而「新」的事物就包含學生演出賑災的「愛美劇」、用裸體模特學畫、結集新詩社和成立婦女組織等方面，應當說與後來的「五四」文化運動的內容緊密相關，但寫出來卻都成了男女社交初步鬆動後的混亂局面，都成了笑柄。張恨水通過楊杏園與朋友在 67 回議論美滿婚姻的女性條件，最具代表性。那是既要舊式女子般的會主持家務，又要新式女子一樣能安慰丈夫，「性格溫和，不能解放過度」。[1]這「不能解放過度」，真是說出了事情的要害。所以書中受諷刺的新派人物和老舍筆下的時髦青年、左派青年就很接近。當然楊杏園也有理解這些現象的時候，他在另一處便說：「現在男女社交，還不能十分公開，大

1932 年 11 月 27 日《申報》上的《啼笑因緣》二集公演廣告

---

① 張恨水：《春明外史》（下），北京：中國新聞出版社 1985 年版，第 1059 頁。

家只有借著什麼研究會，什麼文學社的幌子，來做婚姻介紹所。」①由此可見，楊杏園本身就是個新舊夾縫中的人，他身處的北京市民社會也就是這般新舊交替、轉型異常艱難的環境。在這一焦點問題上，新文學家老舍和通俗作家張恨水竟取得了驚人的一致。

反觀我們上節所述海派對上海市民社會的敘事，個中差別意味深長。新感覺派的作品，顯示了一個全新的現代市民的傾向。傳統的道德文化無可留戀地瓦解了（留戀或不留戀的分別可不是無足輕重的），一個開放的、圍繞個人自由享用而建立的新道德、新文明標準，開始在都市流行。新的市民不像老市民總是頻頻地回頭，他們提前體驗到了現代文明的雙重性：上海是天堂也是地獄。不僅僅是窮富的問題，也是物質技術在發出眩目光亮的同時對人的壓迫和異化，是自然人性的逐漸泯滅。這樣，新感覺派的上海市民社會呈現出新異、詭譎。而生存的不確定性，只要從他們最多寫作的男女邂逅故事，從男女和城的關係的短暫、無奈、迷惘上，都能感悟得到。

徐訏自畫像是他的青年形象

徐訏成名作《鬼戀》七年印了十九次，此即夜窗書屋 1947 年第 19 版

徐訏（1908—1980）是 1930 年代海派後起的作家。他的代表性長篇《風蕭蕭》是後來抗戰時期產生的，就直接提到了上海同有天堂和地獄雙重品性的題旨。他的成名作《鬼戀》為中篇小說，發表在抗戰之前，神秘愛情，充滿懸念，深受市民讀者的歡迎，七年中竟印了 19 版。小說從上海南京路的雪茄煙店「人」與「鬼」的男女邂逅寫起，到最後女「鬼」消逝不可追尋，男「人」不時去煙店懷舊。邂逅的基礎來於現代都市層面：第一次見到女「鬼」便驚異於她的冷美，「使我想起霞飛路上不知那一段的一個樣窗裡，一個半身銀色立體形的女子模型來。我恍然悟到剛才在煙店裡那份似曾相識的感覺之來源」。②道出上海感情的偶然性。都市商業櫥窗的人工模型，居然溝通了原來陌生的男女之情。而女人歷經滄桑，不願做「人」，寧願為「鬼」，又在「人」戀之下徘徊不去，其人生的繁麗與兩人交往的淒清，形成強烈的對比，顯示出都

① 張恨水：《春明外史》（下），北京：中國新聞出版社 1985 年版，第 1328 頁。

② 徐訏的《鬼戀》，連載於 1937 年 1 月《宇宙風》32、33 期。引文來自上海夜窗書屋 1947 年版，第 5 頁。

予且手跡，是他用「水繞花堤館主」的名義為人所批命數

市的人鬼莫辨。這樣，徐訏的不確定性的上海與「新感覺派」筆下的上海，就一脈相通了。

　　而同是表現上海，通俗作家的成就則是另闢蹊徑。予且（1902—1989）的創作時間頗長，長篇《小菊》、《如意珠》，短篇小說集《妻的藝術》、《兩間房》，在1930年代中後期就出版了。但他的寫作高峰也在1940年代。予且是一個很難分出新與舊的文人。對於表現上海市民社會來說，他是石庫門弄堂市民的表現者。他的上海非但不是「不確定」，倒是落實到日常的實實在在的柴米油鹽。他不寫悲劇，大部屬輕鬆的故事。弄堂裡的青年男女相戀的起因或媒介都是「物質」，《照相》、《傘》這種輕喜劇的發生就緣於「照相」和「傘」，不為別的。男女戀人都是物質文明的受益者。生活的矛盾、殘缺當然是有的，也類乎柴米油鹽不可少一樣，盡可修補。所以予且的男女小說多半是探討婚後的家庭，男子在家庭中的忍耐（吸煙、吃酒和交遊都保持獨立，同時與妻子平衡），稱頌老夫少妻因那種婚姻穩定，提倡女子要有自立能力（女人掌握物質就算掌握命運），他的「妻的藝術」和「兩間房」的命題，就顯示了上海普通市民社會也在興起的對女性利益的尊重等等。那麼，愛情在生活中就被消解，「戀愛不過就是那麼一回事」，成了他小說人物的座右銘。但婚姻可並非「就是那麼一回事」了，他的故事在說，婚姻比愛情重要（中年市民心態），愛情要附麗於實際的生活方有意義。予且的婚戀作品彷彿挑開了那層溫情脈脈的浪漫面紗，不是作絕望悲觀狀，而是回到平實的人生。這是確定性的市民上海。與老舍和張恨水對待老中國北京市民社會竟然那麼相知的情境正好相反，反映上海市民思想和生活的新文學作家和通俗作家的審美趣味，卻是迥異的。到了1940年代上海的「孤島」和「淪陷」時期，這種情況更形複雜，因為有了張愛玲。這個話題還可留在後面來說。

第二十七節　職業化的劇場話劇終於成熟

　　現代話劇興起之後，先後經過了職業化的「文明戲」時期，又經過了業餘化的「愛美劇」時期。由於田漢、洪深、歐陽予倩、丁西林、熊佛西這批話劇先行者的努力實踐和提倡，到了 1930 年代，在時代性寫作和市民性文化消費多種力量的激盪下，迎來了現代劇場話劇再一次的職業化潮流。

　　這是比小說、詩歌、散文都來得遲了的。究其緣故，中國傳統的戲劇地位本就低下，農民看的都是廣場戲劇，城市劇場裡娛樂消費型的市民觀眾歷來都是大宗，這種相對滯後的接受體在晚清輸入西方話劇之後，很快就統統市民化了。「文明戲」的衰落，從根本上說是因市民化所包含的「現代文明」漸次減退，而讓「惡俗」淹沒的結果。到了「五四」文化運動催生出思想型的話劇文學，其讀者或觀眾才開始歸向知識份子和青年學生。市民觀眾與知識份子觀眾這兩類人所構成的市場，將長期作用於依靠「演出」才能真正獲得生命的現代話劇。這是個矛盾。業餘演出可以保持這種天然就是大眾性的話劇的純潔，卻無法得到持久的商業性的話劇市場。沒有劇場話劇的高水準的演出，便無法維持職業化的話劇團體。精美的話劇劇本和能夠伸向都市觀眾的劇場作營業性的演出，便成了中國話劇發展的下一個目標。而新的天才劇作家的出現，以形成真正中國意義的劇場話劇的閱讀和演出，則成為焦點。

1933 年在校大學生曹禺寫完《雷雨》後攝於清華園荷花池畔

　　1933 年的夏天悶熱，23 歲清華大學西洋文學系的在讀學生曹禺（1910—1996），用他年青的生命創造出了他的處女劇作《雷雨》。這之前，「五四」新文學的啟發，北方話劇重鎮天津「南開」的熏陶，已經教給他了許多。僅在「南開新劇團」張彭春指導下參與演出過的劇，就有丁西林的《壓迫》、田漢的《獲虎之夜》、易卜生的《國民公敵》和《玩偶之家》（飾女主角娜拉）。《雷雨》寫出後，曹禺把它交給了他的中學同學、這時正與巴金合辦《文學季刊》的靳以。可能是為避嫌，劇本在編輯部的抽屜裡放了一段時日，才在一個機會裡交到了巴金手上。巴金流著淚將它讀罷，立即做出將四幕劇一次刊完

南開劇團 1935 年在天津演出根據莫里哀的劇《慳吝人》改編的《財狂》一劇，右第二人彎腰者為萬家寶
（即曹禺）飾，此劇舞臺美術設計為林徽因

的決定。1934 年 7 月，迎來了這遲到的發表。不久，浙江白馬湖中學的師生首演了
《雷雨》。到 1935 年 4 月，在日本的中國留學生於東京舉行了影響更大的演出。這很
使人想起 1907 年春柳社李叔同等人在東京的情景。那次演的《茶花女》和《黑奴籲天
錄》都是外國的事情，現在卻是一個驚心動魄的中國家庭的悲劇。國內的其他學生業
餘劇團，天津市立師範學校的孤松劇團、上海復旦大學的復旦劇社繼起回應，先後演
出，加上白馬湖中學，彷彿是「愛美劇」的歷史灑下的一抹餘輝。這時，以唐槐秋為首

曹禺在天津的故居，我們可以從這個樓房聞到《雷雨》的氣息

的中國現代話劇第一個職業演出團體「中國旅行劇團」決定排演《雷雨》。他們有國內最好的表演、導演的人才，現在又有了出色的劇本，在北平和天津這兩個話劇觀眾很有基礎的城市，此劇的商業性演出均取得初步成功。1936 年 5 月 6 日，「中國旅行劇團」在文學中心的上海卡爾登大戲院上演《雷雨》，引起轟動。侍萍（魯媽）兩代不幸的遭遇，蘩漪的大愛大恨，周沖、四鳳這兩個最不應該死、最無罪孽的青年卻最先慘死，周萍舉起了面對自己的槍，周樸園無情、沈重的話語，這些都刺激著每一個激進的知識觀眾和普通的市民觀眾的心！演出成功，戲院立即做出反應，破天荒願將為期十天「倒三七」分帳的合同續訂三個月，並改為「正三七」

《雷雨》1936 年在南京公演，曹禺自己扮演劇中的周樸園

分帳。一個話劇連演三個月，居然場場爆滿。9 月，再行演出，上海觀眾連夜排隊購票，票房居高不下。卡爾登大戲院於是抓住機會宣佈：「從 1937 年起只上演話劇而停映電影，並將戲院改名為上海藝術劇院。」[1]不久出版《雷雨》單行本的廣告則稱：「是《雷雨》支持了中國話劇舞臺，」「中國的舞臺是在有了《雷雨》以後才有了自己的腳本。」[2]「中旅」這個職業劇團也因有了《雷雨》等保留劇目，擺脫了往昔流浪藝人般的演劇方式。茅盾看清了這一切所包含的對於中國現代話劇事業的重大意義，他當時便說出了這樣的話：「職業劇團的成立，常常公演話劇的固定劇場的出現，大演出的號召，舊戲和文明戲觀眾之被吸引，」「這些都是使話劇能在社會上立定腳跟並擴大影響的先決條件」，「是話劇由幼稚期進入成年期，由學校的知識份子的進而為社會的小市民的乃到大眾的，所應該發生的問題。」[3]曹禺的意義正是在這裡。

1936 年 5 月 6 日後中國旅行劇團在上海卡爾登戲院公演《雷雨》，誰也沒料到會出現連演三月不衰的盛況。此戲院也成為中國話劇的勝地

---

① 見《卡爾登改為話劇場》，載《舞臺銀幕月刊》1 卷 3 期。這個改名後來雖然沒有實現，但卡爾登大戲院確實成為上海首屈一指的話劇演出劇場。

② 此廣告載 1937 年 6 月《戲劇時代》1 卷 2 期。

③ 茅盾：《劇運平議》，載 1937 年 8 月《文學》9 卷 2 號。

《雷雨》1935 年在天津由孤松劇團演出劇照。比下圖日本演出略遲

1935 年 4 月 27 日，留日學生戲劇團體中華話劇同好會在東京神田一橋講堂用日語演出《雷雨》
的劇照。在場景上可與上圖比照

　　《雷雨》與此前的任何中國話劇文學相比，它的傑出是顯然的。這裡有複雜的雙聲部的音調：揭露一個帶有封建專制色彩的資產階級家庭的罪惡不遺餘力，這是一方面；對這些在罪惡的社會大網中掙扎而毀滅的人物，抱著憐憫的心情加以同情的審視，又是一方面。《雷雨》是一齣緊張、憤鬱的性格劇。圍繞著人物間階級、血統相互糾纏的激烈衝突，在侍萍遭周樸園遺棄三十年後重見的情節中，表現周樸園這個「家長」的專橫、自私，虛偽中帶有一絲懺悔，以及決絕的冷酷。在蘩漪與周樸園的被欺辱、被窒息的關係中（見逼迫吃藥一場戲），蘩漪的反抗行為顯露出她全部的叛逆、復仇性格。作為後母的蘩漪在和周萍的曖昧關係中，顯現了她在萬念俱灰中抓到最後愛的瘋狂和拼死一搏的行動（在周萍與四鳳這一對異父同母兄妹將要出走的節骨眼上把周樸園叫來，揭開一切面紗的終場戲），從而把劇情推向高潮。作者關於蘩漪這個人物的介紹文字，可說是理解曹禺刻寫典型的深度，並體驗這個劇的社會和人性主題的出色文本。在整個現代文學創作中，應屬於最華彩的段落之一：

> 　　她一望就知道是個果敢陰鷙的女人。她的臉色蒼白，只有嘴唇微紅，她的大而灰暗的眼睛同高高的鼻梁令人覺得很美，但是有些可怕。在眉目間，在那靜靜的長的睫毛下面，看出來她是憂鬱的。有時為心中的鬱積的火燃燒著，她的眼光會充滿了一個年輕婦人失望後的痛苦與怨望。……她是一個中國舊式女人，有她的文弱，她的哀靜，她的明慧，──她對詩文的愛好，但她也有更原始的一點野性：在她的心裡，她的膽量裡，她的狂熱的思想裡，在她莫名其妙的決斷時忽然來的力量裡。整個地來看她，她似乎是一個水晶，只能給男人精神的安慰，她的明亮的前額表現出深沈的理解；但是當她陷於情感的冥想中，忽然愉快地笑想；當她見著她所愛的，快樂的紅暈散佈在臉上，兩頰的笑渦也顯露出來的時節，你才覺得出她是能被人愛的，應當被人愛的，你才知道她到底是一個女人，跟一切年輕的女人一樣。她愛起你來像一團火，那樣熱烈，恨起你來也會像一團火，把你燒毀的。然而她的外形是沈靜的，憂煩的，她像秋天傍晚的樹葉輕輕落在你的身旁，她覺得自己的夏天已經過去，生命的晚霞早暗下來了。[①]

曹禺稱蘩漪擁有「最『雷雨』」的性格，等於說她是理解整部劇作的「眼」。她霹雷暴雨般地掀動起全劇，成為各條情節向前發展的推動力。在此戲劇矛盾的漩渦中，其他人物如周萍的懦弱、悔恨，侍萍（魯媽）的自尊、忍辱負重，周沖的純真夢想，四鳳的善良和渴望愛情，魯大海粗獷的工人氣質，魯貴那闊當差的鄙俗、狡獪、貪婪，都毫髮畢現地一一展露在我們面前。《雷雨》還是一出表現生命的命運劇。在現實的利益和情欲之外，命運的巧合、不可測，冥冥中似乎有一種超自然的力量掌控著這些人，

---

① 曹禺：《雷雨》，北京：中國戲劇出版社1957年版，第23─24頁。

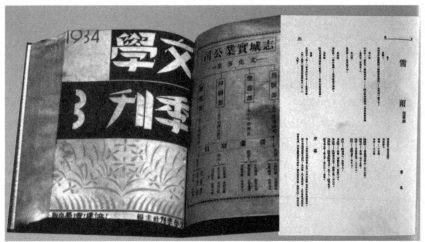

發表《雷雨》的 1934 年 1 卷 3 期《文學季刊》，能夠看到此劇的文本原先是有「序幕」的（也有「尾聲」）

把他們帶進人生的「詭秘」境地：侍萍的女兒會在周家作女傭，周樸園的兒子會在周樸園的礦上鬧罷工，周萍會陷入雙重的「亂倫」，周沖這個最無辜的少年竟會在大雨傾盆中撞上未修好的電線。據作者自述，他寫《雷雨》的動機，除了社會經驗包括父親家庭生活的刺激外，還有無從說清楚的作者生命的湧動：「我對《雷雨》的瞭解只是有如母親撫慰自己的嬰兒那樣單純的喜悅，感到的是一團原始的生命之感。」「《雷雨》裡，宇宙正像一口殘酷的井，落在裡面，怎樣呼號也難逃脫這黑暗的坑。」①而對於如何解讀《雷雨》，曹禺也有個人的預先設計。他在四幕劇外加了個《序幕》和《尾聲》，在那裡，周樸園的房子多少年後成了醫院，兩個瘋了的女人侍萍和蘩漪生活在裡面，造成慘劇主因的周樸園老態龍鍾帶著懺悔來看望她們，教堂的樂聲響起。這樣的安排是要引導閱讀，是要告訴讀者，《雷雨》不僅僅是個社會悲劇，也是生命悲劇。如作者所說：「我把《雷雨》做一篇詩看，一部故事讀，用『序幕』與『尾聲』把一件錯綜複雜的罪惡推到時間非常遼遠的處所。」「那『序幕』和『尾聲』的紗幕便給了所謂『欣賞的距離』」。這就是《雷雨》超越現實，進入象徵，進入宗教情緒的一面。作者「祈望著看戲的人們也以一種悲憫的眼來俯視這群地上的人們」。②可見作者當初的動因，並不要讀者引起憎恨、報復的心理，這與其時京派（如廢名）的一部分創作是比較相合的，卻並不能與當時的時代性寫作的風氣相匹配。因此，幾乎從第一次《雷雨》的處女演出開始，要不要這個「序幕」、「尾聲」，是突出該戲社會問題劇的性質，還是人的命運戲的性質，就成了《雷雨》接受史的關鍵。比如田漢就曾指出，《雷雨》演出的時代「已經不是『明月清風』的時代，而是『暴風雨』的時代」，所以他「贊成予倩先生把這一

---

① 曹禺：《〈雷雨〉序》，上海文化生活出版社 1936 年版。
② 同上。

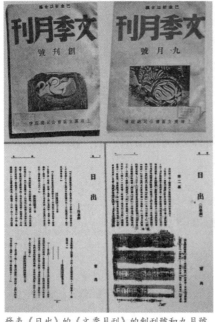

發表《日出》的《文季月刊》的創刊號和九月號

有點『時代錯誤』的『運命悲劇』修正為一近於『社會悲劇』的東西，而不贊成無批判的演出」。[1]田漢的觀點很有代表性，這是在市民觀眾之外來自左翼的批評聲音。後來的歷史證明，它對曹禺發生的影響不容低估。

這種影響是逐漸的。抗戰前，至少在曹禺寫出第二部話劇《日出》和第三部劇作《原野》的時候，作者是將「社會表現」和「生命表現」兼收並蓄了。《日出》寫並未墮落到底的交際花陳白露被社會吞噬的悲劇。此劇對 1930 年代中國資本主義經濟在局部地區發展後人們的精神狀態，從社會性上做了特別的強調。陳白露舊時的同學戀人方達生，想把她從潘月亭、張喬治、顧八奶奶、胡四等組成的黑暗世界（背後的不出場的金錢勢力代表是金八）拉出來，卻失敗了。由「小東西」這個人物將劇情又引向與豪華飯店正相對照的齷齪的下等妓院區。據說為了寫這第三幕，作者還親自到這種地方去做調查和體驗。陳白露雖有其對地位更卑賤者的同情心，卻無法挽救自身。在一片工人的號子聲中，她自殺了，並說出這樣的台詞：「太陽升起來了，黑暗留在後面。但是太陽不是我們的，我們要睡了。」這就有了某種象徵的意義，而且這象徵意義的思想邊界是清晰的，不模糊的。《日出》好像加

1937 年 3 月留日學生國際戲劇協進會組織在日本東京一橋講堂演出《日出》，此第三幕中翠喜一場戲，右陳白露為特邀來日的鳳子所飾

[1] 見田漢《暴風雨中的南京藝壇一瞥》，轉引自錢理群《大小舞臺之間》，浙江文藝出版社 1994 年版，第 54 頁。

話劇《原野》很久不得上演，後拍
的寬銀幕故事片《原野》當時雖然
有禁忌，但總算開啟了道路。為南
海影業公司 1981 年攝製，主演楊
在葆、劉曉慶

強了社會劇的傾向，卻仍不失曹禺的個性。而《原野》完全是詩性的作品。它表現一個
復仇農民的生命由高揚導致困境的主題。本應是個反抗地主的故事，卻因將反抗之力表
現為「原始之力」而變形了。仇虎受惡霸地主焦閻王的迫害，家破人亡，自己被誣陷入
獄斷了腿，未婚妻金子也被迫嫁給了焦閻王懦弱無能的兒子焦大星。但等八年後仇虎從
監獄逃出尋求報復時，卻突然失去了復仇的對象：焦閻王死了。他不得不轉移目標，先
是奪回金子的愛，再設計假手焦母殺死焦大星，造成更加無辜的小黑子的慘死。因為這
種復仇方式的不夠光明磊落，因為焦大星實際是他從小熟悉的溫良的玩伴，兩人無恨，
而焦母恐怖的叫魂言行不時地反彈到他身上，仇虎隨即陷入更大的痛苦和驚懼之中。劇
本至此，心理幻象凸現，神秘氛圍濃厚，完全脫開了現實主義的創作方式。在逃離追捕
時，仇虎和金子陷入黑森林而迷失路途，鬼魂出現，回憶出現，心的熬煎和良心的譴責
加深加劇，象徵性的描寫越來越重。歷來認為這部分的寫法是受到美國劇作家奧尼爾
《瓊斯王》的影響的，這使得《原野》成為中國最深刻的象徵主義、表現主義的經典劇
本。也因此，當《日出》的社會意義得到廣泛讚美的同時，《原野》卻因表現人性的抽
象，因現代主義離時代觀眾的審美趣味相去甚遠，而受到冷淡。這與 1930 年代主要的
文學空氣是將「五四」文學規範到「現實主義」的軌道上是有關的。曹禺的戲劇創作成
就雖得到公認，但也受到時代的制約，要一直到 1980 年代電影《原野》出現，才算是
對話劇《原野》原創的完全肯定。

　　現在只是 1930 年代中期，茅盾說的「大演出」在上海正進行得如火如荼。這指的
是左翼戲劇家們有計劃開展的建立「劇場藝術」的運動。中間也帶進發揚「國防戲劇」
的意味，但不是主體。集中時間在「大劇場」的演出，包括 1936 年 11 月歷史諷喻劇
《賽金花》在金城大戲院首演（金山、王瑩主演）；同期的卡爾登大戲院連演三個外國
大戲《大雷雨》（趙丹主演）、《欲魔》、《醉生夢死》；1937 年 2 月在卡爾登舉行

1930 年 3 月，夏衍（右）與陶晶
孫在上海藝術劇社演出《西線無
戰事》時合影

《日出》的公演；到 1937 年 3 月上海話劇界組織春季聯合演出，在卡爾登連演 20 天
不衰，其中大部分是外國劇目。4 月，作為話劇在「大劇場」爭取市民觀眾而真正站穩
腳跟的一個標誌，上海最有聲望的「業餘劇人協會」得到投資，走上職業化道路，改
組為「中國業餘實驗劇團」。這是繼「中旅」之後，我國第二個更具規模的職業話劇團
體。它基本由左翼戲劇家構成。成立後的 1937 年 6 月，在卡爾登大戲院先演了《羅密
歐與朱麗葉》，接著就顯示中國話劇一個時期的實績，連演宋之的的《武則天》、陳
白塵的《太平天國》第一部《金田村》、曹禺的《原
野》（舒繡文演金子）。如果不是上海「八一三」戰
事爆發，本來還要演出夏衍的《上海屋簷下》，因這
劇已進入彩排了。

　　從這場奠定中國劇場話劇成熟基礎的演出中，我
們可以看到曹禺早期的三部劇作的巨大貢獻。此外，
《賽金花》和《上海屋簷下》（又名《重逢》）兩劇
的作者，是左翼優秀的劇作家夏衍（1900—1996）。
左翼的戲劇批評，如周揚於《日出》問世後所寫的文
章是個代表，在肯定曹禺劇作「反封建制度」的積極
意義，將他納入「現實主義」軌道的同時，又圍繞
「現實主義的不徹底」加以分析，建立起一種重社會
反映論的曹禺批評模式。[1]但當時劇作家之間的關係要

夏衍 1930 年在上海參與成立「左聯」
期間

---

[1]　周揚：《論〈雷雨〉和〈日出〉》，載 1937 年 3 月《光明》2 卷 8 期。

夏衍寫有《賽金花》一劇，取自北京
名妓賽金花的本事

夏衍《上海屋簷下》1937 年 11 月由戲
劇時代出版社版

自由一點。夏衍起先寫的劇《賽金花》、《秋瑾傳》（又名《自由魂》），利用歷史材料進行宣傳鼓動的痕跡十分明顯。據他自己回憶，是在讀了曹禺的劇作後才真正懂得要寫好人物性格和典型環境的。他 1937 年寫的代表作《上海屋簷下》，在同一舞臺空間裡通過切割與貫通，將上海弄堂五家普通市民家庭的生活場景和命運展示無遺。故事發生在江南的黃梅天氣裡，以林志成等三人的愛情糾葛為主線，十幾人的悲喜個性，將瑣屑的、壓抑的小人物的生活塗抹成隨時可以庸俗地湊合下去，又即刻可以爆發的戲劇圖景，這樣形成張力。平凡、簡約、含蓄是夏衍的獨特風格，沒有任何革命家式的對黑暗勢力的劍拔弩張，卻對人物的缺陷、命運的悲苦施以善意的同情，使作者的人道主義感情與革命情緒渾然一體。這是夏衍學習俄國契訶夫平淡、久遠的藝術風格，含淚的微笑、淒涼的溫暖筆法的成功之作。曹禺也曾提到契訶夫戲劇對他的影響，但那個影響是要作者積累了社會閱歷，要到抗戰後才會在曹禺的筆下湧現的。《雷雨》等的戲劇化畢竟太盛了。在中國，夏衍是學習契訶夫最有心得的一位。

關於劇場劇的成熟及與廣場劇的關係，在抗戰後的中國話劇歷史上，還有一段路程要走。從曹禺本人來說，一個對中國現代劇場劇產生那麼大推動的人，在後來既繼續寫出《北京人》、《家》這樣更富詩情、更深地解剖中國文化精神的優秀劇場劇，也導演過街頭劇，參與寫過帶有宣傳效應的《全民總動員》（後改名《黑字二十八》）。這並不奇怪。但劇場劇始終擔負著創新、提高整個戲劇水平的重任，是毫無疑義的。這只要看在延安、在大後方、在敵後根據地的緊張軍旅中，除了廣場劇以外，《雷雨》的演出一直沒有停歇過，就足夠說明問題了。

《雷雨》三四十年代演出表

演出劇社	演出時間	演出城市和劇場	導演	主要演員
孤松劇團	1935年8月	天津師範學校禮堂	呂仰平	陶一、嚴如、李琳
中國旅行劇團	1935年10月	天津新新影戲院	唐槐秋	戴涯、趙慧深、唐若青
中國旅行劇團	1936年2月	天津新新影戲院	唐槐秋	演員陣容大體同1935年10月天津演出
天津鸚鵡劇團	1937年7月前	天津		

演出劇社	演出時間	演出城市和劇場	導演	主要演員
中國旅行劇團	1936年10月	漢口明星影戲院	唐槐秋	演員陣容大體同1935年10月天津演出
中國旅行劇團	1937年7月後	漢口		

演出劇社	演出時間	演出城市和劇場	導演	主要演員
中國旅行劇團	1936年5月	南京世界大戲院	唐槐秋	演員陣容大體同1935年10月天津演出
中國戲劇學會	1937年1月	南京世界大戲院	曹禺、馬彥祥	曹禺、鄭艷梅、于真如等

演出劇社	演出時間	演出城市和劇場	導演	主要演員
復旦劇社	1935年秋	上海寧波同鄉會	歐陽予倩	鳳子、李麗蓮、吳鐵翼等
中國旅行劇團	1936年5、9月	上海卡爾登大戲院	唐槐秋	演員陣容大體同1935年10月天津演出
青鳥劇社	1938年1月	上海		于伶、歐陽予倩、許幸之、阿英等組織

演出劇社	演出時間	演出城市和劇場	導演	主要演員
春暉中學學生	1934年12月	白馬湖春暉中學	景金城	胡玉堂、陳維輝等

演出劇社	演出時間	演出城市和劇場	導演	主要演員
國立劇校	1938年6月	重慶	曹禺指導	陳永倞等
國立劇校	1938年7月	重慶國泰大戲院	汪德	

演出劇社	演出時間	演出城市和劇場	導演	主要演員
成都劇社	1938年3月	成都智育電影院	施超、謝添	燕群等
四川旅外劇隊	1938年3月	成都春熙大舞臺	陳光	李恩琪、張西蓮、項愛如等
上海影人劇團	1938年3月	成都沙利文劇場	曹藻	曹藻等
上海業餘劇人協會	1938年6月	成都智育電影院	施超、謝添	

演出劇社	演出時間	演出城市和劇場	導演	主要演員
中華話劇同好會	1935年4、5月	東京神田一橋講堂	吳天、杜宣	賈秉文、陳倩君、喬俊英等

（主要資料來源：《大小舞臺之間》，錢理群著，浙江文藝出版社）

第二十八節　文學大事 1936 年版圖（多元的時代）

　　1936 年 2 月，左翼作家中很有學術氣味和收藏愛好的阿英（錢杏邨）所編輯的《新文學大系・史料索引集》出版。至此，這套由當時青年編輯家趙家璧主編，良友圖書印刷公司出版，請已成大名的「五四」作家出面編選的《新文學大系》十卷本，從《小說一集》最早出起，僅用不到兩年的時間就完全出齊了。《新文學大系》的副題是《第一個十年：1917—1927》，意在檢閱「新文學」的成果。所選文字，自是回顧「五四」文學時代的，是以往歷史的精品，但編選者不論是寫總序的蔡元培，還是編《建設理論集》的胡適、《文學論爭集》的鄭振鐸、《小說一集》的茅盾、《小說二集》的魯迅、《小說三集》的鄭伯奇、《散文一集》的周作人、《散文二集》的郁達夫、《詩集》的朱自清、《戲劇集》的洪深、《史料索引集》的阿英，儘管態度開放、公正，但站定的腳跟統統不免已是 1930 年代中期的了，或者說是從「五四」延續到1930 年代的立場了。其中占主體的編者是左翼作家魯迅等人。茅盾的導言突出了初步的馬克思主義的批評觀點、方法。詩歌最初定的是讓郭沫若編，他本人在日本作政治避難，審查當局還是嫌他左傾顏色太明，後來換成了朱自清。其他編者當中，胡適已是「自由主義」文人的代表，他重視白話工具革命的價值，所持歷史進化的文學觀與他的《五十年來中國之文學》一脈相承；周作人為「京派」的理論支柱，他在導言中運用「言志派」、「載道派」的二分法來劃清散文流派，與他的《中國新文學的源流》也同出一轍。「海派」作家雖然這時還沒上升到夠評判「五四文學」的資格，但據回憶，趙家璧的松江老鄉、《現代》雜誌的編輯施蟄存曾經在許多細節上影響了這套大書的設計，如對「大系」命名的全力支持，以及建議將原定單純的「作品選」體系，改為理論、作品、史料三者並重的嶄新格局。[①]從這裡，我們就能感受到這一時代文學的總的

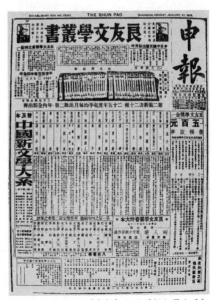

1936 年 1 月 27 日《申報》上的《新文學大系》及良友文學叢書大幅廣告

---

① 見趙家璧：《編輯憶舊》，北京：三聯書店 1984 年版。

文學大事記 1936 年版圖

時間	大事記
1 月 20 日	魯迅歷史小說《出關》，發表於《海燕》月刊創刊號
1 月 20 日	《海燕》月刊在上海創刊，聶紺弩、胡風、蕭軍編，同年 2 月終刊，共出 2 期
1 月 20 日	張天翼小說集《畸人集》，上海良友圖書印刷公司版
1 月	魯迅歷史小說集《故事新編》，上海文化生活出版社版
1 月	曹禺話劇《雷雨》，上海文化生活出版社版
1 月	李長之評論集《魯迅批判》，上海北新書局版
1 月	上海劇作者協會成立，積極開展救亡戲劇活動
2 月 15 日	阿英編《中國新文學大系‧史料索引》，上海良友圖書印刷公司版
2 月	周作人散文集《苦竹雜記》，上海良友圖書印刷公司版
2 月	中國左翼作家聯盟解散
3 月 5 日	《夜鶯》月刊在上海創刊，方之中主編，為「左聯」解散後原成員所編輯的左翼文學雜誌。本年 6 月終刊共出 4 期
3 月 5 日	《逸經》半月刊在上海創刊，社長簡又文，主編先後為謝興堯、陸丹林。1937 年 8 月終刊，出 36 期
3 月	郁達夫散文集《達夫遊記》，上海文學創造社版
3 月	沈從文散文集《湘行散記》，上海商務印書館版
3 月	徐志摩、陸小曼書信合集《愛眉小札》，上海良友圖書印刷公司版
3 月	唐弢雜文集《推背集》，上海天馬書店版
3 月	卞之琳、何其芳、李廣田詩歌合集《漢園集》，上海商務印書館版
3 月	陳夢家詩集《夢家存詩》，上海時代圖書公司版
3 月	方瑋德《瑋德詩文集》，陳夢家編，上海時代圖書公司版
3 月	朱自清詩文集《你我》，上海商務印書館版
3 月	蕭乾小說集《籬下集》，上海商務印書館版
3 月	趙景深散文集《文人剪影》，上海北新書局版
4 月 1 日	魯迅《白莽作〈孩兒塔〉序》，發表於《文學叢報》1 期
4 月 1 日	謝冰瑩自傳體小說《一個女兵的自傳》，於《宇宙風》14 期開始連載。同年 6 月上海良友圖書印刷公司出單行本
4 月 1 日	夏衍劇本《賽金花》發表於《文學》6 卷 4 期。同年 11 月上海生活書店出單行本
4 月 1 日	周揚文藝論文《典型與個性》，發表於《文學》6 卷 4 期
4 月 1 日	《文學叢報》月刊在上海創刊，王元亨、馬子華、聶紺弩等主編，同年 8 月終刊，共出 5 期
4 月 1 日	《令丁》月刊在北平創刊，令丁月刊文藝社編，同年 5 月終刊，共出 2 期
4 月 15 日	蕭紅小說《手》發表於《作家》創刊號
4 月 15 日	《作家》月刊在上海創刊，孟十還編，本年 11 月終刊，出 8 期
4 月 16 日	上海劇作者協會主持召開《賽金花》座談會，會中認為該劇是「國防戲劇」口號提出後的第一次收穫
4 月 25 日	中共中央特派員馮雪峰由陝北瓦窯堡抵達上海，受命通過魯迅等建立上海文藝界統一戰線
4 月	巴金小說《愛情三部曲》（含《霧》、《雨》、《電》），上海良友圖書印刷公司版
4 月	朱光潛文藝雜論集《孟實文鈔》，上海良友圖書印刷公司版
4 月	邵洵美詩集《詩二十五首》，上海時代圖書公司版
4 月	茅盾等著《作家論》，論及徐志摩、廬隱、周作人、林語堂、冰心、沈從文、張天翼等，上海文學出版社版
4 月	胡風文藝論著《文藝筆談》，為作者第一本評論集，上海文學出版社版
5 月 1 日	舒群小說《沒有祖國的孩子》，發表於《文學》6 卷 5 期。同年 9 月上海生活書店出版同名小說集

時間	大事記
5 月 15 日	魯迅氣喘發熱，自此病情日益嚴重
5 月	茅盾中篇小說《多角關係》，上海文學出版社版
5 月	師陀（蘆焚）短篇小說集《穀》，以王長簡本名，上海文化生活出版社版。次年曾獲《大公報》文藝獎
5 月	沈從文《從文小說習作選》，上海良友圖書印刷公司版
6 月 1 日	魯彥長篇小說《野火》，於《文季月刊》1 卷 1 期開始連載。次年 5 月上海良友圖書印刷公司改名《憤怒的鄉村》出版
6 月 1 日	《文季月刊》在上海創刊，靳以、巴金主編，大型文學期刊，為《文學季刊》的延續，出版 7 期後終刊
6 月 1 日	曹禺話劇《日出》，於《文季月刊》1 卷 1 期開始連載。本年 11 月上海文化生活出版社出單行本
6 月 1 日	胡風發表《人民大眾向文學要求什麼？》，載《文學叢報》3 期，提出「民族革命戰爭的大眾文學」的口號
6 月 5 日	《文學界》月刊在上海創刊，戴平萬、楊騷、沙汀等編，同年 9 月終刊，共出 4 期
6 月 5 日	沙汀小說《在祠堂裡》，發表於《文學界》創刊號
6 月 7 日	中國文藝家協會在上海召開成立會，由王任叔、周立波、沙汀、荒煤等 34 人為發起人，發表《中國文藝家協會宣言》
6 月 9 日	魯迅在病榻上口述《答托洛斯基派的信》，O.V（馮雪峰）筆錄
6 月 10 日	魯迅抱病口述《論現在我們的文學運動》，O.V（馮雪峰）筆錄，闡釋「民族革命戰爭的大眾文學」的口號
6 月 10 日	夏衍報告文學《包身工》，發表於《光明》創刊號。1938 年由廣州離騷出版社出同名報告文學集
6 月 10 日	《光明》半月刊在上海創刊，洪深、沈起予主編，1937 年 10 月終刊，共出 29 期
6 月 16 日	老舍散文《想北平》，發表於《宇宙風》19 期
6 月 18 日	享譽世界的蘇聯作家高爾基逝世，引起中國左翼和進步文藝界的廣泛紀念
6 月 27 日	張恨水小說《夜深沈》，於上海《新聞報》開始連載至 1939 年 3 月 7 日。1941 年 6 月由上海三友書社出單行本
6 月	魯迅雜文集《花邊文學》，上海聯華書局版
6 月	葉靈鳳小說《未完的懺悔錄》，上海今代書店版
6 月	老向小說集《黃土泥》，上海人間書屋版
6 月	洪深話劇集《農村三部曲》（《五奎橋》、《香稻米》、《青龍潭》），上海雜誌公司版
6 月	陳白塵話劇《石達開的末路》，上海生活書店版
6 月	周立波譯基希報告文學《秘密的中國》，選載於《文學界》？期（查期刊目錄下冊 1860 頁）
6 月	集體創作話劇《走私》，洪深執筆，發表於《光明》創刊號
6 月	田間詩集《中國牧歌》，上海詩人社版
7 月 1 日	魯迅、巴金、曹禺、吳組緗、張天翼、曹靖華、蕭軍等 63 人發表《中國文藝工作者宣言》
7 月 1 日	郭沫若回憶錄《北伐途次》，於《宇宙風》20 期開始連載，次年 1 月由上海潮鋒出版社出單行本
7 月 1 日	《現實文學》月刊在上海創刊，尹庚、白曙主編，同年 8 月終刊，共出 2 期
7 月 10 日	集體創作話劇《漢奸的子孫》，尤兢（于伶）執筆，發表於《光明》1 卷 3 期。次年 1 月由上海生活書店出單行本
7 月	李劼人長篇小說《死水微瀾》，上海中華書局版（一說 1935 年 7 月？）
7 月	何其芳散文集《畫夢錄》，上海文化生活出版社版
7 月	田間長篇敘事詩《中國農村的故事》，上海詩人社版
7 月	朱光潛美學著作《文藝心理學》，上海開明書店版
7 月	老舍辭去山東大學教職，專職寫作

續表

時間	大事記
8月1日	端木蕻良短篇小說《鶯鷺湖的憂鬱》，發表於《文學》7卷2期
8月15日	魯迅發表《答徐懋庸並關於抗日統一戰線問題》，載《作家》1卷5期
8月	麗尼散文集《鷹之歌》，上海文化生活出版社版
8月	陸蠡散文集《海星》，上海文化生活出版社版
8月	蕭紅散文集《商市街》，上海文化生活出版社版
9月1日	羅淑小說《生人妻》，發表於《文季月刊》1卷4期。1938年上海文化生活出版社出同名小說集單行本
9月5日	《中流》半月刊在上海創刊，黎烈文主編，1937年終刊，共出22期
9月16日	老舍長篇小說《駱駝祥子》，於《宇宙風》25期開始連載，1939年3月由上海人間書屋出單行本
9月18日	丁玲在中共地下黨掩護下逃離南京至上海，後輾轉秘密到達陝北
9月	集體創作的街頭劇《放下你的鞭子》，初由陳鯉庭據田漢改編獨幕劇執筆再編，發表於《生活知識》2卷9期。
9月	茅盾主編大型報告文學集《中國的一日》，上海生活書店版，共收反映5月21日這日生活的作品近五百篇
9月	施蟄存短篇小說集《小珍集》，上海良友圖書印刷公司版
10月1日	魯迅、茅盾、郭沫若、巴金、林語堂、包天笑、豐子愷等21人聯名發表《文藝界同人為團結禦侮與言論自由宣言》
10月1日	蕭紅短篇小說《牛車上》，發表於《文季月刊》1卷5期
10月1日	中國詩歌作者協會的刊物《詩歌雜誌》在上海創刊，孟英等主編
10月5日	魯迅散文《女吊》，發表於《中流》1卷3期
10月15日	《小說家》月刊在上海創刊，歐陽山主編，同年12月終刊，共出2期
10月16日	《新詩》月刊在上海創刊，卞之琳、孫大雨、梁宗岱、馮至、戴望舒等編輯
10月17日	魯迅作生前最後一篇文章《因太炎先生而想起的二三事》，未完成
10月19日5時25分	魯迅逝世於上海大陸新邨寓所，享年56歲。當日組成由蔡元培、宋慶齡等組成的治喪委員會並發表《魯迅先生訃告》
10月22日16時30分	在上海萬國公墓舉行魯迅葬禮
10月	茅盾散文集《印象・感想・回憶》，上海文化生活出版社版
10月	周作人散文集《風雨談》，上海北新書局版
10月	杜運燮詩集《詩四十首》，上海文化生活出版社版
10月	王亞平詩集《海燕之歌》，上海聯合出版社版
11月1日	在上海成立蔡元培、宋慶齡、內山完造、茅盾、許景宋（廣平）、周建人等17人的魯迅先生紀念委員會籌備會
11月10日	艾青詩集《大堰河》自費出版，上海群眾雜誌公司代售
11月10日	卞之琳詩《魚化石》，發表於《新詩》2期
11月22日	北平作家協會成立，由孫席珍、曹靖華、李何林、陸侃如、王西彥等11人為首屆執行委員會委員
11月22日	中國文藝協會在陝北保安成立，首屆理事會由15人組成，丁玲為主任
11月	老舍短篇小說集《蛤藻集》，上海開明書店版
11月	蕭紅小說、散文合集《橋》，上海文化生活出版社版
11月	李廣田散文集《銀狐集》，上海文化生活出版社版
12月25日	立波評論《一九三六年小說創作的回顧》，發表於《光明》2卷2期
12月	李劼人長篇小說《暴風雨前》，上海中華書局版
12月	葉紫中篇小說《星》，上海文化生活出版社版
12月	劉西渭（李健吾）文藝評論集《咀華集》，上海文化生活出版社版
12月	張資平小說《青年的愛》，上海合眾書店版
本年	臺灣作家楊逵小說《送報伕》，上海文化生活出版社版
本年	范長江新聞特寫集《中國的西北角》，天津大公報館版

氣氛，從「五四」文學陣營分化、改組以來，再沒有一個可以稱為統一的文學存在了。多樣、多元，已是1930年代文學呈現的樣式，反觀、檢閱上一個十年的《新文學大系》即是如此產生的。

多元中，主要的文學板塊有四：第一是左翼文學。它剛提倡的時候叫做「革命文學」。由於「革命文學」興起，原來的文學研究會、創造社等社團作家便隨之分流了。當中的激進者在馬克思主義思想和中國共產黨組織之下，匯聚在「左聯」和魯迅周圍，成為政治性很強的左翼作家。它的對立面，是國民黨的文化高壓及與現政府有聯繫的「民族主義文學」的作家。1936年的左翼文學，有魯迅歷史小說集《故事新編》，為他生前出版的最後一部作品集。又發表了最後一批雜文《答徐懋庸並關於抗日統一戰線問題》、《死》、《女吊》、《關於章太炎先生二三事》等，未寫完而成絕筆的是《因太炎先生而想起的二三事》一文。其他還有張天翼重要集子《畸人集》的出版，蕭紅短篇《手》、《牛車上》的發表，艾青處女作《大堰河》的問世。夏衍的劇作《賽金花》則被作為「國防戲劇」的代表成果看待，演出時受到大眾的歡迎。「國防文學」是「左聯」實際領導層周揚等人提出的口號，後來胡風代病中的魯迅提出「民族革命戰爭的大眾文學」口號與之對峙，這就是所謂左翼內部的「兩個口號」之爭。馮雪峰代表中共中央由陝北至上海，本來是為建立文學的抗日統一戰線的，但因與魯迅過往密切，反引起周揚派的意見。但「左聯」在魯迅很不情願的情況下，為了「統一戰線」的需要，終於自動解散了。魯迅這年10月力竭而逝，死前體重僅38.7公斤！魯迅逝世成為當時民眾對自己「民族魂」的最浩大的一次祭奠。

第二，京派是左翼外的最大文學派別。在「五四」寫實文學的基礎上，左翼在蘇俄文學的

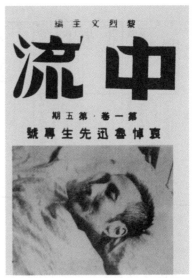

《中流》紀念魯迅號封面，照片為沙飛攝

《生活星期刊》所發的魯迅逝世紀念號，封面照片為沙飛攝

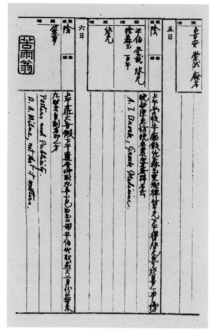

周作人 1930 年 3 月 5 日—6 日，日記手跡一頁

1934 年，戴望舒在西班牙馬德里

影響下，明確地試驗了各種名目的「革命現實主義」先鋒寫作，企圖使現代文學統統納入現實主義的「規範」。這是一種富有理想的集團的文學，包含對文學的機械的社會學理解，而反抗色彩也給它帶來某種精神的光彩。而京派在北方匯聚的時候，是依託在學院文化和美的文學之上的，與政治、黨派自覺保持距離。京派是一種個人的文學，主張精神的獨立，認定左翼的集團性必然束縛個性，便特意要將人、平民、個性結合在一起。京派在文體、形式的探尋上更具先鋒性。本年的京派創作非常豐富，足可與左翼抗衡。散文有周作人的《苦竹雜記》、沈從文的《湘行散記》和何其芳的《畫夢錄》，這三書在京派散文領域內都可說是代表了各自不同的風格，影響深遠。小說有蕭乾的《籬下集》，詩歌有卞之琳、何其芳、李廣田合著的《漢園集》、卞之琳的《魚化石》。卞詩的現代派知性的澀味、耐咀嚼，越來越被後人所賞識、所喜愛。文學評論有劉西渭的《咀華集》，是京派印象主義批評的佳作，每篇批評文字幾乎都是美文。從以上京派創作的一角，已足夠窺見它的陣容和氣勢。

第三為海派。如果說左翼是政治功利的文學，京派是超脫的純文學，那麼，海派就是持文學娛樂觀、閒適觀的商業性文學。海派由新文學的身分「下海」，是創造社的作家在起帶頭作用。張資平的通俗多角戀愛小說（如《青年的愛》）的寫作，到這年也未停止。葉靈鳳同時進行新感覺派先鋒小說和報紙連載體通俗小說的實踐（後者這年有《未完的懺悔錄》的出版）。這兩人後來也就脫離了創造社。新感覺派到 1936 年已近強弩之末，唯施蟄存出版的《小珍集》，可看作是一種新的動向，其中的《鷗》、《塔的靈應》等作品即把現代主義

和現實主義、鄉間、民間和都市打通，讓都市的「惡」「美」並存，與鄉村互相映照又不趨向絕對。施蟄存在編《現代》雜誌的時候，與戴望舒合作，推動了「現代詩」的寫作。戴望舒早期的《雨巷》，還未脫離浪漫詩藝的框架，卞之琳說它「讀起來好像舊詩名句『丁香能結雨中愁』的現代白話版的擴充或者『稀釋』」[1]。只有產生《斷指》、《我的記憶》、《樂園鳥》的時期，才能說他學習西方後期象徵主義的詩，消化得乾淨了，終於舉起了中國象徵詩派的旗幟。這和海派把中國的新感覺主義小說寫得像模像樣是同義的。後來的《獄中題壁》、《我用殘損的手掌》，曾經被誇大為他最好的詩，實質上很類似施蟄存的《小珍集》的傾向，是把象徵主義接近現實去寫。戴望舒究竟是個海派詩人。

第四是鴛鴦蝴蝶派，它是個市民通俗文學派別。大眾文學在現代文學發生過程中一直是個逼視先鋒文學的不可忽視的力量。但是有不同的「大眾」。左翼有政治文學的大眾，「左聯」自始至終都在討論「無產階級文學」走向大眾的問題，也試圖寫出大眾小說的文體，但不成功。在中共的江西蘇區，有戲劇、詩歌的大眾化實踐，醞釀了抗日戰爭時期大後方和延安的文學大眾化的道路，便是現代「民間化」的道路。海派在先鋒寫作的同時，也有大眾化的動作，那是它爭取新型市民的一種「妥協」。鴛鴦蝴蝶派卻一直是標準的市民文學。在市民發生新舊交替的過程中，它始終與時俱進，相應地不斷作出現代的調整，以跟上市民的步伐。張恨水最能代表這種「大眾」的過程。他在使用、改造「章回小說」當中，與新文學互為滲透，不斷擴大「章回體」的表現力和受眾面。1936 年在他的《金粉世家》、《啼笑因緣》等代表作都已寫出，抗戰小說尚未成型前，《夜深沈》在本年 6 月開始在上海《新聞報》上連載，一反在兩個階級之間演繹顯示差別的愛情悲劇，而表現賣唱姑娘楊月容和馬車夫丁二和同為下層市民身分的九曲迴腸的愛情故事。就這樣，《夜深沈》被評價是張恨水成為通俗大家里程中很具分量的一部作品。

1941 年三友書社出版的張恨水《夜深沈》一書封面

以上這四個文學「板塊」在 1930 年代一旦形成後，對現代中國文學格局便長期發揮出它的強大作用。此後，新興的文學可以各領風騷一個時間，先鋒文學可以逐漸轉化為日常，但政治型文學、純文學、商業型文學以及三者的先鋒狀態和大眾狀態，三者的各種狀態的滲透、咬合關係，在一定時期內就構成我們現代文學的基本圖式了。那就是

---

[1] 卞之琳：《戴望舒詩集・序》，《戴望舒詩集》，成都：四川人民出版社 1981 年版。

《論語》因提倡幽默而聞名，在市民中暢銷最高達三四萬份

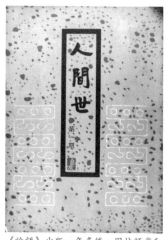

《論語》出版一年多後，因林語堂和邵洵美意見不合，林另辦提倡性靈的小品刊物《人間世》，陶亢德主編

進入了現代集團文學和現代個人文學的混合時期。這一混合的、廣闊的時空，足可容下文學的多樣變形，如林語堂的「論語派」就處於左翼、京派、海派之間。它從「語絲派」脫身，最初還動搖於魯迅和周作人中（打或不打落水狗，執行或不執行「費厄潑賴」），但不久提倡幽默、閒適、性靈，標點明人小品，就與京派的周作人遙相呼應了。魯迅初期還給林語堂辦的《論語》雜誌寫稿，應命寫《「論語一年」》的時候就不客氣地開門見山說：「他所提倡的東西，我是常常反對的。先前，是對於『費厄潑賴』，現在呢，就是『幽默』。」①作為《論語》半月刊延伸的是《人間世》、《宇宙風》等，遂造成林語堂式的市民大眾文化刊物的系列。《人間世》1934年4月創刊時，林語堂索來周作人的五十自壽詩，配以大幅照片，用手跡影印發表，一時轟動。林語堂自己和錢玄同、胡適、蔡元培等「五四」老人都興致勃勃地唱和，惹動了胡風等青年作家的不滿，在報上展開交鋒。這實際也反映了自由主義色彩的作家和左翼作家共存於一個時代的特點。我們還可以把「開明派」

豐子愷為三姐庭芳剪髮後合影，這真是那一代人的拍照趣味

---

① 魯迅：《「論語一年」》，《魯迅全集》第4卷，人民文學出版社1981年版，第567頁。

《人間世》內林語堂手跡，和周作人自壽詩

作家（因聚集於上海開明書店的夏丏尊、葉聖陶、豐子愷而得名）看作是「海」中之「京」。就是說他們雖天天出入於上海這個商業場，編書編刊都帶著商業性質，但為人誠厚、平易如出天性，作家、編輯家、教育家三位一體，捨棄黨派立場，有很強的公民責任心，是文學研究會中人，卻謙謙君子一般遠離海派的才子氣和左翼的鬥爭性。豐之愷的文學成就最能代表此派的特色，在散文史上應有較高的地位。總之，從 1930 年代四種文學同時存在的廣大視界來觀察「開明派」，我們可以將它看得分外清楚。其他文學現象也大凡如此。

四種文學，基本包含了三種文學觀念：左翼的文學功利觀、海派和鴛蝴派的文學的消閒、休憩、遊戲觀、京派的文學獨立的超脫觀和距離觀。我們瞭解 1930 年代的文學思潮、運動、理論批評等等，這也是個基本的門徑。本節開頭所提到的《新文學大系》的編撰，因為是由「五四」一代老作家擔任的，那種闊大的「五四」氣象足夠，而尖銳性也隨之消失或說隱藏。實際上，在 1930 年代的文藝批評中，有兩種批評的聲音是頗響的，一是左翼批評，一是京派批評。我們正可從這兩派的批評來進一步認識這個文學時代。

左翼的批評有許多典型的人物和事件。魯迅的批評就是異常豐富的，當他談及俄國文學和歐洲弱小國家民族的文學及對它們的翻譯時，分析蕭紅這種原創性鮮明又經常越出常規的作家時，魯迅並不等同於茅盾、周揚的社會功利性、反映論的批評觀念。他表現出十分寬大的、充分吸收人類優秀文化遺產，而不是局限於當時剛剛引進並受到初步解釋的馬克思主義文藝觀。茅盾早期專注於文藝批評，受法國文學和理論影響，要求文學反映社會人生和時代聲音，重視文學的啟蒙、教育作用，同時對文學形式進行剖析。到了 1930 年代，茅盾在馬克思主義文論影響下，以「作家論」為批評文體，對

瞿秋白所作《魯迅雜感選集》序言（見瞿秋白文集）

左翼文學批評做出典範的建樹。我們現在能看到的他對魯迅、王魯彥、徐志摩、丁玲、盧隱、冰心、落華生（即許地山）所作的「作家論」，其取材都是「革命文學」倡導期中受到左翼政治批評粗暴否定的「五四」著名的「小資產階級作家」。這種取材，有撥正的作用。在分析作家作品時，茅盾從社會和時代的要求出發，一步也不離開作家的階級思想立場而指向作品的傾向性。而對於作品形式則運用「內容形式統一」的標準，來看其協調與否。這裡的某種機械論仍是存在，不過因作者的世界文學的素養高，對藝術也有相當的鑑賞力，也就稍稍減去因相對忽視作家內心的藝術世界所帶來的缺憾。在對徐志摩這類社會性本來就不強的作家做「定性」研究時，就尤其顯得力不從心。茅盾在左翼內部建立起來的「社會——歷史批評流派」，對創作本身後來所發生的影響不可忽視。「時代性」、「史詩性」、「社會性」、「思想性」成為創作本身首先要重視的概念，一直到 1980 年代還佔據著主導地位。與茅盾同樣重要的，是瞿秋白對魯迅的批評。以 1933 年所寫《魯迅雜感選集》「序言」為代表，瞿秋白權威地將思想文化革命全面置入「階級分析」的領域，對「五四」新文學、新文化的弊病、分裂和適時的轉化，統提高到「無產階級革命」的總局來觀察，在當年達到了相對科學的高度和犀利、明快的效果。不僅成為魯迅研究史上的一個時代高峰，在社會歷史性文學批評方面，也被看作是援用辨證唯物主義和歷史唯物主義的範例。

京派批評是延續「五四」精神，而試圖把西方的理論與中國傳統批評兩相結合的重要派別。這是以周作人的文學史綱要性著作《中國新文學的源流》為批評理論模式，出自同門的廢名、俞平伯為之發揚光大。劉西渭（李健吾）、朱光潛的批評，可稱中西貫通。沈從文的作家論把矛頭直接指向商業性文學和黨派政治性文學。這些批評理論的核心是「人」。京派寫的是「個人的文學」，它對文學的評價尺度當然也是以「個人」的創造、表達程度、「個人」的探索水平為指歸的。它反對集團性對「個人」的壓迫，反對載道的文學，是很自然的了。

在多方的、錯綜的文學衝突中，我們見到了一個真實的世界：1930 年代的中國文學世界。

沈從文的文學批評集《沫沫集》1934
年版扉頁

《六藝》1936 年創刊號，通過魯少飛漫畫「文壇茶話圖」可以看到各派文學家濟濟一堂

第二十九節　電影藝術與文學交互作用

　　華東飯店裡——

　　二樓：白漆房間，古銅色的雅（鴉）片香味，麻雀牌，四郎探母，長三賸淌
白小娼婦，古龍香水和淫欲味，白衣侍者，娼妓掮客，綁票匪，陰謀和詭計，白俄
浪人……

　　三樓：白漆房間，古銅色的雅（鴉）片香味，麻雀牌，四郎探母，長三賸淌
白小娼婦，古龍香水和淫欲味，白衣侍者，娼妓掮客，綁票匪，陰謀和詭計，白俄
浪人……

　　四樓：白漆房間，古銅色的雅（鴉）片香味，麻雀牌，四郎探母，長三賸淌
白小娼婦，古龍香水和淫欲味，白衣侍者，娼妓掮客，綁票匪，陰謀和詭計，白俄
浪人……

　　電梯把他吐在四樓，劉有德先生哼著四郎探母踏進了一間響著骨牌聲的房間[1]

　　這是新感覺派小說家穆時英 1930 年代所寫鏡頭感極強的句子。你彷彿也跟著小說
人物進入了現代化的電梯間（這在當年還是很稀罕的），然後二樓、三樓地上升。鏡頭
掃過一層層相似的上海富人「腐朽」的消費生活畫面，把你帶入具體可感（可視，也覺
可聽可聞）的情境中。這是電影這種現代藝術如何作用於中國小說敘事的一個典型例
子。我們可以看到現代物質生活連同藝術，在 1930 年代的都市已經大規模地「滲入」
文學的疆域。這種滲入或反滲入，並不僅限於電影和文學，比如還有繪畫、音樂、戲
劇、新聞、畫報等等都與當時的文學發生各種關聯。因為文學不是單獨發生的。文學自
來便與其他藝術，與其他文化媒介、環境有著千絲萬縷的聯繫。但這裡是拿 20 世紀新
興的電影作一代表，把它們之間的互相作用試著置入文學史來進行一次描述。

　　從中國電影史的角度看去，在無聲電影時代是文學影響於電影的更多一些。本來
電影自西方發明傳入中國的時間並不晚，1895 年在巴黎作第一次的放映，次年即傳入
上海的茶樓和遊樂場。今發現《遊戲報》上的《觀美國影戲記》一文，寫的確係是在滬
地公共場所觀看電影，而不是放幻燈，時間為 1897 年。[2]到 1907 年，西班牙人雷瑪斯

---

① 穆時英：《上海的狐步舞》，《公墓》，上海現代書局 1933 年版，第 206—207 頁。省略號為原文所有。為避免混淆，
　文末引者本該用的省略號故意不用。
② 范伯群：《中國現代通俗文學史（插圖本）》，北京大學出版社 2007 年版，第 393—394 頁。

中國最早開設的電影院上海虹口影戲院外景

在上海建成第一個電影院「虹口影戲院」。之後陸續有一批外資影院興起，演的都是外國片，觀眾多為買得起電影票的洋人和高等華人（那時的票價高者兩元三元不等，可不算個小數目）。國產電影產生略遲，一般定在 1905 年。這一年北京前門大柵欄的豐泰照相館拍攝了譚鑫培的京劇記錄片《定軍山》片段。而第一部中國故事片則要到 1913 年才在上海外國人辦的亞細亞影片公司攝製，片名《難夫難妻》。參與人如編劇鄭正秋（觀摩過蘭心戲院外國人的話劇，文明戲「甲寅中興」的主角）、導演張石川等都與文明戲有關，原來組織過新民社、民鳴社，這時拍電影採用的也是「幕表制」，就是導演把故事分場一說，大家即興演出和拍攝。可見初期話劇對電影的影響。等到採用現成的小說和譯作來改編電影，甚至動員文學家來創作電影故事供拍攝之用，那即是鴛鴦蝴蝶派的一統天下了。

　　鴛鴦蝴蝶派文學和電影發生聯繫是很自然的。上述鄭正秋、張石川等人 1922 年成立了明星影片公司，為中國最早的商業性攝製機構之一，我們不妨以它為例來看鴛蝴電影的情況。1923 年「明星」的《孤兒救祖記》一炮打響，這個片子後來在電影史上被認為是中國電影有了藝術追求的標誌，所編排的就是鴛蝴型的言情故事。到 1933 年「明星」拍攝茅盾的《春蠶》止，這十年間電影和新文藝簡直沒有發生什麼關係。因為都市裡的觀眾是市民，通過電影要看的是市民喜聞樂見的通俗情節和人物。新文學家根本看不上粗製濫造、低俗不堪的國產片，所以兩邊互不搭界。1924 年鄭正秋第一次使用文學名作改編電影，採用的是鴛鴦蝴蝶派的開山作品徐枕亞的《玉梨魂》。據著名的鴛蝴作家包天笑回憶，在初創電影的階段，「那時明星公司，由故事荒而轉進到劇本

「明星出品」，根據《江湖奇俠傳》改編的中國第一部武俠神怪片《火燒紅蓮寺》風行一時，蝴蝶主演

荒了」，曾找他把他的兩部小說《空谷蘭》與《梅花落》改攝電影。後來還改編了他的短篇小說《一縷麻》，名字換成《掛名夫妻》，「是阮玲玉破題兒第一回之作」。[①]直到 1928 年以後，「明星」的鄭正秋、張石川繼續合作編導，將民國武俠小說奠基人平江不肖生（向愷然）《江湖奇俠傳》的部分故事改成 18 集《火燒紅蓮寺》，鄭正秋的女兒鄭小秋和後來暴得大名的蝴蝶主演，掀起了中國武俠片生產的熱潮。這部片子上演引起的轟動讓左翼作家感到吃驚，茅盾就曾著文描述過電影院裡的場面：「《火燒紅蓮寺》對於小市民層的魔力之大，只要你一到那開映這影片的影戲院內就可以看到。叫

繼電影之後，直到 1936 年 1 月 1 日《申報》上的京劇《火燒紅蓮寺》廣告還可見到熱度

---

① 包天笑：《釧影樓回憶錄續編》，「我與電影（上）」，香港：大華出版社 1973 年版，第 95—96 頁，第 104 頁。

好，拍掌，在那些影戲院裡是不禁止的；從頭到尾，你是在狂熱的包圍中，而每逢影片中劍俠放飛劍互相鬥爭的時候，看客們的狂呼就同作戰一般。」「如果說國產影片而有對於廣大的群眾感情起作用的，那就得首推《火燒紅蓮寺》了。」[1]茅盾的立場是批判的，但從一個側面可以感受到當時觀眾的氣氛。鴛鴦蝴蝶派作家參與電影的人數眾多，如周瘦鵑、程小青、鄭逸梅、姚蘇鳳、徐卓呆、顧明道、王鈍根等。僅嚴獨鶴就參加了1931年中國第一部有聲片《歌女紅牡丹》的製作，並在約張恨水為《新聞報》「快活林」副刊寫作《啼笑因緣》大獲成功之後，又親自將它改編成電影，廣為傳播。

鴛蝴文學與電影如此密切的一而二、二而一的聯繫，從正面的意義看，是真正支持了國產影片，使得國產片在製作粗陋的情勢下，能以低成本、低票價的優勢，同大規模輸入的外國片相競爭，奪得一席之地。加上鴛鴦蝴蝶派文學本來已掌握了都市的市民文化市場，養成了市民讀者一定的閱讀習慣、癖好，那麼，類似的鴛蝴電影就很容易把喜歡鴛蝴情節的讀者平移過來，為中國電影找到了屬於自己的中下市民觀眾（當然也就有遷就市民低俗趣味的負面效應出現）。而鴛鴦蝴蝶派比較成熟的小說類型，便也順利地平移給早期的中國電影，造成了它的題材類別，如稱言情電影、武俠電影等等。同時，便造成了中國電影鏡頭敘事的文學化特徵，如故事的道德化模式，視聽性的相對弱化，重視無聲電影時期的「字幕」作用等等。

上面引述的茅盾一文，透露出從「五四」到左翼的新文學作家對鴛蝴電影長期的藐視。茅盾不僅批評《火燒紅蓮寺》，在文章的末尾還順帶批評電影《啼笑因緣》。這

左翼電影文學的力量特別強勁，像《電影藝術》是評論性刊物也得以出版

《沙侖》是最早的左翼與電影有關的刊物，將電影、戲劇、文學等都聯繫在一起

---

① 茅盾：《封建的小市民文藝》，《茅盾全集》第19卷，人民文學出版社1991年版，第369—370頁。

種情況直到 1932 年後才發生變化。起因與上海「一‧二八」事件有關。由於日本帝國主義侵略造成的民族危機加深，市民的愛國熱忱空前高漲，一向製作鴛蝴片的電影界敏銳地感受到觀眾的情緒變化，便主動邀請左翼作家參與他們的工作。左翼最資深的電影家（也是劇作家）夏衍，回憶當年洪深如何為「明星」出主意「轉變方向」，「請幾個左翼作家來當編劇顧問」的經過。夏衍他們接到邀請後，當時非常慎重，是在瞿秋白主持的「文委」會議上經幾次討論後，才決定打入電影界的。[①]夏衍、錢杏邨、鄭伯奇這年用假名字進入「明星」，次年「明星」便拍攝了茅盾的《春蠶》。「文委」繼「劇聯」成立「影評人小組」之後，又成立直轄的「電影小組」，夏衍任組長，顯示了左翼要奪取電影這一大眾藝術領域的決心。1933 年除了「明星」，田漢、陽翰笙、夏衍還打入「藝華」電影公司。田漢的《母性之光》、《三個摩登女性》，夏衍的《春蠶》、《上海二十四小時》、《狂流》，錢杏邨、鄭伯奇的《鹽潮》，陽翰笙的《鐵板紅淚錄》，鄭伯奇的《時代的兒女》（與夏衍、錢杏邨合作）等電影陸續拍成上映，得到市民的普遍好評。從此，進入了左翼電影的時代。

　　這些「觸電」的左翼作家一般都是劇作家。他們破除了鴛蝴電影只憑故事拍攝的初級手法，開始使用劇本。夏衍雖然半路出家，卻幫助「明星」的導演程步高完成了中國電影史上第一部正式的分鏡頭劇本《狂流》。這成了電影編導正規化、提高質量的重

茅盾《春蠶》被蔡叔聲（夏衍）改編為電影。明星影片公司出品，程步高導演

① 詳見夏衍《懶尋舊夢錄》「進入電影界」一節，北京：三聯書店 1985 年版，第 224—237 頁。

夏衍的話劇《上海屋簷下》舞臺布景，空間的切割可看出受電影的影響

要因素。左翼文學還給電影帶來強烈的社會意識，反映平民百姓的社會疾苦，強化社會
批判性的主題。而電影給左翼文學所上的重要一課，是在這種通俗化、市民化的實踐中
體會到什麼是大眾文藝。電影又屬新興的現代藝術，它的鏡頭的運用、時空的表達、
「蒙太奇」的特殊組接，都給使用文字的作家以新的啟示。左翼劇作家在舞臺調度上的
創造，像夏衍名作《上海屋簷下》的幕景，是把上海習見的弄堂房子從後門切成一個橫
斷面，一樓的灶披間、客堂間，一二樓之間的亭子間，二樓的前樓、閣樓，便是這個劇
中五家人的生活空間和表演空間。這種舞臺設計既符合上海一般市民的居住擁擠狀況，
顯然也取之於電影鏡頭移動可以交換出現遠景、中景、近景的手法。至於小說敘述時間
的快慢、節奏的頓挫、風格上的明快還是迂緩，張天翼小說語言的「跳動」就極易讓人
聯想到鏡頭的動態。胡風當年便指出張天翼敘述文字的「『動力學的』效果」。[1] 舉的
是他的短篇《最後列車》的開頭：

> 都市在喘息。大地的脈搏在急跳。
>
> 臭蟲似的鐵甲車。榴霰彈。四十二生的炮口。轟炸機。殖民地民族的血與
> 肉。驕傲的旗：那圖樣像只橫剖面的鹽鴨蛋。
>
> 兵工廠門口有十來個大字：
>
> 「……入……射殺……」
>
> 中間夾著些三點水，人旁，一豎帶一點，那些個怪字。
>
> 大街上堆著屍。溝渠裏滾著血。風夾著血腥溜到每個城市，每個鄉村。老百

---

[1] 胡豐（胡風）：《張天翼論》，載 1935 年 9 月《文學季刊》2 卷 3 期。

姓預備逃。老總們的臉繃著。①

　　這種寫法為中國作家從來所未有。環境描寫用一連串的景象詞語排列起來，很像電影鏡頭的——「劃過」、「搖過」。寫人也是，比如張天翼的《笑》裡寫九爺要強佔農婦發新嫂，鏡頭從這兩個人物身上跳來跳去，一會兒是近景，一會兒是放大的特寫：

　　　　於是九爺把眼珠子沖著發新嫂——越釘越近。眼球上塗著紅絲。左眼只有右眼一半那麼大。
　　　　發新嫂不敢看他的臉，只把眼睛對著他那大綢夾襖的扣子。
　　　　可是一隻手抓住了她肩膀。接著一條冰冷的舌子舐到了她腮巴上——鑿刀似的。
　　　　「不要……不要……」②

　　我們並不能具體指證張天翼從哪些電影裡獲得了這種敘述的靈感，但除胡風的「動力學」說法外，凡是對張天翼的文體感興趣的人都會提到他「很緊張的表現人生，能夠抓住『鬥爭』的焦點」（瞿秋白語），或「最經濟的描述和鋪陳」、「敏捷的風格」（夏志清語），諸如此類的評語，實際都是關涉到他與電影這種「運動的藝術」和

胡風（胡豐）《張天翼論》發表在《文學季刊》上的一頁。指出張天翼「動力學」的敘述風格

「視覺的敘事」相通這一點的。而 1930 年代的小說家從電影得到借鑒，最鮮明的、可作實證性研究的，則是新感覺派。

　　新感覺派在 1933 年後曾經與左翼就《春蠶》的改編，引起過兩三年之久的關於「軟性電影」和「硬性電影」的論爭。新感覺派的劉吶鷗、穆時英發表了長篇理論文章，自然站在「軟性」一面。他們的主張被左翼抓住的，即簡易通俗的「電影是給眼睛吃的霜淇淋，是給心靈坐的沙發椅」這樣一句話。這實際是娛樂文藝觀和政治文藝觀的短兵相接。鴛鴦蝴蝶派久想與新文學爭辯卻因缺乏理論素養一直說不出的話，現在由新感覺派說出來了。「軟性電影」並無像樣的中國代表作，或許我們可以說 1930 年代輸入的好萊塢美國歌舞片、輕喜劇片，就是它的代表作。但海派是樂於做新興文學試

① 胡風所舉這段，見張天翼《最後列車》，《張天翼文集》第 1 卷，上海文藝出版社 1985 年版，第 280 頁。此篇發表於 1932 年。「中間夾著些三點水，人旁，一豎帶一點」指日文。
② 張天翼：《笑》，《張天翼文集》第 2 卷，上海文藝出版社 1985 年版，第 109 頁。

1930年代葉靈鳳與友人攝於上海，
從左至右為葉靈鳳、劉吶鷗等。劉
吶鷗是個主張軟性電影文學和理論
的小說家

驗的，它借鑒電影這一現代最新的藝術，作先鋒性的寫作，倒是與它的電影理論闡發可
以互相印證，是實實在在打通了電影和文學的。李歐梵曾說：電影「這個可視媒介的流
行迅速導致了一個逆反過程——視聽進入了書寫，電影成了小說技巧的主要源泉。也
就不用提，那些尤擅以此類電影化新模式進行小說創作的作家——特別是劉吶鷗和穆
時英——他們自身都是貪婪的影迷」。[1]

　　新感覺派的小說直接標明與電影有關者，如葉靈鳳的《流行性感冒》。此篇的敘
述純是流線型，結末還有一段直接用分行電影鏡頭寫女主人公蓁子的：「D. 黑暗的太
空，電一樣的橫掃過去的彗星的尾。/D.I 光芒中逐漸顯出來的蓁子的臉。/ 特寫蓁子的
眼睛，眼睛中伸出章魚一樣的觸手。被俘虜的動物。掙扎。（F.O）/ 字幕我雖然不是
『她』，卻覺得也有愛你的可能。……」[2]這一段充滿了對小說主旨的暗示。另有禾金
的《造形動力學》、《蝶蝶樣》，都明確是採用鏡頭切割和圖片插入的形式。但更內在
的小說以電影為範式的寫法，幾乎滲透在穆時英、劉吶鷗的大部分作品之中。本節開頭
所舉的穆時英的《上海的狐步舞》，還有他的《夜總會裡的五個人》、《街景》，劉吶
鷗的《遊戲》、《兩個時間的不感症者》，都有鏡頭一樣的時間處理和流水般的跳動敘
述。試歸納一下這些小說同電影的關係，第一，從都市形象到女性形象，都受到電影的
某種啟示。現代都市有高大、奇崛的樓群，需要有一個視點去看。高處看去即鳥瞰，像
是航拍：「遊倦了的白雲兩大片，流著光閃閃的汗珠，停留在對面高層建築物造成的連
山的頭上。遠遠地眺望著這些都市的牆圍，而在眼下俯瞰著一片曠大的青草原的一座高

---

① 李歐梵：《上海摩登——一種新都市文化在中國 1930—1945》，毛尖譯，北京大學出版社 2001 年版，第 135 頁。
② 葉靈鳳：《流行性感冒》，《紫丁香》，北京：經濟日報出版社 2002 年版，第 28—29 頁。

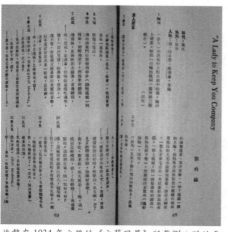

施蟄存 1934 年主編的《文藝風景》所載劉吶鷗的電影形態的小說，運用了分鏡頭的形式

架台，這會早已被為賭心熱狂了的人們滾成為蟻巢一般了。」[1]是寫賽馬場的。而在都市中如果只看到各種「腿」：「上了白漆的街樹的腿，電杆木的腿，一切靜物的腿……revue 似的，把擦滿了粉的大腿交叉地伸出來的姑娘們……白漆腿的行列。」[2]就必是視點極低，彷彿從轎車玻璃望外看到的都市下半身的風光。這些看都市的目光往往是驚鴻一瞥，匆匆的，排列的，有光有影，充滿動率的。像「辦公處的旋轉門像了風車，飯店的旋轉門便像了水晶柱子。人在街頭站住了，交通燈的紅光潮在身上泛溢著，汽車從鼻子前擦過去。水晶柱子似的旋轉門一停，人馬上就魚似地遊進去」[3]這種寫法，在新感覺派小說中俯拾即是，電影感都非常之強。在女性形象方面，有研究者指出，穆時英在討論電影的論文裡將好萊塢當紅女明星按性感魅力，分成「冷靜」和「放縱」兩種，而他的小說裡《白金的女體塑像》的女患者就屬於冷的，《CRAVEN「A」》的女主角余慧嫻就屬於熱情迸發的。而且，穆時英連女性肖像都模仿好萊塢明星，如他在電影文章裡綜合「嘉寶、黛德麗、克勞福她們」的造像是：「5×3 型的臉，羽樣的長睫毛下像半夜裏在清澈的池塘裏開放的睡蓮似的，半閉的大眼眸子是永遠織著看朦朧的五月的季節夢的！」[4]在自己的小說《墨綠衫的小姐》裡，他就直接用這種詞語來寫他的女主人公：「羽樣的長睫毛下柔弱得載不住自己的歌聲裏面的輕愁似地。」完全是打成一片來寫的。

第二，在小說敘述的技巧上，得到電影的感悟而有所創造。特別是敘述觀察點的移動改換，變得更加自如、新穎，這從上面敘述「都市」的例子就可看到。而敘述的跳躍式的組接，節奏的變化，更是從電影「蒙太奇」學來，「疊印」、「並置」成了新感覺派作家最經常用的敘事方法。「組接」可以產生新的意義，《上海的狐步舞》裡就有婆婆為兒媳在街頭拉客和豪華房間亂倫的並置，有舞廳、汽車、飯店和工人勞作的並置，產生出什麼是「上海」的全新闡釋。小說的時空結構因而變化，從固定的人物、環境的因果鏈條脫出，變得破碎、凌亂、片斷，像現代的都市生活，無法凝結成一個完滿的、色色分明的整體。

① 劉吶鷗：《兩個時間的不感症者》，《都市風景線》，上海水沫書店 1930 年版，第 91 頁。
② 穆時英：《上海的狐步舞》，《公墓》，上海現代書局 1933 年版，第 200 頁。省略號為原文所有。Revue，輕歌舞劇。
③ 穆時英：《夜總會裡的五個人》，《公墓》，上海現代書局 1933 年版，第 69—70 頁。
④ 穆時英：《電影的散步·性感與神秘主義》，《穆時英全集》第 3 卷，北京：十月文藝出版社 2008 年版，第 178 頁。

　　如果從 1930 年代本來是一個對「五四」新文學規範的年代來考量，我們也可以說，確實從左翼堅定地把「現實主義」與「革命文學」統一的文學軌跡上，看到了這種「規範」。但緊接著，我們就感到這個「規範」的某種脆弱性。在文學和現代電影藝術的關係的角度，「規範」就時常被脫出，遭到突破了。以小說為例，左翼的現實主義小說是把「橫截面」小說的真諦（「五四」小說真正的革新所在）繼承下來，並在人物性格的立體感和環境的複雜關聯上，在小說語言的個性化上，取得成熟，影響了左翼電影的。不過轉眼之間，新

到了 1940 年代介紹好萊塢電影的刊物如《水銀燈》《西影》等紛起，與海派文學直接相關

感覺小說在向電影學習的過程中又打碎了單純的「橫截面」結構，讓多視點的、不同時空的、不完整的現代世界得以呈現。不是說中國的現代主義都來自這裡，但從電影藝術獲取豐富的營養，在把握世界和敘述世界上進行全新的探索，確實構成了中國現代主義文學成型的一個重要方面。中國的現實主義，中國的現代主義，都與電影結下了不解之緣。

老上海的電影廣告在都市狂歡的主題下輸入進步思想

第三十節　對外國名家應時的整體的接受

　　晚清的外國文學譯介已經顯出活躍的氣象，但腳步上未免有些錯亂。只要統計一下「林譯小說」全部 180 種的目錄就會發現，林紓和他的前後十數個口譯助手對原本的挑選，僅是從自己的趣味和市場需要出發的。屬於一流的像被嚴復稱為「可憐一卷茶花女，斷盡支那蕩子腸」的作品，僅占少數。其中所譯英國二流作家哈葛德的小說（今譯哈格德，在《中國大百科全書·外國文學》所收 180 名英倫作家中無此人）多達二十部以上。以至於早期熟讀林紓翻譯小說的魯迅也不無諷刺地說：「後來林琴南大譯哈葛德的小說了，我們又看見了倫敦小姐之纏綿和菲洲野蠻之古怪。」[1]這樣的濫選，加上此時各語種翻譯人材的匱乏、譯時改寫的隨意、鴛鴦蝴蝶派譯風的盛行等等，都能說明這只是一個現代翻譯的發生期而已。而有目的地為了建設新文學而著手輸入，擁有專門的翻譯社團、隊伍、刊物來做系統的外國文學經典的迻譯工作的，必自《新青年》時代算起。

《新青年》1918 年 6 月的 4 卷 6 號的易卜生專號。在國內掀起了「易卜生主義」的思想熱潮

　　《新青年》在 1915 年創刊期間（名《青年雜誌》），就開始連載陳嘏譯俄國屠格涅夫的《春潮》、《初戀》，薛琪瑛女士譯英國王爾德的喜劇《意中人》等，卻不是這兩個重要作家的重要作品。直到 1918 年《新青年》4 卷 6 號用「易卜生號」名義，推出胡適寫的《易卜生主義》，羅家倫、胡適合譯的《娜拉》，陶履恭譯的《國民之敵》，吳弱男譯的《小愛友夫》三劇，讓中國偏僻地方知識圈的人，一下子知道了挪威有個劇作家易卜生，易卜生提倡婦女解放，有解放要求的女主人公娜拉有一天認識到「自己是丈夫的傀儡，孩子們又是她的傀儡。她於是走了，只聽得關門聲，接著就是閉幕」。[2]這關門聲音不大，卻一時響徹了當年中國的思想界、文學界。

　　從那前後，到 1949 年為止，經《中國現代

---

① 魯迅：《祝中俄文字之交》，《魯迅全集》第 4 卷，人民文學出版社 1981 年版，第 459 頁。「菲洲」的「菲」為原文。
② 魯迅：《娜拉走後怎樣》，《魯迅全集》第 1 卷，人民文學出版社 1981 年版，第 158 頁。

《新青年》易卜生專號上的易卜生畫像手跡
的專頁　　　　　　　　　　　　　《小說月報》翻譯專號：被損害民族的文
　　　　　　　　　　　　　　　　　學號

文學總書目》輯錄的現代文學書籍總計有 13500 餘種，其中翻譯達 3894 種，占全部的
29%，即每四種現代文學的單行本裡就有一種是外國文學的翻譯。①這就見出翻譯作品
的分量和意義了。由《新青年》「易卜生號」所開創的「五四」時期的翻譯文學歷史，
其特點之一，是充滿了思想啟蒙的性質。《新青年》集團的同事當初譯介易卜生劇本，
切近的目的是為推行「易卜生主義」，而非文學。至於影響到寫問題劇了，像胡適寫
《終身大事》，後來甚至影響到寫問題小說了，那都是第二位的。這種思想在先、文學
在後的譯介還可見魯迅、周作人早年在《新青年》上對日本作家武者小路實篤的推薦。
魯迅譯了他的劇本《一個青年的夢》，周作人譯了《與支那未知的友人》，周作人還寫
了《一個青年的夢》的書評（4 卷 5 號）、《日本的新村》（6 卷 3 號）、《新村的精
神》（7 卷 2 號）等文，焦點不在文學而在新村思想及其實踐。在當時，武者小路實篤
所從事的新村運動是滿含著挑戰性的共產無政府主義的味道，歸向著社會主義潮流，是
有新興思想的價值的。

　　這時期翻譯外國名作雖然比前加強，眼界也擴大了，但仍不能說是整體性地介紹
世界文學。《新青年》等新文化運動刊物主要介紹法國、俄國的現實主義作家，魯迅
為首的注重介紹東歐、北歐的弱小民族國家的文學，沈雁冰掌握的《小說月報》便曾
辦過「俄國文學研究」、「法國文學研究」的專刊和「被損害民族文學號」，都只是

① 賈植芳、俞元桂主編《中國現代文學總書目》，福建教育出版社 1993 年版。統計見李今《三四十年代蘇俄漢譯文學論》
　一書。其翻譯文學作品總數三千九百種，與《民國時期總書目（外國文學）》「本冊編輯說明」所稱的「四千四百多
　種」（含外國文學論著），大體是一致的。所缺主要是文藝理論和批評的譯著。

文學研究會是個重視翻譯的文學社團。
這是文學研究會叢書中鄭振鐸翻譯的俄
國作品《沙寧》

與「五四」的潮流相配合。那時的譯者兼創作家，是抱著創造新文學的宗旨來介紹外國文學的。喊得那麼響亮的「為人生」，主要的資源就是從俄國文學中抽繹出來。魯迅說過：「俄國的文學，從尼古拉斯二世時候以來，就是『為人生』的，無論它的主意是在探究，或在解決，或者墮入神秘，淪於頹唐，而其主流還是一個：為人生。」[1]今天看來，此說或許不一定能代表博大的俄國古典文學的全體，但確實是被當時中國作家認識到的重要涵義。因「五四」的向外吸收雖然是四面出擊，幾乎使百年以上西方文學走過的道路在中國用匆匆的腳步，浪漫的、寫實的、自然主義的、象徵主義的，都走過一遍，但說到底，每一個社團流派都是從自我主體出發，在創作、譯介、批評三位一體的基礎上建立起適合自己的傾向。比如文學研究會翻譯俄、法的寫實派作家屠格涅夫、托爾斯泰、契訶夫、高爾基、安德列耶夫、莫泊桑、易卜生、顯克微支等。創造社翻譯歐洲浪漫派、象徵派、未來派、表現派的歌德、海涅、拜倫、雪萊、濟慈、雨果、羅曼・羅蘭、惠特曼、王爾德等。語絲社介紹俄國、東歐、日本的民間文學和諷刺文學。淺草社、沈鐘社致力介紹德國、歐美的霍普德曼、尼采、羅曼・羅蘭、王爾德、愛倫・坡等。未名社在魯迅指導下形成了以翻譯為主的文學團體，對俄國尤其是十月革命後的蘇聯文學的介紹不遺餘力（除《煙袋》、《第四十一》作品外，還譯有《蘇俄文藝論戰》及托洛茨基的《文學與革命》等）。新

這是文學研究會叢書《青鳥》
1923 年譯本書影

郭沫若所譯歌德的《少年維特之煩惱》
曾經風靡一時

---

[1] 魯迅：《〈豎琴〉前記》，《魯迅全集》第 4 卷，人民文學出版社 1981 年版，第 432 頁。

魯迅晚年的重要譯本《死魂靈》插圖，他將
翻譯與文學插圖收集結合起來

魯迅收藏的蘇聯木刻家克拉甫兼珂所刻《靜
靜的頓河》插圖，阿克西尼婭與葛利高里在
大雷雨夜去頓河捕魚

月社雛形期的徐志摩翻譯了英國印象派女作家曼殊斐爾的小說，在她因肺病逝世前，徐曾在她的倫敦寓所裡最初也是最末一次會見過她，成了永久的回憶。從如此廣闊的世界視野，我們可以感受到「五四」式的全面開放是什麼模樣。關於翻譯，新文學內部在「譯述西洋名家」、「介紹世界文學界潮流之趨向」和「討論中國文學革進之方法」這三個連貫的接點上（見《〈小說月報〉改革宣言》），並無分歧。但如把互相挑剔對方錯譯的意氣用事除去，在是否要強調寫實主義和自然主義的輸入，在怎樣處理「切要」翻譯和「系統」翻譯的關係，要不要注重弱小民族文學方面，就並不那麼一致了。茅盾曾寫有《對於系統的經濟的介紹西洋文學底意見》，還在《我對於介紹西洋文學的意見》、《「小說新潮」欄宣言》兩文中，提出基本相仿的 20 家 44 部作品或 20 家 46 部作品的翻譯名單。[1]他似乎對整體、系統的翻譯外國文學成竹在胸。但深入一瞭解他的名單，便可發現其實僅包含了寫實派、自然派和問題劇、問題小說這樣兩個部分，再沒有其他。所以當即受到那時的讀者的質疑，茅盾則用「切要」與否，來為所開的書目辯解。可見他的「系統」，是服從於「切要」的。[2]這種爭議一直延續下去，到 1935 年魯迅發表《「題未定」草》的時候，還引出林語堂在《今文八弊》所說的「其在文

① 茅盾此三文均收《茅盾全集》第 18 卷，人民文學出版社 1989 年版。
② 見黃厚生：《讀〈小說新潮宣言〉的感想》，茅盾的文章為《答黃君厚生〈讀《小說新潮宣言》的感想〉》，均收《茅盾全集》第 18 卷，人民文學出版社 1989 年版。

1925 年成立之魯迅未名社專注於介紹世界文學，這是其社址：北京沙灘紅樓對面新開路 5 號韋素園住地

學，今日紹介波蘭詩人，明日紹介捷克文豪，而對於已經聞名之英美法德文人，反厭為陳腐，不欲深察，求一究竟」的諷語，加以反批評。林語堂說此話時，已不是「語絲」中人，倒很像「新月」的英美派的口吻。這種不屑於「應時」地介紹波蘭、捷克等弱小民族的文學，故意將其與「聞名」的英美法德文學絕然對立的說法，顯然讓魯迅對原來的老朋友動了氣。於是，一筆「五四」的翻譯帳從頭算起。魯迅自認，提倡波蘭文學是三十年前寫《摩羅詩力說》時開的頭，並反詰道：「即使現在紹介波蘭詩人，捷克文豪，怎麼便是『媚』呢？他們就沒有『已經聞名』的文人嗎？」[1]無論是魯迅，還是茅盾，在不反對系統地介紹世界文學的前提下，是始終強調「應時」的拿來主義的必要性的。

夏衍譯高爾基《母親》的譯本之一

到了 1930 年代，左翼的翻譯蔚然成風。國內外的文化語境助長了左翼文學，培植了都市的左派讀者，蘇俄文學介紹成了這一時期的特色。據統計，三十年總計 3894 種翻譯文學中，1917 年至 1927 年間的俄蘇譯介僅 93 種（其中蘇聯為 2 種），約占這期間總數 530 種的六分之一；1928 年至 1938 年間的俄蘇譯品已升為 327 種（蘇為 167 種，略超過俄），是總量 1619 種的四分之一弱；到 1939 至 1949 年間，蘇俄翻譯共

---

[1]　林語堂和魯迅語，均見《「題未定」草》，《魯迅全集》第 6 卷，人民文學出版社 1981 年版，第 355—356 頁。

夏衍譯高爾基著《母》，這是後來的新版本，是中國青年出版社1954年出版的

577種（蘇高達425種，是俄的三倍），占這時期總數1689種的三分之一強。[1]這個數位的含義是非常豐富的。比如夏衍譯高爾基的長篇《母親》較早，此小說被認為是「社會主義現實主義」的開山之作。魯迅所譯法捷耶夫的《毀滅》，在蘇聯文學中地位舉足輕重。曹靖華（1897—1987）是重要的翻譯家，直接由俄文譯綏拉菲摩維支的《鐵流》、拉甫列涅夫的《第四十一》（後者在革命文學如何表現人性上始終有爭議，魯迅則表示讚賞），當時異常困難，有的就由魯迅用「三閒書屋」的名義自費出版，被稱作是取天火給予人間的作為。此外，賀非譯蕭洛霍夫《靜靜的頓河》（40年代有金人譯本）和周立波譯同一作者的《被開墾的處女地》，還有後來成了50年代青年「生活教科書」的奧斯特洛夫斯基的《鋼鐵是怎樣煉成的》（有段洛夫、陳非璜譯本，40年代後流行梅益的譯本），都是在1930年代便譯出，後來影響日大的紅色經典。除了創作，馬克思主義文藝理論的翻譯當時也十分看重。魯迅在與創造社的論爭中，轉譯了盧那察爾斯基和普列漢諾夫的兩種《藝術論》。馮雪峰譯了普列漢諾夫的《藝術與社會生活》和列寧的《黨的組織和黨的文學》（今改譯為《黨的組織與黨的出版物》，是一個重大的訂正）。魯迅、馮雪峰偏於反映1920年代蘇聯理論界相對活躍、鬆動的一些成果，少有機械論和庸俗社會學的侵蝕。瞿秋白從俄文直接譯介了蘇聯的文藝論集《現實》，列寧論托爾斯泰的兩文《列甫‧托爾斯泰像一面俄國的鏡子》、《托爾斯泰和他的時代》，以及剛剛在蘇聯披露的恩格斯有關現實主義的兩封信，都是之後一譯再譯的左翼理論文獻。其他在中國左翼文學創立過程中，從蘇聯和日本介紹過來的左翼理論（包括含有左派幼稚病的文藝政策、決議）也不在少數。1932年後，史達林時期定名的「社會主義現實主義」創作方法的介紹，便是由周揚（周起應）來完成的，那便是1933年發表在《現代》雜誌上的《關於「社會主義的現實主義與革命的浪漫主

蘇聯文學作品在三四十年代是中國進步青年的流行讀物。這是影響極大的《鋼鐵是怎樣煉成的》

---

① 李今：《三四十年代蘇俄漢譯文學論》，人民文學出版社2006年版，第3頁。

《世界文庫》採用統一裝幀，這是精裝　　　《世界文庫》目錄，包括「中國之部」
書影　　　　　　　　　　　　　　　　　　與「外國之部」

義」——「唯物辯證法的創作方法」之否定》一文。僅從這個長長的標題就足以感受
到左翼文學理論當年反覆引進的迫切性與複雜性。周揚到延安後逐漸成為闡釋毛澤東文
藝思想的權威，他就是從這裡起步的。

　　1930年代文學翻譯的整體性、系統性的努力，並非在「應時」中完全消失。無論
是左翼或非左翼，在這方面都多有表現。比如各種「譯叢」的出版。1920年代的叢書
中，翻譯與創作往往是混編的。文學研究會在商務印書館出版的「文學研究會叢書」、
「文學周報社叢書」、「小說月報叢刊」等都包含大量的譯書。創造社與泰東圖書局等
出版機構合作或自出的「創造社叢書」、「辛夷小叢書」、「明日小叢書」也是如此。
北伐革命失敗後，大批進步文化人聚集於上海，當時能做的一件事便是開書店、編譯社
會科學和藝術理論叢書，像水沫書店由馮雪峰主編的「科學的藝術論叢書」、大江書鋪
的「文藝理論小叢書」等，均屬於有計劃地介紹左翼文藝理論的做法。作品翻譯方面有
神州國光社的「現代文藝叢書」（出過蘇聯的《鐵甲列車》、《十月》）、水沫書店的
「新興文學叢書」（出過雷馬克《西部前線平靜無事》、辛克萊的《錢魔》）、現代書
局的「世界戲劇譯叢」等，規模還不算很大。到了1930年代，一些資金雄厚的大出版
社，開始著手編譯大型的翻譯叢書，如商務印書館依託文學研究會作家編譯的「世界文
學名著叢書」，[1]中華書局同名的「世界文學名著叢書」。到了1935年，上海生活書
店請鄭振鐸主編「世界文庫」，計劃龐大，每月發行一冊，每冊約40萬字，第一集便
有60冊至80冊，草擬的「外國之部」的書題從古代到19世紀的文學名作將近有400
餘種。為此成立的編譯委員會內有魯迅、胡適等知名作家、翻譯家一百多人，以非左翼

① 此叢書出有14種譯書。見《文學研究會資料（下）》，鄭州：河南人民出版社1985年版，第1348—1353頁。

朱生豪譯《莎士比亞戲劇集》，這是作家
出版社 1954 年 3 月版

梁實秋也與朱生豪一樣是重要的莎士比亞譯
家，他稍後開始但後來居上，這是他的譯作
《威尼斯商人》

為主體，但並不排斥左翼。到 1936 年已經刊行蘇俄、法、美、英等十二個國家的一百
多部名作，魯迅譯的《死魂靈》、傅東華譯的《吉訶德先生傳》皆在列。可惜因抗戰軍
興，半途停頓了下來。這和也是抗戰前夕才停下來的《譯文》雜誌情況雖然不同（在魯
迅等支持和黃源操持之下，由於左傾而一再受當局的壓制），但一為大規模的系統翻譯
計劃，一為專門的翻譯刊物也足以長期規劃（近三年中已發表一百多篇譯作），都體現
了 1930 年代翻譯界的宏大心願。

到 1940 年代，在經歷了 1937 年、1938 年因戰事造成的短期翻譯的冷落之後，迅
速恢復，西方文學名作的翻譯到這時已大體完備了。專職的翻譯大家的出現，專注地系
統地翻譯某一位外國大作家，在其時也比較的成熟了。如朱生豪（1912—1944）譯莎
士比亞的劇本，是在抗戰最艱難的時刻進行的。他冒著日寇的炮火離開上海，丟失了
全部的財產，卻攜帶一套莎士比亞戲劇集外文原版和自己的譯稿逃難。在他的老家浙
江嘉興鄉下，直譯到 32 歲逝世，一生譯出了 31 部半的莎翁劇本，在 1947 年由世界書
局出版了其中的 27 種。另外也出現了一作多譯現象，這也是翻譯經典的成熟標誌。莎
譯就是如此，朱生豪外，還有曹未風從 1931 年到 1949 年譯出的莎劇十幾種；梁實秋
從 1936 年翻譯《馬克白》開始，後來成了翻譯完莎士比亞全部作品的唯一中國作家；
曹禺以劇作家的身分，重譯過《羅密歐與朱麗葉》。再看屠格涅夫的譯者，集中於文
化生活出版社的巴金、麗尼、陸蠡，也是對「五四」譯本的重譯。福樓拜、莫里哀有
法國文學研究家、翻譯家李健吾致力引進。托爾斯泰和陀思妥耶夫斯基的絕大部分長
篇小說都有了中譯本。巴爾扎克有了李健吾、高名凱、傅雷等重要譯家。1946 年的傅

這是駱駝書店 1947 年 6 月出版的傅雷譯《高老頭》，後來傅雷成為專譯巴爾扎克的著名翻譯家

雷（1908—1966），譯出了《高老頭》，標示著他成為巴爾扎克專職翻譯家的開始。而隨著抗戰、抗戰勝利和國共交戰局勢的大扭轉，為共和國文學時期的到來而做的準備也提上了日程。如對十月革命後蘇聯文學的介紹，特別是衛國戰爭題材的作品，無論在國統區和解放區都十分暢行。蕭三譯柯涅楚克《前線》，1944 年在延安《解放日報》連載，報紙甚至還配發了題為《我們從考納丘克的劇本〈前線〉裡可以學到些什麼？》的社論，把它與正在進行的抗日戰爭聯繫起來。這種「應時」的翻譯，繼續有它存在的合理性。當然也會對一國的文學輸入走偏。像美國文學在 1940 年代是介紹得比較多的，但在進步思潮的影響下只對辛克萊、德萊塞、馬克·吐溫、傑克·倫敦等比較看重，而對美國連續獲得諾貝爾文學獎的劉易斯、賽珍珠、福克納等人就不夠熱心。還有，在西南聯合大學那種獨特的文學環境裡，對現代主義的介紹要比重慶、延安流行得多，像馮至、卞之琳、穆旦等對里爾克、艾略特等的吸收就在這個時期，是並不張揚的。而《青年近衛軍》、《日日夜夜》、《絞刑架下的報告》等翻譯作品，卻正在成為未來的流行讀物。

綜觀三十年的中國譯界，就這樣在每一時期急用先譯的目標驅使下，逐漸地走向完整、系統。傳播思想和建設自己的文學，也是相互依存。晚清時大量譯述的方式被放棄後，直譯、意譯、改譯之爭不斷，各有各的道理和針對性。主張寧可小錯而不能不順的，當然就同意意譯；反對亂譯，而將忠實原作放在第一位的，自然是直譯。魯迅的直譯觀點一直不變，他的用意是要原原本本向中國人介紹西方文明，而不要隨便走樣。後來的大趨勢，是要求把「信」和「達」更好地結合起來，從中吸取外國語言的詞法、句法和新的表現方法，來改造、豐富、提高、創造中國現代的白話文，吸收外國的文學來創造中國的文學。由此，翻譯走入了中國現代文學，成為現代文學有機的組成部分。而揭示中國作家所接受的外國文學的資源，包括國別和作家個案，也就成了闡釋現代文學發生、發展的重要內容之一。

我們由幾種統計數位，可以知道外國文學的國別影響於中國現代文學的大體情景。據《中國新文學大系·史料索引》裡「翻譯總目」所計，「五四」發生後八年中所譯的 187 部作品，俄國 65 部，法國 31 部，德國 24 部，英國 21 部，印度 14 部，日本 12 部等。[①]統計一種刊物的，如《小說月報》從 1921 年 1 月的 12 卷 1 期到 1926 年

---

① 引自陳玉剛主編《中國翻譯文學史稿》，北京：中國對外翻譯出版公司 1989 年版，第 126 頁。

1950 年代後中國現代文學的重要作品譯成外文逐漸增多，如巴金《家》的外文譯本

12 月 10 日的 17 卷 12 期，所初刊的譯作計俄國 33 種，法國 27 種，日本 13 種，英國 8 種，印度 6 種等。[①]按《民國時期總書目（外國文學）》所錄，從 1911 年至 1949 年的譯作，計蘇俄 952 種（俄 262 種，蘇 690 種），英國 740 種，法國 571 種，美國 450 種，日本 231 種，德國 203 種，印度 38 種。[②]如照《中國現代文學總書目》從 1917 年至 1949 年的統計，翻譯書目為蘇俄 1011 種（俄 409 種，蘇 602 種），英國 577 種，法國 522 種，美國 452 種，德國 192 種，日本 199 種等。[③]從這些並不能說是十分完全的統計中，可以看到影響現代中國的外國文學，蘇俄的第一地位是不可動搖的。已經有許多人論證了中俄之間的國情的相似，文化上的彼此吸引，以及十月革命後中國知識份子選擇走蘇聯道路的力量是如何增強的等因素，來說明這種特殊的文學淵源。英、法、德的文學一直是穩定的外來影響源流，美國則是後起的。在「五四」時期，美國對中國文學的現代進程簡直是無足輕重，但是到了 1940 年代，它的位置已變得不容忽視。至於在亞洲，印度文學的影響在 1920 年代曾起到一定的作用，如對冰心、許地山等，而隨著時間的加深，特別是在「紅色的三十年代」期間，日本文學對我們便持久地起到現代轉運的歷史性作用了。

假如按照具體的外國作家的影響來分析，在一種包含了魯迅、茅盾、郁達夫、老舍、廢名、沈從文、巴金、施蟄存、路翎、郭沫若、徐志摩、聞一多、馮至、戴望舒、艾青、卞之琳、周作人、豐子愷、梁遇春、田漢、夏衍、曹禺等這樣 30 位中國現代作

---

① 引自陳玉剛主編《中國翻譯文學史稿》，北京：中國對外翻譯出版公司 1989 年版，第 119 頁。
② 筆者按北京圖書館編《民國時期總書目（外國文學）》統計，北京書目文獻出版社 1987 年版。
③ 引自李今《三四十年代蘇俄漢譯文學論》，人民文學出版社 2006 年版，第 3 頁。

《駱駝祥子》的外文譯本也是比較多的

家與世界文學關係的大型書籍中，其所附《外國人名索引》顯示，凡在全書出現過四次以上的外國作家共有 57 人。他們分別是：日本的夏目漱石、田山花袋；印度的泰戈爾；挪威的易卜生；俄蘇的普希金、果戈理、赫爾岑、萊蒙托夫、屠格涅夫、陀斯妥耶夫斯基、列夫・托爾斯泰、契訶夫、高爾基、勃洛克、馬雅可夫斯基、葉賽寧；波蘭的顯克微支；匈牙利的裴多菲；德國的歌德、席勒、海涅、尼采；奧地利的里爾克；比利時的維爾哈倫、梅特林克；英國的莎士比亞、理查遜、斯特恩、華茲華斯、司各特、拜倫、雪萊、濟慈、狄更斯、哈代、王爾德、康拉德、威爾斯、道生、艾略特；愛爾蘭的葉芝；法國的盧梭、巴爾扎克、雨果、波德萊爾、福樓拜、左拉、馬拉梅、魏爾蘭、莫泊桑、羅曼・羅蘭、瓦萊里、巴比塞；義大利的但丁；美國的愛倫・坡、惠特曼、龐德等。[①]這已經是一個大大壓縮了的外國作家名單了。他們所影響的中國作家含了整整一本現代文學史。從影響的規模來看，中國文學與世界文學的交流已經達到前所未有的水平，顯示了民族文學的現代覺醒。從影響的深度上看，這些外國作家極大地影響了中國作家對「人」的認識，對個性解放、自由獨立人格和人民本位的想像，增加了文學的現代性質。我們可以為「五四」詩人的熱血在拜倫、雪萊、歌德、惠特曼的詩句中燃燒而神往，也可以跟隨抗戰後期的西南聯大文人們在戰爭經驗和生命經驗混為一體

---

① 根據《走向世界文學（中國現代作家與外國文學）》附錄二《外國人名索引》所統計，曾小逸主編，湖南人民出版社1985 年版，第 653—666 頁。

的情境中，吟誦著里爾克、艾略特走上山岡，或心裡迴旋著從濟慈到馬雅可夫斯基的音符而走進反饑餓、爭民主的遊行隊伍。我們可以從《子夜》的吳老太爺的靈堂融入《艾凡赫》的宏大的聚會場面，從路翎的《財主底兒女們》想到《戰爭與和平》的結構和描寫。而魯迅為我們開闢的空間最為廣闊，不受拘束，從《摩羅詩力說》的西方浪漫主義詩人，到果戈理、顯克微支、夏目漱石的蘇俄、東歐、北歐、日本寫實文學，到尼采、弗洛伊德、廚川白村的精神分析和象徵主義。這是一扇真正通向世界的門，使得一代代文學青年禁不住去叩響它。後來又發展到雙向交流，包括把我們的現代文學名著介紹到全世界去。這個進程自然還未有窮期。

三十年外國文學經典翻譯一覽

譯本名稱 或翻譯活動名稱	國別	原著者	翻譯者	發表時間	出版者	對中國文學的影響
易卜生號：《娜拉》等	挪威	易卜生	羅家倫、胡適等	1918 年	《新青年》	傳播易卜生主義，影響於現實主義和問題小說
賣火柴的女兒	丹麥	安徒生	周作人	1919 年	《新青年》	《新青年》後曾出「安徒生號」
華倫夫人之職業	英國	蕭伯納	潘家洵	1919 年	《新潮》	較早影響話劇形成
甲必丹之女	俄國	普希金	安壽頤	1921 年	商務印書館	後名《上尉的女兒》，是普希金的主要小說
海鷗	俄國	柴霍甫（契訶夫）	鄭振鐸	1921 年	商務印書館	對話劇追求詩意和非戲劇化的作用
哈孟雷特	英國	莎士比亞	田漢	1921 年	《少年中國》	《哈姆雷特》較早的引入，次年出中華書局本
工人綏惠略夫	俄國	阿爾志跋綏夫	魯迅	1921 年	《小說月報》	反映出無政府主義思潮曾發生過的影響
茵夢湖	德國	施篤謨（施托姆）	郭沫若、錢君胥	1921 年	泰東圖書局	推動浪漫主義在中國的擴散
沙樂美	英國	王爾德	田漢	1921 年	《少年中國》	對中國的唯美派、浪漫派發生持久影響
巡按	俄國	歌郭里（果戈理）	賀啟明	1921 年	商務印書館	《欽差大臣》是在中國有影響的諷刺劇本
前夜	俄國	屠格涅夫	沈穎	1921 年	商務印書館	俄國文學最早影響中國，屠氏僅次於托爾斯泰
托爾斯泰短篇小說集	俄國	托爾斯泰	瞿秋白、耿濟之	1921 年	商務印書館	托爾斯泰的早期傳播之作
「被損害民族的文學號」	波蘭等	（多人）	周作人、魯迅等	1921 年	《小說月報》	「五四」開始的譯介弱小民族文學的傾向
少年維特之煩惱	德國	歌德	郭沫若	1922 年	泰東圖書局	「五四」時期激動青年心靈的浪漫愛情故事
阿麗思漫遊奇境記	英國	卡羅爾	趙元任	1922 年	商務印書館	影響中國童話的發展
我的叔父虛勒	法國	莫泊桑	陳生	1922 年	《少年中國》	法國文學莫泊桑介紹最早
飛鳥集	印度	泰戈爾	鄭振鐸	1922 年	商務印書館	鄭譯還有《吉檀迦利》《新月集》影響冰心小詩
復活	俄國	托爾斯泰	耿濟之	1922 年	商務印書館	托爾斯泰的主要長篇小說
史特林堡戲劇	瑞典	史特林堡	張毓桂	1922 年	商務印書館	斯特林堡的象徵主義對中國戲劇、小說家的作用
少奶奶的扇子	英國	王爾德	洪深	1923 年	《東方雜誌》	是有名的改譯本，原名《溫德米爾夫人的扇子》
慳吝人	法國	毛里哀（莫里哀）	高真常	1923 年	商務印書館	較早的對喜劇創作發生影響
青鳥	比利時	梅德林克	王維克	1923 年	泰東圖書局	梅特林克此劇「五四」稱「神仙劇」「夢幻劇」
套中人	俄國	柴霍夫（契訶夫）	趙熙章	1923 年	《小說月報》	契訶夫的幾乎無事的諷刺風格和諷刺典型
愛彌兒	法國	盧梭	魏肇基	1923 年	商務印書館	「五四」時期影響兒童本位思想的教育小說
苦悶的象徵	日本	廚川白村	魯迅	1923 年	新潮社	使解釋文藝發生的原因受現代主義的影響
俠隱記	法國	大仲馬	伍光建	1924 年	商務印書館	此書校注者沈德鴻即茅盾，對通俗文學的影響
神曲一臠	義大利	檀德（但丁）	錢稻孫	1924 年	商務印書館	神曲從郭沫若開始一直被推崇，此文言韻文
三姊妹	俄國	柴霍甫（契訶夫）	曹靖華	1925 年	商務印書館	契訶夫名劇之一，中國推重詩意劇作的學習對象
格爾木童話集	德國	格爾木兄弟	王少明	1925 年	河南教育廳	格林兄弟童話最早的版本
出了象牙之塔	日本	廚川白村	魯迅	1925 年	未名社	魯迅譯廚川白村又一論著
馬丹波娃麗	法國	弗洛貝爾	李劼人	1925 年	中華書局	福樓拜《包法利夫人》以心理描寫和人物著稱
棉被	日本	田山花袋	（夏）丏尊	1926 年	《東方雜誌》	最初的心理分析小說的引進
若望克利司朵夫	法國	羅曼羅蘭	敬隱漁	1926 年	《小說月報》	《約翰克利斯朵夫》的個人奮鬥與中國知識者
雪萊詩選	英國	雪萊	郭沫若	1926 年	泰東圖書局	對中國浪漫主義詩歌有很大影響

續表

譯本名稱或翻譯活動名稱	國別	原著者	翻譯者	發表時間	出版者	對中國文學的影響
勞苦世界	英國	迭更斯	伍光建	1926 年	商務印書館	狄更斯、司各特晚清林紓翻譯已多，這時少了
窮人	俄國	陀思退夫斯基	韋叢蕪	1926 年	未名社	陀思妥耶夫斯基的重要小說之一
外套	俄國	郭戈爾（果戈理）	韋漱園	1926 年	未名社	對魯迅以下中國現實主義諷刺藝術的作用
福爾摩斯探案大全集1—13 冊	英國	柯南道爾	程小青等	1927 年	世界書局	這是白話標點本，從晚清開中國偵探小說流脈
曼殊斐爾小說集	英國	曼殊斐爾	徐志摩	1927 年	北新書局	對徐志摩和新月派的內在影響
（愛倫坡和霍夫曼）特刊	美國等	愛倫坡等	楊晦、陳煒謨	1927 年	《沈鐘》	沈鐘社受愛倫坡、霍普德曼等唯美頹廢的影響
妄想	日本	森鷗外	畫室（馮雪峰）	1928 年	人間書店	對魯迅等都有影響
富美子的腳	日本	谷崎潤一郎	沈端先（夏衍）	1928 年	《小說月報》	較早的谷崎潤一郎譯介，影響了中國唯美主義
浮士德	德國	歌德	郭沫若	1928 年	創造社出版部	影響了郭沫若以下的一代作家
盧騷懺悔錄	法國	盧騷	張競生	1928 年	美的書店	啟蒙思想家著名的文學自傳
顯克微支小說集	波蘭	顯克微支	王魯彥	1928 年	北新書局	歐洲弱小民族文學在中國影響大的作家之一
色情文化	日本	片岡鐵兵等	劉吶鷗	1928 年	第一線書店	吸收日本新感覺派而影響中國新感覺派
草枕	日本	夏目漱石	崔萬秋	1929 年	真美善書店	是對魯迅等留日作家有影響的日本作家
西線無戰事	德國	雷馬克	洪深、馬彥祥	1929 年	平等書店	對中國文學的現代戰爭描寫有影響
茶花女	法國	小仲馬	夏康農	1929 年	春潮書局	在過去林紓文言譯本的基礎上繼續發生影響
格里佛遊記	英國	斯偉夫特	韋叢蕪	1929 年	未名社	有世界地位的童話尤其是「大人國」「小人國」
屠場	美國	辛克萊	易坎人（郭沫若）	1929 年	南強書局	對左翼文學家描寫工人提供了範例
母親	蘇俄	高爾基	沈端先（夏衍）	1929 年始	大江書鋪	《母親》後被稱社會主義現實主義開山之作
藝術論	蘇聯	蒲力汗諾夫	魯迅	1930 年	光華書局	傳播普列漢諾夫的早期馬克思主義文藝思想
當代英雄	俄國	勒夢托夫	楊晦	1930 年	北新書局	萊蒙托夫的代表作，小說人物和名稱都有影響
蟹工船	日本	小林多喜二	潘念之	1930 年	大江書鋪	日本左翼文學是中國左翼文學的資源之一
加力比斯之月	美國	奧尼爾	古有成	1930 年	商務印書館	奧尼爾《瓊斯皇》對曹禺《原野》有直接影響
多惹情歌	英國	拜倫	張競生	1930 年	世界書局	拜倫、雪萊等詩對「五四」浪漫派詩歌的作用
波多萊爾散文詩	法國	波多萊爾	邢鵬舉	1930 年	中華書局	波德萊爾象徵主義先驅其《惡之華》影響極大
十日談	義大利	薄伽丘	黃石、胡簪雲	1930 年	開明書店	《十日談》世界名著
毀滅	蘇聯	法捷耶夫	隋洛文（魯迅）	1931 年	大江書鋪	蘇聯社會主義文學的名作，後來影響日大
鐵流	蘇聯	綏拉菲摩維支	曹靖華	1931 年	三閒書屋	也是影響很大的蘇聯社會主義文學名著
靜靜的頓河	蘇聯	唆羅訶夫	賀非	1931 年	神州國光社	後有金人譯本，蕭洛霍夫對中國革命文學影響大
夜店	蘇俄	高爾基	李誼	1931 年	湖風書局	此劇在上海淪陷期間被柯靈、師陀改編上演
少年哀史	法國	鷟俄（雨果）	柯蓬洲	1931 年	世界書局	即雨果名作《悲慘世界》
戰爭與和平	俄國	托爾斯泰	郭沫若	1931 年	文藝書局	對中國長篇影響大，後有高植、董秋斯譯本
被侮辱與被損害者	俄國	陀思妥夫斯基	李霽野	1931 年	商務印書館	重要的陀思妥耶夫斯基的小說
吉訶德先生	西班牙	西萬提斯	賀玉波	1931 年	開明書店	塞萬提斯的唐吉訶德人物典型具有世界意義

續表

譯本名稱 或翻譯活動名稱	國別	原著者	翻譯者	發表 時間	出版者	對中國文學的影響
夏娃日記	美國	瑪克土溫	李蘭	1931年	湖風書局	馬克吐溫較早引進的譯本
婦心三部曲	奧地利	顯尼志勒	施蟄存	1931年	神州國光社	施尼茨勒對中國心理分析小說由此產生影響
舊恨	日本	永井荷風	方光燾	1931年	《東方雜誌》	對周作人、對獅吼社都有影響
大街	美國	劉易士	白華	1932年	大公報館出版部	劉易斯1930年獲諾貝爾文學獎後傳入中國
大地	美國	賽珍珠	胡仲持	1933年	開明書店	她1938年獲諾貝爾獎但左翼否認其寫中國的真實
娜娜	法國	左拉	王了一	1934年	商務印書館	這是享有自然主義之名的左拉名作
雙城記	英國	狄更斯	許天虹	1934年	平津書店	狄更斯的悲憫諷刺對老舍、張天翼等作家的作用
奧德賽	希臘	荷馬	傅東華	1934年	商務印書館	希臘史詩之一，被公認有永久的魅力
苔絲姑娘	英國	哈代	呂天石	1934年	中華書局	哈代對窮人的同情使他對老舍等發生影響
陰謀與愛情	德國	席勒爾 （席勒）	張富歲	1934年	商務印書館	這是席勒的名作，他的創作方法被稱席勒主義
紅字	美國	霍爽（霍桑）	張夢麟	1934年	中華書局	霍桑在中國最有影響的代表作
失樂園	英國	彌爾頓	朱維基	1934年	第一出版社	外國古典名著之一的長詩
吉姆爺	英國	康拉德	梁遇春、 袁家驊	1934年	商務印書館	是康拉德的代表作，梁遇春生前未譯完由袁補足
高龍芭	法國	梅里美	戴望舒	1935年	中華書局	其浪漫和異國情調的作風影響較大
野性的呼喚	美國	賈克倫敦	劉大傑、 張夢麟	1935年	中華書局	傑克倫敦此作後來被左翼普遍接受
真妮姑娘	美國	德萊塞	傅東華	1935年	中華書局	此作也因其暴露社會的性質得到左翼青睞
傲慢與偏見	英國	奧斯登	楊繽	1935年	商務印書館	公認的英國奧斯丁名著
死魂靈	俄國	果戈里	魯迅	1935年	文化生活出版社	沈重的寫實諷刺，對魯迅以下左翼的影響
泰綺思	法國	法朗士	王家驥	1936年	啟明書局	對浪漫派、海派的影響表現在提升欲望的魔力
馬克白	英國	莎士比亞	梁實秋	1936年	商務印書館	梁實秋後成譯完莎劇全部的翻譯家
查泰萊夫人的情人	英國	勞倫斯	饒述一	1936年	北新書局	其大膽的性生活的文學描寫使其受爭議也受注目
歐也尼·葛朗台	法國	巴爾扎克	穆木天	1936年	商務印書館	巴氏「人間喜劇」被看作現實主義的經典巨著
被開墾的處女地	蘇聯	蕭洛霍夫	（周）立波	1936年	生活書店	長期影響革命文學的史詩性寫作
蘆貢家族的家運	法國	左拉	林如稷	1936年	商務印書館	《魯貢瑪卡家族的命運》等系列對巴金等的影響
安娜·卡列尼娜	俄國	托爾斯泰	周覓、 羅稷南	1937年	生活書店	托氏代表長篇之一（周覓即周揚）另有高植譯本
第四十一	蘇聯	拉甫連尼約夫	曹靖華	1937年	良友圖書公司	在左翼內部引起不斷爭議，再三顛覆而深化認識
鋼鐵是怎樣煉成的？	蘇聯	奧斯托洛夫斯基	段洛夫、 陳非璜	1937年	潮鋒出版社	後有梅益譯本1950年代最風行「生活教科書」
秘密的中國	捷克	基希	周立波	1938年	天馬書店	推動了抗戰時期的報告文學熱潮
西行漫記	美國	愛特伽·斯諾	王廠青等 12人	1938年	復社	原名《紅星照耀中國》，因首寫解放區而聞名
在俄羅斯誰能快樂而自由	俄國	尼克拉索夫	高寒 （楚圖南）	1939年	商務印書館	著名長詩，以懷抱對祖國複雜的熱愛情緒著稱
保衛察里欽	俄蘇	小托爾斯泰	王楚良	1939年	珠林書店	《保衛察里津》是阿托爾斯泰較早引入的作品
茨岡	俄國	普式庚 （普希金）	瞿秋白	1940年	文藝新潮社	在瞿秋白身後以單行本問世的普希金敘事長詩
卡拉馬佐夫兄弟	俄國	陀思妥耶夫斯基	耿濟之	1940年	良友圖書公司	陀氏最後也是最深刻的小說，開現代主義文學
戰地春夢	美國	漢明威	林疑今	1940年	西風社	海明威此作今譯《永別了，武器》
飄	美國	馬·密西爾	傅東華	1940年	龍門書局	抗戰時期被知識階層廣泛閱讀的美國通俗小說

續表

譯本名稱 或翻譯活動名稱	國別	原著者	翻譯者	發表 時間	出版者	對中國文學的影響
憤怒的葡萄	美國	斯坦恩培克	胡仲持	1941 年	大時代書局	斯坦貝克因寫美國的工人鬥爭受到中國作家重視
葉甫蓋尼·奧涅金	俄國	普希金	甦夫	1942 年	《詩創作》	另有呂熒譯本,俄國「多餘人」形象之源
穿褲子的雲	蘇聯	馬雅可夫斯基	林陶	1942 年	《詩創作》	馬氏的革命詩歌的激情和詩型,被廣模仿
阿爾達莫諾夫家的事業	蘇俄	高爾基	汝龍	1942 年	《自由中國》	表現農民式資產階級的三代人家族的時代小說
呼哮山莊	英國	艾米莉勃朗特	梁實秋	1942 年	商務印書館	今譯《呼嘯山莊》,這小說在中國頗有讀者
羅米歐與朱麗葉	英國	莎士比亞	曹未風	1943 年	文通書局	曹未風也出有莎氏的《全集》
父與子	俄國	屠格涅夫	巴金	1943 年	文化生活出版社	屠氏代表性作品之一
非洲大雪山	美國	海明威	謝慶堯	1943 年	《時與潮文藝》	今譯《乞力馬扎羅的雪》,是海明威力作
蝴蝶與坦克	美國	海明威	馮亦代	1943 年	美學出版社	海明威較早得以翻譯的短篇小說集
鐵木兒及其夥伴	蘇聯	葛達爾	桴鳴	1943 年	新知書店	蓋達爾此作對日後新中國兒童文學影響很大
紅與黑	法國	斯丹達爾	趙瑞蕻	1944 年	作家書屋	顯示法國長篇小說的影響力
大路之歌	美國	惠特曼	高寒 (楚圖南)	1944 年	讀書出版社	他的《草葉集》「五四」時影響郭沫若以下詩人
前線	蘇聯	柯涅楚克	蕭三	1944 年	《解放日報》	延安連載時影響大,後有姜椿芳譯本《戰線》
簡愛	英國	夏洛蒂勃朗特	李霽野	1945 年	文化生活出版社	勃朗特姐妹的這兩部小說幾乎齊名
高老頭	法國	巴爾扎克	傅雷	1946 年	駱駝書店	後有巴爾扎克和《約翰克利斯朵夫》多種名譯
團的兒子	蘇聯	卡泰耶夫	茅盾	1946 年	萬葉書店	卡達耶夫還有《時間呀,前進!》也有名
日日夜夜	蘇聯	西蒙諾夫	(許)磊然	1946 年	時代書報出版社	對中國戰爭小說有大的影響,直到《西線軼事》
康特波雷故事	英國	喬叟	方重	1946 年	雲海出版社	此喬叟《坎特伯雷故事集》的最早譯本
鐘樓怪人	法國	囂俄(雨果)	越裔	1946 年	群學書店	後 1949 年即有陳敬容譯本《巴黎聖母院》
誰之罪	俄國	赫爾詹	(樓)適夷	1947 年	大用圖書公司	赫爾岑因巴金翻譯而被進一步推行
青年近衛軍	蘇聯	法捷耶夫	(葉)水夫	1947 年	時代書報出版社	在 1950 年代作革命文學讀物特別流行
莎士比亞戲劇全集 1—3 輯	英國	莎士比亞	朱生豪	1947 年	世界書局	收莎氏 27 個悲劇、喜劇和雜劇,並附年譜
原野與城市	比利時	凡爾哈崙	艾青	1948 年	新群出版社	維爾哈侖的詩歌對艾青和現代派詩歌構成影響
俄國人的性格	俄蘇	阿·托爾斯泰	文姍	1948 年	《小說》	作為舊時代作家能寫新社會人物的典型
絞索勒著脖子時的報告	捷克	尤利斯伏契克	劉遼逸	1948 年	光華書店	1950 年代革命讀物後譯《絞刑架下的報告》
兩姐妹	蘇聯	阿·托爾斯泰	朱雯	1949 年	文風出版社	是《苦難的歷程》三部曲之一,1950 年代影響大
唐璜	法國	莫里哀	李健吾	1949 年	開明書店	福樓拜譯者的李健吾,這年出了莫氏五種喜劇
真正的人	蘇聯	波列伏依	(許)磊然	1949 年	時代出版社	波氏報導與真人小說界限難分,1950 年代流行

(資料來源:《二十世紀中國文學大典》、《中國文學大典》、《民國時期總書目(外國文學)》及其他)
除雜誌最早發表譯本之外:
　《大街》是天津大公報館出版部出版
　《秘密的中國》是漢口天馬書店出版
　《憤怒的葡萄》是重慶大時代書局出版
　《咆哮山莊》是重慶商務印書館出版
　《羅米歐與朱麗葉》是貴陽文通書局出版
　《父與子》是桂林文化生活出版社出版
　《蝴蝶與坦克》是重慶美學出版社出版
　《鐵木兒及其夥伴》是重慶新知書店出版
　《紅與黑》是重慶作家書屋出版
　《大路之歌》是重慶讀書出版社出版
　《簡·愛》是重慶文化生活出版社出版
　《絞索勒著脖子時的報告》是大連光華書店出版
其餘出版機構均在上海

第四章

風雲驟起

第三十一節　戰爭流徙之下文學多中心的形成

　　抗日戰爭的爆發並不能夠打斷中國文學的現代進程，卻實實在在使得作家們的生活發生急劇的改變。這種人的生存狀態的變化是分外深入的，從物質直到精神。單個的文學中心的模式被打破，文人在前後方的各地聚集，書寫樣式和出版方式也適應著動蕩不安的現實做出改變，而最內在的改變便是在非和平的嚴酷戰爭環境下，人們對生命的重新體驗、沈潛和表達。

　　在北平、上海、南京相繼失守之後，作家們的全國性遷徙就開始了。這種移動因民族矛盾已經上升到第一位，國共兩黨歷史上開始第二次合作，各路作家雖然政治文化傾向不盡相同，但已自覺意識到這是處於一個宏大的民族共同體之中了，便不計前嫌地自動匯合起來。遠在 1936 年 10 月 1 日，當日本軍國主義的陰影籠罩全國，在上海發表《文藝界同人為團結禦侮與言論自由宣言》的時候，魯迅在逝世前簽了名，各派作家中包括鴛蝴作家包天笑、周瘦鵑等都在其列。這在宣言發表當時就引起整個社會的注意。接著，最初跟隨政府流徙到臨時首都武漢的眾多文人，就開始考慮重新組織的問題。中華全國文藝界抗敵協會（簡稱「文協」）和國民政府軍事委員會政治部第三廳

1938 年郭沫若（前排左 4）、周恩來（左 3）在武漢珞珈山與三廳藝術家們在一起

「文協」1938 年 3 月 27 日在武漢成立後於總商會會場外合影，今能辨認的有馮玉祥、周恩來、張道藩、老舍、胡風、田漢等人

（簡稱「三廳」），幾乎同時籌備和成立，是當時武漢最大的文化事件。「文協」由原左翼的陽翰笙與原國民黨中宣部直接領導的中國文藝社骨幹王平陵先期協商提出後，得到廣泛的回應。先後在漢口蜀珍酒家、永康里 20 號中國文藝社碰頭醞釀，交換意見。老舍南下到達武漢後，因他是個能被各派接受的有聲望的文學家，大家便公推他和茅盾、王平陵、馮乃超、胡風、曾虛白等繼續籌備。馮玉祥、葉楚傖、邵力子、張道藩、周恩來等國共要人均在臺前臺後大力支持。到 1938 年 3 月 27 日，「文協」假漢口總商會的禮堂，召開隆重的成立大會。到會的文藝家、來賓有三百多人。主席臺兩側標語分別為：「拿筆桿代槍桿，爭取民族之獨立。」「寓文略於戰略，發揚人道的光輝」。邵力子、周恩來、郭沫若等熱情致辭，通過了會章。大會選舉出的 45 名理事與 15 名候補理事中，不分黨派，不論新舊，包括政治上左傾、非左傾的和無黨的作家，也包括先鋒的或通俗的作家。張恨水其時已到達重慶在《新民報》編副刊，並未出席「文協」成立會，卻照樣被選為第一屆的理事，在當年是很引人注目的新聞。後

「文協」的會刊《抗戰文藝》創刊號

老舍被舉為總務部主任，實際主持日常工作。「文協」總會在武漢失守前夕，遷往陪都重慶。在臨江門橫街 33 號的會址被炸後，遷往張家花園 65 號辦公。在整個抗戰時期，「文協」的分會遍佈後方各省，與總會一起，為團結作家一致對外，提倡「文章下鄉」、「文章入伍」，堅持創作抗戰文學，做出了不小的貢獻。

老舍 1939 年在重慶。抗戰期間他一直擔任「文協」總務部主任，是實際負責人，彷彿時時感到「文協」的巨大責任

「文協」是個由官方資助的民間團體，[①]而「三廳」卻是政府負責文藝宣傳的一個部門了。[②]郭沫若 1937 年 7 月自流亡的日本秘密回國，受當局政治部部長陳誠邀請，在周恩來（因國共合作任了政治部副部長）等人的說服下，就了第三廳廳長之職。在他的周圍，以原來創造社的田漢、陽翰笙、馮乃超為主，加上洪深、應雲衛、史東山、馬彥祥、冼星海、張曙等文化名人（被戲稱為「名流內閣」），形成一支進步文學家、藝術家的隊伍，成為國統區文化統一戰線的重要方面軍。它以戲劇、電影和文藝宣傳為主，將上海時期組成的救亡演出隊、孩子劇團重組為 10 個抗敵演劇隊、4 個抗敵宣傳隊、1 個孩子劇團，後又成立教導劇團，成為抗日戲劇運動的骨幹。1938 年末，「三廳」由長沙、桂林撤往

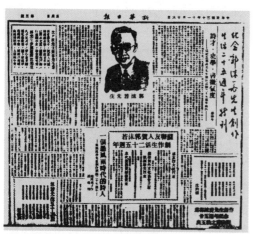

為紀念郭沫若 50 歲生日，重慶《新華日報》發表紀念特刊。先後被祝壽的還有茅盾、老舍等

重慶，1940 年被解散，又轉為郭沫若領導的文化工作委員會，簡稱「文工會」。這時候在重慶一地，茅盾、老舍、巴金、郭沫若、曹禺的小說、戲劇創作最為活躍。以郭沫若政治歷史劇《屈原》為代表的「霧季演出」，風靡了整座山城。各種小說、詩歌晚會不斷舉辦。郭沫若 50 壽辰和創作生活 25 年、洪深 50 壽辰、張靜廬出版活動 25 年、老舍創作 25 年、張恨水 50 壽辰和創作 30 年、茅盾 50 壽辰和創作 25 年等的活動，成了檢閱中國文

---

① 「文協」是得到國民黨中央社會部的批准，在那裡備案並接受部分指導的。經費上也得到資助，每月從國民黨中宣部領取 500 元、軍委會政治部 500 元、教育部 200 元，後略有增加。資料引自倪偉：《「民族」想像與國家統制》，上海教育出版社 2003 年版，第 244 頁。

② 「第三廳」直屬軍委會政治部，每月經費達 6 萬元。但這經費的情況，文獻材料與個人回憶出入太大，6 萬元算是縮小的數字。當然，無論是「文協」或「三廳」，經費遭七折八扣或拖欠是不稀奇的事。見倪偉《「民族」想像與國家統制》第 242 頁。

1941 年 11 月重慶文藝界慶祝郭沫若誕辰 50 周年創
作 25 周年，贈其如椽大筆，上有「掃清妖孽」四字

1938 年的女兵丁玲。她帶
領西北戰地服務團走遍山
西、陝西

學運動和廣大作家有意為之的慶典，背後有中共政治力量的支持。茅盾主編的《文藝陣
地》，胡風主編的《七月》、《希望》都是當年有影響的文學刊物。尤其難得的是「文
協」編輯的《抗戰文藝》，作為全國性的文藝刊物，從 1938 年 5 月創刊，直到 1946
年 5 月停刊，於艱難竭蹶中堅持編輯出版下來。陪都重慶作為國統區主要文學中心的地
位，就是因了「文協」、「三廳」（及「文工會」）等周邊團結的廣大作家和他們的創
作勞績而奠定的。

　　「投筆從戎」是抗戰初期許多作家嚮往的獻身目標。不過真正在各戰區能夠參軍
並在部隊從事文化工作的文人微乎其微，主要是軍隊並不具備作家長久生活、寫作的
條件。如臧克家 1938 年、1939 年間參加李宗仁的第五戰區青年軍團，採訪台兒莊戰役
（寫《津浦北線血戰記》），又與黑丁、田濤、鄒荻帆等十四人成立第五戰區文化
工作團步行走遍河南、湖北、安徽三省（寫長詩《大別山》），還與姚雪垠一起加入
廣西部隊八十四軍，經歷了「隨（縣）棗（陽）戰役」，能有此機會的真是不多。後來
因不受軍隊歡迎，也離去了。一群以東北作家蕭軍、蕭紅、端木蕻良為主，還加艾青、
田間、聶紺弩等的青年文人，於 1938 年同赴臨汾，去投奔閻錫山辦的山西民族革命大
學。表面上是任教師，實際過的是軍事化的生活（全國奔赴前來的學生達上萬人），
可以部分滿足這些人對軍隊的嚮往。在臨汾，他們還與領導西北戰地服務團的丁玲等

丘東平是「七月派」小說家，後來在新四軍戰鬥中犧牲

相遇。我們不妨將以王禮錫為團長的作家戰地訪問團，老舍參加並曾到過延安的全國慰勞總會北路慰問團，和丁玲的「西戰團」，都看成是與前方接近的文化勞軍。王禮錫甚至因而逝世在勞軍半途的洛陽。1938 年 11 月，沙汀、何其芳以延安魯迅藝術學院教師的身分，帶領「魯藝」文學系、戲劇系的學生，跟隨賀龍 120 師行軍到晉西北，第二年的年初又跋涉到了冀中，算得是短期的一種參軍方式。沙汀還留下了真正的戰場之作《隨軍散記》（又名《記賀龍》）。與此類「過一水」的方式都不同，深入到軍隊之中，首先作為一名戰士參與戰鬥，並寫出傑出軍事題材作品的，是先後參加國民黨抗日部隊和共產黨新四軍的「七月派」作家丘東平、阿壟、曹白、彭柏山等人。遠在 1932 年上海「一‧二八」戰事時，丘東平便是十九路軍的一員，發表了《第七連》等介於小說和通訊之間的戰場作品。後來又親身經歷了「八‧一三」淞滬戰爭，所寫《一個連長的戰鬥遭遇》等小說，充滿戰地實感，富有一種正視戰爭苦難、陰暗面的英雄主義悲劇氣概。後來丘東平進入蘇北新四軍敵後根據地，於 1941 年鹽城反掃蕩戰鬥中不幸為國捐軀。這是投筆從戎最典型的事例了。當然，由於軍隊的流動性大，作家們的分散，是無法形成固定的文化集合地的。

還有跟隨遷往內地的學校移動的作家。如曹禺就是跟著「國立劇校」，先是西遷至長沙，轉重慶，再轉四川江安的。在江安小城，他寫了《蛻變》、《北京人》等名作。江安偏僻，戲劇中心在重慶，所以曹禺的《北京人》還是要送到那裡去首演。最後曹禺也去了重慶。再如馮至，攜全家跟著同濟大學轉移到江西，再至廣西，後接西南聯大的聘書 1939 年又到昆明。當時全國名校的內遷規模很大，復旦經廬山而重慶北碚黃桷鎮，浙江大學由江西吉安而貴州遵義，南京中央大學遷重慶，武漢大學遷樂山，平津地區的北洋大學、北平師範大學等後來在西安組建西安聯

1938 年的曹禺

1939年4月，國立劇校奉命
疏散到江安。曹禺當時為校
專任導師兼教務主任。圖為
該校教務辦公室舊址現貌

合大學，再遷陝西城固改稱為國立西北聯合大學。這些大學都有隨行的教授兼作家們，
還有的特聘了原來的作家加入教授隊伍，如胡風應復旦大學伍蠡甫所聘，葉聖陶應武漢
大學陳西瀅所聘。而另一支追隨北大、清華南遷的京派作家隊伍，人數就更可觀了。
1937年8月12日晨，沈從文、楊振聲、朱光潛、梁宗岱、趙太侔等編造了洋行文書、
打字員的假身分，從北平正陽門車站出發，取道天津，臨時改乘輪船至煙臺，換成陸路
經過濟南而南京。這時上海已成孤島，教育部決定北大、清華、南開三校在湖南組建臨
時大學，這些人便轉至武漢，到了長沙。可是臨時大學很快還要繼續向昆明轉移，這批
大學教授在湖南也無從久留。沈從文的軍官弟弟用他哥哥的名義請梅貽琦、楊振聲、金
岳霖、張奚若、聞一多、朱自清、梁思成、林徽因、蕭乾一行吃飯。聞一多參加師生步
行入滇的隊伍，行前還在沅陵的沈家住過。沈從文本人則乘汽車輾轉到達昆明。臨時大
學改為「國立西南聯合大學」（文學和法商學院初設蒙自）後，同樣是去西南聯大的
人，許多女生和老弱病殘是和沈從文夫人張兆和攜帶孩子那樣，經廣州或香港到越南海
防，曲線沿滇越鐵路或滇緬公路進入雲南。卞之琳是從成都與沙汀、何其芳三人去了延
安，他一人先退回後再到昆明的。由於昆明的大後方特殊地位，以及大學師生的優勢，
西南聯大作家群體漸成規模。年輕一代的作家借著這塊土地長大，後來出了九葉詩人穆
旦，出了「最後一個京派」汪曾祺。昆明儼然成了戰時文學的大後方之一。

　　川、湘的作家起初是有回鄉趨勢的。張天翼出生於南京，祖籍湘鄉，從沒有回去
過，這時與湖南籍作家蔣牧良一起離開上海回原籍。在長沙，他依仗敏銳的觀察看到一
些投機型的知識者、小市民整天熱中於開會「救亡」，便寫出了有名的《華威先生》。
田漢是長沙人，但他更是戲劇人，最終還是要去重慶和桂林發展。四川的作家沙汀、艾

梅貽琦校長（前排右三）與步行到達昆明的教授們合影，聞一多在二排右三

聞一多的重安江綀子橋速寫，顯露出他往日的專業繪畫水平

1939年1月14日「文協」成都分會成立，合影第一排右起三李劼人、四陳翔鶴、五老舍、七周文；左起一馮玉祥、二蕭軍，顯示了作家大匯合

蕪、周文、何其芳紛紛回川，在成都與李劼人等本地作家組成「文協成都分會」，可能是文協分會中組織較強、成績較顯的分會之一。這就不像湖南因很快成為戰事爭奪地帶，作家站不住腳，還要往山區轉移。張天翼後來到邵陽塘田戰時講學院遇王西彥，又去漵浦大潭北平民國學院教書，都是為此。而四川是穩定的後方，成都遂成為從屬於重慶的文化城市。因地方富庶，加之李劼人這樣少有的本土作家兼經濟人（在樂山開紙廠）熱心充當後臺，「文協」成都分會是辦得有聲有色的。

左翼利用國共合作的有利條件，將偏於一隅的延安建成了物質雖然匱乏、精神卻相對獨立的新天地。上海有影響的進步作家，從亭子間遷來西北黃土高原住進了窯洞。丁玲最早，1936年9月就從國民黨政府非法軟禁之中脫險，來到陝北保安，後至延安。周揚、柯仲平、王實味1937年也去得較早。陳荒煤、劉白羽、馬加是1938年。蕭三從蘇聯回國，1939年到延安。共產黨有打破原有的左右陣線，招攬全國作家的計劃，據所知的邀請名單中有茅盾、巴金、老舍、曹禺、沈從文、蕭乾等人。沈從文、曹禺、蕭乾、孫伏園等曾為此拜訪過八路軍駐長沙辦事處的徐特立老人，問訊去延安的可能，徐表示竭誠歡迎。但最後因各種緣故，大部都沒有成行。經在後方轉了一圈，最後決定去延安的有何其芳，是1938年，他最後留了下來，並由京派文人轉化為左派作家。蕭軍經武漢、臨汾，1940年去了延安。艾青經武漢、臨汾、桂林、重慶，1940

年也赴延安。革命的延安對全國進步文學青年的吸引力，一天天擴大，西安到陝北道
上，一批批的左派青年衝破封鎖，步行到達他們嚮往的聖地。1937 年建立的「陝甘寧
邊區文化界抗日救亡協會」，1938 年的「魯迅藝術學院」（後稱魯迅藝術文學院），
和 1939 年的「文協延安分會」（前身是前一年成立的「邊區文化界抗戰聯合會」），
為延安重要的文化、文學組織，在其中成長的文學青年後來成名的有賀敬之、康濯、孔
厥、馬烽、西戎等人。在下面的解放區，晉綏邊區出了個趙樹理，晉察冀邊區出了孫
犁，也是圍繞延安這個革命文學中心而造成的。

　　此外，桂林也曾在抗戰中成為大規模積聚文化人的中心。桂林的特殊性是處於重
慶和香港之間。作為廣西地方軍事力量的轄區，歷來對中央政府有所抵制。桂林這一風
景勝地的思想文化統制，也就相對鬆動，成為國統區的避難之所。就像香港也是文化緩
衝地帶一樣。許地山較早到香港大學教書，1941 年在港逝世是個意外，其他如茅盾、
鄒韜奮、夏衍、蕭紅、端木蕻良、駱賓基、戴望舒等都是因看中香港受英國管轄，因而
文化上比較自由安全的特點而去的。而到中國西南地區或南洋一帶從事文化工作的，如
郁達夫等，則把香港看作是可靠的中轉站。南來作家帶來「五四」以來的進步文化，與
香港本地文化結合後，滋潤了這塊商業氣味過於濃厚的土地。1941 年皖南事變後，共
產黨有計劃地將左翼文人從重慶撤退到此；到了 1942 年日本軍隊悍然佔領香港，又引
發了一次大的文化人轉移，目的地就是桂林。茅盾所寫《脫險雜記》，回憶的就是他
們夫婦倆如何化名，打扮成小商人模樣，經九龍、東江、老隆，在遊擊隊掩護下，越

1940 年流亡在西南的歐陽予倩（前排中）與經他參與組織的廣西桂劇團的青年人合影

過封鎖線，安全回到內地的經過。從香港到桂林，竟走了整整兩個月的時間。在桂林，抗戰後長期在此居住的有王魯彥（1944 年在此貧病而逝）、歐陽予倩、艾蕪、司馬文森、邵荃麟等。後由重慶、廣州、香港避難而來的是茅盾、夏衍、田漢、安娥、駱賓基、端木蕻良、胡風、聶紺弩等，高峰時大約匯聚有上千文化人。茅盾在這裡寫了他後期的重要小說。桂林的戲劇活動非常繁盛，可與重慶的劇場演出媲美。這裡有數十家報刊在編輯發行。根據趙家璧的回憶，整個國統區的文學書籍有 80% 是在桂林出版的。到 1944 年湘桂戰局緊張，形成再一次的文化人大撤退為止，桂林的抗戰文化使命才算告一段落。

　　在各個戰時文學中心之間，流動是必然的，也是必要的。以茅盾、巴金為例，由於他們編輯報刊

《吶喊》周刊創刊號，可見目錄上四家刊物合編字樣，以及創刊獻詞的題目《站上各自的崗位》

書籍，與不斷流動的雜誌社、出版社關係緊密，由於他們在動蕩中儘量尋找穩定創作環境的需要，兩人幾乎走遍了中國西南、西北的大部分城市。上海被日軍佔領前，戰前上海最大的四家文學刊物《文學》、《中流》、《文季》、《譯文》，臨時組成《吶喊》出版。後改名《烽火》，移地廣州繼續出版了一個時期。《吶喊》創刊當時，茅盾為編輯，巴金為發行人。茅盾替刊物寫《創刊獻詞》，用的題目是《站上各自的崗位》。他們也確實嘗盡抗戰八年顛沛流離之苦，卻始終堅守在文化人應站的崗位上！茅盾為了編《文藝陣地》和《立報》副刊「言林」，到達廣州、香港，後來脫險於新疆，為文化統一戰線工作離開延安回重慶，又避難於香港、桂林、重慶之間。他在香

40 年代重慶新民報三張：（右起）張友鸞、張恨水、張慧劍都是從「下江」流亡到四川大後方的文人

抗戰時張恨水在重慶《新民報》上發表手繪的諷刺漢奸的漫畫

港發表《腐蝕》，在桂林出版了《霜葉紅似二月花》，在重慶寫《清明前後》。巴金為寫完《激流三部曲》第二部的《春》而滯留在孤島上海。為了復刊《烽火》，為了編輯出版《文叢》和文化生活出版社的叢書、叢刊，他輾轉於香港、廣州、武漢、桂林之間，再回上海寫畢《激流三部曲》第三部的《秋》，帶著剛印出的厚達五百頁的《秋》去昆明看望在西南聯大讀書的未婚妻蕭珊。路經江安，臨時探望曹禺遂奠定了日後劇作家創造性改編《家》的機緣。巴金新婚後在貴陽寫出《憩園》，在重慶寫出《第四病室》等等。身雖流徙於各文學中心之間，卻始終站定愛國文人的不屈的寫作崗位。

　　而上海在孤島和淪陷時期，失去它的「中心」地位日久了。這裡有蟄居作家，以自己金子般寶貴的沈默來表示反抗佔領。另一方面，由於左翼作家和激進青年學生讀者的流失，給通俗文學和文學的通俗化留下了大片的空間。上海抗戰時期和東北、華北等地淪陷區，出現了張愛玲、蘇青、予且、東方蝃蝀、梅娘這樣一些新舊融合、雅俗共賞的作家，是並不奇怪的。與此同步，戲劇方面上海出現了商業化市民劇的潮流，如原小說家秦瘦鷗和劇作家顧仲彝、導演黃佐臨、費穆通力合作改編的通俗劇《秋海棠》的上演，如改編外國劇為本土通俗劇的有李健吾的《王德明》（根據莎士比亞《馬克白》改編）、師陀的《大馬戲團》（據俄國安德列耶夫《吃耳光的人》改編）、師陀和柯靈合編的《夜店》（據高爾基的《底層》）等，都是利用了上海這期間的獨特市場，而做的有益嘗試。經過柯靈主編改造成的《萬象》文學刊物，也呈現出新舊混合的市民文學趨勢。這一切，都顯示了1940年代重慶、延安、桂林、昆明等文學多個中心形成以後，多元共存的文學生態局面。這是為戰爭發生之前所未有的，又是處處可以尋到源頭的新文學圖景。

抗戰時期部分作家流徙圖

作家姓名	1937年7月所在地	1938年10月武漢失守時	1941年1月皖南事變時	1941年12月日軍占香港時	1944年11月桂林陷落時	1945年8月日本投降時
茅盾	上海	香港，後去新疆	重慶，後再去香港	正在香港，後撤桂林	在重慶	重慶，下一年返滬
老舍	青島	武漢，7月去重慶	重慶	在重慶	仍在重慶	重慶，下年由滬赴美
郭沫若	日本市川	武漢，後去桂林	重慶	在重慶	仍在重慶	在蘇聯，返渝下年赴滬
冰心	北平	昆明	重慶	在重慶	仍在重慶	重慶，下一年返北平
葉聖陶	蘇州	重慶，後去樂山	成都	在成都	仍在成都	成都，後由渝赴滬
丁西林	上海	上海，後去昆明	香港	正在香港，後去桂林	桂林渝陷前往重慶	在蘇聯，返渝後赴滬
曹禺	天津	重慶，後去江安	江安	江安，後去重慶	在重慶	重慶，下年由滬赴美
巴金	上海	目睹武漢廣州失守	成都，後去重慶	以桂林為主，及黔川間	在重慶	重慶，當年末回滬
白薇	北平	武漢，後去桂林	重慶	在重慶	仍在重慶	重慶，下一年去上海
胡風	上海	武漢陷落去重慶	重慶，後去香港	正在香港，後撤桂林	在重慶	重慶，下一年返滬
張恨水	南京	重慶	重慶	在重慶	仍在重慶	重慶，下年回安慶
豐子愷	崇德石門鎮	桂林	遵義	在遵義，後去重慶	重慶	重慶，下年回滬、杭
張天翼	上海	邵陽，後去漵浦	漵浦，後轉寧鄉	寧鄉	由湘鄉跋涉至重慶	成都，三年後赴滬
沙汀	上海	延安，後去冀中	重慶，後回安縣	隱居家鄉安縣睢水鎮	被召在重慶整風學習	安縣睢水鎮仍蟄居
吳組緗	南京	武漢，後去重慶	重慶	在重慶	仍在重慶	重慶，赴美國後返寧
路翎	南京	合川返重慶	重慶	重慶	在重慶	重慶，下一年返南京
臧克家	北平返臨清	第五戰區豫鄂皖地	湖北三十軍駐地	河南葉縣寺莊，後赴渝	在重慶	重慶，下年赴寧、滬
夏衍	上海	廣州淪陷撤去桂林	桂林，即避難香港	香港淪陷撤至桂林	在重慶	重慶，9月即赴滬
田漢	南京	武漢，後去長沙	重慶，後去桂林	仍在桂林	正在桂林，後往貴陽	昆明，下年赴渝、滬
聞一多	北平	由湘步行至昆明	昆明北郊陳家營	昆明東北郊司家營	仍在昆明	昆明，下年遭暗殺
朱自清	北平	由蒙自返昆明	成都	返昆明住司家營	往返成都與昆明	成都，下年經渝返北平
馮至	上海	由江西經湘赴廣西	昆明東郊楊家山	返昆明	昆明	昆明，下年經渝返北平
沈從文	北平	由沅陵赴昆明	昆明附近呈貢龍街	呈貢	呈貢	呈貢，下一年返北平
卞之琳	雁蕩	延安，訪太行山區	昆明	在昆明	仍在昆明	昆明，下年回滬再赴津
丁玲	保安至延安	由西安回延安	延安	在延安	在延安共八年	延安，後去張家口
艾青	自滬到杭州	衡山，後去桂林	重慶，後去延安	在延安	在延安達四年	延安，後去張家口
蕭軍	上海	成都，後去重慶	延安	在延安，曾下鄉務農	延安	延安，自張家口轉東北
何其芳	萊陽	延安，去冀中返回	延安	在延安	重慶，後返延安	延安，再去重慶
蕭紅	上海	武漢陷落去重慶	香港	戰火中在香港醫院逝世	（人已逝）	（人已逝）
施蟄存	松江、上海	香港轉返昆明	永安	永安	長汀	長汀，下一年回滬
郁達夫	上海返福州	福州，後去新加坡	新加坡	新加坡淪陷轉蘇門答臘	在蘇門答臘化名隱蔽	9月在蘇門答臘遇害

第三十二節　文人經濟狀況和寫作生活方式

戰時文學環境值得著重強調的，是作家的流亡狀態以及經濟生活的普遍貧困。流離失所，加之政治文化的因素，強化了人的不安定性質，造成文學的多中心地位，已如上節所述。而貧困，則比死亡的威脅還要來得經常，來得無從躲藏。或者說，正是在貧困和死亡的雙重陰影之下，才加深了文人在戰爭威脅、背井離鄉痛苦中對生命的刻骨體驗。這也可說是文學環境的雙刃劍所具有的兩面效果。1941 年 2 月，生活在戰時文學最大中心重慶的著名戲劇家洪深，全家服毒自殺。留下的遺書上寫著：「一切都無辦法，政治、事業、家庭、經濟，如此艱難，不如且歸去。」後經搶救才得以脫險。連這

洪深在戰時曾攜全家自殺

位留學美國的有聲望的作家都陷入了如此的困境，更不要說葉紫、王魯彥的英年早逝，張天翼身患重病後的一籌莫展了。於是在後方開展起救助貧病作家的活動，討論提高稿費、保障劇作稅、改善作家生活的迫切要求，發出了「千字斗米」運動的口號（指每千字應有能購一斗米的稿酬，賣斷版權者應加倍等）。

戰前《現代》雜誌為紀念朱湘自殺而出版的專頁。作家的自殺，最終都是陷入精神困境

稿酬要以實物來標價，是戰時物價騰飛、國家貨幣崩盤所致。我們不妨來簡單回憶一下從晚清到 1940 年代，三代文人所面臨的經濟處境，及經濟生活方式是如何作用於他們的寫作生活方式的。

晚清至民國初年，是中國文學進入現代轉型的第一時期。這時期的文人，可以用鴛鴦蝴蝶派作家，也就是現代第一代職業作家為代表，包天笑是典型個例。包天笑清光緒二年即 1876 年，生於蘇州一個世代經商但已中落的富家。他比魯迅雖僅長五歲，卻是完整地參加過兩次科舉考試，並入泮得了最基礎的秀才功名的。當時受完「八股」正規訓練後，卻在舉業途中退下來的這一代文人，或因家業從富裕墮至小康，或由小康墮至困頓，而率先進入現代出版業、

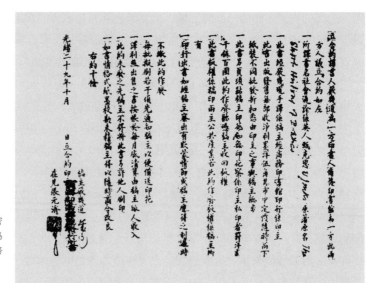

作家的稿酬與其生活關係密切。這是最早的抽版稅協定——嚴復 1903 年與商務印書館簽定的《社會通詮》一書合同

報刊業，成為一代靠賣文為生的職業寫家的，並不止包氏一人。包天笑辦《蘇州白話報》，參與籌辦上海金粟齋譯書處，以《時報》、《小說林》報人、編輯的身分開始寫小說，發表《一縷麻》、《留芳記》和長篇《上海春秋》等，有了一定的名聲。包天笑沒有進入上海報刊界、文學界之前，依他的秀才身分，只能教書。當時教私塾每月束脩為 3 元。但他入了《時報》館編新聞、寫論說、寫小說，月薪則是 80 元，兼編《小說林》每月另有酬金 40 元，其他的稿費還不在內。包天笑筆頭很快，每天可寫四五千字。當時的稿酬，如從資料上查對，前述 1884 年《申報》的徵求畫稿啟事稱「每幅酬筆資兩元」，是最早付稿費的約定。1902 年梁啟超在日本創辦《新民叢報》、《新小說》，按他所憶：「大約評述及批評兩門，可額定為每千字三元。論著門或可略增（斟酌其文之價值），多者至四元為止，普通者亦三元為率。記載門則二元內外，此其大較也」[1]此與包天笑所記相類：「這時上海的小說市價，普通是每千字二元為標準，這一級的小說，已不需修改的了。」「我的小說，後來漲價到每千字三元，那是商務印書館要我在他們的教育雜誌上寫教育小說而加價的」。「其時林琴南先生已在商務印書館及其它出版社譯寫小說，商務送他每千字五元」。[2]當然這是其中的佼佼者。包天笑說需要刪改的稿子每千字只能得 5 角，而且舉平江不肖生（向愷然）的例子，向從日本剛回國時人地生疏，《留東外史》這部給書賈帶來大筆財富的書稿就是按千字 5 角出售的。那麼，一個平常的寫家如一月寫五萬字賣 25 元，養家不易，一個人花銷足夠。如照千字二元計算，包天笑自述他每月稿酬往往超過固定收入，兩項相加，超過二百元不成問

---

① 見《梁啟超年譜長編》。轉引自陳明遠《文化人的經濟生活》，上海文匯出版社 2005 年版，第 51 頁。
② 包天笑：《釧影樓回憶錄》，香港大華出版社 1971 年版，第 324—325 頁。

題。上海的物價在晚清已高於別地，他當時在滬月租石庫門樓上一個廂房是 7 元，一般物價 1 元相當於當今 70 元左右，所以三口之家日常的「家庭開支與個人零用，至多不過五六十元而已」。[①] 包天笑就這樣成功地轉化為初期的商業型現代作家了。

　　到了《新青年》時代，留日學生陳獨秀、魯迅、周作人，留歐美的學生胡適一批人得風氣之先，成為文學革命的闖將。1916 年陳獨秀規定的《新青年》稿酬，是「每千字（譯文）二元至（撰文）五元」。那時每期印一千份。到得第二年狂飆突起，《新青年》的銷路便直線上升到一萬兩萬份了。可是 1918 年這本風頭正健的刊物，卻登載啟事，說「投稿簡章業已取消，所有撰譯，悉由編輯部同人共同擔任，不另購稿」。而據研究者查，除每期輪值的主編有 200 元的編輯費外，刊物同人確實不取稿費。魯迅這期間連續發表《狂人日記》、《隨感錄》等小說雜文，確乎沒有領一個大子兒。這個秘密就在於《新青年》的作家大部是北京大學文科同人，他們都首先是教授，而非職業作家。對於他們來說，捨棄稿酬而來保持這本雜誌的純潔性，不用把精力花費在審讀外稿上，是值得的，且是可能的。這實際上就開闢出教授型作家、校園作家的先例了。1910 年代，那時北京的生活費用低廉，一般四五口的市民家庭月伙食費 12 元便抵小康水平，優裕的文化人家庭每月的伙食費、房租、交通費總計 80 元已綽綽有餘。而 1919

左翼作家在上海經常聚會的地方就比較洋化，如當年「左聯」的醞釀地虹口的公啡咖啡館

年北大教授的月薪，蔡元培校長 600 元，陳獨秀文科學長 300 元，胡適教授 280 元，錢玄同教授 240 元，周作人教授兼國史編纂處主任 240 元，吳梅教授 220 元，劉半農教授 200 元，李大釗是圖書館主任 120 元等。北大之外的公教人員工薪大體如此，像林琴南其時在北京正志學校任教授，因為年齡和資歷的關係月薪高達 500 元。魯迅在教育部任僉事，其每月收入也不低，為 300 元，這還不算他在北京各大學做兼課講師所得的。[②] 我們可以看到這批「五四」作家的經濟情況是較富裕的，相當於中產階級。他們的日常生活方式，僅從《魯迅日記》就可見，主要是讀書、上課、寫作、會友、聚餐、逛古舊文物店、看戲看電影等。比起包天笑這些才子氣的上海報人來，不用上夜班，過夜生活，娛樂的比重沒有那麼大。吃花酒、叫局、逛窰

① 包天笑：《釧影樓回憶錄》，香港大華出版社 1971 年版，第 324 頁。
② 以上資料見陳明遠《文化人的經濟生活》，上海文匯出版社 2005 年版，第 87—90 頁。

子在有的北大教授那裡雖並未絕跡，大部是沒有的。魯迅他們在北洋政府時期，曾屢遭短時間的貨幣貶值、欠薪的干擾，但總的說來，教授、公務員作家的生活是有保障的。因而文學創作的物質環境對於成名作家並不太壞。至於北京的文學青年的艱苦，猶如沈從文 1923 年剛到北京一名不文，那又是一種情況。上海的文學青年住亭子間無處賣稿，有處賣稿後又受出版商的嚴重剝削，也是一種情況。但一旦如沈從文，稿子可以在報刊上登載了，他的境況就有了絕大的改善，這也是從另一個側面說明當時稿費可以養家的實例。

到了 1930 年代以後，20 世紀初誕生的、基本上接受新式教育的一代青年作家崛起，左翼、海派、京派和鴛蝴通俗作家幾個群體形成、定型了。在京的自由主義作家承續了校園傳統：胡適、周作人在北大；朱自清、聞一多、俞平伯、陳寅恪在清華；這兩校的青年學子成為作家生力軍的，有廢名、何其芳、李廣田、卞之琳、林庚、曹禺、吳組緗、錢鍾書等，都是一時之翹楚。教授的工資比「五四」時略有提高。剛畢業的大學生或留校任助教，或到中學當老師，仍然是既有一份教職，又做一名作家的生活。做教授而學歷、資歷略差的，可以從京外做起。如老舍就長期在山東當教授，他曾在 1934 年主動放棄大學教職，嘗試做專業作家，但失敗了。他在《櫻海集》的序言中禁不住歎一句，看來「專仗著寫東西吃不上飯」。沈從文在家鄉連小學都沒有讀完，在上海已經出了多本書，胡適便推薦他到中國公學教書，後來算有了大學教師的經歷才到青島山大任教，到北京任教。有意思的是 1933 年發生了一場「京海論爭」，當時蘇汶（杜衡）回答沈從文的文章名《文人在上海》，很有意思地把「京海」問題歸結到經濟生活上來：

> 上海社會的支持生活的困難自然不得不影響到文人，於是在上海的文人，也像其他各種人一樣，要錢。再一層，在上海的文人不容易找到副業（也許應該說

1924 年劉半農在巴黎留學期間全家攝於寓所內。爐子和醬油瓶反映了經濟窘迫，但更顯其樂融融的親情

「正業」），不但教授沒份，甚至再起碼的事情都不容易找，於是在上海的文人更急迫的要錢。這結果自然是多產，迅速的著書，一完稿便急於送出，沒有間暇擱在抽斗裏橫一遍豎一遍的修改。[①]

南國社時期在學生筆影響下思想發生轉變的田漢，是個過「波希米亞人」漂泊生活的戲劇家

他的理由對不對先不說，這實在是把上海文人受經濟壓迫的心境、寫作的狀態，活龍活現畫出了！如果將 1930 年代的教授作家、衙門作家（當文化官者）除外，大部分的海派文人，和極端窮困的左翼文人，凡是在這個大都會不寫通俗作品，而做「自由撰稿人」的，都可能碰到類似的境遇。這中間，魯迅因是大作家，不會貧窮，但他也是在 1920 年代末放下廈門大學月薪 400 元和中山大學月薪 500 元的教授不做，到上海後，從公務員兼教授的身分急劇轉化成「自由撰稿人」的。魯迅靠賣文為生了，只是他的稿子即便有政治的原因也賣得出去，而且稿酬較高。魯迅為《申報》「自由談」副刊寫文，得千字 6 元的稿酬，他在

1934 年為赴魯迅宴，蕭紅為蕭軍用一個白天時間縫製高加索立領衫，煙斗是照相館道具。兩人是典型的左翼亭子間作家

上海偶爾還得過千字 10 元的高稿酬。他的書從《吶喊》到《兩地書》，都長銷不衰。巴金也是出名的稿費不少的自由撰稿者，靠自己小說的暢銷和編輯刊物的誠信，不依傍政黨，生活在青年讀者中，魯迅對他就很有好感。在左翼，有名望、有學歷的作家如田漢、夏衍、胡風，能演戲，能翻譯，一般生活還過得去。不過田漢有時例外，是他的職業與性格造成的。這個在戲劇界中被稱為「田老大」的湖南人，生性浪漫、豪放。他如果只是賣劇本度日，養活家口不會有問題，但他辦戲劇社團、刊物如當家長，同行有難就慷慨救困，有錢散盡再復來，經常會弄到無米下鍋的程度。所謂過「波希米亞人的生活」，可能是部分左翼戲劇家的生活方式。而丁玲、沙汀、艾蕪、柔石、葉紫、蕭軍、蕭紅等人，是左翼的亭子間青年作家。在他們的作品還賣不出

① 蘇汶：《文人在上海》，載 1933 年 12 月 1 日《現代》4 卷 2 期。

錢的時候，雖然每人原來的家境不同，現在過的卻都是下層市民水平線的生活。「左聯」不僅不發他們「盧布」，安排了革命工作卻不管他們如何寫作來掙稿費養活自己的。比如艾蕪從緬甸被驅逐到上海，參加「左聯」後被大眾文藝委員會派到楊樹浦去開展通訊員運動，教工人夜校，並無分文收入。所以常被逼得來找老同學沙汀借飯錢，每月6元就夠在上海維持，直到在工廠被捕為止。這種半地下的窮苦生活自有它理想主義的色彩在閃耀。

比較特殊的新感覺派作家，大都是江浙人。劉吶鷗是臺灣富家子弟，別的人多半是中產破落家庭出身，但因對十里洋場的上海「摩登」生活有興味，對新興文藝有迷戀，喜歡過一種現代青年的瀟灑生活。穆時英大學畢業單身住在虹口公寓，夜夜到附近的「月宮舞廳」跳舞，有時就在舞廳的角落裡起草小說。劉吶鷗曾免費開放自己江灣路公園坊的房子，讓穆時英、戴望舒、葉靈鳳、杜衡、高明一些人去居住。白天各自寫作，讀《尤力西斯》什麼的，黃昏時分在園中散步，上馬路騎腳踏車，或去游泳、跳舞，去回力球場賭賽，「晚上可以坐到階前吹風，望月亮，談上下古今」。[①]像是一塊中國「現代派作家」的聚居地。不過他們的經濟條件並不足以長久供給如此的生活，他們究竟都是「自由寫作者」，與京派校園作家不同。這不過是一個短期文學夏令營而已。

進入八年抗戰時期到1940年代，隨著戰爭的曠日持久，作家們日益貧困，以國統區的感受最烈（感受與實際生活水平並不相同。如解放區作家實行大家差不多的供

當年在上海的左翼青年作家流亡到西安碰在一道。左起塞克、田間、聶紺弩、蕭紅、端木蕻良，丁玲在後排

---

① 穆時英1935年6月7日《致葉靈鳳函》，收《穆時英全集》第3卷，北京：十月文藝出版社2008年版，第38頁。

巴金在「孤島」上海全力投入寫《秋》時的照片

給制，反而不覺自己貧困）。先是自由撰稿的作家難以生存，連全國最聞名的幾個作家都要有生活依託才行了。老舍在「文協」，郭沫若在「三廳」就是。茅盾會到新疆去任職，諸多考慮中經濟收入必是其一。曹禺原是富家兒，生活能力不強，只能隨著學校遊走。巴金的創作力最旺盛，在上海孤島趕寫《秋》的時候，四十萬字用六個月時間，每晚九時開始，一氣寫到三四點鐘才睡覺。但他也不能全靠稿費，而要依著文化生活出版社的情況做些挪動。再看教授作家，他們的工薪優勢隨著戰時法幣通貨膨脹、物價飛漲而失去了。他們與自由撰稿作家的界限逐漸模糊、泯滅，比起戰時的司機、商販的收入來反倒不如。這是上個世紀最大的一次「腦體倒掛」。西南聯大的經濟學家、社會學家曾發表過一個嚴肅的學術報告，名為《昆明教授家庭最低生活費的估計》。根據那裡的測算，五口人的教授、副教授家庭在戰前的月最低生活費為 50 元，當時教授、副教授的平均月薪為 350 元，兩者之比是 1：7，生活是相當有餘裕的；到 1941 年 10 月，最低生活費用漲到了 1800 元，而月薪僅升至 600 元，比例倒了過來，是 3：1；到 1942 年 11 月，最低生活費已高達 7500 元，而月薪僅僅升到 1400 元，比例進一步擴大到 5：1。另一個材料稱西南聯大的教授 1945 年月薪平均是 113000 元，如此大的幣值，實際購買力只相當於戰前的 18 圓 6 角，還不如一個清道夫的工錢。[1]這樣的一種變動，教授能不窮嗎？在如此的經濟背景下，西南聯大的教授夫人開始典當衣物，擺地攤、開飯館，就不奇怪了。子女多的朱自清、聞一多便越發困難。朱自清休假時要把家屬送到物價低些的成都去，缺少盤纏，只好忍痛將家中唯一的奢侈品一架留聲機和兩本音樂唱片賣給了舊貨鋪。許多人憶及朱自清在昆明冬天的「奇裝異服」，是雲南馬幫的裝束一條粗毛氈

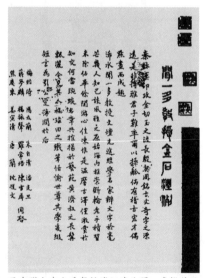

西南聯大中文系教授浦江清為聞一多掛牌治印撰寫的潤格。系內著名教授為之簽名傳為帶苦味的佳話

---

[1] 以上材料見陳明遠《文化人的經濟生活》，上海文匯出版社 2005 年版，第 219—220 頁、第 246 頁。

（叫「一口鐘」），出門披在身上，晚上當被褥。教授披此，也要有點勇氣。聞一多篆刻藝術的造詣很高，早已給人刻章以貼補家用。我們現在能見到同系的浦江清教授為他掛牌治印所寫的《聞一多教授金石潤例》的文字，簽名的有梅貽琦、馮友蘭、朱自清、楊振聲、沈從文等十二教授。北京 1930 年代教授作家的優越寫作環境被掃蕩一空，聞一多從「何妨一下樓主人」的學者身分，到加入民主運動的行列，發出最後的講演而倒在暗殺的血泊中，也是有脈絡可尋的。

這是聞一多教授靠治印來補貼日益沈重的家庭生活開支的情景

在這裡，女性作家戰時的命運又需加上更多的思考因素。原來的白薇，1920 年代逃婚的驚心動魄的經歷還難於讓人忘懷。而天才的蕭紅，1942 年初僅三十的年紀，卻在香港貧病孤苦而逝。她留下的遺言是：「我將與藍天碧水永處，留得那半部《紅樓》給別人寫了。」

共產黨解放區文人的經濟又是一種狀況：物質條件極其低下，但當時官兵上下之間的差別不是太大，即便是「魯迅藝術學院」的師生，執行的都是軍事供給制。這種「平等」，在還沒有受到「整風」鬥爭方式的壓制前，給作家帶來一定的鬆弛和憧憬。

「魯藝」學員在露天聽課的艱苦物質環境

蕭軍1938年從山西步行到達延安後，在照相館裡為自己設計的步行者形象很有個性

於是，戰爭的嚴峻，使得中國的現代作家用前所未有的考量來探索個人的生命，或階級、民族、人類的生命。五四抒情詩人馮至從德國留學五年歸來，在抗戰前期，挈婦將女，流亡後方。等他來到昆明西南聯大教書，已完成了一次精神的「蛻皮」。西方的現代主義詩歌和存在主義的營養，將他從自身出發產生的戰爭、時代、生命的體驗大大提升了。在一個冬日的下午，馮至來到昆明郊外楊家山林場的小路上，望見空中幾架銀機劃過藍天，聯想到古人的鵬鳥大夢，若有所悟，便信口吟出了《一個舊日的夢想》這首變體的十四行詩。這是他的代表作《十四行集》的創作之始。

這種環境也給了作家千載難逢的機遇，讓他們與農民、與下層市民貼近，同命運共呼吸，瞭解他們的苦難、需求和心靈。在重慶周邊生活的路翎，有機會瞭解底層的礦工、水手、逃兵、藝人和農民，寫出他的《卸煤台下》、《饑餓的郭素娥》、《英雄的舞蹈》等，並反省自身和時代，寫出長篇巨制《財主底兒女們》。解放區的作家來自都市者，才有可能第一次接觸到農民粗獷的文化、性格和感情，看到他們新的內心變化。淪陷區的作家也在小市民的日常生活場景裡，瞭解到防空警報聲下人性的真實展露。於是有了重慶的政治文化舞臺，有了上海的新興市民文學，有了延安文學的民間化、農民化與世界化的矛盾和生長。於是，一個1940年代的文學長鏡頭拉開了。

第三十三節　重慶：救亡文學由高漲至分化

　　從武漢到重慶，抗戰初期的文學是統一戰線色彩濃厚的救亡文學。

　　戰爭席捲了一切，同步形成的宏大的戰爭文學，也就地無分南北、人無分左右了。在這場空前的民族保衛戰中，竭盡自己的職責，直接把文學轉化為「宣傳」，會在一個時期內成為愛國文人的最高任務。其時，短小精幹的文藝形式蓬勃開展。比如廣場劇，便隨著劇場劇市場的消失而最大限度發揮出它動員民眾的力量，像野火一般燒將起來。從幾年前「一・二八事變」開始流行的街頭劇、茶館劇、活報劇的延續，到「八・一三」淞滬戰事之後增添的大批新作，湧現出《放下你的鞭子》、《三江好》、《最後一計》（三戲被合稱為「好一計鞭子」）、《八百壯士》、《血灑盧溝橋》、《漢奸的子孫》、《張家店》、《後防》等劇目，由各種演劇隊演遍了大江南北的城市鄉鎮。其中《放下你的鞭子》飾父親、女兒的金山和王瑩搭檔，直演到了新加坡南洋一帶，徐悲鴻曾將此事畫成了他的油畫。此劇其他有名的演出搭檔還有袁牧之和陳波兒，凌子風和葉子，崔嵬和張瑞芳，崔嵬和陳波兒等，影響都不小。在詩歌方面，戰前的時代詩與個人詩的界線一時間也模糊了，蒲風、任鈞的大眾詩格得以發揚，街頭詩、傳單詩、朗誦詩大大流行，用舊的民歌小調、大鼓、金錢板來注入高昂民族情緒的

陳波兒、崔嵬 1937 年去古北口勞軍時演出《放下你的鞭子》劇照

1937 年，張瑞芳、崔嵬在北平香山及小湯山
溫泉廣場演出《放下你的鞭子》劇照

通俗詩歌，流布極廣。像這樣捲進詩朗誦運動中的詩人，有光未然、馮乃超、徐遲、高蘭等，後者甚至出版了《高蘭朗誦詩集》。已經成名的詩人這時新出的詩集，像郭沫若的《戰聲集》、臧克家的《從軍行》、徐遲的《最強音》、胡風的《為祖國而歌》等，一定程度上也加強了詩篇的短促、陽剛、戰鬥氣質。最突出的，是得到茅盾、聞一多、胡風讚譽，被稱為是「時代鼓手」的田間（1916—1985）。他的詩好像就是為擂響抗戰的鼓點而生的：

> 親愛的
> 人民！
> 抓出
> 木廠裏
> 牆角裏
> 泥溝裏
> 我們的
> 武器，
> 挺起
> 我們
> 被火烤的，
> 被暴風雨淋的，
> 被鞭子抽打的胸脯，
> 鬥爭吧！
> 在鬥爭裏，
> 勝利
> 或者死[1]

田間（左一）與友人合影，一副農民的打扮

---

[1] 田間：《給戰鬥者》，載 1938 年《七月》1 集 6 期。

鏗鏘詩句的迸發，正適宜於吶喊。而敘事性的作品，作家們已經沒有可能去從容虛構，於是便掀起了小說家寫新聞性強的、戰爭報告文學（特寫）的熱潮。如《一個連長的戰鬥遭遇》（丘東平）、《這裏，生命也在呼吸》（曹白）、《閩北打了起來》（亦門）、《東戰場別動隊》（駱賓基）、《晉察冀邊區印象記》（立波）、《彭德懷將軍速寫》（丁玲）、《隨軍散記》（沙汀）、《塘沽三日》（塞先艾）、《四個雞蛋》（王西彥）、《人性的恢復》（沈起予）等，都是當時的名篇。連人稱詩風晦澀抽象的卞之琳，這時也寫了《第七七二團在太行山一帶》。

　　文學的大眾化、通俗化和大力宣揚民族主義、英雄主義這兩個要點，一個時期裏彌漫在作家創作之間。而且是從未有過的，達到了各派文人和政府當局文藝意向之間的一致。「文協」便曾受國民黨中宣部的委託，組織過作家來編制民眾遊藝指導法，受政府教育部的委託開辦過通俗文藝講習會等。[①]而 1941 年國民黨提出的「抗建文藝論」，就包含「民族至上」、「國家至上」的內容。這等於是在「抗建」的新名義下，重新打出南京政府時代打出過的「民族主義文學」的旗號。由於是全民抗敵的緊迫環境，從武漢到重慶初期這段時間裏，沒有誰來表示異議（爭論是在這以後）。作家們一心要做的也是文學通俗化、大眾化的工作。僅僅是老舍，就熱情地寫過大鼓詞、歌詞、戲曲、相聲、通俗小說等，並將自己的通俗文藝作品編成《三四一》的集子出版。他還支持通俗刊物《抗到底》等的創辦，參與編寫民眾讀物。田漢帶頭改編群眾熟悉的地方戲，把湘戲《搶傘》配合形勢注入抗戰元素，改成《旅伴》演出。他還採用京劇形式寫作三十六場新歌劇《江漢漁歌》，都是做著向大眾普及的努力。而張恨水把原來寫熟的社會小說轉化成抗戰小說，似乎也順理成章。在所有的小說家當中，他是寫作抗戰題材最多的一個，如《巷戰之夜》、《大江東去》、《虎賁萬歲》等，說明在「民族主義」自覺強化這方面，即便是通俗作家、市民作家也毫不含糊。

重慶作家在大轟炸後遷往北碚的很多，包括「文協」「復旦」等文人。這是梁實秋所居雅舍，後以此寫成名文

---

① 見倪偉：《「民族」想像與國家統制》，上海教育出版社 2003 年版，第 244 頁。

不過在最初的潮流中，已經包含了某些別有深意的聲音。1938 年 4 月茅盾主編的《文藝陣地》創刊號，發表了張天翼的短篇小說《華威先生》。此篇因刻畫了一個貫串「開會迷」動作的、到處狂熱攫取權力謀私的救亡者形象，立即引起了關於抗戰文藝應不應當著眼於「暴露」、應當怎樣「暴露」的爭論。第二年又因《華威先生》被翻譯到日本去，再一次引發討論這是否會滅了中國人的抗戰志氣。延續很久的研討，直接關係到諷刺在抗戰文學中的地位問題。此外，《文藝陣地》第 3 期發表了姚雪垠（1910—1999）的成名作《差半車麥稭》，也有很大的反響。這篇小說描寫了一個樸實、自私、綽號被叫做「差半車麥稭」（因在戰場上看到農家用得著的什麼東西都撿起）的農民遊擊隊員，怎樣在殘酷的民族戰爭的集團環境中覺醒，得到鍛煉成長。由此，牽出了農民的「國民性改造」及「新人」塑造這樣的課題，為世人矚目。這兩件作品，實際上預示了救亡文學深入的方向：負面的社會性揭露和正面的現代國民品格的建設，逐漸演變成反思型的救亡文學的活躍。而且越到後來越激發了統一戰線文學內部那些被戰爭打斷了的傳統，包括左翼的傳統、京派的和海派的傳統，以及通俗市民傳統的復活。這就與 1930 年代的文學相銜接，使得 1940 年代的文學變得更形複雜，最終顯示出這兩個年代文學的「五四後」的共通性來。

大約在抗日戰爭進入第三四年後，戰爭的持久性質已經非常顯著，人們在物質窮困、精神高壓下，減低了初期的盲目亢奮，而苦悶、懷念和冷峻思考漸漸占了文學的上風。尤其是所謂「前方吃緊，後方緊吃」，政治的和社會的腐敗現象惡性膨脹，直到1941 年標誌國共兩黨摩擦加劇的「皖南事變」的發生，統一戰線文學的「蜜月」終於結束了。

這裡，長篇小說的情景最為突出。如果單論創作條件，這種文學樣式本來就需要作家擁有大量的時間，要有較為從容的心境和一定的文化藝術積累。而抗戰後半段時間，中國作家在艱難時世下卻有了沈潛、反思的可能。1940 年代，也就成了現代長篇的高峰期、成熟期。第一，敘事作品從一般的揭露抗戰黑暗面，到諷喻、深挖民

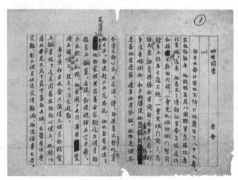

老舍在重慶北碚開始寫《四世同堂》此為手稿第一頁　　　　《四世同堂》第一部《惶惑》的上、下冊

族性格的痼疾，文學對現代民族文化的歷史性檢討，表示出極大的熱忱。如沙汀長篇「三記」之一的《淘金記》，由巴蜀偏僻鄉鎮的內鬥黑幕，揭示中國社會的權力結構及其運行的基本模式。小說圍繞北斗鎮筲箕背金礦的爭奪，展示了士紳、幫會、地主三股力量在地方政治舞臺上的角逐，讓專制、暴力、陰謀、權術，在發國難財的新背景下做有聲有勢的「古老」演出。這比一般的揭露已經深刻多了。老舍的《四世同堂》（包括《惶惑》、《偷生》、《饑荒》三部），把我們的目光從鄉村調向同樣古老的市民社會。經過祁老人、祁瑞宣、韻梅、錢默吟這些人物在北京日據時代的種種表現，反映保守苟安的中國國民性的弱點，和民族精神被激揚的具體過程，暗示了中國現代

沙汀著《淘金記》是對中國式專制權力結構的批判之作

歷史的挫折和再生的可能。這弱點、挫折，與國民現代意識於緩慢覺醒中得到改造的希望是同在的。這種主題，由於作家自我認識的特殊視角，往往還表現為對戰時知識份子困境的表述。如巴金抗戰後的力作《寒夜》，便把自己一貫氣勢高揚的戰鬥性揭露，轉換成沈思。知識份子在戰爭期間令人窒息的遭遇，貧困、疾病、失業、婚姻破裂、社會混亂，被濃縮到汪文宣、曾樹生這對夫婦家庭的多種糾葛之中。汪母的加入，使得這個原來由「五四」倒退的一代所構成的家庭，又增加了傳統與現代的倫理人性關係的無盡矛盾。作者同情他的人物，為小人物的悲劇一呼，但筆調一反以往「巴金式」的熱烈奔放，轉為冷靜，批判力含於內了。其他像艾蕪的《故鄉》寫大學生抗戰回鄉所遭遇的灰暗現實；沙汀《困獸記》表現政治氣壓多變和一群鄉村知識者在演劇活動前後感受的時代苦悶；王西彥的「追尋三部曲」（《古屋》、《神的失落》、《尋夢者》）對抗戰農村知識者憂患命運的深思；靳以《前夕》試圖經過對一個官僚家庭的深層解剖來表達一個時代；李廣田的《引力》寫理想主義的女性如何將狹小的感情轉向廣大世界；夏衍的《春寒》寫個人的幸福最終依賴於投身人民解放事業等等。這些長篇都有相當的容量，水平有高下之分，但都嚴肅地涉及知識份子在這場民族戰爭的炮火中所受的洗禮。其中的扛鼎之作無疑是路翎近百萬字的巨制《財主底兒女們》。

　　第二，戰爭苦難的當下體驗，以及對戰爭作為歷史巨大推動力的現實認識，促發了作家們的頻頻回

巴金 1940 年代代表作《寒夜》初版本

《憩園》是作者自己比較喜歡的中長篇，
封面設計動用了巴金故家的原型

頭追念。創作這種「反思歷史」的長篇小說，在這個時段裡蔚成風氣。茅盾的《霜葉紅似二月花》，用近代以來經濟發達的浙江農業地區（一個假想的江南縣城）的變遷，來回憶現代革命的複雜進程。同時融化外來的長篇模式，而提供出現代民族小說的體式。巴金的《憩園》，是給他帶來巨大聲名的《家》的延長：一個封建型大公館與幾代主人的挽歌。即便是戰爭也不會使舊家族的衰敗腳步停止，反倒更快了。但是戰爭確實讓民族性的和人類共同性的思索加深了。於是，巴金第一次整體地對已逝的舊世界表示出悲天憫人般的溫情。吳組緗的《山洪》（又名《鴨嘴澇》），本人雖不滿意，實際也是對故鄉人民抗戰經歷的一種追想與重構。可能是東北的國土比誰都早地淪喪了吧，東北作家群那些有才分的長期入關作者，如蕭紅、端木蕻良、蕭軍、駱賓基等，在抗戰流亡的日子裡帶著亡國亡家之痛，不約而同寫出了他們「家族型」的長篇傑作，好像做了一次集體的歷史遊走。由於他們原來都是左翼作家，所以作品的階級軀體所附的民族之魂，就越發警醒。蕭紅（1911—1942）的《呼蘭河傳》無疑是不守左翼規範的傑作。在「童年追憶」的筆下，她的偏僻故鄉是那麼美，散發出她的後花園和馬房的芳香。而她的故鄉人民，卻生活在動物般生死繁殖的狀態（永存的「活著」）之中，生活在小團圓媳婦花一樣美麗即腐爛的善良愚昧（貧富男女差別）之中。蕭紅的詩化小說呼應了京派詩化敘事的創新趨勢，但在人民生活方式的表達上有著魯迅式的挖掘民族精神創傷的沈重感，有著女性對時空縱深永恒的獨特生命體悟。她捕捉得住現實的人事細節，融化得進淒婉、摯愛、明麗的氣質，從而創造出文字介於詩與散文之間，兼有優美想像力、舒暢自由度的文體。其他的東北作家也都有時代的感覺，也富蔥蘢的詩意。蕭軍（1907—1988）更具力度，1937 年就出版了一二部的《第三代》在這時候續寫下去，後改成《過去的年代》，從農村寫到城市（長春），從「鬍子」寫到革命知識份子，是一宏偉的東北城鄉史詩。端木蕻良（1912—1996）的《科爾沁旗草原》則是草原史詩，筆致充滿詩的氣質，是以自身家族歷史作為虛構基礎的長篇小說，寫盡了丁府的由盛而衰的歷史，以及幾代男女不同命運。駱賓基（1917—1994）的長篇自傳體小說《幼年》（又名《混沌——姜步畏家史》），以兒童視角寫故鄉琿春的風物，北方邊地多民族、多國界的特殊生活景象中，仍包含了家世的破敗，和幾代人物的不同的靈魂。

　　這些優秀作品的集中出現，把中國現代長篇小說推向一個前所未有的高度。這些作者同時也是散文家、詩人，短篇敘事也是裏手。像沙汀的《在其香居茶館裡》、《一

個秋天晚上》，蕭紅的《曠野的呼喊》、《小城三月》，還有駱賓基的小說集《北望園
的春天》，都是水平線以上的短篇篇目。正是戰爭體驗附著在日思夜想的故土身上，形
成不盡的眷戀，催生了文學對中國家族社會更深的表現態勢。這些作品都有將時代和個
人的生活、感情，相互糅合的概括能力。有的擅長人物的雕鏤刻畫，有的善於渲染場面
氣氛，而對戰爭環境的精神體驗、文化主題的挖掘，時代長卷的抒情性、思索性交融的
開拓，比起 1930 年代的文學就顯得更加寬大、更人性化，更有階級、民族兩方面包容
的歷史性視野。

　　而戲劇被戰爭的特殊環境所決定，以重慶的「霧季演出」為代表，其時也把起初
興盛的街頭廣場劇向陪都繁榮的劇場劇推進了。武漢失守後，國中的戲劇人才陸續聚集
於重慶。1938 年 10 月，重慶 25 個演出團體聯合舉行為時 22 天的「戲劇節」，可見出
明顯的轉型特點。這個戲劇節共分三個階段：前三天在市區、郊區舉行街頭演出；然後
半個月在演武廳社交會堂進行「五分錢公演」（用極低廉的票價普及劇場劇），連演了
十幾場；到月末，開始公演由二百多人參加的壓台戲四幕話劇《全民總動員》，從而達
到高潮。[①]《全民總動員》又名《黑字二十八》，是曹禺、宋之的依據原寫的一個破獲
日本間諜的劇本《總動員》改編而成。除趙丹、白楊、舒繡文和新秀張瑞芳外，連國民
黨中宣部長張道藩、國立劇校校長余上沅、作者宋之的、導演應雲衛，都紛紛登臺獻
演。這種「統一戰線」意味的盛大出演，此前此後都是很難見到的。

　　從 1939 年到 1941 年，舞臺劇劇本的創作和重慶話劇觀眾培育均開始回升。正面
的抗戰現實戲，有夏衍的《一年間》、宋之的和老舍合作的《國家至上》，都是頌揚人
民的堅忍精神的。曹禺的《蛻變》甚至塑造有抱負的國家官吏形象。諷刺世事的戲有陳

1941 年 10 月 24 日中央青年劇社在重慶首演《北京人》劇照

---

① 葛一虹主編：《中國話劇通史》，北京：文化藝術出版社 1997 年版，第 212 頁。

白塵的《亂世男女》、洪深的《包得行》、丁西林的《三塊錢國幣》等，筆鋒的喜劇趣味雖不同，但都酣暢淋漓。處於這兩者之間的反映了抗戰社會一定深度的，如宋之的的《霧重慶》（原名《鞭》），表現國統區一代流亡青年的彷徨到心靈崩潰的歷程，作者擺脫了廉價的樂觀寫法，表現了生活的嚴酷真實。曹禺《北京人》的時空似乎更為深廣。這是他的又一傑作。劇情終於不限制在人物激烈的性格和命運的矛盾之中，而更內在化。捆綁住主人公曾文清的手腳，使得他最終走不出精神牢籠、爭不得幸福的，主要是他自己在封建士大夫家庭、沒落傳統文化中浸潤日久而被掏空的心靈。表面弱化的愫方，卻跨出了決定意義的一步。《北京人》實際上是深遠地回答了處在民族生命危機的關頭，我們如何走出精神的文化圍牆，求得重生的問題。遠古的「北京人」的勃勃生機，也在召喚今日困境中北京人的子孫們，是很有思索性、啟發性的主題。《北京人》後來成為長演不衰的劇目。

　　1941 年 10 月 10 日借著日寇轟炸在山城霧季的暫歇，到第二年的 5 月，重慶舉行首次戲劇節。後來便形成慣例。一年一度的「霧季公演」，促進了話劇在大後方的復興。第一屆有十幾個團體上演 29 台大戲。現實題材有中華劇藝社建社首演陳白塵寫紗業民族資本家艱難圖存的《大地回春》。而歷史劇於這年底突起，由中國萬歲劇團演出郭沫若新寫《棠棣之花》，以春秋聶政捨生取義的故事來強調團結禦侮。中華劇藝社還演出陽翰笙的《天國春秋》，用太平天國的史實暗示現實，劇中人物洪宣嬌在臺上喊出：「大敵當前，我們不能自相殘殺！」每每引發台下觀眾長時間的鼓掌共鳴。這些戲的成功激發了郭沫若的創作靈感，在 1942 年 1 月（仍是第一個霧季公演期），他只用了十天時間，「井噴」一般寫就了五幕歷史劇《屈原》。該劇用愛國詩人屈原投江

1946 年，鳳子與舒繡文同台演出《天國春秋》劇照

前一天的生活為主線，表現楚國宮廷內部主張聯齊抗秦的抗戰派和媚秦的投降派的激烈鬥爭。中華劇藝社的首演在當時成為重慶政治、文化生活的一件大事。金山飾的屈原，張瑞芳飾的嬋娟，都把歷史人物的現實意義充分揭示。劇中囚禁於東皇太一廟的屈原，發出了驚天地、泣鬼神的呼號（獨白）：

　　啊，我思念那洞庭湖，我思念那長江，我思念那東海，那浩浩蕩蕩的無邊無際的波瀾呀！那浩浩蕩蕩的無邊無際的偉大的力呀！那是自由，是跳舞，是音樂，是詩！

　　啊，這宇宙中的偉大的詩！你們風，你們雷，你們電，你們在這黑暗中咆哮

著的，閃耀著的一切的一切，你們都是
詩，都是音樂，都是跳舞。你們宇宙中
偉大的藝人們呀，儘量發揮你們的力量
吧，發洩出無邊無際的怒火，把這黑暗
的宇宙，陰慘的宇宙，爆炸了吧，爆炸了
吧！

郭沫若編劇、陳鯉庭導演的《屈原》，1942 年在重慶公演，金山飾屈原，張瑞芳飾嬋娟。劇中「雷電頌」一場震撼力極強

這就是著名的《雷電頌》，在抗戰處於膠著狀態、統一戰線內部到處顯出裂痕的當時，其聲音是有著代民眾抒憤懣的力量的。無怪《屈原》每演到此，台上台下總是群情激奮，應和一片。我們彷彿聽到《女神》式的吶喊，運用詞用句都是如此相像。當然，此時郭沫若「借古鑒今」的目的是明確的，他是針對執政黨政府的種種親痛仇快的作為而發的。整個抗戰歷史劇所面臨的抨擊對象，大體如此。無論是抗秦的「戰國戲」如《虎符》、《高漸離》又名《筑》（以上郭沫若），批判投降、堅持節操的「晚明戲」《桃花扇》（歐陽予倩）、《南冠草》（郭沫若），以及反分裂的「太平天國戲」《李秀成之死》（陽翰笙）、《忠王李秀成》（歐陽予倩）、《大渡河》又名《翼王石達

1942 年 4 月《屈原》在重慶演出後作者、導演與演員合影

1942 年，正在創作《風雪夜歸人》的
吳祖光與其父在重慶合影

開》（陳白塵）等，這三種題材的選擇都不是隨隨便便的，都是從當時的民族戰爭出發，宣揚全力抗敵、堅貞不屈、團結對外的歷史經驗。劇場演出時，往往能收廣場一樣的發動群眾、組織群眾的效果。這部分劇作直接延續了「左翼」的傳統，發揮出文學的戰鬥作用，形成一種情感高揚、有詩的質地的「影射」型歷史劇的寫法。它的影響也是特別長遠。

第二屆到第四屆的「霧季公演」，都照常在戰時氣氛中進行。據統計，四五年內計演出話劇 118 部之多，規模和成績都相當驚人。[①]1942 年 10 月開始的那一屆，中華劇藝社演出夏衍的《法西斯細菌》是重頭戲，寫一個細菌學家走出實驗室投身現實的故事，有夏衍的左翼視角和人物心理表現細膩的風格。還演出了吳祖光顯露藝術才華的《風雪夜歸人》，于伶的現實名劇《長夜行》等。中國藝術劇社演出了宋之的的《祖國在呼喚》、曹禺的《家》。後來的幾屆又上演了夏衍等合寫的反映話劇歷史和劇人的《戲劇春秋》，夏衍稍稍脫離左翼軌道而引起爭議的婚戀劇《芳草天涯》、袁俊（張駿祥）的《萬世師表》、《小城故事》，老舍和趙清閣合寫的《桃李春風》，陳白塵的《結婚進行曲》、《歲寒圖》，沈浮的《重慶二十四小時》等等。這裡可分成描寫知識份子抑鬱、自重、奮起的現實劇，和暴露國統區生活的腐敗、沈淪的諷刺喜劇兩大類別，幾乎是與前述抗戰後期小說創作的傾向正相呼應，可以參照閱讀。

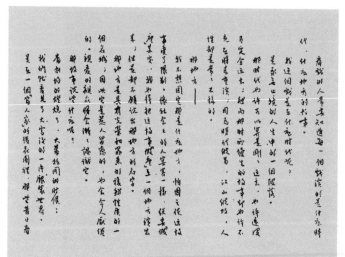

吳祖光《風雪夜歸人》手稿

① 這部分資料均見葛一虹主編《中國話劇通史》第四章第二節《以重慶為中心的話劇運動》，北京：文化藝術出版社 1997 年版，第 216—228 頁。

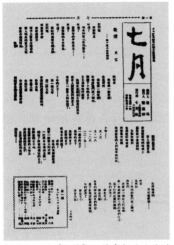

胡風主編的《七月》。後來胡風派的刊
物還有《希望》《泥土》等，但此派就
以「七月」命名了

這是胡風辦的《希望》創刊號

　　要理解重慶國統區文學的豐富性、延展性，還需注意「七月」和「戰國策」這兩
個流派。

　　「七月派」的名稱來自於文學刊物《七月》。1937 年 9 月，上海的絕大部分刊物
都在戰火中消亡，而胡風（1902—1985）卻獨自辦起了這個周刊。刊名集魯迅的「七
月」二字，日後證明它是循了魯迅的方向前行的。隨著戰爭的推進，1937 年 12 月改為
半月刊在武漢復刊，1939 年 7 月改為月刊在重慶再復刊，但已經很難按時出版了。到
1941 年 9 月停刊，四年裡共計出版 32 期。《七月》的意義，當時就有人評價說：

　　　　我覺得《七月》的一貫的態度正表現了文學不肯讓位。當東戰場敗退，《烽
　　火》停刊的時候，幾乎沒有一本文藝的刊物，表面上顯出了文藝活動的極度的落
　　退，而《七月》能在最艱苦的處境凜然屹立，這正是《七月》最大的功績。①

這期間，「七月派」開始聚集。胡風作為此派的盟主地位得以確立。刊物湧現出報告
文學的優秀作者丘東平、曹白、S.M（阿壟），其作品已如前述。詩歌作者隊伍更是雄
壯。胡風自己便是詩人。初期艾青、田間（但後來這兩位去了解放區，脫離了「七月
派」）的重要詩作《雪落在中國的土地上》、《北方》和《給戰鬥者》均發表於此。
其他詩人有阿壟、鄒荻帆、彭燕郊、孫鈿等。《七月》停刊後，流派同人聚集於重慶
的《詩墾地》、桂林的《半月文藝》、《詩創作》等刊物。胡風開始編輯「七月叢
書」，包括「詩叢」、「文叢」、「新叢」共二十種左右，綠原等人就是以詩集登場
的。到 1945 年 1 月胡風在重慶以堅韌之力，創刊《希望》。到 1946 年 10 月，共出 2

---

① 　（樓）適夷發言。見《現時文藝活動與〈七月〉（座談會記錄）》，時間是 1938 年 4 月 29 日，載《七月》第 15 期。

綠原在七月詩叢出版的最早詩集《童話》書影

集 8 期，等於是《七月》的易名復活。《希望》的流派特色更為鮮明，路翎、舒蕪、魯藜、冀汸、蘆甸、魯煤、牛漢等新人不斷出現。《希望》停刊後，繼有《呼吸》、《泥土》、《螞蟻小集》、《荒雞小集》等帶有流派特色的刊物出版。而「七月叢書」的各種又有二十來冊問世，最遲的直到 1948 年才編定，出版時已入 1950 年代，換了天地了。

　　「七月派」小說、詩歌、理論並重。胡風有能力組織起刊物來促進流派的形成，以他為首所進行的理論闡述與流派創作的「互動」關係，更被發揮到了極致。在這方面，「七月派」顯示出與過去任何現代文學流派的不同。「七月詩派」成為當時國統區最有影響力的詩人群體，包括前期的艾青、田間，和綠原、阿壟、牛漢等。其詩與從 1930 年代一路發展而來左翼文學一樣，投身抗戰，表現火熱的生活，是「努力把詩和人聯繫起來，把詩所體現的美學上的鬥爭和人的社會職責和戰鬥任務聯繫起來，以及因此而來的對於中國自由詩傳統的肯定和繼承。」[1]這裡的「自由詩傳統」主要就是「五四」和左翼的傳統，但它的可貴之處是要自覺打破舊有機械論、庸俗社會學和教條主義的束縛，避免現實主義的平庸化、實用化和僵化，提倡的是一種以「主觀戰鬥精神」為核心的現實主義。這樣，「七月派」的詩體，富有時代的個性化激情，其詩歌意象無論是對風雪、暴雨、泥土的創造性運用，或是在抒情主人公象徵內涵的發現上，都能突入歷史性的內容，開合有勢，詞句沈重、執拗，做出詩歌散文化的形式探索。「七月派」代表詩人綠原（1922—）的《給天真的樂觀主義者們》、《伽利略在真理面前》、《終點，又是一個起點》，是他著名的政治抒情詩，就是把詩人主觀激情突入到社會事件和歷史細節中去，而獲得一種思辨的力度與美感的。

　　「七月派」小說創作的佼佼者是路翎（1923—1994）。他也是左翼小說優秀的繼承人，所寫中篇《饑餓的郭素娥》、《蝸牛在荊棘上》及眾多短篇，多半是下層人物如貧困農民、礦工、流浪藝人、逃兵、妓女、惡棍、商販、青年學生等，寫他們在戰爭環境下從物質到精神的「饑餓」狀態、漂泊命運，以及強悍的叛逆行為和心理。

剛完成《財主底兒女們》的 1948 年的路翎英俊而有自信

---

[1]　綠原：《〈白色花〉序》，《白色花》綠原、牛漢編，人民文學出版社 1981 年版，第 2 頁。

但是，與以往的革命現實主義不同的是：第一，在「救亡圖存」的時代主題下並不忘記「啟蒙」，是將民族解放和「五四」沒有完成的個性解放統一起來的。所以路翎所寫農民工人，並不因他們飽受壓迫而自然獲得正義的力量和勞動人民的健康品質，反而帶著扭曲的愚昧，痙攣式的反抗，是一種需要改造的國民靈魂。無論是受盡摧殘的反抗的郭素娥、阿Q式混跡於鄉場的破落戶子弟羅大斗（《羅大斗的一生》）、想要矇騙小顧客的挑糖羅漢擔子的劉二太婆（《老的和小的》）、還是在書場敵不過流行歌曲《毛毛雨》的說書藝人（《英雄的舞蹈》）、被稱為「一半少爺一半流氓英雄主義」的郭子龍（《燃燒的荒地》）），都被作者「透過社會結構底表皮去發掘人

路翎著《饑餓的郭素娥》——1946年1月希望初版本

物性格底根苗」。[1]這「根苗」既有魯迅式揭示人民（尤其是農民）身上的「精神奴役的創傷」（主要是奴性），也展示他們的「原始的強力」（盲目的反抗性與自然生命力的結合），而將階級的人性中的強和弱、善良和醜惡、黑暗和閃光都盡情撕裂，多彩多姿地、起伏跌宕地表現了出來。第二，對時代的概括，對現代知識份子的描寫，遵循以「主觀戰鬥精神」為核心的現實主義創作原則方法，用作者的激情去「擁抱」、「肉搏」歷史性的內容。長篇小說《財主底兒女們》就是「突入」到蘇州首富蔣捷三的家族史中，提供出封建家族的子孫蔣蔚祖、從「五四」覺醒青年倒退為官僚的蔣少祖、追求進步投身民族解放事業卻最終落荒而逃的蔣純祖各自複雜的人生道路。而每一主要人物的大時代下的心理、性格、靈魂，都寫得翻江倒海：既是社會的，也是個人的；彷彿穿行在古往今來的歷史通道，經歷了崇高與卑下、理性與狂暴、抗爭與退縮、光明與陰暗，最後在現代中國的歷史進程中沒有找到出路，走向沈落、死亡。這種主觀概括，與其說它是探尋「歷史規律」，不如說是在描摹現代動亂世界中的一個個人。是用顯示人的生命力的話語方式與富有藝術個性的敘述風格，崇高悲壯而痛苦地進行描摹。我們可以完全感覺到「七月派」的寫作是置身於左翼主流傳統，又是自覺不自覺地試圖糾正主流偏向（批評背離魯迅道路，批評給作家主觀性的發揮扣上「唯心主義」的帽子等）的一股特異的文學潮流。

　　「七月派」的存在顯示了左翼的分化、差異。它服膺於左翼主流又背離主流，它的特色和局限都在此。這本來可以使左翼文學得到修正，更加完善，但不幸的是由於此後左翼主流對待胡風們所進行的批判，竟發展到意識形態鬥爭和政治組織干預的程

---

[1] 胡風：《〈饑餓的郭素娥〉序》，《饑餓的郭素娥》，上海希望社1946年版，第2頁。

1945 年 10 月胡風、梅志與兒子曉谷在「文協」總會所在地重慶張家花園門口

度，這就必然讓「七月派」的歷史演變為悲劇了。如果順著胡風的理論道路看去，我們可以清楚地識別左翼文學內部矛盾運動的軌跡。先是抗戰前「左聯」中魯迅和周揚的衝突，胡風在「典型」和「兩個口號」問題上的參與論爭。到抗戰後，1939 年國統區文學界關於「民族形式」的討論，胡風寫了《論民族形式問題》一書，反對向林冰以民間形式為民族形式「中心源泉」的觀點，認為「大眾化不能脫離『五四』傳統」，民族形式歸根到底是「『五四』的現實主義傳統在新的情勢下面主動地爭取發展的道路」。批評其中深層包含的民粹主義和復古主義的趨勢。1944 年毛澤東《在延安文藝座談會上講話》在國統區傳播，左翼內部據此學習和整風，胡風實際對文藝為政治服務和普及提高關係等表示了贊同，但以國統區和解放區的環境任務有別為理由，提出了在國統區

貫徹為工農兵和寫工農兵的艱難性。1945 年《希望》創刊號發表舒蕪的《論主觀》和胡風的《置身在為民主的鬥爭裡面》，引發軒然大波。左翼主流派將哲學上的「主觀」「唯心」，與胡風的「主觀戰鬥精神」混為一談，進行批判。直到 1947 年香港左翼文人掀起對胡風和路翎更有力的批判高潮。1948 年胡風寫《論現實主義的路》作為總回答。這時的「七月派」在理論、創作兩面，經受左翼內部自己人的猛烈譴責，它自身在鬥爭中也得到成長，理論的體系化和創作的個性化更形成熟。然而，在「革命現實主義」的框架內要裝進格格不入的「主觀戰鬥精神」，其矛盾性也很顯然。[1]這一切，當初誰也沒料到日後的影響會直達 20 世紀後半葉的中國文學整個進程的。

「戰國策派」是另一問題。現在看來，這只是抗戰統一戰線文學已不復存在的一個明證。這個派別本是由昆明西南聯大、雲南大學幾個教授組成，陳銓是外文系，林同濟是經濟系，雷海宗為歷史系。他們在 1940 年 4 月在昆明辦了個《戰國策》半月刊，後來陳銓於 1941 年年底又在重慶《大公報》辦名為「戰國」的副刊，闡述他們的文化學說。其核心是說當今世界已進入群雄逐鹿的「大戰國時期」，弱勢的民族和國家要不被強國吞併，就要推崇「力」、「英雄主義」、「集團主義」，反對「五四」的「個

---

[1] 胡風《論民族形式問題》語。見周燕芬《執守・反撥・超越——七月派史論》第三章「七月派思想理論基礎」，北京：中華書局 2003 年版，第 75—158 頁。

人主義」。陳銓（1903—1969）又創作了劇本《野玫瑰》、《藍蝴蝶》、《金指環》等，尤其是三幕話劇《野玫瑰》，在重慶第一個「霧季公演」的 1942 年首演，這個抗戰間諜戲有情節、有人物，很受一般市民觀眾的歡迎。之後便引起左翼戲劇界、文學界的猛烈批評。左翼的攻擊，在文化理論方面集中反撥「力的崇拜」和「法西斯主義」（經過「尼采」這一仲介），戲劇方面是指責其美化漢奸。這其實都有某種程度的曲解。「戰國策」的理論若放在學院裡研究，本來其民族主義的立場、改造民族性痼疾的觀點，與魯迅、胡風，與京派，都有一絲聯繫。它也同樣提倡「原始強力」。《野玫瑰》與曹禺的《全民總動員》，與國統區海派延伸的代表作品徐訏長篇《風蕭蕭》，都是同類的政府間諜加男女戀愛的曲折故事。但是，本來沒有黨派和御用背景的陳銓們，一旦把理論搬出了學院小圈子，就有了相應的社會效果：國民黨政府表示歡迎，張道藩甚至出面組織《野玫瑰》的首演，教育部接著授獎。陳銓本人被調到重慶任中央政治學校教授、中國青年劇團編導、正中書局總編輯。時任中央圖書雜誌審查委員會主任的潘公展甚至說，《野玫瑰》「不惟不應禁演，反應提倡；倒是《屈原》劇本『成問題』」。這把火一燒，左翼的批判自然愈演愈烈，事情便轉化為政治鬥爭，「成了左翼陣營與國民黨官方較力的一塊戰場」。[①]統一戰線文學在抗戰後期就已經名存實亡了。

---

① 見《〈野玫瑰〉一劇仍在後方上演》，載 1942 年 6 月 28 日《解放日報》2 版。有關資料轉引自倪偉《「民族」想像與國家統制》一書第 280—281 頁。

第三十四節　延安：從戰時群眾性文藝到工農兵方向

　　以延安為中心包括各抗日根據地的文學，是 1930 年代的左翼文學從中國都市走向西北貧瘠農村，從亭子間走向窯洞、走向廣大民間的結果。這並非文學的自願，某種程度是政治形勢造成的。延安的文藝有多種資源：蘇區文藝是其前身，特別是直接承續了江西中央蘇區的文藝經驗。那種文學同宣傳都是緊密為戰爭、為蘇區服務的，短小而能夠動員民眾的文藝形式如戲劇、歌謠的寫作比較發達，彷彿是抗戰文藝的一次前奏。瑞金較早就成立了八一劇團，還有李伯釗的高爾基戲劇學校的藍衫劇團，瞿秋白到蘇區後對建設蘇維埃劇團也付出很大心血，演出的都是鼓動性很強的劇目。再就是「左聯」文藝，也是延安文藝的前身之一。「左聯」有為政治服務的傳統，很早就倡導工農大眾文藝，雖然當時沒有條件完全實現。它以蘇俄和世界文學作參考，更有一筆豐富的魯迅遺產，只是需在日後的歷史中逐步認知和消化。此外，還有原生的民間文藝，尤其是陝北、晉冀地區的民間文藝，後來對產生秧歌劇、新歌劇、信天遊型長詩，對產生山藥蛋派、荷花淀派的作用，自然也是不容漠視的。

　　延安聚集知名作家要從丁玲、周揚等先後到達算起。經紅軍「長征」來到此地的著名文人不是沒有，如原創造社成員成仿吾就是其中之一，但這時多數都在做組織工作而不是專業創作。所以 1936 年 11 月 22 日在保安成立解放區第一個文藝組織「中國文藝協會」（也稱「文協」）時，主任即由剛到此地十幾天的丁玲擔當了。我們可以理解，為何丁玲的到來會引起中共領導人的高度歡迎。延安文學團體凡屬自由結社的，大半都是小型的詩歌集合體，而具官方背景的大的文學社團主要只有兩個。一個是 1938 年 4 月成立的魯迅藝術學院（後改名魯迅藝術文學院），簡稱「魯藝」。毛澤東在醞釀「魯藝」的

毛澤東 1936 年寫給剛到陝北保安的丁玲的詞《臨江仙》

「魯藝」從延安北門外西山搬到橋兒溝，這是全景，有了舊教堂襯托也很雄偉

時候就一再提出「山頂上和亭子間的結合」的問題，這個口號很響亮，也符合「統一戰線」的要求。[①]「魯藝」最初的負責人是沙可夫，以後由周揚歷任副院長、院長之職，做了長久的主持者。校址原在延安北門外，後遷到離城十多里的橋兒溝。這時不斷湧入的國內文學家紛紛來「魯藝」擔任幹部或教師的，如蕭三、何其芳、陳荒煤、周立波、嚴文井等（音樂家、畫家有冼星海、蔡若虹），短期教過課的有茅盾、沙汀。到延安後成長的青年作家許多都是「魯藝」文學系畢業的學生，像孔厥、康濯、賀敬之、馮牧等。另一個文學團體是1938年9月創建的陝甘寧邊區文化界抗戰聯合會，簡稱「文抗」。它推選了丁玲等人為執行委員。第二年，「文抗」為與重慶老舍負責的「文協」加強聯絡，改名為中華全國文藝界抗敵協會延安分會。但在稱呼上因已經有個「文協」了，大家還是習慣叫分會為「文抗」。1941年艾青與羅烽、嚴辰夫婦、張仃結伴到達延安時，洛甫（張聞天）、凱豐曾當面徵詢對工作安排的意見，「魯藝」和「文抗」兩處是任其挑選的，而艾青一聽說「文抗」的領導人是丁玲，就毫不遲疑地去了她那裡。周揚在多少年後承認「延安有兩派」，他說以自己為首的「『魯藝』這一派的人主張歌頌光明」，[②]而以丁玲為首的「『文抗』這一派主張要暴露黑暗」。不管這樣概括的準確性有多高，延安文藝界的統一和分歧都是同樣明顯的。文學派別更多顯示出的是差異性、豐富性，就像「左聯」文學內部有魯迅，國統區文學裏面有胡風。在延安後來的發展中，文學派別就是不時起作用的一個因素。

　　延安文學開始走的也是一般救亡文學的道路。街頭詩、街頭劇和報告通訊掀起熱

① 見王培元《抗戰時期的延安魯藝》的「序章」，桂林：廣西師範大學出版社1999年版，第2頁、第10—11頁。
② 轉引自程光煒《艾青傳》，北京：十月文藝出版社1999年版，第340頁。

延安魯迅藝術學院校門

1940 年秋茅盾從新疆脫險到達延安，在「魯藝」講課的情景

潮，與國統區大體一致。只是從進步作家剛到延安的
感受來看，覺得寫作的自由度更大了。比如 1938 年 8
月 7 日延安發起第一個「街頭詩運動日」，柯仲平、
田間、邵子南等三十多人的街頭詩貼滿這個城的大街
小巷，聲勢浩大，蔚為壯觀。據田間回憶，「確實有
很多拿著紅纓槍的自衛軍，站在牆邊讀詩」。[①]這種
貼近群眾的創作在國統區漸趨平靜後，卻在延安一直
持續下來。不過還沒有名目。1938 年毛澤東與「魯
藝」師生講的是：「你們魯藝是個小觀園」，「你們
的大觀園在太行山、呂梁山」，意思是鼓勵文藝走出
小圈子到廣大人民群眾中去。[②]1939 年初的晉察冀邊
區，還曾提出過「三民主義現實主義」這樣帶有統戰
特色的口號（同年「魯藝」成立一周年，毛澤東的題

艾青的新詩作——《雪裏鑽》

詞是：「抗日的現實主義，革命的浪漫主義」）。待等毛澤東 1940 年發表《新民主主
義論》後，又適時調整為「新民主主義現實主義」。[③]但叫得並不響。可見這時期文藝
的路向還是比較模糊的。

其時，延安一地聚集的作家日增。他們都是為追尋進步、理想自都市而來，很多
人是共產黨員，但要真正融入到解放區的體制內，情況還是十分複雜。丁玲到延安後的
思想熱情是很高的，她幾次上前線當「紅軍」，創作了通訊《速寫彭德懷》、小說《一
顆未出膛的槍彈》，歌頌了高級將領，也歌頌了普通士兵。她領導八路軍西北戰地服務

1944 年冬在延安，左
起艾青與農民

---

① 轉引自劉增傑主編《中國解放區文學史》，開封：河南大學出版社 1988 年版，第 221—222 頁。
② 何其芳：《毛澤東之歌》，《何其芳文集》第 3 卷，人民文學出版社 1983 年版，第 48 頁。
③ 轉引自劉增傑主編《中國解放區文學史》，開封：河南大學出版社 1988 年版，第 38—39 頁。

丁玲到解放區後先擔任了一段西戰團的
工作，穿上男裝的女性另有股英氣

團在外轉戰半年，回到延安留下來學習工作，除了
有一種暢快的解放感，也因受「五四」啟蒙的「個
性主義」、「反封建主義」的思想影響，每當遭遇
邊區的日常政治生活的複雜狀態，就時有不適感。
這樣，丁玲在 1940 年寫了《在醫院中時》。這是
根據自己的一次住院經歷構思寫成的：一個來自都
市的、滿腔熱情投奔延安的女醫生陸萍，在這裡的
醫院看到了管理混亂、對病人的忽視以及庸俗的人
際關係，當她克服自身的弱點勇敢地提出意見後，
卻得到「小資產階級意識」、「英雄主義」的各種
評價和流言蜚語的包圍。在這篇作品裡，與知識份
子改造相逆的是提出了知識者與農民小生產者的思
想習性，與官僚主義相衝突的主題。從最近發現的
資料證明，此小說發表後丁玲便受到壓力而曾起草

過一份檢討文字，只是她並不能將自己的思想解釋得符合批評者的意願，而放棄了。
1941 年她寫了《我在霞村的時候》，「五四」的熱血又一次在她身上泛起。她描寫一
個被迫當過日軍隨軍妓女、後忍辱負重為我方傳送情報的農村女性貞貞形象，如何在回
到根據地的村中受到親人、鄉鄰的歧視和責備。敘述的角度完全站在貞貞一邊，對這個
受盡侮辱而不屈的女性給予極大的人道同情，而對解放區農村仍然固有的封建貞節觀念
發出無聲的批判。這一年 9 月，丁玲擔任延安《解放日報》「文藝」副刊的主編，作為

延安文學刊物《文藝突擊》1939 年 5 月
25 日出版

中國文藝協會所辦的《紅色中華》副
刊《紅中副刊》

一個新文學家她對延安的現實有複雜的感受，她還有女性受多重壓迫的敏感性，於是，在副刊上連續發表了丁玲自己的《我們需要雜文》、《三八節有感》、艾青的《瞭解作家，尊重作家》、羅烽的《還是雜文的時代》、王實味的《野百合花》、蕭軍的《論同志的「愛」與「耐」》這樣一批雜文。對這些雜文的反應，直接關涉到文學面對自己擁護的政治現實可否繼續發揮批評作用，文學的獨立性是否有限的問題。延安內部引起了爭議。丁玲每次表現了出格的思想後都要「檢查」，她也批判過別人（如批判王實味。當然這種「批判」也可視為變相「檢查」），但到了下一次，「五四」的根性往往讓她再「犯」。這種矛盾性在她身上始終存在。

　　這是毛澤東發表《在延安文藝座談會上的講話》（下稱《講話》）前夕的情景。思想爭論普遍發生在文化界、知識界，並不僅僅是文藝領域。大的背景還有中共為消除王明路線影響所進行的黨內高層鬥爭和將要開展的全黨整風運動。王實味（1906－1947）是延安中央研究院的特別研究員，他在《野百合花》前，已發表了《政治家、藝術家》一文，借著對比政治家和藝術家的不同來批評延安的陰暗面。後來在中央研究院召開的整風動員大會上，帶頭公開反對院部自行決定整風領導機構人選的做法，結果舉手表決，在場四分之三的人同意改由選舉產生。這在延安是極其少見的「民主事件」。中央研究院的壁報《矢與的》和青委辦的《輕騎隊》同樣有名，發表民主言論，轟動全城，有幾期甚至不是貼在牆上，而是貼在布上拿到延安南門外鬧市去懸掛，觀看的人川流不息。毛澤東也被驚動了，深夜讓警衛員打著馬燈和火把去讀這些壁報。王實味或許當年沒有被融進延安主流的可能，卻被當作整風運動中的反面靶子使用，並上升為「托派分子」來處理。因而受刑，以後在戰爭行軍狀態下又遭誤殺了（到1991年始平反昭雪）。王實味的言論，在延安文藝座談會上被作為最極端的觀點看待。

王實味像

　　但是，當年延安大部分的文人不是王實味。而「魯藝」的文學家何其芳（1912－1977）從京派文人轉化為左翼文人，成為延安的歌頌派，倒是很典型的。在北京寫作《畫夢錄》的那個時代，何其芳是名

《穀雨》（土紙本）中所載王實味文章《政治家、藝術家》

與沙汀一起到延安的何其芳留了下來，後任魯藝文學系主任

沈醉於白日夢的文學青年。跨出校園初涉社會，接觸到山東、四川農民的真實生活，他在《還鄉雜記》裡留下思想變動最早的痕跡。抗戰爆發，他寫出詩篇《成都，讓我把你搖醒》，實際也是自醒，當中就有「像盲人的眼睛終於睜開」這樣的句子。現實讓他開眼，他與「左聯」作家沙汀一起來到延安，感受到的「自由」居然比沙汀還深。這可見兩個月後他寫出的《我歌唱延安》。何其芳由衷地道出：「我充滿了感動，然而我首先要大聲地說出的是延安的空氣。/自由的空氣。寬大的空氣。快活的空氣。/我走進這個城後首先就嗅著，呼吸著而且滿意著這種空氣。」[1]這是散文並不是詩，但他禁不住分行寫了。他在「魯藝」工作之初，還能用個人的情感來

抒寫延安的光明，就是《夜歌》。那裡有舊我與新我的交戰，有從個性主義到集體主義的心路的仔細展現。他還寫了《黎明》、《我為少男少女們歌唱》、《生活是多麼廣闊》這些明朗曉暢的詩，口語化的、青年群眾喜讀的詩。他把過去朦朧的文風改去。到了1944年沙汀從家鄉大山裡鑽出來，奉命到重慶參加「整風學習」時，何其芳已是延安派出的指導幹部了。

　　除了丁玲、王實味、何其芳外，蕭軍又是一種類型。蕭軍除1930年代左翼作家的資格外，還有魯迅「親密弟子」的名分。所以1938年、1940年兩次到延安，毛澤東都給予禮遇，親自去看望他，與他通信達十封之多。蕭軍個性極強，坦率豪放。周揚1941年在延安發表《文學與生活漫談》，他看後與艾青、羅烽、白朗、舒群交換意見，由他執筆寫成《〈文學與生活漫談〉讀後漫談集錄並商榷於周揚同志》一文，送

《解放日報》卻被退回。蕭軍大怒，加上其他不愉快的事情，7月曾去毛澤東那裡辭行。毛澤東挽留他，並通過他直言不諱的談話和信件，瞭解延安文藝座談會之前外來作家們的思想動態。在延安文藝座談會上，他又是大膽首席發言的一個，毫不顧及是否會衝撞別人。後來他在中央研究院批判王實味的大會上，又公開站出來要求給被批判者以說話的權利，不怕戴上

1945年夏蕭軍在延安窰洞重寫《第三代》

[1]　何其芳：《我歌唱延安》，《何其芳選集》第1卷，成都：四川人民出版社1979年版，第242頁。

「同情托派分子」的帽子。這已不僅僅是性格造成的行為了，而是在中國式的馬列體系內要求容納人類共同的民主精神和繼承「五四」啟蒙傳統的問題了。後來蕭軍在解放戰爭時期因「東北文化報事件」遭到不合理的清算，這是後話。他這時顯示的不被規訓的獨立知識者的品格，在延安文人中是特別耀眼的。

1942 年延安文藝座談會的召開，標誌著新形勢下中共文藝政策的確立。開會前，毛澤東事先經過蕭軍、舒群、歐陽山、草明、艾青、丁玲、劉白羽、華君武、蔡若虹等人，著重收集了反面意見。又邀集「魯藝」的何其芳、嚴文井、周立波等談話。5 月 2 日有約百名延安文藝人參加第一次會議，毛澤東發表講話即後來的「引言部分」，蕭軍等發言。5 月 16 日第二次會議討論，

毛澤東著《在延安文藝座談會上的講話》的早期版本

柯仲平、歐陽山尊等發言。5 月 23 日第三次會議，下午朱德發言，毛澤東最末作「總結」即「結論部分」。這時已是晚飯後時間，來聽的人大大增加，臨時改到外面露天場地進行，用一盞汽燈照明。《講話》正式文本在 1943 年 10 月 19 日《解放日報》發表。《講話》根據戰時根據地與國統區的形勢不同，從文藝為群眾的目的出發，進一步明確文藝「首先是為工農兵的，為工農兵而創作，為工農兵所利用的」。而實現文藝「工農兵方向」的途徑則是：作家深入火熱的工農兵生活，改變立足點；在提高和普及的辯證關係上明確提出當前更加迫切的是普及。這些，從特殊的戰爭環境和根據地處於中國最貧窮的廣大西北農村地區的前提來看，都有它的必要性。後來的事實也證明這樣的文藝對發動、教育農民，對表現農民並創造人民大眾喜聞樂見的民族形式，也起到積極的推進作用。但是如從文藝的角度看，《講話》對文藝的特殊性顯然是考慮得較少

「延安文藝座談會」參加者合影（正面全景）

延安文藝座談會閉會後，毛澤東等和與會文藝家們合影（局部）比較放鬆的一剎那

的。理論上主張文藝絕對地為政治服務、文藝批評標準是政治標準第一（藝術標準第二）、對「人性論」、「從來的文藝作品都是寫光明和黑暗並重」、「還是雜文時代」等所謂錯誤認識的糾正，都有一定的片面性。所以在 1940 年代的解放區，它的政策指導的正面作用曾得到極大的發揮，而當中共進入城市的 1950 年代，再以《講話》作為唯一的文藝方針來貫徹執行，它的負面就越來越彰顯了。這也是被歷史證明了的。

延安文藝座談會後，隨著文藝界整風運動的開展，「工農兵方向」得以強勁地貫徹。作家們紛紛下鄉、下部隊。艾青去南泥灣和三邊（陝北的定邊、靖邊、安邊）地區，陳荒煤、歐陽山前後去了延安縣，柳青去了隴東。丁玲和歐陽山因為迅速寫出描寫工農兵英雄人物的報告文學作品《田保霖》和《活在新社會裏》，毛澤東親自寫信鼓勵說：「你們的文章引得我在洗澡後睡覺前一口氣讀完，我替中國人民慶祝，替你們兩位的新寫作作風慶祝！」[①]艾青「改正」的動作也比較大，他連續到農村住在邊區勞模的家裡進行採訪，寫出通俗易懂的長詩《吳滿有》，還主動擔任中央黨校秧歌隊的副隊長積極投入秧歌運動，因此被評選為邊區甲等勞動模範。新秧歌是《講話》之後最早掀起的群眾性文藝活動，1943 年、1944 年延安的春節完全淹沒在萬人空巷、熱火朝天的「鬧秧歌」之中。是「魯藝」秧歌隊對這種節日文藝民間形式加以改造，除去了男女逗笑取樂的部分，發展為新型秧歌舞蹈，後來加上劇情，形成新秧歌劇的創作、演出高

---

① 引自《毛澤東書信選集》，北京：人民出版社 1983 年版。

毛澤東、朱德等同志參加「延安文藝座談會」合影的另一角度

潮。

　　回溯延安的戲劇，在一段時間內是以「演出」話劇為主的。當時劇作家大部在國統區，解放區的劇本新作很少，但群眾性的劇團並不少：「魯藝」戲劇系的實驗劇團是專業的，但有教學實習性質；其他如中宣部和邊區教育廳有抗戰劇團、八路軍留守處政治部有烽火劇團、抗日軍政大學有戰鬥劇團、西北青年救國會有西北青年救國劇團（後改建為延安青年藝術劇院）、陝北公學有文藝工作隊（後改名為西北文藝工作團）等。這些團體並非商業性劇團，而是自娛和自我教育的宣傳單位。在 1939 年到 1942 年間，這些群眾團體曾經集中演出過中外名劇，像曹禺的《日出》、《雷雨》、《蛻變》，夏衍的《上海屋簷下》、《法西斯細菌》，果戈理的《欽差大臣》，契訶夫的《求婚》、《蠢貨》，莫里哀的《慳吝人》，包戈廷的《帶槍的人》，伊凡諾夫的《鐵甲列車》，沃爾夫的《馬門教授》等等。這是一種奇特的群眾性高水準演出現象，不是演給工農兵群眾看，卻是因延安聚有大批知識份子的話劇觀眾才形成的。於是在《講話》之後，這種「魯藝」帶頭「演大戲」的傾向，被批評為「關門提高」。話劇的寫作和演出從此出現低落的趨勢（後來重要的話劇創作僅《同志，你走錯了路》等幾部）。而走出「小魯藝」邁向「大魯藝」的形勢，就促成邊區農民熱烈歡迎的秧歌運動的產生了。艾青擔當秧歌隊長目睹且參與了這一切，他觀察了新秧歌劇創作、演出、觀看的全過程，反省自己過去「過分愛好新形式，盲目崇拜西洋的風氣，使我們長期地脫離了

《兄妹開荒》秧歌劇後來出的版本

實際，脫離了群眾——勞動人民，使我們的文學藝術成了一種文化的裝飾，一種滿足為數不多的高級知識份子的欣賞趣味的東西」。[1]不管這感想的全面性如何，至少當年是艾青的現場實感。

1943 年開始的新秧歌劇，產生了反映大生產運動的《兄妹開荒》（王大化、李波、路由編）、表現農民文化要求的《夫妻識字》（馬可編）、改造農村二流子的《劉二起家》（丁毅編）、讚揚軍民新關係的《牛永貴掛彩》（周而復、蘇一平編）等優秀作品。這裡已經包含了作家們對普通的農民、士兵、幹部的關注，超越個人情感的圈子而投身到鬥爭生活去表現新的人物、新的題材、新的主題的行動。在藝術上表現為自覺體驗民間遺產，試圖從「五四」的經驗向前更推進一步，來創造全新的文學民族形式和大眾形式。到 1944 年至 1945 年間出現新歌劇《白毛女》，就是這種努力的必然結果。「白毛仙姑」本是流傳於晉察冀邊區的一個民間傳說，經過群眾口述，已包含了傳統文藝中「始亂終棄」和「善惡有報」、「鬼神復仇」等故事原型。初經「西戰團」傳入延安的時候，曾有人認為可改造成以「破除群眾迷信」為主的劇本。後來經「魯藝」工作團反覆討論，由賀敬之（1924—）、丁毅（1921—1998）執筆，將地主黃世仁和貧農楊白勞、其女喜兒的壓迫反抗關係最大程度地集中，喜兒逃入山中等待報仇時機變成「白毛女」，最終在共產黨領導農民打倒惡霸地主的背景下，八路軍和大春等救出喜兒，轉回黑髮，表現了「舊社會把人變成鬼，新社會把鬼變成人」的新型內容。這是將階級的解放、人的解放和新政權的建立、人民生活幸福充分結合而提煉出文學主題的嘗試。在歌劇創造上，《白毛女》以西洋歌劇為大的框架，馬可、張魯等音樂家設計了有民歌基礎（河北民歌《小白菜》、《青陽磚》，梆子、花鼓和秧歌）的抒情唱段，加進傳統戲曲因素，創造出富有時代特點和鮮明中國作風、中國氣派的新歌劇樣式。此劇演出獲巨大成功，在延安連演三十場不衰，特別是農民和披上軍裝的農民看戲時都深深為人物、劇情所動，台上台下

《白毛女》1946 年 6 月新華書店土紙本封面

① 艾青：《談大眾化和舊形式》，《艾青全集》第 3 卷，石家莊：花山文藝出版社 1994 年版，第 235—236 頁。

秧歌發展為新歌劇，延安的鬧秧歌更歡了。秧歌隊中的《挑花籃》。肩挑者有于藍、蔣玉衡等人

魯藝在楊家嶺中共中央辦公廳前鬧秧歌

1945 年秋「華北文藝工作團」與「晉察冀軍區抗敵劇社」在張家口人民劇院聯合演出《白毛女》時的劇照

融入戲中，欲把飾黃世仁的演員當成真的黃世仁來懲辦。看完戲後，反霸、參軍、支前勢如破竹，變成無聲的群眾動員。在中國現代戲劇史上能使「五四」後從西方引進的現代劇種，如此緊密地和中國農民形成「對話」的，《白毛女》開創了前所未有的局面。1951 年它在社會主義陣營內部獲得史達林文藝獎金二等獎。之後的新歌劇，《劉胡蘭》（魏風等）、《赤葉河》（阮章競）等，都擁有廣大的工農兵觀眾，它們跟隨後來解放戰爭的進行，往往仗打到哪裡，劇就演到哪裡了。

與新歌劇同步的，還有對舊戲劇的改造。1942 年成立的延安平劇研究院，是專門改革舊京劇以創造戲劇新民族形式的機構。1943 年以「推陳出新」為指標，根據水滸

延安 1943 年由中央黨校俱樂部演出《逼上梁山》劇照

戲集體重新創作出的《逼上梁山》（楊紹萱、齊燕銘等執筆），是其代表。以後還有被賦以「調查研究」新主題的《三打祝家莊》等的出現。這是1960年代現代京劇創作的前身。相同性質的秦腔改革也取得一定成功，優秀的劇目如《血淚仇》（馬健翎）等。

　　解放區詩歌此時呈現兩種趨向：第一是堅持用新詩來為抒寫新的對象服務。如艾青除《吳滿有》外，還有長詩《雪裏鑽》，是通過描寫一匹戰馬來頌揚抗日戰士的。在延安生活過的「七月派」詩人魯藜、阿壟，也有他們描述解放區新生活的詩，如魯藜的《延安散歌》、《我愛冬天》。而第二，將現實主義的新詩和民間歌謠結合，寫出民歌體的新詩，則成為《講話》之後的新勢頭。1945年，在「三邊」深入生活四五年之久的李季（1922—1980），寫出嫻熟融化民歌「信天遊」而創新格的長篇敘事詩《王貴與李香香》。這是把農村男女青年的愛情命運與階級革命緊密結合的故事，利用每兩句為一節的「信天遊」體（如：「大路畔上的靈芝草，／誰也沒有妹妹好！」「馬裏頭挑馬四銀蹄，／人裏頭挑人就數哥哥你！」「煙鍋鍋點燈半炕炕明，／酒盅盅量米不嫌哥哥窮。」）比興手法，一節一韻，連綴而成的抒情性很強的敘事體。「五四」新詩本來也有吸收「歌謠」的傳統，但都不成氣候。唯有解放區的作家在與農民的結合中，真正融會貫通了。類似的學習民歌而成功的詩，還有阮章競的《漳河水》、田間的《趕車傳》、張志民的《王九訴苦》、《死不著》等。

　　無論是秧歌劇、新歌劇和民歌體長詩，它們的形式創新和與工農兵群眾結合的融洽點上，都是無前例的。但在對人民（農民）歷史性的表現上，一般仍嫌直白。解放區真正有深度的文學成就，還屬現代以來發展得最為成熟的小說。在短篇小說方面，「魯藝」出身的青年作家孔厥、康濯所顯示的對「解放了」的農民的有力度的理解，

孔厥是「魯藝」青年小說家之一

古元為孔厥的《受苦人》所繪插圖之一

是令人吃驚的。孔厥（1914—1966）的《受苦人》是篇特出的作品。在陝北口語裡，「受苦人」就是下力的農民，這裡既指那個 30 歲就因過度勞動殘廢、未老先衰的「醜相兒」，也指三歲立下「將老換小」文書當醜相兒的童養媳、現今才 16 歲的女主人公貴女兒。全篇是貴女兒的自述。她已處於解放區法令保護下，可以去掉這個「舊根」作的孽了，但她又深知那「漢子」13 年疼她、撫養她，如今一心等著和她圓房的全部心思。她喊他「哥」是親的，若作妻就毀了自己一生，她懼怕、感恩、拖宕，直到假裝成親卻抵死不從被醜相兒用斧砍傷。貴女兒在小說的最後一句仍說：「好同志呵，我被砍死倒好了，我這不死的苦人兒，你叫我以後跟他怎樣辦呀！可是我不怨他的！他

康濯也是解放區青年作家出身的

也是夠可憐的呵！夠……可憐……憐呵……」這個無法解決的結局就留給讀者了。整個的悲劇是因新的婚姻制度代替了舊的婚姻制度，而女性由於自身利益已經先期覺醒，卻又陷入了理智、倫理、感情的大淖中無法解脫，這樣來展示解放區農民（尤其是婦女）的新生反帶來深刻痛楚的精神歷程，來表達一個新舊過渡的時代，正是此篇震撼人心所在。康濯（1920—1991）的《我的兩家房東》，用抒情含蓄筆法寫的，正是邊區青年男女擺脫買賣強迫婚姻後的喜悅。但寫到《災難的明天》，他的筆就沈重起來。這是個解放區遇災，農民是老辦法逃荒還是留下生產自救的一個題材，不過祥保一家還有特殊的情境：祥保媽是嫁小丈夫受氣養成的強悍性格，她又給 20 歲的祥保娶了 13 歲的媳婦春妮，小女人也充滿怨恨。這兩代不自然的婚姻關係，在這平常的抗災故事當中形成了意想不到的張力，成就了此篇在新社會環境下寫舊制度殘餘力量，來襯托農民新生的主旨。因而比同類作品要深刻得多。而在冀中成長的孫犁（1913—2002），正是 1945 年調延安「魯藝」學習、工作期間，寫出《荷花淀》這一雋永的篇章的。孫犁後來始終表現出一個特異的左翼作家的姿態，據說此篇在延安《解放日報》剛發表時，還有人批評說是「充滿小資產階級情緒」、「缺少敵後艱苦戰鬥的氛圍」。[1]而《荷花淀》的審美趣味正是要在殘酷的戰爭中挖掘出北方水鄉青年女性的美來，所以角度是獨特的：在一場女人遮遮掩掩的探親中寫一場戰鬥，在貌似埋怨的口風中寫她們對遊擊戰士丈夫的愛。文字純白、乾淨。像這樣的開頭：

　　　月亮升起來，院子裏涼爽得很，乾淨得很，白天破好的葦眉子潮潤潤的，正

---

① 見 1945 年 6 月 4 日《解放日報》的《我們要求文藝批評》一文所介紹的情況。

好編蓆。女人坐在小院當中，手指上纏絞著柔滑
修長的葦眉子。葦眉子又薄又細，在她懷裏跳躍
著。①

孫犁在他的白洋淀、荷花淀

　　是一種柔中有剛的、爽朗明淨的詩化敘事風
格。孫犁有他自己的美學理想，就是經過著意刻
畫的農村青年婦女群像，《荷花淀》、《囑咐》
裏的水生妻子，《蘆花蕩》裡的女孩子，《鐘》
裏的尼姑慧秀，《走出以後》裡 17 歲的小媳婦
王振中，《麥收》裡的二梅等，來表現新時代農
村女性的識大體、肯吃苦、樂觀、獻身的心靈美
麗。民族戰爭中人們經受的物質苦難和精神重
負，作者是同樣經受過的，但他偏要從中挖掘詩
意。就如他最熟悉的河北婦女出門的習慣：「這
不知道是什麼風俗，冀中的婦女們，只要一出大
門，只要是成群結隊，也不管是去開會，去上
學，去破路或是割電線，一個個打扮得全像走禮串親一樣。」②孫犁的美的「哲學」就
是從生活中提煉出來，後來形成解放區文學革命抒情的「荷花淀派」。

　　到了 1940 年代的中期之後，應當說是「『五四』後」文學的規律性在起著作用，
國統區和解放區同時迎來了中長篇小說創作的高潮。解放區在《講話》的推動下，寫工
農兵的氣勢很盛。這裡又分探求用農民喜愛的文字形式寫給農民看，和努力表現農民這
樣兩種。前者最高的成就是出現了趙樹理，他的長篇《李有才板話》、《李家莊的變
遷》所達到的文體，是內在地運用農民思維、農民語言改造新文學小說體式的結果（將
在以後論述）。柯藍的《洋鐵桶的故事》（1944）、馬烽、西戎的《呂梁英雄傳》
（1945），尤其以孔厥、袁靜的《新兒女英雄傳》（1949）為代表的，是一股復興、
改革章回體的長篇流脈。章回革命長篇小說的銷行並不壞，說明農民讀者仍然喜歡它們
的傳奇性，和平易生動的說唱文學風味。而基本屬於用知識者熟悉的文體（儘管做些口
語化、故事化的調整）來寫工農兵的，如柳青深入米脂縣鄉村三年寫成的《種穀記》
（1947），表現集體變工生產帶來的農村複雜鬥爭；歐陽山《高幹大》（1949）最
早寫農村的合作社經濟；草明《原動力》（1948）寫恢復水力發電廠的工人；劉白羽
《火光在前》（1949）是寫部隊、寫兵的。在這些中長篇中間，描寫土地改革給農村
帶來翻天覆地變化的丁玲的《太陽照在桑乾河上》（1948），周立波（1908—1979）

① 孫犁：《荷花淀——白洋淀紀事之一》，《孫犁選集・小說》，西安：陝西師範大學出版社 2003 年版，第 39 頁。
② 孫犁：《麥收》，《孫犁選集・小說》，西安：陝西師範大學出版社 2003 年版，第 49 頁。

的《暴風驟雨》（1948—1949），無論從哪個方面考察，都是解放區文學的代表性作品。這兩部長篇 1951 年分別獲史達林文藝獎金二三等獎，《太陽照在桑乾河上》的文學地位略高，留下的可供歷史思索的價值也更大些。「五四」以來的歐化小說在解放區遇到真正吸收民間營養的歷史機會，與民間結合，創造出丁玲、孫犁、趙樹理等多種小說體式，對 1950 年後的小說有深遠影響。連章回體革命小說以後也有《敵後武工隊》、《林海雪原》（後者儘管沒有章回形式）來做延續。

綜觀解放區文學與農民的結合，無論從規模上，和都市作家、根據地本土作家對生活的體驗深度上，都攀向了歷史的新制高點。「五四」文學的先進性與此時民間化的需求不是全然沒有矛盾，但文學革命化、現代化的糾纏，並引發的創作方式也沒有停步。在解放區，文學為政治服務得到了強化，下基層及突擊運動式的寫作一時成為風氣，不免輕視了文學創作自身的規律。這些無疑都要帶到下一個文學時段裡去了。

中國人民文藝叢書目錄

書名	文體	作者	書名	文體	作者
白毛女	新歌劇	延安魯迅文藝學院集體賀敬之、丁毅執筆	太陽照在桑乾河上	長篇小說	丁玲
王秀鸞	新歌劇	傅鐸	暴風驟雨	長篇小說	周立波
劉胡蘭	新歌劇	魏風、劉蓮池	高幹大	長篇小說	歐陽山
赤葉河	新歌劇	阮章競	種穀記	長篇小說	柳青
無敵民兵	新歌劇	柯仲平	洋鐵桶的故事	長篇小說	柯藍
不要殺他	新歌劇	華北抗敵劇社集體，劉佳執筆	原動力	長篇小說	草明
逼上梁山	新平劇	延安平劇研究院集體	呂梁英雄傳	長篇小說	馬烽、西戎
三打祝家莊	新平劇	延安平劇研究院集體，任桂林等	地覆天翻記	長篇小說	王希堅
血淚仇	新秦腔	馬健翎	李有才板話	長篇小說	趙樹理
大家喜歡	新秦腔	馬健翎	李家莊的變遷	長篇小說	趙樹理
窮人恨	新秦腔	馬健翎	地雷陣	短篇小說集	邵子南、孫犁、秦兆陽等
保衛和平	新秦腔	馬健翎	無敵三勇士	短篇小說集	劉白羽、劉石等
李國瑞	話劇	杜烽	一個女人翻身的故事	短篇小說集	孔厥、束為、方紀等
紅旗歌	話劇	劉滄浪、魯煤、陳懷皚等	晴天	短篇小說集	王力等
把眼光放遠點	話劇	冀中火線劇社，胡丹沸、成蔭等	老趙下鄉	短篇小說集	俞林等
戰鬥裏成長	話劇	胡可改寫	雙紅旗	短篇小說集	魯煤等
炮彈是怎樣造成的	話劇	陳其通	王貴與李香香	長詩	李季
李闖王	話劇	阿英	趕車傳	長詩	田間
過關	(不詳)	山東實驗劇團集體，賈霽、李夏執筆	佃戶林	詩集	蕭三、艾青、王希堅等
紅燈記	(不詳)	柳夷	圈套	詩集	阮章競、張志民等
兄妹開荒	秧歌劇	王大化、馬可等	東方紅	詩集	工農兵群眾
團結立功	秧歌劇	魯易、張捷	英雄的十月	報告文學	華山
牛永貴掛彩	秧歌劇	周而復、蘇一平等	沒有弦的炸彈	報告文學	丁奮等
王克勤班	秧歌劇	晉冀魯豫軍區文藝工作團等	飛兵在沂蒙山上	報告文學	韓希梁、洪林等
寶山參軍	秧歌劇	王血波、王莘等	諾爾曼・白求恩斷片	報告文學	周而復、師田手等
貨郎擔	秧歌劇	延安橋鎮鄉群眾秧歌隊集體	光明照耀著瀋陽	報告文學	劉白羽
改變舊作風	(不詳)	太行武鄉光明劇團集體，高介雲執筆	解救	報告文學	周元青等
劉巧團圓	曲藝	韓起祥	英雄溝	報告文學	鄭篤等
晉察冀的小姑娘	曲藝	王尊三、趙樹理等			

1948 年春夏在河北平山縣由周揚主持，柯仲平、陳湧編輯，後康濯、趙樹理、歐陽山也參編。

1949 年 5 月起由新華書店陸續出版，當時署「中國人民文藝叢書社」。初編 55 種（實際 49 年出 57 種）。

1950 年除將已出版的陸續訂正以新版式重印外，新編《火光在前》《漳河水》《趙巧兒》等再陸續出版。編輯者改署「中國人民文藝叢書編輯委員會」。

1950 年版新增：

    《趙巧兒》   李冰（詩歌）

    《永遠前進》   劉白羽、生木等（小說）

    《走向勝利的第一連》董彥夫（報告文學）

    《六十八天》   韓希梁（報告文學）

    此叢書代表解放區貫徹「講話」的成果。

    根據劉增傑主編《中國解放區文學史》及其他材料匯集。

第三十五節　桂林：戰時「文化城」的戲劇潮出版潮

　　桂林和下節將要述及的昆明，在戰前只是中國內地邊緣省份的一個重鎮，經濟、文化都與東部沿海城市無法相比。但抗戰時的特殊位置造就了它們與文學的因緣。桂林的地位自然不全在於風光的旖旎，而是它正處於抗戰政治、文化的緩衝地帶。廣西的地方勢力與中央久有矛盾，現在中央政府退居內地，地方上得到倚重，行使權力的空間陡然增大。國共第二次合作，在統一戰線的掩蔽下兩黨力量的角逐在這裡也上演得有聲有色。後方的文化分割，重慶、延安自不待說，昆明因國內著名大學的聚集一時變作「京派文學」大本營，而桂林便成了此外的文人匯聚所。在這個連接西南、東南的交通結點上，它成了南北文化流動的理想集散地。比如夏衍奉命把《救亡日報》從上海撤出南遷，第一站本是廣州，後來廣州淪陷便在日軍離城只幾十里的最後一刻，離穗至桂。1941 年「皖南事變」爆發，左翼文人就向桂林疏散。到年底發生珍珠港事件，接著香港淪陷，大批進步文化人和市民又千辛萬苦回撤到桂林。有人在解釋 1942 年 3 月以後桂林文化何以高漲的原因時，以左派的眼光看待說：「到重慶，那是法西斯魔窟；到昆明，那裡的空氣並不那麼好。延安又被封鎖，於是相比之下，還是桂林稍為安全和穩定。」[1]若從文學家創作環境看，昆明和桂林的區別是昆明有餘裕來沈思、體驗戰事，桂林卻距戰火不即不離，好似迫在眼前，又可從容構想。因而艾青與戴望舒兩位戰前分屬不同流派的詩人，會在桂林合作辦詩刊《頂點》，所設想的刊物宗旨與武漢時期不同，變得寬大了，既說「應該成為抗戰的一種力量」，又聲稱「所說不離開抗戰的作品並不是狹義的抗戰詩」。[2]再如茅盾由香港撤到桂林，寫完描述戰亂的《劫後拾遺》，就寫起了醞釀已久的描述 20 世紀初江南城鎮風雲的《霜葉紅似二月花》，且寫得繾綣細膩，一副中國氣派。等離開桂林這幾可掠美江浙水鄉的環境後，就一直不能完卷（自然還有其他的原因）。當時號稱「文化城」的桂林就憑著自己獨特的環境，猛然崛起。

　　這是非常奇異的戰時城市文化景象。桂林的人口急劇增加，從 1936 年剛做省會時的 7 萬人，到 1944 年竟超出了 50 萬人。避難而來的全國性單位眾多。僅南京中央研究院各所遷桂者，就有丁西林任所長的物理研究所（丁本人還是著名的劇作家），汪敬熙任所長的地理研究所，李四光任所長的地質研究所。還有中央與各省的銀行二十

---

① 林煥平：《桂林抗戰文藝的成就和意義－李建平著〈桂林抗戰文藝概觀〉序言》，《桂林抗戰文藝概觀》，桂林：灕江出版社 1991 年版，第 3 頁。

② 見 1939 年 7 月《頂點》創刊號的《編後雜記》。轉引自解志熙《摩登與現代》，北京：清華大學出版社 2006 年版，第 6 頁。

抗戰期間全國各報刊書店紛紛邊桂，造成戰時文化城。這是大公報桂林館人員合影。二排左四起為胡政之、徐鑄成、張季鸞

多家。由於中華職業教育社、無錫國學專修館、國際新聞社、中國農村經濟研究會、江蘇教育學院、北平新聞專科學校、中國青年記者協會等內遷的文化教育機關的帶動，加上本地原有的廣西大學、桂林師範學院師生，所匯成的文化人口，素質都是不低的。於是，本地的話劇觀眾形成了，報刊雜誌也有了口味較高的讀者群。後來桂林出版發行的報刊劇增，僅報紙一項除原《廣西日報》外，便有了《大公報（桂林版）》、《救亡日報》、《力報》、《掃蕩報》等全國性的大報。最可驚的是桂林街頭與飯鋪一樣比比皆是的，竟是書報店。桂西路一帶形成了上海四馬路性質的文化街。全國的大出版社紛紛在此開闢分店。文學的核心組織是「文協」桂林分會，經過近一年的慎重籌備，於1939年10月召開成立大會。本地由李任仁、李文釗出面，外來的作家夏衍、王魯彥、歐陽予倩、黃藥眠、孫陵、艾蕪、胡愈之、焦菊隱、舒群等當選理事中已屬多數，王魯彥為實際負責人。全國作家與當地文人匯合後，佔據了文化要津。其中居住超過兩年以上的（包括多次來桂的累計時間），有歐陽予倩、孟超、盛成、司馬文森、秦似、艾蕪、王魯彥、彭燕郊、熊佛西、邵荃麟、葛琴、聶紺弩、巴金、柳亞子、駱賓基、田漢、端木蕻良、夏衍等。短期居住卻產生巨大影響的，如茅盾、艾青、胡風。1938年郭沫若帶著三廳人馬從武漢、長沙退下來經過桂林，只住了二十多天，卻把部分人員安置在桂林行營政治部組成三科。這批文化人日後在當地被呼為「小三廳」，其作用可見

一斑。

　　對於戲劇，桂林本土的優越條件首先在於地方戲曲的發達，及並不保守的態度。兩位話劇界泰斗人物歐陽予倩、田漢當初入桂的第一動機，都是受邀來助改舊戲的。歐陽予倩（1889—1962）由省政府、廣西戲劇改進會 1938 年夏請來。他做的第一件事就是將自己在上海演出成功的京劇劇本《梁紅玉》改成桂劇，交給桂林南華戲院桂劇班，由當年四大名旦謝玉君、李慧中、方昭媛、尹羲輪流扮唱戲中的主角民族女英雄梁紅玉，引起全城轟動。1939 年他再來此地並長期居住，省裡將桂劇改革的事務全盤託付給他主持，先任省戲劇改進會長，後又任省立藝術館館長兼桂劇實驗劇團團長。他在本地梨園行建起嚴格的導演排練制度，培養新型戲劇人

在桂林演出歷史劇的潮流中歐陽予倩的《忠王李秀成》也是重頭戲

才，把話劇的經驗帶到地方戲曲藝術中來，先後編寫、整理過的戲劇劇本有 14 部，尤以將自己話劇代表作《桃花扇》改成京劇、桂劇為其中之翹楚。桂劇《桃花扇》的首演，創下 33 場不衰的破天荒記錄，從中也可反觀本地戲劇觀眾的數量龐大。另一位田漢，1939 年第一次來桂是受廣西大學、戲劇改進會的邀請，帶著一個平劇宣傳隊在新世界大戲院演出自己改編的京劇《新雁門關》。田漢的作派與他的老朋友歐陽予倩不

1942 年於桂林，左起田漢、王瑩、夏衍

同。他的力度大，富大眾色彩，給本地吹來強勁的抗戰歷史戲的新風，包括舞臺形式的大膽改變：在演員上下場的馬門門簾上繡「抗戰必勝」、「救國必成」字樣；代替往日戲臺桌圍子上面的蟠龍圖案的，現在是田漢點明主旨的四句題詩：「演員四億人，戰線一萬里，全球作觀眾，看我大史戲」。將左翼戲劇傳統中的政治鼓動作用盡情發揮，把氣氛搞得濃濃的。[1]這一次，田漢還在桂林完成了他表現明代抗倭的《新兒女英雄傳》、宋代民間抗金的《江漢漁歌》兩個大型京劇劇本，趕排後在金城大戲院公演，場面同樣熱烈感人。《江漢漁歌》這個戲，田漢從武漢時期寫

---

① 引自董健《田漢傳》，北京：十月文藝出版社 1996 年版，第 558—559 頁。

起，在桂林定稿，後來成為他改編戲曲中演得最多、反響最大的一部作品。我們要理解當日舊戲改造與話劇普及是如何在桂林融為一體，互相促進的，只要看看當地報紙所載歡迎田漢的新聞標題：「一切舊劇服務於抗戰的先聲，在歡迎田漢席上，平、湘、桂、粵話劇人員大團結」，[①]就可一目了然。待 1941 年田漢第三次赴桂定居，一住便是三載，同時寫作話劇、京劇、湘劇，具備幾副筆墨，影響就更大了。

　　這樣，桂林作為大後方僅次於重慶的戲劇中心地位，很快顯現。形成了以國防藝術社、新中國劇社、省立藝術館話劇實驗劇團為核心的演劇隊伍。其中由本地進步文化人主持的國防藝術社成立最早，是受官方資助的。它經過擴充，孟超、焦菊隱先後加入負責，演員有鳳子、陳邇冬、唐若青等參加，陣容壯大。許多著名導演都給該社導過戲，如歐陽予倩導過《青紗帳裡》（自編劇）、《魔窟》（陳白塵），洪深導過《夜光杯》（尤兢即于伶），焦菊隱導過《雷雨》（曹禺）、熊佛西導過《北京人》（曹禺），章泯導過《飛將軍》（洪深），還演過《阿Q正傳》（田漢改編）、《原野》（曹禺）等名劇。演出以現實劇為主，直到 1942 年解散。新中國劇社是一民間團體，1941 年末成立，吸收了西南各地被打散的演劇隊隊員，有共產黨人滲入。杜宣、瞿白音先後管理。田漢為名譽社長，專為此社趕寫過話劇《秋聲賦》。《秋聲賦》在田漢抗戰話劇中是以自身的家庭婚戀為原型寫出的，將文化人在報國和戀情矛盾中如何自處，表達得入情入理。此社能演中外戲劇，如《再會吧，香港！》（田漢等編劇）、《戲劇春秋》（夏衍等編劇）、《重慶二十四小時》（沈浮編劇），蘇俄的《欽差大臣》、《大雷雨》等。並積極參加西南地區的戲劇活動。另一個戲劇組織省藝術館，是地方政府官辦的，但它將職權交給話劇、戲曲兩棲的歐陽予倩。話劇方面，歷史劇、現實劇並重。所演五幕《忠王李秀成》，為歐陽予倩《桃花扇》外這時期的另一代表作。這個「太平天國」戲所述李秀成解救天京終歸於失敗，表現農民起義內部分裂的悲劇性，激動了桂林全城。連演 23 場，場場爆滿，據說觀眾達三萬多人次。歐陽予倩還導了陽翰笙在重慶寫的《天國春秋》，此劇描寫韋（昌輝）楊（秀清）內訌，加上洪宣嬌、傅善祥，個個性格鮮明，衝突緊張集中，舞臺效果極強，演出時在桂林也引起街頭巷尾爭說「太平天國」的熱潮。1942 年7 月田漢邀請戲劇界人士在桂林七星岩舉行過歷史劇問題的座談會，顯示了抗戰歷史劇的特別的成果。在現實題材方面，歐陽予倩導了夏衍的《心防》、《愁城

桂林時期演出的太平天國歷史戲之一：陽翰笙話劇劇本《天國春秋》

---

① 見 1939 年 4 月 24 日桂林《救亡日報》的報導。轉引自董健《田漢傳》，北京：十月文藝出版社 1996 年版，第 558 頁。

記》，老舍、宋之的合寫的《國家至上》。加之別人導的曹禺《日出》、老舍《面子問題》、陳白塵的《結婚進行曲》、丁西林的《妙峰山》等，可與歷史劇平分秋色。《心防》是夏衍 1940 年在桂林期間所寫最重要的劇本，描寫留在孤島上海堅持的文化人怎樣用筆來保衛五百萬人的精神防線。三大劇社外，還有海燕劇藝社、樂群劇團、「七七」業餘劇社、新安旅行團、三廳下屬的抗敵演劇第九隊、大中學校的學生劇團等，也都經常出演。

　　這些劇團圍繞著歐陽予倩、田漢、夏衍三位著名戲劇家，同舟共濟，互相配合默契，造成了很多有聲勢的戲劇活動。如夏衍為解決《救亡日報》無經費的燃眉之急，1939 年舉辦募捐義演，就是依靠在桂的所有劇界同人。上演的是夏衍用三星期趕寫的《一年間》，以江南鄉紳家庭在離亂中的思想動盪，反映一年來民眾經受的戰爭考驗。導演團裏除焦菊隱為首席，其他孫師毅、馬彥祥、田漢、夏衍均參與執導。此劇分三個語種排練，桂語組由歐陽予倩、馬君武協助，粵語組請語言學家陳原當顧問。簡直就是一次戲劇集團軍的大會戰。結果在桂連演九場，觀眾萬餘人，加上後來的重慶演出，共募得一萬七千多元基金，算得是了不起的票房價值了。其他如 1942 年夏衍一行冒險由港返桂後，洪深提議把這段經歷集體寫成劇本。次日即碰出框架，夏衍分工寫第一幕，洪深寫二、三幕，田漢寫第四幕，一星期寫畢初稿，夏衍潤色後交歐陽予倩導演，新中國劇社一星期就排好。這就是劇界又一次的合作結晶《再會吧，香港！》。此劇原先辦理了「准演證」，卻在首演第一幕的中途被憲警勒令停演，許多觀眾不想退場，反而撕掉戲票以示對戲劇家的敬意和阻演勢力的堅決抗爭。[①]

西南劇展會的海報

桂林戲劇的戰時特色和大眾特色，在這些事件上表現得輪廓鮮明。這裡的演出頻繁，不斷有新的戲劇作品和隊伍產生，卻沒有新的戲劇家的湧現（重慶與延安就有）。因這裡只是個新建的戲劇活動天地。在此天地裡，與戰前上海和戰時重慶相似的條件出現了：擁有了大批的戲劇文化人（缺陷是流動性大），集中了眾多具一定文化消費習慣和能力的市民觀眾。劇場演出於是有了大眾基礎！過去的史料偏重於進步文化人的進退、分合的敘述，忽略了長沙大火及廣州、香港淪陷後普通市民向桂林的大規模轉移。這種戲劇接受者（讀者）形成的大眾前提，至少是與劇作家前提一般重要的。後來發展到 1944 年桂林舉辦「西南戲劇展覽會」（簡稱「劇展」），那就更是一

① 以上資料見陳堅《夏衍傳》，北京：十月文藝出版社 1998 年版，第 310、354 頁。

種「大眾節日」形式的戲劇活動了。

　　這次「劇展」在戰時匱乏的物質條件下進行，是個奇蹟。事情由起是因歐陽予倩一手籌款興建的廣西藝術館新廈的落成，戲劇家有了自己的專業場地，自然要慶祝一番，遂演變成了一次檢閱抗戰戲劇成果的大型舉動。在歐陽予倩、田漢、熊佛西、瞿白音等人的組織領導下，從這年的 2 月 15 日到 5 月 19 日，歷時三個月，規模不謂不宏大。演出單位包括：抗敵演劇 4 隊、7 隊、9 隊、廣西藝術館話劇實驗劇團、新中國劇社、四戰區政治部教導大隊、七戰區政治部藝宣大隊、江西戲劇工作者代表團話劇組和平劇組、四維平劇社、廣西戲劇改進會桂劇實驗劇團、廣西省立藝術專科學校劇團、中山大學話劇團等八省 29 個團體，演員近千人，參展劇目 126 個，包括話劇 31 個、平劇 28 個、桂劇 9 個、活報劇 7 個、歌劇 1 個等。[①]看劇的觀眾有十多萬人次。同時舉行西南戲劇工作者大會，草擬並通過《劇人公約》。舉辦大型戲劇資料展覽，展出 10 多個戲劇團體送來的文獻、照片、圖表、臉譜、舞臺模型與設計、手稿、著作、劄記等 1029 件展品，內容出人意外的豐富，觀眾也達三萬六千人次。從話劇的 31 個劇目看，「劇展」本身並沒有產生重大作品，確實是個「檢閱」。它表達的是中國戲劇家在戰爭環境下保衛文化、堅持創作的信心，是戲劇服務於大眾的有力顯示。原來，歐陽予倩與田漢在進步戲劇界所代表的風格是不同的：歐陽予倩比較正規、冷靜，在編導時注意藝術上的精雕細刻；田漢熱情、浪漫，編導有股衝力，政治上的突擊意味較濃。在這次「劇展」過程中，雙方都有一定程度的磨合，顯示了劇人的進步。而「劇展」絕不是孤立的行動，在此前此後，桂林四五年中確係維持著密集演出的大舞臺狀態。據有關統計，僅話劇的演出 1939 年就有 265 場次，1940 年有 131 場次，1941 年有 164 場次，

與西南劇展同時舉行的戲劇工作者大會全體合影。會議主持人為歐陽予倩和田漢

---

① 所演出的劇目詳見《桂林抗戰文藝概觀》，桂林：灘江出版社 1991 年版，第 126 頁。

著名的散文刊物《野草》月刊創刊於1940年的桂林

1942年有228場次。其中1939年月平均等於演出22場，1942年月平均是19場。[①]難怪田漢1942年寫信給郭沫若，會說桂林的劇運幾乎「可以做到天天有話劇看。今年可以說是『話劇年』」。[②]而且這種演出一直堅持到桂林1944年年底的淪陷為止。便是到城破在即，政府軍下達第一次疏散令的時候，新中國劇社還在省藝術館演出大型話劇《怒吼吧，桂林！》呢。

其他戰時桂林的文學成績，可從文體上分述。散文因形成了「野草」派，為一獨特現象。主要是圍繞1940年8月創刊的專門性雜文刊物《野草》（夏衍主編），構成的寫作群體。這時魯迅逝世四年，雖然各地年年都舉辦大小紀念會，但魯迅的雜文時代是否過去，從1938年《文匯報・世紀風》上就能看出社會的反應。[③]《野草》的刊名與風格，和孤島上海的《世紀風》、《魯迅風》等一樣，都是以繼承魯迅為己任的。秦似執筆的《野草（代發刊語）》表明了刊物的立場：「我們有些人雖然自稱善於憧憬光明，卻同時也善於忘懷災難。前線和敵佔區正在一槍一彈搏擊敵人，在後方倒有人窮奢極樂，富麗豪華，坐汽車上館子，運私貨發大財，口裡說的是抗戰建國，心裡想的甚至手裡做的卻可以說是抗戰建家。」可見「野草」雜文主旨是批評不合理的現實，但用的不一定是直筆而可能是曲筆。如代表作家聶紺弩（1903—1986），擅長談婦女、倫理、歷史諸事，骨子裡均指向民族性格、文化思想的醜陋面。《我若為王》假設「我」成為「王」後的種種，斥責專制獨裁及其社會奴性基礎。《兔先生的發言》揭露國民劣根性的媚態。《韓康的藥店》以西門慶霸佔韓康的藥店卻獨霸不了市場為譬，暗示壓制民主不能決定人心所向。政治性與思想性兼顧，筆法幽默，寓意深長，是聶紺弩的雜文個性。《韓康的藥店》發表的當時，曾經激動了民眾讀者，事過境遷，其思想的批判鋒芒仍然不減。他結集的有《歷史的奧秘》、《塔與蛇》、《早醒記》等。「野草」群體中，還有夏衍的國際時事隨筆的切中要害，文化雜談的犀利明快，文章均收《此時此地集》、《長途》。秦似那時是初上文壇的青年雜文家，所寫時評、劄記的文化氣息濃厚，酣暢辛辣，形式活潑，出過《感覺的音響》、《時戀集》等集子。孟超出版了雜文集《長夜集》、《未偃草》，裡面的雜論和戲評

① 見劉壽保：《桂林文化城的成就和貢獻》，魏華齡等主編《桂林抗戰文化研究文集》，桂林：灕江出版社1992年版，第87頁。
② 田漢致郭沫若的信見《戲劇春秋》第2卷第2期「通訊」，轉引自《桂林抗戰文藝概觀》，桂林：灕江出版社1991年版，第28頁。
③ 1938年12月18日的《文匯報・世紀風》發表巴人等聯名的文章《我們對於魯迅雜文的意見》，是對一個時期爭論魯迅的諷刺是否過時的一種表態。

顯出生活知識的豐盛，形散卻有力道。宋雲彬的《破戒
草》、《骨鯁集》，其中的時評質樸嚴正，讀史論史均
能做到筆底藏鋒。因為《野草》的戰鬥性得到讀者的公
認，印數迅速攀升，從最初的三千份至一萬份，高峰時
達到過三萬。據說毛澤東在延安聽聞，要求每期給他寄
去兩份。到 1943 年被當局查禁，轉至香港復刊也就不
怪了。但《野草》有同盟軍，僅在桂林聯手發表雜文的
便有許多副刊，如初期《救亡日報》的「文化崗位」、
《廣西日報》的「灘水」、「南方」，《國民公論》的
「寸鐵」等。秦牧就是在這些報刊上脫穎而出的散文
家。他後來出的第一本集子就名為《秦牧雜文》，大
部都是桂林時期所作。這只要看他的題目《私刑‧人
市‧血的賞玩》、《鬼魅一夕談》，就能感受他的感

茅盾的《霜葉紅似二月花》是他
1940 年代重要小說

情與知識兩重統攝的文化批判氣息，為他日後的發展鋪下了基石。

論及小說，這時候的桂林有時代小說、抗戰小說、鄉土小說的產生。首要的就是
茅盾的《霜葉紅似二月花》，是他 1942 年香港脫險到達桂林暫居九個月，除報告文
學、雜文、短篇小說之外最重要的收穫。那時他寄住在邵荃麟所租房子的廚間，在擺滿
油鹽醬醋瓶瓶罐罐的桌子上，開始他的時代長篇系列裡年份最早（「五四」運動前夕）
的一部的寫作。《霜葉紅似二月花》的歷史場面、社會思想變動情景和時代概括的氣
勢，廣闊壯大一如《子夜》；但歷史畫卷的勾勒並非粗線條，卻是格外細膩，特別注重
細部刻畫。民國初期的新興資本家、輪船公司經理王伯申、封建土豪劣紳趙守義、青年

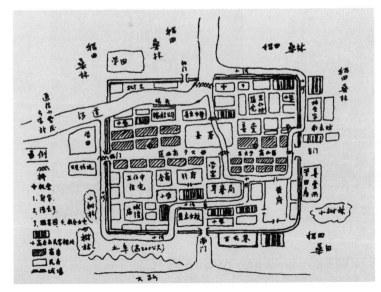

茅盾創作《霜葉紅似二
月花》時手繪的小說背
景縣城圖

資產階級改良派地主兼知識份子的錢良材及其背後的農民，在此江南小城裡，構成了複雜的時代矛盾。而這些矛盾既表現為開闢小火輪航道和淹沒農田的嚴重糾葛，也深入到張婉卿、黃和光、錢良材的家庭婚姻關係，深入到縣城的大戶趙守義、王伯申、朱行健各家的生活中去。於次第展開的江南城鎮描繪裡面，作者對錢良材的「霜葉」性質未曾充分描寫，而對他同情農民立場的讚揚、對他個人品性遭遇的憐惜，使得一支筆複雜起來。對於張、黃的夫妻隱私、心理波折、日常起居、家庭佈置、親屬往來，採用《紅樓夢》式的細緻鋪陳，絲絲入扣的綿密針法，顯示出醇厚的東方古典審美情調。《霜葉紅似二月花》只完成第一部的 15 萬字，當年發表、出版後就引起熱烈反響。[1]直到 1974 年作者才試圖續寫，仍未最後完成。只是從殘存的部分章節和提綱裏，可以瞭解到國共北伐戰爭的合作與分裂、國民黨左派的動搖性、舊式女性蛻變為時代女性的複雜過程，仍是小說的重心所在。而對浙江縣城上層家庭及其中男女兩性婚姻關係的精緻刻畫，在巨大的歷史結構中融入中國傳統言情敘事的民族化經驗，依然是這部長篇的最成功之處。[2]

此外，艾蕪是個勤勉的脖子上挎了墨水瓶的小說家。他在桂林近五年中，短篇不論，僅鄉土長篇就有《故鄉》、《山野》兩部。尤其是五十萬字的《故鄉》，以四川大後方偏僻縣城為背景，寫大學生余峻廷戰時回家由滿腔熱血到心灰意冷黯然離去的二十多天生活。艾蕪已經遠離他《南行記》的浪漫筆調，而是以悲劇性的冷峻、清醒，來面對封建型農村的腐敗、灰暗，和背後拖著的那腐朽的根系。巴金在桂，前後陸續住了兩年多，為桂林文化生活出版社的事業操心，並寫出長篇《火》的第三部，發表了重要的中篇小說《還魂草》。司馬文森提供了豐厚的抗戰小說，有長篇《雨季》、《人的希

《北望園的春天》扉頁

駱賓基短篇小說集《北望園的春天》1946 年版本

---

① 見《〈霜葉紅似二月花〉第一部座談紀要》，載 1944 年 2 月《自學》2 卷 1 期。
② 見茅盾《霜葉紅似二月花》（續稿），載 1996 年 5 月號《收穫》（總 119 期）。

望》，中篇《希望》、《折翼鳥》。左翼東北作家端木蕻良、駱賓基都是從香港轉來桂林的。端木蕻良的主要作品中長篇《大地的海》、《科爾沁旗草原》這時已經寫出。在桂林完成的短篇《初吻》、《早春》等，都是在一種憂鬱、眷戀的情緒下對鄉土青年女性的回憶，視角都是童年化的。應當不是偶然吧，駱賓基（1917—1994）懷念性的鄉土小說多寫長時段的人生，自然要用回溯的角度。如《鄉親—康天剛》，回想一個採人參的倔強命運。以孩子視角來回憶的長篇自傳小說《姜步畏家史：幼年》，寫一群生活在中、鮮、俄三國邊境地的人物沈淪的家族故事。而駱賓基在桂林注定要迎來他的創作高潮。以在桂林北望園居住的卑微知識份子群為敘述對象的一組短篇小說，收入《北望園的春天》，讓他的大時代下知識者內心世界的「荒涼」，得到逼真的體現。經濟貧困，心境貧困，人與人之間難於溝通的精神貧困，偶爾閃出一點亮色（與兒子聊天、給雞雛挖蚯蚓的少婦林美娜），也被整體灰色所掩。這裡沒有出色的故事，一個個瑣屑的事件被洞察人心的透析目光所擊穿，充溢著東北作家具備的粗獷的抒情能力，駱賓基又加添上個人對生活本性既深又細的理解。這也是嚴酷戰爭帶來的越過表面而向人生深度諦視的文學，表明左翼能夠達到的高度。

　　關於詩歌。艾青在這裡曾居住了近一年，先後主編了多種文學副刊、詩刊。在桂林艾青寫出了著名的短詩《我愛這土地》，長詩《吹號者》、《他死在第二次》（前章已述）。1939 年在桂林「七七事變」兩周年火把遊行中，他孕育了另一首長詩《火把》。這年還出版了《詩論》，給他帶來詩歌的一次理論總結。艾青一出手便是現實主義與象徵派的融合，再回到戰時現實主義的時候，已大大超越一般的政治鼓動詩派。「七月派」和「嶺南詩人群」，是後方新一代左翼詩歌的代表。在桂林詩壇活躍的另一「七月派」成員是彭燕郊，他寫於桂林的長詩《在這邊，呼喚著》（懷念在新四軍犧牲的「七月派」作家丘東平）、《半裸的田舍》，短詩《小牛犢》等為此時的成熟之作。

「七月」的盟主胡風從香港撤退到桂林一年，寫了長詩《海路歷程》、《記一首沒有寫的詩》，特別為在桂林出版「七月詩叢」而奔波。十二冊的「七月詩叢」許多都是作者的處女集，當它們帶著青年詩人的理想一本本問世時，「七月詩派」在桂林就作新的起飛了。「嶺南詩人」是指兩廣出身的黃寧嬰、蘆荻、胡明樹、鷗外鷗等，原是廣州《中國詩壇》、《詩群眾》的骨幹，後與桂林《中國詩壇》、《詩》關係密切，是長期旅桂寫作的一群。這些人在 1930 年代多半都受到現實主義和現代主義詩派的兩邊激蕩，進入抗戰後堅持積極面對現實，又注意詩藝的探索。黃寧嬰的長詩《潰退》敘述驚心動魄的湘桂大撤退慘痛

《鷗外詩集》書影

被開墾的處女地

山　山
山
山　山
東面望一望
東面一帶
山
山
西面望一望
西面一帶
山　山
山
山　山
南面望一望
北面望一望
都是山
又是山
山呵
山呵
山呵
屋前屋後都是山
窗外門外都是山
街頭巷尾又是山
四周圍都站着突兀的山
赤裸裸的背的山
重重疊疊
包圍住了４十萬人的桂林

與朱的悲哀的虛愛的山呵

《鷗外詩集》中《被開墾的處女地》詩歌形態版面

景象。蘆荻的長詩《長歌——紀念詩人屈原》是借屈原發出政治高壓環境下的憤激之聲。特別是圍繞胡明樹、鷗外鷗編輯的《詩》雜誌而積聚的一批詩人，其前衛意識十分突出。他們有意擱置新詩的「抒情」功用，消除現代派詩的純粹傾向，而吸收其滲入知性、運用抽象思維、能創造獨特意象的優長，寫出左翼的現代主義詩風的作品。有人稱這些詩為「反抒情」的知性詩，並引用胡明樹的話說：「抒情之外當仍有詩存在，因為抒情可以不是詩的決定因素。／抒情以外的詩表面看來是毫無『感情』的，殊不知那感情是早就經過了極高溫度的燃燒而冷卻下來了的利鐵。」[1]就是說戰鬥可以用燃燒的武器，也可用「冷卻」的刀槍。而把批判的詩句冷凝為利劍，正是從魯迅到現代派的經驗所能借鑒到的。如鷗外鷗的《腸胃消化的原理》寫窮人的饑餓，卻冷靜地錘煉成「腸胃問題」：「我蹲伏在廁所上竟日／一無所出／大便閉結，小便不流通／我消化不良了」，「我的胃腸內一無所有／既無所入焉有所出／既無存款即無款可提／瀉無可瀉／瀉無可瀉／我這個往來存款的戶口／從何透支」。[2]枯燥乾巴的聲調配合著奇思怪像，真是入木三分。還有《被開墾的處女地》一詩，表現香港市民、商人大批湧入桂林開發商業之後，這個原先淳樸的山水小城遭受的污染。詩人極其敏感地抓住了這個「現代」題材。寫純淨的山：「山／山／山／東面望一望／東面一帶／山／山／山／西面望一望／西面一帶／山／山／山／南面望一望／北面望一望／都是山／又是山／山呵／山呵／山呵」。寫山城被汙：「原始的城／向外來的現代的一切陌生的來客／四方八面舉起了一雙雙的手擋住／但舉起的一個個的手指的山／也有指隙的啦／無隙不入的外來的現代的文物／都在不知覺的隙縫中閃身進來了。」[3]（此詩用不同大小的字體印出，直觀上山外山內的壓迫感、圍城感異常凸起）無論從詩形、詩思，都是現代派風格的，證明了

---

① 胡明樹：《詩之創作上的諸問題》，載 1942 年 6 月《詩》3 卷第 2 期。轉引自解志熙《摩登與現代》，北京：清華大學出版社 2006 年版，第 30—31 頁。「反抒情」詩派的概念也是此書提出的，我只將他們歸入桂林的「嶺南詩人」中去。

② 此詩轉引自蔡定國等《桂林抗戰文學史》，南寧：廣西教育出版社 1994 年版，第 598 頁。

③ 此詩轉引由《摩登與現代》第 28 頁、《桂林抗戰文學史》第 596—597 頁參用合併。

1940 年代左翼青年詩人所能達到的水平。

　　抗戰時期桂林文學的繁盛，一定意義上決定於出版。正是「出版城」支持了「文化城」。[①]就以發表詩作來說，報紙副刊和一般文學雜誌姑且不計，單是專門的詩刊，桂林一地就有艾青、戴望舒的《頂點》月刊、胡明樹、鷗外鷗的《詩》月刊、黃寧嬰的《中國詩壇》、陽太陽、胡危舟的大型詩刊《詩創作》、孟超、陳邇冬的《拾葉》，加上專門出版的「詩歌叢書」有《詩創作叢書》田間等 20 種，《七月詩叢》艾青等 8 種，綜合起來多得令人難以置信。

　　出版機構如雨後春筍般冒了出來。當年桂林先後營業的書店、出版社共有二百多家。僅 1942 年在書業公會正式登記的即 79 家。[②]重要的有：生活書店、新知書店、讀書出版社、新華日報桂林分館、文化供應社、三戶圖書社、學藝出版社、致用書店、新光書店、遠方書店、實學書局、正中書局、前導書局、拔提書店、青年書店、國防書店、中國文化服務社、華華書店、文獻出版社、文化生活出版社、開明書店、良友圖書印刷公司、大公書店、文光書店、耕耘出版社、石火出版社、立體出版社、國光出版社、光明書局、讀者書店、南方出版社、集美書店、白虹書店、今日出版社、南天出版社、上海雜誌公司等。出版社背後的印刷能力也是驚人的。抗戰初期桂林只有不上 30 家手工印刷廠，不能印製書版。到 1943 年統計，已有大小印刷廠 109 家，其中大型廠家 8 家，能製書版並彩印的 6 家，能製書版兼雜件的 12 家，專門彩印的 5 家，鑄字的 2 家，裝訂的 3 家。每月生產用紙需 1 萬令到 1 萬 5 千令，每月排字可達 3 千萬字到 4 千萬字。[③]有了如此巨大的印刷、出版、發行力量，難怪著名的編輯家趙家璧也驚歎這裡：「每天平均出版新書期刊 20 種以上，刊物的普通銷路約近 1 萬份，一本專談新詩的月刊可銷 7 千本，銷路最大的刊物可印 2 萬份。單行本的印數，初版以 5 千為單位。」[④]這些數位表明，桂林的出版發行當是面向全國甚至香港、南洋一帶，絕非地方產業可比。

　　那時全國書籍總數依趙家璧的說法，「百分之八十是由它（指桂林——筆者注）出產供給的」。[⑤]大約在千種以上。在附表裡可以看到抗戰文學名著有

證明桂林當時文學書籍出版面之廣的解放區丁玲小說集《我在霞村的時候》也在此印行

---

① 這是 1940 年代就有的對桂林的稱呼。如趙家璧 1947 年 5 月 18 日發表在上海《大公報》的文章名為《憶桂林——戰時的「出版城」》。

② 見秋颯《桂林的出版事業》，1942 年 9 月 25 日重慶《新華日報》。

③ 見洗文《桂林市的印刷工業》，1943 年 9 月《中國工業》第 19 期。轉引自魏華齡等主編《桂林抗戰文化研究文集》，桂林：灕江出版社 1992 年版，第 262 頁。

④ 趙家璧：《憶桂林——戰時的「出版城」》，1947 年 5 月 18 日上海《大公報》。

⑤ 同上。

桂林出版物：艾蕪長篇小說《故鄉》篇幅為兩大冊

桂林出版物：艾青重要詩集《北方》

田間著的代表性詩集《給戰鬥者》也在桂林出版

多少都在桂林初版，如《霜葉紅似二月花》（茅盾）、《我在霞村的時候》（丁玲）、《還魂草》（巴金）、《饑餓的郭素娥》（路翎）、《北望園的春天》（駱賓基）、《北方》（艾青）、《黎明的通知》（艾青）、《給戰鬥者》（田間）、《泥土的歌》（臧克家）、《十四行集》（馮至）、《十年詩草》（卞之琳）等，這還不包括鄭伯奇主編的「每月文庫」、邵荃麟主編的「文學創作叢書」、秦似主編的「野草叢書」、巴金主編的「文學小叢書」、胡危舟主編的「詩創作叢書」、司馬文森主編的「文化生活叢書」、趙家璧主編的「良友文學叢書」、胡風主編的「七月詩叢」等 50 多套達數百種的書，它們大部日後成為名著。若以每天出版 20 種書刊計算，文學佔據一半以上是沒有疑義的。這只需看 1938 年 10 月至 1944 年 9 月六年國統區各主要城市期刊出版的一個調查，桂林的 39 種期刊裡文學類占 22 種，其他類才 17 種，一望而知。引人注目的是此統計中，刊物總數重慶共 58 種雖然高居榜首，但論到文學刊物，重慶只 19 種，而桂林的 22 種反超了。[①] 前面說過的詩刊之盛，是一例。專門性的文學戲劇、翻譯、批評的刊物還有《戲劇春秋》、《文學譯報》、《文學批評》等。名聲顯赫的文學創作期刊，靳以的《文叢》，連載過巴金的《火》；葉聖陶的《中學生》戰時半月刊，發表了艾青的詩《我們的土地》；孫陵《筆部隊》，發表過臧克家的詩《大別山》；司馬文森的《文藝生活》發表了夏衍的五幕六場話劇《法西斯細菌》、田漢的五幕劇《秋聲賦》；王魯彥主編的《文藝雜誌》，僅連載的中長篇小說就有巴金的《還魂草》、沙汀《奈何天》（即《困獸記》）、艾蕪《故鄉》、端木蕻良《科爾沁旗草原（第二部）》，還有老舍三幕劇《大地龍蛇》；由熊佛西主編的《文學創作》，發表了茅盾、艾蕪抗戰時期大部分的作品，及郭沫若的四幕歷史劇《孔雀膽》；鳳子、周鋼鳴編輯的

---

① 見李建平《論「桂林文化城」在國統區抗日文藝運動中的地位和作用》，魏華齡等主編《桂林抗戰文化研究文集》，桂林：灕江出版社 1992 年版，第 38 頁。

桂林 1941 年出版的刊物《文藝生活》
創刊號

抗戰時期 1942 年在桂林出版的刊
物《文學創作》創刊號

《人世間》，發表了蕭紅的《紅玻璃的故事》、駱賓基的《幼年》等。桂林與前後成立
過二百個出版機構可以媲美的，是前後出版過的文學雜誌也有二百種左右。這些書刊的
出版，奠定了桂林戰時「文學城」的基石。

　　桂林文學出版業的高度集中，給它帶來聲譽，帶來市場。它吸引了其他抗戰文學
中心的報刊，一時間紛紛向桂林靠攏。郭沫若的歷史劇《筑》在重慶被禁，就是經田漢
拿到桂林，在《戲劇春秋》上易名《高漸離》而發表的。還出現了全國知名的文學刊
物，在外地編輯，卻因各種原因送到桂林來印刷、出版的現象。如昆明西南聯大編的
《國文月刊》，重慶葉聖陶編的《國文雜誌》，甚至周揚在延安編輯的《文藝戰線》，
都不遠幾百里送到桂林來。可見抗戰的文學與出版的扯不斷的關係。這裡的文學世界，
是由抗戰駐在作家和全國作家共同撐起的。作家們在這裡得到養育、錘煉，終將高飛，
桂林是他們懷念不盡的起跑線。

抗戰時期重要作品在桂初版初載一覽

作品	文體	作者	在桂寫作時間	在桂初版單位或初載報刊	在桂初版或初載時間
霜葉紅似二月花	長篇小說	茅盾	1942 年	華華書店	1943 年 5 月
白楊禮贊	散文集	茅盾	1942 年在桂自編	柔草社	1943 年 2 月
見聞雜記	散文集	茅盾	1942 年在桂自編	文光書店	1943 年 4 月
劫後拾遺	報告文學	茅盾	1942 年	學藝出版社	1942 年 6 月
茅盾自選集	散文集	茅盾		天馬書店	1942 年 5 月
面子問題	話劇	老舍		正中書局	1941 年 4 月
王老虎（即《虎嘯》）	話劇	老舍等合著		《文學創作》1 卷 6 期	1943 年 4 月
「民族形式」商兌	評論雜文集	郭沫若		南方出版社	1940 年 8 月
山野	長篇小說	艾蕪	1941 年始	《自由中國》連載 10 章	
故鄉	長篇小說	艾蕪	1940 年始	《文藝雜誌》連載	約 1940 年始
荒地	短篇小說（集）	艾蕪		文化供應社	1942 年 1 月
黃昏	短篇小說（集）	艾蕪		文獻出版社	1942 年 5 月
秋收	短篇小說（集）	艾蕪	1939 年至 1940 年	文獻出版社	1944 年 5 月
文學手冊	文學理論	艾蕪	1940 年	文化供應社	1941 年 3 月
第五戰區巡禮	報告文學集	謝冰瑩等		生活書店（桂）	1938 年 9 月
我在霞村的時候	短篇小說（集）	丁玲		遠方書店	1944 年 3 月
曠野的呼喚	短篇小說（集）	蕭紅		上海雜誌公司（在桂）	1940 年
鄉井	短篇小說（集）	王西彥		三戶圖書社	1942 年 1 月
惆悵	短篇小說（集）	王西彥		今日文藝社	1942 年 12 月
古屋	長篇小說	王西彥		《文藝雜誌》連載前 3 部	1942 年 2 月至 1944 年 1 月
大江	長篇小說	端木蕻良		良友復興圖書印刷公司	1944 年 4 月
科爾沁旗草原（第二部）	長篇小說	端木蕻良	1943 年	《文藝雜誌》2、3 卷連載前 5 章	1943 年 3 月至同年 12 月
金鴨帝國	長篇童話	張天翼		《文藝雜誌》	1942 年 1 月至 1943 年 11 月
吳非有	中篇小說	駱賓基	1941 年完成	文化供應社	1942 年 1 月
邊陲線上	中篇小說	駱賓基		文化生活出版社	1939 年 10 月
北望園的春天	短篇小說	駱賓基	1943 年	《文學創作》	1943 年
仇恨	中篇小說	駱賓基	1943 年完成	水平書店	1943 年
姜步畏家史（第一部：幼年）	長篇小說	駱賓基		三戶圖書社	1944 年 5 月
阿金	短篇小說（集）	沈從文		開明書店	1943 年 7 月
黑鳳集	短篇小說（集）	沈從文		開明書店	1943 年 7 月
春燈集	短篇小說（集）	沈從文		開明書店	1943 年 9 月
磁力	短篇小說（集）	沙汀		三戶圖書社	1942 年 9 月
東平短篇小說集（即《第七連》）	短篇小說（集）	丘東平		南天出版社	1944 年 2 月
還魂草	中篇小說	巴金	1941 年	《文藝雜誌》創刊號	1942 年
火（第二部）（又名《馮文淑》）	長篇小說	巴金	（重慶完成）	開明書店	1941 年 11 月
火（第三部）（又名《田惠世》）	長篇小說	巴金	1943 年	（後由上海開明書店出版）	

作品	文體	作者	在桂寫作時間	在桂初版單位或初載報刊	在桂初版或初載時間
巴金短篇小說集（第三集）	短篇小說（集）	巴金		開明書店	1942 年 6 月
無題	雜文集	巴金		文化生活出版社	1941 年 6 月
旅途通訊	散文集	巴金	部分寫于桂	文化生活出版社	1939 年 4 月
漁家	中篇小說	舒群		《救亡日報》副刊「文化崗位」	1939 年 10 月至 11 月
新水滸	長篇通俗小說	谷斯范		文化供應社	1940 年 5 月
四月交響曲	報告文學集	姚雪垠		前線出版社	1939 年 10 月
紅燈籠故事	短篇小說（集）	姚雪垠		大地圖書公司	1942 年 10 月
饑餓的郭素娥	中篇小說	路翎		南天出版社	1942 年 4 月
鄉下姑娘	中篇小說	于逢		科學書店	1943 年 2 月
夥伴們	長篇小說	于逢、易鞏		白虹書店	1942 年 9 月
杉寮村	中篇小說	易鞏		大地圖書公司	1943 年 4 月
北方	詩集	艾青		在桂自費印刷出版	1939 年 2 月
他死在第二次	詩集	艾青	1938 年至 1939 年	上海雜誌公司（在桂）	1939 年 11 月
黎明的通知	詩集	艾青		文化供應社	1943 年
詩論	文學理論	艾青	1939 年	三戶圖書社	1941 年 9 月
十四行集	詩集	馮至		明日社	1942 年
她也要殺人	長詩	田間		詩創作社	1943 年
給戰鬥者	詩集	田間		南天出版社	1943 年 11 月
隨棗行	報告文學集	臧克家		前線出版社	1939 年 10 月
向祖國	詩集	臧克家		三戶圖書社	1942 年 4 月
泥土的歌	詩集	臧克家		今日出版社	1943 年 5 月
預言	詩集	何其芳		工作社	1944 年
還鄉記	散文集	何其芳		工作社	1943 年 2 月
十年詩草	詩集	卞之琳		明日社	1942 年
春天——大地的誘惑	長詩	彭燕郊	有在桂寫的	詩創作社	1942 年 5 月
戰鬥的江南季節	詩集	彭燕郊		水平書店	1943 年 9 月
第一次愛	詩集	彭燕郊		山水出版社	1946 年
童話	詩集	綠原		南天出版社	1942 年 12 月
旗	詩集	孫鈿		南天出版社	1942 年 8 月
意志的賭徒	詩集	鄒荻帆		南天出版社	1942 年
醒來的時候	詩集	魯藜		南天出版社	1943 年 7 月
躍動的夜	詩集	冀汸		南天出版社	1942 年
後方小唱	詩集	任鈞		上海雜誌公司（在桂）	1941 年 4 月
最強音	詩集	徐遲		白虹書店	1941 年 10 月
此時此地集	雜文集	夏衍		文獻出版社	1941 年 5 月
長途	散文集	夏衍		集美書店	1942 年 12 月
崇高的憂鬱	雜文集	林林		文獻出版社	1941 年 7 月
長筆短輯	雜文集	歐陽凡海		文獻出版社	1942 年 5 月
西北東南風	雜文集	大華烈士		良友復興圖書印刷公司	1943 年 6 月
感覺的音響	雜文集	秦似		文獻出版社	1941 年 7 月
時戀集	雜文集	秦似		春草書店	1943 年 6 月
歷史的奧秘	雜文集	聶紺弩		文獻出版社	1941 年 6 月

續表

作品	文體	作者	在桂寫作時間	在桂初版單位或初載報刊	在桂初版或初載時間
蛇與塔	雜文集	聶紺弩		文獻出版社	1941 年 8 月
破戒草	雜文集	宋雲彬		創作出版社	1940 年 8 月
骨鯁集	雜文集	宋雲彬		文獻出版社	1942 年 9 月
冒煙集	雜文集	何家槐		文獻出版社	1941 年 9 月
愛與刺	雜文集	林語堂		明日出版社	1941 年 11 月
未偃草	雜文集	孟超		集美書店	1943 年 2 月
長夜集	雜文集	孟超		文獻出版社	1941 年 10 月
骷髏集	短篇小說（集）	孟超		文獻出版社	1942 年 8 月
突圍記	小說散文集	孫陵		創作出版社	1940 年 9 月
從東北來	報告文學集	孫陵		前線出版社	1940 年 7 月
蕭連長	短篇小說（集）	吳奚如		三戶圖書社	1941 年 8 月
嬰	短篇小說（集）	梅林		文化生活出版社	1941 年 10 月
蠢貨	短篇小說（集）	司馬文森		文化供應社	1942 年 1 月
轉形	中篇小說	司馬文森		文獻出版社	1942 年 4 月
希望	中篇小說	司馬文森		國光出版社	1942 年 12 月
雨季（上中下冊）	長篇小說	司馬文森		文獻出版社	1943 年 9 月
牛的故事	短篇小說（集）	田濤		華僑書店	1942 年 6 月
突變	中篇小說	荒煤		未明社	1942 年 7 月
荊棘的門檻	短篇小說（集）	韓北屏		白虹書店	1942 年 9 月
鷹爪李三及其他	短篇小說（集）	陳翔鶴		絲文出版社	1942 年 10 月
肥沃的土地（《黃汛》第一部）	長篇小說	碧野		三戶圖書社	1943 年
鐵苗	長篇小說	熊佛西		文人出版社	1942 年 12 月
山水人物印象記	散文集	熊佛西		當代文藝社	1944 年 5 月
戰果	長篇小說	歐陽山		學藝出版社	1942 年 12 月
大時代的夫婦	長篇小說	包天笑		中國旅行社	1943 年 6 月
磨坊	短篇小說（集）	葛琴		耕耘出版社	1943 年 6 月
回聲	散文集	李廣田		春潮社	1943 年 5 月
雙喜圖	短篇小說（集）	李廣田		文化工作社	1943 年 10 月
離散集	散文集	蹇先艾		今日文藝社	1941 年 9 月
旅程記	散文集	以群		集美書店	1942 年 12 月
東南行	散文集	楊剛		文藝出版社	1943 年 1 月
保護色	散文集	方敬		工作社	1943 年 2 月
小雨點	散文集	羅蓀		集美書店	1943 年 7 月
不開花的春天	散文集	陳夢家		良友復興圖書印刷公司	1944 年 1 月
魯迅論及其他	文學理論集	馮雪峰		充實社	1941 年
川西南記遊	詩文集	馮玉祥		三戶圖書社	1944 年 8 月
二十九人自選集	散文集	茅盾等		遠方書店	1943 年

（資料來源：《抗戰時期桂林文學活動》，李建平編著，灕江出版社。
　　　　　《中國現代文學詞典》小說、散文等卷，廣西人民出版社）

第三十六節　昆明：個體生命在時代體驗中沈潛

　　昆明的大後方文學，本來處於國統區的邊緣並不足觀，卻因戰時各種條件的匯合，使得它成了氣候。而且從整個世紀的文學的現代進程來看，它所潛伏下的內質後來竟長久地忽明忽暗地起著作用，為人們始料不及。

　　抗戰之前，昆明當地的文藝是相當薄弱的。這裡山高皇帝遠，漢民族與少數民族雜居共生，地方軍閥和中央有臣服、疏遠、對抗的複雜關係，文化偏於落後而民間積澱深厚。昆明的報紙原先就很少，到1939年只餘下兩種即1924年創辦的《民國日報》、1934年始辦的《雲南日報》。舊的報紙都停刊了，讓位給從文化發達地區遷移來的《南京朝報》、《中央日報》[①]（昆明版）。查當地的文藝組織，1938年5月雲南文藝工作者抗敵座談會易名為「文協」雲南分會，這是對重慶「文協」的呼應。易名會到的人有60餘，主持者張克誠、楊季生等在全國無所聞。半年後，到了1939年1月開會員大會改選理事，出現了穆木天、朱自清、施蟄存、沈從文、馮至等的名字，就可知這個「文協」分會已經由外來文人作為主體了。而這些遷徙來的報社，遷徙來的作

西南聯大校門兩側的民主牆當年也是一景

---

① 見《昆明出版事業》，載1942年11月28日《昆明周刊》第15期。還有一張外來的報紙天津《益世報》，還來昆明一年後又轉移到重慶去了。轉引自姚丹《西南聯大歷史情境中的文學活動》，桂林：廣西師範大學出版社2000年版，第227頁。

西南聯大圖書館，用汽油木箱疊起的書架照樣插滿了圖書

西南聯大附近學生經常光顧的茶館，按汪曾祺回憶是文學青年發祥之地

家，包括遷徙來的由北京大學、清華大學、南開大學組成的國立西南聯合大學這個教育實體（總共遷雲南的全國大學有中法大學、中山大學、同濟大學等十幾所），所帶來的文化將雲南與全國的距離一下子拉近了。後來的事實證明，西南聯大的師生所構成的作家群，是昆明抗戰時期文學創作的絕對核心。比如施蟄存是應原清華大學教授、當時雲南大學校長熊慶來之聘很早就來昆明教書的，這個海派的重要作家、編輯家只因不在西南聯大圈子裡就被淡化，連他自己都少談昆明的經歷。但是如果懂得「滇緬公路」（也有建築「滇緬鐵路」的計劃，但未成。而滇越鐵路一度中斷）曾經是抗戰後方唯一的國際通道的話，就能夠明白大後方的昆明文學這時是不會閉塞的了，而以學院文化作為根基的西南聯大校園文學，更是通向世界、通向未來的一種文學。

校園文學來源於「五四」。當年激進的「北京大學」文科同人和《新青年》編輯部是一班人馬。新興話劇的傳入，更是依仗校園觀眾來支持，來純化。到了「五四」退潮後，北大、清華、燕京的師生們組成的是京派文人群。他們的核心作家，這時便演變成西南聯大作家群體中的師輩。但是時代改變了，京派純文學的精神由這些中年作家往雲南邊地延伸的時候，並非簡單的搬運。原來關在窗子內同情平民、創作精緻文藝的學院派文人，受戰火的驅使，走出大城市，成為一群「文化流浪者」。他們突然與在書本上早經熟稔的歷代亡國遺民相遇了。他們與民間、與農民基本隔絕的狀態被打破了。國立臨時大學決定從長沙繼續西遷，聞一多、曾昭掄等 200 名師生步行三千多里直赴昆明，這是大學知識份子自覺接近民間的一個生動事件。不過從「湘黔滇旅行團」這個名稱分析，最初的動機可能還是「采風」，是要旁觀地考察、思考邊地人民的生存狀態和民族命運的。但是其中有些人，最後將這漂泊經驗與自己的生命體驗兩相結

聞一多（左）在步行赴雲南途中與李繼侗教授相約留鬍，不到抗戰勝利不剃

西南聯大的教師宿舍，完全過著貧苦農民一樣的生活

合了。所謂「漂泊經驗」如擴大一點看，可以是各個大學或機構的遷徙路線（林徽因、梁思成一家是與「中國營造學社」的命運捆綁在一起而到雲南的），可以是教授物質生活水準的急劇下降，可以是吳宓日記和汪曾祺散文中所記的「跑警報」的經歷，以及學校大部分教師把家安置在昆明附近鄉下過起的農居生活，像呈貢縣龍街的沈從文家，昆明東北郊龍頭村的林徽因家、王力家，司家營的聞一多家、朱自清家等等。這種接近民眾的方式，與解放區在「大生產」開荒中與民眾一起「刨食」的作家雖有所差別，但境遇上至少是相似的。所以昆明文人抗戰現實性的民族立場，與學院派超越的文化使命感之間的平衡，便成為他們基本的心理態勢。

後起的青年作家差不多皆學生輩或剛留校的助教，是在眾多的校園文藝社團中成長起來的。他們年輕，有活力，甘於在書齋裡搞純學術的人比過去少了。西南聯大實行「通才」教育，「大一國文」是人人都要上的一門課程，教材由楊振聲主持執編。這門課承續了朱自清在「清華」首講新文學的傳統，文言文和白話文的比例是 15：11，這在當時已經是一個相當重視「五四」白話文成績的一個比例，魯迅、周作人、冰心、徐志摩、廢名等人的作品入教材的分量很重。有一種聯大的「大一國文習作參考用書目錄」告訴我們，新月和京派文人的作品都占了較大比重。[1]加上聯大教師多新文學名家，學生中追求自由創作的空氣非常之濃，不僅有外文系、中文系的學生，還有哲學系、社會學系、經濟系甚至化學系的學生。早在文法學院還在蒙自期間，劉兆吉、穆旦（查良錚）、趙瑞蕻、劉綬松、林蒲（林振述）等就組織過「南湖詩社」，回昆明後改稱「高原文藝社」。比較有規模的詩歌團體後來數「冬青社」，在社會上出版《冬青詩刊》。然後是「文聚社」，與「冬青」大致是同一批人，如林元、杜運燮、劉北汜、穆旦、汪曾祺等。在這些學生社團裡，西南聯大日後著名的青年詩人、青年小說家業已露頭。而創刊於 1942 年的校內文學刊物《文聚》，堅持的時間最長，到 1946 年才

① 據《西南聯合大學大一國文習作參考用書目錄》，載 1945 年 3 月《國文月刊》33 期。此目錄除魯迅外，便一色是胡適、徐志摩、宗白華、朱光潛、梁宗岱、林徽因、丁西林的作品。轉引自姚丹《西南聯大歷史情境中的文學活動》，桂林：廣西師範大學出版社 2000 年版，第 136 頁。

終刊。1943 年成立的以考上聯大的南開中學學生為主的「耕耘文藝社」，其中有袁可嘉。而於同年開始活動的「文藝社」，則批評「耕耘社」與別的社派普遍存在的「現代主義」傾向，力主「現實主義」，內中的學生就有彭珮雲等。朱自清、聞一多、馮至、卞之琳、李廣田等都樂於給這些充滿青春活力的社團充當指導教師。而英國當代詩人燕卜蓀（Willian Empson）從長沙、南嶽到昆明，以至復員後的北京大學，兩度任教開「現代英詩」等課程，給這批天才的學生吹來強勁的現代主義的哲學、詩歌之風。當年的趙瑞蕻曾敘述過聽燕卜蓀課的感受：

「高原文藝社」在昆明郊遊，右三為穆旦

　　在他們的前面，走過神秘、象徵，多幻想的愛爾蘭詩人賈芝——他是那一代詩壇的宗主。在他們的道路上，又開展一片廣漠而深廣的「荒原」。深刻壯厚的 T.S. 艾略特在遠方閃爍著輝燁又飄逝的光。在艾略特所建築的詩底廟堂裏，這一群年青詩人各找到了心靈的投宿與誠懇熱誠的信心。但是，「荒原」到底是冷落遼遠了，他們這一代從「荒原」回到社會與工廠，從遠日點回到熾烈的近日點。而更偉大的是，他們看出了人類不可避免的悲慘的屠殺裡——戰爭的影子早已落到他們底詩篇上。[1]

這裡隱隱已經傳達出當時二戰中的「現代主義」一代，無論中外都與過去不同，它們都沒有在殘酷的戰爭面前轉過頭去。困難環境下的師與生的關係是如此密切，教師也給學生辦的有個性的刊物投稿。師生們在校外集中投稿的園地是昆明版的《中央日報》「平明」副刊、《貴州日報》的「革命軍詩刊」，《中南三日刊》，還有香港、桂林、重慶三地的《大公報》「文藝」副刊（復員後仍歸津滬《大公報》）等等。到了 1943 年，昆明學潮湧起，聞一多在唐詩課堂上突然大講田間及朗誦詩，代表了昆明的文人除了學者兼作家的品格之外，又增添了社會實踐家的氣質。而關心抗戰現實，卻是師生們始終一貫的。以 1943 年為界，昆明作家由原來帶有京派風的現代主義，逐漸向與人民貼近的現代主義寫作道路發展，這是時代造成的。

[1] 趙瑞蕻：《回憶詩人燕卜蓀先生》，載 1943 年 5 月《時與潮文藝》1 卷 2 期。

馮至早期詩集《北遊及其他》　　　馮至抗戰時期代表之作《十四行集》
　　　　　　　　　　　　　　　　書影

　　突出的是詩歌。馮至（1905—1993）是 1920 年代魯迅論定的淺草、沈鐘社中「中國最為傑出的抒情詩人」。他北大畢業前後有《昨日之歌》、《北遊及其他》的詩集問世。赴德留學五年，在海德堡大學傾聽雅斯貝斯的哲學課，熟讀奧地利詩人里爾克（1926 年在國內讀德文的里爾克代表作《旗手里爾克的愛與死之歌》，當時的印象直如電石撞擊，現在則是系統閱讀），研究尼采、歌德、克爾凱郭爾和杜甫。他受西方存在主義哲學、詩學的耳濡目染，聯繫中外古今，像在精神上完成了一次「蛻皮」。他已經好久沒有寫詩了，回國後遇上戰爭，在攜家逃難中越過山山水水的路程，從個體出發瞭解民眾，把自身的生命體驗和時代的體驗融和在一起。於是，1941 年的這個冬日的下午，馮至在借居的農村環境裡，在昆明郊外楊家山林場的羊腸小道上，望著幾架銀色飛機在碧藍如水晶的天空翱翔，聯想到古人的大鵬夢，突然詩思泉湧，信口吟誦出一首變體的十四行詩來。這之後一發不可收，連寫了 27 首，此第一首後來排號為 18，題為《一個舊日的夢想》。這就是後來在桂林印出的《十四行集》。一種外國詩體的再創作，卻被公認為是中國現代詩成熟的標尺。這些詩歌的「現代主義」思緒有些飄忽、抽象，旨意在於生命的感悟，但每一首的起因都很明白，或一棵草、一株樹、一粒蟲、一個無名村童或農婦、一個歷史偉人，或一座名城、一場狂風暴雨及一片高高的山峰：都是已經發生了的中國事情。作者說：「從個人的一小段生活到許多人共同的遭遇，凡是和我的生命發生深切的關連的，[①]對於每件事物我都寫出一首詩。」所以那些飽含著生命感懷和存在主義哲思的詩句，是與各種現實的生命現象高度結合的。普通的讀者看了並不覺得有多麼晦澀，可以從「勇於擔當」的主旨中體驗生與死的意義：「只在過渡的黎明和黃昏／認識你是長庚，你是啟明，／到夜半你和一般的星星／也沒有區分：多少

────────────────
① 馮至：《〈十四行集〉序》，上海文化生活出版社 1949 年版，第 2 頁。

青年人 // 賴你寧靜的啟示才得到 / 正當的死生。」（《10 蔡元培》最初的這些詩並無題目，是很久以後擬的。下同）偉人的精神在這裡並不難讀懂。如果是特殊的讀者，就更足以在他詩的哲理層面上，去探索個人存在的本義及做終極關懷的拷問了：「銅爐在向往深山的礦苗，/ 瓷壺在嚮往江邊的陶泥，/ 它們都像風雨中的飛鳥 // 各自東西。我們緊緊抱住，/ 好像自身也都不能自主。/ 狂風把一切都吹入高空，// 暴雨把一切又淋入泥土，/ 只剩下這點微弱的燈紅 / 在證實我們生命的暫住。」（《21 我們聽著狂風裡的暴雨》）既有人的生命的孤獨、無援、無從自主的揭示和盤問，又以「微弱的燈紅」顯示生命價值的真諦。至於對詩體、詩形的理解，在他最後一首「十四行」《27 從一片泛濫無形的水裡》裡，正好形象地給予了表達：

> 從一片泛濫無形的水裏
> 取水人取來橢圓的一瓶，
> 這點水就得到一個定形；
> 看，在秋風裏飄揚的風旗
> 它把住些把不住的事體

這簡直就是一篇「現代詩」的文體宣言，微妙曲折地道出了文學所要表現的現實世界、精神世界和感情世界猶如水之無形，最終是「把不住的」；但還是可以用瓶子（如詩的格律，也包括用經驗提煉出意象）來試圖把握住一些形象和哲思。就像現代主義的雕塑繪畫，在飄忽不定的線條、色塊中把握住那些比起如實的線條、色塊更豐富的東西。這種「五四」時被稱作「商籟體」的「十四行詩」，因「最近於我國的七言律詩體」，「今日似還有生命力」。[1]所以它在馮至這樣受過古典詩詞訓練，又能用原文理解西方詩體的文人手裡，彷彿一團著了魔力的泥，可以在一定體式內塑出自己涵蓋了悟感、象徵、知性的現代詩情來。馮至就這樣為其他昆明詩人揚起了一面現代詩的風旗！

卞之琳（1910—2000）的詩的經歷較為獨特。他在 1937 年前已經寫出了他最艱澀的現代主義詩：《圓寶盒》、《斷章》、《魚化石》，這在前述京派詩歌裡已經論及。抗戰迎來了一個新時代，他從太行山回來，在延安就開始用明朗的詩體寫「慰勞信」，寫給神槍手士兵、煤窯工人、開荒青年、放哨兒童，寫給集團軍總司令、《論持久戰》的作者。初看完全是另一種現實性的風格。1941 年，卞之琳把舊作以《十年詩草》的書名印出，裡面既有晦澀無比、需要句句下注（像《距離的組織》），但認真咀嚼又會覺得其味無窮的詩，讓聯大學生彷彿印證了燕卜蓀在把英美當代詩引入課堂時說的「以晦澀為優秀詩歌的根本要素」的理論；更使學生驚奇的，是「慰勞信」的那些詩放在這本集子裡，也好像不一般了。抗戰的現實竟能用個人的感覺烘托出來，它們是一些接納

---

① 卞之琳：《〈雕蟲紀曆〉自序》，北京：人民文學出版社 1979 年版，第 17 頁。

了中國本土事物的現代詩：

> 在你放射出一顆子彈以後，
> 你看得見的，如果你回過頭來，
> 鬍子動起來，老人們笑了，
> 酒渦深起來，孩子們笑了，
> 牙齒亮起來，婦女們笑了。
> 在你放射出一顆子彈以前，
> 你知道的，用不著回過頭來，
> 老人們在看著你槍上的準星，
> 孩子們在看著你槍上的準星，
> 婦女們在看著你槍上的準星。
> 每一顆子彈都不會白走一遭，
> 後方的男男女女都信任你，
> 趁一排子彈要上路的時候，
> 請代替癡心的老老少少
> 多捏一下那幾個滑亮的小東西。

（《前方的神槍手》[①]）

明白如話，而有餘味。它發自前線詩人那點「人民都在注視你」的感覺，雖把自己隱藏起來，卻處處能感到那盯住準星和子彈的人們中也有作者的目光。有的「慰勞信」又加入幽默、機智。像新兵初上戰場慌亂得用草帽來擋子彈，是用可愛的語氣寫出可愛的形象：「如今不要用草帽來遮攔／（就在你擋慣斜雨的地方）／這些子彈！這些是子彈！／臥下，就在養活你的地上！」（《地方武裝的新戰士》）。《慰勞信集》的嘗試，是他「更自覺地接受以現代主義方法表現革命內容的英國青年詩人奧登的影響」「在平常的生活和人物中傳達莊嚴鬥爭的主題」，卻「仍然注意個人內心情感體驗對於詩情傳達的重要性」的一個積極成果。[②]而奧登本人 1938 年也曾訪問過戰火遍地的中國，卞之琳還將其在中國寫的詩翻譯過來刊出。據聯大的青年詩人回憶，卞之琳和奧登的這些詩給了學生很大啟發，使

卞之琳著《慰勞信集》初版本

---

① 卞之琳：《慰勞信集·前方的神槍手》，《西南聯大現代詩鈔》，北京：中國文學出版社 1997 年版，第 4 頁。
② 孫玉石：《中國現代主義詩潮史論》，北京大學出版社 1999 年版，第 278 頁。

西南聯大中文系師生1946年5月合影，二排坐者左起為浦江清、朱自清、馮友蘭、聞一多、唐蘭、游國恩、
羅庸、許維遹、余冠英、王力、沈從文

他們懂得如何去跨過現代派詩和抗戰詩之間不應有的那條鴻溝。

　　在昆明這樣一個適合於探索新詩現代化的環境裡，到1940年代末，終於結出了「中國新詩派」（或稱「九葉詩派」）①的果實，表明了「新生代」的現代主義詩歌流派的確立。這個詩派由兩部分人整合而成，一是辛笛、杭約赫（曹辛之）等原圍繞《詩創造》的志同道合者，一就是原西南聯大的青年詩人，這時隨著抗戰復員回到平津地區繼續寫詩者。這個詩派的醞釀關節之一就在昆明，其中的詩人杜運燮、鄭敏、穆旦當時就被叫做「聯大三星」。袁可嘉後來概括他們追求的現代主義新詩傾向，說：「這個新傾向純粹出自內發的心理需求，最後必是現實、象徵、玄學的綜合傳統。」②所謂「玄學」，可以看成是對中西方古代玄學詩的雙重借用，這裡指的是詩的沈思、機智和知性的品質。「現實」、「象徵」、「玄學」這三者對於許多詩派來說可能是互相衝突的因素，現在第一次被拿來渾成地標誌一種詩派的自覺追求，不能不說是個創新。

　　聯大青年詩人的詩是表現人民的。曾受到朱自清表揚的杜運燮（1918—）的詩《滇緬公路》，便宣告這是一條用血肉堆積的、「負載」了民族精神的大路。幾乎不可想像，人民是如何把它修成的：「就是他們，冒著饑寒與瘧蚊的襲擊，/（營養不足，

①「中國新詩派」因1948年創辦的《中國新詩》叢刊得名。「九葉詩派」之名緣於1981年江蘇人民出版社出版的《九葉集》。所指的詩人有辛笛、陳敬容、杭約赫、唐祈、唐湜、杜運燮、鄭敏、袁可嘉、穆旦等。

② 袁可嘉：《新詩現代化——新傳統的尋求》，1947年3月30日天津《大公報》「星期文藝」。

半裸體，掙扎在死亡的邊沿）／每天不讓太陽佔先，從匆促搭蓋的／土穴草窠裡出來，揮動起原始的／鍬鎬，不惜僅有的血汗，一厘一分地／為民族爭取平坦，爭取自由的呼吸。」[1]作者大學期間即參軍，親歷疆場，到過緬甸、印度，那裡的百姓叫西方兵為「皮鞋兵」，中國兵為「草鞋兵」。詩人寫中國兵第一句就說：「你苦難的中國農民，負著已腐爛的古傳統，／在歷史加速度的腳步下無聲死亡，掙扎」。（《草鞋兵》）這不是什麼頂天立地的形象，是受苦被奴的一群，卻佔據了歷史畫框的主頁。穆旦（1918—1977）曾參加了學校從長沙到昆明的跋涉，後來也參加過滇緬遠征軍。他一路所見的中國農民，自然進入他的詩界。他看到「永遠無言地跟在犁後旋轉」的農夫，他看到「聚集著黑暗的茅屋」中饑餓的孩子

1938 年 5 月穆旦參加西南聯大師生步行團到達昆明後照

和老婦：「當我走過，站在路上踟躕，／我踟躕著為了多年恥辱的歷史／仍在這廣大的山河中等待，／等待著，我們無言的痛苦是太多了，／然而一個民族已經起來，／然而一個民族已經起來。」（《讚美》）這句反覆出現的「一個民族已經起來」的句子，是如此地把詩人和他的民族從心靈上溝通、拉緊，將個人意識和人民意識打成一片。當然，不必把「表現人民」機械地理解成只是擷取關於人民的生活題材。在聯大青年詩人那裡，更多地倒是把經驗性的現實轉化為心理性現實來表達的。以鄭敏（1920—）的詩

穆旦著《旗》1948 年文化生活出版社版

來看，這位女性詩人囿於校園的狹小空間，並不一定擁有太多的社會生活，但她善於觀察、聯想、思索，從細小的生活裡面提煉，也能通向深闊的境地。比如路邊田野的成熟莊稼，引發她的想像，她發現金黃的稻捆就是負荷著「偉大的疲倦」的「母親」：「金黃的稻束站在／割過的秋天的田裡，／我想起無數個疲倦的母親／黃昏的路上我看見那皺了的美麗的臉／收穫日的滿月在／高聳的樹巔上／暮色裡，遠山是／圍著我們的心邊／沒有一個雕像能比這更靜默。」（《金黃的稻束》）這個母親做了些什麼？她的外觀模樣怎樣？這都不重要。重要的是她被定格為「金黃的稻束」，是美的，是為了秋天的美麗付出過疲勞代價的，是一個黃金般的人民「雕像」和生

---

[1] 以下杜運燮、穆旦、鄭敏三人的詩作，均引自《西南聯大現代詩鈔》，北京：中國文學出版社 1997 年版。

命「雕像」。這些聯大青年的詩與 1930 年代現代派、純詩派的超脫，與僅僅專注於私人感情的精緻詩風是已經不同了，兩者之間劃清了界線。

對於詩如何表達現代感受，聯大青年詩人顯然擁有比他們的前輩更前衛的想法。讓意象滲入知性，具象而又思辨，使間接的暗示超越比喻，豐富的聯想擴展出無限的意境，這是鄭敏詩歌的哲理性（她是哲學系出身）如何不與形象性違背的關鍵。哲理的沈思是有冷默風度的，是反浪漫、反抒情的。在沈思中，「一枝荷梗」承受了嚴肅的負擔，包容了「生」的多重含義（《荷花（觀張大千氏畫）》）；山峰崩裂、巨樹傾倒、戰士臥下，仍不能涵蓋盡「死」是什麼（《死》）；「舞蹈」就是「一個熟透的蘋果無聲的降落，／陷入轉黃的軟草裏」（《舞

在 1940 年代出版《詩集 1942—1947》期間正青春煥發的鄭敏

蹈》）；「寂寞」對於生命，可能「只不過是種在庭院裏／不能行走的兩棵大樹，／縱使手臂搭著手臂，／頭髮纏著頭髮；／只不過是一扇玻璃窗／上的兩個格子，／永遠的站在自己的位子上」。那麼「寂寞」就是隔絕，也是近距離，是生命意義中不可或缺的部分。而且寂寞富有「莊嚴」的面目：「我想起有人自火的痛苦裏／求得『虔誠』的最後的安息，／我也將在『寂寞』的咬嚙裏／尋得『生命』最嚴肅的意義。」懂得了「生命原來是一條滾滾的河流」。（《寂寞》）鄭敏的詩化思辨，真正造成了詩歌的形而上的美感。

而被唐湜譽為「搏求者」的穆旦的沈思，因為與世界的聯繫更博大，感覺更酷烈，詩的意象及內涵也就越發錯綜。穆旦的沈思之一是上下求索。他向現實、歷史尋求，看到的都是大人老爺的罪惡，他呼喊哪裡是他的中國？才知道「那是母親的痛苦」，「我們必需扶助母親的生長」。而這個希望是渺茫的，沒有廉價的預約券可領取，「墮入沈思裏，我是懷疑的，／希望，繫住我們。希望／在沒有希望，沒有懷疑／的力量裏」。（《中國在哪裡》）這個對國家的思考異常凝重，包含了魯迅「反抗絕望」的大命題。如果把此眼光投向具體的農村，《在寒冷的臘月的夜裡》，僅此題目就足夠讓人感受一股寒意，更何況這北方的村莊「我們的祖先是已經睡了，睡在離我們不遠的地方，／所有的故事已經講完了，只剩下了灰燼的遺留」。那麼，如果把眼光投向縹緲的遠古人類呢，在《蛇的誘惑》裡作者告誡：伊甸園撒旦變化的蛇將「第二次」出現：「二次被逐的人們中，／另外一條鞭子在我們的身上揚起」。我們已經淪為「枯落的空殼」：「『我是活著嗎？我活著嗎？我活著／為什麼？』」這充滿現代性的詰問簡

1952 年穆旦夫婦於自美歸
國的船上，那時的穆旦的眼
神滿溢著信心

直逼得人喘不過氣來。穆旦的沈思之二便是在殘缺的世界面前的焦慮、緊張與自省。或者，我們就在物質的壓迫下精神「蕩在塵網裡」，「八小時工作，挖成一顆空殼」，最後甚至變作「污泥裡的豬」。（《還原作用》，是篇更奇特的短詩）這裡已經飽含知識者作為先行者的自我追索。「一個圓，多少年的人工 / 我們的絕望將使它完整。/ 毀壞它，朋友！讓我們自己 / 就是它的殘缺」「因為我們已是被圍的一群，/ 我們翻轉，才有新的土地覺醒」。（《被圍者》）突圍即反抗。在眾多描寫反叛的沈重的詩裡，「活下去」三個字和「毀壞它」三個字，都有它的分量：

> 希望，幻滅，希望，再活下去
> 在無盡的波濤的淹沒中，
> 誰知道時間的沈重的呻吟就要墜落在
> 於詛咒裡成形的
> 日光閃耀的岸沿上；
> 孩子們呀，請看黑夜中的我們正在怎樣孕育
> 難產的聖潔的感情。
>
> 　　　　　　　　　　　　　　　　（《活下去》）

文字在歐化中是有思想穿透力的。以穆旦為代表的這些聯大青年詩人就這樣，自覺地把戰爭苦難的現實和沈思的現代主義詩歌創造精神結合。繁複的生命意義的追問和暗示，哲理意境的迂迴與開拓，對知識者自我的不留情面的解剖，使得這些詩人確實超越了1930 年代的象徵派（雖有聯繫），而直接指向不久以後的「中國新詩派」的風格。

　　昆明在這個時候已成為現代主義文學的新試驗地，這並不是偶然的。在小說方

面，詩人馮至的參與，沈從文的變化，他的學生汪曾祺的浮出地平線，所有的傾向也有意無意地指向這條路程。1946 年馮至出版的中篇歷史小說《伍子胥》，可以看作是他的《十四行集》的延長。春秋吳越的伍子胥復仇、昭關一夜熬白頭的故事在中國家喻戶曉，馮至青年時代就有寫它的心願。中間經過讀里爾克，經過體驗好友梁遇春的猝死、抗戰中自己一家的顛沛流離以及重讀卞之琳改訂的里爾克代表作之一《旗手》，終於引來了他用敘事體重構伍子胥的熱情。這裡有江上漁夫、溧水浣紗女贈飯的浪漫傳奇（郭沫若的詩劇好此道），有對背叛的太子建、為敵人提供軍務的陳國司巫、吳市上靠禮樂來騙財的教授的借古諷今（使人想起魯迅的《故事新編》），總體卻不是

馮至歷史小說《伍子胥》投入自己戰爭中的生命漂泊體驗

寫實諷刺、浪漫心理的筆法來寫的。作者用現代主義眼光，突出伍子胥一路逃亡的生死體驗，融入自己的戰爭漂泊經驗，描寫人的生命可能出現的被「拋擲」的狀態：於危難中抉擇，於停留中堅持，於隕落中克服的全部情境。這是歷史、現實、沈思交融的詩的小說。所以昭關一節，歷來的傳說、戲劇突出的都是伍子胥的焦慮心思，而作者凸顯的卻是主人公怎樣一夜間成了一條蛻皮的蟬，從此得到新生的體驗。《伍子胥》和《十四行集》一樣，寫出的是獨特的呈無限開放狀的人生經驗，讀者可以用自己的人生經驗去碰撞、去回應。

沈從文到達昆明兩個月後，即起草他最後一個未完長篇《長河》。這是他對故鄉的新認識引起的，比田園詩的《邊城》有了擴展：他要寫「現代」到了湘西之後，究竟發生了什麼。誰料這個辰河中部盛產橘柚的呂家坪和蘿蔔溪的故事，這個橘園主人和他的小女兒夭夭的故事，寫了十四萬字成一卷（擴大了想寫成三卷三十萬字），拿到桂林去出版，卻因內中的「新生活運動」、外來官員、保安隊長的諸種描寫，惹出了麻煩。經反覆審查，屢次刪改，最後剩下十一萬字才得以出版。現今沒有確鑿的資料說明，沈從文在這次出版經歷中所受的刺激究竟有多深，只知道本來可成為他最優秀之作的《長河》就此停筆了。然後，沈從文轉向了「抽象的抒情」（《水雲》裡含糊地說：「一個月來因為寫『人』，已第三回被圖書審查處扣留，證明我對於人事的尋思，文字體例顯然當真已與時代不大相合。因此試向『時間』追究」[①]）。他有兩年寫得很少，再發出來的文字，散文中帶著敘事，敘事裡帶著詩情朦朧，又夾雜大段大段的獨白和議論，將抽象的印象拼合，成了真事與虛構捉摸不定的沈思型的心理自述體。它們是

---

① 沈從文：《水雲》，《沈從文選集》第 1 卷，成都：四川人民出版社 1983 年版，第 383—384 頁。

在 1938 年的雲南寫《長河》並看美麗雲彩的沈從文

收入《燭虛》的《燭虛》、《潛淵》、《長庚》、《生命》，計劃收入《七色魘集》的《水雲》、《綠魘》、《白魘》、《黑魘》、《青色魘》，[①]以及《看虹錄》。除了思想的質地不一樣外，這些作品具有思索的片斷性，稍縱即逝性，有點像魯迅的《野草》。它們討論婦女、兩性、現代教育、近代文明的種種，討論「五四」以來國家民族的種種，最後歸入「美」和「生命」的主題。「我發現在城市中活下來的我，生命儼然只淘剩一個空殼」。（與聯大青年詩人的感受可以相照映）[②]但是運用文字工具的文學，似能夠救贖作家自己：「生命之最大意義，能用於對自然或人工巧妙完美而傾心」。[③]「超越世俗愛憎哀樂的方式，探索『人』的靈魂深處或意識邊際，發現『人』，說明『愛』與『死』可能具有若干新的形式。這工作必然可將那個『我』擴大，佔有更大的空間，或更長久的時間」。[④]但是，由於對現實的失望，這創造「美」的生命，在抽象的沈思中彷彿是存在的，在現實面前就撞得粉碎，於是他說：「我看到一些符號，一片形，一把線，一種無聲的音樂，無文字的詩歌。我看到生命一種最完整的形式，這一切都在抽象中好好存在，在事實前反而消滅。」[⑤]

　　沈從文的這批作品與現代主義的聯繫，比較明顯。他的意識的流動性，運用性心理分析，與弗洛伊德相關。他對近代文明的批判性認識有濃厚的現代主義哲學作背景，已經沒有了邊界，沒有了確定性。他認為社會上大部分的人只要生活，是拒絕美的。「我想呼喊，可不知向誰呼喊」[⑥]。「人類用雙手一頭腦創造出一個驚心動魄文明世界，然此文明不旋踵立即由人手毀去」。[⑦]他用現代的觀點分析屈原和莊子，一個激憤，一個聰明，結論卻說兩人實際「是同樣感到完全絕望的」。[⑧]所以，沈從文用文學來沈思，並不給人明確答案。從政治角度看，類似囈語，不啻是逃避。而沈自己也說明過，「我還得逃避，逃避到一種音樂中，方可突出這個無章次人事印象的困惑」。[⑨]這

① 《七色魘集》並沒有能夠出版，但各篇都單獨發表。其中的《赤魘》、《橙魘》原是小說《雪晴》和《鳳子》的一部分，文體上區別較大，所以《沈從文全集》在保留《七色魘集》名稱的同時，也將《赤魘》、《橙魘》的篇名放棄，僅收此五篇。
② 沈從文：《燭虛》，《沈從文文集》第 11 卷，廣州：花城出版社 1984 年版，第 276 頁。
③ 沈從文：《潛淵》，《沈從文文集》第 11 卷，廣州：花城出版社 1984 年版，第 284 頁。
④ 沈從文：《燭虛》，《沈從文文集》第 11 卷，廣州：花城出版社 1984 年版，第 281 頁。
⑤ 沈從文：《生命》，《沈從文文集》第 11 卷，廣州：花城出版社 1984 年版，第 295 頁。
⑥ 沈從文：《黑魘》，《沈從文文選集》第 1 卷，成都：四川人民出版社 1983 年版，第 424 頁。
⑦ 沈從文：《潛淵》，《沈從文文集》第 11 卷，廣州：花城出版社 1984 年版，第 282 頁。
⑧ 沈從文：《長庚》，《沈從文文集》第 11 卷，廣州：花城出版社 1984 年版，第 290 頁。
⑨ 沈從文：《白魘》，《沈從文文選集》第 1 卷，成都：四川人民出版社 1983 年版，第 419 頁。

裡的「音樂」是指比文學還要抽象的表現人生的藝術。說明沈從文在這時一頭鑽入「抽象」，就是要顯示對現實的困惑。現代地表達這種困惑，便是堅守。他與他的學生不同，這批學生已經是自覺地運用現代主義。沈從文不過是從生活走向沈思和抽象，加上校園內整體現代主義氛圍的刺激，不期而遇罷了。

1948 年青年時代的汪曾祺和施松卿

汪曾祺（1920—1997）在校時聽過沈從文講「各體文習作」、「創作實習」、「中國小說史」三門課程。沈從文絕非擅長教書之人，汪曾祺卻把老師說的「要貼到人物來寫」的這句話記得清清楚楚。但是剛開始寫小說，他不是立即就進入老師的風格，而是在當時風氣影響下做了現代主義的嘗試。集外的《燈下》、《小學校的鐘聲》、《綠貓》和他 1940 年代唯一的小說集《邂逅集》內的《復仇》，都是運用散點視線、意識流技巧的作品。《復仇》寫遵母命為父親報仇的遺腹子佩劍人，故事骨架與魯迅的《鑄劍》相似，寫法和觀念卻大異。當佩劍人獨宿禪房，聲、色、味構成的想像聯翩而至，到次日尋著仇人老僧，卻為對方引頸等死、開山不止的行為所感化，於是結局是和解（魯迅能和解嗎）。《邂逅集》中的《落魄》、《戴車匠》、《雞鴨名家》、《異秉》各篇，平均水平都很高，已經試著把現代主義筆法與中國筆記韻味結合，顯露出接續沈從文，又與老師不同的現代市井小說雛形。高郵市鎮的文學世界已見端倪，

汪曾祺早期唯一的小說集《邂逅集》——1949 年 4 月，文化生活出版社出版

市民人物的誠樸、輕利、重義的品性和人情美刻畫細膩，從容道出文化環境，詩性描寫勞動技藝，追憶往日以使情緒內涵深厚等手法，都顯出了不凡氣象。特別是汪曾祺的文字純白、乾淨、明澈，化歐化古，達到 1940 年代白話的純熟水平。當《雞鴨名家》的湖泊名字「大淖」，到 1980 年代出現在汪曾祺復出後發表的力作《大淖紀事》裡的時候，人們感受到了「京派」長久的生命力。

抗戰期間的昆明文學有著比較「自由」的空間，便有多方面的生長勢頭。小說方面其實還有詩人卞之琳的長篇《山山水水》。全稿完成，是用多種視角來敘述青年知識份子的思想道路的，但原稿後被作者付之一炬，現僅餘下在報刊上發表的片斷。此外，1946

聞一多在昆明殉難處，便在西倉坡聯大教
職員宿舍大門外不遠

年復員後在上海《文藝復興》上同期開始連載的
李廣田的《引力》，和短期任過聯大教師的錢鍾
書的《圍城》，兩部都是教授寫的長篇小說，而
《圍城》的寫作情景自然更宜於放置在淪陷區來
論述。學生輩的鹿橋（吳訥孫）的長篇《未央
歌》是一種充沛的抒情寫作，裡面保留了西南聯
大學生生活的全部青春氣息。前節提到的「戰國
策派」，也是從西南聯大產生的一種文化現象，
內含陳銓為代表的戲劇文學。只是因考慮到「戰
國策派」的中心後來移出，《野玫瑰》的演出以
及引發的爭論都與國統區政治文化中心的陪都關
係密切，便先期放到重慶部分去了。昆明文學之
學院化、之多元化，陳銓是一例；現代主義傾向
之外有左翼現實主義，也是一例，但起初勢弱。
這時的現代主義文學的意義，是超越了 1930 年代
的新感覺派、現代派、京派的，不僅僅是從都市節奏和城市線條來模仿現代主義，而是
由時代體驗到個人生命的表現來接近現代主義文學的本體。以西南聯大為核心，其學術
文化對文學的滲透在此時尤其鮮明。這時期外國存在主義哲學的引入，中國本土多種現
代哲學體系的完型（馮友蘭、金岳霖等），世界當代文學的直接影響，多種原因集合，
才可能作用於文學，出現了能將現實關懷昇華至抽象層面，把全民族解放戰爭的體驗轉
化成作家個體體驗的水平。隨著昆明和全國的反饑餓、爭民主運動的深入，教師們受時
代呼聲和學生鮮血的感召，思想上有向左轉的傾向。聞一多起初是以他的古代神話研
究、周易詩經楚辭研究的現代精神和方法影響學生的（汪曾祺還記得他講唐詩能把「象
徵」和「印象派畫」都講進去），到了 1943 年後就公開地站在愛國學生一邊，參與民
主運動。1945 年昆明爆發軍警直接進入各大學鎮壓罷課學生的「12．1」事件，造成四
烈士死難。次年即有李公樸被殺事件發生。聞一多憤而站到最前面參加遊行、公祭、講
演，不幾日在家門口附近慘遭國民黨特務的暗殺。我們在 1946 年至 1948 年的文學敘
述中將還會提及此事，這也是文學轉向戰後的分水嶺。

第三十七節　上海等：無家之痛及迂迴後興起的「市民文學」

　　淪陷區文學所涉及的地域相當廣大。由於淪陷時間和淪陷地的位置不盡相同，殖民者對待東北、華北、上海淪陷區的軍事、文化的統制也便略有區分。三處淪陷文學地塊的錯位是明顯的。上海又以 1941 年 12 月 8 日太平洋戰爭為界，分成「孤島」半淪陷時期與租界也遭日軍佔領的完全淪陷時期兩個階段，情況更為複雜。而隨著所謂「滿州作家群」入關在北平聚集，淪陷文學的中心又歸於北平、上海兩地。所以從上海、北平切入，帶動其他，是可以簡明地說清楚淪陷區文學的大體趨向的。

　　無論是哪一地區的淪陷，最初都帶來原有民族文學的戛然中斷。東北、華北的日偽統治以軍事高壓面目降臨，大概都有一兩年的沈寂期。東北最為慘重，全境淪喪後 1932 年偽滿洲國公佈《出版法》條令，僅焚毀的帶有民族意識的中文書刊就達 650 餘萬冊。[①]到 1933 年才有新起的文學報刊、社團發生。華北和北平進入日據時代，也是隔了一年多至 1939 年春夏，才有燕京、輔仁兩校的純文學刊物《籬樹》（吳興華主編）、《文苑》（張秀亞等編）面世。但這時的上海「孤島」即現實的租界，儘管英美法租界當局向日方步步妥協，究竟還能發出一點聲音，如：1938 年的《譯報》可用外國通訊社的新聞稿來間接報道抗戰消息；王任叔（巴人）主編的《每日譯報·大家談》還能連載谷斯範描寫新四軍的通俗小說《新水滸》；1939 年柯靈主編的《文匯報·世紀風》和馮夢雲主編的《魯迅風》週刊（後改半月刊）能夠提倡雜文寫作。但到 1940 年南京汪偽政權粉墨登場，租界對日的屈服性增大，至 1941 年年底上海被全部佔領後，殘存的出版機構和三十多種報刊便一夜之間停歇封閉了，文學的流脈立即打斷。之後，便是淪陷區長長的文學迂迴時期。這時，一方面是殖民文化的統治，漢奸文學用「和平文學」、「大

《魯迅風》雜誌在 1940 年代上海「孤島」時期堅持魯迅雜文的精神

---

① 見徐乃翔、黃萬華：《中國抗戰時期淪陷區文學史》，福州：福建教育出版社 1995 年版，第 40 頁。

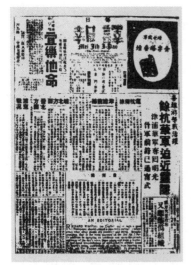

1937 年 11 月政府軍撤退後，上海形成「孤島」。1938 年 1 月《譯報》創刊，由梅益、王任叔等主編；同年又創《譯報周刊》，於 1939 年先後被迫停刊。圖為《譯報》創刊號書影

東亞文藝復興」等名義出籠蠢動，但除了周作人等少數投敵外，從事者是不多的。另一方面便是迂迴文學，堅忍曲折地隱蔽著、表現著民族的意識，將其潛入、化解到各種文學主張中去實行。比如提出回歸「『五四』文學」，努力倡導「鄉土文學」、「大眾文學」，翻譯「蘇俄文學」，吸收以日本為仲介的西方「現代主義文學」等等，都可以成為強權殖民文化之下的隱性的抗爭文學形態。沒有家了，才要提倡回鄉。這「迂迴」的過程裡便自然包含了拓展的含義。雖然這種「拓展」最初可能還帶有退半步、進一步的色彩。像東北在 1935 年有冷霧社同人借官方的地盤（這也是迂迴）辦起了《新青年》雜誌，發表袁犀、秋螢、爵青等早期的作品。不僅使用了「五四」著名刊物的名稱，也試圖接續「『五四』文學」的血脈。1937 年東北有關於「鄉土文學」的爭論；1940 年華北《中國文藝》雜誌等提出「建設新文藝」、「文藝復興」等口號，引發了爭議：這些都不能單從表面上看，內裡都有「堅持」的意味。無論是退一步提倡批判現實主義，或者內在地進行現代主義的嘗試，淪陷區文學的形態再複雜，都有特別的文學線跡可尋。其中的「通俗市民文

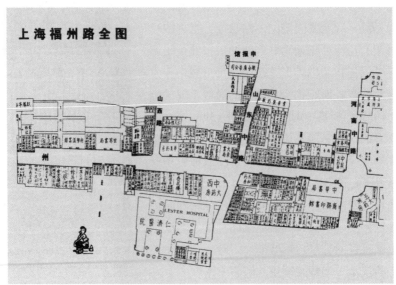

1940 年代上海四馬路（福州路）中段書局集中的文化街圖。根據胡根喜著《四馬路》一書，學林出版社版

學」，是迂迴後為求得生存，作家和讀者們依靠自救來保留民族文化血脈的主要空間。這裏當然有高低之別。而張愛玲的出現，標誌了整個淪陷區文學達到的一個高點。

　　東北、華北淪陷區文學的重要方面在於「鄉土文學」。本來從「五四」到 1930 年代，「鄉土」的成就已經很高，魯迅、沙汀、艾蕪、沈從文、廢名等所代表的「五四」鄉土、左翼鄉土、京派鄉土這三大文學流無論是哪一脈，都不是淪陷區所能超出的。蕭紅、蕭軍出版合集《跋涉》的時候，他們尚處於東北淪陷區的初期，等到發表重要的鄉土長篇《生死場》、《呼蘭河傳》的時候，已經離開了東北。我們強調整個淪陷區的「鄉土文學」，著重的是它作為一種特殊文學形態的意義。第一，鄉土文學作品還未成型，鄉土文學的討論就先期地一再進行。這中間就提示了「意義」的重要。前述 1937年東北的討論是由後來稱為「文選」「文叢」派的山丁、王秋螢等發起的。當時有鄉土文學、國民文學和世界文學三階段之說，國民的「國」是「滿洲國」，「世界文學」是帶有殖民氣息的「移植文學」，他們就反過來提倡最基礎的「鄉土文學」。實際是要表現「我們一大部分人的現實生活，我們的鄉土」，來抵制一切外加的因素。[①]真正形成創作潮流，卻是在 1939 年前後。而 1942 年的討論，是借著大批成名的「滿洲作家」進入華北帶來充滿關東土地氣味的作品，才引起華北作家的注意。這個討論的時間更長，華北的一些刊物如《中國文藝》、《中國公論》、《藝術與生活》都紛紛捲入。到 1943 年，上官箏（關永吉）還提出「所謂『鄉土』，並非單純的『農村』之謂，乃是說的『我鄉我土』，指生長教養我們的作家的整個社會而言，所以也就是要求作家在創作過程中忠實於他的生活，而如此達於並完成現實主義」，並以此反對淪陷區的「鴛鴦蝴蝶」傾向。[②]「我鄉我土」的

山丁著《山風》書影

關永吉著《風綱船》

---

① 山丁：《鄉土文學與〈山丁花〉》，載 1937 年《明明》7 期。

② 轉引自徐乃翔、黃萬華：《中國抗戰時期淪陷區文學史》，第 332 頁。上官箏：《再補充一點意見》，載 1943 年《中國公論》9 卷 3 期。

說法凸起的是民族意識，「鄉土」外延的加寬無異是對「我族我民」的提醒，這幾乎成了淪陷區「鄉土」表現的最高概括。而關永吉自己的鄉土代表作品則要到 1945 年前後才正式出版，其討論先行的特徵是顯見的。

第二，東北淪陷區的「鄉土文學」成就在前，影響了並生成了後起的華北「鄉土文學」。兩者互相激蕩，不僅是華北作家群體有東北作家作為中堅（畢基初、袁犀、梅娘都從東北流入「關內」），更是在「鄉土」的表現上從陡峭山林到廣袤平原，越發寬闊了。山丁的長篇小說《綠色的谷》在東北狼溝的粗獷世界和南滿站的發跡世界的對峙中，圍繞奪地建築鐵路，展開買辦商人、富豪劣紳、農民武裝和地主家庭青年一代知識者的殊死搏戰。作者在此書的「後記」中稱，「描寫滿洲的深厚的農民生活，該是東北的文學者的最高尚的任務」。[①]王秋螢的《河流的底層》寫青年知識份子由鄉到城的經歷，表現不安寧的靈魂。關沫南的《兩船家》反映農民、船夫的家仇國恨與他們的醒悟。這些作品已達到一定的水平。而東北的畢基初進關後，成為了華北鄉土文學的先聲。《第二十五支隊》是他的代表作，寫農民兵士轉戰於山水之間的強悍與堅守節操的忠貞。到稍稍晚出的華北作家關永吉，對「鄉土」的理解逐漸加深。《風網船》裡青年農民在嚴酷的生存搏鬥中顯示漂泊的人生。長篇小說《牛》表達華北平原鄉鎮的家族興衰，作者為橫遭摧殘的牛一般生活的農民抒發憤懣，堪稱有力。關永吉的農民，都是滿身帶著屈辱但仍倔強反抗不息的形象，與路翎有相似的風格。總之，這批「鄉土」作品基本繞開與日偽統治的正面衝突來描寫，卻將北方農民的質樸的、充滿原始強力和歷史沈積創傷的性格，在筆下生動顯現。北方人民堅實、闊大的胸懷，民族苦難造成他們厚重、豪放的性情，給人以多方面的啟示。

中學時代的袁犀

而有些作家又超越了「鄉土」。他們不是一般地停留在現實主義之上，是有所開拓，如爵青、袁犀（李克異）。東北「藝文志」派原來與「文選」「文叢」派的鄉土現實主義的不同，就在於對外吸收的多面性。爵青被人稱為「鬼才」，稱為「作家中的作家」，就在於他注意西方現代派文學，嗜讀愛倫‧坡，並模仿他的神秘、詭譎、怪誕的筆法，來寫中國的奇人奇事。中篇小說《歐陽家底人們》是他影響較大，也寫得較現實的作品。舊家族三代人的矛盾命運，用「潰倒的廢墟」的意象貫穿，已能流露出他些許「知性暗示」的風格。其他的作品如短篇《廢墟的書》、《潰走》，長篇《麥》等，透過故事的離奇、恐怖、充滿懸念，逼視人物思想

---

① 轉引自徐乃翔、黃萬華：《中國抗戰時期淪陷區文學史》，第 123 頁。

心理的隱秘，都意在傳達用文學探索生命意義的緊張和焦慮。生命是偶然的（《賭博》），如「鎖」一樣的運命是不可解的（《惡魔》），最後發問：人生的實體是什麼（《遺書》）等等，爵青的現代主義風格十分鮮明，某些作品使人聯想到寫《凶宅》、《夜叉》的施蟄存，但化用得還不夠成熟。另一位創作經歷綿長、有多次高潮的袁犀（1920—1979），1942 年由東北到北平後，正處於現實主義和現代主義夾雜的青年寫作期。他幼年喪母後曾流落街頭，在淪陷的東北讀書時因拒絕在課堂上用日語而被開除，所以他的《鄰三人》、《一隻眼齊宗和他的朋友》等會那樣鮮活地揭示城市貧民窟的生活，在敵偽環境下大膽寫出底層人民對帶來光明的書籍的嚮往。另兩部前後連續的長篇小說《貝

袁犀著《貝殼》封面

殼》、《面紗》，實際是解剖如作者自己一樣的淪陷區青年知識者的時代性彷徨無地的。李玫、李瑛姐妹處在混亂的現代文明環境中左衝右突，不過是被海潮裏挾殘留在沙灘上的「貝殼」。最有深意的是 1945 年出版的短篇小說集《時間》，裡面所收《手杖》、《蜘蛛》、《絕色》、《暗春》、《紅裙》五篇，每篇的題目都是一個隱喻，將具體化的故事和知性的抽象結合，經了敘述的安排加深擴大，達到對人的生命的審美感悟。《絕色》中的「美」少年在為母親復仇而毀滅自己的過程中，轉向「醜」，但實際上人生的美醜、哀喜是難於截然斷定的。《手杖》裡男主人公的手杖，彷彿具有魔力，能夠點化出人性潛在的佔有、掩飾、破壞的瘋狂欲望，和無從自制病態。用人生的虛幻，來感知淪陷區現實處境的殘缺、險惡；以現代派的象徵、寓意來顯示 1940 年代戰爭境遇下知識者的智慧苦痛和反思，應當是作者當時能夠折射的生命體悟和現代經驗的總匯。

　　在淪陷區「鄉土」寫實潮流之中夾雜爵青、袁犀的部分現代派成分的作品，可以提醒我們，文學的進程有時（只是「有時」）能夠超越抗戰中國各區域的政治劃分的。現代中國作家從「五四」起就受部分西方現代主義創作的影響，但因各種緣故，發展並不平衡。1930 年代有新感覺派小說、象徵派詩歌，對現代派作出回應。到了 1937 年後，戰爭氛圍中現實主義大大發揚，而且有了新的表現。但在戰爭持久深入的時刻，又有許多人不約而同地讀懂了現代派，化用現代主義來表達對中國的想像，淪陷區的爵青、袁犀也是這樣。這種「文學思索」不分地域，既可影響桂林、延安的艾青，昆明的馮至、穆旦，也可影響敵佔區的燕京大學詩人吳興華。中國文學在戰爭的間隙，好像還能分出了一股「化古」、「化歐」的試驗性的潮流，走出「唯現實」、「唯藝術」，而進入一個合併思索魯迅和波特萊爾、里爾克、T. S. 艾略特的探索階段。

　　吳興華（1922—1966）就給我們打開了淪陷區北方校園文學的真實情景。他並非僅熱中於徘徊古今，是同時融匯中國和歐洲詩歌加以創造性發揮的詩人。在吳興華寫出五音拍的現代絕句「斷腸於深春一曲鷓鴣的聲音／落花辭枝後羞見故山的平林／我本是江南的人來江北作客／不忍想家鄉此時寒雨正紛紛」之前，[①]早先京派的林庚已經有相似的詩體寫作，「燕京」的前輩陸志韋有「雜樣的五拍詩」的長期實踐，他們共同被冠以「新古典主義」的名義。[②]不過吳興華的少年成名可能更顯著（16 歲即發表處女作《森林的沈默》），現代詩作的創新更為全面。他除了偏於中國古典詩歌形式重構的《絕句》外，還有側重歷史典故重構的《柳毅和洞庭龍女》、《峴山》、《吳王夫差女小玉》、《演古事四篇》，還有融化外來詩形而表達現代詩思的十四行《西珈》，幾乎嘗試運用過民謠體、斯賓塞體、十一音節體、六音步體等各類中外詩歌體式。因而，卞之琳評價說：「他顯然是受了艾略特傳統論的啟發，於是他走向所謂『反浪漫主義』，走向現代，實際上一方面向 18 世紀古典主義主智的、明朗的說理詩和諷刺詩開了一點門；一方面向中國傳統詩風更靠攏一步。」[③]這評價是相當準確慎重的。強調吳興華，是看重他代表 1940 年代文學共同的「化古」「化歐」趨勢，並不認為他已達到完美境地。他的書齋氣味勝過生活智慧、時代經驗，從這一點就可瞭解艾青為何更高一籌。

　　在華北淪陷區，廣大農村遊擊地帶使得敵佔的局勢並不穩定，但由於有平津兩大北方城市做依託，校園雅文學和市民俗文學仍能艱難地同時存在，並沒有停止向現代推進的腳步。大學文化圈的雅文學除上述吳興華為代表的實驗詩人外，散文方面的周作

還珠樓主著《蜀山劍俠傳》第五集書影。此書可稱現代超級長篇小說

人，於附逆前後出版的《秉燭談》、《藥味集》等，還是有相當影響的。這些散文多半是讀書隨筆、知識小品及文化專論，表現周作人從隱士到變節者的複雜思想演化、掙扎和尋求心理平衡的過程，在他日益成型的文化思想體系中著重闡釋「儒家人文主義」，表達對入侵者統治文化的迎合與企圖超越的兩面性。

　　而在文學覆蓋面上，走向雅俗合流的北派武俠、言情小說，成為市民們的主要讀物。通俗社會小說在這個時期，以國統區張恨水為主向增加現實批判的勢頭發展，淪陷區屈於外部的壓力，卻將武俠和言情這兩種通俗體式的現代性大大增強。所謂武俠的「北派五大家」或「北派四大家」，一般是指成就橫跨 1930 年代和 1940 年代的還珠樓主，以及後起的白羽、鄭

① 吳興華：《絕句》，載 1941 年《燕京文學》2 卷 5、6 期。
② 陸志韋的《雜樣的五拍詩》23 首雖在 1947 年發表於朱光潛主編復出的《文學雜誌》2 卷 4 期上，這些詩實際在 1936 年就開始試驗寫了。見解志熙《摩登與現代》，清華大學出版社 2006 年版，第 51 頁。
③ 卞之琳：《吳興華的詩與譯詩》，載 1986 年《中國現代文學研究叢刊》2 期。

證因、王度盧、朱貞木四人。還珠樓主（1902—1961），名李壽民。《蜀山劍俠傳》和《青城十九俠》在他全部四十餘部作品的兩千萬字中，屬於仙魔神怪系列。《蜀山劍俠傳》為他的代表作，從 1932 年起在天津《天風報》連載，以後一集集地寫下去，抗戰期間不停，到 1949 年共出版 55 集，是武俠作品空前的長卷（結構篇幅不免拉長。但對於一直跟著報刊連載每日閱讀的市民來說，可能並不嫌多）。其最大特徵是超越一般的正邪善惡鬥法的模式，描繪武俠世界呈現人間、自然、神話、哲理、詩情交織的豐富景象。它橫空出世，想像恢弘，「關於自然現象者，海可煮之沸，地可掀之翻，山可役之走，人可化為獸，天可隱滅無蹤，陸可沈落無形」，「對於生命的看法，靈魂可以離體，身外可以化身，借屍可以復活，自殺可以逃命，修煉可以長生，仙家卻有死劫」，[1]把「人情物理」都化成「會心」的絢爛意象，把中國多采的民族文化投射進武俠世界，是文學包蘊宇內宇外的一種闡釋。書中的劍仙、武魔統為逃脫「四九天劫」，即每四百九十年一次的劫難而戰，隱喻了人對自身命運不懈「抗爭」的現代命題。武與俠、仙與魔對於作者來說，都不僅僅是對現實不公的斥責，他賦予武俠以現代的意義，將原先通過虛構江湖「亞社會」（在現代社會已然衰退）來發洩不平之氣的舊武俠，改造成對人類內在生命境界感受的一種外化方式。還珠樓主是武俠文學新舊轉換的第一人。他超越了平江不肖生（向愷然），直接影響了北派武俠整體地注入現代精神，並在觀念和技術層面作用於 1950 年代後的港臺新武俠，給他們以積極啟發。

白羽（1899—1966）原名宮竹心，「五四」時期與魯迅、周作人都有交往，從新文學進入通俗寫作，至 1938 年《十二金錢鏢》發表後才得成名。他自覺將「俠」置於現代實際社會中，在表現鏢客拳師正義神勇、超絕不群的同時，特別對武俠精神在現代的困境予以揭示。《十二金錢鏢》裡鏢行受官府欺壓，表現武俠的真實地位。《聯鏢記》主人公大俠林廷揚寬恕敗者，反受突襲而亡。《偷拳》的楊露蟬受盡磨難學武，遇到無數「偽俠」。後假裝啞丐多年，最後學到「太極陳」無極拳法。滿師受庭訓時，太極陳一反平時的孤傲，告誡他「要虛心克己，勿驕勿狂。多訪名師，印證所學；尊禮別派，免起紛爭」，「你不要學我」。[2]這種不美化武俠的「反省」寫法，充滿了現代精神。鄭證因（1898—1960）

210826　致宮竹心

竹心先生：

昨天奉訪，適值我出去看朋友去了，以致不能面談，非常抱歉。此后如見訪，先行以信告知為要。

先生進學校去，自然甚好，但先行許去職業，我以為是失策的。看中國現在情形，幾乎要陷于無教育狀態，此后如何，實在是在不可知之數。但事情已經過去，也不必再說，只能看情形進行了。

小說[1]已經拜讀了，恕我直說，這只是一種 sketch[2]，還未達到結構較大的小說。但登在日報上的資格，是十足可以有的；而且立意與表現法也并不壞，做下去一定還可以發展。其實各人只一篇，也很難于批評，可否多借幾篇，草稿也可以，不必書正的。我也極愿意介紹到《小說月報》去，如只是簡短的短篇，便如到日報上去。

先生既以文學立足，不知何故，其實以文墨作生活，是世上最苦的職業。前信所舉的各處上當，這種苦難我們也都受過。上海或北京的收稿，不甚講內容，他們沒有批評眼，只講名聲。其甚者且騙取別人的文章作自己的生活費，如礼拜六[3]便是，這些主持者都是一班上海之所謂「滑頭」，不必寄稿給他們的。兩位所做的小說，如用在報上，不知用什么名字？再先生擬考師范，未知用何名字，請示知：

肋膜炎是肺與肋肉之間的一層膜發了炎，中國沒有名字，他们

*　*　*

宮白羽（竹心）沒寫武俠小說前在北京郵政局供職，1921 年到 1922 年間與魯迅多次通信，魯迅為其推薦文稿

---

① 徐國楨：《還珠樓主論》，上海正氣書局 1949 年版，第 12—13 頁。
② 白羽：《偷拳》，天津正華出版部 1940 年版，第 135 頁。

北方最大的畫報《北洋畫報》
是市民文化的大本營

習武懂武，在「北平國術館」從師學太極拳，會使九環大刀。1941 年在天津著名畫報《三六九》連載《鷹爪王》後名聲大震，後有「鷹爪王系列」的續作。他深諳天津黑社會內幕，在武俠小說幾乎沒有不插寫俠情的風氣下，偏偏寫純粹的技擊。他與還珠樓主的武功描寫以想像型為主不同，傾向於寫實型，由實到虛，達藝術化的境界，對後來的硬派武俠小說路數發生影響。王度廬（1909—1977）專寫俠情，而且是悲劇俠情。1938 年後，他寫出被命名為「鶴—鐵系列」的人物互有聯繫，且各自具有獨立性的五部武俠小說，即《鶴驚崑崙》、《寶劍金釵》、《劍氣珠光》、《臥虎藏龍》、《鐵騎銀瓶》。五部裡包括三條悲情線索。江小鶴與阿鸞悲劇起因於阿鸞祖父鮑崑崙殺了徒孫江小鶴之父。第二條線索是孟思昭為李慕白、俞秀蓮能夠結合而決然殉友，致使李、俞背上了「俠」的道義十字架，不得解脫，終於將三人「情誼」碾碎。通俗的武俠故事這時插入挖掘人性深度的巨大筆力，有些類似下面就要講到的劉雲若在《紅杏出牆記》所達到的心理刻畫水平。第三條線索是羅小虎和玉嬌龍的愛情。首先是羅、玉一夜情深後被門戶之別拆散，所生子被人調換為女，而此子此女日後竟發生第二代的情義關係。荒漠之上其子尋親，其父其母前後死在兒子面前，情愛、友愛、親子之愛糾葛在一起，心靈的撕裂和劇痛構成重大的悲劇性，通俗武俠此時真正無愧地進入「五四」開創的具有現代性質的「人的文學」行列。「四大家」的最後一位朱貞木，生卒年不詳。其代表作《七殺碑》並未完篇，寫明末武舉進士楊展與四女的故事，以擅長表現武俠的奇情著稱。情的開掘雖然不如王度廬的深切，但講究峰回路轉，自成一格。以上還珠樓主、王度廬等華北武俠小說，把這種武俠文體的現代性，加強到前所未有的高度。那種極富民族文化精神的武功、俠義、俠情，經過創造性轉化已能部分表達現代人的感情和心理。章回的市民講述體式也顯示出比較「開放」的態勢，不論是打開回目，還是更重要的使

北方社會言情小說大家之一劉雲若

劉雲若著《恨不相逢未嫁時》封面

用活潑的白話，圍繞表現「人」來採用敘述、描寫和結構方式等，都顯示了 1940 年代通俗武俠的高度。

北派言情小說出現了劉雲若（1903—1950），和張恨水一樣，是縮小通俗文學與新文學差別的重要作家。他 1930 年起就一直在天津的報紙連載小說，熟悉北方的市民生活。1940 年代出版了《舊巷斜陽》、《粉墨箏琶》等，其中的《紅杏出牆記》被公認是力作。而且就因為這部通俗文學中難得的作品，鄭振鐸私下裡認為劉雲若「他的造詣之深，遠在張恨水之上」。[1]《紅杏出牆記》的特異之處就在於通俗與超通俗兩種成分的犬牙交錯。它的故事性強，男主人公林白萍發現妻子黎芷華與自己好友邊仲膺相愛後，遠離而去，引出更加錯綜的男女關係。情節的引人入勝自然是通俗故事的基本條件，但眾多人物的相繼登場包括黎芷華的女友房淑敏、醜女龍珍、名妓柳如眉、官宦小姐余麗蓮等的先後加入，交織成一面複雜的情愛大網，用一再的避讓、糾纏、懺悔來穿針引線，心理糾葛遠遠超出一般通俗作品人物關係之上。在人物的戲劇性衝突中，巧合和誤會的安排確係發揮出通俗敘述之長，但兩性心理、感情的複雜展示，人性善惡的深度開掘，結尾時主要人物一一毀滅，陷入的巨大悲劇，又不是通俗小說的慣常寫法。總之，這部小說具備與新文學對人的探索一致的品格，某些方面有過之而無不及，顯示了在通俗體內部調動常規的新文學手段所能達到的最佳融合水準。

而另一種類型，從東北、華北淪陷區的新文學作家中產生而向通俗文學接近的，是梅娘（1920—）。梅娘的家庭身世給她帶來人物與故事的原型，描寫商宦大家族青年女性的生存困境，是她持久的主題。她的「水族系列」的小說《蚌》、《魚》、《蟹》，用象徵性的題目暗示女性的命運：從任人宰割啄取，到稍稍在封建網路中遊動，在「五四」解放婦女、解放個性已經過去那麼多年之後，仍然處於不得自由的婚戀

---

[1] 這自然是一家之言。鄭振鐸此言是對徐鑄成說的，見張贛生《民國通俗小說論稿》，重慶出版社 1991 年版，第 227 頁。

梅娘 1948 年和她的兩個女兒在臺灣日月潭

狀況中。《蟹》較為成熟。寫少女玲玲在三叔爭奪家產、各房間充滿矛盾的環境下，與長隨王福女兒小翠的淒清命運。此篇的人物刻畫工夫，對話、場景的描寫，與新文學作品無異。但是用純市民的立場來觀察世界、評價世界。書中玲玲和小翠討論婚嫁，玲玲聲稱「準備跳海，給龍王爺做媳婦去」，小翠反說「我認準了，靠自己吃飯才靠得穩，我做針線，學寫字認字，就是為的多一點活著的本事。一旦我爸賣我，我媽能攔得住嗎」？[①]她最後也逃不出父親的卑劣出賣。但透過這個小人物，我們可以感受到真正市民文學的思想信念。梅娘當時在北方是暢銷書作家，小說集《魚》在半年內曾印行 8 版，靠的就是市民讀者對她的流暢女性故事的欣賞。她的成就沒有張愛玲高，但將新文學推向市民層面達到較高水準，是兩人一致的地方。

　　而在上海，實際的情況反較其他淪陷區「單純」。這裡本是 1930 年代文學中心地帶，又有一個「孤島」的緩衝時期，人口不但沒有減少反劇增至五百萬以上，商業文化很快恢復並畸形繁榮。所以上海這時不必用「五四」、「鄉土」文學來迂迴，先鋒作者、讀者的流失雖使得左翼文學、實驗文學的市場萎縮，卻造成海派市民文學發展的大好時機。

柯靈說：「我扳著指頭算來算去，偌大的文壇，哪個階段都安放不下一個張愛玲，上海淪陷，才給了她機會。」[②]暗示的就是這個道理。「孤島」初期有一點自由，還能看到進步文學的一些餘緒，如 30 年代末的《魯迅風》、《東南風》雜誌，40 年代初的《雜文叢刊》，巴人、周木齋、柯靈等辦的報紙副刊雜文欄等，推行魯迅式的雜文。像鄭振鐸這樣的愛國文人，用教書、辦刊、搶救典籍等途徑來保護文化，以蟄居為代價曲折地堅持創作，已經是相當的難得。師陀（1910—1988）是蟄居作家中創作最豐的一位。他過去長期使用「蘆焚」筆名，是一個受左翼思想影響卻仍保持自己獨立寫作的早期京派。淪陷時期，在擔任

師陀著《果園城記》書影

---

① 梅娘：《蟹》，收《梅娘小說散文集》，北京出版社 1997 年版，第 155 頁。
② 柯靈：《遙寄張愛玲》，載 1985 年《讀書》4 月號。

《文藝復興》創刊號從 1 卷 2 期起連載
《圍城》

於上海淪陷時寫成在戰後由晨光出版公司
出單行本的錢鍾書長篇小說《圍城》，是
城市也是中國知識者的戰時寫照

蘇聯上海電臺編輯之餘，進入他用回溯筆法深一步描寫鄉土和持傳奇諷喻筆法揭示都
市的創作黃金年代。這個「鄉土——都市」結構是師陀最佳的蟄居創作視角：鄉可回
憶其敗落（等同於反省我們受侵略的根源），城可冷觀它的癲狂（眼前的現實）。代表
作品是短篇小說集《果園城記》、中篇《無望村的館主》、長篇《結婚》，均達到較高
水準。《果園城記》是系列性短篇，以一個個具有內在聯繫的河南小城人物淒涼、抒情
的故事，作為鄉土中國整體敗落、停頓的一個形象縮影。《結婚》是寫戰時上海使人淪
喪的活圖景。他這時的寫作既有《無望村的館主》那種複雜敘事技巧的運用，也受市
民文化制約，在都市故事裡增加「大眾」成分，並嘗試通俗改編劇的寫作。因為淪陷
區的環境，大規模流行的、與市民大眾日常文化消費發生關聯的，就是通俗小說和通
俗戲劇作品。這種受到市民氛圍影響而發生的新文學作家向通俗的傾斜，不僅有淪陷
區的張愛玲，還有國統區寫《風蕭蕭》的徐訏和寫《塔
裡的女人》、《北極風情畫》的無名氏，三書暢銷竟達
到上百版的驚人記錄。它們與 1940 年代中後期純文學
長篇的高峰之間，也足夠形成張力：國統區沙汀的《淘
金記》、路翎的《財主底兒女們》、老舍的《四世同
堂》、巴金的《寒夜》，都是日後被評價甚高的作品，
卻並沒有掀翻廣大讀者的效應。1946 年在光復後的上海
《文藝復興》連載，次年出單行本的錢鍾書的長篇小說
《圍城》，一部描摹、隱喻淪陷中的中國知識者精神困
境的奇特智慧作品，當時也未造成轟動，與沒有進入戰

予且小像

上海淪陷期間與張愛玲並肩的蘇青

漫畫像：「輯務繁忙的蘇青」（文亭繪）

後上海和北地都市持續的市民文學潮都有一定的關係。

由雅及俗，或由俗及雅，這兩方面是同時存在的。前者是新文學作家從事大眾文學，後者是原來的舊派作家寫出新文學型的作品。予且原名潘序祖，屬於沒有發表過章回體作品的新型市民作家。學生時代據說寫過舊體小說，但抗戰前出版長篇《小菊》、《如意珠》和短篇集《兩間房》時，一出手就已是西式小說的通俗化。他講究市民趣味，寫的是石庫門弄堂的人物故事。淪陷前後，予且寫出數量日多的長篇《女校長》、《乳娘曲》、《金鳳影》，短篇《七女書》和散見在《大眾》、《雜誌》等刊物裡的都市「百記」：《拒婚記》、《試婚記》、《埋情記》等，作品流利易讀。他的新穎處，一是慣寫家庭的夫婦之道。二是不避諱都市物質對人的誘惑，能從經濟角度剖析「言情」。三是將最先鋒的心理分析、性病態描寫化解成市民敘述體，促進了市民文學的現代化。他的意義是表示出新舊文藝在 1940 年代的接近，主要不是舊文學的轉化，倒是新文學的向下嫁接，才更符合市民讀者上升的需求。

類似這種趨向的，蘇青如此，施濟美等「東吳系作家」也如此。這些上海女性作家都有較高的學歷，瞭解中外文學的狀況，顯然是從學習新文學入手來為市民報刊寫作，新文藝性和通俗性兼有的。蘇青（1917—1982）的代表作《結婚十年》是暢銷小說的極致，1944 年初版後在四年裡印了 18 版。它以自身的經歷為藍本，把個人婚戀史轉化為虛構的通俗故事，表現女性涉世的艱難。其筆調明朗，沒有絲毫的扭捏作態，較少舊小說的痕跡。此外，還寫了《續結婚十年》、《歧途佳人》、《濤》、《浣錦集》等小說散文，文學風格務實，不回避利害關係，其真實的世俗性反得到市民讀者的好感。施濟美（1920—1968）的《鳳儀園》、《莫愁巷》等小說有一定影響。作者擅長製造「懷舊」意境，表現無結果的男女悲情，故事的哀傷情調正適合於市民女性的口味。作者的青年女大學生的身分，還自然帶來某種抒情氣質，又有脫離通俗的雅致一面。而傷感的思緒，恰於動亂時代都市居民的不安、茫然的心態相合。「東吳系作家」還有湯雪華、俞昭明、程育真等人。此外的潘柳黛的《退職夫人自傳》，以職業女性身分寫都市涉世中的一種女性類型，也有自己的讀者。

等到張愛玲（1920—1996）在上海淪陷期的 1943 年以一篇氣味獨特的小說《沈香

1939 年在香港大學時的張愛玲

屑：第一爐香》登上文壇，兩三年中，幾乎掩過了其他任何市民女性作家，成為一個奇觀。她的成長顯示出當年上海市民中西混雜的典型環境：出身於舊的官宦沒落世家，西式學歷（教會的聖瑪利亞女校、香港大學），8 歲讀《紅樓夢》，一生讀《海上花列傳》，在香港三年為練習英文沒有用中文寫過東西，談電影、談京戲、談舞、談畫、談音樂、談時裝服飾，中心關注的是女人。投稿先給英文月刊，再給周瘦鵑的《紫羅蘭》，但自稱假想的讀者是「上海人」。張愛玲能夠了無印痕地吸納新舊，這是她成為新型市民作家的根本。傅雷最早評論她，高度讚美《金鎖記》甚至與《狂人日記》相比，卻極度針砭《連環套》的舊小說濫調，是站在精英文學立場上說的話，忽略了張愛玲的市民作家品性。到後來，她還同時給上海小報寫《鬱金香》、《十八春》（又名《半生緣》）這樣既像新文學、又像舊小說的作品，是不應該稀奇的。

　　最能代表她成就的還是《金鎖記》。此作把張愛玲的現代都市和市民女性命運的刻畫，做了透骨的表現。衰落的貴族之家在上海洋場早已是百孔千瘡，親情、戀情中有決定意義的是「金錢」二字。姜公館二少奶奶曹七巧作為麻油店小戶人家出身、將青春葬送給殘疾丈夫的美麗女性，在各房的爾虞我詐、小叔姜季澤的挑逗騙局以及子女們懦弱無能的包圍中，布下心理陰影。她要乖戾地報復世界，自己套入黃金枷鎖之內，卻要用這金枷的一角去劈殺別人。當她再次差一點將小叔的貪欲當作愛情而在一剎那驚醒，當她為了毀壞兒女的婚姻而在兒子媳婦間挑唆，在西洋留學生求婚者面前暗示女兒仍在吸鴉片（實際為了好姻緣已經戒煙）的時刻，她那個性倔強外表之下所藏匿的殘破、冷

酷的人性，已暴露無遺。遭受不幸者及給別人帶來不幸的施惡者，竟如此地集於一身，這把中國女性和新舊歷史倒錯的慘烈面揭示得驚心動魄。其他如《傾城之戀》中白流蘇在家族內受盡白眼，及和富商范柳原婚戀的不可確定性；《紅玫瑰與白玫瑰》裡佟振保的情人王嬌蕊、妻子孟煙鸝，彷彿是無法調和的女人妻性、母性、

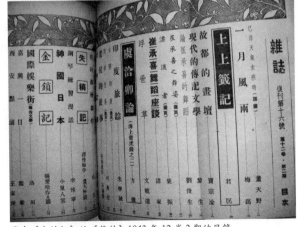

發表《金鎖記》的《雜誌》1943 年 12 卷 2 期的目錄

張愛玲為其《金鎖記》所畫女主人公
曹七巧

張愛玲手繪的《金鎖記》人物姜季澤

張愛玲散文集《流言》1944年12月初版

張愛玲最重要的小說集《傳奇》

情人性的人格分裂，都是在為都市女性做註
腳。這些故事並不用老派「苦情戲」來賺市
民讀者的眼淚，是把女性置於「現代人」的
境遇中來拷問了。

　　最奇特的是《封鎖》這一文本，證明
張愛玲可以在現代小說的表達上走出多遠。
這是關於都市和人的隱喻：空襲戒嚴（即封
鎖）電車停駛後男女兩人在車廂邂逅，一個
被剝奪了正常形態的時空恰是「真」的絕好
顯露之機，於是呂宗楨和吳翠遠相識了，相
愛了，互相感受到對方是「一個真的人」
了。他倆平時是各種人：「在家裡她是一個
好女兒，在學校裡她是一個好學生」，「平
時，他是會計師，他是孩子的父親，他是家
長，他是車上的搭客，他是店裡的主顧，他

"海派作家"重要作品
《补情天》被发现

本報北京9月27日訊（記者祝曉風）
最新消息，上世紀四十年代重要的"海派
作家"東方蝃蝀(dì dōng)的一部要要小說
《补情天》近日被发现，并已得到作家本人
确认。在此之前，作家本人也已忘记自己
当年的这篇作品，也未收入自己编定的作品
集中，因此，这篇小说也是作家的散佚
作品。年已83岁的老作家见到自己56年
前的作品十分激动，称自己又找到了失散
多年的一个"儿子"。作家将为本报撰写文
章，交与《中华读书报》独家发表，讲述他
多年前写作的经过。9月20日晚，作家东方
蝃蝀亲手将这篇文章交与本报编辑手中。

继张爱玲小说《郁金香》之后，这小说
的发现者，现在北京师范大学博士后研
究的李楠博士再次向本报独家披露了她
的这一重要发现。这部作品是她在研究上
海小报时，几乎与《郁金香》同时被发现
的。9月16日晚，李楠把以旧报纸复印
的小说《补情天》送给家住北京新德胜的
老作家，9月17日，作家本人即向李楠确
认，这部小说确是他的作品，并授权《中华
读书报》独家重新发表他的这部作品。

《补情天》发表于《铁报》1949年5月
4日至5月31日的第二版上，共分连载，
共28节，每节一个小标题。小说讲述了一
个上海都市的现代爱情故事，结构情节与
今日的言情电视剧十分相似，人物关系错

发表《补情天》的1949年5月4日《铁报》

1950年，李君维来到北京，在文化部
电影局工作，东方蝃蝀从此在文坛消失。
"文革"后，李君维写了回忆性散文若干，
1987年创作了长篇小说《名门闺秀》，由百
花文艺出版社出版。1987年艺术所与他的短
篇小说合成《伤心蝶》。今年，他又在岳麓书
社出版了散文集《人书俱老》，陈子善等著
名学者撰文评介，再次引起读书界关注。

1994年，吴福辉撰写《都市漩涡中的
海派小说》，注意到海派文学中的重要作家

在上海小報新發現的東方蝃蝀《紳士淑女圖》外
的亡佚中篇小說《補情天》

是市民」，唯獨不是真人。可這場戀愛並沒有結出成果，封鎖的時間一過，上海像打個
盹兒醒轉來，兩個在人群中消失得沒了蹤影，城市變成臨時的、陌生化的空殼。假若將
這個接近現代主義的市民敘述體，與張愛玲其他新舊融化的文本聯繫起來理解，就會驚
異於她在開掘現代人性方面所達到的縱深度。

　　而在文體上，張愛玲從市民文學愛好切入（她在《多少恨》的開頭說「我對於通
俗小說一直有一種難言的愛好」），升入民族文學的堂奧。她能盡力地化雅化俗、化古

秦瘦鷗代表性的大眾小說《秋海棠》

化今、化中化西，提供中國敘事的現代方式。她的人
物、故事、語彙，部分取自古典小說；感覺、心理、
聯想的流轉自如、豐滿卻儘量現代；小說意象的設色
絢爛，達到了人生體驗的深遠境地。張愛玲讀起來是
中國的，也是現代的，正是現代中國文化調教出來足
以面對世界而不愧色的作家。這當然有她的天才因素
作後盾，同時是中國現代小說從晚清、「五四」一路
迤邐走來，到1940年代必然會有的一個結晶。許多
人是同時達到的。像橫跨國統區和上海「孤島」的徐
訏、無名氏等，一支筆通俗體和先鋒體兩面照應，穿
行其間並無阻礙，這在此文學時代之前是無法想像
的。淪陷區雖然文化環境險惡，也擋不住從「市民大
眾」的視野對現代小說做出綜合與昇華。當時就有

上海連環畫畫家趙宏本所繪《秋海棠》部分

東方蝃蝀（李君維）以一冊《紳士淑女圖》，從自己的生活經驗出發，寫大都會舊家子弟的失落，營造繁華中的「荒涼」意象，運用一種新市民小說體，逼似張愛玲。還有大學生作家令狐彗（董鼎山），以《幻想的土地》這一短篇集，寫稍嫌洋派的少男少女的市民風情小說。張愛玲一直影響到日後的港臺作家和今天的大陸作家，影響到白先勇、王安憶等，為大家所認可。

市民大眾文學的潮流，還反映在上海舊派報紙連載小說家中。南派的言情「中興」，應在了秦瘦鷗的《秋海棠》上。秦瘦鷗（1908—1993）早年寫《孽海濤》，譯述《御香縹緲錄》，從筆名、書名都能感覺到他的「鴛蝴」味道。《秋海棠》1941年在《申報》連載引起轟動，並不僅僅靠情節打動市民。因這個故事充其量不過是軍閥姨太太與伶人秋海棠發生戀情，後者面容被毀後十八年撫養女兒成人，最終慘死於「跑龍套」舞臺那麼一個比較老套的故事。它對舊小說的「現代性」轉換，主要在利用原先真實新聞線索的「悲情」，卻不過分依賴「紀實」，而使「虛構」部分大大凸現了小說的人道主義內容，也不忘昇華主人公忍辱負重的人生價值。小說文體也是新舊難分的一種。但此書著實轟動了很長時間，電影、戲劇包括各劇種掀起的改編熱潮，只有十幾年前張恨水《啼笑因緣》風行的那一次可以相比。尚可一提的是周天籟的小報小說《亭子間嫂嫂》，因兼有狹邪和社會揭露的兩面性，表現上海亭子間階層低級妓女和潦倒文人相濡以沫的情誼，遂至流行。但有的市民讀者是當作狹邪小說來閱讀的，可能也是事實。

戲劇因可以用演出形式避開書面易於檢查的特點，在上海這個有話劇光榮歷史的地方尚可存身。「孤島」時的于伶（1907—1997），抗戰前用筆名尤競，這時的創作應是左翼文學的餘緒。他寫了著名的救亡劇《夜上海》，通過一鄉紳家庭在炮火中顛沛流離的遭遇，將各

1931年于伶在北平

階層人物在「八・一三」滬戰後的臉孔，盡情描
畫。其他還有現實劇《女子公寓》，象徵劇《女兒
國》、歷史劇《大明英烈傳》等。阿英（1900—
1977）以寫作歷史劇為主。有明末戲《碧血花》
（又名《明末遺恨》）寫秦淮名妓葛嫩娘勇赴國
難，《海國英雄——鄭成功》，太平天國戲《洪宣
嬌》，都是借歷史來影射當前的，有政治暗示性，
劇場的效果也不錯。到了淪陷期間政治壓力加大，
商業化、職業化的劇場演出便成為主流，通俗話劇
便一枝獨秀了。這裡有多種類型。歷史題材的通俗
劇以姚克的《清宮怨》為代表（後來 1960 年代的
批判電影《清宮秘史》，就是據此改編拍攝的），
著力點放在挖掘市民感興趣的歷史人情關係上，如
光緒、珍妃、慈禧三人的矛盾。現實的通俗劇最具

1938 年兩位劇作家于伶（右）與阿英在
上海

票房價值的，當數秦瘦鷗、顧仲彝合作改編的《秋海棠》，發揮劇中悲歡離合的故事和
情感效應，得到成功。比較低下的娛樂劇這時也多起來。但真正顯眼的一個市民輕喜劇
的品種，在淪陷的特殊條件下迅速興起，即雅俗共賞的世態諷刺喜劇。這種劇由大學圈
子裡的人寫來，知識背景顯著，瀟灑地譏刺市民社會的種種醜行卻並不狠追猛打，對小
市民身上的弱點和生存能力又能給予一定的理解。此類喜劇深得知識份子觀眾、市民觀
眾的歡迎，如石華父（陳麟瑞）的《職業婦女》，楊絳的《稱心如意》、《弄真成假》
等都是。還有一類改編劇，也成為淪陷區話劇的特色，許多著名劇作家都參與其事，是
將外國劇或小說移花接木，改成中國的人物、環境、故事，轉變成國貨進行演出。李健
吾曾根據法國薩都的《杜司克》改編成《金小玉》，把著名的莎士比亞悲劇《馬克白》
改編為《王德明》，師陀（蘆焚）將俄國安德列耶夫的《吃耳光的人》改編成《大馬戲
團》，師陀和柯靈合作改編高爾基的名劇《底層》為《夜店》，都非常成功。主要角色
如《大馬戲團》裡慕容天錫的天才扮演者石揮，當年風華正茂，就在這種改編劇的演出
中走向巔峰。改編劇可以借外國的地盤，澆自己的塊壘，說出自己在淪陷區很難說出的
話，實在是迂迴的好辦法。而在外國文學中國化、通俗化的戲劇實踐過程中，市民大眾
的「提高」也有了一種切切實實的渠道。

　　至此，整個淪陷區文學歸結到「新市民文學」的大勢就較為清晰了。僅以十幾年
裡數次的討論為例，1934 年東北作家就討論過通俗小說的創作；1942 年北平的《國民
雜誌》發起「小說的內容與形式問題」的筆談問答，參加者分別標明誰是「新文藝作
家」，誰是「大眾小說家」，注意來自兩方面的見解[①]；1942 年到 1943 年上海的《萬

① 上官箏（關永吉）、楚天闊等：《「小說的內容與形式問題」（誌上叢談）》，載 1942 年 10 月《國民雜誌》10 月號。

師陀改編《大馬戲團》劇照，左二為石揮飾慕容天錫

1945 年苦幹劇團在上海演出《夜店》的劇照，都屬於「提高」市民大眾的努力

象》、《雜誌》雜誌，就「通俗文學」與「新文藝腔」兩題進行討論，涉及面寬，執文者的身分比前更為廣泛。這類討論所以不絕如縷，正證明著它遠遠沒有解決但又非常重要。同時又透露出市民文學極願提高自己之意。《萬象》這個當年平均銷量三萬冊的刊物本身就能說明這一點。它的發行人是民國前後大名鼎鼎的《人海潮》作者平襟亞，創辦的四年正值上海整個淪陷期，前兩年由舊派作家陳蝶衣編輯，後兩年換成新文學家柯靈。陳蝶衣時期並不十分保守，顧明道、徐卓呆、張恨水的名字後面，已經有了予且、施濟美，還出現了魏如晦（阿英）、李健吾等。不過總體精神是舊派吸納新派，注重「溝通新舊文學雙方的壁壘」。[1]到了柯靈手中，《萬象》並沒有變成純粹的新文學雜誌，它的編輯方針還是順著市民讀者來定位的。刊物新舊並蓄，孫了紅、程小青這些老偵探作家照樣活躍，長篇連載卻是師陀的《荒野》（前述師陀的代表作《果園城記》裡的一個個短篇也在這裡發表）、張愛玲的《連環套》、張恨水的《胭脂淚》赫然並存，新派已然包容了舊派。這是讓各類作家各得其所，相互滲透，為創造新市民文學而採取的策略。過去的上海是左翼文學、海派文學的天下，現在左翼暫時撤離到了重慶、延安、桂林等地，淪陷的上海餘下的就是有海派根基的市民文學了。《萬象》標示出這種市民文學的前瞻性，就是文學的大眾層面不斷受新興層面的影響、推動，而結出現代市民話語的果實來。它的最高成就即前述的張愛玲。

---

① 陳蝶衣：《通俗文學運動》，載 1942 年 10《萬象》第 2 年 4 期。

第三十八節　港臺：分割、自立與新文學的生長

　　此時的香港、臺灣基本上處於一種特殊的「孤島」和「淪陷」狀態。其文學因與大陸母體文化隔離有自行存在的一面，同時發生著明的、暗的各種形式的匯合、延伸、互補。香港本是在不平等的《南京條約》之下租讓給英國，而成為珠江口外一塊距廣州僅一百多公里的殖民地的。抗戰初期廣州淪陷後，香港如同被日佔區包圍的「租界孤島」。到 1941 年 12 月太平洋戰爭一起，8 日日軍侵佔上海租界，18 日日軍進攻香港，兩地同月失陷。臺灣早在 1895 年中日「甲午之戰」清政府失利後，一紙「馬關條約」便割讓給了日本，淪為殖民地。到抗戰爆發，臺灣的日據時期已過大半，至 1945 年「光復」後，才得收回。除政治環境的險惡外，僅從對文學幾乎是生命線的「文字」一項來說，香港是英文、華文並用，臺灣這時是廢漢文、禁漢語，強制推行日語為「國語」的。中國文學在殖民地遭扭曲、壓抑的狀況，就可由此想見了。但是香港、臺灣一直沒有斷絕與大陸的文化聯繫。在明清兩朝和近代，固然有古典的「本土」文人和大陸文人來往的記錄，現代以來，本地文學同大陸文學的交流也是一天沒有停止過。「五四」式的新文學在異地竟照樣發生，只是時間稍有差別而已。我們在北平、上海淪陷區可以看到鄉土文學、先鋒文學、大眾文學三種形態共存，在殖民地的香港可驚異地發現左翼、現代派、通俗（武俠）同在，在很長時間的臺灣也可見鄉愁、現代派、通俗（言情）這三類文學相繼浮出。儘管出現的時段先後不一，文學的形式內涵可能有各種差別，但仍能見到似曾相識的影子。

　　香港在戰時迎來「南來作家」的高峰，給本地文學帶來巨大的刺激，一定程度上使得香港代替「陸沈」之後的上海，成為全國抗日文化的集散地。「八‧一三」上海事變之後，香港的人口從戰前的 60 萬，兩個月內暴漲至 100 萬。這是香港近代以來每每作為重大政治衝突後暫處弱勢一方的避難所，所造成的最大一次都市膨脹。當時在香港集聚的，以流亡的上海文化人為大宗。1938 年 4 月薩空了就在由滬遷港的《立報》上發表文章，預料「今後中國文化的中心，至少將有個時期要屬香港」。[①]但這並不是僅依仗香港的交通、經濟的優越條件和相對的言論自由度即可一定達到的。假使由香港本身的文化環境看，直到 1920 年代的中後期為止，這裡文學的現代氣息仍是非常滯後。魯迅 1927 年幾次到過香港，曾作講演，題目分別為《無聲的中國》、《老調子已經唱完》，說的都是批判國粹、主張革新的話。這講題就來源於他在香港的親歷，有感

---

① 了了（薩空了）：《建立新文化中心》，載 1938 年 4 月 2 日《立報》副刊「小茶館」。

於英人在那裡拼命提倡中國舊學的怪現象。《略談香港》裡全文抄錄了港督金文泰關於「中國國粹不可不振興」的演說，還記載了魯迅在香港講演屢屢受到舊勢力包圍的情景：「先是頗遭干涉，中途又有反對者派人索取入場券，收藏起來，使別人不能去聽；後來又不許將講稿登報，經交涉的結果，是削去和改竄了許多。」[①]從這裡，我們不難理解同是與大陸毗鄰分割出去的殖民地，為何「新文學」在香港的發生，時間上要比臺灣反要來得遲的緣故。

　　考察香港文學產生的現代物質條件，應當說起初它是優於上海的（後來上海才超越香港。這種超越到 1950 年代也便結束）。所以，近代用中文印刷的報刊最初都誕生於香港（還有馬六甲），如 1853 年出版的最早中文月刊《遐邇貫珍》，1872 年出版第一家由華人創辦、編輯（王韜編輯）、且有文藝副刊性專欄的中文報紙《華字日報》，1874 年由華人王韜一手創辦的著名報紙《循環日報》等。但這些報刊只能表明香港一地引入現代技術的強勁，而非精神層面的。魯迅看到的香港文化就充斥著古老的腐朽氣味，章士釗、林紓、鄭孝胥等當時都集聚於此，香港文壇當時是被辛亥革命後避難來的晚清遺老和當地舊文人所壟斷的。再加上殖民政府利用舊文化來統治的策略十分明顯，教育偏向於培養英文優於中文的洋行雇員。「新文學」雖已發生多年，這裡的聲息仍低。而香港本地最有社會基礎的文學，是長期承襲「諧部」（引笑的趣味文字）適合於報紙副刊風格的商業性通俗文學。在一段時間內，連輸送新思想、新文化的使命都負擔在它們身上。這確係香港文學的特殊性。如 1907 年香港最早的文學期刊《小說世界》、《新小說叢》，宣揚反帝、反清思想，使用鬆動、淺白的文言，卻是屬於

「通俗」譜系的。1921 年出現的《雙聲》是香港最先採用半白話、白話的文學刊物，主編是當地具有新思想的青年文人黃崑崙、黃天石，刊載的作品已有同情平民弱者的反封建的傾向，卻是「鴛鴦蝴蝶派」性質，來稿大量吸收上海徐枕亞、周瘦鵑、吳雙熱等的鴛蝴作品的。直到 1920 年代後期，被稱為「香港新文壇第一燕」的文學雜誌《伴侶》才得以誕生。這才顯示純用白話的新文學寫作在港地開始了。《伴侶》培植了香港第一批新文學作者如侶倫、張吻冰、岑卓雲、陳靈谷等，但走的還是市民通俗文學的路子。時間卻已經到了 1928 年。

被稱為香港第一隻燕的新文學刊物《伴侶》1928 年 8 月第一期，表面看去會誤認為「鴛蝴」

　　抗戰前的香港就是這樣，在新舊交錯的形勢下讓新文學勉強站穩了腳跟。圍繞著重要的文學期刊，本地的作者吸收著上海的文學風氣，再去影響

① 魯迅：《略談香港》，《魯迅全集》第 3 卷，北京：人民文學出版社 1981 年版，第 430—432 頁。

茅盾抗戰中曾數次居港寫作，這是在香港 1948 年等待進解放區時所攝

廣州、嶺南一帶。當年本地重要的文學期刊，包括 1929 年創刊的《鐵馬》（由香港第一個現代文學社團「島上社」成員所辦）；1933 年受大陸「普羅」文學影響而出版的《春雷》、《小齒輪》兩刊；同年創辦而能延續三年的純文學刊物《紅豆》（三年已經是難得的佳績）等。《紅豆》的作者群體中，未來香港有名聲的作家如侶倫、李育中、蘆荻、路易士都是主力。而 1935 年來香港大學教書的許地山，也是《紅豆》作者之一。

　　如前所述，戰時的香港文學幾乎成了「南來作家」的文學。在港創作成就較大的有郭沫若、茅盾、巴金、蕭紅、端木蕻良、夏衍、林語堂、戴望舒、葉靈鳳、徐遲、蕭乾等人。左傾的文人大都歸屬於文協香港分會，而自由派文人則歸屬中國文化協進會，由於統一戰線的關係兩方面是有摩擦也有合作的。他們所辦的報紙文學副刊和雜誌，因具有全國的視野和全國作家的支撐，其水平與原先的香港報刊比，自不可同日而語。如茅盾編輯的《文藝陣地》、《立報・言林》，戴望舒的《星島日報・星座》，夏衍的《華商報・燈塔》，蕭乾的《大公報・文藝》等。《文藝陣地》不能看作是香港刊物，行銷也是面向全國的。戴望舒、蕭乾本身寫作有先鋒姿態，所編副刊便十分開放，南洋一帶的進步作家都是他們的後援。《言林》在小說家茅盾手中，《燈塔》在戲劇家夏衍手中，卻往大眾文藝的方向傾斜了（這應當是受香港本土滲透的一個例子）。茅盾為《言林》寫通俗型的反映抗戰初期工商業者、知識者家庭的長篇《你往哪裡跑》（又名《第一階段的故事》），雖不成功，也算是可貴的嘗試。另一長篇《腐蝕》在港連載於鄒韜奮主編的雜誌《大眾生活》，用日記體專注地挖掘一個墮入特務羅網、難以自拔的青年女性的靈魂，發揮出作者的深厚功力，成為這一時期香港文學的優秀之作。

蕭紅在香港於生命的最後幾年寫下《呼蘭河傳》等，不久即香消玉殞

司徒喬筆下的許地山

許地山最後時期在香港家中客廳裡

蕭紅、端木蕻良等流亡香港的東北作家在前節已有論述。尤其是蕭紅，在如此貧病交加的逆境中，寫下晚期最優美有力的短篇《小城三月》，長篇《呼蘭河傳》、《馬伯樂》，近乎奇蹟。許地山的香港時代成為他的最後創作期。他有「五四」作家的資深地位，從《命命鳥》到《春桃》，對宗教生命和倫理的探索由顯到隱，足以顯現他是個風格特異的小說家。在香港，他寫的中篇小說《玉官》是經由一個寡婦的人生來反思生命的真正價值的，與一般的左翼寫法不同。特別是在抗戰情緒的激發下發表《鐵魚的鰓》，描寫一潛水艇科學家在戰爭期間孤獨研究，後遭與試驗船隻共亡的悲劇結局，也是很奇特的運思。許地山主持文協香港分會的工作，積勞成疾，在港逝世時引起人們深切的紀念。戴望舒（1905—1950）是「南來作家」居港時間超過十年以上的著名象徵主義詩人。他早期以一首《雨巷》聞名。1930 年代是寫出《樂園鳥》等現代派詩歌的代表性作家。抗戰期間在香港經歷了時代與個人的火與血的體驗，思想境界廓大，象徵詩情和現實感悟高度融合，詩作更形成熟。他在香港淪陷期間曾被日本憲兵逮捕，在牢房遭受嚴刑逼訊，如入煉獄，寫出了《獄中題壁》這樣想像力高揚，又落地有聲的詩：

> 你們之中的一個死了。
> 在日本佔領地的牢裡，
> 他懷著的深深仇恨，
> 你們應該永遠地記憶。
> 當你們回來，從泥土

戴望舒木刻像

青年時代的象徵主義詩人戴望舒

掘起他傷損的肢體，
用你們勝利的歡呼，
把他的靈魂高高揚起，
然後把他的白骨放在山峰，
曝著太陽，沐著飄風：
在那暗黑潮濕的土牢，
這曾是他唯一的美夢。[①]

大批「南來作家」的創作，構成香港文學的特色。就像移民會給一地帶來色彩斑斕的多元文化一樣，大陸作家帶來了左翼、海派、通俗各種寫作的經驗，與原來的香港作家匯合，擴大了新文學在港的影響，並且促進本地作家的成長。抗戰勝利後大批文人返回內地，不料 1946 年大陸內戰烽火突起，為躲避戰亂和政治迫害，又一次形成作家「南來」的熱潮。據統計，人數更多於抗戰時。這些人中，有寫出自傳體《洪波曲》的郭沫若，有在香港《文匯報》連載《鍛煉》的茅盾，有在夏衍的《華商報》因連載《蝦球傳》（計《春風秋雨》、《白雲珠海》、《山長水遠》三卷）而引起全港轟動的黃谷柳。

討論黃谷柳（1908—1977）究竟是「南來作家」，還是「本土作家」，可以加深我們對香港文學的歷時性認識。如果從早期居港分析，黃谷柳與香港淵源很深。他祖籍廣東，出生於越南，家庭貧苦，1920 年代後期在香港《循環日報》做校對時，結識侶倫、張吻冰等人，發表了第一篇小說《換票》。但他 1930 年代在大陸軍旅長期供職，經歷了南京失陷，深入過礦山鐵路，接觸過共產黨人，生活坎坷。「光復」後才又到香港寫作，似具有「本土」與「南來」的兩面性。但如果看長篇小說《蝦球傳》，這是

① 戴望舒：《獄中題壁》，《戴望舒詩集》，成都：四川人民出版社 1981 年版，第 125—126 頁。

黃谷柳《蝦球傳》第一部《春風秋雨》，此作引動了港穗廣大讀者的興趣

一部香港流浪兒的歷險記。由流浪孤兒「蝦球」和流氓大撈家「鱷魚頭」兩大線索，牽扯出香港、廣州、珠江三角洲的世態風情敘事。對市民社會的扒手、賭棍、教頭、奴婢、娼妓、走私商人、地方豪強、軍政要員的描寫，三教九流，無不熟稔於心。寫香港市井的風俗習慣、說話聲口，更是栩栩如生。本來香港在地理上就是珠江三角洲的一部分，它的上層以英語世界為主，但說到香港的中下層市民，從來都是華語和嶺南文化佔據天下的。《蝦球傳》為下層人物立傳。其主人公「蝦球」的最後出路歸向了華南遊擊隊，它的結構和人物刻畫都頗受新文學和左翼影響；而故事敘述，風俗人情及口語描摹，卻帶著鮮明的民間色彩和章回小說印記。我們如果認定本土出生的作家要到1960年代才真正取得香港文學的自主獨立性，那麼，這個時期被政治性很強的、文學水準較高的新文學「長入」，並與本地文學的通俗性結合的黃谷柳，就應該說是「標準」的香港作家了。

這時期另一個典型的香港作家的作品，是侶倫的《窮巷》。侶倫（1911—1988）是土生作家，除淪陷時短期避難廣東外，一直生活在香港。他是「島上社」的成員，1920年代即從事新文學寫作，描寫香港洋場社會堪稱前衛。他與大陸上海作家葉靈鳳相友善，小說《黑麗拉》寫的正是這種與咖啡店女招待相戀的充滿浪漫感傷的香港海派故事。後來的《永久之歌》、《無盡的愛》均是感人的愛情悲劇，忠貞與不幸相伴，曲折纏綿，成為香港讀書市場的暢銷書。後者在一般言情體之上又增添了香港淪陷期的社會人生內容。到1948年《窮巷》在《華商報》連載，被稱為打破了戰後「新文壇的寂寞」。這部長篇表現香港底層的九龍窮巷，四名男性共居一室，再穿插進自殺獲救的女性，演化出失業、失戀等戲劇性情節，是市民掙扎前行的高度縮影。侶倫用新文學筆法描寫了「人間香港」，部分可與上海張愛玲說的「香港是一個華美的但是悲哀的城」[1]對照，部分可與上海來港的姚克寫的九龍白粉街下層故事相映襯。姚克的劇作，名就叫《陋巷》。[2]侶倫代表了純文學在香港的立足。而香港文學就在這樣與大陸無法割斷的環境中與新文學「對話」，

侶倫自畫像

---

① 張愛玲：《茉莉香片》，《傳奇》，上海山河圖書公司1946年增訂本版，第191頁。
② 《陋巷》先演出後發表。定本發表較遲，載1968年4月香港《純文學》雜誌。

1948 年春的侶倫

侶倫著《無名草》封面

並充分利用自身商業社會的條件發展通俗文學，然後走向自立的。

　　臺灣文學其時正處於戰爭期。這已經是日據時代的後半段，一方面日本殖民政府的「皇民化運動」在島上越演越烈，一方面臺灣本土作家（現代大陸作家要到 1945 年「光復」後才有規模地去台）的「鄉土」和「抗爭」的作品始終不絕。後者來源於它的「新文學」傳統，可一直追溯到 1920 年由臺灣留日學生在東京創辦的《臺灣青年》雜誌，以及 1923 年在東京出版的《臺灣民報》。分析這兩份報刊的創刊地與編者、作者主力的構成，會自然想到大陸新文學的發生史與日本進步文學界的關聯，想到魯迅早期發表過文章的大陸留日學生刊物《河南》、《浙江潮》等。《臺灣青年》便是臺灣留學生組織的「新民會」學大陸《新青年》而辦的新文化刊物，從名稱上也能看出兩者的相仿性來。創刊號上發表了陳炘的《文學與職務》一文，批判科舉造成的死文學，提出白話文學才是活文學的問題，也易聯想到胡適的主張。[①]《臺灣青年》改名為《臺灣》後，1923 年 1 月發表黃呈聰的《論普及白話文的新使命》，題旨更明確了。《臺灣民報》是被稱作「臺灣新文學的搖籃」的。那位被公認為在臺灣播下「五四」新文學火種的張我軍，他的戰鬥性很強的鼓吹文字《致臺灣青年的一封信》和《糟糕的臺灣文學界》，都發表在 1924 年的這張報紙上，曾引起島內外的反響。這份報紙 1923 年已全部使用現代漢語白話，比

1933 年的張我軍

① 陳炘《文學與職務》載 1920 年 7 月《臺灣青年》創刊號。

香港全部使用白話的《伴侶》還早了五年。不過《臺灣民報》要到 1927 年 8 月才由東京遷台。很明顯，臺灣現代文學生長的內部環境十分艱難，而要論及外部條件，大陸和日本進步文壇的作用就都不能小看了。

《臺灣民報》版面。張我軍曾攜此報去面見北京時期的魯迅

臺灣本土新文學作家的力量要比香港強。張我軍（1902—1955）生於臺北板橋，家境貧困。在北京師範大學半工半讀期間，以《臺灣民報》為媒介，既向臺灣介紹大陸「五四」文學，又用理論文章激起島內新舊文學的論戰。除上述兩文外，張我軍還有《為臺灣的文學界一哭》、《請合力拆下這座敗草叢中的破舊殿堂》等，單看題目就能聞到他與以《臺灣日日新報》漢文欄為依託的舊陣營對立的勇猛聲氣。張我軍 1925 年發表《新文學運動的意義》，提出「白話文學的建設」、「臺灣語言的改造」兩項擊中舊文學要害的主張，盡了他「清道夫」兼「急先鋒」的使命。1926年夏，他曾攜《臺灣民報》去見快要離京的魯迅，即那個當面說出沈痛話語「中國人似乎都忘記了臺灣了」的「張我權君」。[1]在白話創作上，臺灣第一首新詩是他的《沈

1925 年張我軍與妻子攝於臺北

---

[1] 魯迅：《寫在〈勞動問題〉之前》，《魯迅全集》第 3 卷，北京：人民文學出版社 1981 年版，第 425 頁。

賴和

寂》（1924 年《臺灣民報》2 卷 8 號），第一本新詩集是他的時代愛情告白《亂都之戀》（1925 年在臺北出版）。他是最早寫出白話小說的人之一，《買彩票》用寫實風格刻畫出臺灣青年在大陸的困窘。這些白話作品雖較幼嫩，道路卻已經開闢出來了。

賴和（1894—1943）也是重要的開路人，臺灣最早的白話小說是他的《鬥熱鬧》（1926 年《臺灣民報》新年號）。他生於台中彰化，學醫、行醫為貧民服務。1926 年任《臺灣民報》文藝欄主編，參加反殖民統治文化運動兩度被捕下獄，有「臺灣新文學之父」的稱號。這時候受日本和大陸左翼文學的雙重影響，島內進步文學社團及刊物迭起，大部與賴和有關。如 1931 年與日本「無產者藝術聯盟」有聯繫而成立的「臺灣文藝作家協會」，刊行《臺灣文學》；後來的鄉土色彩濃厚的《南音》半月刊；1934 年「臺灣文藝聯盟」成立，會刊為《臺灣文藝》、《先發部隊》，最初推選他做「文聯」委員長。賴和的《一桿秤仔》、《惹事》、《豐作》、《可憐她死了》是臺灣鄉土文學的第一批成品，滲透了對農民大眾感同身受的情義。《豐作》寫蔗農豐收卻受到日本製糖會社的盤剝，這與大陸豐收成災的故事《春蠶》、《多收了三五斗》極其相似，但所抨擊的殖民者目標毫不含糊。而此篇 1936 年被楊逵譯成日文載於東京的進步刊物，就可知戰前臺灣是個有一定空隙的文學環境，而日本左翼文人的聲援自也不能低估。

現在要論及戰時的臺灣文學了。這是比任何淪陷地區更加惡劣的環境：1937 年後臺灣進入「戰時體制」，殖民當局採取了高壓統治手段，在學校禁開漢語課程，報刊禁用漢文，完全扼殺了中文寫作。同時成立的「臺灣文學奉公會」籠絡作家，炮製「皇民化」作品。一時之間，中文文學刊物紛紛凋零，只餘下日文的消閒文學和藝術至上文學在維持場面。1941 年創辦的日文季刊《臺灣文學》，成為以華人作家為主的唯一刊物。此刊由張文環主編，少量在台的日本作家（其中有正直敢言者）加盟，維持兩年後被當局合併停刊。《臺灣文學》的作家大體是遵循鄉土文學的傳統進行創作的，如楊逵、吳濁流、呂赫若、龍瑛宗等。這時臺灣出現了最特殊的迂迴文學，一批使用日文的本土作家曲折地寫出或尖銳、或隱晦的反抗殖民統治、抵制向殖民文學「同化」的作品。楊逵（1905—1985），台南新化人，戰前參加「臺灣文藝聯盟」，創辦《臺灣新文學》月刊，用日文寫出《送

楊逵像

1937—1938 年的楊逵

報伕》這樣帶有社會主義思想的小說。他青年時代研究過馬克思主義，在日本遊行遭捕，在臺灣搞農民運動被捕十多次，「新婚之夜」和妻子一起進了監獄，1949 年起為支持「二 · 二八運動」被國民黨當局又關了 12 年，真是百折不撓，被譽為「壓不扁的玫瑰花」。楊逵寫《送報伕》根據的是自己在東京派報所送報的真實體驗。交給賴和在報上連載時，稿子用的是「楊達」的名字，是賴和替他很具深意地改為「楊逵」。連載未完被禁，在日本作家德永直等人支持下入選東京《文學評論》，才得以全文發表。1942 年戰爭期內發表的《鵝媽媽出嫁》，將留日知識者的善良空想和當前殘酷現實作比，也是他的名篇。吳濁流（1900—1976），新竹新埔人，生於一個富有民族氣節的文人家族。他的日文小說都是從他壓抑的悲憤眼光和火一般民族意識的筆下流淌出來的。1944 年的《先生媽》直面臺灣「皇民化」和推行「國語家庭」（指日語）的背景，寫母子兩代水火不容的衝突。兒子的奴性，在母親不學日本話、拒穿和服、臨終前將和服用菜刀砍爛要乾乾淨淨去見祖宗的行為面前黯然失色。他在戰爭期內冒著生命危險寫作，「光復」後在日本出版並譯成中文的長篇《亞細亞的孤兒》，是一部

吳濁流攝於 1975 年逝世之前

由一人經歷返照一個社會的史詩性作品。主人公是臺灣舊式地主家庭出身的青年知識者胡太明，活動的舞臺遍及臺灣、日本、大陸，從接受「同化教育」的起點出發，一次次地刺激、沈淪、驚醒，造成了一個臺灣「狂人」，把日據時代的殖民社會整個翻轉過來。小說人物眾多且複雜，顯示了作者的結構能力。其中的懷鄉氣息和「孤兒」概念的提出，是對「離鄉」臺灣人巨大生存困境的生動喻示。吳濁流揭刺社會膿瘡的勇氣始終不衰，到抗戰勝利後看到「接收」黑幕還寫出《波茨坦科長》、《狡猿》等辛辣的諷刺精品。此外，呂赫若（1914—1947）的鄉土作品《牛車》、《合家平安》等，以擅寫臺灣農村家庭變遷為特色。這批作家師承賴和，民族意識強烈，承受殖民壓力沈重而反撥也格外敏感、尖銳，這都是人生派寫實的中堅。

　　同樣是環繞《臺灣文學》，另有一些作家的藝術風格比較特別。張文環（1909—1978）是該刊的創建人，團結島內作家，有他的勞績。他生於嘉義梅山一個商人家庭。在日據時代與殖民當局周旋，但看他的作品，民族大義還是清楚的。他的鄉村故事即便是富家爭鬥如《閹雞》，也能挖掘到人性的微妙處。《藝旦之家》寫養女出身的藝人不幸，感情生活的再三變故，與社會家庭的複雜維繫，作者對小人物都一掬同情之淚。張文環的現實描寫一般沒有嚴重的階級對立，心理描述憂鬱而富層次，敘事手法從容、有技巧，藝術水準是較高的。龍瑛宗（1911—）讀書時便由日文廣泛接觸西方文學。1937 年發表處女作《植有木瓜樹的小鎮》，抒發臺灣知識青年的幻滅情緒，情節、手法上有明顯西歐文學的痕跡，因而引起人們注意。《白色的山脈》並無明晰的故事與主題，只是一個漂泊的知識者對別人家庭、身世的想像及重遊故地引發的哀怨感傷。他的作品以「現代人」的意識反思，對「現代人」的彷徨無路、內心懦弱缺乏行動等各種病態進行解剖。龍瑛宗的小說現代趨向明顯，人物性格刻畫讓位於心理開掘，連

有鍾理和自己簽名的照片，可以見證他是笠山下一純樸文學青年

貫的情節讓位給氣氛渲染和意象經營，可說是臺灣早期唯美的、現代派寫作的開端。

　　抗戰勝利後臺灣「光復」，國民政府進駐帶來以後一系列的政治變局。所謂日語的「國語」廢除後，造成了一段臺灣文學「失語」的空白。許多老作家都要重新學習中文，才可能重新拿起筆來。比如楊逵就向在小學上學的小女兒學習中文，到 1957 年方寫出第一篇中文作品《春光關不住》。「光復」也引來大陸旅台作家許壽裳、臺靜農、黎烈文、謝冰瑩等，他們在當時臺灣構不成「主體」，要到 1949 年國民黨潰退帶來一批大陸「南來」作家才會改變臺灣作家的構成。而橫跨臺灣日據時代和 1960 年代之間起到橋梁作用的重要作家，是「鄉土文學」的重鎮鍾理和

鍾理和為堅持與鍾台妹的自主婚姻遠
離故鄉到大陸東北

鍾理和生前成書的唯一作品是在北平出
版的《夾竹桃》集

（1915—1960）。他是台灣屏東人，為堅持自由婚戀而出走瀋陽，後曾在北平生活。
所以 1945 年他在北平出版了生前唯一的小說集《夾竹桃》，留下他的大陸平民生活印
象。從「光復」到 1950 年代，鍾理和在台南鄉間身處貧病、喪子的絕地，卻完成他絕
大部分的鄉土作品。除少量在林海音主編的《聯合報》副刊發表外，一直到 45 歲逝世
時，他嘔心瀝血寫成的長篇小說《笠山農場》都未能出版（「全集」到 1970 年代才問
世）。他使用純正的白話和新文學體，身上有台灣客家的質樸、深厚，或許也融進一點
大陸北方的剛毅氣質。他有《原鄉人》小說一篇。這「原鄉人」的概念，同吳濁流的
「孤兒」內涵雖不盡一致，卻都表達了臺灣人無所歸依的民族悲憤情緒。鍾理和終其一
生是個海峽兩岸的知識漂流者，他喊出的「原鄉人的血，一定要流返原鄉，才會停止沸
騰」，其音不絕，如在耳畔。

　　無論是香港、臺灣還是大陸的文學，在接下去的 1950 年代都將籠罩在冷戰陰雲
之中。大陸與臺灣由於政治因素而對峙。香港於一地之內有左翼、非左翼的交鋒。到
1960 年代後，港臺的現代派文學、新通俗文學都蓬勃興起。不過在 1940 年代的末期，
香港倒是又一次發揮出它「避難地」的歷史功用：那裡曾經聚集一批左翼的知識「精
英」，開展了特別的文學批評活動。在史家看來，這一批評活動內含的種種矛盾，日後
將釀成「人民共和國」文學某一方面的契機和種因。在本書的最末一節，將會詳述此
事。

第三十九節　農民——市民：大眾文學的全新勢頭

　　在 1940 年代，無論是哪個政治區域的文學，大眾化都由原先的書生空議論變為實實在在的現實，並由此給抗戰時期文學帶來勃勃的生機。

　　不妨先回溯一下幾十年來「大眾文學」的歷史演變過程。本來，晚清市民文學是中國城市發生現代轉型初期的絕對文學主流，但當屬於精英文學的「新文學」昂然登上文壇之後，以解剖農民為「國民性改造」切入點的鄉土啟蒙文學，就很快取得了地位。市民文學則在逐漸獲得現代性的同時，日益大眾化，走向邊緣了。傳播新思想和創造新形式的「五四」文學，以教育大眾、表現大眾為己任，打出「平民文學」的鮮明旗幟，北京大學公開在社會上採集歌謠不避猥褻詞曲，國外弱小民族文學、民間文學的引進以及民俗學、文化人類學等新知的傳入，都讓新文學家的眼光越發向下。但是，這並不足以形成新文學範疇內的「五四大眾文學」。因為新文學並不考慮大眾對它的接受問題，它只管自己一意銳進。

　　到了 1930 年代，情況大變。左翼從一開始即提出建設「大眾文藝」這個重要的奮鬥目標。「左聯」成立伊始，在內部設立「文藝大眾化研究會」，辦《大眾文藝》

從 1930 年代「左聯」成立的時候起，左翼就以「大眾文藝」為目標。這時出版的左翼刊物《大眾文藝》卻是洋化的「大眾」封面

刊物，多次發起大眾化、大眾語的討論，積極推行大眾文藝的創作運動。其中尤以瞿秋白、魯迅等人的「大眾化」言論舉足輕重。1932 年，瞿秋白在這前後發表和寫作了《普洛大眾文藝的現實問題》等系列文章，從而引發了持久的討論。瞿的觀點，第一，在「大眾文藝」的重要性上，確認這是「無產文藝運動的中心問題，這是爭取文藝革命的領導權的具體任務」。[1]此為瞿的基本立場，是從無產階級的政治出發，為的要最終奪取政權，就先要爭奪文化水平尚低的群眾。大眾化是為了「化大眾」！第二，猛烈批評「五四」文學革命的最大缺陷是「歐化」，是脫離大眾。以至在文學語言上認為到他執文時為止，仍是「中國歐化青年讀五四式的白話，而平民小百姓讀章

---

[1]　瞿秋白：《歐化文藝》，《瞿秋白文集》文學編第 1 卷，北京：人民文學出版社 1985 年版，第 492 頁。著重號為原文所有。

回體的白話」這樣兩兩分離的局面，因而「需要再來一次文字革命」。[1]在這方面，他抨擊「歐化的新文藝」已淪為一種「新文言」，對「新式白話」、「真正通順的現代中國文」、「現代普通話的新中國文」如何才能真正出現，都不遺餘力地一再闡說。[2]第三，分清性質截然不同的兩類「大眾文藝」。竭力反對市儈式的武俠劍仙、或將強盜當青天大老爺的「反動的大眾文藝」；大力倡導創作「革命的大眾文藝」。而談及「初期的革命的大眾文藝」時，認為可以運用舊的形式來表現革命的、階級的內容。瞿秋白且身體力行，早在東北「九‧一八」和上海「一‧二八」事變期間，就帶頭用民間形式創作了大眾

普洛大众文艺的现实问题[*]

这将要是自由的文艺，因为这种文艺并不是给吃饱了的姑娘小姐去服务的，并不是给那些烦闷着的几万高等人去服务的，而是给几百万几千万劳动者去服务的，这些劳动者才是国家的精华，力量和将来呢。

──《伊里伊奇文集》初版第七卷上册第二十五页[1]

中国普洛大众文艺的问题，已经不是什么空谈的问题，而是现实的问题。难道还只当做亭子间里"茶余饭后"谈天的资料么？苏联十月革命之前，许多革命的文学家，后来的普洛文学家，曾经埋没在小报馆的校对，访员等类的地位五六年七八年，当时的高等读者社会里没有人知道他们！他们在谋生的困苦工作之外，仍旧能够很多的写作小本小说，价钱只有三四分大洋一本，销到工人贫民中间去。这些作家之中，只有一个绥拉菲摩维支[2]是在当时就成了名的〈高尔基不算在内[2]〉；其余的都这么埋没着，甚至于革命后也没有"出名"的。但是，当时的工人读者知道他们，爱他们。他们的作品，未必都是第一流的，未必都流传下来。但是在当时，这些作品至少能够供给

• 本篇最初辑入一九三二年"左联"出版的《文学》，署名史铁儿，作者编入《乱弹》时曾作过一些修改。

瞿秋白提倡普洛大眾文藝的重要論文

文藝作品。如仿「無錫景」調寫的《上海打仗景致》，用世俗白話寫的說書段子《江北人拆姘頭》、《英雄巧計獻上海》。其中用「亂來腔」寫的唱詞《東洋人出兵》，分「上海話」、「北方話」兩種，單看上海話的一種，開頭是這樣的：

> 說起出兵滿洲格東洋人，
> 先要問問為仔啥事情。
> 只為一班有錢格中國人，
> 生成狗肺搭狼心，
> 日日夜夜吃窮人，
> 吃得來頭昏眼暗發熱昏。
> 有仔刀，殺工人，
> 有仔槍，打農民，
> 等到日本出兵佔勒東三省，
> 烏龜頭末就縮縮進，
> 總司令末叫退兵，
> 國民黨末叫鎮靜，
> 不過難為仔我伲要小百姓，
> 真叫做，拿伲四萬萬人做人情。[3]

---

[1] 瞿秋白：《普洛大眾文藝的現實問題》，《瞿秋白文集》文學編第 1 卷，北京：人民文學出版社 1985 年版，第 465 頁。

[2] 這類用詞在瞿秋白的《普洛大眾文藝的現實問題》、《歐化文藝》等文中隨處可見。

[3] 瞿秋白：《東洋人出兵》，《瞿秋白文集》文學編第 2 卷，北京：人民文學出版社 1986 年版，第 376 頁。本篇初刊於 1931 年 9 月 28 日《文學導報》第 1 卷第 5 期，還曾印成宣傳小冊子散發。

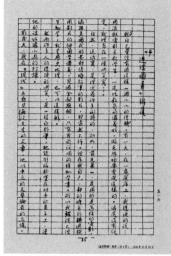

魯迅 1932 年參與文藝大眾化討論寫的
《「連環圖畫」辯護》一文手稿

我們看當時還不曾去江西中央蘇區而在上海的瞿秋白，寫此類作品心目中的聽眾（讀者）對象，顯然不是農民，而是上海市民（包括文化程度不高的工人）。可以說這時的所謂大眾化，實際即市民化。因為革命的中心還在城市，沒有轉移到農村。而魯迅對「大眾化」看法，大部與瞿秋白一致。比如魯迅也清楚認識到「新文學」的缺陷，同意採用「連環圖畫」等舊形式，同意推動「大眾語」的建設，也是屬於主張借用政治助力來實現新文學的大眾化一派的。但魯迅的意見在左翼陣營裡較少片面性，他與瞿的最大區別在於對「歐化」並不一棍子打死，而有分析精神。他贊成用大眾的活的語言來造成新式白話，但不堅拒嚴密、精細的歐化語言，說「精密的所謂『歐化』語文，仍應支持，因為講話

倘要精密，中國原有的語法是不夠的，而中國的大眾語文，也決不會永久含糊下去。譬如罷，反對歐化者所說的歐化，就不是中國固有字」。[1]由此派生出他與瞿在「直譯」、「意譯」問題上的明顯分歧。魯迅的「直譯」論，今天的讀者會感比較隔膜。他不僅有向中國輸入歐化文法的意思，也是為使竊別國的火來煮自己的肉不走樣，讓當權的某些人不舒服[2]。而且，魯迅也不僅僅是為「化大眾」、為「啟蒙」才提倡利用舊形式，更不是以民間文化為中心，而是堅持不割斷與吸收世界的進步文藝，以創造中國現代文藝。他說採用舊形式「正是新形式的發端，也就是舊形式的蛻變」，「舊形式是採取，必有所刪除，既有刪除，必有所增益，這結果是新形式的出現，也就是變革」。[3]這些意見都導向對「五四」新文學的肯定與完善。實際上在魯迅逝世之後，在 1940 年代發生的「民族形式」和「工農兵文藝」的討論中，都存在著一個對「世界文學」、對「五四文學」如何持論的基本立場問題。

　　一直到抗戰前，文學大眾化的對象是市民還是農民，始終是曖昧不清的。「五四」新文學擁有了都市激進青年學生讀者，鴛鴦蝴蝶派文學佔據了廣大的市民讀書市場，這即是瞿秋白所說的「歐化青年讀五四白話、平民百姓讀章回體白話」的文學現實。而占中國人口絕大多數的農民，反無人顧及。強大的現代鄉土文學表現農村，但並不是寫給農民看的。農民只是從廟會集市的唱本、野台戲和市鎮茶館書場的三國故事、才子佳人故事中，拾取市民文藝的殘羹剩飯，壓根就不存在什麼「農民文學」。市民

① 魯迅：《答曹聚仁先生信》，《魯迅全集》第 6 卷，北京：人民文學出版社 1981 年版，第 77 頁。
② 此意詳見魯迅的《「硬譯」與「文學的階級性」》一文，收入《二心集》。
③ 魯迅：《論「舊形式的採用」》，《魯迅全集》第 6 卷，北京：人民文學出版社 1981 年版，第 22、24 頁。

有市民作家寫出的文學，但很長時間被排斥在新文學之外。按照魯迅的觀點，新文學中並無真正的「平民文學」。他說：「有人以平民──工人農民──為材料，做小說做詩，我們也稱之為平民文學，其實這不是平民文學」，「這是另外的人從旁看見平民的生活，假託平民底口吻而說的」。[①]那麼，從新文學角度俯瞰芸芸眾生的市民而寫的「表現市民社會的文學」，自然也不能與「市民文學」劃等號。從葉聖陶到張天翼，形成的是新文學批判市民中的小私有者、小知識者的傳統。待到 1920 年代中期老舍以長篇《老張的哲學》、《趙子曰》連載於權威刊物《小說月報》而登上文壇，情況就複雜了。老舍打破了新文學對市民社會單純批判的態度。他經過北京守舊老派市民的形象，來表現傳統市民社會無可挽救的衰敗。他對新市民知識份子的批判力度甚於老派市民，專注於他們的盲目趨新，以及實利型的工商社會特點。老舍的市民性批判已經兩面出擊。而更重要的，是他筆下的北方下層市民階層的可憐角色，已逐漸轉化為「主角」地位，城市貧民的悲劇每日以喜劇的形式上場，其中的市民女性尤其得到尊重和同情。而作者的氣質、性情與老牌市民相通的地方是：本分、誠信、義氣、和悅、講道理等，老舍雖不完全認同市民，但顯然擁有新文學和民間的雙重立場。所以，他最精彩的作品在唱出舊市民社會悲歌的同時，充滿了正派市民的自尊與自重，好比多聲部的重唱。而 1930 年代在上海興起的海派，也從新文學的角度反射出與鴛蝴市民文學不同的上海洋場景象。穆時英的《上海狐步舞》敘述上層市民資產者及其附屬的都市女性故事，《南北極》書寫下層五角場流氓無產者，顯示出上海市民社會與北方的差異。到此為止，反映南北市民社會都有了新文學的代表性作家，而市民文學本身也有了現代轉折的標誌，那就是市民小說大家張恨水的出現。張恨水從 1920 年代末到 1930 年代初，以《金粉世家》、《啼笑因緣》兩書在南北市民讀者圈子裡同時打響，而身為皖人的他的主要成就卻是表現北京。這就是抗戰前的現代市民文學和表現京滬市民社會的新文學的大體情況，與「大眾文學」不是一回子事，卻有著千絲萬縷的聯繫（比如老舍就永遠和「大眾文學」、「通俗文學」關聯在一起）。

　　1940 年代的中國文學被包含在一場民族自衛戰爭之中，需要發動千百萬人民來參與，大眾文學、民族形式的討論就幾乎橫貫了整個抗戰時期。魯迅在「左聯」自動解散時與內部抗爭，和「國防文學」同時提出了「民族革命戰爭的大眾文學」

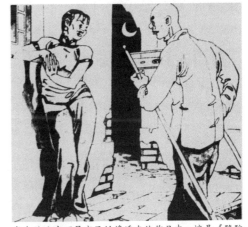

老舍的北京下層市民性滲透在他作品中。這是《駱駝祥子》插圖之一：祥子和虎妞（孫之儁畫）

① 魯迅：《革命時代的文學》，《魯迅全集》第 3 卷，北京：人民文學出版社 1981 年版，第 422 頁。

的口號，在他身前雖無法實現，但在他身後倒真有了部分實現之可能。槍桿詩、傳單詩、廣場劇、市民戲劇、通俗小說、「舊瓶裝新酒」的各種創作實驗（如老舍改寫大鼓詞等）的湧現，為「大眾文學」發展開闢了新機遇。國共兩黨的再次合作和中共在陝北的立足，為「左翼」的「文藝大眾化」在新形勢下的延續，準備了條件。1938 年毛澤東在中共六屆六中全會的報告，提出了「馬克思主義必須和我國的具體特點相結合並通過一定的民族形式才能實現」，「洋八股必須廢止，空洞抽象的調頭必須少唱，教條主義必須休息，而代之以新鮮活潑的、為中國老百姓所喜聞樂見的中國作風和中國氣派」。[①]1940 年毛澤東又在《新民主主義論》中提出：「中國文化應有自己的形式，這就是民族形式。民族的形式，新民主主義的內容，——這就是我們今天的新文化。」[②]這就引發了延安、重慶兩地長時間的關於「民族形式」問題的討論。1939 年解放區的周揚、蕭三、何其芳、艾思奇發表文章，都從正面立意。1940 年國統區《大公報》發表了向林冰的《論「民族形式」的中心源泉》一文，強調創造新的「民族形式」的途徑就是運用「民間形式」，認定「五四」文學是一種「以歐化東洋化的移植性形式代替中國作風中國氣派的畸形發展形式」，其文藝是「畸形發展的都市的產物」，不屬主流，應置於「副次」地位。[③]這就引發了爭議。關鍵是在於民族戰爭的大眾文學要不要在繼承「五四」新文學和吸收世界進步文學經驗的基礎上，來創新中國現代的「民族形式」。除了郭沫若、茅盾等發表了重要意見外，胡風在《文學上的五四——為五四紀念寫》、《論民族形式問題的提出和重點》等論文和《論民族形式問題》一書中，捍

衛了「五四」不應遭歪曲的面向世界的傳統，同時對「五四」文學革命的性質提出與《新民主主義論》不同的觀點：「以市民為盟主的中國人民大眾底五四文學革命運動，正是市民社會突起了以後的、累積了幾百年的、世界進步文藝傳統底一個新拓的支流。」[④]胡風將「五四」、「大眾」和「市民」統一起來的提法，在左翼內部形成了少數派的觀點，卻是直接繼承魯迅的。

胡風《論民族形式問題》書影。海燕書店 1950 年 12 月 3 版

此時，1942 年的延安整風已經展開。整風在文藝界，要規訓來自都市左翼精英丁玲、艾青等最初對根據地生活的批評傾向，規訓「魯藝」的關門提高，規訓蕭軍的自由作風，對王實味則發動嚴厲的批判運動。毛澤東這年 5 月，在延安文藝工作座談會做了兩

① 毛澤東：《中國共產黨在民族戰爭中的地位》，《毛澤東選集》第 2 卷，北京：人民出版社 1966 年版，第 499—500 頁。
② 毛澤東：《新民主主義論》，《毛澤東選集》第 2 卷，北京：人民出版社 1966 年版，第 667 頁。
③ 向林冰：《論「民族形式」的中心源泉》，載 1940 年 3 月 20 日重慶《大公報》副刊「戰線」。
④ 胡風：《論民族形式問題》，《胡風評論集》（中），北京：人民文學出版社 1984 年版，第 234 頁。著重號為原文所有。

次發言，即後來影響深遠的《在延安文藝座談會上的講話》。這個「講話」提出了革命文藝「為群眾」和「如何為群眾」兩大問題。「為什麼人」，首先就是為工農兵服務，其次為城市小資產階級勞動群眾和知識份子服務。這就是文藝的「工農兵方向」，從當時中共所處的根據地環境看，有它合理的一面。這裡還牽涉到文藝的政治、階級屬性，現在看來所論是有些片面和簡單化的。至於「如何為」，突出了作家的轉變立場、改造思想的問題。此題幾乎顛覆了「五四」以來知識者為民先驅、是大眾啟蒙者的歷史身分，為後來留下了諸多麻煩。其他「如何為」的論述，在「普及」和「提高」的關係上提出「在普及基礎上提高，在提高指導下普及」，把大眾化的方針說得異常辯證；而文藝的內部規律被置於一旁，得出「政治標準第一，藝術標準第二」的評價結論卻並不科學，是單純從政治著眼，將文藝混同「宣傳」了。總之，「講話」作為中共文藝的綱領性文件，對創造人民群眾喜聞樂見的文學，服務大眾、教育大眾、動員大眾，在戰時農村的特殊條件下發揮了它的巨大作用。而解放區的文學主流在此指導下，便第一次演變成為「農民大眾文學」。「講話」在解放區文學的形成及新中國日後的文學發展中，確立起自己的理論和政策權威。

　　延安大眾文藝，是一戰時奇觀。秧歌劇《兄妹開荒》、《夫妻識字》，新歌劇《白毛女》，新編京劇，街頭詩，壁報，通俗故事，尤以趙樹理的小說為代表（1947年被命名為「趙樹理方向」），被認為是貫徹毛澤東「講話」後的文學成就。其實趙樹理的《小二黑結婚》寫作發表的時間在「講話」之前，它們是先後同時得出了文藝要「為工農兵」，特別是為根據地的「農民」和「穿軍裝的農民」服務的結論的。這個「大眾化」的方向並非空穴來風，而是對幾十年來文學大眾化和現代白話文學的一個推進。趙樹理進過新式學堂，受過「五四」文學薰陶，但他激烈地批評「五四」脫離民眾的傾向。他嘲笑「五四」後的那個文壇作品說：「真正喜歡看這些東西的人大部分是學習寫這樣的東西的人，等到學的人也登上了文壇，他寫的東西事實上又只是給另外

魯藝演出秧歌劇《兄妹開荒》，
扮演者王大化、李波

1942 年前後邢野等演出《兄妹開荒》

1943 年由延安魯藝演出的《兄妹開荒》

一些新的人看，讓他們也學會這一套，爬上文壇去。」[1]於是，他立志不做這樣的「文壇文學家」，而要作為農民寫作的廟會上的「文攤文學家」。「我寫的東西，大部分是想寫給農村中的識字人讀，並且想通過他們介紹給不識字人聽的」。[2]他把文盲農民都包括在他的間接「讀者」範圍之內，是有深意的。他寫解放區農民的題材，連《李有才板話》這樣的大型作品的封面都標明是「通俗故事」，他在政治寫作的意識形態意圖和農民生活之間，找到了一個農民作家的生存縫隙。這就是他說的寫的都是「農民」和「農村」中的「問題」。「我的作品，我自己常常叫它是『問題小說』。為什麼叫這個名字，就是因為我寫的小說，都是我下鄉工作時在工作中所碰到的問題，感到那個問題不解決會妨礙我們工作的進展，應該把它提出來」。[3]這個「問題小說」概念雖來於「五四」，究竟與那種「啟蒙」式的小說不同。「五四」的問題是整個「人生」的，寬泛，終極，顯示了一個全新的現代社會突然降臨後人們的迷茫與探問。趙樹理的「問題」狹窄，有工作性，卻與農民聯繫緊密，是實用的。當一個新型的政權引起所轄政區的巨大變化，給農村帶來新人物、新趨向、新矛盾時，趙樹理本是個「歌德派」，但經過一個長期生活在解放區的工作人員眼睛（視角）的觀察，他發現了眾多的「問題」，如青年農民的婚姻自主和受到惡勢力、老腦筋、舊習慣壓制的問題（《小二黑結婚》、《登記》），發動群眾過程中有脫離農民被壞人牽了鼻子走的幹部及與農民打成一片全心全意為農民謀利益的幹部的分歧問題（《李有才板話》），土改初期廣泛發生的熱中於分浮財而擴大打擊面侵害中農的問題（《邪不壓正》），等等。這些問題的發現有的很尖銳，有的很及時。只要想想為了在小說中安置壞幹部和落後幹部，趙樹理會受到什麼樣的阻力，就知道發現問題並非一條通途。在解放後的農村，趙樹理逐漸由「工作者」轉換成一個「下鄉者」，他雖還能一如既往地發現「問題」，如農業合作社生產與

① 轉引自李普《趙樹理印象記》，載 1949 年 6 月《長江文藝》創刊號。
② 趙樹理：《〈三里灣〉寫作前後》，《趙樹理文集》第 4 卷，北京：中國工人出版社 1980 年版，第 1486 頁。
③ 趙樹理：《當前創作中的幾個問題》，《趙樹理文集》第 4 卷，北京：中國工人出版社 1980 年版，第 1651 頁。

趙樹理《小二黑結婚》所樹立起的「為農民」的文學

趙樹理《小二黑結婚》的古元木刻插圖，三仙姑和二諸葛

整風重重矛盾的問題（《鍛煉鍛煉》），「大躍進」造成的農村浮誇成風的問題（《實幹家潘永福》），但已遭到一次次的批判，最後竟導致為這些「問題」而殉難的悲劇。趙樹理寫「農民問題」的方向，最後被樹立「趙樹理方向」的權力所否定掉。他為終生堅持農民利益，而表現了知識份子應有的良知和良心。

在小說的文體和語言上，趙樹理的「大眾化」的表現，是在消化、理解「五四」經驗後的回歸民間，並對民間進行再創造。因為是寫給農民看的，他回歸到評話的傳統，創新地實踐了故事的民族敘事特徵；以農民口語為基礎，整合了現代政治語言、地方生活語言（並不濫用方言）而成功一種南北農民都能讀懂讀順的書面白話。我們且引幾段來品品他的味道：

> 閻家山有個李有才，外號叫「氣不死」。
>
> 這人現在有五十多歲，沒有地，給村裏人放牛，夏秋兩季捎帶看守村裏的莊稼。他只是一身一口，沒有家眷。他常好說兩句開心話，說是「吃飽了一家不饑，鎖住門也不怕餓死小板凳」。[1]

這是《李有才板話》的開頭。從主要人物的來頭，原原本本說起，是傳統敘事方式的活用。採取的家常字，純樸、平順，「一身一口」簡練，「吃飽了一家不饑」是南北方人都懂的一句熟語，加了個「小板凳」又透著新鮮。「氣不死」外號沒有馬上交代，是留了個懸念：這麼不起眼的人怎麼外號叫「氣不死」呢？那就往下看吧。再看下面的文字：

---

[1] 趙樹理：《李有才板話》，《趙樹理文集》第 1 卷，北京：中國工人出版社 1980 年版，第 17 頁。

古元作《李有才板話》木刻插圖人物李有才

青年們到三仙姑那裏去，要說是去問神，還不如說是去看聖像。三仙姑也暗暗猜透大家的心事，衣服穿得更新鮮，頭髮梳得更光滑，首飾擦得更明，官粉搽得更勻，不由青年們不跟著她轉來轉去。

……

小芹今年十八了，村裏的輕薄人說，比她娘年輕時候好得多。青年小夥子們，有事沒事，總想跟小芹說句話。小芹去洗衣服，馬上青年們也都去洗；小芹上樹採野菜，馬上青年們也都去採。①

這是《小二黑結婚》交代三仙姑、小芹母女兩人都是美人的段落。寫三仙姑，四個「更」的排比句，一般不是農民語言，但也不妨偶爾一用，顯出了母親的美還須打扮，還有些做作。可小芹的美不落一字在容貌、衣飾上，化用了古典詩歌的側面手法，用樸素文字襯托，誰都讀得懂：是小芹更漂亮。胡適在「五四」時期就申述過他的理想，是「我們所提倡的文學革命，只是要替中國創造一種國語的文學。有了國語的文學，方才可有文學的國語。有了文學的國語，我們的國語才可算得真正國語」。②這 1918 年的「文學的國語」的目標，經過三十年，至少部分在趙樹理小說中實現了。

當《小二黑結婚》衝破初期的阻力，在農村根據地很快銷行到 4 萬冊的時候，趙樹理的意義就無法掩蓋了。他站在政治寫作與農民寫作之間，於西方小說和民間評話當中找到平衡點。他的「大眾」概念並不是死的，他說：「我在寫《小二黑結婚》時，農民群眾不識字的情況還很普遍，在筆下就不能不考慮他們能不能讀懂、聽懂。不知道你們留心沒有？我在《小二黑結婚》裡沒有用過『然而』、『於是』這類詞兒，為什麼？因為這在知識份子雖然是習用語，寫入作品，當時的農民群眾卻聽不懂、讀不慣。」在後面談到，現在農村的中學生增多，他也就不忌用「然而」、「於是」等詞了。③趙樹理清楚地知道「大眾文學」可以通向何處，是變動的，是沒有止境的。

如果說解放區的「農民文學」是在市場機制之外依靠政治運作的一種大眾閱讀，那麼，淪陷區、國統區以張愛玲、徐訏為代表的「市民文學」潮，就是市場機制內的都市大眾閱讀類型了。後者，在 1940 年代就先後出現了《北極風情畫》、《塔裡的女

① 趙樹理：《小二黑結婚》，《趙樹理文集》第 1 卷，北京：中國工人出版社 1980 年版，第 2—3 頁。
② 胡適：《建設的文學革命論》，載 1918 年 4 月 15 日《新青年》4 卷 4 號。
③ 趙樹理：《做生活的主人——在廣西壯族自治區文藝創作座談會上的發言》，《趙樹理文集》第 4 卷，北京：中國工人出版社 1980 年版，第 1731 頁。

人》（以上無名氏）、《鬼戀》、《風蕭蕭》（以上徐訏）、《傳奇》（張愛玲）、《結婚十年》（蘇青）等依託市場獲得極大成功的暢銷文學。其中還包括《蝦球傳》（黃谷柳）、《馬凡陀的山歌》（袁水拍）這樣一些反映市民生計、情緒的左翼傾向作品（《馬凡陀的山歌》在後來的「爭民主、反饑餓」群眾運動中，經常被用作廣場的詩朗誦內容，在市民大眾中廣泛流行的程度一點也不弱）。這種大眾文學的趨勢並不是個別的、偶然的，而是有著深刻的戰時背景，及文學自身規律性的支撐的。比如海派經過「新感覺派」先鋒寫作的洗禮，到了這時就有從白領寫字間讀者向普通市民讀者傾斜的勢頭，有了大規模進入「通俗」的走向。邵洵美、穆時英、予且、張愛玲、

趙樹理著《李家莊的變遷》——新知書店 1946 年初版本

蘇青、東方蝃蝀、施濟美和「東吳系女作家」等人，現在查到的，1940 年代都為小報寫作。而張愛玲是其中最出色的弄潮兒。

　　張愛玲可說是上海現代市民社會的代言人。她自述是為上海人而寫作，就如趙樹理完全是為農民寫作一樣。她說「寫它的時候，無時無刻不想到上海人」，「只有上海人能夠懂得我的文不達意的地方」。[①] 她有刻骨的上海情結，公寓、市聲、電車、小菜場、糕點鋪、路邊的林蔭，都能喚起她強烈的都市感覺。從少年起便嗜讀《歇浦潮》、《海上花列傳》、張恨水和小報，對傳統的市民文學爛熟於心。所以一旦自己寫起小說來，她的筆調不是穆時英式地羈留在上海馬路洋房娛樂場上，而是進入上海市民家庭。從舊式貴族家庭的衰頹式微，到普通主婦、女職員、待嫁者、女僕的種種婚戀私情。她還寫《連環套》、《十八春》、《小艾》這種純粹的大眾故事，甚至說過「我對於通俗小說一直有一種難言的愛好；那些不用多加解釋的人物，他們的悲歡離合。如果說是太淺薄，不夠深入，那麼，浮雕也一樣是藝術呀」。[②] 她能參透市民物質的世俗人生，「去掉了一切的浮文，剩下的彷彿只有飲食男女這兩項」。[③] 她就寫這兩項，但加上去的「浮文」可不得了。在《傾城之戀》裡，加上了戰爭給人的命運帶來的偶然性；在《金鎖記》裡加上金錢對人性的殘殺；所有關於女性的故事都加上了對女性生存境遇的沈重叩問。這樣，她的「市民傳奇」便由通俗故事直逼形而上的追索，超出了蘇青，超出了予且。這就造成她的市民文學雅俗難辨，新舊不分，達到了上海的白領、藍領市民都能閱讀的程度。

---

① 張愛玲：《到底是上海人》，《流言》，上海中國科學公司 1944 年版，第 58、59 頁。
② 張愛玲：《多少恨》。
③ 張愛玲：《爐餘錄》，《流言》，上海中國科學公司 1944 年版，第 55 頁。

海派作家大規模進入小報，這是新發現在 1947 年 5 月《小日報》上連載的張愛玲佚作《鬱金香》首頁

市民的語文水平自然高於農民。朱自清歷來重視「五四」之後現代文學語言的現狀和前途，他在穆時英、張天翼出現後以極大的熱心關注著他們，著重點即在「五四」白話語言今後的命運上。[1]穆時英、張天翼這兩個作家的政治態度雖截然不同，使用起市民語言來卻與他們的表現對象高度一致。瞿秋白後來根據穆時英的創作立場給予批評，但他最初也是同時留意張天翼、穆時英的。[2]張愛玲文學所達到的現代市民語言的國語化，也是特出的。她提煉市民的口語，如趙樹理一樣不採用方言土語（不用有的上海小報小說所採的滬白），而形成一種精緻、靈動，適於抒寫心理和營造氣韻、創造性運用意象的書面文字。可以領略一下張愛玲這類歐化語（讓人們想到魯迅對歐化語好處的公正評價）和中國章回語奇妙結合的韻致：

　　三十年前的上海，一個有月亮的晚上……我們也許沒趕上看見三十年前的月亮。年青的人想著三十年前的月亮該是銅錢大的一個紅黃的濕暈，像朵雲軒信箋上落了一滴淚珠，陳舊而迷糊。老年人回憶中的三十年前的月亮是歡愉的，比眼前的月亮大，圓，白；然而隔著三十年的辛苦路望回看，再好的月色也不免帶點淒涼。[3]

這是《金鎖記》著名的開頭。平平起筆交代故事的時間地點，是說故事的正道。中國式的月亮意象豐滿，用的卻是歐化長句。「銅錢」大的暈，「信箋」滴上淚，是年青人模糊的想像。「大，圓，白」，口語一字一個力量。老年人回憶再明朗也是蒼涼的，蒼涼是張愛玲鋪下的揮之不去的基調和韻律。再如：

　　她不是籠子裏的的鳥。籠子裏的鳥，開了籠，還會飛出來。她是繡在屏風上的鳥——悒鬱的紫色緞子屏風上，織金雲朵裏的一隻白鳥。年深月久了，羽毛暗了，霉了，給蟲蛀了，死也還死在屏風上。[4]

① 見朱自清的《論白話——讀〈南北極〉與〈小彼得〉的感想》，《朱自清全集》第 1 卷，南京：江蘇教育出版社 1988 年版，第 267 頁。《南北極》、《小彼得》分別為穆時英、張天翼的小說集。
② 論張天翼的《畫狗吧》和論穆時英的《紅蘿蔔》，均見《瞿秋白文集》文學編第 1 卷。
③ 張愛玲：《金鎖記》，《傳奇》（增訂本），上海山河圖書公司 1946 年版，第 110 頁。省略號為原文所有。
④ 張愛玲：《茉莉香片》，《傳奇》（增訂本），上海山河圖書公司 1946 年版，第 200 頁。

這是《茉莉香片》主人公聶傳慶尋覓自己的
生父，揣想自己已逝母親「她」的命運，所
構成的奇異想像：屏風上的鳥，是死的，但
這曾經是個青春生命的存在。用舊小說描摹
妝飾時喜用的華麗詞句，顏色有紫、金、
白，華貴緞子上有織金雲朵、有鳥，但掩蓋
不住那滿溢的淒涼之氣。其餘是活潑潑的
「了」字句（蕭紅也喜歡用「了」字），這
當兒更越發襯出肅殺的意味。而這種寫法，
中國的讀者會覺得容易接受。這種國語也應
當給予積極的評價。

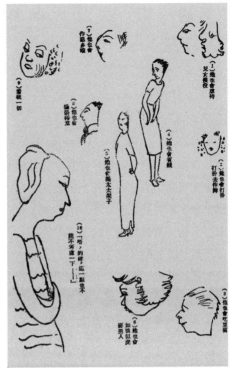

這批張愛玲畫的題為「小人物」的速寫，可看出她
對小市民人物的瞭解和批判

　　張愛玲的市民「大眾性」是屬於大都
會的，是普及之後的提高，又與世界文學緊
密聯繫著。它到了 1950 年代，曾經因歷史
的緣故一度中斷。但從今天的眼光看去，它
比起長期成為「主流」、取得輝煌之後突然
消退的趙樹理的農民「大眾性」來，生命力
似乎並不低下。「張愛玲熱」的持久存在，
是三十年河東，三十年河西嗎？還是農民畢
竟要進城，城鄉差別的縮小畢竟是要以「鄉變城」為主體（而不人民公社化的「城變
鄉」）。或許總有一天，農民的大眾性和市民的大眾性會在經濟發達的前提下合攏？記
得 1950 年代曾經有一部蒙受批判的蕭也牧小說《我們夫婦之間》，裡面農民出身的妻
子和市民出身的丈夫在進城之後起了家庭衝突。妻子提出的問題很尖銳：「我們是來改
造城市的，還是讓城市來改造我們？」這個矛盾當年只能以壓抑、克服市民習性、抬高
農民品質而告解決。但即便是那樣，這篇小說還是被加上了「污蔑工農幹部」的罪名。
可是試看今日，在每天播放的電視劇中，鄉村出身的老幹部與市民年輕女子的結合成了
最流行的故事模式。現在已經沒人會稱這是無產階級和資產階級誰戰勝誰的嚴重較量了
（本來按照當時的理論，大部分的農民和市民矛盾也應是小資產階級和小資產階級的矛
盾）。在這方面，1940 年代新文學的農民「大眾化」與市民「大眾化」，所積累的從
不同角度消化晚清、「五四」文學的歷史經驗，以通向民族文學的更加現代化、更加中
國化的道路，確實是有一定意義的。

第四十節　文學大事1948年版圖（轉折的時代）[①]

　　1948年是中國政局大變的轉折年頭。這年，軍事上國共決戰，遼沈戰役結束，淮海、平津兩大戰役拉開了帷幕。長江以北廣大農村的土地改革運動就像野火一樣燃燒起來，兩種政治力量的對比尤其是民心所向，已經發生了根本的變化。這種形勢反轉到文學上來，首先就是創作面貌的巨變。從「大事年表」我們可以清楚看到，雖然對剛剛過去不久的「抗戰文學」總結性的出版工作仍在繼續，既有左翼的傑出成就蕭紅的《小城三月》、路翎的《財主底兒女們》等問世，也有以往超脫政治的作家如象徵派詩人戴望舒的關切社會之作《災難的歲月》出現，而且都市裡的市民文學無論武俠、言情，仍然擁有它的傳統讀者市場。但是，解放區在文學上的作為確實越來越突出了。尤其是像太岳、晉南、冀南等新華書店、佳木斯東北書店、華北、東北解放區聯辦的哈爾濱光華書店這些陌生而顯得統一的書局名稱，開始撲入人們的眼簾。這些昨天還是默默無聞的出版社，在此一年中竟出了《太陽照在桑乾河上》、《暴風驟雨》、《邪不壓正》、《劉胡蘭》、《原動力》等極有歷史地位的文學作品，顯然代表了一股新興的力量。新解放區的文學，正在大踏步地走上歷史舞臺。人類史上都屬少見的死傷以百萬計的如此大規模的殘酷戰爭，一般來說對作家的心境、創作環境和起碼的物質條件，都會十分不利，但我們看到一種帶有鮮明「時代鬥爭」性質的文學，從二十年的左翼文學發展而來，在1948年的當口，不僅不停滯，反而特別地高揚了。

　　馮雪峰在評價《太陽照在桑乾河上》的意義時，認為「這是我們社會主義現實主義在現實的比較顯著的一個勝利」。[②]可以說，連同1948年當年同時產生的新解放區其他作品，他們在創作方式、出版過程、作品構成等三個方面，都提供了未來1950年代到1970年代中國主流的「社會主義現實主義」文學的雛形。這些作品都是作者帶著任務下鄉，往往是多次下去，在工作中得到真實生活體驗後產生的。他們下鄉的第一身分並非作家，而是中共的實際工作者。丁玲先是1946年夏隨工作組到河北懷來縣辛莊、東八里村，後來到涿鹿縣溫泉屯發動農民搞土改。在辛莊她見到一位有條油黑大辮子的漂亮姑娘，這是日後黑妮這個人物的原型。在東八里村遇到如何處置中農、富農的問題，一個在群眾大會上並不情願「獻地」的富農，索索地站在那裡，繫著完全是由破爛布條結成的腰帶，這是她日後塑造顧湧老漢的原始印象。而溫泉屯的桑乾河、蘋果

---

① 本節部分材料參考自錢理群的《1948：天地玄黃》一書。

② 馮雪峰：《〈太陽照在桑乾河上〉在我們文學發展上的意義》，載1952年《文藝報》10期。

文學大事記 1948 年版圖

時 間	大事記
1 月 3 日	沈從文在天津《大公報》發表散文《芷江縣的熊公館》，後受到香港《大眾文藝叢刊》文章批評
1 月	師陀長篇小說《馬蘭》，上海文化生活出版社版
1 月	艾蕪長篇小說《山野》，上海文化生活出版社版
1 月	蕭紅中篇小說《小城三月》，香港海洋書屋版
1 月	周而復短篇小說集《翻身的年月》，香港海洋書屋版
1 月	鄭定文短篇小說集《大姊》，上海文化生活出版社版
1 月	辛笛詩集《手掌集》，上海星群出版社版
1 月	臧克家詩集《冬天》，上海耕耘出版社版
1 月	宋之的劇本集《群猴》，哈爾濱光華書店版
1 月	馮雪峰《雪峰文集》，上海春明書店版。內收詩歌、雜文和寓言
2 月 18 日	魯迅好友、臺灣大學國文系主任許壽裳在臺北遭暗殺
2 月	路翎長篇小說《財主底兒女們》（上下冊），上海希望社版
2 月	黃谷柳通俗小說《蝦球傳（第一部「春風秋雨」）》，香港新民主出版社版
2 月	鄭證因武俠長篇小說《鐵獅王》，上海三益書店版
2 月	穆旦詩集《旗》，上海文化生活出版社版
2 月	戴望舒詩集《災難的歲月》，上海星群出版社版
2 月	靳以散文集《人世百圖》，上海文化生活出版社版
2 月	阮章競歌劇《赤葉河》，太行山群眾書店版
2 月	周揚評論集《表現新的群眾的時代》，香港海洋書屋版
3 月 1 日	《大眾文藝叢刊》在香港創刊，由邵荃麟、馮乃超等編輯。第 1 輯「文藝的新方向」，共出版 6 輯
3 月 1 日	邵荃麟執筆《對於當前文藝運動的意見》在《大眾文藝叢刊》第 1 輯發表
3 月 1 日	郭沫若《斥反動文藝》一文在《大眾文藝叢刊》第 1 輯發表
3 月 1 日	胡繩《評路翎的短篇小說》一文在《大眾文藝叢刊》第 1 輯發表
3 月	艾青等的《毛澤東頌》，由馮乃超編，香港海洋書屋版
3 月	劉白羽短篇小說集《政治委員》，佳木斯東北書店版
3 月	陳學昭長篇小說《工作著是美麗的》，佳木斯東北書店版
3 月	朱光潛理論《詩論》，上海正中書局版
3 月	莊湧等編輯《螞蟻小集》在南京創刊，共出 7 期，為七月派刊物延續之一。偽裝以華西大學、四川大學螞蟻社名義出版
3 月	《中國詩壇》叢刊在香港創刊，共出 3 輯，中國詩壇社編輯發行
3 月	田漢赴華北解放區
4 月	茅盾報告文學《蘇聯見聞錄》，上海開明書店版
4 月	朱自清散文集《標準與尺度》，上海文光書店版
4 月	周立波長篇小說《暴風驟雨》（上卷），哈爾濱東北書店版。次年 5 月由同一書店出版下卷
4 月	沈寂中篇小說《鹽場》，上海懷正文化社版
4 月	秦瘦鷗通俗小說《危城記》，上海懷正文化社版
4 月	趙景深散文集《文壇憶舊》，上海北新書局版
5 月 15 日	東北文學工作委員會召開《暴風驟雨》（上卷）座談會，周立波出席並介紹創作經過
5 月	喬木（喬冠華）《文藝創作與主觀》一文在《大眾文藝叢刊》第 2 輯「人民與文藝」發表
5 月	邵荃麟《論主觀問題》一文在《大眾文藝叢刊》第 2 輯發表
5 月	朱自清評論集《論雅俗共賞》，上海觀察社版
5 月	陳敬容詩集《交響集》，上海星群出版社版
5 月	杭約赫詩集《火燒的城》，上海星群出版社版

時間	大事記
5 月	方敬詩集《受難者的短曲》，上海星群出版社版
5 月	唐祈詩集《詩第一冊》，上海星群出版社版
5 月	唐湜敘事長詩《英雄的草原》，上海星群出版社版
5 月	艾蕪自敘散文《我的青年時代》，上海開明書店版
5 月	李廣田散文集《日邊隨筆》，上海文化生活出版社版
5 月	曹禺劇本《艷陽天》，上海文化生活出版社版
5 月	谷斯範長篇小說《新桃花扇》，上海新紀元出版社版
5 月	施濟美短篇小說集《鬼月》，上海大地出版社版
5 月	王度廬武俠小說代表作《鐵騎銀瓶》（1—6 冊），天津勵力出版社版
5 月	《文藝工作》月刊在上海創刊，編輯孫陵，上海文藝工作社出版
5 月	周揚主持編輯解放區文藝的總集《中國人民文藝叢書》，先後參與編輯的有柯仲平、歐陽山、趙樹理、康濯、陳湧等
5 月	香港的中原劇社、建國劇社、新音樂社在港聯合演出新歌劇《白毛女》，連演一月不衰，並討論民族化與現代化關係問題
6 月 18 日	朱自清在北平各大學教授抗議美國扶植日本、拒絕領取「美援」麵粉的宣言上簽名
6 月 22 日	《東北日報》發表《〈暴風驟雨〉座談會記錄摘要》
6 月	草明長篇小說《原動力》，晉南新華書店版
6 月	王西彥長篇小說《尋夢者》，上海中原出版社版
6 月	劉白羽短篇小說集《無敵三勇士》，佳木斯東北書店版
6 月	邵子南短篇小說集《李勇大擺地雷陣》，香港海洋書屋版
6 月	師陀改編話劇《大馬戲團》，上海文化生活出版社版
6 月	錢鍾書理論《談藝錄》，上海開明書店版
6 月	《詩創造》第 1 年第 12 期「嚴肅的星辰們」發表袁可嘉、唐湜、陳敬容等的詩評
6 月	杭約赫等退出《詩創造》，和方敬等另行編輯《中國新詩》在上海創刊，森林出版社出版
7 月 1 日	茅盾主編《小說》月刊於香港創刊，自第 3 期起署靳以編輯，共出 12 期
7 月	周立波主編《文學戰線》在哈爾濱創刊
7 月	沙汀長篇小說《還鄉記》，上海文化生活出版社版
7 月	黃谷柳通俗小說《蝦球傳（第二部「白雲珠海」）》，香港新民主出版社版
7 月	蕭乾散文集《珍珠米》，上海晨光出版公司版
7 月	周立波在哈爾濱住太陽島著手長篇小說《暴風驟雨》（下卷）的寫作，至本年 12 月全書完成
7 月	《文藝工作》半月刊在成都創刊，工作社編輯，共出 6 期
8 月 12 日	朱自清在北京因病逝世
8 月 15 日	《群眾文藝》月刊在延安創刊，陝甘寧邊區文化協會群眾文藝編輯委員會編，新華書店出版，共出 12 期
8 月	丁玲散文特寫集《陝北風光》，佳木斯東北書店版
8 月	沙汀短篇小說集《堪察加小景》，上海文化生活出版社版
8 月	東方蝃蝀短篇小說集《紳士淑女圖》，上海正風文化出版社版
8 月	《聞一多全集》，整理聞一多先生遺著委員會朱自清等編，上海開明書店版
8 月	黃藥眠評論集《論約瑟夫的外套》，香港人間書屋版
8 月	中共東北局宣傳部領導東北文藝界發起對蕭軍及其《文化報》的批判
8，19 或 9，7	晉察冀、晉冀魯豫兩個邊區文聯在石家莊合併為華北文藝界協會，周揚等為理事，蕭三為主任，歐陽山等編輯《華北文藝》
9 月 9 日	茅盾長篇小說《鍛煉》在香港《文匯報》開始連載，至本年 12 月 29 日載完
9 月	丁玲長篇小說《太陽照在桑乾河上》，哈爾濱光華書店版
9 月	老舍短篇小說集《月牙集》，上海晨光出版公司版
9 月	還珠樓主武俠長篇小說《雲海爭奇記》，上海正氣書局版
9 月	馮玉奇通俗長篇小說《豹鳳緣》，上海廣益書局版

時間	大事記
9 月	郭沫若詩集《蜩螗集》，上海群益出版社版
9 月	胡風理論《論現實主義的路》，上海青林社版
9 月	孫犁參加石家莊華北文藝工作會議後調任深縣縣委宣傳部副部長
10 月 1 日	張天翼在香港《小說》月刊新 1 卷 4 期發表寓言《老虎問題》，為患病六年以來首次發表作品
10 月 13 日	趙樹理小說《邪不壓正》在華北解放區出版的《人民日報》連載，至本月 22 日止。小說反映土改偏差如何得到糾正
10 月 19 日	《文藝月報》在吉林創刊，吳伯簫等編輯，吉林文藝協會出版。為東北解放後較早出版的文學刊物，共出 4 期
10 月	張恨水通俗長篇小說《燕歸來》（正、續集），上海正華出版社新一版
10 月	唐弢散文集《落帆集》，上海文化生活出版社版
10 月	聶紺弩散文集《沈吟》，桂林文化供應社版
10 月	胡風和路翎夫婦在月初去杭州看望方然、冀汸、羅洛、朱谷懷等，是一次難得的聚會
10 月	丁玲作為中國婦女代表團成員由哈爾濱赴布達佩斯參加世界民主婦聯第二次代表大會，帶上剛出的《太陽照在桑乾河上》
10 月	《詩創造》出至本年第 4 輯，被國民黨政府查禁
11 月 1 日	《平原》半月刊在山東荷澤創刊，冀魯豫邊區文聯主辦
11 月 2 日	蕭軍主編的《文化報》因遭批判而停刊
11 月 14 日	沈從文、馮至、朱光潛、廢名等北大教授關於討論「今日文藝的方向」的座談會記錄，在天津《大公報》發表
11 月 23 日	郭沫若乘船離香港赴東北解放區，次年 2 月抵北平參與籌備全國文藝工作者代表大會（文代會）和新政協工作
11 月	趙樹理中篇小說《邪不壓正》，威縣冀南新華書店版
11 月	艾蕪長篇小說《鄉愁》，上海中興出版社版
11 月	王西彥長篇小說《神的失落》，上海中興出版社版
11 月	李健吾散文集《切夢刀》，上海文化生活出版社版
11 月	路翎劇本《雲雀》，上海希望社版
11 月	陳敬容詩集《盈盈集》，上海文化生活出版社版
11 月	《中國新詩》出至第 5 輯，遭國民黨政府查禁
11 月	南方劇團在香港上演喜劇《小二黑結婚》，係據趙樹理的同名小說改編
12 月 9 日	胡風因名字被列入黑名單奉命離滬赴香港，後再離港北上，於次年 3 月抵北平
12 月 21 日	《人民日報》同時發表韓北生、黨自強的肯定及嚴厲批評趙樹理小說《邪不壓正》的不同文章
12 月 31 日	茅盾和洪深等 20 餘知名人士，於本年最後一日由香港秘密登船赴大連，次年 2 月抵北平，參加文代會和新政協籌備工作
12 月	蘇青中篇小說《岐途佳人》，上海四海出版社版
12 月	力揚長詩《射虎者》（又名《射虎者及其家族》），香港新詩歌社版
12 月	儲安平散文集《英國採風錄》，上海觀察社版
12 月	《老舍戲劇集》，上海晨光出版公司版
12 月	西北戰鬥劇社集體創作，魏風、劉蓮池等編歌劇《劉胡蘭》，太岳新華書店版
12 月	梁實秋應中山大學之聘離北京，由海路赴廣州就任。次年 6 月轉去臺灣
12 月	朱光潛於北平圍城中決意留下
12 月	陳荒煤進入天津任軍管會文藝處處長
12 月	魯迅先生紀念委員會編《魯迅全集》，上海魯迅全集出版社版
本年	黃谷柳通俗小說《蝦球傳（第三部「山長水遠」）》，香港新民主出版社版
本年	老舍在美國寫出長篇小說《鼓書藝人》（現僅存從英文版由馬小彌返譯的中文本）
本年	老舍在美國完成長篇小說《四世同堂》第三部《饑荒》，自己翻譯和幫助美國友人翻譯《離婚》《四世同堂》等為英文
本年	曹禺年末接受由滬去香港再轉解放區的安排，開始實施，次年 2 月到達北平

資料來源：《文學大典》、《文學編年史》、《百年文學總系》等。

新華書店系統的書版製作粗糙，卻代表了新生力量。如《白毛女》1946 年 9 月東北文藝出版社的版本

《白毛女》1947 年 1 月太岳新華書店版本

《暴風驟雨》（上卷）1948 年 4 月東北書店版扉頁

《暴風驟雨》下卷 1949 年 5 月東北書店版扉頁

園，就成為該年秋日她隨部隊撤往河北阜平
縣，在紅土山和抬頭灣兩個村子開始用半年
時間寫出的初稿裡已包含暖水屯風光了。之
後在不斷修改的過程中，丁玲多次停筆去參
加土改工作。1947 年 5、6 月間到平漢路路
西至路東各縣，土改中「左」的傾向已經顯
露。丁玲在家書中對兒子說：「我到冀中跑
了一個圈子，現在又回到抬頭灣了。這一月
中土地復查的變動很大，我為著文章不得不
又趕著回來。」[1]後來赴石家莊郊外的宋村參
加土改。全書大改前在信中還說：「我們去
年在阜平開完邊區土地會議以後……在獲鹿
縣鄉下參加土改，一直到現在，恐怕還要半
個月才得完。」[2]忙到 1948 年 5、6 月間，才

丁玲 1947 年秋由溫泉屯坐馬車回涿鹿縣（前左），
他對同車的人說《桑乾河上》小說已經構思成了

在河北正定縣的華北聯大坐下來修改初稿、補充章節而完成了全部作品。可以設想，如
果沒有知識精英反覆地到農村去，就是實行毛澤東「講話」所說的深入生活的辦法，這
樣的寫農民當然是不可能的。周立波也是如此。他和丁玲都是湖南人，他原先不懂東北
話，參加黑龍江農村的土改，也是以實際工作者的身分下鄉，任的是中共珠河縣元寶區
區委委員的職務。後來在小說裡就成了松花江畔的元茂屯了。其熟練使用的東北農民方
言口語，讓原來認識那個在延安「魯藝」教世界名著的周立波的老朋友們，都幾乎無法
相信。草明在哈爾濱討論《暴風驟雨》的時候就表示了極大的驚歎。[3]

　　新舊解放區的土改運動，地域廣大，時間不一，文化上的差距也不小，但《太陽
照在桑乾河上》和《暴風驟雨》之間有太多的相似性。它們敘述的視角大體一致，都是
時代的重大題材，都反映了事件的全過程，而這個過程從發動群眾到鬥爭地主，到分
配、到保衛勝利果實等等都差不多。無論是河北和東北的農民，其各個階層在鬥爭中的
想法、動向也不離大譜。土改英勇積極的農民成為小說絕對的主人公，動搖的農民也被
置於相應的地位。最重要的，是這場曠世無匹的歷史變動雖然植根於世代農民對「耕者
有其田」的要求，但都是自上而下進行的，都是派出工作組去激發群眾，艱難而卓有成
效地造成群眾回應的結果。之所以會使兩部長篇的構思如此不謀而合，很簡單，它們的
背後是由統一的理念在指導，即在創作中「政策思想」對生活原料的分析是起著決定性
的作用的。這是 1930 年代茅盾《子夜》左翼傳統的延續。即便是創作個性極強的作家

---

① 1947 年 6 月 6 日丁玲致蔣祖林信。載 1993 年《新文學史料》4 期。
② 1948 年 4 月 18 日丁玲致蔣祖林信。載 1993 年《新文學史料》4 期。
③ 見《〈暴風驟雨〉座談會記錄摘要》，載 1948 年 6 月 22 日《東北日報》。

《暴風驟雨》1948 年 4 月東北書店本，
古元木刻插圖之一：關於老孫頭這個人

《暴風驟雨》1948 年 4 月東北書店本，
古元木刻插圖之二：鬥爭地主韓老六

如丁玲，雖能表現出土改政策和個人生活體驗並存的複雜狀態，但當兩者發生矛盾時便會採取盡力向政策靠攏的處理方式。丁玲的初稿先是交給周揚看的，但很久沒有回音，接著就聽到某高級領導人在會議上不指名地批評某些土改小說中在感情上、描寫上有同情地主、富農的傾向。丁玲書中的黑妮本來是地主的女兒，在修改時就因此敏感地改為地主錢文貴的貧苦侄女，在錢家過著如丫頭般的生活等等。周立波寫《暴風驟雨》時，反覆研究東北局和中央關於土改的文件就更加專一了，他自稱自己的任務就是「把政策思想和藝術形象統一起來」。[1]所以有的地方就將《暴風驟雨》發給新的土改工作隊員來指導土改，使它起到「準文件」的作用。這樣，文學反映的現實就成了政策指導下的現實，所謂比生活更高更集中更本質的現實。這一切，後來都成為「社會主義現實主義文學」的要素。

而在《太陽照在桑乾河上》出版的戲劇性過程中，黨的領導文藝的地位得到了極大的確立。最初「周揚不同意出版《太陽照在桑乾河上》，理由是程仁和黑妮的戀愛是反階級的」。[2]過了些天，丁玲在西北坡（後改「西柏坡」）巧遇毛澤東，散步後受邀同吃晚飯。毛澤東在反覆說了「歷史是幾十年的，看一個人要從幾十年來看」之後，談論魯迅、郭沫若、茅盾，並將丁玲「與魯郭茅同列一等」，「毛主席和江青都表示願讀我的文章」。[3]丁玲受到極大的鼓舞，第二日即將此小說謄寫稿交當時毛澤東的秘書胡喬木，又給艾思奇、蕭三看，但都不能達到消除周揚原有意見的程度。直至胡、艾、

① 周立波：《關於寫作》，載 1950 年 6 月《文藝報》7 期。
② 梅志：《胡風傳》，《梅志文集》第 3 卷，銀川：寧夏人民出版社 2007 年版，第 390 頁。
③ 見丁玲日記《四十年前的生活片斷——從正定到哈爾濱》，載 1993 年《新文學史料》2 期。後丁玲其子蔣祖林指出部分文字曾被修改，並非原文。這段路遇毛澤東的文字蔣祖林根據原日記恢復，發表在 1995 年《新文學史料》第 1 期的去信中。

《太陽照在桑乾河上》1948 年 9 月東北
光華書店初版封面

《桑乾河上》1949 年 5 月新華書店本，
是丁玲同一本書的不同名字

蕭三人在不久與毛澤東的一次討論中才達成早日出版的結論。[①]以後此書的出版一路
暢通：7 月份一決定，丁玲就為出國參加世界婦聯會議經山東去大連；8 月到哈爾濱；
9 月就拿到黑綢封面燙金書名的精裝書；10 月在哈爾濱開此書座談會，周立波都曾參
加；11 月即帶著書去歐洲開會了。這正是解放戰爭方興未艾，物質極度匱乏之時，但
此書的出版如得神助。1949 年被編入《中國人民文藝叢書》，因嫌題目長而改為《桑
乾河上》。同年，全文連載於蘇聯的權威文學雜誌《旗》，並在莫斯科出版。1952 年
用原名獲史達林文學獎二等獎。這一連串和起初相反的遭遇，都來自於中共最高領導人
的干預。文學事業在毛澤東的「講話」裡，已經明確是黨的事業，現在通過出版、傳播
體制得以真正實現。這種「黨管文藝」的做法和制度，將成為今後新中國文學領導模式
的一個重要組成部分。

　　很快的，中共強化了文學與黨「一體化」的進程。而抗戰左翼陣營內不能達到
「統一思想」、「統一步調」的異端，自然首當其衝地要受到規訓。胡風為首的「七
月」派詩歌、小說、理論的成就，在國統區裡原是左翼文學收穫頗豐的一支。這一年，
路翎的長篇手稿在不幸丟失後，以絕大的毅力重寫並出版。胡風的著作相繼出版。另
一個具有「七月」風格的刊物《螞蟻小集》，頂住國民政府的高壓，打著掩護也創刊
了。但胡風等人的文學活動，卻引出自己陣營的反對聲音。早在「左聯」時期，胡風與
魯迅一起，就在理論和派系上同周揚發生矛盾。到了 1944 年在國統區左翼內部傳達延
安「整風精神」、學習毛澤東「講話」的時候，胡風以「環境與任務」不同為根據，
沒有表態。到 1945 年因在《希望》創刊號上發表舒蕪的《論主觀》，以及路翎批評創

① 見當時在場的蕭三夫人甘露回憶，寫了《丁玲與毛主席二三事》，載 1986 年《新文學史料》4 期。

香港出版的大眾文藝叢刊之一《文藝的新方向》發起批評胡風的文藝思想

作上的「客觀主義」的文章，引起重慶「文工會」和「才子派」作家群起反對，馮乃超、喬冠華、陳家康、胡繩等雖然他們有的人不久前自己還被批為「唯心論」，現在卻來把「主觀論」和「主觀戰鬥精神」拉扯在一起，批判胡風派作家忽視人民集體和作家思想改造，是與延安反對「主觀主義」唱反調了。周恩來的單獨談話好意提醒胡風，「理論問題只有毛主席的教導才是正確的」，「要改變對黨的態度」，[1]但事實證明胡風並沒有聽懂。那一次爭論後，何其芳作為從延安派到國統區貫徹「講話」的一員，在後來的《關於現實主義》長文中如同做了結語，把現實主義理論和毛澤東的「講話」相聯繫，指出「緊密地與人民群眾結合」，而不是胡風式的強調「主觀精神與客觀事物緊密的結合」，才是「今天大後方的文藝上的中心問題」。[2]到 1948 年 3 月，《大眾文藝叢刊》在香港創刊，由邵荃麟等同人編輯與著文，大部分是上次批評胡風的原班人馬，加上郭沫若、茅盾等有名望的作家，又一輪針對胡風及國統區所謂錯誤創作傾向的火藥味空前的批判運動，掀起來了。

現在的材料還無法證明《大眾文藝叢刊》的創立，是否有中共最高領導層的決策。當時的形勢是，香港又一次擔當起左翼文化人蓄勢待發的集聚地的功能。這批「秀才」大部是中共華南局香港工作委員會或文化工作委員會的成員，主要有荃麟（邵荃麟）、蕭愷（潘漢年）、胡繩、乃超（馮乃超）、林默涵、喬木（喬冠華）、周而復、夏衍等人，這個雜誌當然是中共一級組織的刊物。此刊共出版 6 輯，每輯都有一個中心，另起一個名目。如第 1 輯名「文藝的新方向」；第 2 輯「人民與文藝」（1948 年 5 月）；第 3 輯「論文藝統一戰線」（1948 年 7 月）；第 4 輯「論批評」（又名「魯迅的道路」，1948 年 9 月）；第 5 輯「論主觀問題」（又名「怎樣寫詩」，1948 年 12 月）；第 6 輯「新形勢與文藝」（又名「論電影」，1949 年 3 月）。正好出夠一年，但它的影響卻遠遠超過一年。這是運用「文藝批評」的形式，來糾正偏離「主流」（偏離毛澤東的《在延安文藝座談會上的講話》。《講話》1948 年在香港曾以《論文藝問題》為名出版）的右傾文藝思想，以達到在「解放戰爭」取得決定性勝利之前先統一文藝戰線思想目標的突出事件。並且開了有計劃地、大規模進行思想整肅的前例。邵荃麟的《對於當前文藝運動的意見》代表了這級黨組織對文藝問題的綱領性看法，指出的「反動文藝」包括美國的「黃色藝術」和「文化援華計劃」，包括「地主大資產階級的

① 見梅志：《胡風傳》，《梅志文集》第 3 卷，銀川：寧夏人民出版社 2007 年版，第 352 頁。
② 何其芳：《關於現實主義》，載 1946 年 2 月 13 日重慶《新華日報》。

幫兇和幫閒文藝」，中間點了朱光潛、梁實秋、沈從文、顧一樵、蕭乾、張道藩的名字。郭沫若《斥反動文藝》一文，更形象地把「反動文藝」歸為「紅黃藍白黑」五種顏色。「有桃紅色的沈從文，藍色的朱光潛，黃色的方塊報，最後還有我將要說出的黑色的蕭乾」。這裡集中打擊的沈、朱、蕭等三人都是「京派」，他們是「民主自由主義份子」，也確實在國共之外提出過「第三條道路」或「第四組織」這樣的建議。但他們不是政治實踐家，背後沒有組織，只是書生空議論而已（有意味的是這三個作家最後都無一例外地留在了中國大陸）。而當時至少在中共的文藝界，已將他們視為主要敵人，而不是作為可爭取的友人看待的。文藝批評似乎比政治還要嚴厲，這在新中國後來的歷史過程裡讓人們付出了巨大的代價。[①]而此刊各輯先後發表的胡繩的《評路翎的短篇小說》（第 1 輯）、喬木（喬冠華）的《文藝創作與主觀》（第 2 輯）、邵荃麟的《論主觀問題》（第 5 輯）等，又是集中批評胡風和胡風派的。同時在《叢刊》內外，這些批評家還涉及到對姚雪垠的《春暖花開的時候》、駱賓基《北望園的春天》、臧克家《泥土的歌》、李廣田《引力》、錢鍾書《圍城》等的苛刻評價。從今天的讀者看來，這些大都是抗戰國統區的優秀之作。胡風對於這一切，在理論上則用《論現實主義的路》一書作為總回答。胡風派文藝思想本是從「五四」到魯迅發展而來的，它以啟蒙性、真實性為根基，發揚作家主體的現實戰鬥精神，它同重視反映生活卻過於追求政治功利、用集體抹殺個體的文藝思想形成了對峙。兩者的矛盾本來可以增進左翼內部的活力，卻因囿於長期習慣「一律」而不習慣「多樣」的缺乏民主傳統的中國環境，終於演變成黨同伐異的悲劇。

同時，在東北新解放區，一面有《暴風驟雨》、《原動力》這樣的表現工農群體的新作露頭，一面也在興起批判運動，即蕭軍的東北《文化報》事件。蕭軍被批判要大大晚於胡風，卻很快遭受組織處理。這是因為香港只是一些有背景的黨的文化工作者的集聚，手裡也只有一支筆，而蕭軍所面對的卻是東北局這一級話語權、經濟權一樣不少

在杭州 1948 年的聚會，右起前排胡風、冀汸、任敏、賈植芳，後排羅洛、路翎、余明英、朱谷懷，均是胡風派作家

---

① 邵荃麟、郭沫若以上兩文，均見 1948 年 3 月《大眾文藝叢刊》第 1 輯。

第四屆文代會上的蕭軍
老當益壯

的黨政合一機構。蕭軍問題又比胡風的簡單得多，這裡沒有複雜的現實主義理論體系內部兩種文藝思想的分歧，只是一個持著「五四」個性自由話語的知識者所辦的《文化報》，與要求思想統一、盲目服從黨的領導的東北局宣傳部辦的《生活報》之間的唇槍舌戰。當然也有派系和個人性格的矛盾隱含在內。就以魯迅弟子自居的蕭軍到處作報告這一條，就已經得罪宣傳部門了。《生活報》抓住蕭軍的片言隻語，上綱上線用發一篇篇社論的集體力量，批判他的「反蘇」、「反土改」、「反人民」、「反黨」，帽子唯恐不大；蕭軍則在自己的《文化報》上用《「古潭裡是聲音」》之一、之二、之幾的題目，一人公開「駁斥《生活報》的胡說」（這是蕭所用統一的「副題」）：從今往後，這也是不可多得的奇觀了！如果聯繫在延安批判王實味的大會上，與王實味素昧平生的蕭軍會奮起抗議，就知道他在左翼之中堅持自由、獨立的人格絕非一日，而且是終生不悔的。今天留給我們的東北文藝協會所作的《關於蕭軍〈文化報〉所犯錯誤的結論》，東北局所作《關於蕭軍問題的決定》，都是令我們反思的歷史文獻。蕭軍就此被「貶」到撫順煤礦去了，誰能想到這個左翼文人的骨頭竟能夠硬到宣告這次思想壓服破產的那一天呢。

　　而左翼外的文學家眾人，在此政權更替的歷史時刻的處境也是相當微妙的。業已受到即將掌握意識形態大權的左派嚴厲批判的京派文人，他們的政治、文學抉擇究竟如何，可見本年 11 月 7 日，北京大學的教授沈從文、廢名、馮至、朱光潛等在學生文學組織方向社所召開的座談會上的發言。討論的議題是「今日文學的方向」。時局迫使這些充分重視文學本身（純文學）的京派作家關注到政局，當討論轉向文學「載道」問題的時候，曾有如下的談話：

　　廢名：……歷史哪有一個文學家是別人告訴他，要這樣寫，那樣寫的？我深
　　知，文學即宣傳，但那只是宣傳自己，而非替他人說話。文學家必有道，但未必為

當時社會所承認。……好的文學家都是反抗現實的。即（使）不明白相抗，社會也不會歡迎他的，如莎士比亞。有那一個天才、豪傑、聖賢不是為社會所蔑視的？

　　沈從文：駕車者須受警察指揮，他能不顧紅綠燈嗎？

　　馮至：紅綠燈是好東西，不顧紅綠燈是不對的。

　　沈從文：如果有人操縱紅綠燈又如何？

　　馮至：既要在這路上走，就得看紅綠燈。

　　沈從文：也許有人以為不要紅綠燈走得更好呢？

　　汪曾祺：這個比喻是不恰當的。因為承認他有操縱紅綠燈的權利，即是承認它是合法的，是對的。那自然得看著紅綠燈走路了。但如果並不如此呢？我希望各位前輩能告訴我們自己的經驗。[①]

這裡關於要不要紅綠燈、有了紅綠燈要不要質疑操縱者的合法性等的討論，已能顯示出京派各個人之間的差別。但總體的抉擇未定，和個體選擇的自由主義立場恰是分明的。討論還涉及當時先鋒文藝吸收西方「現代主義」的問題。這是在座的京派兩代作家和西南聯大出身的文學青年共同關心的。袁可嘉正是這晚北大教授座談會的主持人。在1947 年創辦《詩創造》雜誌時，杭約赫（曹辛之）聯繫的受現代主義詩歌影響較多的作者，和以臧克家為首的左翼詩人匯合了。如果加上之外「七月派」詩人，就是 1940年代青年詩派力量的主體。但隨著對「現代主義詩」的實驗性寫作的看法不一，未來的「九葉詩人」終於從《詩創造》分化出來。那就是本年 6 月由方敬、辛笛、杭約赫、陳敬容、唐湜、唐祈任編委的《中國新詩》的創立。袁可嘉、杜運燮、鄭敏、穆旦自然是

《詩創造》後來分化

《中國新詩》於 1948 年創刊，是九葉詩派的結集

---

① 見《今日文學的方向》，載 1948 年 11 月 14 日天津《大公報》「星期文藝」107 期。

它的主要作者。「中國新詩派」（即九葉詩派）在反對詩歌充任政治工具的前提下，主張詩與政治、現實、時代、人民的結合，創作中國現代主義詩歌，追求詩的現代化，是符合純文學在戰亂時代做出變化的潮流的。我們從本年的大事年表裡，可以窺到這個詩派創作高潮的來臨。但同時，在那種歷史氛圍下，仍不免受到左翼詩人的批評。後來的事實是到了年末，國民黨政府竟然墮落到對任何與「現實」相聯的文學都無法容忍的地步，《詩創造》和《中國新詩》同時遭到了查禁。

其實這個即將在大陸崩潰的政府已經聞出了氣味。隨著金融危機、通貨膨脹、政治文化高壓的越陷越深，大批自由民主人士思想上的向左轉，便成不可阻擋之勢了。先是 1946 年昆明發生李公樸、聞一多慘案。聞一多是著名的新月派詩人，自由主義學者，卻在學生民主運動的高潮中站到學生一邊。接著本年，朱自清貧病逝世前，在他晚年表露出一個著名學院派自由主義學者、作家親近「人民」的立場及「民族」氣節。這樣才有他贊成「雅俗共賞」、「文藝大眾化」的學術研究，也有了反對美國扶日政策的抗議行動，在拒領美援麵粉的宣言上簽了名。簽名當天，他在日記裡寫道：「此事每月須損失六百萬法幣，影響家中甚大，但余仍決定簽名。因余等既反美扶日，自應直接由己身做起，此雖只為精神上之抗議，但決不應逃避個人責任。」[1]這是一個負有七個子女的家累，面對物價高漲、米珠薪桂的窮教授的肺腑之言。以至在臨終前兩日，朱自清還不忘叮囑家人他已簽字拒絕美援，絕不能再買政府配售的美國麵粉。在 1948 年這種對美國的態度，顯然是向「左」轉的。此事的細節待清華同事吳晗第一次在悼念文章裡透露出來後，便引起全社會廣泛的共鳴。毛澤東的高度讚揚，也是其中的一個。

朱自清先生靈堂

---

[1] 轉引自季鎮淮《聞朱年譜》，清華大學出版社 1986 年版，第 176 頁。

　　文學和文學家何去何從？1948 年，是去還是留？梁實秋和胡適選擇走是可以理解的。他們的傾向使得他們不能不走，但梁實秋是北京人氏，在京有產業。當年在青島教書四年，其父命梁回來，說內務部街的院子都荒涼得可以跑黃鼠狼了，想見房子不小。①梁一直拖到最後的時刻，到本年 12 月解放軍已經完成對北平的戰略包圍後才走。「倉皇南下之日」，他只帶了一箱書籍上路。②次年的 1 月到廣州，6 月去了臺灣。而這時的沈從文，剛戴上「粉紅色文學」的標籤，談過了「紅綠燈指揮」的話題，住在中老胡同北京大學的教員宿舍裡，既有當局的人員來動員他去台，可直送飛臺灣的機票，又有自己的地下黨員學生來希望他留下。其實沈從文是根本不會投向國民黨懷抱的。他一貫遠離黨派政治，自奉為偏僻湘西走來的「鄉下人」，倒是過去認識的朋友中有不少是著名共產黨人。但沈從文在清華金岳霖家等待北平和平解放的日子裡，問題接踵而來。先是北京大學部分激進學生在校內貼出「打倒新月派、現代評論派、第三條路線的沈從文」的大幅標語。接著，第二年在北平召開的全國第一次文學藝術工作者代表大會，他沒有被邀為代表。於是就有了自殺未遂，去中央革命大學「洗腦筋」，離開文學界轉業到歷史博物館工作的一幕。③沈從文的路還長著呢，但他「聰明」的退身之計，使得他躲過了 1950 年代以後一次次文學的政治風暴。於此情景大不同的是在香港聚集的文學家們。郭沫若、茅盾等人在本年 11 月到 12 月間，乘船北上分赴解放區，真是滿船的英氣勃發，滿船的勝利在望。他們將是未來新中國文藝的領導人。老舍、曹禺在美國，他們先後也將回國受到伸開雙臂的歡迎。巴金這時安靜而喜悅地在上海迎接「解放」，一個永遠為舊社會送葬的作家，本是不應該懼怕新社會的。只是遲來香港的胡

1949 年 7 月 2 日至 17 日，一批文藝家在北平參加中華全國文學藝術工作者代表大會時聚集，他們中有人們熟悉的作家、藝術家的身影

---

① 見梁文茜《懷念先父梁實秋》，《回憶梁實秋》，長春：吉林文史出版社 1992 年版，第 203 頁。
② 梁實秋：《曬書記》，《梁實秋散文》（一），北京：中國廣播電視出版社 1989 年版，第 250 頁。
③ 凌宇：《沈從文傳》第九章「颶風孤舟」，北京：十月文藝出版社 1988 年版。

1949 年在「政協」剛通過的新國旗下合影的作家們。右二起為田漢、趙樹理、艾青、丁玲、胡風等，眾人情緒振奮，不久就又有不同道路在等待他們

風，此時的心緒最為起伏不定。他這年 12 月才由滬至穗轉港，原以為和其他左翼文人一樣只是在這裡等待安排進入解放區。誰知還是要解決思想問題。與香港《大眾文藝叢刊》的主要人物見了一次面，話不投機就散了。可能是別人在等著胡風的檢討，而胡風卻在等著他們的反省吧。1949 年很快到來，新華社的元旦獻詞《將革命進行到底》振奮著胡風的心。1 月 6 日，胡風和杜宣等人踏上一艘挪威貨輪，奔向東北解放區。前面等待他的有明媚陽光，也有不測風雲呵。

　　文學面臨著轉折。「五四」文學沿晚清而來發生了一次轉折，現在又到了新的轉折關頭。一種文學形態的高漲，只是意味著其他文學形態的潛伏，而不是終結。矛盾轉向了新中國文學的內部。中國現代文學的每一前行，都注定要伴隨著陣痛。

2009 年 1 月 30 日寫畢於京城「破五」爆竹聲中

於同年 5 月 16 日將文字、表格、圖片合龍

於同年 10 月 27 日看畢校樣並作修改

圖表索引

參考文獻

（為本書具體參考者）

《魯迅全集》共 16 卷，北京人民文學出版社 1981 年版

《茅盾全集》加附集、補遺（上下）共 43 卷，人民文學出版社 1984 年至 2006 年版

《郭沫若全集》（文學編）共 20 卷，人民文學出版社 1982 年至 1992 年版

《巴金全集》共 26 卷，人民文學出版社 1986 年至 1994 年版

《老舍全集》共 19 卷，人民文學出版社 1999 年版

《沈從文全集》加附卷共 33 卷，太原北嶽文藝出版社 2002 年至 2003 年版

《丁玲文集》共 10 卷，長沙湖南文藝出版社 1982 年至 1995 年版

《蕭紅選集》，人民文學出版社 1981 年版

《瞿秋白文集》（文學編）共 6 卷，人民文學出版社 1985 年至 1988 年版

《豐子愷文集》（文學編）共 3 卷，杭州浙江文藝出版社、浙江教育出版社 1992 年版

《廢名集》共 6 卷，北京大學出版社 2009 年版

《中國大百科全書・中國文學》（Ⅰ、Ⅱ），北京中國大百科全書出版社 1986 年版

《中國大百科全書・外國文學》（Ⅰ、Ⅱ），中國大百科全書出版社 1982 年版

《民國時期總書目（1911—1949）》（外國文學），北京書目文獻出版社 1987 年版

《中國現代文學總書目》，賈植芳、俞元桂主編，福州福建教育出版社 1993 年版

《中國現代文學期刊目錄彙編》上下，唐沅等編，天津人民出版社 1988 年版

《文學研究會資料（上、中、下）》，賈植芳等編，鄭州河南人民出版社 1985 年版

《創造社資料（上、下）》，饒鴻競等編，福州福建人民出版社 1985 年版

《現代作家書簡》，孔另境編，廣州花城出版社 1982 年版

《釧影樓回憶錄》，包天笑著，香港大華出版社 1971 年版

《釧影樓回憶錄續編》，包天笑著，香港大華出版社 1973 年版

《二十世紀中國文學大典》（1897—1929），陳鳴樹主編，上海教育出版社 1994 年版

《中國文學編年史》（現代卷）本卷主編於可訓、葉立文，長沙湖南人民出版社 2006 年版

《二十世紀中國小說理論資料》共 5 卷，嚴家炎等編，北京大學出版社 1997 年版

《中國淪陷區文學大系・史料卷》錢理群主編 封世輝編著，南寧廣西教育出版社 2000 年版

《二十世紀中國文學史論》（1—3 卷），王曉明主編，上海東方出版中心 1997 年版

《中國新文學史稿》（上、下），王瑤著，上海文藝出版社 1982 年版

《中國現代文學三十年》（修訂本）錢理群、溫儒敏、吳福輝著，北京大學出版社 1998 年版

《中國近代文學史》，任訪秋主編，開封河南大學出版社 1988 年版

《中國近現代通俗文學史》（上、下卷），范伯群主編，南京江蘇教育出版社 2000 年版

《中國現代通俗文學史》（插圖本），范伯群著，北京大學出版社 2007 年版

《中國現代小說史》（1—3 卷）楊義著，人民文學出版社 1986 至 1991 年版

《中國話劇通史》，葛一虹主編，北京文化藝術出版社 1997 年版

《中國現代文學批評史》，溫儒敏著，北京大學出版社 1993 年版

《香港文學史》，劉登翰主編，香港作家出版社 1997 年版

《臺灣文學史》（上、下），劉登翰主編，福州海峽文藝出版社 1991 年至 1993 年版

《1903：前夜的湧動》，程文超著，濟南山東教育出版社 1998 年版

《1948：天地玄黃》，錢理群著，濟南山東教育出版社 1998 年版

《福州路文化街》上海市黃浦區檔案局（館）編，上海文匯出版社 2001 年版

《覺世與傳世——梁啟超的文學道路》夏曉虹著，上海人民出版社 1991 年版

《南社研究》，孫之梅著，北京人民文學出版社 2003 年版

《中國話劇的孕育與生成》，袁國興著，北京中國戲劇出版社 2000 年版

《中國早期話劇與日本》，黃愛華著，長沙嶽麓書社 2001 年版

《重釋「信達雅」：二十世紀中國翻譯研究》，王宏志著，東方出版中心 1999 年版

《晚清至五四：中國文學現代性的發生》，楊聯芬著，北京大學出版社 2003 年版

《正誤交織陳獨秀——思想的詮釋與文化的評判》，胡明著，人民文學出版社 2004 年版

《胡適傳論》，胡明著，人民文學出版社 1996 年版

《阿 Q–70 年》，彭小苓、韓藹麗編選，北京十月文藝出版社 1993 年版

《中國左翼文學思潮探源》，艾曉明著，長沙湖南文藝出版社 1991 年版

《「民族」想像與國家統制》，倪偉著，上海教育出版社 2003 年版

《沈從文傳》，凌宇著，北京十月文藝出版社 1988 年版

《沈從文精讀》，張新穎著，上海復旦大學出版社 2005 年版

《〈雷雨〉人物談》，錢谷融著，上海文藝出版社 1980 年版

《大小舞臺之間——曹禺戲劇新論》，錢理群著，浙江文藝出版社 1994 年版

《曹禺傳》，田本相著，北京十月文藝出版社 1988 年版

《周作人概觀》，舒蕪著，長沙湖南人民出版社 1986 年版

《上海摩登——一種新都市文化在中國 1930—1945》李歐梵著，毛尖譯，北京大學出版社 2001 年版

《晚清民國時期上海小報》（插圖），李楠著，人民文學出版社 2006 年版

《都市漩流中的海派小說》，吳福輝著，長沙湖南教育出版社 1995 年版

《遺落的明珠》，陳子善著，臺北業強出版社 1992 年版

《文化人的經濟生活》，陳明遠著，上海文匯出版社 2005 年版

《執守 · 反撥 · 超越——七月派史論》，周燕芬著，北京中華書局 2003 年版

《西南聯大歷史情境中的文學活動》，姚丹著，桂林廣西師範大學出版社 2000 年版

《中國現代主義詩潮史論》，孫玉石著，北京大學出版社 1999 年版

《摩登與現代——中國現代文學的實存分析》，解志熙著，北京清華大學出版社 2006 年版

《抗戰時期桂林文學活動》，李建平編著，桂林灕江出版社 1996 年版

《再解讀：大眾文藝與意識形態》（增訂版），唐小兵編，北京大學出版社 2007 年版

《革命 · 歷史 · 小說》，黃子平著，牛津大學出版社 1996 年版

《香港短篇小說初探》，許子東著，香港天地圖書有限公司 2005 年版

《心靈的探尋》，錢理群著，上海文藝出版社 1988 年版

《反抗絕望——魯迅的精神結構與〈吶喊〉〈彷徨〉研究》，汪暉著，上海人民出版社 1991
年版

《論現代小說與文藝思潮》，嚴家炎著，長沙湖南人民出版社 1987 年版

《艱難的選擇》，趙園著，上海文藝出版社 1986 年版

《論小說十家》，趙園著，杭州浙江文藝出版社 1987 年版

《中國小說敘事模式的轉變》，陳平原著，上海人民出版社 1988 年版

《小說史：理論與實踐》，陳平原著，北京大學出版社 1993 年版

《中國新文學整體觀》（修訂再版），陳思和著，上海文藝出版社 2001 年版

《潛流與漩渦——論二十世紀中國小說家的創作心理障礙》，王曉明著，中國社會科學出版
社 1991 年版

《嬗變》，劉納著，中國社會科學出版社 1998 年版

《現代文學經典：症候式分析》，藍棣之著，清華大學出版社 1998 年版

《靈魂的掙扎——文化的變遷與文學的變遷》，王富仁著，長春時代文藝出版社 1993 年版

《論中國現代文學研究》，樊駿著，上海文藝出版社 1992 年版

國家圖書館出版品預行編目資料

中國現代文學發展史 / 吳福輝著. -- 初版. -- 臺
北市：人間, 2010. 10
　　面；　公分.
　　ISBN 978-986-6777-24-0（平裝）

1. 中國當代文學　2. 中國文學史　3. 文學評論

820.908　　　　　　　　　　　　99019963

中國近・現代文學叢刊 9

中國現代文學發展史

著◎吳福輝

出版者　人間出版社

發行人　呂正惠

社長　林怡君

地址　台北市長泰街 59 巷 7 樓

電話　02-2337-0566

郵撥帳號　11746473 人間出版社

排版印刷　龍虎電腦排版股份有限公司

電話　02-2641-8661

登記證　局版台業字第三六八五號

初版　2010 年 11 月

定價　新台幣 500 元